선량한 죽음을 위하여

세로페 장편소설

동아

초판 1쇄 인쇄일 | 2021년 2월 1일
초판 1쇄 발행일 | 2021년 2월 8일

지은이 | 세르페
펴낸이 | 박성면
펴낸곳 | (주)동아

출판등록 | 제406-3960100251002007000071호
주소 | 경기도 파주시 문발로 115, 세종대학교출판부 206호
전화 | (031)8071-5201
팩스 | (031)8071-5204
E-mail | bear6370@hanmail.net

정가 | 12,800원

ISBN 979-11-6302-452-1 (03810)

ⓒ 세르페, 2021

※이 책은 (주)동아와 저작자의 계약에 의해 출판된 것이므로, 무단 전재 및 유포, 공유를 금합니다.

목 차

프롤로그	7
Chapter 1. 밤손님이 많은 가게에	9
Chapter 2. 오래된 친구들에게	57
Chapter 3. 기적이 사라진 이 시대에	174
Chapter 4. 당신의 마음이 머물러 있는 곳에	300
Chapter 5. 마침내 도래하여	379
에필로그	416
외전 1. 어떤 기사의 이야기	428
외전 2. 계속될 이야기	478

프롤로그

나는 이 세계에 절망한 친구에게 살해당했다.

괜찮다고, 어떻게든 될 거라고, 내가 도와주겠다고, 다시 시작하자고 몇 번이나 손을 잡고 이야기했는데 친구는 결국 칼을 빼 들고 내 목을 쳤다.

개자식. 나는 욕설을 중얼거리며 눈을 감았다. 목을 가르는 고통이 찾아왔다. 모든 것이 이렇게 끝났다. 이 눈을 뜰 일은 다시는 없으리라.

그런데, 이상한 일이었다. 얼마나 지났을까. 나는 의아한 마음에 눈을 떴다. 그리고 스스로의 감각을 의심했다. 분명 목이 떨어졌을 텐데, 어떻게 눈을 뜬 거지? 보이는 세상은 온통 어두컴컴했고 냄새가 지독했다. 입을 열어 보니 먼지와 흙이 한가득이어서 나는 어푸푸 하고 기침을 했다.

"이게 뭐야!"

무의식적으로 팔을 휘둘렀다. 삐걱대는 소리가 나면서 무언가 부서지는 소리가 들렸다. 드디어 빛이 보였다. 육중한 나무로 되어 있었던 무언가가 부서져 나간 흔적이 보였다. 드디어 숨통이 트였다. 그래도 아직 여기가 어디인지

도통 파악이 되지 않았다. 일단 상체를 일으키자 몸 위로 흰 원피스 자락이 흘러내렸다.

와 씨, 진짜 취향 한번 고약하네. 이거 수의 아니야? 누가 이딴 걸 입혀 놨어? 당황하며 누워 있던 자리에서 몸을 일으키려고 했으나, 나는 그대로 고꾸라졌다. 다리를 들어 올리려는데 몸이 말을 듣지 않은 것이다.

뼈가 삐걱댔다. 근육이 비명을 질렀다. 고꾸라진 자리에서 어떻게든 손으로 뭐든 붙잡고 기어 올라갔다. 올라갈 자리도 없는데 마구 발버둥 치다 몸이 털썩, 하고 먼지 쌓인 바닥 위로 떨어졌다. 그제야 나는 내가 방금 나무로 짜인 관에서 탈출했다는 것을 알았다. 갑작스럽게 움직인 몸 전체에 격렬한 고통이 찾아들었다.

무언가가 잘못되었다. 내 팔라딘들은 어디로 갔지? 언제나 내 곁을 지켰던 그들을 아무리 불러 보아도 대답하는 이는 아무도 없었다.

바닥에서 일어서려고 했지만 다리는 여전히 말을 듣지 않았다. 나는 팔꿈치와 무릎으로 바닥을 기며 어떻게든 빛이 비치는 곳으로 다가갔다. 땀이 흐르고 흰 수의가 엉망진창이 되었지만 아무래도 좋았다.

노력 끝에 나는 기어코 자그마한 빛이 비쳐 들어오는 곳에 닿을 수 있었다. 벽에 몸을 지탱하면서 나는 오랜 먼지 냄새가 나는 나뭇조각 사이에 코를 박고 눈을 갖다 대었다.

그렇게 나는 오백 년이 지나 버린 세상을 보았다.

Chapter 1
밤손님이 많은 가게에

자다가 일어나 보니 이미 해가 저물어 있었다. 일어나서 기지개를 한 번 쭉 켜고 나서 커튼을 열었다. 김이 뿌옇게 서려 있었다. 자기 전 냉각 수정구를 세게 틀어 놓았더니 이 모양이다. 이 꼴을 보니 밖은 엄청 더울 것 같은데. 그래도 공기는 영 텁텁해서 환기를 위해 일단 창문을 열어 보았다.

"와, 씨. 미친 거 아니야?"

괜히 열었다. 더운 바람이 바로 얼굴을 가격하는 바람에 나는 바로 창문을 닫았다. 환기는 무슨. 바깥은 너무 위험하다. 그 점을 새삼 실감한 나는 다시 침대에 누워 뒹굴기로 했다. 차가운 바람 때문에 얇은 이불을 덮고 침대에 누워 있자니 천국이 따로 없었다.

다만 문제는 집에 아무것도 없다는 것이다. 배고픈 천국이다. 일주일 정도 가게도 열지 않고 밖에도 나가지 않은 채 집에 남아 있는 빵 쪼가리만 주워 먹었더니 뱃가죽이 등에 달라붙으려고 했다. 그렇지만 밖에 나가려면 옷도 입어야 하고 씻어야 하고.

나는 그렇게 고민하며 침대에서 한두 시간 정도 더 뒹굴다가 정말로 아사하겠다 싶을 지경이 되어서야 겨우 결심을 굳혔다. 그래, 다 먹고 살자고 하는 일인데 밥은 먹어야지. 대충 씻고 옷을 걸친 다음 겨우 집을 나섰다.
"미친, 진짜 진짜 미쳤다."
그러나 집을 나서자마자 엄습하는 더위 때문에 곧바로 돌아가고 싶어졌다. 나온 지 1초 만에 이마에 땀이 주르륵 흐르는 건 너무 심한 거 아니야? 그래도 이미 나온 거 어쩌겠나 싶었다. 습한 공기를 최대한 들이마시지 않으려 노력하며 나는 내 집에 딸려 있는 조그마한 마당을 지났다. 그러자 마당을 완전히 가로막고 있는 가게의 뒷문이 보였다.

사실 가게라고 하기에는 좀 소박하긴 했다. 조그마한 창고같이 생긴 건물이 집 앞마당을 두고 떨어져 있을 뿐이니까. 그래도 가게를 통과하지 않고는 내 집으로 들어올 수 없으니 가게만 열지 않으면 아무도 들어올 수 없다는 건 마음에 드는 요소였다. 그래서 빈민가에 있는 것치곤 비싸긴 했지.

나는 가게의 뒷문에 열쇠를 꽂아 넣었다. 가게에 들어서자, 당연한 일이지만 안은 찜통처럼 더웠다. 이대로 두었다간 내가 찜이 되게 생겼다. 나는 땀을 닦으며 가게 테이블에 아무렇게나 방치해 둔 냉각 수정구를 켰다. 금세 냉기가 흘러나와 시원해지기 시작했다.

"어우, 이제 좀 살 것 같네."

기술의 발전에 경의를 표하지 않을 수 없는 부분이다. 가게 문을 열고 거리로 나서자 지나가던 사람들이 일제히 나를 바라보았다. 대부분 온기 없는 시선이었다.

이 거리에 살면서 가게를 운영하기 시작한 지 벌써 1년이 되었으나 친한 이들은 그다지 없다. 내가 가지고 있던 돈으로 살 수 있었던 건물은 빈민가 근처 시장의 허술한 건물 정도였고, 그래서 그런지 갑작스럽게 굴러들어 온 이주민에 대한 경계심도 심했다. 뭐, 나로서도 그쪽이 더 편하지만.

"얘, 메리야!"

막 걸음을 떼려고 할 때 근처에서 과일 가게를 하고 있는 제인이 나를 보고 마구 달려왔다. 이 살벌한 거리에서 그나마 내게 아는 척을 해 주는 친절한 사람인데, 글쎄 지금 이 더위에 긴 소매에 긴 앞치마를 걸치고 있었다. 세상에. 보기만 해도 덥다.

"가게도 닫고 도대체 그동안 어딜 갔었던 거야?"

"누굴 부르나 했네. 그냥 집에 있었는데요. 그나저나 안 더워요?"

그냥 일상적인 인사였다. 이렇게 더운 날씨에 긴 팔의 옷을 입고 있는 친구에게 할 법한 말을 했을 뿐이니까. 그런데 내 말을 들은 제인은 낯빛이 파랗게 질린 얼굴로 웃었다.

"너무 집에만 틀어박혀 있는 거 아니니? 집에 먹을 건 있고?"

"그렇지 않아도 먹을 게 떨어져서 나온 참이에요."

"그럼 내일은 혹시 약국 열어?"

약국, 아무리 들어도 입에 영 붙지 않는 말이다. 내 가게에서 마법 약을 파는 건 맞지만 내가 살던 시대에서는 약국이라는 단어를 쓰는 대신 마녀의 연구실이니 어쩌니 하는 어지간히도 멍청한 단어로 불리는 일이 많았더랬다. 하긴, 언제까지 구시대적인 감각을 질질 끌고 있겠어. 이 시대에도 슬슬 적응해야지.

"그럴 생각인데요. 왜요? 뭔가 필요해요?"

"집에 감기약이 다 떨어져서 말이야."

"제인이 먹을 거? 아니면 다른 사람?"

"우리 애가 강가에 수영을 하러 갔다가 밤바람을 맞고 감기에 걸렸지 뭐야."

"아하."

제인의 아들은 이제 열두 살로 이 근처에서는 소문난 악동이다. 아니, 사실 악동이라고만 부르기는 좀 약하다. 내가 알기로 질이 나쁜 소매치기를 자주 해서 몇 번 훈방 조치 된 적도 있으니까. 나도 몇 번 마법 약을 도둑맞은 적이 있다. 그래도 지금까지는 운이 좋게 순찰대에서 어리다고 봐주고 있기는 했다.
 제인도 나름대로 아들의 교육에 힘쓰는 듯했지만, 하루 종일 먹고 살기 위해 일하는 여자에게는 버거운 일이었다. 내가 보기에는 이 거리에 사는 이상 아들의 갱생은 좀 어려울 듯했다. 가난해서 미래를 꿈꿀 여유도 없는 거리이니까.
 나는 제인의 아들을 한 번 머릿속에 떠올려 보고 한숨을 쉬었다. 그래도 어쨌거나 자식은 자식이라는 걸까.
 "내일 가게 열게요. 내일 사러 와요. 심한 건 아니죠?"
 "지금 주면 더 좋긴 한데, 바쁘면 나중에 올게."
 이런 식으로 나오면 오히려 거절하기 힘들어지는데. 나는 결국 다시 가게 안으로 들어섰다. 냉각 수정구를 튼 지 얼마나 되었다고 벌써 시원해져 있었다. 밖이랑 완전 다른 세상 같네. 장을 보러 밖에 나가겠다는 생각이 접히려고 했다. 그냥 배달해 달라고 하면 안 될까. 물론 그럴 돈은 없지만.
 가게에 들어오라는 것도 한사코 사양한 제인이 밖에서 초조하게 기다리는 동안 나는 가게의 구석에서 유리병을 찾아냈다. 대강 감기약이라고 써 둔 걸 보니 감기약이 맞는 것 같다. 뭐 상하진 않았겠지, 아무리 그래도 마법 약인데.
 나는 가게를 나와 약병을 제인에게 건네면서, 제인이 앞치마에서 동전을 꺼내 값을 치르려는 것을 제지했다.
 "됐어요. 돈 대신 과일 좀 가져다줘요. 집에 먹을 게 하나도 없더라고요."
 제인의 얼굴이 환해졌다. 별것도 아닌데 외려 내가 머쓱해질 정도였다.
 "고마워. 맛있는 거로 많이 가져다줄게."
 "복숭아는 꼭 끼워 주고요."
 바쁘게 걸어가는 제인에게 인사를 하고 나는 다시 길을 나서기로 했다. 과일이야 제인이 가져다주겠지만 밀가루나 고기는 좀 필요했다. 채소도 필요하고. 돈이 별로 없으니 많이 살 수는 없겠지만 내일 가게를 열면 또 어느 정도 돈이 들어올 테니 그때까지만 버티면 된다. 내 약국은 그럭저럭 잘 되는 편이니까.

 원피스를 입고 팔랑팔랑 걸어 다니며 쾌적하게 장을 볼 수 있었다면 좋았겠지만, 채소와 빵, 밀가루, 조미료 등을 사고 나니 온몸에 흙먼지를 뒤집어써야 했다. 이 거리에서 포장된 도로를 찾아보기란 영 어려운 일이었다. 귀족들이 사는 거리라면 모를까.

 장을 다 보고 나니 다리는 고사하고 원피스 자락에도 마차가 튕긴 흙들이 마구 튀어 있었다. 종이봉투를 한 아름 안아 들고 오는 길에는 이미 해가 완전히 저물어 있었다. 가로등이라고는 나라에서 인심 쓰듯 설치해 둔 가스등 몇 개 정도밖에 없는 이 길은 밤이 되면 해가 긴 여름에도 엄청나게 어두워진다.

 치안도 좋지 않은데 어둡기까지 하니 강도라도 만나면 최악일 테지만, 나는 다행히도 아직까진 그런 불운과 맞닥뜨리지 않았다. 물론 소소한 불운, 즉 꼬맹이들이 내 사과나 마법 약 따위를 소매치기하는 경우가 가끔 있지만 그런 건 대충 넘기고 있다.

 돈은 없고 가정불화만 많은 거리이기는 해도 꼬맹이들을 순찰대에 넘기기라도 했다간 그 부모들 때문에 내 생활이 고달파진다. 물건 몇 개쯤 사라진다고 한들 내겐 별일이 없고, 애들을 붙잡고 혼내기엔 그럴 기력도 없다. 남 일에 참견하기에는 나는 내게 쓸 시간도 돈도 그다지 많지 않은 사람이다.

 땀을 뻘뻘 흘리며 가게 앞에 도착하자 문 앞에 커다란 종이봉투가 기대어져 있는 것이 보였다. 뭐지, 누가 쓰레기라도 버려 놓고 갔나? 인상을 찌푸리고 봉투를 열어 보았는데 뜻밖에도 봉투 안에는 과일이 들어 있었다.

 아, 제인이 놔두고 간 거구나. 누가 그새 안 훔쳐 가서 다행이다.

 나는 가게 문을 열고 품에 안고 있던 찬거리들을 던져 놓은 후 과일 봉투까지 들고 안으로 들어갔다. 문을 열자마자 아까 틀어 놓고 갔던 냉각 수정구 덕분에 가게 안은 완전히 다른 세상처럼 느껴졌다.

"이제야 좀 살 것 같네."

절로 한숨이 나왔다. 나는 문을 닫고 손가락을 한번 딱, 튕겼다. 확 하고 심지에 불이 타오르는 소리가 들리며 촛대들에 불이 붙었다. 가게 안에 불이 던지는 그림자가 일렁였다.

배도 고프고 영 귀찮았지만, 내일부터 가게를 열려면 대충이라도 청소를 해야 했다. 내가 어딘가에 처박아 둔 빗자루를 찾으려고 가게 구석에 시선을 던졌을 때였다. 무언가가 내 시선에 걸렸다. 그냥 넘어가려다가, 나는 그게 움직인다는 걸 발견했다.

"뭐야?"

뭔가 검은 물체가 구석에서 꿈지럭대고 있었다. 순간적으로 거대한 바퀴벌레인 줄 알고 태워 죽일 뻔했지만, 바퀴벌레라고 하기에는 너무 컸다. 아무리 봐도 사람이었다.

"누구야?"

그렇게 물어보았으나 돌아오는 답은 없었다. 혹시 동네 꼬맹이가 몰래 들어왔다가 검은 천을 뒤집어쓰고 놀고 있는 건가, 싶어서 가까이 다가가 보았다. 그런데 가까이 다가가자 내 코에 비릿한 피 냄새가 잡혔다.

이거 이상하네. 가벼운 자세로 다가가던 나는 눈살을 찌푸렸다. 무엇보다 남의 가게에 도둑질을 하러 온 꼬맹이라기에는 아무리 봐도 망토를 뒤집어쓰고 있는 성인 남자의 크기였다.

"이게 뭔 일이지. 혹시 이러다가 갑자기 일어나서 칼 들고 나 찌르는 거 아니야?"

그럼 역시 태워 죽이는 게 낫나? 촛대를 든 채 가까이 다가가 보았다. 긴장감은 별로 없었다. 사실 치안이 좋지 않은 거리라 가끔 살인이 벌어지기도 했다. 살인 현장을 내가 목격했다 하더라도 이상할 것이 없다.

문제는 지금 내 가게 안에 쓰러져 있는 것이 피해자인가, 가해자인가 하는 것이었다. 어느 쪽이건 신고하면 끝날 일이기는 했지만. 다만 여기서 순찰대까지 가기에는 너무 멀다. 덥기도 하고 배도 고프고. 그러니 이왕이면 피해자인 게 나을 것 같은데. 나는 발로 툭툭 그 검은 덩어리를 걷어차 보았다.

"저기요, 죽었어요?"

죽은 건 아닌 것 같은 게 퍽퍽 발로 차자 꿈틀거리는 육체가 느껴졌다. 혹시 피해자라면 발로 차이기까지 하는 게 좀 안타깝긴 하지만 이해해 주면 좋겠다. 나는 갑작스럽게 집 안에 강도거나 범죄자일지 모르는 불청객을 들여 당황 중이니까.

그리고 나서도 몇 번쯤 더 발로 차 보았으나 일어나지 않는 것을 보니 정신을 잃은 상태인 것 같아서, 나는 손을 뻗어 남자를 가리고 있던 검은 망토를 확 젖혔다.

"컥!"

정신을 잃은 남자가 목 졸리는 소리를 냈다. 망토가 목에 걸려 있었던 모양이다. 미안하긴 했지만, 상태를 살피려면 어쩔 수 없었다. 나는 망토를 잡았던 손을 놓고 촛대를 가까이 들이대어 남자를 살펴보았다. 얼굴은 긴 머리에 가려서 잘 보이지 않았지만, 목부터 시작해서 복부까지 검은 자국들이 군데군데 보였다.

피다. 나는 곧 남자의 복부에 칼이 꽂혀 있는 것을 발견했다. 얼굴을 확인하고 뒤로 물러서기 위해 발을 떼자 쩍, 하는 소리가 났다. 신발 바닥을 보니 피가 들쩍지근하게 붙어 있었다. 이거 청소하기 힘들겠네.

"순찰대에 신고…… 하러 가는 길에 먼저 죽을 것 같은데."

아무리 봐도 신고보다는 치료가 먼저였다. 나는 남자를 보며 고민에 잠겼다. 돈 많은 거리에는 상주하는 의사가 한둘은 있지만, 이 거리는 빈민들이나 사는 거리다. 의사가 있는 곳은 멀고, 설령 간다고 해도 돈이 없다면 밤에 급작스레 왕진을 오기는 힘들 것이다. 치료 마법을 행할 줄 아는 마법사는 더더욱 비싸고, 황족이 아니라면 그들의 치료를 기대할 수 없다. 그러니까 이 남자는 내가 돕지 않는 이상은 이 가게에서 죽을 것이다.

시체를 치우는 건 싫은데. 그렇게 생각하니 판단을 내리기까지 그렇게 긴 시간은 필요하지 않았다. 남을 돕기에는 여유도 돈도 없다만, 그래도 눈앞에 시체가 되기 직전의 남자가 있다면 어쩔 수 없는 일이다.

나는 촛대를 들고 남자도 들어 올렸다. 촛대는 내 손으로, 남자는 마력으로. 남자를 들어 올린 채 불을 끄고 가게의 문을 잘 닫아 두고 뒷문으로 빠져나가 내 집으로 통하는 마당을 걸었다.

그 짧은 사이 가로로 눕혀 들어 올린 남자의 몸은 허공에서 달랑거리다가 문에 쿵, 하고 부딪혔다. 남의 몸에 간섭하는 마력 조절은 영 어려운 일이다. 왜 어렵냐 하면, 다치지 않게 조심히 들어야 하니까.

남자의 몸이 문이니 가구니 하는 것에 몇 번 더 부딪혔지만, 결과적으로 나는 남자를 거실의 소파까지 들고 오는 것에 성공했다. 남자를 소파에 눕히자 칼이 꽂힌 부위에서 피가 주르륵하고 소파를 타고 흘러내렸다.

나는 남자의 옆에 무릎을 꿇고 앉아 한 손을 환부에 갖다 대었다. 복부에 꽂혀 있는 칼은 작아서, 다행히 내장까진 닿지 않은 듯 보였다. 대신 손잡이도 작아서 빼내기도 힘들어 보인다.

"하나, 둘…… 뭐야."

셋을 세기 전에 손을 턱 잡혔다. 뭔가 싶어 보니 남자의 손이 나이프의 손잡이를 잡은 내 손을 잡고 있었다. 이미 밖은 어두워지고 있었지만 나는 집에서도 수정구를 마구 박아 놓고 살고 있어서 실내는 굉장히 밝았다. 그래서 남자의 얼굴이 아주 잘 보였다.

남자와 시선이 부딪혔다. 젖은 머리카락에서 피가 뚝뚝 떨어지고 있었다. 그렇게 출혈이 많았던가. 형형하게 빛나는 시퍼런 눈이 나를 노려보고 있었다.

"누구냐!"

"그건 내가 할 말인데."

"내 몸에 손대지 마!"

"……."

아, 내가 이 나이프를 배에 꽂는 중이라고 오해하기라도 한 건가? 뭐, 다쳐서 혼란스러운 상황이니 이해해 줄 만한 오해이기는 했지만 나는 그렇게 마음의 여유가 넘치는 사람은 아니었다. 사실 무엇보다 귀찮았다. 빨리 치료해 주고 신고하고 나서 식사를 하고 싶었다.

나는 남자의 손을 쉽게 떨쳐 냈다. 그리고 틈 같은 건 주지 않고 바로 남자의 배에 꽂혀 있던 나이프를 뽑았다. 뜻밖의 상황에 남자는 신음을 내지는 않았지만 대신 몸을 부르르 떨었다.

아, 소리도 지르지 못할 정도로 아픈 건가. 나는 일단 피가 쏟아져 나오기 전에 약을 상처 부위에 콸콸 부었다. 아마 좀 쓰릴 것이다. 그렇게 말해 주기 위해 남자를 쳐다보았더니 이미 눈가가 경련하면서 반쯤 흰자위가 보였다. 벌써 까무러치다니.

"와, 그런데 잘생겼네."

빛 아래에서 얼굴을 보니 내가 구해 준 남자는 무척 잘생긴 얼굴이었다. 심지어 머리는 피에 젖어 있고 걸치고 있는 옷은 걸레 조각 같은데도 잘생긴 걸 보니 진짜 잘생기긴 한 것 같다.

약을 총 세 병 붓자 환부는 언제 그런 상처가 있었냐는 듯 거짓말처럼 막혔다. 대신 상처에 새 살이 돋는 동안, 남자의 몸은 계속 경련하고 있었다. 마법 약은 효과는 확실하지만, 외상을 치료할 때는 정말이지 아프다. 자연을 거스르는 대가일지도 모른다.

"그나저나 진짜 누구야?"

이 쓸데없이 잘생긴 놈. 어쨌거나 잘생긴 얼굴을 보니 조금쯤 마음의 여유가 생겼으므로 나는 미뤄 두었던 식사를 하기로 했다.

나는 먼저 아까 전 가게에 놔두고 온 종이봉투를 들고 부엌으로 걸음을 옮겼다. 밀가루나 채소, 고기들은 부엌의 저장고에 저장해 두고 디저트 가게의 떨이로 사 온 애플파이와 블루베리 파이를 한쪽씩 자르고 우유를 컵에 담아 먹어 치웠다.

사실 원래는 근 일주일간 소식한 대신 거하게 고기라도 구워 먹으려고 했지만, 시간이 늦은 데다, 눈앞에서 생살이 자라나는 걸 보았더니 육류는 영 먹고 싶지 않아졌다. 천천히 파이를 다 먹어 치우고 나서 나는 그제야 거실로 돌아갔다. 잘생긴 남자는 여전히 눈을 까뒤집은 채 기절해 있었다.

이대로 놔두면 알아서 나가려나? 나는 남자를 보며 고민했다.

사실 내 입장에서는 가택 침입을 당한 거고, 남자의 입장에서는 살인 미수 사건이니 순찰대에 신고는 해야 할 텐데 이 밤에 거기까지 걸어가기는 영 귀찮았다.

내가 치료한 덕에 실제로 인명 피해가 난 것도 아니고, 무엇보다 피해자 본인이 깨어나면 알아서 신고하지 않을까? 물론 이 남자가 귀족이나 부자가 아니라면 제대로 된 조사를 해 줄지는 의문이다.

이런저런 생각을 하며 남자의 상태를 살피기 위해 다시 가까이 걸음을 옮겼을 때였다. 남자가 갑자기 몸을 일으켜 내 팔을 잡았다. 깜짝 놀라기는 했지만, 나는 일단 예의 바르게 인사를 했다.

"일어났어?"

"이······!"

기껏 예의 바르게 인사까지 했는데 돌아오는 것이 이런 태도라니. 남자는 내 팔을 확 끌어당겨 나를 바닥에 쓰러트렸다.

"윽."

나는 작게 신음을 흘렸다. 물론 마력이라는 카드가 있기는 하지만, 그렇다고 해서 내 몸이 강철로 되어 있는 것은 아니다. 이렇게 체격이 커다란 남자가 나를 깔아뭉개면 아무래도 아프다. 침대면 모를까, 딱딱한 바닥에. 이런 대접은 너무하지 않은가?

나는 역광으로 잘 보이지 않는 남자의 얼굴을 노려보았다. 얼굴이 보이지는 않지만, 남자의 눈이 번뜩이고 있다는 것이 느껴졌다. 위협과 경계로 가득 찬 눈길이었다. 음, 아마도 날 범인이라고 생각한 것이겠지.

사정을 이해하지 못하는 건 아니다. 갑자기 칼에 찔려서 눈을 떠 보니 어떤 여자가 보이는데 그 여자가 다짜고짜 칼을 뽑아 버리고, 그 고통에 기절까지 했다가 깨어났으니 경계심이 드는 것도 당연했다. 그렇지만 내가 그런 사정을 봐줄 이유는 없지.

"게다가 구해 주기까지 했는데."

나도 봉사 활동을 좋아하는 건 아니라고. 그래서 짜증이 확 난 관계로 나는 남자의 배를 마력을 담아 발로 차 주었다.

"컥!"

남자가 이번에야말로 신음을 내뱉었다. 남자의 커다란 몸은 단박에 날아갔다. 그는 거실의 벽에 등을 부딪치고 바닥으로 주르륵 힘없이 내려앉았다. 불길한 소리가 났는데 뼈에 금이 가지 않았기를 바란다. 뭐, 금이 갔다면 마법 약 한 병 정도는 더 먹여 주기로 하자. 나는 원피스를 툭툭 털면서 일어섰다.

"구해 주셔서 감사합니다, 부터 말해야지."

"으윽……."

"정신 좀 차려. 아, 혹시 원래 은인을 이렇게 대하는 무례한 사람인 건 아니겠지?"

그래도 그건 내 탓이 아니다. 나는 코를 훌쩍였다. 냉각 수정구를 너무 세게 틀어 놓았나 보다. 나도 감기약이라도 먹어야 하는 거 아니야? 이제 슬슬 저 남자는 대강 밖으로 쫓아내 버리고, 문단속 잘하고 잠이나 자야지. 한가하게 그런 생각을 할 때였다.

그때였다. 남자와 눈이 마주친 것은. 남자가 눈을 깜박였다. 나는 그 얼굴을 보고 눈살을 찌푸렸다.

"우리 어디서 만난 적 있었나?"

내가 말했지만 무슨 싸구려 작업 멘트 같네. 이런 상황에서 할 대사는 아니었다. 내 말을 듣고 남자도 얼굴을 찡그렸다. 시야를 가리는 머리카락이 거추장스러웠는지 남자는 손으로 머리카락을 치워 냈다. 그러자 훤한 이마와 깊은 눈, 높게 서 있는 콧대가 드러났다. 까만 속눈썹이 깜박이며 깨끗해진 하늘색의 눈동자도 보였다. 음, 확실히 잘생겼다.

"이렇게 잘생긴 얼굴이면 잊을 수가 없을 텐데, 어디서 봤더라."

내가 고개를 갸웃하자 그 남자는 헛웃음을 지었다. 내 얼굴을 보니 이제야 정신이 좀 드나 보다. 잠시 멍해져서 침묵하던 그는 곧 다시 입을 열었다.

"만난 적 없어. 당신은 누구지? 난 왜 여기에 있는 건가."

"난 조그마한 약국을 운영하고 있는 마법사 메리라고 해. 그리고 당신은 내 약국 안에 칼 맞고 쓰러져 있었어. 난 당신을 손님이라고 간주하고 약을 써 준 거고. 혹시 죽고 싶은 거였다면 다음부턴 장의사 가게로 가. 관 값이 약값보다 비쌀지도 모르지만 말이야."

사실 옆집 장의사에게 흰 오크 나무로 된 관의 가격을 듣고 기절하는 줄 알았다. 난 화장해 달라고 해야지. 가능하다면 말이야.

남자는 내 말을 듣고 잠시 생각에 빠졌다. 자신의 기억과 내 설명이 맞는지 대조해 보는 모양이다. 곧이어 남자는 고개를 끄덕였다.

"그…… 랬군. 내가 민폐를 끼쳤다. 혹시 다치지는……."

"미안할 거 없어. 당신 나한테 한 방에 나가떨어졌으니까. 미안하면 약값이나 많이 내. 여긴 약국이거든."

내 말에 남자가 웃었다. 오, 좋은 느낌이다. 돈 많은 모양인데. 돈 많고 잘생긴 남자라니 세상에 보탬이 될 것 같다.

"그나저나, 어쩌다가 칼을 맞게 된 거야? 미안하지만 범죄자를 내 집 안에 두고 싶지는 않아서 말이야. 피해자인 건 확실하겠지?"

스스로 듣기에도 취조하는 것처럼 들리는 말이었지만 남자는 불쾌한 기색을 보이지 않고 순순히 대답했다. 아까 전에는 신경질적인 성격인가 싶었는데,

그냥 죽을지도 모르는 상황에 예민해진 것뿐이고 실제로는 순한 성격일지도 몰랐다.

"이쪽 길을 우연히 지나가는 길이었다. 처음에는 내 지갑을 훔쳐 가려던 자가 있어서 잡으려 했었어."

"호오."

그야 지금은 피로 젖어서 엉망이 되었지만 딱 보기에도 이런 빈민가에서는 구경도 할 수 없는 비싼 옷을 입고 있으니 당연한 일이었다. 누군지는 몰라도 사고를 쳤군. 나는 거리의 악동 몇을 머릿속에 떠올려 보았다.

"바로 골목으로 사라지기에 따라서 골목을 돈 것뿐이었어, 그런데······ 골목을 도는 순간 누군가가 칼로 찔렀지."

"와. 그건 참······."

"······정신이 몽롱해진 와중에 도망치려고 했던 것 같아. 어디론가 숨어들었던 기억은 있는데······ 왜 당신 가게에 들어갔는지는 모르겠군. 미안하다."

흠, 몽롱해진 와중에 내 가게에 들어왔다, 라.

"뭐, 사정은 대충 알겠어."

피해자가 맞긴 한 것 같네. 나는 벽에 부딪혀 일어나지를 못하고 있는 남자를 들어 올렸다. 물론 마법으로. 남자는 완전히 당황한 모습이었지만 나는 신경 쓰지 않았다. 그를 소파에 눕힌 후 나는 따뜻한 물이 담긴 대야와 수건을 가져와 그에게 건넸다.

"난 소시민이라 적극적인 범죄 해결에 가담은 못 하지만 피해자를 돕지 않을 정도의 악인은 못 돼. 내일 아침이 밝으면 순찰대까지 데려다줄게."

"아니, 보호받지 않으면 길거리를 다닐 수 없을 정도로 다친 것은 아니다. 지금까지의 도움으로도 충분히 감사한다. 이 빚은 꼭 갚겠다."

"근데 말투가 왜 그래? 혹시 기사라도 돼?"

"기사는 아니지만······ 윽."

피 묻은 머리카락을 마구 털어 내다가 머리가 엉켜 버린 모양이다. 나는 남자가 잘생긴 얼굴을 찡그리며 피를 닦아 내는 것을 보다가 물었다.

"혹시 이름이 뭔지 물어봐도 돼?"

"……이거 참 엄청 안 닦이는군."

"말 더럽게 못 돌리네."

혹시 잘생긴 등신인가? 난 잘생긴 등신을 도와준 건가. 세상에 보탬이 된 기분이다. 잘생긴 얼굴을 구경하는 것도 흔한 일은 아니었지만, 남자를 구경하다 보니 다시 또 배가 고파졌다. 방금 파이 두 조각을 먹었는데 바로 배가 고파지다니 대단해. 어차피 저 남자도 배가 고플 테니 부엌에서 뭐라도 가져오기로 했다.

그동안 남자는 내가 대충 가져다준 큰 사이즈의 티와 바지를 입기 위해 피에 젖은 옷을 찢어 내느라 고군분투하고 있었다. 그것도 좋은 구경이긴 한데 내가 파렴치한 같아서 관두었다.

저장고에서 고기를 꺼내 굽고 양파와 양배추와 당근을 썰고 기름에 볶았다. 감자는 삶아서 사워크림과 함께 얹었다. 아까는 귀찮아서 비위가 약해서 등등, 핑계를 대긴 했지만, 막상 배가 고파지니 다 별것 아닌 일이 되었다. 그리고 저 남자도 먹어야 하잖아. 야식에 대한 핑계가 생긴다는 건 행복한 일이다.

고기 굽는 냄새가 거실에까지 퍼졌는지 옷을 갈아입은 남자가 부엌으로 조심스레 걸어왔다. 얼굴에 미안함과 민망함이 서려 있었다. 남자가 떨떠름해 보이는 기색으로 나를 향해 물었다.

"정말 미안한 일이지만, 혹시……."

"당신 주려고 일부러 많이 하고 있으니까 사양 말고 먹어."

"고맙군……."

감사 인사를 하는 것이 영 어색하다. 혹시 귀족인가? 그 추측은 굉장히 그럴싸했다. 귀족이 무슨 용무로 이런 거리까지 걸어서 혼자 왔는지는 몰라도, 돈 될 만한 차림을 한 귀족이 이 거리에 와서 강도를 만나는 것은 무척이나 자연스럽게 느껴지는 일이었다.

돈만 뺏으려고 했는지, 납치하려 했는지 혹은 죽이려고 했는지는 모르겠지만, 이 거리에서 쥐도 새도 모르게 사라지는 사람이 어디 한둘이어야지. 치안대도 잘 오지 않는 거리이니 귀족이 죽는다고 해도 발견되기란 쉽지 않은 일이다. 그런 점에서 이 남자는 엄청나게 운이 좋다고 할 수 있었다.

"자, 먹어."

고기와 채소, 감자가 놓인 접시를 내밀자 남자의 얼굴이 환해졌다. 그 와중에도 포크와 나이프로 고기를 썰고 감자를 먹는 것이 아무리 봐도 귀족이 맞았다. 물론 나는 식사 예절 따위 없이 대강대강 썰어 먹었지만.

그래도 식기와 의자가 두 개씩 있어서 다행이다. 없었다면 남자를 바닥에 앉혀서 먹였을 것이다. 남자가 예의 바르고 빠르게 음식을 먹는 동안 나는 식탁에 한동안 방치되어 있던 신문을 발견했다.

아까 기름이 튀지 않게 바닥에 깔아 놓았더니 신문은 몇 장 남지 않았다. 일주일 정도는 밖에 나가지 않았으므로 이것은 오늘로부터 이 주일 정도 전의 신문이다. 신문의 메인에는 이런 기사가 실려 있었다.

다니엘 대공, 최근 한 달간 종적을 감춘 것으로 알려져…… 그의 행방은?

대문짝만하게 박혀 있는 얼굴이 낯이 익었다. 남자답게 잘생겼지만 우락부락하지도 않고 너무 부드럽지도 않은 얼굴. 여자들이 아마 첫사랑의 이상형으로 손꼽는 얼굴일 것이다.

"헐."

아까 태워 죽였으면 망할 뻔했네. 나는 고기를 열심히 먹고 있는 다니엘 대공을 보며 콧등을 긁적였다. 내가 시사에 관심이 없는 것은 아니다. 오히려 관심이 많은 편이다. 물론 잘생긴 남자한테도 관심이 많다. 그래서 다니엘 대공의 얼굴도 물론 알고 있었다. 내가 신문을 보기 시작한 근 1년간 계속 얼굴을 봤기 때문이다.

그는 이 나라에서 꽤 유명한 남자였다. 먼저, 그는 황가의 먼 방계인 앤더슨 귀족가 출신으로, 현 황제의 이복동생이다. 그러니까 그는 전 황제의 아들이기도 하다. 그러나 황후의 아들은 아니고, 그는 정부의 아들이었다.

그 정도라면 그냥저냥 운 좋은 사생아 중 한 명에 불과했겠으나, 황제의 정부이자 그의 어머니인 여자의 신분도 만만치 않았다. 그녀는 전대 앤더슨 변경백의 외동딸이었다.

그녀는 어릴 적부터 아주 유명한 미인이어서 그녀의 남편이 되고자 하는 자들이 일찍부터 줄을 섰다고 했다. 그렇게 미모로 유명했던 여자는 세 번의 결혼으로 막대한 지참금을 황폐한 앤더슨 변경백 영지에 가져왔을 뿐 아니라 결국 황제의 총애까지 자랑삼아 가져왔다.

그렇게 유명한 부모 밑에서 태어난 다니엘 대공은 태어나서 내내 사생아지만 황자나 다름없는 고귀한 신분으로 살았다. 그렇게 살다가 그의 아버지인 전 황제가 자연사하고 이복형이 황위를 잇자 본인은 자연스럽게 어머니의 뒤를 잇기로 결정했다. 수도에서 멀리 떠나 앤더슨 변경백의 영지를 지키기로 한 것이다. 겉으로 보기에는 어디까지나 평화로운 황가로 보였다.

물론 세간에서는 사실 이복형제의 사이가 아주 나쁘다는 소문이 떠돌기도 했다. 심지어는 현 황제가 다니엘을 질투한다는 소문도 있었다. 지방으로 내려간 다니엘 대공의 인기가 점점 드높아졌기 때문이다.

수도에서 방탕한 사교 파티의 탕아나 정치 놀음을 하는 대신 피 묻은 검을 휘두르며 국경을 지키는 대공은 서민들의 인기를 얻기에 훨씬 좋은 위치였다. 그런 소탈한 귀족을 흠모하는 이들은 신분을 막론하고 많았다. 무엇보다, 가장 중요한 요소는 역시 다니엘 대공이 잘생겼다는 것일 테다.

형제인 현 황제와 감히 외모를 비교하는 무례를 대놓고 저지르기는 힘들지만 두 눈 달린 사람이라면 대공의 인기의 근원은 누구나 알 수 있었다. 생각해 보니 두 사람이 사이가 나쁘다는 소문도 여기에 기인했을지도.

어쩌면 겉으로 평온하게 보이는 황가의 사정도 사실상 다니엘 대공의 인기에 힘입은 것인지도 모르겠다. 설령 현 황제가 정말로 다니엘 대공을 마음에 들어 하지 않는다고 해도 그에게 호의적인 여론을 뒤엎고 그를 없애기는 어려울 테니.

이렇게 다니엘 대공이 유명한데도 내가 그를 알아보지 못한 이유는 아주 단순했다. 그냥, 설마 그가 이런 곳에 있으리라고는 상상도 하지 못한 탓이다.

"갑자기 잘생긴 남자가 굴러들어 오면 그냥 이게 무슨 행운인가 고심하지, 이 남자의 정체를 궁금해하진 않잖아. 보통 그렇지 않아?"

"뭐라고?"

"아니야, 먹어."

고기를 우물대며 말하지 않고 다 씹어 넘긴 다음에야 말하는 태도가 아주 마음에 든다. 귀족다운 식사 예절은 알 바가 아니지만 씹는 소리가 크거나 음식을 튀기며 먹는 사람은 딱 질색이다. 남자가 한참을 먹다가 문득 민망하다는 표정을 지었다.

"원래 이렇게 식탐이 강하지는 않은데 이상하군."

"마법 약을 써서 그래."

"마법 약?"

"뭐지, 왜 모르지? 이 정도는 상식 아닌가? 마법사 한 번도 못 봤어?"

대공쯤 되니 그럴 리는 없을 텐데. 내가 의심의 눈초리를 보내자 남자는 허둥지둥하는 것처럼 보였다.

"아니, 못 본 것은 아니지만 항상 치유 마법을 쓰는 것만 보았지, 마법 약을 쓰는 건 처음 보아서…… 그리고 이렇게 한순간에 나은 것도 처음이다. 보통은 표피만 살짝 덮는 정도로 치유하는데."

"맞아. 애초에 치유 마법이라는 게 몸의 재생 속도를 빠르게 하는 걸 돕는 것뿐이거든. 표피만 덮어서 지혈을 막는 거라면 조금 어지러운 정도겠지만 완벽히 치유하게 되면 몸에 과부하가 걸려."

"과부하라고?"

"물론 이 약이 비싼 이유가 다 있지."

내 말에 남자는 약간 놀란 기색이었다. 아니, 설마 약이 비싸단 소리에 겁을 먹은 건 아니겠지. 대공에게서 약값이나 좀 뜯어낼 생각이었는데. 변경백의 영지가 아무리 척박하다고는 해도 황폐한 수준은 아닐 텐데.

혹시 재정적 위기를 겪고 있기라도 한 건가? 대공쯤 되는 지위의 남자가 돈을 신경 쓰는 것도 희귀한 일이다. 혹시 청구서를 영지로 보내면 반송당하는 거 아니야? 나는 약간의 의심을 품었지만, 그래도 친절하게 설명해 주기로 했다.

"걱정하지 마. 내 약은 부작용이 적다는 뜻이야. 그래 봤자 일시적으로 식욕이 엄청나게 돈다는 것 정도? 혹시 체중 감량 중이었다면 좀 안 됐네."

"……"

"뭐야, 그랬을 수도 있잖아."

뭘 그리 황당하다는 것처럼 사람을 쳐다보고 그러지. 사교 시즌에는 남성들도 곧잘 다이어트를 한다고 들어서 문득 생각이 난 것뿐이다. 나는 민망해서 코끝을 검지로 긁다가, 이것도 문득 생각이 난 김에 물어보았다.

"그래서 어떻게 할 거야? 지금 당장 신고하기에는 시간이 너무 늦었나."

"아니, 지금 바로 가겠다. 정말이지 폐를 끼쳤군."

마침 접시 위의 음식을 다 해치운 남자가 의자에서 일어났다. 그리고 잠시 뜸을 들이더니 그는 품속에서 만년필을 꺼냈다. 비싸 보이는 만년필이었다.

"지금 당장은 현금이 없어서 약값을 지불하지 못하지만 내 저택의 주소를 남겨 놓고 갈 테니 그쪽으로 청구서를……"

"에이, 그런 게 어디 있어."

사실 신분이 확실하니 보내 줘도 상관없다. 그리고 뭐, 굳이 먹고 튀겠다고 한다면 그깟 마법 약쯤 어딘가 쏟아 버렸다고 쳐도 상관없다. 하지만 곤란해하는 남자의 얼굴을 보는 건 은근히 재미가 있다. 나는 짐짓 엄격한 표정을 짓고 팔짱을 꼈다.

"안 돼. 그대로 도망갈지 내가 어떻게 알아?"

한편으로는 이 남자가 언제쯤 자신이 그 유명한 다니엘 대공이라는 사실을 밝힐지 궁금하기도 했다. 가난한 거리에서 조그마한 약국을 운영하는, 별로 대단치도 않아 보이는 마법사에게 신분을 밝히면 보통 어지간한 일은 수월하게 해결되지 않는가.

실은 그가 애초에 왜 자신의 신분을 밝히지 않았는지부터가 궁금했다. 나라면 처음부터 신분을 밝히고 순찰대건 뭐건 불러와서 거리를 샅샅이 뒤져 보라고 했을 것이다.

그도 그럴 것이 대공쯤 되는 지위의 남자다. 어떤 적이 어떤 식으로 공격했는지 모를 상황에 한낱 가난한 마법사와 수다나 떨며 음식이나 먹고 있을 때가 아니다. 그렇게 한가로운 지위라면 나도 하고 싶네.

"아니면 지금 내가 가지고 있는 귀중품을 담보로라도……."

그렇지만, 이 남자는 나와 꽤 다른 성격인 모양이었다. 그는 신분을 밝히는 대신 내게 어지간히도 쩔쩔매고 있었다. 목에 걸고 있던 루비 목걸이를 풀러 식탁에 내려놓았다.

루비의 알이 빛을 받아 반짝반짝 빛났다. 나는 어이가 없어서 그 목걸이를 노려보았다. 제법 알이 큼직한 것이 남성이 언제나 착용하고 다니기에는 화려하달까, 심플한 복장에 어울리는 것은 아니었다. 아무리 봐도 사연 있는 물건이다. 알고 보니 가보쯤 되는 거 아닌가.

루비 목걸이를 내려놓은 후에도 내가 아무런 말도 하지 않고 목걸이와 남자의 얼굴을 빤히 바라보고 있자 남자는 점점 더 당혹한 기색이었다. 뭐가 저렇게 우유부단하지. 나 같으면 가진 게 없는데 어쩌라고, 하며 배나 들이밀 것이다.

"에휴."

갑자기 한숨이 나왔다. 강렬하게 허무해졌다. 그냥 그만 놀리고 빨리 보내 줘야겠다. 나는 루비 목걸이 외 무언가 자신의 몸에 걸친 귀중품이 없나 열심히 스스로의 몸을 뒤지고 있는 남자에게 손짓을 했다.

"됐어, 됐어. 농담이야. 나중에 내킬 때 돈 가지고 와."

"……정말인가?"

"딱히 돈이 급한 것도 아니고."

당장 오늘내일 먹을거리를 살 돈만 있으면 된다. 그리고 대공이 설마 약값 따위를 떼먹겠어. 나는 눈을 끔벅이고 있는 남자에게 약값을 알려 주었다. 나름대로 합리적인 가격이었지 싶다. 남자는 당장에 고개를 끄덕였다.

"몇 배로 쳐서 돌려주겠다. 정말 신세를 졌군."

"뭐, 사람 목숨이 걸린 일이니까 당연한 일이잖아."

남 일에 굳이 고개를 들이밀 만큼의 여유는 없지만 당장 목숨이 간당간당한 사람이 눈앞에 있다면 구하는 게 인간으로서 당연한 도리 아닌가. 굳이 감사를 받을 것까지도 없는 일이다.

"그렇게 생각하는 이도 드물 거다. 오늘 밤은 내가…… 정말 운이 좋았군."

"당신이 오늘 죽을 운명이 아니었나 보지. 그나저나 이런 밤길에 혼자 갈 수 있겠어? 내일 아침에 가도 되는데. 방금 찔린 몸이잖아. 혹시 당신을 노린 범인이 근처에 있으면 어떻게 하려고 그래?"

어차피 밥도 주고 약도 준 마당에 하루쯤 남자를 이 집에 재운다고 해서 별반 달라질 것도 없다. 무엇보다 이 집에서 나가서 순찰대까지 가는 길에 다시 찔리면 기껏 살려 놓은 것이 또 죽을지도 모르지 않는가. 물론 내가 같이 가 준다면 모르겠지만, 난 굳이 이런 더운 여름날 밤을 걸어 다니고 싶지는 않았다.

하지만 남자는 고개를 저었다.

"이 수도에 굳이 날 노리는 암살자가 있을 거라곤 생각하고 싶지 않은데…… 나보다 가치 있는 자가 몇 명은 더 있을 거다."

"으음."

정치는 잘 모르겠지만 다니엘 대공쯤 되면 언제나 암살자가 몇 명쯤 있는 거 아니야? 로맨스 소설에서는 자주 그러던데. 맨날 독 든 음식을 여자 주인공한테 먹이더라고. 욕하면서 보곤 했다.

"아마도 내 옷차림을 보고 날 노린 강도겠지."

"그으래?"

"만약 날 죽일 생각이었다면 이런 과도를 사용하진 않았을 거다. 내장까지 찌를 만한 길이가 되지 않으니까. 그리고 기절시키기보다는 단숨에 숨통을 끊었겠지."

"흐으음."

설득력 있는 말이었다.

"그럼 그냥 길 가다가 운 나쁘게 강도에게 찔려서 돈도 뺏기고 죽을 뻔 했다는 거네."

와, 다니엘 대공쯤 되는 사람이면 역사서의 한 페이지를 차지할 건 분명한데, 되게 허무하게 역사의 페이지에서 사라질 뻔했네.

내 말을 들은 남자가 우울한 얼굴을 했다. 피를 닦아 낸 머리카락은 역시 검은 색깔이었다. 신문은 흑백이라 그냥 그런 검은 머리카락인 줄 알았는데, 수정구의 빛을 받아 빛나는 검은 머리칼은 반짝반짝 윤기가 흘렀다.

"스스로도 멍청한 짓을 했다고 생각한다. 그대가 없었다면 죽었을지도 모르겠군. 정말 감사한다."

"응, 그으래······."

뭘 하느라 그렇게 정신을 빼놓고 있었대? 차마 그렇게까지는 물어보지 못했다. 뭔가 일이 있기는 했겠지. 아니면 대공이 이런 가난한 거리까지 홀로 올 일이 어디 있겠는가.

"당신 생각이 그렇다면 굳이 말리지 않을게. 혹시 또 강도를 만나면 소리라도 질러. 내가 최대한 빨리 달려가 볼게."

"······그런 일이 없었으면 좋겠지만, 고려해 보겠다."

남자가 현관 앞에 섰다. 그가 문을 열려는 것을 제지하고 내가 직접 문을 열었다. 남자가 의아한 표정으로 나를 내려다보았다. 키도 되게 크다. 이 시대의 여성들이 자주 보는 신문에는 다니엘 대공의 신체 사이즈와 함께 이상적인 남성의 몸매에 대한 고찰이 칼럼으로 실리곤 하는데, 실제로 본 감상을 말하자면 과연 그럴 만했다.

난 사실 세간의 다니엘 대공에 대한 찬양에는 어느 정도 과장이 섞여 있을 줄 알았는데.

"내 집이니까 내가 현관문까지는 배웅해 줘야지. 방금 여기까지 실려 왔을 땐 기절해 있었으니 길도 모르잖아?"

"……그렇군."

내가 방금 그으래, 라고 말했던 것과 비슷한 톤이다. 아무리 봐도 마중이 필요 없다고 생각하는 눈치다. 그야 딱히 배웅해 줄 것도 없는 크기의 집이기는 하다만.

"당신을 내보내고 나서 가게 문을 닫아야 하거든."

"아, 그런 건가. 정말이지 폐를 끼치는군."

"고객을 배웅하는 건 당연한 일이지."

이걸로 다니엘 대공이 단골이 되어서 이왕이면 나중에 약을 대량으로 구매해 주었으면 좋겠다. 그 돈으로 배달이나 시키게.

나는 남자를 데리고 집의 현관문을 지나 좁은 마당을 거쳐 가게의 뒷문을 통과했다. 아까 전 냉각 수정구를 켜 놓은 가게 안은 시원해졌지만, 먼지가 잔뜩 쌓인 건 변함이 없었다. 다니엘 대공의 시선이 가게 안에 닿는 것을 보고 나는 어깨를 으쓱했다.

"좁고 더럽지?"

나름대로 애착이 있는 공간이기는 하지만 나도 양심은 있다. 게다가 다니엘 대공의 눈으로 보면 더 더럽고 비좁아 보이지 않을까. 전쟁터를 돌아다녔으니 지저분한 공간에야 익숙할지 몰라도 평소에는 영지의 성안에서 사는 사람인데. 그러나 남자는 내 예상을 벗어나 고개를 저었다.

"아니, 안락한 곳이군. 혼자 운영하는 건가?"

음, 그저 예의가 바른 것일지도 모른다.

"직원을 둘 만큼 바쁘지는 않아서."

"그렇군…… 이렇게 실력이 좋은데 왜지? 수도는 혹시 그대 같은 마법사가 많기라도 한 건가."

"그을쎄……."

뭐라고 말하기도 귀찮아서 나는 대충 흘려 넘겼다. 남자는 잠시 더 가게를 돌아보다가 내게 고개를 숙였다. 확실히 예의가 바르다.

"그럼, 감사했다. 날이 밝으면 다시 찾아오겠다."

"사람을 보내는 게 아니라?"

"감사는 직접 표하는 게 도리라는 걸 모를 정도로 얼이 빠진 건 아니다."

"그럼 그때는 이름을 말해 줄 건가 봐?"

그렇게 말하며 나는 웃었다. 물론 나는 이미 그의 이름을 알고 있지만, 아주 잠깐 그를 접한 것만으로도 그가 갑작스러운 상황에 쉽게 당황하는 성격이라는 것을 알 수 있었다. 그리고 당황해하는 그의 얼굴이 꽤 귀여운 것이 심술에 불을 붙였다. 역시 잘생긴 남자가 최고인가 보다.

역시나 그는 내 말에 당황해하며 고개를 살짝 비틀었다. 똑바로 마주친 시선을 비틀어 회피한 것이다. 거짓말도 잘 못 하는 성격인 것 같았다.

"……물론…… 이다."

"비싼 이름인가 봐. 생명의 은인에게 알려 주지 못할 정도면 말이야."

"그건 아니지만…… 좀 더 좋은 때에."

"응?"

"……아니, 아무것도 아니다. 내일 다시 오겠……."

쨍그랑! 우지끈!

언어로 표현하면 그런 소리일 것이다. 나와 남자는 동시에 창문 밖으로 고개를 돌렸다. 거리 한복판에서 소리가 났음 직한 거리감이었다. 쇳덩이가 구르고 나무가 부서지는 소리다. 여자의 비명 소리와 남자의 고함, 그리고 달려오는 발소리가 났다. 이 거리에서는 익숙한 소음이지만 그렇다고 익숙하게 넘길 수 있을 만한 것은 아니다.

다니엘 대공이 나에게 다시 고개를 돌릴 찰나, 내 가게의 문이 열렸다. 물론 내가 연 것도, 다니엘 대공이 연 것도, 문밖의 누군가가 연 것도 아니었다. 그의 눈앞에서 문의 빗장이 스르륵 풀리며 입구가 파랗게 빛났다. 이런, 나는 혀를 찼지만 어쩔 수 없는 일이었다.

"오늘은 밤손님이 유독 많은 날이네."

입구가 저절로 활짝 열렸다. 먼 거리에서 달려오는 한 여자가 보였다. 이 무더운 여름밤에 긴 팔에 발목까지 내려오는 원피스를 입은 여자였다. 그녀는 먼 곳에서도 바로 알 수 있을 만큼 험한 꼴을 하고 있었다. 그녀는 필사적으로 길을 달리고 있었다.

숨이 차서 뛰어오던 그녀는 곧이어 가게의 문 앞까지 도착했다. 그녀는 자신이 어딜 향하는지도 모르고 문으로 들어와 벽에 부딪힐 뻔했다. 그리고, 내가 그 전에 그녀를 붙잡았다. 그러다가 넘어질 뻔했지만 내가 제인과 함께 넘어지기 전에 옆에 서 있던 다니엘 대공이 팔을 뻗어 내 몸을 잡았다. 내 품에 안긴 제인이 필사적으로 몸부림쳤다.

"싫어! 그만, 그만!"

"네, 잠깐만요, 제인."

"그만 좀…… 누가 좀 도와주세요!"

"그래요."

몸부림치는 그녀를 잘 안기에는 내 힘이 역부족이었지만, 나를 껴안는 김에 제인을 잡은 다니엘 대공은 충분히 힘이 넘쳤다. 덕분에 나는 두 사람 사이에 폭 끼어 버린 꼴이 되었지만, 안정적이기는 했다.

남자와 제인 사이에 끼인 채로 나는 제인의 등을 토닥였다. 제인은 얼마간 더 울먹이며 몸부림치다가, 자신의 등을 두드리는 손이 때리기 위한 것이 아니라 토닥이는 것을 깨달은 순간 몸을 퍼덕이듯 뒤틀며 고개를 들었다.
 그녀와 나의 시선이 마주쳤다. 낮보다도 더 창백한 얼굴이었다. 나는 낮과 다름없는 여상한 어조로 그녀에게 인사했다.
 "어서 와요, 제인"

* * *

 보통 마법 약이라는 것은 꽤 고가품이다. 이것만큼은 아무리 시간이 흘러도 변함이 없는 것 같다. 사실 마법 약의 원료는 별것 아니다. 은을 넣어 72시간 정제한 물이라거나, 달빛을 잘 받는 옹달샘에서 깊은 밤 떠 온 물이라거나, 기껏 꽃잎을 달인 물일 것이다.
 그렇지만 그 물에 마법사가 약간의 마력과 복잡한 마법을 불어넣으면 그건 마법 약이 된다. 하지만 마법사가 물에 불어넣을 수 있는 마력은 한정되어 있고, 걸 수 있는 마법이라고 해 보아야 한정적이다. 아무리 훌륭한 마법 약이라고 해도 깊게 베인 상처의 표면만을 살짝 덮는 것이 최선일 것이다. 보통 마법사들이 만드는 마법 약이라면 말이다.
 그럼에도 불구하고 그런 마법 약들이 비싼 것은 이 세계의 의료 기술이 아직도 형편없기 때문이다. 나쁜 피를 한 번 빼면 좋은 피가 된다던가, 하는 식의 의료가 성행하고 있으니 말 다 한 거지. 그래도 먼 옛날과 비교해 보자면 상당히 진보하기는 했지만.
 어쨌건 의학의 진보가 아직도 느리기 때문인지, 보통은 돈이 있다면 치료 마법을 전문적으로 연구한 마법사를 찾거나, 혹은 마법 약을 찾곤 한다.
 사실 내가 파는 마법 약도 이런 가난한 거리에서 잘 팔릴 법한 물건은 아니었다. 그래도 나는 마법 약을 깨끗한 물 값과 비슷하게 팔았고, 가난한 거리의 주민들은 깨끗한 물을 살 돈을 내느니 아픈 걸 택할 정도기는 했지만 그래도 너무 아프면 이 가게에 와서 약을 사 갔다.

그들은 아마 낸 돈에 비해 약효가 너무 좋다고 생각하지도 못했을 것이다. 비교 대상이 없으니까. 그리고 그런 이들을 하나하나 찾아가 도와줄 만한 여유는 없지만, 나는 도움을 요청하는 이들에게는 언제나 내 가게를 열어 두었다. 그러니까, 내 가게에는 마법이 걸려 있다. 적어도 내가 사는 이 거리에서 누군가가 도움을 간절히 요청한다면 그 사람이 향하는 길이 내 가게로 이어지도록 하는 마법이.

"꽤 대규모의 마법이군."

"맞아."

"이런 마법을 쓸 수 있을 정도라면 그대는……."

다니엘 대공은 말을 하다가 멈추었다. 제인은 따뜻한 차를 마시게 한 후 내 방에 재운 참이었다. 시원한 방에 들어가서야 제인은 긴 팔의 옷을 벗었다. 그녀의 팔과 다리, 하다못해 허리에도 퍼렇고 뻘건 멍과 상처들이 즐비했다. 발로 차고 주먹으로 때린 흔적들이다. 그 상처를 누가 냈는지 추측하는 건, 우습게도 꽤 어려운 일이었다. 후보가 한둘이 아니니까.

그녀의 아들은 그의 아버지를 보고 그대로 따라 배워서 이 거리의 질 나쁜 악동이 되었다. 그 애의 아버지가 어떤지 이 거리의 사람이라면 누구나 알았다. 술집에서는 제인이 언제 도망갈지 질 나쁜 내기를 거는 이들도 있었다.

"그런 남편이 있다면 차라리 도망가는 것이 현명한 일일 텐데."

"그건 너무 희망찬 선택지잖아."

상황에 휩쓸려 다니엘 대공도 이 집을 떠나지 못했다. 밤손님이야 하나건 둘이건 다를 것도 없으니 상관없는 일이다. 나는 조용히 차를 마셨다.

"그리고 불안한 선택지기도 하지. 특별한 능력도, 연고도 없는 여자가 모든 걸 버리고 떠난다면, 글쎄, 어디에서 어떻게 살아가겠어. 당장 오늘 하루 어딘가에 묵을 돈조차 없는데. 이렇게 맞고 나서도 그녀는 내일 다시 과일 가게를 열지 않으면 밥을 먹을 수가 없어."

"……그렇군."

"수도라고는 해도, 성 밖 거리의 빈민촌은 이런 곳이 많아. 제인 같은 여자는 수도 없이 많을 거고."

"……."

"한 명, 한 명 도와주다가는 아마 인생을 다 써도 시간이 부족할 거야."

그러니까, 모든 이를 하나하나 도와주기에는 난 시간도 여유도 없는 사람인 것이다. 시간이 아무리 많아도 부족할 것이다. 영원을 살지 않는 이상은.

무엇보다 내 인생을 온전히 남을 돕는 데 쓸 정도로 선량한 사람도 아니다. 사실, 더 이상은 그러지 않기로 다짐했다.

"그런데도 그대는 이런 가게를 꾸리고 있군."

"……그러게 말이야."

한심한 일이다.

내가 말없이 나머지 차를 마시는 동안 다니엘 대공은 쭉 침묵했다. 그는 그렇게 충격을 받은 모습은 아니었다. 하기야 그도 과거 앤더슨 변경백의 영지였던, 현재는 대공령인 영지를 지배하는 통치자이다. 빈민굴 정도는 익숙할지도 모른다. 그나마 그의 영토는 빈민 구호 대책이 잘 이루어지고 있다고 들었으니 수도만큼 심하지 않을지는 몰라도. 그가 천천히 입을 열었다.

"이런 건 어떤가."

"뭐가?"

"제인에게 내가 소개장을 써 주겠다. 또 내 영지로 이주할 수 있도록 조처해 놓지."

오. 나는 눈썹을 치켜올렸다.

"드디어 이름을 말해 줄 생각이 들었나 봐?"

다니엘 대공이 침울한 낯빛을 했다.

"좀 더 정식으로 소개하고 싶었는데."

"근데 정식으로 소개받으면 나, 존댓말 써야 하는 거 아니야? 불편하니까 내가 당신의 신분을 모르는 셈치고 좀 이따 소개하는 건 안 될까?"

"……."

다니엘 대공이 내 말에 고개를 푹 떨구었다. 사실상 대놓고 소개가 필요 없다는 걸 알린 셈이다. 그는 더더욱 침울한 표정을 지었다. 땅 파는 강아지나 할 법한 표정이다. 처음 만난 남자에게 느낄 만한 감정은 아닌데 진짜 제법 귀엽다.

"……정말 잘 소개하고 싶었는데."

"어쨌거나, 그렇게 해 준다면 제인에게야 좋은 일이지. 제인이 그걸 받아들일지는 모르겠지만 당신 마음 씀씀이는 훌륭하다고 생각해."

솔직히 엄청나게 훌륭하다. 아무리 불쌍한 빈민을 만났다고 해도 현실적인 도움을 주는 자는 드물다. 하지만 대공은 씁쓸하게 웃었다.

"글쎄, 훌륭한가. 정말 훌륭한 귀족이라면 애초에 이런 빈민굴이 생기지 않도록 했어야 할 텐데."

"그렇게까지 생각할 건 없는 것 같은데."

어차피 대공은 이 수도의 빈민굴을 없앨 수는 없다. 그는 수도의 정치나 정책에는 관여할 권한이 없을뿐더러, 그래서는 안 되기도 했다. 그러니 그가 할 수 있는 일이라고 해 보았자 관련된 정부 공무원에게 구호 대책을 제대로 세우도록 입김을 불어넣는 정도겠지만 그것조차 황제에게 어떻게 보일지 모르는 일이다.

그러니까 그가 취할 수 있는 가장 현실적인 방법은 제인을 그의 영지로 이주시키고 일자리를 주선해 주는 것이다. 그의 영지에서 어떤 식으로 빈민 구호가 이루어지고 있는지는 모르겠지만, 적어도 제인은 그의 남편과 분리될 수 있으니까.

이것조차 완벽한 방법은 아니지만 그나마 마침 내 가게에 온 손님이 대공이 아니었다면 절대로 불가능한 방편이다. 그녀의 인생에 드디어 자그마한 행운이 찾아왔다고 표현한다면 실례가 될까?

"그렇지만…… 그렇게 오랫동안 학대당했는데도, 그녀가 내 가게에 이런 식으로 방문한 건 처음이야. 대체 무슨 일이 있었던 걸까?"

그녀는 이제까지 내 도움을 필요로 하지 않았다. 적어도 내 가게에 걸려 있는 마법이 발동할 정도는 아니었다. 그녀는 오늘 밤 무슨 일을 겪은 것일까.

찻물이 사라진 찻잔 밑에는 내가 미처 걸러 내지 못한 찻잎이 들러붙어 있었다. 영 들쩍지근하고 꺼림칙한 밤이었다.

나는 거실의 소파에서, 그리고 다니엘 대공은 결국 거실의 바닥에 모포를 깐 채로 하룻밤을 지새웠다. 잠시 눈을 붙였다 일어나 보니 그는 이미 떠난 후였다.

아침에 일어나서 처음 보는 얼굴이 미남이기를 기대했는데 너무 과분한 소원이었던 모양이다. 뭐, 가다가 칼에 찔리지나 않았으면 됐다. 다시 내 가게로 달려오지는 않았으니 무사한 것일 테지.

나는 기지개를 한 번 쭉 켜고 나서 부엌으로 향했다. 어제 사 온 고기는 거의 다 썼으니 토마토 수프라도 끓이고 저녁쯤에 다시 한번 장을 보러 나가야겠다.

나는 아쉬운 대로 토마토를 조각내고 소금을 적당히 뿌린 다음에 냄비에 끓이기 시작했다. 토마토가 끓는 동안 다른 프라이팬에는 올리브유를 두르고 마늘과 양파를 볶았다. 고소한 냄새가 올라올 즈음, 나는 마늘과 양파를 냄비에 때려 넣고 후추와 치즈를 넣고 마무리했다. 내 멋대로 만드는 간단한 토마토 수프였다.

제대로 닭 육수에 끓였다면 더 맛있었을 텐데 없으니 별수 없다. 수프가 끓을 즈음에 계단을 내려오는 소리가 들렸다. 나는 뒤도 돌아보지 않고 인사했다.

"잘 잤어요?"

"메리……."

모기보다도 작은 소리로 제인이 내 이름을 불렀다. 이 이름은 언제까지고 익숙해지질 않네. 나는 어깨를 으쓱였다.

"아침 식사라도 좀 하고 이야기해요."

물론 하고 싶다면, 의 이야기지만. 멍이 잔뜩 들고 팅팅 부은 얼굴의 제인은 어색하게 식탁에 앉아서 내가 끓인 토마토 수프에 딱딱한 바게트를 적셔 먹었다. 이빨은 다행히 무사한 모양이었다.

식사를 마친 후, 집에 남은 홍차 잎으로 홍차를 끓여 마시기까지 한 후에야 그녀는 어렵게 입을 열었다.

"어제는…… 정말 고마웠어."

"별로요, 한 것도 없는데요."

실제로 난 별로 한 게 없었다. 내가 그녀를 때린 남편에게 시원하게 한 소리 해 줄 수 있었던 것도 아니고 말이야. 하지만 제인은 몇 번이나 더 고맙다는 소리를 반복했다.

"아니야…… 어제 맞아 죽었을지도 몰라. 고마워."

"어제 가지고 간 감기약도 제인 거였어요?"

"……응."

역시나 그랬구나. 나는 한숨을 쉬며 자리에서 일어나 부엌의 찬장으로 걸어갔다. 찬장에는 내가 만들어 둔 여러 가지 약통들이 있었다.

"감기약이 내 약 중에 가장 싸니까 그걸로 가져간 거죠?"

제인은 이제까지도 몇 번이나 내 약국에서 약을 산 적이 있었다. 내 약국에는 생각보다 꽤 많은 가짓수의 약이 있지만, 제인은 언제나 감기약만 사 갔다. 내가 감기약에 어느 정도 해열과 진통 효과가 있다고 말해 줬기 때문인 것 같다.

"그냥 진통제로 가져가요, 제인 아프면 아프다고 말을 해야죠."

그래서 그런지, 내가 생리통 약도 같은 가격에 줄 테니 가져가라고 아무리 그래도 내 말을 통 듣질 않았다. 생리통 '따위'에는 진통제를 쓰면 안 된다는, 돈을 쓰면 안 된다는 강렬한 무의식이라도 있는 것 같았다. 제발 아프면 약을 좀 먹었으면 좋겠다.

결국 나는 혀를 차며 은 스푼을 꺼내 진통제를 한 스푼 따랐다. 제인은 몇 번 사양했지만 내가 스푼으로 제인의 입술을 칠 기세로 들이대자 결국 진통제를 받아 마셨다. 생각 같아서는 얼굴에 든 저 시퍼런 멍들도 빼 주고 싶지만, 멍이 없어지면 없어지는 대로 제인의 남편은 또 난동을 피울 것이다.

"그럼 이제 어떻게 할 거예요? 신고할래요?"

그 말에, 예상은 한 일이었지만 제인은 고개를 흔들었다. 그 얼굴에는 절망감이나 두려움보다는 초연함이 들어 있었다. 이 상황에 익숙해져서 벗어날 생각조차 하지 못하는 얼굴이다.

어쩌면 당연한 일이었다. 이 상태라면 만일 다니엘 대공이 다시 찾아와 제인에게 이주 신청을 하도록 제안한다고 해도 받아들이지 않을 확률도 컸다. 굳이 나서서 내 시간을 할애하며 누군가를 도와줄 만큼의 여유는 없지만, 그래도 역시 도와줄 수 있는 사람이라면 도와주고 싶은데.

나는 제인의 팔을 잡고 말했다.

"제인, 그렇지만 오늘 다시 돌아가면 또 똑같은 상황이 일어날 수도 있어요. 괜찮다면 며칠이라도 내 집에 묵었다가 가요."

갑자기 다니엘 대공의 이야기를 꺼내어 보았자 제인이 믿을 것 같지도 않고, 그렇게까지 신분이 높은 사람이 무언가를 제안한다고 해도 거절할 확률이 높을 것 같았다. 차라리 내 집에서 며칠 묵게 해서 안정을 취하게 한 다음 보내고 싶은데. 그렇지만 역시 제인은 고개를 저었다.

"아니, 아니야. 어차피 가게를 열어야 하니까……."

"하루 이틀쯤 닫으면 안 돼요?"

"절대 안 되지!"

제인이 갑자기 힘찬 소리로 외쳤다. 나도 모르게 움찔할 정도로 큰 소리였다.

"약사 선생이야 그래도 괜찮지만, 과일 가게는 하루 이틀만 문을 닫아도 거래처가 다 끊긴다구."

그렇게 말하는 제인은 억척스럽게 눈을 번쩍번쩍 빛내고 있었다. 정말 생활력이 강한 사람이다. 나는 제인의 팔을 놓았다. 음, 더 설득하려고 해도 가게 닫고 내 집에 있으라고 하면 화를 낼 기세인데.

"그리고 약값도 줘야 하고 말이야."

"그런 건 안 줘도 되는데."

"그렇게 사람이 좋아서 어떡해? 받을 건 받아야지."

"아, 딱히 제 성격이 좋은 건 아닌데용."

나는 칭찬에 근지러워지는 콧잔등을 긁었다. 괜히 이상한 말투를 쓰게 되네. 그렇지만 진짜로 난 착한 사람이 아니라서 칭찬을 듣기에는 딱히 적합한 사람이 아니다. 얼굴이 붉어졌다.

"전 사람이 싫은 사람이랍니다. 사람이 싫은 사람? 말이 좀 이상한 것 같네. 여튼 그래요. 그럼 가게는 열더라도, 밤에는 내 집에 와서 자요."

이거 참, 바람둥이 대사도 아니고 이게 뭐람. 그렇지만 내 필사의 꼬임에도 제인은 고개를 저었다.

"아니야, 우리 애도 있고."

"아, 이름이 잔이었죠. 잘 지내죠?"

제인의 아들은 매번 순찰대원에게 들키지 않게 소매치기에 성공하거나, 몰래 가게의 물건을 훔치거나 해서 이 거리의 모든 어른들이 싫어하는 악동이다. 뭐, 거리를 어지럽히는 악동이긴 하지만 제인에게는 귀여운 아들일 수도 있겠지. 사실 악동이니 귀여운 아들이니 하기에는 애가 좀 크긴 하다.

그나저나, 애도 있는 여자를 집에서 벗어나게 하려면 어떻게 해야 할까. 나는 고민에 빠졌다. 제인은 평소에 그리 교류가 없는 내가 보기에도 아들을 상당히 아꼈다. 나쁜 짓을 하느라 몸이 상하면 그걸 걱정해서 이 거리에서는 꽤 비싸게 느껴질 내 약을 꼬박꼬박 사러 올 정도이니까.

그렇다면 제인을 내 집에 두려면 아들까지 내 집에 데려와야 한다는 계산이 나온다. 제인은 몰라도 아들까지 내 집에 재우기에는 공간이 영 좁은데. 게다가 잔은 내 마법 약을 도둑질을 한 적도 있어서 영 꺼려지기도 하고. 나는 그렇게 생각에 골몰해 있다가 문득 고개를 들었다. 그리고 제인의 얼굴이 허옇게 질려 있는 것을 발견했다.

"제인? 왜 그래요?"

"⋯⋯아무, 아무것도⋯⋯."

뭐야, 갑자기 왜 이러는 거지? 치맛자락을 쥔 제인의 두 손이 사시나무 떨듯 떨리고 있었다. 내가 제인의 손을 맞잡았지만, 제인은 내 손을 마주 잡을 생각은 하지 않고 계속 덜덜 떨었다.

"어, 어떡하지⋯⋯."

"제인, 잠깐만요. 진정해요."

갑자기 이게 무슨 일이지? 내 약이 잘못되었을 리는 없는데. 이래 봬도 난 약 하나는 정말 잘 만든단 말이야. 게다가 제인의 심리가 불안정할 것 같아 신경을 안정시키는 허브 성분도 같이 넣었는걸. 나는 제인의 손을 잡고 안색을 살폈다.

"갑자기 왜 그래요? 무슨 일 있어요?"

"메리! 나 어떡하지."

제인의 눈에서 눈물이 주룩주룩 흘러내리기 시작했다. 폭포수처럼 흘러내리는 눈물에 나는 엄청나게 당황했다. 아니, 갑자기 울기까지 한다고? 나는 신경을 안정시키고 진통을 억제하는 약을 준 건데 왜 갑자기 감정을 주체하지 못하는 상태가 된 거지?

내가 당황하고 있는 사이에 제인은 무슨 미친 사람처럼 갑자기 알 수 없는 말을 혼자 지껄이기 시작했다. 칼에 찔려 있는 남자를 발견한 어젯밤에도 이렇게 당황하지는 않았는데.

"미쳤나 봐. 그걸 어떻게 잊어버리고 있을 수가 있지? 나 어젯밤에 잔을! 어떡해, 지금 당장 돌아가야 해. 돌아가서……!"

"그러니까 무슨 일이에요? 어젯밤에 남편한테 맞은 것 아니었어요? 아, 젠장. 말하고 나니 더 열 받네."

"맞아, 그건 맞는데…… 그다음에."

제인은 손을 벌벌 떠느라 내가 욕을 내뱉은 것은 신경도 쓰지 않았다.

"어떤 남자가 잔을 데리고 집에 왔어. 그리고 잔이 그 사람의 돈을 훔쳤다면서, 배상금을 어마어마하게 요구하더라고…… 신분이 높아 보였는데, 주지 않는다면 잔을 감옥에 넣겠다면서."

"이런 미친……."

나는 머리를 짚었다. 그야 제인의 아들은 손버릇이 나빠서 행인들의 지갑을 자주 소매치기하곤 했다. 그렇다고 해도 이렇게 협박당하는 것이 정당하다고 할 순 없다. 순찰대에 넘겨서 감옥살이를 시킨다면 모를까. 그리고 그 경우 나는 찬성이다. 사회와 법이 제대로 작동한다는 의미이니까.

그렇지만 안타깝게도 이 빈민가의 거리에서는 공정한 재판은커녕 약간이라도 정의로운 순찰대원은 존재하지 않았다. 정말로 상대방이 신분이 높다면 더더욱이나 잔의 사정에는 아무도 신경을 써 주지 않을 것이다.

순찰대원이야 조그마한 십 대 소년의 도둑질이 아니꼬울 거고, 빈민가의 사람들이 서로를 힘으로 짓누르며 뺏고 빼앗기는 모양을 그저 대강 그런 세계겠거니, 할 뿐이다.

그런 거리이니까, 폭력적인 아버지를 둔 십 대 소년이 제대로 자라날 수 있는 환경일 리도 없다. 악순환이다. 그야말로 개인을 하나하나 도와주다가는 일생이 부족할 만큼 커다란 악순환.

"그래서 어떻게 했어요?"

"그런 돈을 단번에 마련할 수는 없으니까…… 가게라도 팔까, 그런 의논을 했어."

가게를 팔아야 할 정도라니. 제인의 자부심이자 유일한 수입원일 텐데. 나는 순간적으로 내 집에 남아 있는 돈을 계산해 보았다. 그렇지만 영 도움이 될 만한 액수는 아니었다. 젠각 수정구에 너무 많이 투자했어.

어쨌거나 어젯밤엔 정말 별별 일이 다 있었던 것 같다. 그렇지 않아도 평화롭지는 않은 집에 심지어 폭풍까지 분 상태였던 것이다. 하기야 그랬으니 제인이 내 집까지 도망쳐 들어왔겠지.

"그래도 금방 결정할 수 있는 일은 아니니까 일단 남자를 돌려보내고…… 남편과 잔이랑 이야기하다가, 내가 돈을 마련해 보자고 하는데…… 남편이 나를 때렸어. 다 나 때문이라고, 내가 애를 잘못 키운 탓이라고."

더듬더듬 이야기하는 제인의 손이 하얗게 질려 있었다. 손톱이 제인의 손바닥을 파고들고 있었다. 욕설을 내뱉고 싶었지만 참았다. 시기가 맞지 않는 타인의 분노 따위는 아무런 소용도 없다. 그러나 그것도 제인의 다음 말을 듣기 전까지였다. 제인은 어딘지 공허한 눈으로 말했다.

"그런데 잔이…… 맞는 날 보면서 마구 비웃었어."

"예?"

뭐라고요? 나는 차마 그렇게 되묻지 못했다. 그렇게 말하는 제인의 입술도 퍼렇게 질려 있었다. 제인의 턱에 고인 눈물은 쉴 새 없이 바닥으로 떨어졌다.

"내 아들이, 내 꼴이 우습고 한심하다면서 웃었다고. 비웃었어."

"뭐 이런 개자……."

나는 말을 멈추었다. 개자식이라고 하면 제인의 아들을 욕하는 거잖아. 아니, 아니지. 개자식이라고 해도 될 거야. 뭐 그런 싹수 노란 놈이 다 있어?

"그래서, 그래서 내가…… 난 제정신이 아니었어. 제정신이 아니었는데, 눈앞이 그냥 하얗고 벌겋고 그래서."

"그래서요?"

그 상황에 놓인 제인의 심정은 능히 상상이 갔다. 말을 꺼내기 꺼림칙했지만,

제인은 도통 속내를 다 털어놓지 않고서는 견딜 수 없을 것처럼 보였다. 그래서 나는 말문을 터 주었다.

"때리기라도 했어요?"

내가 묻자 제인의 손이 힘없이 툭 치맛자락을 놓았다. 나는 제인의 손을 잡고 손바닥을 들어 보았다. 손바닥에는 깨진 제인의 손톱 모양대로 시퍼런 자국이 박혔다. 제인은 마치 죄를 지은 사람처럼 나를 바라보았다. 덜덜 떨리는 어깨와 흐르는 눈물과 허옇게 질린 입술은 아무리 봐도 피해자인데.

"……응."

제인은 짧게 긍정하며 자신의 손을 꾹 쥐었다.

"때렸는데…… 그 애가 나를 보더라. 아무 말도 못 하고. 그렇게 바락바락 악을 쓰는 앤데…… 나를 꼭 자기 아빠 보는 것처럼."

"그래서 어떻게 했어요?"

그녀는 지친 웃음을 지었다.

"애 아빠하고도, 잔하고도 이야기할 게 없었어. 그냥 그대로 집을 나왔지."

나는 그녀에게 대체 뭐라고 이야기해 줄지 잠시 고민했지만, 잠시 후 별로 어렵지 않게 입을 열었다.

"그럼 정말로 그 집에 돌아갈 이유가 없지 않아요?"

"난…… 난…….''

제인은 고개를 힘없이 푹 떨궜다. 마치 힘을 잃은 시체처럼. 나는 제인의 말을 듣기도 전부터 제인이 무어라고 할지 예상할 수 있었다.

"난 자수할 거야."

너무나 예상대로의 말이어서, 나는 제인의 말에 한숨을 쉬었다. 내 한숨을 듣고 제인은 어깨를 움찔했다. 그렇지만 제인을 탓하는 한숨은 아니었다.

영 까끌하게 느껴지는 목을 침으로 삼키면서, 나는 이 여자를 어떻게 해야 설득할 수 있을지 생각해 보았다. 이런 빈민굴에 살면서, 그래도 생활을 포기하지 않고 정직하게 가게를 꾸려 나가면서 가족을 지키려고 노력하는 강건한 사람이다. 동시에, 이 커다란 악순환에서 홀로는 절대로 빠져나올 수 없는 피해자이다.

"무슨 자수를 해요. 가정 폭력으로? 신고는 찬성이긴 한데."

단지 신고 대상은 그 개잡놈 새끼고. 아, 마지막은 소리 내서 말했다. 제인의 안색이 허옇게 질렸다. 남편은 확실하게 이 사람에게 있어서 가족 따위가 아니라 공포의 대상이다.

나는 다시 찬장으로 가서 상처에 쓰는 연고를 꺼냈다. 역시 제인의 얼굴에 여전히 남아 있는 멍을 지워 주고 싶었기 때문이다. 참고로 어제 다니엘 대공에게 써 준 것보다 조금 더 괜찮은 약이다. 어제는 부엌 찬장까지 가기가 귀찮아서 대강 아무거나 썼기 때문에.

여전히 덜덜 떨고 있는 제인의 손을 잡아 소파에 앉히고, 나는 그녀의 옆에 앉은 채 몸을 돌려 그녀의 얼굴에 꼼꼼히 약을 발라 주었다. 평소라면 이런 비싼 약은 됐다며 사양했을 그녀가 혼란스러운 탓인지 다행히도 약을 거절하지 않았다. 나는 천천히 운을 뗐다.

"그럼 제인이 감옥에 가려고요? 과일 가게는 어쩌고."

"잘못했으면 벌을 받고, 신께 회개해야지…… 난 내 아들을 때렸다고. 오, 잔. 엄마가 미안해……."

그렇게 말하면서도 제인은 여전히 울고 있었다. 덕분에 연고에 눈물이 붙어서 끈적해졌다. 약으로 번들거리는 멍 든 얼굴 위로 눈물이 쉴 새 없이 흘러내렸다. 그 모습은 마치 정말로 죄를 뉘우치는 것 같은 죄인 같았다.

대체 누가 죄인이라고? 나는 제인의 말을 듣고 어쩔 수 없이 웃었다. 물론 즐거웠던 것은 아니다. 사람은 즐겁지 않고 착잡한 심정일 때도 웃을 수 있는 존재이다. 신이 그렇게 만들었다는 모양이다.

"그렇게 따지면 잔도 감옥에 가야 하고, 당신 남편도 감옥에 가야 하는데요."

누군가의 물건을 끊임없이 훔친 어린 도둑이나, 알코올 중독증에 아내에게 내내 폭력을 휘두르는 폭력범은 감싸면서 말이야. 제인은 내 말에 허둥지둥하는 기색이었다.

"그건…… 그렇지만, 내 아들은 아직 아이고…… 남편도, 술만 끊으면 좋은 사람인데."

"그거, 헛소리란 거 알죠?"

잔은, 그래. 아이기는 했다. 그렇지만 제인이 생각하는 것만큼 아이는 아니었다. 자신이 하는 일이 나쁜 일이라는 것도, 어머니가 자신이 저지른 도둑질 때문에 속상해한다는 것도 알 만한 나이였다. 그리고 그런 잔의 양육을 방치하면서 제인에게 손까지 올리는 남편은, 더할 나위 없이 별 볼 일 없는 인간이다.

내가 길게 한숨을 쉬자 제인이 움찔했다. 아마도 내가 그녀를 한심하게 여긴다고 생각하는 듯했다.

"나는 아주 오랫동안 사람들의 이야기를 들어 왔는데요."

물론 나는 그녀를 한심하게 생각하지 않는다.

"불행한 상황에 놓인 사람들이 모든 상황에서 언제나 피해자로만 존재하는 건 아니더라고요. 어떤 상황에서는 또 다른 가해자가 되곤 하죠."

뭐, 그렇게 가해자가 된 사람의 피해자는 가해자를 원망하고 욕하고 탓할 자격이 있긴 하지. 엄마에게 맞은 제인의 아들은 제인을 원망할지도 모른다. 그게 잘못되었다는 게 아니야. 게다가 애초에 나는 누군가의 잘못의 경중을 판가름할 만큼 대단한 인간도 아니다. 그저 내가 말하고 싶은 것은.

"그런데 항상 똑같은 점이 있어요. 당신 같은 여자들이요."

그렇지만 제인은 남편을 원망하지 않는다. 자신을 비웃는 아들도 원망하지 않았다. 제인 같은 여자들은 다들 그랬다. 수백 년간 변하지 않았다. 그녀들은 가해자를 원망하는 게 아니라, 상대방이 그렇게 행동하도록 만든 책임이나 원인이 자신에게 있다고 생각한다. 그렇게 자신을 책망하고, 왜 더 잘하지 못했냐고 끊임없이 스스로에게 되뇌다 결국에는 자신을 보호하는 일에서 손을 놓게 된다.

"제발 다른 사람들한테 관대한 것만큼 본인한테도 관대해져 봐요."

제발, 내 말을 좀 들어 줘.

알코올에 취해서 아내를 때리지만 평소에 좋은 사람이라면, 거리에서 사람들의 돈이나 물건을 훔치지만 어린아이기 때문에 용서해 줄 수도 있다면.

"아무리 엄마라도, 자식에게 그따위 말을 들으면 순간적으로 머리가 돌아 버려서 잘못된 선택을 했을 수도 있죠."

심지어는 결혼한 그 오랜 해 이전부터 아이를 낳은 순간까지 제인은 그놈의 남편 때문에 단 한 순간도 제정신으로 산 적이 없을 정도로 몰려 있었던 사람인데. 남은 쉽게 용서하면서 왜 이렇게 본인만은 용서하기 힘들어하는 걸까?

그래도 제인은 여전히 고개를 저었다.

"하지만 이건 절대로 용서받을 수 없는 죄잖아……."

"그런 죄인 걸, 누가 정하는데요? 신? 신관? 아니면 교황?"

제인의 반응은 당연했지만 그래도 나는 답답했다. 답답해서 가슴이 다 막힐 지경이었다. 제인은 입술을 꾹 깨물었다.

"메리도 그렇게 위로해 줄 필요 없어. 난 괜찮아……."

"하나도 괜찮지 않아요. 난 당신을 위로하는 것도 아니고, 한심하게 생각하는 것도 아니에요."

사실, 내가 한심하게 생각하는 건 이따위 세상을 만든 신이다. 그렇게 전지전능한 존재라면 처음부터 모든 인간이 행복한 세상을 만들거나, 혹은 처음부터 만들지 말았어야 했다.

"애초에 당신 같은 사람이 사는 게 거지 같도록 만들어진 세상이 문제야."

무슨 이따위 세계를 지켜 달라고 지랄이야?

"내가 이딴 세상 다 망하게 만들 거야."

"……이야기 중 실례지만, 잠시 끼어들어도 되겠소?"

"아니!"

거의 패닉 상태에 빠져 있던 제인은 물론이고, 문간에 갑자기 침입한

다니엘 대공도 내 말에 바로 입을 다물었다. 제인은 낯선 남자를 보고 당황해서 자리에서 일어섰다.

나는 혀를 찼다. 거의 다 됐는데 왜 방해야. 애초에 내 가게에는 대체 어떻게 들어왔담? 가게를 열지 않은 이상, 피해자가 아닌 사람은 이 집에 들어올 수가 없는데. 내가 건 마법이 잘못되기라도 한 건가, 아니면 오랜만에 잘생긴 남자를 봐서 이 집이 쉽게 길을 내준 건가? 아무래도 상관없었다.

"끼어들지 말고 가던 길이나 가도록 해."

그렇지 않아도 바쁜 참이다. 내 냉대에 문간에 기대어 선 다니엘 대공이 멍하니 중얼거렸다.

"⋯⋯실은 여기로 오던 길이었는데."

"그럼 돈이나 놓고 다시 돌아가!"

"아니, 그럴 수는⋯⋯."

"설교할 거면 집어치우고! 그러니까, 제인."

나는 제인을 따라 일어서서 그녀의 어깨를 잡았다. 제인은 움찔했지만 내 손길을 피하지는 않았다.

"아무래도 좋아요. 오늘은 내 집에 있어요. 그리고 하루 더 생각해 봐요. 설마 아들이 하루쯤 집에 혼자 있다고 해서 죽겠어요? 어차피 뭐든 훔쳐서 먹을걸."

"⋯⋯그래도 그럴 수는 없어. 남편이랑 아들 둘만 두면 뭔 일이 벌어져도 벌어질⋯⋯."

나는 그 말을 듣고 느꼈다. 아, 더 이상 이 고해성사를 듣는 건 시간 낭비였다. 내가 한두 번 들어 본 게 아니거든.

"아, 됐어요. 그냥 좀 자요."

내가 무슨 부귀영화를 누리겠다고 이 구구절절한 소리를 듣고 있담. 나는 그냥 빠른 길을 택하기로 했다. 주먹은 언제나 말이나 기도보다 훨씬 빠른 법이다. 둔탁한 소리와 함께 제인은 비명도 지르지 못하고 바닥에 쓰러졌다.

마력 조절은 제대로 했으니 다치진 않았을 것이다. 제인이 쓰러지자 그제야 문간에 서 있던 남자가 보였다. 나는 눈썹을 들어 올렸다.

"아직도 거기 서 있었어요?"

"왜 내가 여기 없었을 거라고 생각했는지 모르겠는데."

"왜냐면 내가 끼어들지 말고 가던 길이나 가라고 했으니까?"

나는 쓰러진 제인 앞에 쭈그려 앉아 그녀의 코에 손가락을 대 보았다. 다행히 숨은 잘 쉬고 있었다. 뭐, 살아 있으면 다행인 일이었다.

"그래서 다니엘 대공 전하. 무엇 하러 하찮은 약사의 집에까지 몸소 들리셨는지?"

"바로 어제 내 생명을 구해 준 은인에게 내 목숨 값을 갚는 것을 깜박할 정도로 정신이 없지는 않아서."

"그러니까 돈이나 놓고 돌아가라고 했잖아요. 나는 지금 정신이 없거든요."

"내가 소개장도 가지고 왔는데."

여전히 제인을 바라보며 쪼그리고 앉아 있는 내 앞에 커다란 그림자가 드리웠다. 나는 고개를 들었다. 다니엘 대공이 나를 바라보고 있었다. 그래, 뭐, 잘생긴 건 인정하는 바였다.

"무슨 소개장?"

"제인이라는 여자의 사정도 들었고, 내가 해 줄 수 있는 것도 있다면 망설일 필요가 없어서. 내 영지에는 일손이 필요한 곳이 많거든. 짐마차에 타면 여비도 절약할 수 있을 것이고."

"……참 듣기 좋은 소리네요."

나는 다시 그의 얼굴에서 눈을 떼고 내 눈앞에 쓰러져 있는 제인에게로 눈을 돌렸다. 제인이 쓰러져 있는 모습은 마치 시체처럼 보였다. 나는 몇 번 눈을 깜박이다가, 다시금 다니엘 대공을 바라보았다.

"어쨌거나 제인에게 정말로 친절을 베풀어 준다니 감사해요. 친절한 귀족이시네요, 대공 전하."

"내게 말을 높일 필요는 없다. 솔직히 말해서 어제처럼 대해 주는 것이 훨씬 편하군."

어머나, 취향도 독특하지. 내가 그의 말을 듣고 일부러 오묘한 표정을 지어 보이자 다니엘 대공은 흠칫하는 표정을 지었다. 본인의 말이 어떤 오해를 조장할 수 있는지 깨달은 것 같았다. 그는 다급하게 입을 열었다.

"무슨 생각을 하는 건지는 모르겠지만……!"

"됐어, 농담이야. 그래서 대공 전하, 소개장은 정말 감사한 일이지만 이걸로 빚은 갚은 셈치고 내 집에서 나가 주지 않겠어? 제인 옆에 남자를 가까이 두고 싶지 않아서."

그 말에 다니엘 대공은 벼락이라도 맞은 것처럼 몸을 바짝 세웠다. 내 말이 어느 정도 그에게 충격과 함께 깨달음을 가져다준 모양이다. 그래도 그는 바로 문가를 떠나지는 않고 몇 번이나 나와 제인을 쳐다보다가 입을 뗴었다.

"아무래도 지금도, 역시 적당한 시점이 아닌 것 같군. 내일 다시 오겠네."

"오지 말라고 했잖아. 대공께서 이런 거리를 돌아다니다가 다시 한번 칼이라도 맞으면 어떻게 하려고 그래?"

"……그렇지만."

"저기, 더워서 그런데 문 좀 닫아 줄래?"

냉각 수정구의 냉기가 문 사이로 빠져나가고 있단 말이야. 내가 인상을 마구 찌푸리며 이야기하자 찔린 것 같은 표정의 대공이 황급하게 문을 닫았다. 아마도 내 말에 무의식적으로 닫은 것 같았다. 문 뒤에서 한숨을 쉬는 소리가 들리더니, 곧 포기했는지 문에서 멀어지는 발걸음 소리가 났다.

나는 그동안 쪼그려 앉아 턱을 괸 채로 빤히 제인을 내려다보았다. 저 대공 전하가 순수한 호의로 일자리 소개장을 써 주었고, 그건 제인에게 있어서 어쩌면 행운이겠지만…… 제인이 받아들일 가능성이 있을까? 제인이 이 마을을 떠나려나?

아니, 그럴 리 없다. 분명히 또 아까 전처럼 아들이 어쩌고, 남편이 어쩌고

하는 소리만 하다가 떠나지 않게 되겠지.
 엄마를 비웃은 못된 아들이라고 해도 엄마가 막상 어디론가 떠난다고 한다면 울며 발목을 잡을 게 뻔했다. 남편도 제인처럼 돈도 벌어 오고 집안일도 해내는 여자가 자신을 떠난다고 하면 발광할 테고, 어쩌면 그 순간에만 진심인 말 몇 마디만 하면 그것만으로도 제인은 그 집을 떠나지 못할 것이다.
 제인의 창백한 얼굴을 바라보면서 그런, 끝도 없이 부정적인 상상을 하면서 생각을 했다.
 나는 무엇을 하고 싶은 것인지.

* * *

 세상에는 위험한 것들이 참 많다. 굳이 마법을 쓰지 않더라도 못이 거꾸로 박혀 있는 부러진 의자나 고기를 손질할 때 쓰는 식칼이나 조그마한 손 망치 같은 것들이 집에 산재해 있으니까.
 나는 무엇을 고를까 생각하다가 그나마 내가 힘을 조절하기 쉬울 것 같은 조그마한 망치를 들고 집을 나섰다. 제인은 아직 잠든 채였다. 깨어나려고 하는 것 같기에 수면제 효과가 있는 약물을 입에 흘려 넣었더니 완전히 곯아떨어졌다.
 나는 검은색의 바지와 검은색의 블라우스를 입고 손 망치를 든 채 가게의 문을 나섰다. 가로등 하나 밝혀져 있지 않은 거리는 무척이나 어두웠다. 달빛조차 이 빈민가를 비추어 주지는 못했다.
 제인의 과일 가게로 가는 동안에, 가끔씩 비명이나 고함이 들려왔다. 그래, 알고 있었다. 하지만 그런 집 하나하나를 모두 들를 생각은 없었다. 그러기에는 내가 너무 귀찮았다. 그래, 나는 무언가를 고치기에는 너무 지쳤으니까.
 나는 발걸음을 죽일 생각도 없이, 과일 가게에 도착한 후 온통 밤이슬에 축축이 젖어 있는 가판대를 한 번 훑어보았다. 아무래도 제인의 남편은 과일 가게에 관심이 영 없는 모양이다. 겨우 하루 만에 이런 꼴이 된 걸 보면.

대신 문틈 사이로 빛이 새어 나오고 있었다. 희미하게 양초가 타는 냄새도 났다. 이음새가 헐겁게 만들어진 나무문은 방음도 잘되지 않았다. 나는 발걸음을 옮겨 문 가까이 다가갔다. 문 사이에서, 그리 귀를 기울이지 않아도 고함이 들려왔다. 집 안의 풍경도 어렵잖게 볼 수 있었다.

"그러니까 네 엄마는 어디로 갔느냔 말이다!"

"내가 어떻게 알아! 왜 둘이 싸워 놓고 그걸 나한테 물어!"

"이 악마 놈의 자식. 어디서 그따위로 큰소리를 질러?"

그리고 철썩, 하고 뺨을 때리는 소리가 났다. 커다란 손이 작은 뺨을 갈겨서 남자아이의 몸이 잠깐 떠올랐다가 바닥에 떨어지는 소리가 났다.

상황은 계속 이어졌다. 뺨을 맞은 아이가 바닥에서 몸을 일으키면서 의자 같은 것을 집어 들었기 때문이다. 그렇지만 그 반항은 오래가지 못했다. 아버지가 그 아이의 손을 걷어찼기 때문이다. 아이가 비명을 지르면서 나동그라졌다.

"아아아악!"

"이, 이 작은 악마 새끼가! 지금 그거 집어서 어떻게 하려고 했어? 날 치려고 했지?"

"악마는 너야!"

아이가 그렇게 울부짖었다. 팔이 이상하게 꺾였는지 아이는 팔을 보호하며 애써 뒤로 물러나려고 했지만 커다란 남자에게는 당할 수가 없었다. 남자가 위협적으로 다가오자 아이가 울부짖었다.

"너, 너 같은 새끼 밑에서 자라니까 나도 악마가 된 거야!"

"대체 이놈의 새끼를 어떻게 가르쳤길래 이런 악마 새끼가 된 건지, 내가 이놈의 여편네를 잡아 오기만 하면 그냥 확……!"

"너나 엄마나 다 똑같아! 이런 거지 같은 집에서 대체 왜 날 낳은 건데!"

"그래, 그럼 죽어! 죽으라고!"

철썩, 철썩 하고 뺨을 때리는 소리가 났다. 아, 나는 내가 순간적으로

넋을 놓고 있었다는 것을 깨달았다. 음, 완전히 인정해야겠다. 치고 들어갈 타이밍을 완전히 놓쳤다. 어떤 상황에서는 가해자라도, 어떠한 상황에서는 다시 피해자가 될 수 있다는 걸 모르는 것도 아닌데 이런 상황에 처할 때마다 나는 매번 당황하곤 한다.

역시 아무리 많은 고해성사를 들어 보았자 막상 현실로 닥치면 모두 아무짝에도 쓸모가 없다니까.

나는 어떻게 할까 고민하다가 발을 들어 올렸다. 잠금 쇠가 허술해 보이니까, 내가 발차기를 하면 이 정도는 부술 수 있지 않을까? 그런 고민을 하면서 나는 한 번 퍽, 하고 문을 차 보았다.

끼익, 하는 소리를 내며 문이 열렸다. 바닥에 구르고 있던 남자와 아이가 그 소리에 나를 바라보았다. 나는 한숨을 쉬며 어깨를 으쓱였다.

"아, 문이 열려 있는 줄은 미처 몰랐네."

"넌 뭐 하는 년이길래 남의 집에!"

아이고, 무섭기도 하지. 남자는 씩씩거리면서 문가에 멍하니 서 있던 내게로 성큼성큼 다가왔다. 지독한 술 냄새와 뭐라고도 할 수 없는 체취가 불쾌하게 코를 확 찔렀다.

나는 내 등 뒤에 숨긴 손 망치를 언제 꺼내 들지 고민했다. 이걸로 머리를 치면 바로 죽으려나. 아니면 죽지는 않고 조금 아프고 말려나?

"어쨌거나 상관없지."

"뭐라고 지껄여?"

"그래도 일단 열 받으니까 넌 한 대 맞자."

체구가 작은 여자라는 점에 남자가 잠시 방심하고 있는 동안 나는 일단 등 뒤에 숨기고 있었던 손 망치를 머리 위로 들어서, 내려치는 힘으로 남자의 이마를 정확하게 가격했다.

뼈에 망치가 부딪치는 감각이 느껴졌다. 남자는 끔찍한 비명을 지르면서 잠깐 뒤로 물러서며 허리를 숙였다. 역시 내 완력은 별것 없어서 한 방에 두개골을 깨지는 못한 것 같았다. 남자는 잠시 머리를 감싸고 비틀거렸지만, 곧이어 자신이 무슨 일을 당했는지 알아차린 듯 고함을 질렀다.

"이런 미친년이!"

그리고 그가 주먹을 휘둘렀다. 단단하고 옹골진 뼈가 내 볼을 쳤다. 나는 속절없이 바닥으로 쓰러졌다. 아야야. 그렇게 중얼거리기도 전에 남자가 내 배를 바로 콱 짓밟았다.

와, 이건 진짜 아프네.

"이건 또 어디서 굴러들어 온 년이야! 잡도둑이냐?"

지금 설마 내 배를 발로 힘껏 누르고 있으면서 내 대답을 정말로 듣고 싶은 건 아니겠지. 갈비뼈 근처를 남자의 발이 짓누르고 있었기 때문에 정말로 아프고 숨도 쉬어지지 않았다.

눈앞이 금세 까맣게 물들었다. 스스로도 숨소리가 밭아지는 것이 느껴졌다. 가슴이 크게 들썩이고, 팔을 바동거렸지만 아무런 도움도 되지 않았다.

좋아, 내가 이대로 죽게 되면, 이 세상도 끝나겠지. 겨우 이런 일로 말이야. 그거야말로 내가 원하는 일인데.

"비비안 님!"

그런데 누군가가 나를 불렀다. 누구야, 그 이름으로 나를 부르는 사람은.

급하게 숨이 트였다. 시야에 빛이 돌아왔다. 노랗게 타고 있는 양초 불이 먼저 먼 시야에 잡히고, 숨을 좀 더 깊게 들이쉬자 가까운 망막에 초점이 잡혔다.

아, 나는 나를 되살린 사람을 단번에 발견했다. 나는 그 얼굴을 보고 웃었다.

"내가 누군지 알고 있었군?"

어쩐지.

그저 한갓진 빈민가에 있는 약사에게 베푸는 친절이 너무 과도하다고 생각은 했었다. 나는 그렇게 말하면서 이 남자가 내 허리를 팔로 감고서 내 몸이 바닥에 닿지 않도록 나를 받치고 있다는 것을 깨달았다.

문득, 고개를 돌려 보니 주위는 아주 난장판이었다. 아이는 벽에 기대어 서서 덜덜 떨며 나를 노려보고 있었고, 아까 전까지 나를 발로 짓밟고 있던 남자는 나뒹굴고 있었다.

그 사이에서 멀쩡한 건 나를 안아 들고 있는 이 쓸데없이 잘생긴 남자뿐이었다. 진중해 보이는 하늘색 눈동자가 나를 내려다보고 있었다. 나는 그의 이름을 불렀다.

"다니엘 대공 전하."

그렇게 부르자 그는 내게 대답을 돌려주었다.

"하문하시지요, 비비안 성하."

"와, 그 이름 정말 나랑 안 어울…… 콜록."

나는 그렇게 말하다가 기침을 토해 냈다. 손바닥을 들어 보니 피가 점점이 떨어지고 있었다. 그것을 본 다니엘 대공의 표정이 변했다.

"내장이 상하신 것 같습니다. 빠르게 치료를. 마차를 불렀습니다. 제 저택으로 모시지요."

"거절할게. 미안하지만 사람 잘못 봤어."

"비비안 성하, 부정하시지 않으셔도 됩니다. 성하에게 해를 끼칠 생각은 절대로……."

"그러니까 이제 딱히 교황 따위가 아니라는 말을 하고 있는 건데. 되짚어 보면 한 오백 년 전쯤 그 자리를 사양한 것 같군."

나는 눈짓으로 바닥에 굴러다니고 있는 망치를 가리켰다. 다니엘 대공은 내 눈길을 따라가다가 바닥에 널브러진 남자의 이마와 망치를 보고 복잡한 표정을 지었다.

"망치로 사람 죽이려고 드는 성녀에 대해서 들어 본 적이 있어? 그런 건 이 세상에 없다고."

"죄인을 단죄하려 하신 게 아닙니까?"

"전혀. 그냥 열 받아서 한 대 때리려고 한 것뿐인데."

"……어쨌거나, 제 저택으로 모시겠습니다. 이곳은 위험합니다."

으음, 나는 신음을 흘렸다. 아무리 생각해도 이 흐름은 좋지 않았다.

"위험이라니, 이 거리에서 대공 전하가 칼에 찔리지 않았던가? 나보다 당신이 위험한 것 같은데?"

"만일 따라오시지 않겠다면 위협을 할 생각도 있습니다."

아주 잘생긴 남자가 공손한 태도로 나를 대하는 것이 너무 오랜만이라 면역력이 떨어진 것도 분명 있겠지만, 그래도 내 허리를 두 팔로 깨질세라 감싸 안고 그렇게 말하니 웃기기는 했다. 만약 몸이 멀쩡했더라면 턱이라도 괴고 대놓고 감상했을 텐데.

"위협? 이야기해 봐."

"제인과 제인의 아들을 인질로 삼을까, 합니다만."

"뭐야, 그게 나한테 무슨 위협이야?"

"그녀를 위해서 망치까지 들고 이 집으로 찾아오신 것 아닙니까?"

"됐어, 그만."

나는 손을 들었다. 됐어, 더 이상 들을 필요도 없었다.

"그딴 건 나한테 위협도 되지 않지만 아니라고 해도 믿을 것 같지도 않고, 당신 말에 따르지."

더 들어 보았자 귀찮았다. 어차피 나는 갈비뼈가 부러졌는지 뭔지 움직이지도 못하겠고 이대로 죽어도 상관이야 없지만 발견된 이상에야 이 다니엘 대공이 나를 죽게 내버려 둘 리도 없을 것 같다. 이렇게 된 이상 상황에 순응하는 수밖에.

나는 팔다리를 축 늘어뜨렸다. 사실 기절하고 싶을 정도로 아팠다.

Chapter 2
오래된 친구들에게

비비안이라는 이름의 여자가 이 세계에 온 것은 지금으로부터 오백 년 전의 일이다.

그녀가 이 세계에 강림하기 전에 어떤 세상에서 살았는지, 어떤 성격에 어떤 사람을 사랑했는지 혹은 어떤 꿈을 가지고 있는지 그런 것들을 궁금해하는 이들은 아무도 없었다. 비비안 또한 입을 다물었다. 중요한 것은, 신이 그녀를 이 세계에 내렸으며 이 세상의 모든 선량하고 신비한 힘들이 그녀에게 주어졌다는 것이었다.

사람들은 그녀를 성녀라고 불렀다. 마법은 신이 인간에게 내린 선물이었고, 비비안은 그 선물을 누구보다도 많이 받았다. 그리고 그녀는 응당 그 힘을 발휘하여 신이 그녀에게 내린 임무대로 이 세계에 기여했다.

아마도 그런 이야기였을 것이다. 그냥 그런 동화였더라면 그저 마음대로 그 성녀의 끝을 상상하거나, 혹은 상상할 필요도 없이 그런 성녀가 그렇게 살았나 보다, 하고 끝났을 일이었는데.

문제는, 비비안의 끝이 그리 자애롭지 않았다는 것이다. 정확히 말하자면 그녀가 끝을 맞이하는 방식이 전혀 자비롭지 않았다.

* * *

그녀가 오백 년 하고도 조금 전, 처음으로 이 세계에 내려왔을 때 아주 순진했다. 그녀는 원래 세계에서 고통스럽게 죽은 다음 신에게 이 새로운 생명을 부여받았으므로 이 세계에서 살아갈 수 있는 삶에 대해서 무척이나 감사해했다. 그리고 그녀에게 주어진 의무를 자랑으로 생각했다.

사람들은 마법을 신기하게 여겼다. 그들은 그녀가 부리는 마법을 기적이라고 불렀고 그녀는 그 숭배를 칭찬으로 받아들였다. 자신에게 쏟아지는 숭배 때문에, 그녀는 사람들 사이에 어떠한 생각이 오가고 있는지는 전혀 알지 못했다.

모든 사람들은 제각기 다른 생각을 가지고 있었다. 누구나 그녀의 생각만큼 선의로 가득 찬 것은 아니었다. 비비안이 그것을 깨달은 것은 누군가가 그녀를 깊은 우물로 밀어 떨어트렸을 때였다.

그렇지만 그녀를 수호하는 여덟 명의 팔라딘 중 하나가 결국 그녀를 구해냈다. 성녀는 꼬박 하룻밤이 지나 구출되었다. 우물에서 겨우 탈출한 성녀는 물에 젖어 두려움에 떨었다.

그 사건으로 그녀를 지키는 팔라딘들은 모두 격노했다. 특히나 팔라딘들의 대장 격인 알렉세이 경은 분노하다 못해, 가까이 있었던 모든 성직자들을 찾아가 범인을 찾을 때까지 단 한숨도 수면을 취하지 않았다.

그래도 막상 우물에 빠졌던 그녀는 그때까지도 아직 선의를 믿고 있었다. 이 세상의 모든 선량함이 잠시간 유혹을 당할지언정 옳은 것은 언제나 살아 있으리라고 믿었다.

그래서, 그녀는 생각했다. 사람의 악의는 잘못된 것이 아니다. 인간은 나약하며, 그렇기 때문에 열악한 환경에서 인간이 타락하는 것은 어쩔 수 없는 일이다. 그렇기 때문에 위정자들은 그 환경을 개선할 의무가 있다. 그렇게 비비안은 인간의 세상에 발을 디뎠다.

성직자가 아니라 정치가가 되었다는 비난을 들으면서도 비비안은 자신이 믿은 길에 한 점 의심도 하지 않았다. 배가 고프면 인간은 어쩔 수 없이 남의 것을 탐할 수밖에 없다. 그것은 신이 인간을 그렇게 만들었기 때문이다. 그렇다면 그들의 주림을 채우는 것은 신이 내린 성녀의 몫이었다.

성녀 비비안은 자신이 원하는 대로 세상을 좋게 만들기 위해 추기경들의 투표를 받아 교황이 되었다. 추기경들은 비비안을 기껍게 여겼다. 그녀가 교단을 옳은 길로 이끌어 주리라고 여겼고, 비비안은 고개를 숙여 그들의 기대에 답할 것이라 화답했다.

그렇지만 배가 부를 대로 부른 인간이 추악한 짓을 하는 것을 목격했을 때, 비비안은 이번에야말로 절망했다. 인간의 탐욕은 그 끝을 모르고, 아무리 그 빈속에 새로운 것을 채워 넣는다고 하더라도 넘치기는커녕 항상 모자라기만 했다.

비비안은 기도했다. 신이시여, 저는 더 이상의 방법을 찾을 수 없습니다. 도와주십시오. 그렇지만 신은 비비안의 기도에 대답해 주지 않았다. 대답해 준 것은 다른 이였다. 인간이었다. 한 나라의 황제였다.

내가 그들을 올바른 길로 이끌 수 있어.

비비안은 그렇게 말한 황제에게 대답했다.

오만하군요. 당신은 신이 아닙니다.

그렇게 말하자 황제가 웃으면서 비비안에게 손을 내밀었다.

세상을 바꾸는 것은 신이 아니라 우리야. 인간이지. 비비안, 그대가 나를 도와줘. 나는 그대가 필요해. 우리가 함께하면 실패하지 않을 거야……

그렇게 웃는 얼굴은 마치 태양처럼 빛나는 것 같았다. 비비안은 홀린 듯이 그 손을 잡았다.

"잘 될 리 없어."

비비안을 지키는 팔라딘이었던 알렉세이는 그렇게 말했다. 그에게 반하기라도 한 것이냐며 비난했고, 황제의 곁에서 떠나기를 바랐다. 격렬한 싸움 끝에 알렉세이는 비비안의 곁을 떠났지만, 그래도 비비안은 그의 곁에 머물렀다.

깊이 믿고 있었기 때문이다. 이 사람이 이 세상을 더 좋게 바꾸어 줄 것이라고. 심지어는 목이 떨어지는 그 순간까지도.

* * *

수도, 카트리옹의 여름은 작열하는 태양과 뜨거운 공기로 이루어져 있다. 북부의 앤더슨 영지에서 나고 자란 사람들은 대개 수도의 여름을 제대로 견디지 못하고 열사병에 걸리는 일이 태반이었다.

그런 한여름 밤의 일이었다. 주인을 모시기 위해 북부의 앤더슨 영지에서 수도의 앤더슨 저택에 올라와 있던 로렐은 마차에서 내리는 주인을 보고 깜짝 놀랐다. 검은 후드를 뒤집어쓰고 마차에서 내린 다니엘 대공은 혼자가 아니었다. 그의 품에는 잠든 것처럼 보이는 여성이 안겨 있었다.

다니엘은 진중한 얼굴로 두 팔을 더 이상 공손할 수 없을 정도로 모아 최대한 그녀의 몸에 밀착하지 않으면서도 안전한 자세로 그녀를 안아 들고 있었다. 로렐은 눈을 깜박였다.

"거의 묘기인데요?"

로렐이 그렇게 말하자 다니엘은 그 말을 듣고 웃으려다가 표정을 찡그렸다.

"소리가 크다. 조용히 해."

"예."

그 명령으로 로렐은 대강 상황을 파악했다. 뭔지는 몰라도 다니엘 대공이 소리를 죽이라고 한 것은 저 품에 안겨 있는 여자를 깨우지 않기 위함일 것이다.

다니엘 대공의 성격상 그 다정함이 이상한 일은 아니었다. 다만 저렇게까지 공손한 것은, 기묘한 일이 맞고.

로렐은 어차피 자신이 대신 여성을 운반하겠다고 해 보았자 다니엘의 얼굴을 보는 것만으로도 그가 양보하지 않을 거라는 것을 깨달았기 때문에 괜한 헛수고를 하는 대신 주인을 위해 저택의 문을 열었다. 옹기종기 모여 주인의 귀환을 기다리고 있던 하인들이 일제히 물러나 고개를 숙였다. 그리고 그들은 하나같이 눈치가 빨라서, 로렐이 한쪽 검지를 입에 대자 한마디도 하지 않았다.

그래서 기묘한 침묵에 휩싸인 채로, 다니엘 대공은 여성을 안고 조심스럽게 계단을 올라갔다. 검은 망토로 머리부터 발끝까지 덮었기 때문에 얼굴은 전혀 노출되지 않았다. 계단을 오를 때 어쩔 수 없이 전해지는 진동조차 조심하는 것을 보면 확실히 예삿일은 아니었다.

그래도 거기까지는 그러려니 했는데, 로렐은 다니엘이 본인의 침실 문을 열고 들어가는 것을 보면서 경악했다. 저게 무슨 일이람. 다니엘 대공이 자신의 침실에 본인 아닌 다른 사람을 들이는 것은 처음이었다.

로렐은 경악했지만 그래도 그 경악을 밖으로 드러내는 대신 다니엘이 자신의 침대에 조심스럽게 여자를 눕히는 동안에 조용히 들고 있었던 촛대를 껐다. 침실 안에 어둠이 찾아왔다.

다니엘은 자신이 침대에 눕힌 여자를 잠시 바라보는가 싶더니 곧이어 몸을 일으켰다. 그리고 가만히 서 있던 로렐에게 손짓을 해서 밖으로 나오도록 했다. 로렐은 충실하게 주인의 말을 따랐다. 다니엘이 조용히 방문을 닫더니, 그제야 한숨을 쉬었다.

"수도에서 가장 실력이 좋은 의사를 불러라. 갈비뼈가 부러진 것 같더군."
"아, 이제 말을 해도 되는 건가요?"
"조용히 한다면 괜찮아. 잠을 방해하고 싶지는 않으니까."
다니엘이 로렐의 어깨를 툭툭 두드렸다. 로렐은 턱을 긁적였다.
"그래서 저분이 누구신데요? 알려 주셔야 하인들에게 마땅한 대접을 해 드리라고 하지요."

"황족을 모시듯이 하라고 해. 단, 내 저택에 누군가가 방문했다는 것은 함구하라고 하고."

그건 여자의 정체에 대한 대답이 된 건 아니었지만 로렐에게는 충분했다. 그러니까 저택의 모든 고용인들에게 비상령을 내리란 말씀이시군. 로렐은 고개를 끄덕였다.

"앤더슨 백작님이 계신 것처럼 말이죠."

"그래, 어머님을 맞이하는 것처럼."

로렐은 고개를 끄덕이며 먼저 계단에서 내려갔다. 계단을 내려가며 힐끗 뒤를 돌아보니 다니엘은 문가에 가만히 기대어 서 있었다. 침실로 다시 들어갈 생각은 없는 모양이었다.

설마 본인이 손님방에서 주무실 생각이신 걸까. 그러면 제발 미리 말을 해 주었으면 좋겠다. 손님방의 먼지를 털어 내고 준비를 해야 하니까. 하여간에 참 모시기 까다로운 주인님이었다.

계단을 내려가 1층의 홀에 당도하자 옹기종기 모여 있던 하인들이 일제히 로렐을 바라보았다. 모두가 주목하고 있기는 했지만, 로렐은 가볍게 박수를 쳐서 주의를 환기시켰다.

"할 수 있는 가장 귀한 대접을 해 드리라고 하신다. 호칭은 되도록 피해. 알려 주지 않으셨으니. 그리고 폴, 자네는 프레소 씨를 불러와."

"주인님이 다치신 건가요?"

"아니, 일단 아무 말도 하지 말고 비밀스럽게 불러와야 해. 다들 손님에 대해서는 함구하도록."

앤더스 가문에서 일하는 이들은 대부분이 앤더슨 영지에서 나고 자라, 앤더슨 대공이 수도로 내려올 때만 함께 오는 이들이 많았으므로 충성스러운 편이었다. 다들 제대로 된 답이 아무것도 없는 설명에도 고개를 끄덕이고 바삐 움직이기 시작했다.

뜨거운 물을 담은 대야와 수건, 그리고 금실로 수놓은 잠옷이 준비되기까지 시간은 얼마 걸리지 않았다. 저택에서 가장 나이가 많은 하녀와 로렐이 2층으로 올라가자 여전히 본인의 침실 앞에 서 있던 다니엘이 고개를 들어 그들을 바라보았다. 하녀의 팔에 걸려 있는 가운을 보고 다니엘은 낭패한 표정을 했다.

"그러고 보니 옷을 갈아입어야…… 마리, 뼈가 부러진 상태의 환자에게 옷을 갈아입힐 수 있겠나?"

"그럼요. 앤더슨 백작님이 대공 전하를 임신하셨을 때도 제가 수발을 들었는걸요."

희끗희끗한 머리의 하녀가 웃으면서 그렇게 이야기했고, 다니엘 대공은 그 말을 듣고 한숨을 쉬었다. 로렐은 인상을 찌푸렸다.

"그나저나 계속 여기 서 계실 겁니까? 주인님도 쉬셔야지요, 제가 지키고 있겠습니다."

"의사가 오는 것을 기다리고 있는 거야."

"곧 당도할 겁니다. 그리고 아까 전에는 구태여 여쭙지는 않았지만, 위중한 상처라면 마법사를 부르는 것이 낫지 않습니까? 치유 마법을 쓰는 마법사가 비싸기는 해도요."

어지간한 부자들은 사실 의사를 부르지 않는다. 로렐도 별로 좋아하지 않았다. 생살을 칼로 자르고 그 안의 내장을 본다는데 그걸 어떻게 믿고 맡긴다는 말인가? 마법의 맥이 아무리 오백 년 전, 아레노 황제의 폭거 이후 약해졌다고는 해도 그래도 생살을 자르는 의학보다는 마법이 훨씬 믿음직스러웠다.

그러나 로렐의 말에도 다니엘은 가만히 고개를 저었다. 로렐은 무어라고 말을 덧붙이려고 했지만 다니엘은 여전히 로렐에게 조용히 하라고 손짓을 하며 마리를 위해 문을 열어 주었다. 마리는 고개를 살짝 숙여 보이고 살짝 방 안으로 들어가 방문을 닫았다. 그 후, 로렐이 몇 마디 더 잔소리를 했지만, 다니엘은 듣는 척도 하지 않고 의사가 올 때까지 자리를 지켰다.

오래된 친구들에게 63

프레소 의사가 저택에 당도했을 때는 이미 시간이 한참 더 흘러 새벽 동이 트기 전의 밤이었다. 그때까지도 다니엘은 한숨도 자지 않고 자리를 지키고 있었고 로렐도 덩달아 자리를 지켰다.

의사는 이마에 맺힌 구슬땀을 손수건으로 연신 닦으며 대공에게 인사를 했고, 다니엘은 직접 의사를 안내했다. 그는 처음에는 다니엘에게 으레 하기 마련인 인사치레를 하려 했으나 다니엘의 얼굴이 워낙에 진중하고 가라앉아 있었기에 입을 다물었다.

다니엘은 그의 침실 안으로 의사를 안내했다. 로렐도 촛대를 들고 의사와 함께 방으로 들어섰다. 마리가 아주 희미한 수정구의 불빛만 두고 방을 나간 덕에, 방 안은 거의 아무것도 볼 수 없을 정도로 어두웠다.

커다랗고 화려한 침대에 조그마한 덩어리가 보였다. 로렐은 촛불을 들어 의사가 여자의 상처를 볼 수 있도록 높이 달았다. 그러자 다니엘이 손을 들어 여자의 눈가를 가렸다. 빛이 그녀의 안식을 방해하는 것을 두려워하기라도 하는 듯이.

로렐은 충격을 받았다. 그야 다니엘은 평소에도 성정이 다정하고, 만인에게 진심으로 친절하기는 했다. 그렇지만, 그것은 어디까지나 인간적인 호의에 기반한 것이라고 생각되는 것들이었다.

그렇지만, 이렇게, 무어라고 해야 할까, 로렐은 입을 떡 벌리고 불빛에 비치는 다니엘의 옆얼굴을 바라보았다. 그가 이런 손길을 누군가에게 내미는 것은 처음 보았다. 마치 경건한 것을 바라보는 듯한, 혹은 절박한 것처럼 보이는 그 눈길의 의미는? 혹시 주인님의 첫사랑이라도 되는 건가?

로렐은 진심으로 고민했다. 그렇지만 로렐의 복잡한 심경과는 달리 다니엘은 로렐에게는 관심도 주지 않았다. 대신 조심스럽게 여자의 손목을 들어 맥을 짚고 조심스럽게 허리 부근에 손을 대는 의사를 바라보고 있을 뿐이었다.

어느 한 지점을 누르자, 침대에 누워 있던 여자가 신음을 내며 몸을 뒤틀었다. 의사도 로렐도 다니엘도 깜짝 놀랐다. 제각기 다른 이유로, 의사는 정말로 갈비뼈가 부러졌구나, 하고 놀랐다. 그리고 다니엘은 여자가 깨어났을까 가슴을 졸였고, 로렐은 처음으로 여자의 얼굴을 마주해서 놀랐다.

희미한 수정구의 빛이 얼굴에 드리울 때마다 여자의 윤곽을 도드라지게 만들었다. 확실히 아름다운 얼굴이었는데, 그렇지만 로렐이 보기에 어쩐지 그녀는 이상하게도 살아 있는 인간 같지 않았다. 흰 얼굴은 마치 오래도록 보존되어 온 조각상처럼 보였다. 역사서에라도 실려 있을 것 같은…… 음?

그리고, 다음 순간 로렐은 자신이 왜 그런 인상을 느꼈는지 곧바로 깨달았다. 로렐은 입을 붕어처럼 뻐끔거리면서 저도 모르게 다니엘이 여자의 눈가를 가리고 있는 그 밑으로 자신의 손을 가져다 대었다. 그 덕에 여자의 얼굴은 거의 목까지 완전히 가려졌다.

갈비뼈에만 집중하고 있던 의사가 뭐냐는 듯 로렐을 바라보았지만, 로렐은 신경도 쓰지 않았다. 자신의 눈을 믿을 수가 없었기 때문이다. 그리고 자신이 본 것이 사실이라면 이 의사는 이 여자의 얼굴을 보아서는 안 되었다.

곧 의사의 검진이 끝났다. 의사가 가방을 들고 먼저 자리에서 일어났고, 로렐은 그에게 먼저 방을 떠나도록 지시했다. 다니엘은 의사가 침대에서 멀어져 여자의 얼굴을 볼 수 없는 각도가 되었을 때에야 몸을 일으켰다.

세 사람은 모두 방을 나왔다. 의사는 방을 나서서야 겨우 자신의 소견에 대해 말을 꺼냈다.

"말씀대로 가슴 근처의 뼈가 부러졌습니다. 그래도 깨끗하게 부러진 것 같아서, 뼛조각이 어딘가를 찌를 염려는 없는 것 같군요."

"하지만 피를 토했네. 뼈가 부러져 내장이 상한 것은 아닌가?"

"아니요, 입을 벌려 보니 입안이 심하게 찢어져 있었습니다. 뺨을 맞은 듯했습니다만."

로렐은 저도 모르게 다니엘을 쳐다보았다. 다니엘의 표정은 일견 온화했지만 의사의 말을 들었을 때, 순간적으로 파란이 일었다. 다니엘은 침착한 음성으로 말했다. 다만 로렐은 주인의 목소리 밑에서 일어나는 동요를 알아볼 수 있었다.

"……그랬을 수도 있겠군."

"뼈가 붙을 때까지 최대한 침대에만 누워 계셔야 합니다. 절대 안정을 취하셔야 하고, 뼈를 튼튼하게 만드는 약초로 만든 약을 드리겠습니다. 하루에 세 번씩 드리십시오."

"알았네."

다니엘 대공은 마지막까지 품위를 지켜 의사를 배웅했다. 그렇지만 다니엘과 달리 로렐의 인내심은 의사가 저택을 떠나는 그 순간까지만 유지되었다.

다니엘은 의사를 배웅한 후에도 잠들 생각 없이 서재로 향했다. 침실과 바로 붙어 있는 서재였다. 집무실 대용으로도 쓰이는 방으로 향하는 다니엘의 뒤를 따라간 로렐은, 서재의 문을 닫은 다음에야 주인에게 항의했다.

"주인님, 너무하십니다. 그분이면 그분이라고 말을 해 주셨어야죠!"

그 말에 다니엘은 고개를 기울였다. 표정은 여전히 동요 없이 온화한 채였다.

"말하면 뭐, 자네가 덜 놀랐을 것 같나?"

"그래도 그렇죠! 저한테는 말해 주셨어야 할 것 아닙니까."

"그럴 경황이 없었어. 지금 이야기해 주었잖나."

로렐은 아직도 격하게 뛰고 있는 가슴께를 억눌렀다. 심장이 튀어나올 것처럼 격렬하게 뛰고 있었다. 방금 침대에 누워 있던 사람의 얼굴을 확인한 이후로 심장은 도통 진정할 생각을 하고 있지 않았다. 로렐은 멍하니 중얼거렸다.

"비비안 성하가 정말로 살아나셨다니."

이 세계에서 성황은 세상에서 가장 강력한 마법사를 뜻한다. 선량한 힘인 마법의 힘이 그 몸에 깃들어 있는 이들. 그것은 신의 축복이라고밖에 할 수 없고, 축복을 받은 이들은 신의 뜻을 받들어 인류를 바른길로 이끌기 위해 행동했다. 그리고 그러한 성직자들을 이끌던 성황이 있었다.

비비안 그리니어스. 오백 년 전, 아레노 황제의 폭거에 휘말려 희생당한 성황.

그녀의 이름을 모르는 대륙인은 존재하지 않을 것이다. 비비안 교황과 그녀를 지키는 여덟 명의 팔라딘은 연극과 소설, 그리고 시의 단골 소재였다. 모든 대륙인들은 비비안이 오백 년 전, 이 대륙에 나타난 후 그녀의 행보를 어릴 때는 동화로, 나이가 좀 더 들어서는 역사로 배워야만 했다.

리옹 미술관에 전시되어 있는 그녀의 초상화 또한 유명했다. 단 한 점 남아 있는 비비안의 초상화는 일 년에 딱 한 번만 공개되었는데, 공개되는 날에 맞추어 전 대륙에서 사람이 몰려들 정도였다. 그야 그만큼이나 아름다운 자태이기는 했다.

성황의 자리에 올라 목까지 감싼 흰 사제복을 입고 붉은 머리채를 허리까지 늘어트리고, 성스러움의 표식인 황금빛의 눈동자를 빛내며 자애롭게 미소 짓고 있는 비비안의 모습은 그야말로 성직자의 표상 같은 것이었다.

그리고 그녀는 이 대륙의 마지막 교황이기도 했다. 그녀가 죽은 이후로 신은 단 한 명의 새로운 성직자도 이 대륙에 내려 주지 않았으며, 따라서 이 긴 세월 동안 신이 이 세상에 선물한 신비로운 힘은 점점 그 자취를 감추어 가기 시작했다.

그렇게 오백 년이 지난 지금, 이 대륙에서 강력한 마법은 더 이상 찾아볼 수 없었고, 이 세상의 모든 신비로움은 걷혀 가고 있었다. 그나마 잔재주를 부리는 몇 명의 마법사들이나, 혹은 그렇게 주장하는 이들이 그나마 명맥을 잇고 있는 실정이었다. 그런 세상에 되살아난 비비안 교황.

로렐은 완전히 경도되어 두 손을 기도하는 것처럼 모았다.

"신께서 아직 이 대륙을 버리시지는 않은 모양입니다."

"그건 모를 일이지."

"예?"

갑자기 로렐의 주인이 로렐의 끝 모를 감동에 찬물을 끼얹었다. 로렐은 인상을 팍 찌푸리며 주인을 바라보았다.

"아니, 비비안 성하를 직접 모셔 온 대공 전하께서 그런 말씀을 하십니까? 이건 정말 기적이라고요. 얼마나 큰 공인데요! 언제 공표하실 겁니까?"

"쓸데없는 소리."

하지만 다니엘이 로렐의 말을 탁 잘랐다. 괜히 다니엘의 비서를 맡은 것은 아닌지라 로렐은 곧바로 입을 다물었다. 다니엘이 피곤한 듯 관자놀이를 짚었다.

"피곤하십니까? 커피라도 가져올까요?"

"피곤한 게 아니야. 자네 때문에 머리가 아파서 그렇지. 하여간에 너무 기대는 하지 말란 말일세."

"어떻게 기대를 하지 않습니까? 성황이신데."

"자네가 그녀의 얼굴을 안다는 티도 내지 말고."

주인은 여전히 뜻 모를 소리를 엄하게 했다. 아니, 비비안 교황을 모르는 척하기가 어디 쉬운 일인가?

로렐은 어깨를 축 늘어트렸다. 그렇지만 로렐은 그 이유를 굳이 묻지 않았다. 다니엘이 이유를 말하지 않는 것은 그만한 이유가 있을 터였다. 다니엘에게는 무언가 생각이 있을 것이다. 그건 로렐이 비비안에 대해 가지고 있는 기대만큼이나 확고한 것이었다. 다니엘 앤더슨 대공이 옳지 않은 일을 할 리가 없으므로.

"그리고 한 범죄자를 신고하고 왔네. 제대로 된 절차를 밟아 감옥에 가는지, 제대로 된 양형을 받는지 주시하고 알려 주게."

로렐은 감동에서 벗어나 재빠르게 품 안에서 수첩을 꺼냈다. 다니엘 대공의 옆에서 비서로 일하려면 언제 어느 때나 필기를 할 수 있는 수첩과 볼펜 정도는 가지고 있어야 한다.

"이름은 무엇이고 어느 구역에 신고하신 거죠?"

"이름은 모르겠지만, 17구역이네."

"빈민가네요. 죄목은요?"
"아내와 아들을 폭행했네. 아내의 이름은 알아. 제인이라고 하는 여자네. 그리고 그녀에게는 앤더슨 영지에서 일할 수 있도록 소개장을 써 주었으니 그것도 처리하도록 하고."
"그러지요. 그럼 아들과 함께 이주하도록 조처할까요?"
"흠, 그건……."
다니엘이 드물게 말끝을 흐렸다. 잠시간 다니엘은 무언가를 고심하는 것처럼 보였는데, 그는 그래도 별다른 고민을 하지 않고 말을 이었다.
"아니, 당분간 격리하도록 하지. 아들은 앤더슨 영지에 있는 교화를 위한 기숙사 학교에 입학하도록 조처해 주게."
로렐은 열심히 그의 말을 받아 적었다. 제인, 일, 아들, 학교, 남편, 범죄자, 감옥. 좋아, 내일 아침이 되자마자 처리하면 딱 괜찮을 듯싶었다. 로렐은 싱긋 웃었다.
"알겠습니다. 아하하, 제 후배네요."
"그렇게 되겠군. 그리고 또 한 가지."
다니엘의 표정이 살짝 굳었다. 로렐은 그 표정만으로도 금세 주인이 원하는 것을 알아차리고 수첩의 앞 페이지를 펼쳤다.
"조사하라고 말씀하셨던 예의 그 건 말이지요. 예, 기초적인 조사는 끝났습니다. 그렇지만 아무래도 사건이 사건이다 보니 영 흉악해서, 아침에 보고드릴까 했는데 지금 보고드릴까요?"
"아니, 솔직히 피곤하긴 하군. 네댓 시간이라도 자고 나서 받기로 하지."
그렇게 말하며 다니엘이 손가락으로 미간을 짚었다. 정말로 피곤해 보이기는 했다. 하기야 그도 그럴 법했다. 로렐은 상상도 가지 않지만, 비비안 그리니어스를 이 저택에 데려오기까지의 여정이 순탄하지는 않았을 터.
사실 어제부터 다니엘은 평소의 그라면 저지르지 않았을 기행을 저지르고 있었다. 어제 새벽에만 해도 피 묻은 옷을 입은 채로 저택에 귀가하자마자

고기로 만든 음식을 세 접시쯤 해치웠던 것이다. 영 기괴한 일이지만 비비안이 관련되어 있다면 뭐든지 그럴 법한 일이라서 로렐은 구태여 상세한 사정을 묻지는 않았다.

"다만, 이건 알아야 잠들 수 있을 것 같아. 가장 빠른 시일 내에 비가 올 거라고 예측되는 것은 언제지?"

다니엘이 엄중한 표정으로 물었다.

"일주일 후입니다. 안타깝게도 장마철이 시작된다더군요."

그 말에 다니엘은 침음성을 흘렸다. 로렐도 따라 한숨을 쉬었다.

"그야 물론 빨리 해결해야 하는 일이기는 합니다만, 솔직히 말해 주인님이 연관될 일이 아닐 거라는 생각도 듭니다. 걱정이로군요."

"그러나 이 사건을 인지한 이상, 내버려 둘 수는 없잖나?"

"그렇게 말씀하실 줄 알았습니다. 그래서 걱정이라고 했잖습니까."

하여간에 자신의 주인은 몸이 남아나질 않는다. 어제만 해도 혼자 나가 갑자기 연락이 끊겼다 싶었는데 엉망진창이 된 차림으로 들어와 얼마나 놀랐는지 모른다. 다행히 상처는 보이지 않았지만, 대체 밖에서 무슨 일을 하고 다니는지 영 걱정이었다.

"어쨌거나 늦게 불러서 미안하군. 그럼 물러가서 그만 쉬도록 해."

언제나 이런 사람이다. 로렐은 깊고 깊은 한숨을 쉬었다.

"주인님은요? 성하께 주인님의 침실을 내드렸는데 주인님은 어디서 주무실 작정입니까?"

비꼼과 걱정 중 전자가 다소 많이 섞인 로렐의 말에 다니엘이 낭패했다는 기색을 숨기지 않았다. 하기야 다니엘의 성격에 이 저택에서 제일 좋은 방을 비비안에게 주어야겠다는 것 외에는 아무것도 생각하지 않았을 것이다. 그래도 그런 다니엘을 보좌하는 것이 로렐의 일이었다. 로렐은 수첩을 탁 덮고 말했다.

"그럼 주인님께 손님방을 내어드리지요. 대강이라도 청소를 하고 침구를 깔아야 하니 피곤하시더라도 한 시간 정도 집무를 보시길 바랍니다. 커피를 진하게 타 드릴 테니까 기다리세요."

"자네가 유능한 비서라 참 다행이야."

"저만 하시려고요."

그렇게 말하며 로렐은 고개를 숙여 주인에게 인사를 하고, 다니엘이 피곤한 얼굴로 책상에 앉아 쌓인 서류를 들추어 보는 모습을 뒤로하고 방을 나왔다. 서류를 들여다보는 다니엘의 눈가에는 검은 자국이 길게 늘어져 있었다.

복도를 걸으면서 로렐은 뻐근한 목을 주물렀다. 하룻밤 사이에 너무 많은 일이 일어났다. 비비안 그리니어스에, 살아 있는 전설을 마치 첫사랑처럼 대하는 다니엘에, 기본적으로 해내야 하는 업무들까지. 다니엘은 쉬라고 했지만, 로렐은 다니엘이 말한 것을 지킬 생각은 딱히 없었다. 그도 그럴 게 개인적으로도 호기심이 가는 사건이었기 때문이다.

'비가 오는 날에만 살인 사건이 일어나다니.'

최근 수도에서는 기괴한 연쇄 살인 사건이 일어나고 있었다. 이제까지 다섯 명의 남자가 살해되었는데, 그들 사이에는 아무런 접점도 없었다. 그런데도 연쇄 살인이라 단정한 것은 공통점이 너무 확실하기 때문이었다. 그것은 바로 범인이 매번 커다란 바스타드 소드로 피해자의 목을 날려 버렸다는 것과, 어김없이 비가 오는 날의 밤에만 사건이 일어난다는 것

수도는 다니엘 앤더슨 대공의 통치령이 아니지만, 그래도 확실히 다니엘이라는 남자는 이러한 사건을 한번 인지했다면 그저 손 놓고 누군가가 해결해 주기를 바라는 성격이 아니기는 했다. 게다가 본인이 그 사건을 해결할 수 있다고 생각한다면 더더욱.

그렇다면. 로렐은 힘차게 어깨를 돌렸다.

자, 할 일이 산더미였다.

* * *

나는 눈을 떴을 때, 기침을 하면 수백 개의 섬세한 칼날이 복부를 찌르는 것처럼 아프다는 것을 맨 처음 깨달았다.

"와, 씨!"

진짜 아파!

눈을 뜨니 낯선 곳이었다는 것에 깜짝 놀라 몸을 일으키려는 시도도 잠시, 나는 곧바로 침대로 쓰러졌다. 안 되겠다, 이건 죽을 것 같은데. 그냥 이대로 죽는 게 편할 것 같아. 차라리 죽게 해 줘라. 난 한동안 갖은 욕설을 중얼거리면서 숨만 쉬었다.

"괜찮으신가요?!"

욕설을 중얼거리며 숨만 쉬고 있던 내 눈앞에, 갑작스럽게 둥그렇게 뜬 놀란 눈을 한 여자가 나타났다. 깨끗한 앞치마를 두르고 머리를 깔끔하게 넘긴 것을 보니 고용인인 모양이다. 머리가 희끗희끗하고 허리와 어깨가 약간 굽어 있었다. 나는 그제야 내가 기절하기 직전의 상황을 떠올렸다. 맞아, 제인의 남편에게 죽을 뻔했던 것을 다니엘 대공이 구해 주었더랬다.

"어, 그러니까."

곧바로 대답을 하려고 했지만, 내가 바로 다른 문제에 직면했다. 말을 하려고 폐에 공기를 넣는 순간마저 괴롭다는 것이었다. 볼은 팅팅 부은 것처럼 말이 잘 나오지 않았고, 가슴과 배 부분이 심하게 아파 왔다. 그리고 다행히도 노련한 고용인은 내 고충을 바로 알아차렸다.

"저는 마리라고 해요. 다니엘 대공 전하를 모시고 있고요. 그리고 지금 갈비뼈가 부러진 상태세요. 되도록 움직이시면 안 됩니다."

아, 어쩐지. 역시 갈비뼈가 부러진 거였구나. 움직이기 힘들다 싶더니, 제인의 남편이 기어코 내 갈비뼈를 부러트린 모양이다. 하기야 나도 그치의 두개골 조금쯤은 깼을 테니 그럭저럭 손해 보는 장사는 하지 않은 셈이다.

상황을 대강 이해한 내가 눈만 깜박이는 동안 마리는 빠르게 침대 옆 테이블에 수프가 담긴 그릇을 들고 왔고, 내 목 뒤에 높은 베개를 받쳐 고개를 들 수 있도록 도와주었다. 나는 순순히 마리가 도와주는 대로 베개에 의지했다.

"벌써 3일이나 쓰러져 계셨어요. 약도 드셔야 하니 배가 고프지 않으시더라도 조금은 드셔야 해요. 제가 떠먹여 드릴게요."

무슨 소리. 사실 배가 무척이나 고팠다. 게다가 마리가 떠먹여 준 수프의 맛도 훌륭했다. 사실 나는 요리 실력이 그냥 그럭저럭한 편이었기 때문에 이렇게 요리사가 한 요리와는 비교도 할 수가 없었다. 오랜만에 먹는 정말로 맛있는 음식이었다.

수프 한 그릇을 비우고 나서 마리는 동글동글하게 뭉친 환약 같은 것을 내 목구멍에 밀어 넣고 물을 마시게 해 주었다. 그다음에는 따뜻한 물로 적신 수건으로 내 입가를 닦아 주었다. 마리는 친절하게 말했다.

"바로 눕게 해 드리고 싶지만 그렇게 하면 소화가 되지 않을 테니까요. 조금만 계시면 다시 눕도록 해 드릴게요."

"음, 고마워요."

수프를 먹는 동안 나도 그럭저럭 내 갈비뼈를 자극하지 않는 선에서 어떻게 말해야 하는지 요령을 터득했다. 내가 그렇게 말하자 마리가 깜짝 놀라는 표정을 지었다.

"말씀하지 않으셔도 괜찮은데요."

"솔직히 말하지 말라는 편이 더 답답한데요. 움직이지 말라고 하는 게 말도 하지 말라는 뜻은 아니고. 그나저나 부탁할 게 있는데, 다니엘 대공 전하를 만나 뵐 수 있나요?"

설마 내가 누구인지 아무에게나 이야기하지는 않았을 테고, 그렇다면 이들에게 있어 나는 정체불명의 손님일 테니 이렇게 말하더라도 안 된다는 거절의 답을 들을 거라고 생각했는데 마리는 바로 고개를 숙였다.

오래된 친구들에게 73

"말씀을 전달드리고 돌아오겠습니다."

이건 또 의외였다. 내가 지금 움직일 수 있는 부위 중 가장 커다란 동작을 할 수 있는 것이 눈동자가 아니었더라면 손을 번쩍 치켜들고 의문을 표시했을 텐데.

마리는 정말로 내 말대로 방을 나갔다. 나는 그동안 내가 누워 있는 방을 둘러보았다. 훌륭하게 꾸며진 방이었다. 부드러운 색깔을 띤 소파와 아름다운 문양이 새겨진 테이블부터 이 커다란 침대까지, 아무리 보아도 아무나 묵을 만한 방은 아니었다. 다니엘 대공은 약값에는 놀라워하는 기색이더니 손님방에는 돈을 아끼지 않는 성격인 건가?

내가 침대에 누워서 눈동자만 열심히 굴리고 있는 동안 누군가가 방문을 노크했다. 대답을 하지 못한 사이 방문 너머에서 목소리가 들렸다.

"다니엘입니다. 들어가도 되겠습니까?"

본인 집인데 왜 허락을 구하는지 모를 일이다. 내가 대답을 하지 않으면 들어오지 않을 셈인가? 의례적인 물음 따위에 대답해 줄 필요도 없겠지. 나는 어차피 그가 어련히 방문을 열고 들어올 거라고 생각해서 대답을 하지 않고 가만히 기다렸다.

그런데, 아무리 기다려도 방문을 여는 소리가 나지 않았다. 진짜 대답하지 않으면 들어오지 않을 셈인 건가? 결국, 성질이 급한 내가 먼저 포기했다.

"들어오세요."

그제야 문이 열렸다. 문이 열리고 들어오는 늘씬한 흑발의 귀공자를 보며 나는 어이가 없다는 표정을 노골적으로 지어 보였다.

"들어오라고 하지 않았으면 그 문 앞에 하루 내내 서 있을 작정이었어요?"

"부디 말을 편하게 하십시오, 성하. 그리고 그 정도로 미련하지는 않습니다."

교황이 아니라고 이야기를 했지만, 그는 들어먹지도 않은 모양이다. 나는 다니엘을 노려보았다.

"나는 말 낮추라고 하지 않을 거야. 그럼, 계속 그렇게 존대하라고."

"기꺼이 그렇게 하겠습니다."

일부러 시비를 걸려고 한 말인데 상대방이 이렇게 나오니 영 김이 빠지는 기분이다. 사실, 이건 그가 응당 받아야 할 대접은 아니었다. 상황을 따져 보면 다니엘 대공은 내가 막 죽으려는 찰나에 나를 살려 준 데다, 여기까지 데려와 고급스러운 침대에 눕혀 치료를 받게 해 주었다.

그야 내가 그의 목숨을 살려 주기는 했지만 내가 그를 아주 소중하게 돌본 것도 아니라서, 우리 둘을 정밀한 저울 위에 올려놓는다면 아무래도 내가 약세일 것이다.

다만, 아무리 생각해도 괘씸했다. 지금 생각해 보니 처음 내 얼굴을 본 순간부터 내가 누군지 알았으면서 모른 체를 하다가, 심지어는 제인의 이름을 들먹이면서 협박을 하겠다고 말하다니. 이건 조금쯤 성질을 부려도 될 만한 일이 아닌가?

"그럼, 내가 대답하지 않으면 어떻게 하려고 했는데?"
"노크를 한 번 더 했겠지요."
"와, 진짜 답답해."

잘생겼는데도 영 어설프다고 생각은 했다만 정말로 그렇군. 잘생겼다는 말도 취소하겠다. 이렇게 둔한 남자는 취향 아니야.

그렇게 생각하는 것과 별개로, 다니엘 대공은 성큼성큼 걸어와 내 침대 맡에 놓여 있는 의자에 앉아 나를 내려다보았다. 나는 눈동자만 크게 돌려 나의 불만을 표시했다. 그 표정을 보고, 다니엘 대공이 드디어 눈살을 찌푸렸다.

"눈도 불편하십니까?"

에라이, 전혀 먹히지 않았다. 내가 이렇게까지 노골적으로 불만스러운 표정을 짓고 있는데 왜 알아차리지를 못하는 거지? 나는 이번에도 결국 먼저 포기했다.

"사실은 좀 불편한 게 있는데."

오래된 친구들에게 75

"말씀하십시오."

"우리 집에 가서 냉각 수정구 좀 가져다줘. 너무 더워."

냉각 수정구에 길들여진 내게 이 방은 너무 후텁지근했다. 심지어 침구는 너무 훌륭한 거위 털 침구인 것 같았다. 이러다가는 더워서 죽을지도 모른다. 내 말에 다니엘은 바로 고개를 끄덕였다.

"바로 사람을 보내겠습니다. 또 필요한 것은?"

"내 부엌 찬장에 있는 약병도 부탁할게. 내 갈비뼈를 좀 붙여야겠어."

"그렇게 하겠습니다."

"그렇게 내 말을 잘 들어 줄 거라면 차라리 날 내 집으로 데려다주는 건 어떤지 제안하고 싶은데?"

"그건 곤란합니다."

둔한 것과 별개로 대답은 아주 고분고분하고 동시에 한 치의 여지도 없었다. 그야, 내가 비비안이라는 것을 알고 나면 나를 집으로 돌려보내고 싶지는 않겠지.

나는 한숨을 쉬었다. 이런 경험은 오백 년 전에도 몇 번이나 했던 것이므로, 별로 낯설지는 않았다. 나는 다시 한번 한숨을 깊게 내쉬고 다시 시비를 걸었다.

"뭐, 대공인 주제에 고분고분한 건 칭찬해 주지."

"감사합니다."

"그게 아니야."

"예?"

"비꼬는 거였는데."

"그렇습니까?"

다니엘이 고개를 갸웃거렸다. 도대체 어떤 점에서 내가 비꼰 것인지 알아차리지 못한 것 같았다. 아니, 이렇게 온몸으로 시비를 걸고 있는데 어떻게 이럴 수가 있어? 온 나라의 첫사랑인 남자가 이렇게 둔해도 되는 거야? 나는 한숨만 더 푹푹 쉬었다.

내가 침대에 누워서 불만스럽게 눈동자 운동을 하는 동안에 다니엘은 빠르게 하인을 불러 내 말을 전달했다. 곧 하인이 문밖으로 분주하게 뛰어가며 우당탕하고 계단을 내려가는 소리가 났다.
그동안 다니엘은 다시 내 침대 맡으로 와서 앉았다. 알아서 말을 꺼내겠거니, 하고 기다렸지만 그는 계속 침묵을 유지했다. 뭐 하자는 거야?
"저기, 말 좀 할래? "
결국 내가 먼저 말을 꺼냈다. 나는 그렇지 않아도 답답한 걸 싫어하는 성격이다. 게다가 이 방은 심지어 덥기까지 했다. 정신적으로도 육체적으로도 답답했다. 아무리 훌륭하게 꾸며져 있으면 뭐 해, 냉각 수정구 하나 없는데? 답답해 죽을 것 같았다. 나는 불퉁하게 말했다.
"당장 목적을 말하지 않으면 아주 그냥 죽여 버릴 줄 알아."
"풉."
그리고 다니엘 대공은, 내가 원했던 반응대로 웃었다. 저도 모르게 나온 웃음인 듯했다. 웃고 나서 바로 나와 눈이 마주치자 입매를 굳혔으니까. 그는 바로 자세를 바르게 고치고 진지하게 사과했다.
"죄송합니다. 실례했습니다, 성하."
나는 눈동자를 도르륵 굴려 다니엘 대공을 바라보았다. 한동안 아무 말도 하지 않고 빤히 쳐다보며 불만을 표시하자 옅은 하늘색의 눈동자에는 점점 명백하게 당황하는 기색이 번져 갔다. 그리고 나는, 예전부터 내 기사들도 한 소리씩 했었지만 장난기가 아주 심했다. 한마디로 이 눈동자가 내 장난기에 불을 당겼다는 것이다.
"왜, 아주 더 웃지 그래? 웃겨? "
"아니오, 웃기지 않았습니다만."
"그럼 지금 내가 농담을 했는데 대공은 웃기지도 않았다는 말이야? "
"죄송합니다, 재미있었습니다."
다니엘 대공은 그 대공이라는 지위가 무색하게도 여기서 내가 우습냐고

오래된 친구들에게 77

한마디 더 하면 땀이라도 흘릴 것처럼 곤란해하는 표정이었다.

잘생긴 남자를 골려 먹는 것은 사실 내 취미 중 하나다. 안타깝게도 그 대상의 수가 적은 탓에 자주 취미 생활을 즐길 수는 없지만. 그렇지만 언제까지고 농담 따먹기나 할 수는 없는 일이니까, 나는 일부러 불쾌한 것처럼 찌푸렸던 인상을 풀었다.

"그래서, 농담은 이쯤 해서 관두고. 제인은 어떻게 되었어? 그녀를 걸고 나한테 협박까지 했으니 어련히 잘했으리라고는 생각하는데."

"그건, 실례했습니다."

내 말을 듣고 다니엘 대공이 그제야 입을 열었다. 얼굴에는 그렇게 티가 나지 않았지만 어쩐지 안도한 기색이었다. 내가 농담이라고 못을 박아서 그런가. 흠, 내가 시비를 거는 것도 모를 만큼 둔하다고 생각했는데 어쩌면 그게 아니라 그냥 나를 상대로 긴장해서 말을 꺼낼 타이밍을 못 잡았던 건지도.

하기야 어제까지만 해도 나는 그에게 꽤 친절하게 대해 주었는데, 그랬던 것이 갑작스럽게 불통해지니 나를 대하는 것이 어려웠을 수도 있겠다. 내 추측은 어느 정도 맞는 듯싶었다. 다니엘 대공이 갑자기 달변가가 되었기 때문이다.

"성하를 모시는 게 우선이라고 생각했기 때문에 한 허언이었습니다. 함부로 일반인을 위협할 생각은 없습니다."

"대공 주제에 그렇게 거짓말이나 하고. 그래서? 제인은 어떻게 됐냐고."

"어제 말씀드린 대로, 도울 생각입니다."

"어떻게 도우려고?"

"타지에 일자리를 소개해 주려 합니다."

"제인이 거기에 동의했어? 혼자 타지로 일하러 가겠다고 한 거야?"

그 말에 다니엘의 눈이 살짝 가늘어졌다. 내가 무슨 말을 하고 싶은 건지 파악한 모양이었다. 하기야 그 또한 그날 밤, 제인의 가족 이야기를 들었을 것이다.

"가해자인 그녀의 남편에게는 합당한 조치를 취했습니다. 제대로 된 조사를 받고, 제대로 된 처벌을 받게 될 겁니다."

"……아이는 어떻게 하기로 했어?"

"앤더슨 영지에는 청소년 교화 시설이 있습니다. 제인도, 아이도 잠시 떨어져 있는 것이 좋겠다는 생각을 했고 둘 모두 동의했습니다. 확인하길 원하신다면 얼마든지 대면시켜 드리겠습니다."

"아니, 그럴 것까지는 없어."

제인과 사적으로 아주 친하게 지냈던 것도 아니고, 나는 그녀의 남편을 후려갈기기까지 했다. 굳이 만나 작별 인사를 하는 것도 꺼려졌다.

'대공이 거짓말을 하는 것 같지는 않고.'

대공쯤 되는 인물이 이렇게 공을 들여 거짓말을 할 이유도 없다. 겨우 3일간 잘도 이렇게까지 일을 진행시켰군. 뭐, 제인에게는 잘된 일이다. 인연이 있으면 언젠가는 다시 만나겠지.

"내게 환심을 사려고 적당히 아무 말이나 하는 건 아니겠지?"

"그런 말로 성하의 환심을 살 생각은 없습니다만."

"그래? 그럼 왜 나를 찾은 건데?"

팔짱을 낄 수 있다면 팔짱을 꼈을 텐데 안타깝게도 갈비뼈가 완전히 나간 상태라 나는 그렇게 할 수가 없었다. 어차피 위엄 따위는 버렸으니까 아무래도 상관은 없지만. 어쨌거나 나는 정말로 다니엘 대공의 목적이 궁금했다.

"환심을 살 생각이 없다, 라. 내게서 얻을 게 있다고 생각했으니까 나를 찾아와서 이 집에 묶어 두고 있는 것 아니야?"

"그건 오해십니다."

"오해인지 아닌지 판단은 내가 할 거야. 사실, 내가 존재하는 걸 어떻게 알아냈는지 가장 궁금해."

솔직히 말해 지난 1년 간, 나는 내 종적을 아주 잘 감추고 살아왔다고 생각했다.

오래된 친구들에게 79

"그것부터 시작하자. 어떻게 내가 살아 있다는 걸 알았어?"

아니, 정확히 말하자면 누가 내 종적을 찾으리라는 생각도 해 본 적이 없다. 누가 500년 전 죽은 성녀가 갑자기 살아 돌아와, 심지어는 빈민가의 어드메에서 약국을 열고 하루는 일하고 일주일은 먹고 노는 생활을 하고 있을 거라고 생각하겠는가?

다니엘은 내 말에 조심히 시선을 떨어트렸다. 그의 시선이 빠르게 내 볼 주위를 훑었다. 음, 확실히 퉁퉁 부어서 볼만한 꼴은 아닐 테지만 그렇게 안쓰럽게 보일 정도인가. 이 남자의 눈빛으로 보면 나는 이 세상에서 가장 가련한 사람인 것 같은데. 사실 이 세상에 나보다 몹쓸 상황에 처한 사람은 해변의 모래알만큼 많을 것이다.

"긴 이야기를 들을 준비가 되셨는지 모르겠습니다. 어제 다치신 몸입니다."

목소리에도 걱정이 어려 있었다. 잘생긴 사람이라고 해서 목소리도 잘생길 필요는 없었을 텐데 목소리도 깊은 울림을 가지고 있는 저음이라서 자칫하면 무슨 말을 해도 진심처럼 들릴 것 같았다. 나는 귀가 간지러운 나머지 긁적이려다가 팔을 움직이는 것에 실패했다. 갈비뼈가 부러지면 이렇게 불편한 거군.

"마법사를 부르면 한 방에 해결될 텐데?"

"성하에게 다른 마법사의 마법이 듣지 않는다는 사실을 압니다."

갑작스럽게 훅 들어온 이야기였다. 다니엘의 말에 나는 나도 모르게 고개를 조금 더 쳐들었다가 금방 복부를 압박해 오는 아픔에 비명을 질렀다. 내 비명에 깜짝 놀란 다니엘이 자리에서 벌떡 일어났다.

"성하, 괜찮으십니까?"

"안 괜찮은데! 엄청 아파! 아악! 악, 아악, 악…… 음, 좀 진정됐다."

그런데 진짜 아팠다. 눈물도 고였다. 까딱하다가는 펑펑 울겠다. 난 애써 생리적인 눈물을 흘리지 않으려고 노력하면서 다니엘 대공에게 앉으라고 눈빛을 보냈다. 솔직히 좀 수치스러웠다.

"의사를 불러오겠습니다."

그리고 의사의 전달은 장렬히 실패했다. 나는 머리를 감싸 쥐고 싶었지만, 다행히도 시도하기 전에 멈출 수 있었다.

"아, 정말 눈치 없네! 앉으란 뜻으로 보낸 눈빛이었어!"

"하지만 아프시지 않습니까."

"의사를 불러 봤자 소용도 없잖아. 의술이 지난 오백 년간 별로 발달하지 않았다는 것 정도는 나도 알고 있어."

나는 그렇게 투덜거리며 푹신한 베개에 기어코 눈물이 스며든 것을 깨달았다. 생리적인 아픔 때문에 어쩔 수 없이 눈에서 흘러내린 것 같았다. 대공도 곧 그걸 알아차렸다. 그는 신중하게 손수건을 꺼내어 조심스럽게 내 얼굴 근처로 가져와 볼을 톡톡 두드렸다. 그 순간 나는 또 아파서 비명을 질렀다.

"아야야!"

"아, 볼도 찢어졌군요."

"그냥 건드리지 말아 줄래……?"

"음, 죄송합니다. 제가 손재주가 영 없어서."

영 민망한 상황이었다. 이 남자가 분명 나를 어떻게든 도와주려고 하는 것 같기는 한데 영 어설펐다. 차라리 그냥 마리를 불러 줘.

한참이 지나서야 나는 겨우 볼의 아픔을 가라앉히고 진정했다. 아무리 생각해도 이 남자와 내가 잘 맞지 않는 게 틀림없다. 이야기가 자꾸 갓길로 빠지고 있잖아.

"그래서, 뭐야? 나한테 다른 마법사의 마법이 듣지 않는다는 건 어떻게 알았어? 설마 역사서에 나와 있나?"

"그건 아닙니다. 정확히 말하자면 구전되어 오는 이야기입니다만."

"구전? 구전동화 같은 걸 말하는 거야? 내가 동화에도 나와?"

어린애가 읽는 동화책 속에 나오기엔 나는 어린아이의 귀감이 될 만한 성격은 못 되는데.

"······동화책은 다음에 가져다드리도록 하겠습니다. 성하께서는 일 년 전에 사원에서 나오셨다고 파악하고 있었습니다만, 그간 당신 자신에 대해 조사해 보지 않으신 겁니까?"

"그거야······ 아니, 잠깐만. 어떻게 알았어?"

"성하께서 잠들어 계셨던 사원은 앤더슨 대공령에 있습니다."

그건 나도 알고 있다. 사원에서 나온 후 가장 가까운 마을에 찾아 들어가 지리적인 위치를 파악했기 때문에.

그렇지만 내가 잠들어 있던 사원에서 가까웠던 마을은 아주 변방에 위치해 있었고, 나는 가난한 여행자인 척 꾸며 이틀 정도만 머무르고 떠났으므로 애초에 나를 주시하고 있었던 사람이 아니라면 이런 세세한 정보까지는 파악할 수 없을 터였다. 내가 고개를 갸웃거리자 다니엘이 설명을 이었다.

"그리고 앤더슨 가의 가주들은 대대로 일정 시기마다 사람을 보내어 사원의 상태를 보고받도록 했었지요. 저는 일 년 전 정기 보고에서 사원의 문이 '안에서부터' 파괴되어 있었다는 보고를 들었고요."

그는 내 시선을 받으며 품에서 무언가를 꺼냈다. 내게 펼쳐 보인 손에는 펜던트가 쥐어져 있었다.

"그건······."

나는 그 펜던트가 무엇인지 한눈에 알아보았다. 그 펜던트 문양은 내게도 익숙한 것이었다. 펜던트에 새겨져 있는 것은 신의 문양이었으니까.

이 대륙은 유일신을 섬긴다. 신에게는 이름조차 존재하지 않는다. 오직 하나뿐인 신이기에. 신은 인간들에게 자신의 이름을 가르쳐 주는 대신 태양을 닮은 문양을 새겨 그를 숭배할 수 있도록 했다. 그리고 그 숭배 받는 문장을 몸에 지닐 수 있는 것은 오로지 마법사이자 성직자들뿐이었다.

교황은 그 문장이 새겨진 물건에 축복을 내렸고, 축복이라는 이름으로 담긴 마력은 성직자들에게 나누어져 그들은 그 마력으로 이 세상을 좀 더 좋게 만들려 했다. 그러니까, 적어도 오백 년 전의 세상에서는 그랬다. 펜던트 때문에 갑작스럽게 휘몰아친 과거의 기억 사이에서, 다니엘이 입을 열었다.

"오백 년 전의 일입니다."

나 스스로 오백 년 전의 과거라고 그렇게 생각은 했으되, 막상 다니엘 대공의 입에서 나온 오백 년 전이라는 언급에 어쩐지 심장이 요동치는 것만 같았다.

그래, 정말로 오백 년이 지난 것이다. 새삼 누군가에게 못으로 그 사실이 박히는 기분이었다. 모든 게 지나간 과거이고, 모든 것이 의미가 없었으며, 내가 사랑했던 모든 이들이 아무것도 남기지 못하고 죽었다고.

"당시 앤더슨 공작가의 가주는…… 이 펜던트와 함께 한 팔라딘으로부터 성하가 잠든 사원을 지켜보아 달라는 부탁을 받았습니다. 그리고 사원의 안쪽에서만 문이 열리도록 마법을 건 후 사원으로 걸어 들어갔고, 그것이 기사의 생전 마지막 모습이었다고 합니다."

"……그랬구나."

"그래서, 사원의 문이 열렸다는 보고를 듣고 나서 상황은 바로 파악했습니다. 그 안쪽에서 걸어 나올 수 있는 것은 비비안 그리니어스, 당신뿐이니까요."

"단순한 침입자였을지도 모르는데 그게 왜 나라고 확신을 했지?"

"오백 년 전 팔라딘의 마법을 깰 수 있는 자는 현재 아주 드뭅니다…… 그리고 무엇보다도, 관이 비어 있었지요."

다니엘이 그렇게 말하며 눈을 내리깔았다. 촘촘한 속눈썹이 남자의 얼굴에 그림자를 드리웠다.

"처음에는 그저 먼발치에서 당신의 존재를 확인하고 돌아가려 했습니다. 만일 도움이 필요하시면 요청하시라, 그렇게 말씀드리고 나서. 그런데……."

그는 말을 끝맺지 못했지만 이어졌어야 할 말은 충분히 알아들었다. 나는 헛웃음을 지었다. 그가 어째서 처음에 마음먹은 대로 그저 나를 스쳐 보내지 못했는지 알 만했다. 기껏 살아난 성녀가 빈민가에 숨어 살다가 심지어는 다시 죽으려고 했으니 말이다. 나는 자조적으로 말했다.

"그래, 참견하지 않을 수도 없었겠지."

내 꼴을 보면 말이야. 다니엘이 무언가 말하고 싶어 하는 듯 입술을 달싹였으나 그는 할 말을 찾지 못하고 침묵했다.

하기야 비비안 그리니어스라는, 역사 속의 위대한 성녀의 실체를 본 그가 무슨 말을 할 수 있겠는가.

그래, 오백 년 만에 깨어난 나에겐 사실 해야 하는 일이 쌓여 있었다. 오백 년 만에 다시 마주한 세상은 아주 달라져 있었다. 그리 좋아지지는 않았다. 내가, 내 친구가 바꾸려고 했던 세상의 나쁜 부분들은 몇 백 년이 지나도 달라지지 않은 채 퇴적물 덩어리가 되어 있었다. 오히려 더 나빠진 부분도 있었다.

그 모든 추악한 부분의 원인이 나의 죽음이라고 이야기할 정도로 자의식이 비대하지는 않다. 다만 나 또한 그 원인 중 하나 정도는 되었을 거다.

가장 강력한 마법사들인 성직자들은 그저 존재하는 것만으로도 이 세상에 선량하고 신비로운 힘들을 가져왔다. 교황인 나를 비롯해 추기경과 팔라딘들은 가는 곳마다 기적을 꽃피웠었다.

신이 인간에게 허락한 불가사의하고 강대한 힘, 그렇기 때문에 마땅히 선량하게 쓰여야 할 힘. 가끔 기적이라고도 불리던 그것. 그런데 그 기적이 사라진 것이다. 비비안 그리니어스, 멍청한 내가 인간의 왕에게 살해당했으므로.

기적이 사라진 세상에서 희망을 가지고 살아갈 수 있는 이들이 몇 명이나 될까? 그럼에도 불구하고 나는 깨어난 이후 아무것도 하지 않았다. 그뿐인가, 아무런 가치도 없는 일에 다시 목숨을 내던지려 했다. 나는 한참 동안 그 사실을 곱씹었다.

그때였다. 다니엘이 손을 뻗어 시트 위에 아무렇게나 내동댕이쳐져 있던 내 손등 위를 가만히 덮었다. 생각에 빠져 있던 나는 갑작스러운 접촉에 놀라 눈동자만 움직여서 다니엘을 바라보았다.

"당신을 마지막까지 지킨 것은 로티아 경입니다. 당시의 앤더슨 가주는 로티아 경이 성하께 보내는 전언을 받았으며 대대로 전해 내려왔습니다.

들으시겠습니까?"

"……로티아였구나."

그럴 것 같았어. 나는 어제 만난 것처럼 그녀의 얼굴을 생생하게 떠올릴 수 있었다. 로티아는 검은색 머리를 높게 올려 묶고 장난기가 넘치는 미소를 지으며, 교황을 상대로도 필요하다고 생각하면 독설을 아끼지 않던 여자였다. 그만큼 나를 진심으로 사랑하고 아끼던 사람이었다.

목이 떨어진 나의 시체를 안고 북부의 사원으로 가면서 그녀는 무슨 생각을 했을까. 눈을 감은 순간까지 내 부활을 기다렸을 그녀가, 지금의 나를 보면 분명 실망하겠지…… 유언 또한 분명 나를 질책하는 말임이 틀림없다. 그렇지만 듣지 않을 수는 없는 일이었다. 나는 시트를 꽉 쥐었다.

"그래, 말해 줘. 준비됐어."

내 말에 그는 단 한 번 내게 숨을 돌릴 틈도 주지 않고 바로 입을 열었다. 가차 없는 말이 내 귀에 들어왔다.

"이제 네 마음대로 살아."

"……응?"

그 말을 들은 순간 순간적으로 온몸에 들어가 있었던 힘이 풀렸다. 나는 입을 헤 벌리고 다니엘을 바라보았다. 내 시선을 받은 대공은 고개를 갸웃거렸다. 그리고 다시 말했다.

"이제 네 마음대로 살아."

"……."

"……."

"……."

"이제 네 마음대로……."

"아니, 반복하라는 이야기가 아니고…… 잠깐만. 그게 끝이야?"

"예, 그렇습니다."

나는 말을 잃고서, 눈을 꾹 감았다가 다시 떴다.

"미안해, 다니엘 대공. 잠시만 혼자 두어 주겠어?"

내 말을 예상이라도 한 것처럼 다니엘이 그때까지도 내 손등 위를 덮고 있던 자신의 손을 떼어 냈다. 그리고 조용히 자리에서 일어나 내게 묵례했다.

"곧 하인들이 요청하신 물건을 가지고 올 것입니다. 그때까지면 충분하시겠습니까?"

"……그래, 아마도."

"그럼 문밖에서 기다리겠습니다. 언제라도 필요하시면 불러 주시길."

물론, 눈에서 눈물이 넘쳐흐르기 직전이었지만 나는 그 말에 잠깐 웃었다.

"정말로 강아지처럼 서 있을 생각은 아니지?"

"……강아지처럼은 아닙니다."

그 말을 남기고, 다니엘은 방을 나갔다. 나는 그제야 마음 놓고 눈을 깜박였다. 눈에 한계까지 고여 있었던 눈물이 뚝뚝 떨어졌다. 축축한 베개가 거슬렸지만 어쩔 수가 없었다.

"와, 로티아. 이게 정말."

그런 말밖에 나오지 않았다. 입가에서 웃음이 새어 나왔다. 본인의 교황을 이렇게까지 농락해도 되는 거야? 그런 생각이 들었지만, 만일 그녀가 내 앞에 있고, 내가 그렇게 말한다면 그런 건 알게 뭐냐며 코웃음을 칠 게 분명했다.

팔라딘들은 당대의 교황이 죽으면 모든 마력을 잃고 평범한 사람으로 돌아가게 된다. 특히나 로티아는 마지막까지 내 곁을 지킨 기사 중 하나였다. 그러니 나의 목을 쳤던 아레노 황제가 팔라딘과 어떤 사이가 되었을지는 뻔한 일. 그런 그들의 최후가 어땠을지는, 찾아보지 않아도 충분히 예상 가능한 일이었다.

실제로도 역사서에 적혀 있던 그들의 인생은 내가 상상한 것만큼, 혹은 더 나쁘게, 아무런 의미도 없이 스러져 갔다. 내가 사원에서 가지고 나온 장신구를 팔아 처음 구입했던 것은 역사서였다. 아무런 감정도 담기지 않은 기록에서 그들의 흔적을 찾으면서, 갑자기 툭툭 튀어나오는 그들의 죽음에 몇 번이나 가슴을 치며 울고 괴로워했던가.

 마력을 잃은 나의 기사들은 황제의 추적을 피해 대륙 곳곳을 방랑하며 오지에서 숨이 끊어졌다. 임종을 지키는 사람이 있었던 것은 당시 앤더슨 대공의 선조와 그나마 연이 있어서 황제의 손길에서 벗어날 수 있었던 로티아, 그녀 정도였을 것이라고 쉬이 짐작되었다.

 너희들에게 그런 삶을 살도록 한 건 나인데. 그런데 네가 내게 남긴 말이 내 마음대로 살라는 게 전부야? 언젠가 내가 다시 살아나리라고 믿은 네가, 그 언젠가의 미래에서 내가 들을 말이, 네가 하고 싶은 말이, 그냥 내 마음대로 살라는 거였다고?

 차라리 욕이라도 하지 그랬어, 로티아. 내가 눈을 뜨고 가장 원했던 것이, 그리고 어제도 이루려고 했던 유일한 목적이 죽음이었다는 걸 안다면 너도 그런 말을 하지는 않았을 텐데. 아니, 정확히 말하자면

 나는 이제 이 세상의 모든 선량한 것들이 다 죽어 버렸으면 좋겠다.

 어느 날 눈을 떠 보니, 나는 나무로 짜인 관 안에 갇혀 있었다. 수의를 입고 입에는 먼지를 잔뜩 문 채로.

 지금이야 어떻게 된 상황인지 알고 있으니 웃으면서, 음, 아니, 웃으면서는 아니고, 하여간에 대강 말할 수 있지만, 눈을 뜬 그 순간에는 무척이나 혼란스러웠다.

 나는 죽었는데 왜 눈을 떴지? 설마 성녀인데 천국에도 못 간 건가? 아니면 천국이 먼지투성이 다락방인 건가? 혹시 내가 유령이 되었나? 순간적으로 떠올린 모든 잡생각들은 내 몸이 벽에 부딪혀서 매우 아팠으므로 모두 부정되었다. 심지어는 배도 고팠으니까.

 그렇게 관에서는 나왔지만, 나는 한동안은 제대로 움직일 수 없었다. 근육이 완전히 죽은 것이나 다름없이 굳어 있었기 때문이다. 뭐, 실제로 죽어 있었던 게 사실이기는 하지.

오래된 친구들에게

그래도 다행히도 나는 여전히 성녀였다. 이 세계에서 성녀라는 것은 이 세상에서 가장 강한 마법사를 뜻하는 것이고, 마법의 힘을 빌려 나는 몸의 힘을 회복했다. 꼬박 이틀이 걸려 내가 갇혀 있던 어두컴컴한 곳을 뚫고 나오자, 나는 그곳이 어디인지 겨우 깨달을 수 있었다.

그곳은 나와 내 기사들이 가끔 쉬곤 하던 내 소유의 사원이었다. 추운 북부의 영지에 세운 사원이라, 나와 내 기사들만이 알고 있는 장소였다. 그래서 처음에는 내가 어떻게든 목숨을 부지했구나, 싶었다. 내 팔라딘들이 미친 황제에게서 내 몸을 숨겨 주었다고 생각했다. 아니, 그렇게 생각하려고 했다.

하지만 아니었다. 사원은 내가 알고 있던 모습과 전혀 달라져 있었다. 관리가 되지 않아 이끼가 낀 돌벽, 심지어는 문에 걸린 쇠로 만든 자물쇠조차 부스러지기 직전이었다. 마치 몇 백 년의 시간이 흐른 뒤의 모습을 보는 것만 같았다.

그렇게 위화감을 느끼며 내 관을 안치한 장소에서 벗어나 내가 알고 있던 사원의 한가운데, 기도를 드리는 장소로 겨우 기어가다시피 하며 걸어갔을 때, 나는 내 충성스러운 팔라딘 중 한 명의 시신을 보았다.

대공의 말을 듣고 난 지금은 그것이 로티아라고 추측할 수 있었지만, 사실 그때는 누군지도 몰랐다. 시신이라고는 해도 딱딱한 돌 위에 녹슬어 빠진 갑옷과 부식된 칼과 뼈 몇 조각만이 흩어져 있었을 뿐이었으니까.

그 흔적을 보는 순간 나는 일이 이상하게 돌아가고 있다는 것을 곧바로 깨달았다. 그나마 이 상황에서 다행인 점은, 나는 이 모든 변화에는 결국 순응하는 수밖에 없다는 것을 꽤나 오랜 시간 동안 배워 왔다는 것이었다.

그래서 나는 내 이름 모를 기사에게 이름 없는 묘비를 세우고, 사원에 놔두었던 나의 금고에서 그나마 멀쩡한 장신구 몇 가지를 꺼내어 사원 밖으로, 세상으로 나갔다. 그렇게 세상이 나를 두고 오백 년이나 홀로 흘러갔다는 것을 알게 되었다.

뭐, 비비안이라는 이름을 받고 나서 나는 꽤 여러 번의 지위 변화를 겪었으므로 내가 신화 속 인물이 된 것도 금방 받아들일 수 있었다. 다만 내가 받아들일 수 없는 것은 내 인생이 다시 시작되었다는 것이다. 심지어는 내 친구들, 내 기사들, 내 사람들이 모두 가 버린 세상에서.

 아마도, 분명히 이게 신의 뜻이겠지. 그렇지만 내가 왜 그 뜻을 따라야 한다는 말인가?

 그날 오후 늦도록 나는 아무도 방 안에 들이지 않았다. 창밖에 어스름이 깔릴 무렵에 드디어 누군가가 방의 문을 두드렸다.

 "요청하셨던 냉각 수정구와 약병을 준비했습니다. 들어가도 될까요?"

 아마도 아까 전 내게 미음을 먹여 주었던 마리의 목소리인 것 같았다. 무작정 문 앞에서 기다리지는 않는 것을 보면 그녀의 고용주보다는 훨씬 눈치가 있었다. 어쨌거나 내 갈비뼈와 볼을 고치려면 약병이 필요했으니까, 나는 목을 가다듬었다.

 "들어와요."

 그러자 문이 열리는 소리가 났다. 나는 최대한 천장에 시선을 붙박이며 눈을 크게 뜨도록 노력했다. 너무 많이 울어서 눈이 부었다. 곧 침대 옆 머리맡에 마리의 얼굴이 나타났다. 그녀는 빠르게 약병들을 테이블 위에 올려놓았다.

 "이 중 어느 것이 필요하신가요? 무언가 쓰여 있긴 한데, 읽을 수가 없어서……."

 마리가 말끝을 흐렸다. 사실 마리가 부끄러워할 일은 아니었다. 오백 년 전과 문자 체계가 꽤 달라졌다지만 그래도 읽을 수는 있을 텐데, 문제는 내가 악필이라는 것이니까. 내 팔라딘들조차 내 명령서에 적힌 명령을 수행하는 것보다 그것을 해독하는 것에 더 애를 먹곤 했다. 추기경은 제발 대필할 사람을 구하라고 매달리곤 했었고, 아, 눈물 나는 추억이네.

 "오른쪽에서 세 번째요. 미안한데 마시는 걸 좀 도와주실래요?"

 "그럼요."

마리는 빠르게 약병을 가지고 와서 내 입가에 대 주었다. 최대한 내 얼굴에 시선을 두지 않으려는 노력이 보였다. 음, 하기야 엉망진창이긴 했을 거야.

나는 마음의 준비를 한 후 약물을 삼키는 그 순간부터 볼이 시원하게 느껴졌다. 단, 식도를 타고 액체가 넘어가자 그때부터 굉장한 고통이 따랐다.

아, 미리 베개의 천이라도 물 걸 그랬지. 내가 견딜 수 있을 거라고 생각한 게 어리석다고 생각될 정도로 어마어마한 고통이 찾아들었다.

"윽……!"

나는 시트를 움켜쥐었다. 뼈가 붙는 순간의 고통은 정말이지 장난이 아니었다. 부러질 때도 아프고 붙을 때도 아프다니, 정말 불공평한 일이었다. 나는 혀를 깨물지 않으려 애쓰면서 신음을 애써 삼켰다.

그나마 다행인 점은 내 마법 약이 무척이나 잘 듣는다는 것이다. 내가 고통을 참아야 하는 것은 아주 잠깐이면 되었다. 뼈가 붙고 알싸하게 부어올랐던 볼과 눈이 가라앉고 나니 몸이 가뿐해졌다. 나는 바로 상체를 벌떡 일으켰다.

"됐다!"

"어머."

마리가 깜짝 놀라서 뒤로 몸을 뺐다. 그렇지만 그것에 신경 쓸 새도 없이 뱃속에서는 꼬르륵하는 소리가 울렸다. 민망할 겨를도 없이, 마리가 웃으면서 내게 말을 걸었다.

"주인님께서 식사를 준비하라고 하신 이유를 알겠네요."

"와, 대공 전하께서요? 그런…… 신경을 써 주실 줄이야."

실은 그런 눈치가 있는지 미처 몰랐다고 말할 뻔했다. 그러나 마리가 다니엘의 고용인이라는 점을 감안하여 나는 굳이 말을 끝까지 마치지는 않았다.

곧 음식을 잔뜩 담은 트레이가 날라져 왔다. 나는 마리가 안내하는 대로 방 가운데 놓여 있던 소파에 앉았다. 하인들이 빠르게 테이블 위에 음식들을 늘어놓았다. 그런데, 배가 너무 고픈 것과는 별개로 그 수가 너무 많았다.

연한 소고기 스테이크부터 멧새 구이로 보이는 것, 훈연한 돼지고기, 고기 파이, 닭고기 요리, 블랙 푸딩까지 늘어놓으니 테이블에 자리가 모자랄 지경이었다. 너무 육류로만 가득 찬 것 아닌가? 나는 좀 질린 표정으로 테이블을 바라보았다.

"꼭 영양을 보충할 수 있는 식사로 준비하라고 신신당부를 하셔서요, 분명 무척이나 허기가 질 것이라고."

"어음."

본인이 마법 약으로 찔린 상처를 치유한 다음 너무 배가 고파졌다는 것을 착안하여 나의 식사를 준비한 것까지는 좋은데, 이건 너무 많이 준비했다. 혹시 다니엘 대공은 중간이라는 것을 모르는 건가? 잘생기고 순진한 멍청이 같다는 내 분석에 하나 더 추가해야겠다.

하여간에, 배가 고픈 건 어쩔 수 없었으므로 나는 포크와 나이프를 들었다. 그리고 식사는 무척 만족스러웠다. 미음에 이어서, 누가 요리했는지는 몰라도 저택의 요리사가 실력이 매우 출중했다.

스테이크의 고기는 딱 좋을 정도로 육즙이 배어 났고, 돼지고기는 적절히 훈연되어서 누린내가 나지도 않았고, 닭은 바삭바삭하게 구워져 있었다. 물론 채소가 다소 너무 부족한 감은 있었지만.

게다가, 생각해 보니 사원에서 나온 후로 돈이 그리 많은 적이 없었다. 그래서 이렇게 질 좋은 고기를 많이 먹는 것도 오랜만에 있는 일이었.

어느덧 정신을 차려 보니 배가 너무 불러서 더 이상 먹을 수 없는 지경이 되어 있었다. 편한 가운을 입고 있어서 다행이었다.

그동안 마리는 내 컵에 물을 따라 주거나 내가 여러 요리를 모두 맛볼 수 있도록 도와주었다. 내가 포크를 놓자 그녀가 과일주를 한 잔 따라 주었다. 향긋한 과일주는 가볍게 목으로 넘어가면서 무거운 고기 위주의 식사를 가라앉히는 것에 도움을 주었다.

"이런 호사를 누릴 줄은 몰랐네요."

"주인님께서 아무런 부족함 없는 대접을 하시라고 했거든요."

"그러고 보니 다니엘 대공 전하는 어디 계신가요? "

비록 협박까지 해서 이 저택으로 날 데려오기는 했지만, 나에게 이런 대접을 하는 걸 보면 분명히 내게 원하는 게 있고, 그걸 주어야 나도 이 저택에서 나갈 수 있을 것이다. 그러려면 대화하는 것이 우선이다. 내가 그렇게 말하자 마리가 기다렸다는 듯 말했다.

"실은, 아침에 이 방에서 나가신 이후부터 밖에서 쭉 기다리고 계십니다."

마리는 한 음절 음절을 꾹꾹 눌러 발음하는 것 같았다. 나는 탄식했다.

"……와!"

정말 중간이란 걸 모르네, 그 남자! 나는 자리에서 벌떡 일어났다. 마리는 그럴 줄 알았다는 듯이 고개를 숙였다. 그거야 그렇겠지, 자기 주인이 문 앞에서 몇 시간이나 기다리고 있었다는 걸 알면 얼마나 입이 근질거렸겠어?

난 성큼성큼 걸어가 문밖으로 고개를 내밀었다. 그리고 벽에 기대어 책을 읽고 있던 다니엘 대공을 발견했다. 아주 놀랍게도, 강아지처럼 대기하고 있었던 주제에 다니엘 대공의 자태는 아주 그림 같았다. 늘씬한 흑발의 미청년이 벽에 기대어 조그마한 책을 펼치고 읽는 장면은, 확실히 쉽게 잊을 수 있을 만한 장면은 아니었다.

그가 나를 향해 시선을 돌리기 직전, 아주 찰나의 순간 나는 그 하늘빛 눈동자가 마치 유리알처럼 무척이나 차갑게도 보인다는 것을 깨달았다. 섬세한 콧날과 미소 짓고 있는 입매도 센스 있는 화가가 그린 것처럼 완벽했지만 내가 이틀 전 보았던 허술한 모습과는 어딘지 거리가 있었다. 그러니까, 무표정인 그는 굉장히 냉정해 보이는 미남자였단 말이다.

그런 모습인 주제에 그는 아침에 내가 방에서 나가라고 한 후부터 계속 여기서 기다리고 있었던 것이다. 농담을 하기는 했지만 정말로 무슨 주인을 기다리는 강아지처럼 굴다니!

"강아지라면 누워서 잠이라도 자고 있었을 텐데."

대공의 하늘색 눈동자가 내 눈동자와 마주치는 순간, 그는 눈매를 휘었다. 유리알처럼 보이던 냉기는 온데간데없었다. 그는 책을 탁 덮으면서 말했다.

"정확히 말씀드리자면 책도 읽지 않을 겁니다."

"자랑이네, 강아지 대공 전하."

"다니엘이면 충분합니다, 성하."

방과 복도를 바쁘게 오가는 하인들을 의식한 듯 성하, 라고 부르는 부분만큼은 작은 목소리였다. 사실 그것에 어느 정도 의문이 들었다. 내가 되살아난 비비안이라는 것을 알리는 것이, 그리고 내가 지금 그의 보호 안에 있다는 것이 다니엘에게 손해가 될 리는 없을 텐데 왜 굳이 목소리를 죽이는 거지? 무슨 흉계가 있는 걸까?

그야, 이렇게 사람 좋은 얼굴을 하고는 있다만 그도 대공인 만큼 물론 정치적인 공작에 어설플 리는 없을 것이다. 겉보기에는 멍청하고 순진한 잘생긴 남자처럼 보이기는 해도. 그리고 내 평가를 전혀 모를 다니엘은 여전히 그저 잘생기고 순진한 남자처럼 웃어 보였다.

"약이 잘 들어서 다행이군요."

"비비안이라고 부르라고 하면 말 들을래?"

"그럼요, 비비안."

그렇게 대답하며 다니엘이 웃어 보였다. 의외로 이런 부분에서는 융통성을 발휘하네. 나는 눈썹을 치켜올렸다. 그 웃음에 호의가 넘쳐 난다는 것을 모를 만큼 내가 바보는 아니었다. 솔직히 말해서 난 오히려 이런 방면에서, 눈치가 무척이나 빠른 편이었다. 자타가 공인하는 바다.

그러나 내가 이렇게 다니엘 앤더슨 대공에게서 지나친 호의를 받을 만한 일을 한 적이 있던가? 나는 그 점이 궁금했다. 그야 칼에 찔린 그를 살려 내기는 했다만, 그렇다고 해서 그 치료가 그리 친절한 것도 아니었고, 두 번째 방문 때는 그를 쫓아내기까지 했고, 지금은 그래도 어느 정도 나이가 찬 청년이자 귀족을 강아지 취급까지 하고 있는데.

오래된 친구들에게

어쨌거나 다니엘은 순순히 내가 부른 대로 방 안에 들어와 소파에 앉았다. 그동안 하인들은 빈 그릇을 트레이에 얹어 다시 내가고, 마리는 커피 두 잔을 테이블에 올려놓고 방을 빠져나갔다. 나는 아까 전부터 갑자기 궁금해졌던 것을 물어보았다.

"다니엘 대공, 혹시 몇 살이야?"

"다니엘이라고 부르시면 됩니다. 스물여덟입니다만."

"오, 스물여덟이면 나보다 498살 정도 어리구나?"

"잠들어 계셨던 500년을 나이에 합쳐 계산하고 싶으신 것이라면 말리지는 않겠습니다만, 비비안 스물여섯 살 때 숨을 거두셨던 것으로 알고 있습니다."

그거야 그렇다. 그렇지만 정말로 스물여섯 살이라고 하기엔 영 어폐가 있는 것이, 나는 애초에 전생을 기억하고 있는 채로 지금의 자아를 형성하고 세계에 내려왔다. 그렇게 스물여섯 해를 보낸 것이다. 그래서 처음 이 세계에 왔을 때 내가 어린 모습이었다고 해도 나를 그 모습 그대로 대하는 이는 아무도 없었다. 이런 사실까지는 후손에게 전달되지 않은 걸까? 나는 고개를 기울였다.

"그래서 성…… 당신의 새로운 신분도 그 나이에 맞추려 했습니다만."

"새로운 신분이라니?"

커피 잔을 들어 한 입 맛보려다가 나는 도로 테이블로 가져다 놓았다. 갑자기 이상한 이야기가 튀어나오지 않았는가? 새로운 신분이라니, 그게 왜 필요하지?

물론 나는 이 세상에 돌아온 뒤로 내 신분을 숨기고 살아왔다. 그렇지만 그건 어디까지나 수도의 빈민가에서나 가능한 일이었다. 쓰러지기 직전의 먼지투성이 나무집을 한 채 사는 데는 적당한 가명과 돈이면 충분했으니까.

그렇지만 그건 어디까지나 내 입장의 문제였고, 다니엘 대공의 입장은 분명 다를 것이다. 비비안 성황의 부활을 가장 먼저 알고 무엇이건 원하는 게 있어서 나를 찾아온 것이 분명한데, 새로운 신분증이라니?

"당신의 본래 신분을 밝히고 싶지 않으신 것 아닙니까? 그렇게 생각하고 이미 신분증을 준비 중입니다만."

그러나 다니엘은 내 의문에 대답을 해 주기는커녕 오히려 내 질문이 이해가 되지 않는 것 같았다. 그가 눈살을 찌푸렸다. 심지어는 이미 새로운 신분증을 준비 중이라고?

"……그건…… 그렇지만……."

여기서 왜 내가 원하는 것이 나오지? 나는 정말이지 의아해졌다.

"그럼 네가 원하는 건 뭐야?"

"제가 원하는 것 말입니까?"

다니엘도 나도 서로 의아한 표정을 지었다. 서로의 이야기가 영 맞물리지 않았다. 나는 천천히 내 의도를 설명했다.

"내가 무언가 원하는 것이 있으니까 날 여기로 데려온 것 아니야?"

"비비안, 저를 오해하고 계십니다."

"그건 내가 판단한다고 했을 텐데."

"아침에도 말씀드렸듯 별다른 목적은 없습니다."

그렇게 말하고 다니엘은 잠깐 무언가를 생각하듯 침묵하다가 이렇게 덧붙였다.

"굳이 따지자면, 저는 그저 당신께서 온당한 대접을 받아야 한다고 생각했을 뿐입니다."

나는 무언가 말을 꺼내려다가 말을 멈추었다. 무슨 말을 해야 할지 고를 수가 없었기 때문이다. 심지어는 여전히 이 남자의 눈에 넘치는 호감 같은 것의 의미를 이해할 수도 없었고.

애초에, 온당한 대접을 받아야 한다고 생각한다고 말한 그 입으로 동시에 제인을 들먹이며 나를 협박해 이 저택으로 데려온 것이 바로 눈앞의 이 남자가 아닌가?

"영웅에게 보답하는 것은 그 덕을 본 사람 중 하나인 제가 당연히 해야 할 일이 아닌지, 오히려 제가 당신께 여쭙고 싶습니다."

그렇게 속삭이듯 정중하게 말하는 남자의 눈동자 또한 다정한 것이었다.

"당신은 그럴 자격이 있다고 감히 말씀드리고 싶군요."

"……설령 그렇다고 한들 그 보상을, 네가 대체 왜? "

"이유가 필요합니까? "

다니엘이 그렇게 말하며 고개를 기울였다. 그는 차라리 답답해하는 느낌이었다. 왜 내가 이렇게 묻는지조차 이해하지 못하는 것 같았다.

"굳이 이유를 말하자면, 비비안. 제가 그렇게 하고 싶으니까요."

차라리 한눈에 반했다고 하는 것이 신빙성이 있을 것이다. 다니엘 대공을 두고 잘생기고 순진한 멍청한 강아지라고 생각했었는데, 아무래도 그 판단은 보류해야겠다. 이 남자는 아무래도 어딘가 맛이 좀 간 것 같다.

                    * * *

그 후로 다니엘 대공은 정말로 내게 잘 대해 주었다.

사실, 잘 대해 주는 것 이상이었다. 심심하다고 하면 온갖 책들과 신문을 가져다주었고, 방 안에는 내 냉각 수정구가 놓였다. 마리가 내 취향을 물어본 후 옷장에는 나들이옷부터 잠옷까지 각종 옷으로 채워지고, 비단 양말과 모자는 물론이고 신발도 몇 켤레쯤 생겼다.

심지어는 눈을 떠 보니 못 보던 커다란 거울이 딸린 화장대까지 생겨 있었다. 그리고 아침에는 메리가 따뜻한 아침 식사를 가져다주며 나를 깨운다.

"……이게 무슨 상황이지? "

나는 멍하니 계란이 입혀진 토스트를 씹으면서 중얼거렸다. 커다란 방 안에는 나 혼자뿐이었다. 내가 나가 달라고 하면 하인들은 모두 나가서 이 방에 들어오지 않고, 내가 종을 울리면 기다리고 있었다는 듯이 방으로 달려온다.

그리고 사실 하인뿐 아니라 다니엘 대공 본인도 그렇다. 그는 신문에 실린 것을 보면 평소 여러 사교계 행사와 자선 행사에 바쁘게 다니는 듯했다. 하지만, 내가 이 저택에 온 일주일 동안은 거의 칩거 상태였다. 그러니까 내가 좀 심심하다 싶으면 이 방문을 두드린다는 말이다.

"들어가도 됩니까?"

아니나 다를까, 문을 두드리는 소리가 들렸다. 익숙한 목소리였다. 나는 반사적으로 대답했다.

"들어와."

그 말에 다니엘은 바로 문을 열고 들어왔다. 음, 커다란 창문에 달린 투명한 커튼 사이로 비치는 아침 햇살을 받으며 방에 들어오는 흑발의 미남자는 확실히 감상할 만했다. 나는 블루베리가 얹힌 요거트를 떠먹으면서 다니엘을 맞이했다.

"좋은 아침."

들어오려던 다니엘이 멈칫했다.

"식사가 끝나지 않으셨군요. 나갔다가 올까요?"

"그러라고 하면 또 방문 옆에 강아지처럼 기다리고 있으려고?"

"저번에도 말씀드렸지만, 강아지는 책을 읽지 못합니다."

아니, 그게 문제가 아닐 텐데.

한숨을 쉬는 내 반응에 다니엘은 또 기묘한 표정을 지었다. 왜 내가 한숨을 쉬는지 이해하지 못한 표정이다. 다니엘의 머릿속에서는 이런 논리가 펼쳐지고 있는 것 같다. 내가 다니엘을 두고 강아지라고 했다. 그러나 다니엘이 생각하기에 이 말은 틀렸다. 왜냐하면 본인은 강아지가 아니니까. 그 근거는 강아지는 책을 읽지 못하기 때문이다.

이렇게 정리해서 생각해 보니 훨씬 더 바보 같다. 내가 조금 치료비를 두고 골린다고 해서 덥석 루비 목걸이를 두고 가려고 했던 것을 봐도 그렇고, 일상생활에서 살짝 눈치가 없는 것일지도 모른다.

다니엘 대공이 이 나라의 잘생긴 유명인이 될 수 있었던 것은 신문과 가십지에서 그의 인격을 모두 배제하고 그저 그의 외면과 가시적 성과만을 실었기 때문이 분명하다. 뭐, 취향에 따라 귀엽다고 볼 수도 있겠지만 적어도 내 취향은 아니었다.

"그러고 보니 책을 가져왔습니다만."

"무슨 책?"

"저번에 함께 커피를 마실 때 당신에 대한 책을 읽고 싶다고 하지 않으셨습니까? 그런데 서점에는 들르실 생각을 않기에."

그렇게 말하며 다니엘이 내 테이블의 빈자리에 두껍고 얇은 책을 한 무더기 올려놓았다. 나는 조금 질린 눈으로 그 책들을 바라보았다.

"읽고 싶다고는 했지만 이렇게 많이는 필요 없는데."

"그럼 몇 권 빼야겠군요."

그렇게 말하고 다니엘은 정말로 책을 바라보며 고심하는 눈치더니, 곧 몇 권의 책을 빼냈다. 그리고 다시 나를 빤히 쳐다보았다. 세상에. 나는 천장을 올려다보았다. 정말로 몇 권의 책을 빼낸 거로 문제를 해결했다고 생각하는 건가.

그는 내가 당장에라도 책을 들춰보고 기뻐하기를 기대하는 눈치였다. 온 나라의 첫사랑인 남자가 이렇게 눈치가 없어도 되는 거야? 나는 돌려 말하기를 포기하고 직설적으로 이야기하기로 했다.

"나중에 읽을게. 지금은 일어난 지 얼마 안 돼서 피곤하거든."

"아, 그러셨군요."

그렇게 말하고 다니엘은 단 한마디의 불만도 없이 테이블 위에 놓여 있던 모든 책을 밑으로 내려놓았다. 그리고 가만히 앉아서 다리를 꼬고 무릎 위로 손을 겹쳐 놓았다. 또 한숨, 또 한숨이다.

"……그래서 거기 앉은 채로 가만히 내 식사 장면을 바라볼 거야?"

"불쾌하시다면 조금 이따가 들어올……."

"아니다, 잘못 말했다. 할 말이 있다면 하라는 뜻이었어."

"할 말은 딱히 없습니다만, 혹시 시간이 괜찮으시다면 함께 바람이라도 쐬러 가지 않으실까 해서요."

"함께 바람을 쐬러 가? 어디로?"

"리옹 미술관에서 당신의 초상화를 정기적으로 공개하는데, 마침 공개하는 기간이라서요."

나는 그 말에 고개를 기울였다.

"……내 초상화를 보러 가자고?"

"비비안 성황에 대한 기록을 보고 싶으신 것 같아서요…… 아닙니까?"

하도 헛발질을 해서인지 다니엘의 눈동자에서 자신감이 사라져 있었다. 나는 다 먹은 요거트 그릇을 내려놓았다.

눈을 뜬 이후 나도 나름대로 오백 년간의 기록을 찾아보기는 했지만 한가하게 내 초상화를 보러 갈 시간은 없었다. 아니, 사실은 남는 게 시간이었지만 굳이 내 얼굴을 보러 미술관까지 찾아가기는 귀찮기도 했고, 그렇지만 지금은 어차피 다니엘 대공의 저택에서 요양하고 참이니 딱히 할 일도 없다. 그리고 무엇보다.

나는 다니엘의 얼굴을 유심히 바라보았다. 겉으로 보기에 아무런 문제도 없는, 대단히 훌륭한 얼굴이었다. 나는 파란 눈동자를 똑바로 바라보며 살짝 웃었다.

"뭐, 그러지."

뭐, 이 저택에서 보낸 일주일이 나쁜 건 아니었다. 다니엘은 내게 무척이나 극진했다. 아무런 목적도 없다는 그의 말처럼, 내게 주어진 것은 맛있는 식사와 서적, 극진한 시중뿐이었다.

그렇지만 의심을 거두기에는 아직 일렀다. 정말로 다니엘 대공이 무슨 생각을 하는 건지 캐 보려면 뭐든 행동을 일으켜서 반응을 보는 것이 좋을 거란 계산이 섰다.

"점심 전에 나갈까?"

"네, 편하신 시간에."

그렇게 나와 다니엘 대공이 역사적인 첫 외출을 하게 된 것이다.

내가 죽어 있던 오백 년 동안 세상은 많이 변했다. 좋은 쪽이라거나 나쁜 쪽이라거나, 그런 선악의 문제가 아니고, 인간들의 근본적인 부분이 변한 것도 아니지만.

나와 나의 추기경들, 그리고 여덟 명의 팔라딘이 사망한 오백 년 전 이후, 마법이라는 이름으로 불리던 신비한 힘은 점점 자취를 감추기 시작했다.

그렇지만 인간들의 세상에서는 언제나 그렇듯, 대체 불가능한 것 따위는 없었다. 내가 죽어 있던 오백 년 동안에는 마법 대신 인간들의 기술이 발전했다. 마법으로 움직이던 세계가 인간들이 만들어 낸 기술로 움직이게 된 것이다. 마차와 자동차와 기차가 사람을 실어 나르고, 검과 총이 사람을 상처 입히는 시대가 되어 있었다.

뭐, 그렇다고는 해도 아직 냉각 수정구만 한 냉각기가 나온 것은 아니고, 이제는 이미 가물가물해진 기억이지만, 내가 이 세계에 오기 전 어느 세계에선가 썼던 에어컨과 비교하자면 아직은 훨씬 조악한 수준의 기술이기는 했다. 또 총은 일반 사람들이 취급하기에는 너무 비싸서 여전히 빈민가에서는 자그마한 나이프가 훨씬 애용되었다.

어쨌거나 그렇다고 해도 중요한 사실은 마법이라는 힘이 없더라도 인간들은 여전히 살아가고 있다는 것이다. 그러니 이제 내가 없더라도 이 세상에는 문제가 없단 말이지. 나는 이제 그걸 안다.

"내리지 않을 겁니까?"

나는 마차 문을 먼저 열고 나가 바닥에 내려서서 내게로 손을 뻗고 있는 다니엘을 바라보면서 몇 번 눈을 깜박였다. 그의 성격이 취향은 아니지만 요새 유행하는 중절모를 쓰고 몸에 잘 맞는 정장을 차려입고 내게 장갑을 낀 손을 내밀고 있는 모습이 잘생긴 것도 사실이다.

아니, 잘생겼다고 하기보다는…… 남자로서 매력이 있다고 하면 너무 노골적이려나.

"손은 됐어."

다니엘의 손을 거절하고 나는 마차에서 내렸다. 날 배려한 건지 혹은 다른 목적이 있는지, 다니엘과 내가 탄 마차는 가문의 문장이 따로 박혀 있지 않고 특색도 없는 검은 색의 마차였다.

리옹 미술관은 수많은 돌계단 위에 자리하고 있었다. 회색빛 돌계단의 양옆으로는 가로수들이 늘어서서 땡볕 아래 겨우 쉴 만한 그늘을 만들어 주고 있었다.

사람들은 나무 그늘 아래에서 파이프에 시가를 채워 담배 연기를 자욱이 피워 내고 있었다. 담배 연기가 폐에 좋지 않다는 의학적인 사실이 아직 소명되지 않은 시대이다.

나는 초록색 자수가 놓인 양산을 펼쳤다. 솔직히 나 스스로는 거추장스러운 사치품이라고 생각해서 산 적이 없는데, 지금은 짐꾼도 있고 내 돈도 아니라서 주는 대로 받았다.

"이 땡볕에 성냥에 불을 붙여 담배를 피우다니. 보기만 해도 덥다."

"더우십니까?"

그렇게 말한 다니엘 대공은 슬슬 모이기 시작한 주위의 시선은 신경도 쓰지 않고 내가 들고 있는 양산을 넘겨받아 대신 들어 주었다. 의미를 알 수 없는 행동이다. 내가 드나 다니엘이 드나 똑같은 그늘인데 말이야.

"시원한 소재의 옷으로 부탁했었습니다만, 제가 주문을 잘못한 모양이군요."

"당신한테 무슨 말을 못 하겠어."

내가 뭐라고 말해도 다 본인이 잘못했거나 실수한 게 아닌지 생각하는 걸 보니, 이건 혹시 아주 호구이거나 아주 나쁜 놈이거나, 둘 중의 하나임이 틀림없다.

내가 그렇게 생각하거나 말거나 다니엘은 여전히 진중한 얼굴로 양산을 대신 받쳐 들면서 나와 함께 기다랗게 이어지는 계단을 올랐다. 돌계단을 오르며 두런두런 서 있던 사람들이 다니엘을 발견하고 저들끼리 수군거리는 모습이 보였다. 그야 신문에도 사진이 나는 사람이니 몰라보는 것이 이상할 테지.

그리고 나는 그때서야 다니엘 대공이 사람들의 시선에서 양산을 들고 내 얼굴을 감추고 있다는 것을 깨달았다. 다니엘은 생각보다 훨씬 요령 좋게 내 얼굴을 이리저리 감추고 있었다. 음, 역시 아주 나쁜 놈 쪽인가?

그건 그렇고, 아주 낮은 굽의 편한 구두를 신었는데도 불구하고 내 체력은 영 쓸 만한 것이 못되어서 돌계단을 반쯤 올랐을 때는 이미 숨이 거칠어져 있었다. 통풍이 잘되는 소재의 긴 원피스라고는 해도 역시 땡볕 아래에서는 그리 도움이 되지 않았다. 챙이 넓은, 흰 리본으로 장식한 모자의 밑 이마에 땀이 맺혔다.

내 걸음은 점점 느려졌고, 다니엘은 놀라운 인내심으로 내 속도를 맞추어 주었다. 겨우 리옹 미술관으로 들어가는 계단의 정상에 도착했을 때 내 목덜미는 이미 땀으로 젖어 있었다. 나는 숨을 몰아쉬었다.

"바람을 쐰 게 아니라 햇볕을 쐰 것 같은데!"

"미술관에 들어가면 좀 나을 겁니다."

"좀 낫고 뭐고, 이미 졸리기 시작했어…… 피곤해."

"평소에 운동을 좀 하는 게 좋겠습니다."

"운동이라니!"

나는 탄식했다. 운동을 안 해도 마법을 쓰면 남자 하나 정도는 가볍게 들어서 던져 버릴 수 있는지라, 정말로 내 체력을 강화하려는 노력은 해 본 적이 없었다. 내게 운동을 하라고 하는 사람도 없었고.

"한 번도 생각해 본 적 없는데, 확실히 필요한 것 같긴 해…… 죽은 동안에 근육이 나이를 먹은 건지는 몰라도 너무 힘들어."

"그렇다기보다는 일주일간 내내 방에만 있었으니까요, 보통 사람도 그렇게 지내면 건강을 해칩니다."

"와, 차라리 욕을 하지 그래?"

사실로 공격하다니 비겁하다. 나는 아파 오는 무릎을 한 번 두드리고 나서 허리를 폈다. 그리고 내 앞에 펼쳐진 미술관 앞에 늘어선 행렬에 기겁했다.

"이게 다 입장을 기다리는 줄이야?"

"비비안 성황의 초상화는 일 년 중 일정 기간만 공개되어서 아주 인기가 많거든요."

"와, 그렇다면 누가 나 알아보기도 쉽겠는데."

그렇게 말하면서 나는 다니엘의 눈치를 슬쩍 살폈다. 무어라도 본인의 속내에 대한 정보를 흘리지 않을까 하는 생각에서였다. 그렇지만 다니엘은 눈썹 하나도 움직이지 않고 태연하게 말했다.

"저야 당신이 살아 있다는 것을 알고 당신을 보았기 때문에 당신이 누구인지를 알았지만, 다른 사람들은 상상조차 하지 못합니다. 그저 닮은 사람이라고만 생각하지 않을까요?"

"……그런가? 하기야 초상화는 미화도 되었을 테니까."

대충 맞받아치면서, 나는 과연 다니엘의 말이 사실일지 아닐지를 재보았다. 다니엘의 저택에서 지내면서 내가 접촉한 사람은 아주 소수였다. 마리라는 이름의 나이 든 하녀와 로렐이라는 이름의 다니엘의 개인 비서, 그리고 식사를 가져다주거나 목욕물을 가져다주는 몇 명의 하인과 옷 치수를 재러 온 디자이너 한 명 정도. 나를 내세워 다니엘에게 도움이 될 만한 유명한 정치인이나 귀족은 끼어 있지 않았다.

그리고 그중에서 내 눈조차 제대로 쳐다보지 못하고, '비비안 성황'을 대하는 것처럼 존경의 빛을 암묵적으로 비쳤던 것은 마리와 로렐뿐이었다. 즉,

그들 외에는 내 얼굴을 보고 어렴풋이 무언가를 떠올리는 것 같기는 해도 좀처럼 내 정체를 알아차린 것 같지는 않았다.

그야 내가 살아 돌아왔다는 것을 모른다면, 그리고 그것을 듣더라도 믿지 않는다면 나를 앞에 두고도 누군지 모르기야 하겠지만. ……정말로 아무런 흑심도 없이 날 도와줄 생각인 건가? 그런 생각을, 하지 않은 것도 아니다. 그렇지만 나는 사람의 선의를 쉽게 믿기에는 너무 많은 일을 겪고 죽지 않았는가?

나와 다니엘은 줄을 섰다. 미술관 앞에는 두 갈래의 줄이 있었는데 다니엘은 나를 이끌고 확연히 짧은 줄에 가서 섰다. 예약 입장권을 산 줄이라고 하는 모양이다. 경비원들은 다니엘 대공을 알아보았는지 머리에 쓴 모자를 벗어 인사를 하거나 가볍게 인사를 건네기도 했다.

예전에 비해 귀족이 공고한 권력을 휘두르지 못하는 시대가 되었다지만 그렇다고 해도 대공은 귀족 중의 귀족이고 유명인이었다. 그가 원한다면 대기 줄 따윈 무시하고 바로 입장한다고 한들 아무도 막지 않았을 것이다. 그런데도 이렇게 미술관에 들어가겠다고 정직하게 줄을 서 기다리는 것만 봐도 다니엘 대공의 성격이 어떤지 확연히 알 수 있었다.

아니, 아니지. 나는 스스로를 타일러서 생각을 바꾸어 먹었다. 그를 겨우 일주일밖에 보지 않아서 잘은 모르겠다. 이렇게 고지식하게 보여도 사실은 속으로 무슨 생각을 하고 있을지 어떻게 알아.

다행히 줄은 금방금방 줄어서 나와 다니엘은 그리 오래 지나지 않아 미술관 안으로 들어갈 수 있었다. 문 안으로 들어가자 차가운 공기가 확 들이찼다. 나는 깊게 숨을 내쉬었다. 다니엘은 옆에서 조용히 양산을 접어 손에 들었다.

"와, 이제 좀 살 것 같네. 진짜 쪄 죽을 것 같았어."

"카트리옹이 덥긴 하지만 생각보다도 훨씬 더워하시는군요. 역사에 기록된 대로 북부 출신이십니까?"

"그런 게 기록되어 있어?"

무슨 그런 헛소문이 적혀 있담.

"난 북부가 아니라 굳이 따지자면 남쪽 출신이고, 그보다는 냉각 수정구 같은 기계가 하루 종일 돌아가는 실내 출신이지."

시답지 않은 잡담을 나누면서 미술관 안을 걷자 코너마다 서 있는 경비원들이 잠깐씩 눈총을 주었다.

내 초상화가 전시되어 있는 관을 찾는 것은 그리 어렵지 않았다. 사람들이 줄을 가장 길게 서 있었으므로. 나와 다니엘은 붉은색의 카펫을 따라 줄을 서서 전시관으로 입장했다. 황금색의 줄을 치고 일정 공간을 비워 둔 전시관에는, 거대한 그림이 한 점 걸려 있었다.

나는 그 그림을 본 순간 긴장이 탁 하고 풀렸다. 솔직히 말해서, 내가 이 그림을 보러 오는 것에 긴장하지 않았다고는 말할 수 없겠다. 나는 리옹 미술관에 전시되어 있다는 내 그림이 어느 쪽인지 모른다.

애초에 이제까지 내가 모델이 되어 초상화를 그린 것은 단 두 번뿐이었다. 한 번은 이 세상에 처음 왔을 때. 추기경들은 당시 이 대륙 여기저기에 흩어져 있었으므로 그들에게 내 얼굴을 알리는 데 쓰였다. 나중에 초상화를 본 내 팔라딘들은 너나 할 것 없이 이렇게 굳은 얼굴을 한 어린아이는 처음 본다며 웃어 댔다. 그리고 두 번째는…… 내 친구이자, 나를 죽인 황제가 내가 자신만의 사제가 된 것을 기념하여 그려 주겠다고 했을 때.

두 초상화 중 어느 쪽이 남아 있을까? 나는 심호흡을 하고 시선을 들어 먼 곳에 전시되어 있는 초상화를 바라보았다. 두꺼운 유리 벽 속, 붉은색의 머리를 진주로 장식하여 길게 땋아 한쪽으로 풀어 내리고 목깃이 높은 사제복을 입은 채 미소 짓고 있는 여자가 그림 속에 자리하고 있었다.

그 그림이 몇 번째로 그린 것이었는지는 금세 알 수 있었다. 그 여자는 아주 행복해 보였고, 목에는 단출한 사파이어 목걸이가 걸려 있었으며, 결정적으로는 그녀가 앉아 있는 곳이 바로 화려한 옥좌였으니까. 유리 아레노 황제가 내게 기꺼이 앉도록 했던 황제의 옥좌였다.

오래된 친구들에게

나는 시선을 떨어트리고 초상화 밑의 간단한 설명을 읽었다. 아레노 황제가 그 당시 가장 저명한 화가였던 기아드를 지명하여 비비안 그리니어스 성황을 그린 그림으로 신화적이라기보다 사실적인 화풍의…… 읽어도 잘 모르겠다.

다시 시선을 들어 거대한 내 초상화를 바라보니, 그림이 한눈에 채 다 들어오지 않았다. 너무 커서 그런가? 그렇게 생각하며 애써 그림을 한꺼번에 눈에 다 담으려고 하는데, 갑작스럽게 누군가 내 몸을 뒤로 끌어당겼다.

"나갈까요."

"왜? 이제 들어왔는데…… 아."

나는 그렇게 말하고 나서야 내 목소리가 먹먹하게 잠겨 있음을 깨달았다. 시야 한구석이 희뿌옇게 물들어 있었다. 난 콧물을 훌쩍였다. 이건 추워서 나오는 콧물은 아니었다. 아, 나 또 울고 있어.

다니엘이 내 팔을 조심스럽게 잡고서 밖으로 유도했다. 그동안에도 사람들은 쉴 새 없이 몰려들었다. 그리고 다니엘의 장담대로, 그에게 이끌려 전시관을 나가는 동안 그들 중 나를 알아보는 사람은 아무도 없었다.

초상화를 전시한 전시관 밖에는 앉아서 쉴 수 있는 간단한 의자가 있었다. 다니엘은 나를 그곳에 앉히고서 내 앞에 무릎을 굽히고 자세를 낮추어 나를 들여다보았다.

나는 모자의 넓은 챙 아래로 시선을 내리고 생각했다. 저 초상화가 무슨 의미라고, 다들 저렇게 보고 싶어 하는 걸까? 그저 멍청한 성황이 멍청한 황제에게 목이 잘려 죽기 전에 남긴 그림인데 말이야. 나의 멍청함마저 역사서 속 명문과 아름다운 그림과 값비싼 유물로 남겨지면 낭만적인 옛날이야기가 되는 걸까.

다니엘은 품속에서 손수건을 꺼내어 주었다. 그리고 그가 입을 열어 뗀 첫마디는, 나쁜 놈이라기보다는 멍청이 쪽에 가까웠다.

"죄송합니다."

정말로 내게 미안해하는 것 같은 목소리라서, 나는 콧물을 훌쩍이면서 웃었다. 솔직히 웃기기도 했다.

"정말 뭘 못 하겠네. 당신 잘못도 아닌데."

"제가 생각이 짧았습니다."

딱히 그가 생각이 짧았던 게 아니다. 나도 내가 이 초상화를 보고 싶어 하는 줄 알았으니까.

"슬퍼하는 거 아니야. 그냥 우는 거지."

슬프다는 단어로 지금의 내 감정을 표현하기에는 적절하지 않았다. 언어라는 정형화된 것의 한계를 이럴 때 느끼곤 한다.

나는 다니엘의 손에서 손수건을 받아 들고 눈꼬리를 열심히 찍어 눌렀다. 울고 싶지 않을 때 눈물이 주르륵 흐르는 것은 정말이지 바라지 않는 일이었다. 그나마 다행인 일은 다니엘이 내 앞에 무릎을 꿇고 죄스러운 표정으로 앉아 있는 바람에 다른 사람들은 연인 간의 싸움이라고 생각했는지 시선을 애써 돌리지 않고 빠르게 지나간다는 것일까.

가끔 다니엘이 누구인지 알아챈 것 같은 이들이 호기심 어린 시선을 두기는 했지만, 그래도 내 얼굴로 오는 시선이 경악으로 바뀌는 일은 없었다. 나는 한참을 더 훌쩍이다가 겨우 멈추었다.

"그래도 좋은 점이 한 가지 있네."

"뭡니까?"

"저 초상화만 보고 나를 알아보는 사람이 아주 적을 거라는 확신이 들어."

초상화 속의 비비안 성황은 실물보다 상당히 미화되어 있었다. 물론 내가 좀 예쁘긴 해도 저렇게 역사에 기록될 만한 절세미인은 아니었다. 이쯤 되니 로렐과 마리가 어떻게 나를 알아본 것인지 궁금해질 정도였다. 내 말을 들은 다니엘은, 갑자기 긴장이 풀리기라도 했는지 피식 웃었다.

"전 알아보았습니다만."

"당신 말대로 내가 누군지 이미 알았기 때문에 알아본 거겠지. 옆에 두고 비교하면 닮은 데가 눈, 코, 입, 개수와 머리 색깔 정도인 것 같은데."

"딱히 그렇지는……"

그렇게 말하다가 다니엘은 급히 자신감이 사라진 듯 잠깐 말을 삼켰다. 음, 생각보다도 더 입에 발린 말을 하지 못하는 성격인 것 같았다. 그렇지만 곧 그는 갈팡질팡하던 생각을 정리한 듯 이렇게 말했다.

"조금 다르기는 합니다만, 아무리 보아도 같은 사람입니다."

"조금이 아닌 것 같은데."

나는 결국 두 손가락으로 내 코를 집었다. 미술관 안이 생각보다 더 서늘한 탓이다. 아주 덥다가 갑자기 추워지니까 냉방병에 걸릴 것 같다. 딱히 울어서 그런 게 아니라.

다니엘이 조심스러운 태도로 말을 꺼냈다.

"미술관에 온 건 그리 좋은 생각이 아니었던 것 같군요. 나갈까요?"

"그 계단을 올라왔는데 바로 미술관을 나가기에는 수지타산이 맞지 않는 것 같은데. 난 괜찮아. 조금 감정이 북받쳐서 그렇지. 너무 오래 살아서 그런가 봐."

우는 모습을 두 번이나 보여서 솔직히 민망했다. 그래서 농담 삼아 한 말이었다. 그렇지만 반쯤 잠긴 목소리라서 그런지 내가 듣기에도 영 농담 같지가 않았다. 그러니 당연하게도 그런 성격인 다니엘은 내 말을 농담으로 듣지 않고 진담으로 받았다.

"다시 말씀드리자면, 비비안, 당신은 이제 겨우 스물여섯입니다. 앞으로 살아갈 날이 아주 많은."

다정하게 들리는, 마치 봄바람 같은 말이었다. 그렇게 말하며 다니엘이 무릎 위에 얹힌 내 손을 잡았다. 나는 그 손을 내려다보며 웃었다.

수없이 많은 사람에게 위로를 건네고 위로를 받아 본 입장에서 말하건대, 이제 솔직히 인정할 것은 인정해야겠다. 아무리 이 남자의 속을 의심해 보았자 나오는 단서라고는 없을 거라는 것을.
 다니엘 대공처럼 이렇게 진심으로 사람의 마음을 위로할 줄 아는 사람은 흔치 않다. 모두들 남의 마음의 깊숙한 속까지 헤아리기에는 자신의 삶이 버거운 법이므로.
 그렇지만 깨끗한 하늘색 눈동자에는 내가 아무리 찾아보려고 애를 써도 악의나 가면을 뒤집어쓴 흉계 따위는 자락조차 보이지 않았다. 다니엘의 눈동자 속에는 보이는 그대로 그저 걱정과 안쓰러움만이 가득할 뿐이었다. 혹은, 이렇게 표현해도 좋을지는 모르겠지만 설탕 과자 같은 선의와 비슷한 것도.
 차라리 다니엘이 아주아주 나쁜 놈이라면 좋겠다. 그렇다면 나도 더 이상 이 세상에 구질구질한 미련을 흩뿌리며 잡고 있는 대신 정말로 이 모든 것을 끝내 버릴 수 있을 텐데.
 그러나 그런 모든 감상들을 굳이 입 밖에 내뱉을 필요도 없었다. 위로는 어디까지나 위로이고, 나는 상처를 많이 받았기 때문에 그런 말에 문득 울컥하기도 했지만, 그래도 사실 나는 정말로 살아갈 날이 많은 스물여섯 살은 아닌 것이다. 그래서 나는 다니엘을 보며 미소 지었다. 하늘색 눈동자에 내가 미소 짓는 것이 비쳤다. 그만큼 가까운 거리였다.
 "오백 년쯤 관에서 죽어 있던 시간을 고려하지 않아 줘서 고맙다고 해야 하나?"
 내 시선을 똑바로 맞받은 다니엘은, 내가 웃는 모습을 보고 마치 안심이라도 했다는 것처럼 마주 입꼬리를 끌어 올려 다정하게 웃었다.
 "잠들어 있던 시간은 세월로 고려할 만한 시간이 아니지요."
 그리고 잠깐 주저하는 것 같던 다니엘은 내 손에서 손수건을 조심스럽게 빼냈다. 그리고 내 얼굴 가까이 손을 올려 내가 채 닦지 못한 눈물 자국을 지워 냈다. 남자치고는 부드러운 손놀림이었다.
 "역시 이곳을 나가는 게 좋겠습니다."
 나는 그 말에 고개를 저었다.

"아니야, 괜찮아. 한 번 더 둘러보고 갈래."

비비안 성황이 사람들이 오래오래 두고 볼 만큼 아름답게 기억되어 있다면, 그것은 나를 바라보았던 누군가의 시선이 사랑에 빠져 있었기 때문일 것이다. 그러니 이 초상화는 나의 기억이 아니라 나를 사랑하던 이들의 기억이다. 그렇다면 나도 마찬가지로 나를 사랑하던 이들을 추억하고 싶었다.

"나도 리옹 미술관에 팔라딘들의 갑옷이 전시되어 있다는 건 알거든."

하지만 이제껏 단 한 번도 와서 볼 생각을 하지 못했다. 어떻게 내가 감히 그들을 볼 생각을 하겠는가? 그렇지만 로티아가, 도대체 무슨 의도였는지는 모르겠지만 내 맘대로 하라고 했으니까. 내 마음대로 해도 된다면, 나는 역시 그들을 보고 싶었다. 그들에게는 면목이 없는 일이지만.

"……네, 알겠습니다."

다니엘이 내게 그렇게 대답했다.

내 초상화가 걸려 있는 전시관과는 다르게 팔라딘들의 갑옷이 전시되어 있는 공간은 인적이 드물었다. 내 초상화는 일 년에 한 번만 공개된다고 하고, 갑옷은 언제나 전시되어 있어서 그런 걸까.

하기야 그 당시에도 그들의 갑옷은 섬세한 것과는 영 거리가 멀었다. 언제나 걸레짝이 되어서 자주 갈아치우곤 했었지. 대장장이들이 하루가 멀다 하고 갑옷을 수리해야 한다고 우는 소리를 냈었다.

그러니 내 미화된 초상화와는 달리 그들의 갑옷은 예술 작품으로서의 가치는 거의 없을 것이다. 애초에 다들 섬세한 예술 따위에는 관심이 없는 작자들이기도 했고.

내 예상은 아주 정확하게 적중했다. 유리관 안에 전시되어 있는 갑옷은 갑옷의 기능은커녕 유물로도 보이지 않을 정도로 엉망진창인 수준이었다. 성황의 축복을 받아 한때는 검고 화려한 빛을 띠던 갑옷은 이제 고철로밖에 보이지 않았다.

그렇지만 어쨌거나 투구와 흉갑, 하체, 세 부분과 녹이 슬어 있는 바스타드 소드가 그럭저럭 남아 있어서, 전시된 바로는 기사의 형태를 하고는 있었다. 나는 그 밑의 설명을 보지 않고도 한눈에 그 갑옷이 누구의 것인지 알아보았다.

"레오날드 경이네……"

그의 얼굴을 잊어버릴 수 있을 리가 없다. 반짝반짝 빛나는 금발에 푸른 눈을 가진 내 기사님. 이 세계에 온 지 얼마 되지 않았을 때 얼떨결에 귀족들의 사교 모임에 나가서, 춤을 출 줄 몰라 망신을 당할 뻔했던 나를 귀족 출신의 레오날드가 도와주었던 것이 첫 인연이 되었다.

그 모습이 마치 왕자님처럼 보였기 때문에 후에 왕관을 쓰고 백마를 탄 채 나를 구하러 오라는 농담을 했더니, 언젠가 그는 정말로 흰 말을 타고 갑옷을 입은 채 달려와 주었었다. 아무리 그래도 왕관은 쓰지 않았지만. 왜 왕관을 쓰지 않았냐고 물어보았더니, 왕위에는 관심이 없는 게 아니었냐고 되물어 보던 금발의 청년이 아직도 기억에 선연하다.

함께 여행하며 시간이 날 때는 사교계의 춤을 가르쳐 주겠다며 손을 잡고 노숙하던 풀밭에서 끌어안고 빙빙 돌기도 했다. 달빛에 비친 금발이 왕관처럼 빛났던 것을 기억하고 있다. 장난처럼 배우다 보니, 역시 끝까지 귀족들이 추는 춤에 숙달하지는 못했지만.

그렇게 백마 탄 왕자님 같던 레오날드 경이었으나 내가 죽던 그 순간에는 닿지 못했다. 그가 내 모습을 보았을 때는 이미 칼날이 내 목을 잘라내기 직전이었기 때문에. 내 귀에 마지막으로 와 닿았던 울부짖음을 아직도 기억한다. 그건 레오날드 경의 목소리였을까? 지금에 와서는 아무도 모를 일이다.

나는 급하게 고개를 숙이고 주먹으로 눈가를 비볐다. 눈 화장을 하지 않아서 다행이다. 눈을 마구 비비고 있자니 옆에 서 있던 다니엘이 조심스럽게 내 손을 떼어 냈다.

"눈이 붓습니다."

"뭐 어때. 내가 만든 마법 약만 먹으면 다 낫는걸."

"낫는다고 해서 그전까지 아프지 않은 것은 아니지 않습니까."

이 남자, 희한한 재주가 있네. 옳은 말만 해서 반론을 할 수 없게 만드는 재주 말이야.

나는 눈을 비비는 것을 그만두고 다시 한번 유리 벽 안의 낡아 빠진 갑옷을 바라보았다. 언제나 윤기 나는 금발에 단정한 차림의 기사가 걸쳤을 것이라고 생각하기에는 정말이지 어울리지 않는 그 갑옷을.

"이제 정말 나가야겠어."

그래도 이렇게나마 보았으니 됐다. 시야가 다시 희뿌옇게 변했지만 나는 눈물을 떨어트리지는 않았다. 기분 탓인지, 투구가 웃는 것처럼 달그락거리는 것만 같았다.

리옹 미술관에는 팔라딘의 흔적은 그다지 많이 전시되어 있지 않았다. 그야 오백 년 전에 살았던 사람들이니 당연한 것일지도 모르지만.

생전에 그들이 착용했다고 알려진 몇 가지 장신구들과 일기장 등이 전시되어 있기는 했지만 내가 보기에는 잘 모를 것들이었다. 특히 일기장의 경우는 내가 알지 못하는 필적에 나를 찬양하는 문장이 너무나 명문이었으므로 후세에 위조된 게 아닐까 싶다. 내 기사들 중 이런 글을 쓸 만한 인간은 없었다고, 머리로는 그렇게 생각했지만, 그래도 여전히 시선을 두지 않을 수 없었다.

두 시간쯤 구경한 후에야 나는 미술관을 나설 수 있었다. 너무 많이 걸어서 돌계단을 다 내려온 다음에는 다리가 후들거릴 정도였다. 다니엘이 내게 팔을 내밀었다.

"마차로 걸어갈 때까지라도 기대십시오."

"그럼 사양 않고……."

나는 기꺼이 다니엘의 팔을 빌렸다. 그동안 내내 침대에 처박혀 있거나 아니면 약국의 카운터 뒤에 앉아 있으면서 졸기나 했더니 정말로 체력이 바닥이 된 듯했다. 겨우 계단 몇 백 개쯤 올랐다고 해서 기진맥진하다니.

나는 마차에 오른 다음에야 겨우 한숨 돌릴 수 있었다. 다니엘은 나를 따라 바로 마차에 오르는 대신 마부와 무언가를 이야기한 뒤에 마차에 올랐다.

"당신 저택으로 돌아가는 거야?"

"아니요, 이왕 나왔으니 외식을 할까 합니다. 마음에 드셨으면 좋겠습니다만."

그렇게 자신이 없는 태도로 다니엘이 나를 데려간 곳은 수도 카트리옹에서도 가장 땅값이 비싼 구역에 있는 유명한 요리사가 운영하는 레스토랑이었다. 신문 기사에도 자주 실려서 이 시대에 되살아난 지 겨우 일 년쯤 된 나도 이름을 알 정도의.

자신 없는 태도로 이런 레스토랑에 데려오다니, 역시 대공쯤 되는 남자라고 해야 할까. 심지어 예약까지 해 놓은 모양이다. 나와 다니엘은 도착하자마자 바로 별실에 안내되었다. 나는 테이블에 앉자마자 다니엘에게 불평을 늘어놓았다.

"리옹 미술관쯤 되는 곳에서 위조된 유품을 전시해도 되는 거야? 내 팔라딘 중에서 그런 명문을 쓰는 사람은 없다고."

"로스 경은 후에 학교에서 아이들을 가르치며 여생을 보냈다고 알려져 있습니다만."

"로스 경이 가르칠 만한 게 욕설 말고 있었나 모르겠네."

차가운 버섯으로 만든 전채 요리가 두 가지쯤, 그리고 얇게 저민 소고기 위에 뭔지 모를 달콤한 소스가 뿌려져 있는 요리와 어린 송아지 고기로 만든 스테이크, 설탕을 크림 위에 얇게 얹어 불로 구운 디저트를 맛보고 나니 겨우 식사가 끝났다.

솔직히 말해서 맛은 있었지만, 요리가 나오는 시간이 너무 길었다. 요리도 다섯 입쯤 먹으니 사라져 있었고, 한두 번쯤은 먹을 만해도 이렇게 식사마다 시간이 걸려서야 하루 종일 세 끼를 먹으면 하루가 끝나 버리겠다. 그렇게 말했더니 다니엘 대공은 이번에도 진지하게 받아들였다.

"앞으로 고려하겠습니다."

"뭘 앞으로도 같이 식사할 날이 많다는 것처럼 말해?"

그 말에 다니엘이 표정을 굳혔다.

"무언가 마음에 들지 않는 부분이라도 있으십니까?"

"그야 당신 저택에 나를 두고 있는 부분부터, 이 레스토랑에 데려온 것까지 전부 다."

나는 느긋한 어조로 한 마디 한 마디 똑바로 발음했다. 내가 생각해도 내 성격이 좋지는 않지.

다니엘은 비싼 비단으로 된 옷이니 신발을 비롯해서 내가 무심코 흘리는 모든 말을 허투루 흘리지 않고 뭐든지 원하는 것을 가져다주었다. 이렇게 잘해 주고 있으니 솔직히 마음에 들지 않는다고 이야기하는 것이 꺼려지는 것도 사실이었다.

그렇지만 아무리 봐도 다니엘 쪽에서는 먼저 이야기를 꺼낼 생각이 없어 보이니 내가 먼저 이야기를 캐내 보아야 하지 않겠는가. 나는 손깍지를 끼고 의자 등받이에 등을 기댔다.

"슬슬 속셈을 터놓을 때도 되지 않았어?"

"무슨 속셈을 말씀하시는 겁니까?"

"공격할 생각으로 하는 말은 아니야. 정말로 궁금해져서 그래."

"이미 없다고 말씀드렸는데 끈질기게 물으시는군요."

다니엘은 그렇게 말하고 한마디 덧붙였다.

"물론 그런 환경이었다는 것을 이해하지만요."

"딱히 그런 게 아니라."

"의심하셔도 상관은 없습니다. 성의를 들여 그 의심을 푸는 것도 제가 할 일이겠지요. 오히려 영광입니다."

"……당신, 혹시 나랑 연애라도 하고 싶어?"

"예?"

다니엘이 명백하게 당황했다. 전혀 뜻밖의 말을 들은 사람처럼.

"아냐, 됐어."

나는 깊게 한숨을 쉬었다. 물론 머리로는 그런 게 아니라는 건 알겠지만, 솔직히 그렇게 오해를 받아도 할 말이 없다. 만약 이런 말을 들은 것이 오백 년 전이라면 내 곁에 있던 팔라딘 중 한 명이 나보다 먼저 검을 뽑았을 것이다. 특히 알렉세이라면.

나는 오백 년간 잠든 사이에 내 연애에 대한 감각도 같이 잠들어 있었다는 것을 애써 상기시켰다. 혹시 오백 년 동안 세상이 많이 바뀌어서 이 정도의 말은 연애를 하고 싶은 사람 외에도 아무렇게나 하는 세상이 되었을지도 모른다. 응, 아니겠지만.

나는 식사를 끝낸 후 손으로 턱을 괴고 음료를 마시고 있는 맞은편의 다니엘 대공을 바라보았다. 얼굴은 말을 보탤 것 없이 잘생겼고, 어깨가 넓고, 팔과 가슴의 근육이 두터워 보이고, 지금은 테이블 밑에 가려져 있는 다리도 길고 비율이 좋다.

과연 이 나라의 첫사랑이 될 만한 남자다. 이런 남자가 이렇게 작정한 것처럼 말을 하면, 글쎄, 보통 착각하지 않을까 싶다. 작정하지 않았다면 더 문제고. 그렇지만 나도 경험이 어느 정도 있는 사람이다. 게다가 이런 둔감한 남자에게 연애 기술로 진다니, 이건 로티아가 들으면 웃다가 기절할 일이다.

나는 일단 싱긋 웃어 보였다. 내 웃음을 보고 다니엘은 자연스럽게 거울에 비친 듯이 웃었다. 호감을 받으면 호감을 돌려주는 것이 당연한 남자인 것 같다. 아, 안 되겠다. 이거 얼굴로 질 것 같아. 그렇지만 일단 도전은 해 봐야지.

"그나저나, 오늘은 비가 올 것 같네."

"그렇습니까? 그렇다면 빨리 귀가해야겠군요."

그리고 빠르게 실패했다. 보통은 왜 그렇게 생각하셨나요, 혹시 성황께서는 그런 것도 알 수 있습니까, 부터 시작해서 손금이라도 봐 줄까? 하는 흐름으로

오래된 친구들에게 115

손까지 잡을 수 있는 흐름인데. 그야 너무 오래된 수법이긴 하지만, 게다가 오백 년쯤 지났으니 오래되다 못해 고전 유물이긴 하지만 그래도 먹힐 거라고 생각했는데! 이 남자를 만난 후 한숨이 늘어난 것 같다.

"한 번쯤은 왜 그렇게 생각했는지 물어봐 줘."

"성하이시니 어련히 그런 능력도 있으실까, 하고. 아닙니까?"

"그거야 그렇지만 보통은 물어보잖아. 신기하니까."

서로에 대해 탐색하는 시기에는 보통 어떤 것에 관심이 있는지 알 수 없으니 적당한 화제를 만들었던 건데, 이렇게 간단하게 신이 그렇게 말씀하셨으니 그럴 것이다, 하고 넘겨 버릴 줄이야. 대개는 내가 대체 오늘의 날씨에 대해 어떻게 알았는지 신기해하고, 내 능력에 대한 자랑을 좀 하고 부드럽게 굴러갈 주제란 말이지.

다니엘이 고개를 기울였다.

"왜 비가 온다고 생각하신 건가요?"

이제 와서 물어보았자 아무 소용도 없다고. 그렇게 생각했지만 나는 일단은 설명해 주기로 했다.

"그날 날씨 정도는 아침에 침대에서 일어났을 때 예상할 수 있어. 그냥 감이라고 해야 하나? 겨우 그날 날씨 정도니까 그렇게 도움은 안 되지만."

그래도 오백 년 전에는 꽤 도움이 되었더랬다. 비가 오는 날씨를 유독 싫어하는 내 기사 중 한 명에게 미리 알려 줄 수 있었으니. 딱히 기분이 나아지지는 않았던 것 같지만.

"아침에 말씀해 주셨다면 우산을 가지고 왔을 텐데요, 제 옷을 빌려드려도 될까요?"

나를 향한 배려도 굳이 그래도 괜찮겠냐고 묻는 점이 미련해 보이기까지 한다. 결국, 나는 두 손 두 발 다 들었다.

"……사실 비가 오는 틈을 타서 도망갈까, 싶었거든."

"도망이라니요?"

다니엘이 눈에 띄게 당황하는 모습을 보였다. 뭘 진심으로 당황하고 있는 거지. 설마 내가 정말로 협박당해서 억지로 저택에 머무르고 있다고 생각했던 건가?

"비비안 그리니어스라는 이름을 너무 얕보고 있는 것 아니야?"

나는 그렇게 말하면서 픽 웃었다. 도망을 가려면 언제라도 갈 수 있었다. 딱히 감시인을 붙인 것도 아니고, 생활을 도와주는 것은 늙은 하녀 한 명뿐이며 이 미남자도 훌륭한 신체 조건이기는 하지만 마법이 쇠퇴한 이 시대에서 내가 작정하고 도망을 가기로 한다면 나를 이길 수 있을 것 같지는 않았다. 그러니 이곳에서 벗어나려면 언제든 나갈 수 있었다는 말이다.

다니엘은 순간적으로 당황하는 모습을 보이기는 했지만 금세 태도를 가라앉혔다. 그리고 나니 본인이 말하는 대로 제법 연상의 남자처럼 보이기도 했다.

"그렇지만 여전히 제인 씨에게 신경을 쓰고 계신 것 아닙니까? 그녀는 이제 저의 영지에 있습니다만."

"일주일쯤 당신을 지켜보고 생각했는데, 내가 아니더라도 딱히 그녀에게 위협을 가할 인물상으로는 보이지 않던걸."

"그건…… 영광이로군요."

다니엘이 그렇게 말하면서 쓴웃음을 지었다. 이 말을 부정한다고 해도 별 소용이 없을 거라는 것을 깨달았을 터다. 그래서인지, 다니엘은 다른 식으로 내게 물었다.

"그러나 당신께서 여전히 저를 믿지 않으신다면, 이렇게 솔직하게 말씀하실 이유도 없을 터입니다. 목적하신 대로 도망을 가면 끝날 일이니."

"어쨌거나 신세를 졌으니까."

물론 도와달라고 한 적은 없다. 제인의 남편에게 살해당하는 것 또한 내가 바라던 결말이었다. 그렇기 때문에 충분히 그 남자를 쓰러트릴 수 있었는데도 그저 당해 준 것이기도 했다. 그렇지만 나를 걱정하고 신경 써 준 건 사실이니 다니엘의 목적도 듣지 않고 도망을 가기에는 영 마음에 걸렸다.

"……그러니까 슬슬 이야기해 줘도 될 것 같은데. 목적…… 아니, 내게 무언가 바라는 게 있겠지?"

나도 이 일주일간 어느 정도 이 남자를 대하는 법을 익혔다. 영 요령 없는 강아지처럼 구는 남자라서 단어를 신중하게 골라야 맞는 대답이 돌아온다.

"바라는 것…… 말입니까. 글쎄요."

역시나, 속셈이나 목적이라는 단어를 '바라는 것'이라는 부드러운 어감으로 바꾸자 다니엘은 고개를 기울였다. 대체 이제까지 어떤 사교 생활을 해 온 것인지 알고 싶다. 잠들어 있던 시간을 나이로 계산하지 않는다는 본인의 말에 따르자면 나는 그보다 연하일 터인데.

"굳이 말씀드린다면 비비안, 당신께서 일생을 행복하게 살아가셨으면 좋겠습니다."

그 말에 이것저것 문제를 제기하고 싶지만, 아무래도 나는 이 남자의 머릿속에서 신화 안의 영웅인 모양이니 일단 내버려 두기로 했다. 동화 속에서 비극적 엔딩을 맞이한 영웅이 현실에 나타난다면 도와주고 싶을지도 모르지.

"그렇다면 나는 그대로 그 가게에서 살게 내버려 두면서, 돈이건 사람이건 보내서 생활을 도와주면 끝날 일이잖아."

나는 인내심 있게 대화를 이어 나갔다. 말 한마디라도 삐끗하면 이 남자는 또 이 방문 앞에서 반나절쯤 기다릴지도 모른다.

"굳이 나를 당신의 저택으로 데려온 이유는 뭐야?"

사람의 속은 바다보다도 깊어서 파악하기 어렵다지만, 그래도 좋은 사람과 악당 정도는 아무래도 구분이 가기 마련이다. 게다가 다니엘 대공은 목숨을 뺏길 뻔한 상황에서 나를 만났다. 어지간한 성직자도 목숨을 잃을 것 같은 상황에서는 본심이 나오는데, 그에 비해서 다니엘은 상당히 양호한 반응을 보였다. 아무리 봐도 다니엘 앤더슨은 악당이 될 만한 인물은 아니었다.

그렇다면 당연하게도 그에게 무슨 사정이 있는 거겠지, 하고 생각하게 된다.

이것도 알렉세이나 로티아라면 속 편하게 굴지 말라며 한 소리 들었겠지만 말이야. 뭐, 이제는 그런 설교를 들을 일도 없어졌지만.

"그래서? 이유는?"

"……저는 평소 대공령에서 생활하고 있습니다만."

"응, 알고 있어."

"제가 수도에 올라온 것은 기묘한 소문을 들었기 때문입니다. 비가 오는 밤마다 유령이 출몰하여 길거리를 배회한다는."

드디어 제대로 된 본론이 나오는군. 나는 씩 웃었다.

"여름에는 괴담이 유행하지. 대공께서는 그런 시시한 소문 따위에 끌려서 수도까지 행차하셨나?"

대공령까지 갔던 소문이라고 해도 내 귀에는 들어온 적이 없었다. 그야 1년 내내 제대로 교류한 사람이라곤 없었으니 당연할지도 모른다. 내가 소식을 알 수 있는 것은 기껏해야 신문이나 잡지인데, 그런 곳에는 괴담을 싣지는 않으니까.

"제가 쓰고 있는 정보원들은 모두 유능한 사람들입니다. 겨우 시시한 소문이라면 제 귀까지 들어오지 않습니다."

울컥할 법도 한데 내 비꼼을 다니엘은 가볍게 받아넘겼다. 부하를 저렇게까지 신뢰할 수 있다니. 내 팔라딘들은 시시한 소문일수록 내게 이야기하기를 좋아했는데. 특히 로난 경이라던가.

"정보원들이 유능한 것은, 그저 정보 수집 능력이 뛰어나기 때문이 아니라…… 개별적으로 보이는 사건들을 모아 존재하는 인과관계를 찾아내는 것에 능숙하기 때문입니다, 성하."

그렇게 말하면서 다니엘이 슬쩍 시선을 내리깔았다. 말을 꺼내기 어려워하는 기색이었다.

"비비안 성하께서는 이 세상에서 가장 강력한 마법사일 뿐 아니라, 그저 그 존재만으로도 이 세상에 다시금 마법을 불러일으키는 분이지요."

오래된 친구들에게

"……."

"그런 당신이 잠들어 있던 사원에서 사라졌고, 수도의 빈민가에는 어울리지 않는 뛰어난 약사가 갑작스럽게 나타난 데다…… 수도를 배회하는 유령이라니. 잘 맞는 퍼즐 조각이 아니겠습니까?"

여러모로 따지고 싶은 부분도, 궁금한 부분도 있었지만 나는 일단 말을 삼키고 씩 웃어 보였다.

"역시 처음부터 내가 누군지 알고 있었잖아. 연기 잘하네, 다니엘"

역시 다니엘 대공쯤 되는 남자가 아무 일도 없이 그런 빈민가에 홀로 걸음을 옮길 리가 없지.

"……정말로, 칼에 찔려 눈을 뜬 당시에는 당황해서 몰라뵀습니다. 죄송합니다."

다니엘은 다소 민망해하는 기색이었다. 음, 하기야 칼에 맞고 나서 눈을 떴더니 처음 보는 여자가 있었다면 그럴 만도 한가.

"어쨌거나 생각해 볼 만한 소문이기는 하군. 유령이 실제로 피해를 입히고 다니는 건가?"

"예. 다섯 명의 남자가 일주일에 걸쳐 살해당했습니다."

나는 입을 다물었다. 솔직히 말해서, 나 또한 내 힘에 대해서 잘 알지 못한다. 이 세계에 있어서 가장 강한 마법사는 나이지만, 내 몸에 깃들어 있는 마력은 신이 내게 부여한 것일 따름이다

내 의지에 따라 내가 움직일 수 있는 마력과, 내가 존재하는 것만으로도 내 주위에 일어나는 기이한 현상들은 다른 것이다. 오백 년 전의 나는 그렇게 일어나는 선량한 것들은 기적이라고 부르고, 사악한 것들은 재앙이라고 부르곤 했다.

천천히, 충분히 생각한 다음 나는 입을 열었다.

"예전에도 그런 일이 있었어."

직접 경험하지 않았더라면, 이런 살해 사건 따위는 물론 유령을 핑계로

한 살아 있는 인간이 일으킨 것이라고 생각했을 것이다. 그렇지만 안타깝게도 나는 그러한 비현실적인 재앙을 일으키는 마녀이다.

"내게 영향을 받은 시체가 무덤에서 일어났었지. 목을 치지 않으면 그대로 살아서 움직이고, 생전 강렬한 원한을 가지고 있었던 사람을 죽이고, 비슷한 사람들도 죽였었어."

"읽은 적이 있습니다. 알렉세이 경께서 직접 목을 치셨다고 기록되어 있었습니다만."

"그랬겠지."

자세한 정황은 기억나지 않지만, 적의 목을 치는 것은 알렉세이, 가슴을 찌르는 것은 레오날드, 다리를 베는 것이 로티아였다. 그런 것에서도 성격의 차이가 드러난다.

"있을 법한 이야기군. 물론 소문이 가짜이고, 실제로는 살인범이 있을지도 모르겠지만 말이야."

"예. 그러나 그 소문의 진위를 직접 확인하기 전에는 비비안, 당신을 저택에서 보호하고 싶습니다."

"처음부터 그렇게 말하지 그랬어?"

괜히 제인을 두고 협박 비슷한 말을 하면서 숨길 만한 일도 아니지 않은가. 처음부터 그렇게 이야기했다면 아무리 내가 이렇게 아무렇게나 살아간다고 한들 다니엘에게 협조했을 것이다. 나 때문에 살인이 벌어진다면, 당연하게도.

내가 다니엘을 노려보자 그는 천천히 속눈썹을 내리깔았다. 조심스러운 시선이었다.

"······당신의 탓으로 일어난 살인이라 자책하시지 않을까, 생각했습니다."

역시나, 라고 할까. 나는 그 말을 듣고 내심 좀 질린 기분이 되었다. 모든 사고나 불행을 모두 내 탓으로 돌리며 비극의 주인공이 될 생각은 물론 없었다. 그러나 이것은 명백하게 내 탓이다. 그건 그저 분명한 사실로 존재한다. 내가 부정하건, 다니엘이 부정하건 아무런 영향도 미치지 않는 현실이다. 게다가.

"내가 겨우 그런 거로 자책할 것처럼 보여?"

이미 살해당한 남자들의 목숨에 대한 책임은 질 수 없다. 사람의 목숨에 대한 책임은 아무도 짊어질 수 없다. 설령 신이라고 한들. 그야 분명 그런 짊어질 수 없는 책임에 대한 죄책감으로 이 세상을 구하고 싶다는 생각을 하며 살아갔던 적도 있었다.

"그런 선량한 인간이 가정 폭력범의 머리를 망치로 깨서 죽이려고 할 리 있겠어, 대공?"

그런 건 오백 년쯤 전에나 먹혔을 이야기다. 나는 여전히 턱을 괸 채로 다니엘을 바라보며 웃었다. 다니엘은 이번에는 웃지 않았다. 그저 탐색하는 눈빛으로 나의 얼굴을 살피고 있을 뿐이다.

"그래서 그 소문의 진위를 파악할 때까지 나를 저택에 두고 싶었던 거야? 위험할 거라고 생각했던 건가."

나도 어지간히 얕보였군. 그야 별 볼 일 없는 남자에게 어처구니없게 죽으려고 했던 건 사실이긴 하지만.

"정말이지 쓸데없는 걱정이었네."

"비비안."

"그 유령을 상대할 수 있는 건 이제 이 시대에서 나뿐이야."

내 죽음 이후 마법이 쇠퇴하고 대신 과학이 발전한 이 시대에서 유령 따위에 대처할 수 있는 강력한 마법사가 존재할 리 없었다. 내 마법을 보고 그 강대함에 놀란 다니엘만 보아도 쉽게 알 수 있는 일이었다. 그러니 내가 나서지 않는다면 이 불가해한 유령은 비가 오는 날마다 계속 살인을 저지르고 다니겠지.

나는 마음을 정했다.

"마침 오늘 비가 올 거야. 외출한 김에 끝내고 가도록 하지."

"외람된 말씀입니다만."

"응?"

"동행하게 해 주셨으면 합니다."

"위험할 텐데."

내가 그렇게 말하자 다니엘은 어색한 얼굴을 했다. 아무래도 본인의 안전을 걱정하는 말을 자주 들어 보지 않은 듯했다. 그거야 딱 보기에도 키도, 체격도 큰 데다 근육이 꽉 잡힌 몸이라 무력에는 자신이 있을 것 같기는 하다만. 그러나 아무리 정력적인 남자라고는 해도 유령 앞에서는 별다른 소용이 있을 것 같지 않다. 여러모로 불가해한 현상인 것이다.

"칼에 찔린 다음 회복한 지도 얼마 되지 않았잖아."

게다가 첫 만남이 첫 만남이니만큼 영 유약한 인상이 지워지지 않는다. 다니엘은 내 말을 듣고 손으로 이마를 짚었다.

"그런 걱정을 받을 정도로 연약하지는 않습니다! 게다가 비비안, 당신께서도 갈비뼈가 부러진 지 얼마 되지 않았고요."

"그럼 적당히 호위라도 붙여 주던가."

"저보다 뛰어난 호위가 있을 리 없습니다."

"와. 자신만만하네. 칼에 찔린 지 일주일쯤 됐나?"

"……."

남자는 입을 다물었다. 그러나 결국 오늘 밤의 외출에는 다니엘이 동행하기로 했다. 다니엘도 이 일주일간 나의 성격을 파악한 모양인지 다른 말로 나를 구슬렸던 것이다.

"대신 칼에 찔려 줄 사람이 필요하지 않으십니까? 그렇지 않아도 일주일쯤 전에 경험이 있습니다만."

구슬렸다고 하기보다는 자학적인 협박이다. 나는 순간 표정 관리를 하지 못하고 입을 떡 벌릴 뻔했다. 그런 말을 무슨 기발한 제안이라도 되는 것처럼 말하지 말아 줄래. 뭐 이런 종류의 멍청이가 다 있담.

"그런 것도 경험치가 필요한 줄 몰랐네."

그렇게 비꼬기는 했지만, 결정적으로 나를 움직인 것도 그 말이었다. 그도 그럴 것이 저렇게까지 말하는데 떼놓고 가 보았자 내 뒤를 따라올 게 분명하고, 그 경우가 훨씬 더 위험하다. 그야말로 경험적으로 보았을 때의 이야기다. 다니엘을 차라리 옆에 두고 보호해 주는 것이 나을 것이다. 그런 생각에서 승낙했더니 다니엘은 그제야 굳어 있던 표정을 풀고 웃었다.

"감사합니다."

감사할 일은 아니라고 생각하는데. 그렇게 생각은 했지만 나는 입을 다물었다. 여러모로 강아지 같은 남자라고 생각하기는 했으되 이러한 정의감, 혹은 충성심이라고 불러야 할까?

그야 과거에 이런 남자가 없었던 것은 아니었다. 성황이라는 직위와 내 힘은 여러모로 매력적인 모양인지 첫 만남부터 과도한 충성심을 보이는 이들은 꽤 많았다. 그러나 그런 남자들은 대개 속으로는 다른 생각을 하고 있는 경우가 많았다. 내가 가진 지위에서 무언가를 얻어 내고자 하는 속셈을 품었다는 이야기다.

그렇지만 지금의 나는 이제 성황이라는 지위도, 예전의 나처럼 무언가를 이뤄내야겠다는 목표도 없다. 그렇기 때문에 아무리 강대한 매력을 가지고 있다고 하더라도 다니엘에게 도움이 될 리도 없었다. 그러니 내게 이런 식으로 충성심을 보인다고 하더라도 얻어 낼 것이 있을 리 없는데.

나와 다니엘은 유령을 상대할 준비를 하기 위해 일단 저택으로 돌아왔다. 딱딱한 정장을 입은 다니엘도 물론이지만 나도 원피스를 입고 비가 오는 밤에 유령을 상대하기는 꺼려졌기 때문이다.

나는 거울 앞에 선 채 고개를 기울였다. 거울 속의 여자는 피곤해 보이는 표정을 하고서 나를 따라 고개를 기울였다.

"그러니까, 차라리 한눈에 반했다거나 연애하고 싶은 거라면 납득이 될 것 같은데……"

그렇게 생각하면서 나는 마리가 가져다준 가벼운 차림의 셔츠와 바지를 입은 뒤 매무새를 가다듬었다. 피곤한 얼굴색과는 도통 어울리지 않는 꽃밭 같은 이야기였지만, 실제로 그렇지 않은가? 그야 하룻밤 정도 어울려 줄 수는 있겠지만.

아까 전 다니엘은 권총을 챙기겠다고 말했다. 사실 권총 같은 게 유령에게 먹힐 리도 없다고 생각은 했지만 아무래도 다니엘이 불안해할 테니 챙기도록 내버려 두었다.

혹시 모르지. 유령을 노리려고 총을 쏘았다가 운 좋게 내 가슴에라도 맞으면 이번에야말로 이 생을 끝장낼 수 있을 것이다. 그렇게 생각하면서 나는 살짝 웃었다. 약간의 농담을 가미한 비참한 이야기는 머리를 환기시켜 주는 데 적격이었다.

정신 차려, 비비안 그리니어스. 버렸던 이름을 삼켜, 자신에게 들려주듯 되뇌었다.

내 경험으로 미루어 보았을 때 이렇게 불가해한 현상에는 강렬한 이유가 있다. 가령 오백 년 전 되살아났던 시체의 경우 생전 가장 믿었던 친구에게 배신당하고 절벽에서 떠밀려 살해당한 원한을 가지고 있었기 때문에, 친구를 배신할 속내를 가지고 있던 사람들만을 골라 살해했었다. 아마 죽어서도 용서할 수 없었던 것이겠지.

그 기분을 모르는 것은 아니다. 아니, 실은 누구보다도 잘 안다고 말할 수 있을 것 같다. 지금의 나는 한 번 죽었고, 지금에 이르러서도 여전히 용서할 수 없는 이에 대한 원망을 머금고 있으니까.

지금 비가 내리는 거리를 배회하고 있을 유령 또한, 비슷한 감정을 품고 분명한 목적을 위해 인간을 살해하고 있을 것이다. 그리고 그렇게 분명한 목적을 위해 길을 걷고 있다는 점에서, 그 유령은 나보다 나을지도 모른다.

* * *

우리가 저택을 나선 것은 해가 저물기 직전이었다. 이미 비가 오기 전 날씨답게 공기는 축축했고 하늘은 불쾌한 먹구름이 깔려 있었다. 살인을 하는 유령이니만큼 살아 있는 인간보다 추적이 훨씬 까다롭다. 사실상 어디서 나타날지는 알 수 없으니까. 그렇다고 이 넓은 카트리옹을 모두 뒤지고 다닐 수도 없는 일이다.

"살해당한 사람들에게 공통점이 있지 않았어?"

그래도 그나마 대상을 좁힐 수 있는 단서라면 이미 그런 종류의 재해를 상대해 본 경험이 있다는 것이다. 무덤에서 살아난 시체와 비슷하게 이번의 이 유령도 특정한 사연을 가지고 있을 가능성이 높다. 다니엘도 같은 생각을 하고 있었던 것인지 고개를 끄덕였다.

"예, 있습니다. 불의의 사고로 연인 관계에 있었던 여성을 잃은 지 얼마 되지 않았다는 것입니다."

"……그것참."

여러 방향으로 추측해 볼 수 있는 이야기로군. 내가 인상을 찌푸리는 동안 다니엘은 내가 마차 계단을 오를 수 있도록 에스코트해 주었다. 마차에 앉자 다니엘이 말을 이었다.

"공통점을 찾았기에, 치안대에 보고되었던 사건들을 모아 해당하는 사람들을 추려 보았습니다. 최근 3개월 내에 연인을 잃었던 자가 세 명 더 있더군요."

그런 공통점을 찾았으면 치안대에 보고하라고, 그런 생각도 들었지만 다니엘의 태도를 보면 그럴 생각은 추호도 없는 모양이다. 하기야 카트리옹의 치안대가 형편없기는 하다. 다니엘이 스스로 해결하고자 하려는 것도 무리는 아니었다.

"그렇지만…… 유령이 딱히 최근에 일어났던 사건 순으로 살해하고 다니는 것은 아닐 거야. 그중에 오늘의 당첨자가 있을지는 잘 모르겠네."

"가능한 한 빨리 조사에 임하는 중입니다."

마차는 축축해진 공기를 가르며 빠르게 달리고 있었다. 내가 창밖으로 경치를 구경하는 동안에도 다니엘은 성실하게 설명을 했다.

"일단 그들에게 사정을 설명했고 수도 중심가에 있는 제 저택 중 하나에 모아 둔 상태입니다. 경비는 철저하게 해 두었습니다만."

"그래도 유령에게 먹힐지는 모르는 일이지…… 어떻게 혼자 해결하려고 했어?"

만일 내가 오늘 레스토랑에서 다니엘과 터놓고 이야기하지 않았더라면 오늘 밤에 다니엘은 그 유령을 나 없이 상대했어야 했다.

"마법사들에게 받은 마력이 담긴 무기는 유효할 것이라고 생각했기 때문에."

"……돈 많이 썼겠네."

예전에도 그렇기야 했지만 현재는 오백 년 전보다도 마법사들이 더 희귀해졌기 때문에 무기에 마력을 받기 위해서는 제법 돈이 든다고 들었다.

"왜 나한테 해 달라고 하지 않고?"

그렇게 장난삼아 물어보았더니 다니엘은 의아한 얼굴을 했다.

"협박까지 해서 네 저택에 머무르고 있는데 그 정도 부탁쯤이야 할 수도 있잖아?"

"그런 건 생각도 하지 못했습니다. 애초에 당신에게 이 사건에 대해 이야기하려고 한 것도 아니고요."

"그렇다면 네 권총은?"

다니엘의 눈썹이 꿈틀거렸다. 나는 그를 조금 놀리고 싶어졌다.

"축복, 필요 없어?"

"해 주신다면 감사하겠습니다."

밀고 당기는 맛도 없이 바로 솔직하게 부탁하는 것이, 겨우 일주일밖에 함께 시간을 보내지 않기는 했지만 그답다고 생각되었다.

나는 품속에서 권총을 꺼내는 다니엘을 바라보았다. 다니엘은 아무렇지도 않게 검은색으로 빛나는 묵직한 권총의 총구를 자신의 가슴 쪽으로 돌려 내게 내밀었다. 나는 두 손으로 총을 받아 들었다.

"무겁네."

총에 대해서는 잘 모른다. 이 세계에 오기 전에는 관심이 없었고, 오백 년 전에는 총이라는 무기가 발명되지 않았고, 되살아난 후에는 비싸서 구경도 하지 못했다.

"총에 축복을 내려야 하나, 총알에 축복을 내려야 하나?"

"……정말로. 그건 좀 궁금하군요."

"농담이야."

둘 다 하면 되는 일이다. 어차피 마력은 넘쳐나는 몸이니까. 나는 짧은 총신에 가벼운 입맞춤을 떨어트렸다. 잠깐의 침묵 후 다니엘이 물었다.

"언제나 그렇게 축복을 내리십니까?"

"아니, 그러고 싶을 때만. 당신도 받을래? 사양할 거 없어."

"사양하겠습니다."

"아쉽네."

그렇게 말하고 씩 웃자 다니엘은 무어라고 반응해야 할지 모르겠다는 얼굴이었다. 너무 놀리는 것 같다고 스스로도 생각하고 있지만, 영 목석 같은 반응을 하고 있는 이 남자의 탓도 제법 크다. 재미있어서 자꾸 갓길로 새게 되는걸.

마차는 얼마 달리지 않아 멈추었다. 역시 다니엘의 에스코트를 받아 마차에서 내리자 보이는 것은 이 층 규모의 작은 주택이었다. 귀족이라기보다는 어느 정도 생활력이 있는 평민이 살 것 같은 집이라고나 할까. 일종의 안전가옥 같은 건가.

땅에 발을 딛자마자 공기가 훨씬 더 축축해진 것이 느껴졌다. 습기를 머금고 열을 품은 공기가 불쾌하게 느껴졌다.

작은 집의 현관문 앞에는 역시 조그마한 정원이 있었는데, 문 앞에는 휴식을 위한 흔들의자가 두 개 놓여 있었다. 그 의자에 앉아 있던 두 남자는 마차가 도착하는 순간부터 일어나 있었다. 아마 호위로 쓰고 있는 남자들일 텐데, 아무래도 옆집이 가까이 붙어 있으니 의심받지 않기 위해 일상생활을 보내고 있는 것처럼 위장하고 있는 모양이다.

내 추측은 거의 사실에 가까울 것이다. 역시나 다니엘은 잠깐 눈짓만 보냈고, 남자들은 그대로 친구에게라도 하듯 손 인사만 하고 문을 열어 주었다. 글쎄, 이건 이것대로 수상한걸.

현관문을 열고 넓게 트인 거실에 들어가 보니 열 명도 넘는 남자들이 무장한 채로 여기저기 흩어져 앉아 있거나 대기하고 있었다. 창문에는 모두 커튼이 내려진 채로, 전등만이 방 안을 비추고 있었다.

"대공 전하."

다니엘이 들어오자 모두 우르르 자리에서 일어나 일제히 인사를 했다. 순식간에 이루어진 절도 있는 인사였다. 아무래도 그냥 호위로 고용했다기보다는 대공의 밑에서 일하고 있는 군인 같은 느낌이었다. 하기야 비밀 유지에는 그쪽이 더 좋겠지.

다니엘은 익숙한 듯 나를 이 층으로 에스코트했다. 1층 거실에 서 있던 사람들의 눈길이 귀찮게 따라붙는 것이 느껴졌다. 계단을 모두 올라간 뒤 나는 다니엘에게 물어보았다.

"내가 누군지 이야기하지는 않은 것 같네."

"예, 제가 고용한 마법사의 신분 정도로 행동하시면 됩니다. 그쪽이 편하실 테니."

"당신이 그렇게 말한다면야."

나는 굳이 내가 비비안 그리니어스라는 것을 밝히고 싶지 않고, 다니엘이 협력해 준다면 더할 나위 없는 일이다.

"그럼 존댓말을 써야겠네."

"그러실 필요 없습니다."

"……그럼 여러모로 오해받을 텐데."

"상관없습니다."

무슨 오해를 받을지는 알고 하는 말일까? 나는 잠시 다니엘의 의도를 고민해 보았지만 결국 방치하기로 했다. 뭐, 내 알 바 아니다. 존댓말을 쓰지 않아도 된다고 이야기해 준다면 기꺼이 그러도록 하자. 솔직히 말이 길어져서 귀찮아진다.

"여기입니다."

복도라고 부르기도 민망한 짧은 길을 걸어 다니엘은 2층의 한 문을 가리켰다. 그 문 주위에도 호위로 보이는 두 명이 서 있었다. 그들은 허리를 굽혀 인사를 했다.

다니엘은 방문을 노크했다. 안에서 들어오라는 남자의 목소리가 들렸다. 불안에 떨고 있는 목소리라서, 나와 다니엘은 눈빛을 교환했다. 방문을 열고 들어가자 제각기 의자에 앉아 있던 남자 셋이 벌떡 일어섰다. 나는 빠르게 남자들을 훑어보았다.

"아, 안녕하십니까. 대공 전하."

모두들 다니엘의 신분은 알고 있는 모양이다. 세 남자 모두 허리를 숙여 인사하는 것을 보면, 다니엘은 가볍게 인사를 받고 나서 방문을 닫았다.

나는 빠르게 남자들을 훑어보았다. 생김새도 나이도 제각각이었지만, 그래도 셋 모두 젊은 편이었다. 대강 이십 대 후반에서 삼십 대 중반 정도일까. 세 명 다 옷매무새는 깔끔했지만 하나같이 불안해 보이는 모습이었다. 단지 방 안에는 세 남자 외의 다른 사람들은 보이지 않아서 나는 다니엘에게 물었다.

"방 안에는 호위를 두지 않은 거야?"

"예. 비가 오기 시작하면 1층으로 내려보낼 예정입니다."

그 말에 나는 잠시 의문을 느꼈다. 굳이 이 방에 두었다가 거실로 내려보낼 이유가 뭐지? 애초부터 거실에 두면 되지 않나. 남자들은 서로 불안한 눈길을 주고받다가, 잠시간 내게도 시선을 두었다. 위아래로 훑어보고 재단하는 시선 영 불쾌한 시선이라서, 나는 인상을 찌푸렸다.

"잠시 그대들의 얼굴을 보러 왔을 뿐이다. 조금 후에 사람을 보내면 함께 내려오도록."

"예, 알겠습니다."

"하나하나 신경 써 주셔서 감사합니다, 대공 전하."

"정말입니다, 하하. 정말 살인범이 있다고 해도 앤더슨 대공께서 지켜 주신다니 안심입니다."

이런 상황에서 아부를 할 기운이 있다니. 나는 이 묘하게 들뜬 분위기에 질렸다. 남자들의 얼굴에서는 유명한 귀족을 만나서 느끼는 동경 같은 순수한 빛보다는 부러움이라던가 질시, 혹은 틈을 노리는 교활함 같은 것들이 보였다.

슬쩍 다니엘의 얼굴을 쳐다보자 그는 여전히 평온한 얼굴이었다. 하기야 이런 가벼운 아첨 따위야 질리게 들어왔을 것이다. 이런 분위기 속에서 비가 올 때까지 기다려야 하는 건가. 영 불편할 것 같다. 내가 앉을 만한 곳을 찾아 움직이려고 할 때였다.

"비비안, 나가시지요."

다니엘이 나를 불러 방금 우리가 들어온 문을 열었다. 벌써 나가자고? 이렇게 바로 방을 나갈 것이라면 이 방에 들어온 것에 의미가 있는 건가. 이 방에서 머무르면서 유령이 언제 나타날지 감시해 달라는 의미로 나를 데려온 줄 알았는데.

나는 의아해하면서도 일단 다니엘의 말에 따랐다. 방문을 닫고 나온 후, 다니엘은 이 방문 앞을 지키던 두 명의 호위에게 거실로 이동하도록 지시했다. 그래서 2층의 복도에는 나와 다니엘만이 남게 되었다.

"뭐야?"

"예?"

"왜 그러냐고."

"방 안에 계시기가 불편할 듯하여."

눈치가 느린 남자라고 생각했는데, 의외로 이런 눈치를 채다니. 나는 약간 놀랐다.

"별로. 불쾌한 것과 불편한 건 달라."

"예. 불쾌하게 해 드리고 싶지 않습니다."

"그래도 내가 방 안에 있어야 대응하기 쉬울 텐데."

"아직 비는 오지 않으니까요. 그리고 당신께서 제 무기를 축복해 주셨으니, 방에는 제가 들어가 있으면 됩니다…… 비비안."

"왜?"

"여전히 불쾌해 보이십니다."

역시 일주일은 한 사람의 성격을 파악하는 데에 영 짧은 시간이었던 모양이다. 다니엘이 내 기분을 파악할지는 몰랐는데. 아니면 내가 그만큼 얼굴에 내 감정을 드러내고 있나? 거울이 없어서 모르겠군. 나는 순순히 인정했다.

"맞아. 꽤 불쾌하네. 그래도 당신 때문은 아니야, 다니엘."

"마음에 드시지 않는 점은?"

"저 남자들."

누가 보아도 얼마 전 불의의 사고로 연인을 잃은 사람들처럼은 보이지 않는다. 옷매무새가 흐트러진 것도, 얼굴이 슬픔에 잠겨 있는 것도 아니다.

그야 연인이라고 해도 사귄 지 얼마 되지 않았다거나 감정의 밀도가 옅었을 수는 있겠지. 또 누군가의 죽음을 극복하는 방식이나 시간은 개개인이 모두 다르니 그 점을 완전한 타인인 내가 탓할 수는 없다.

다만, 유령이 연인을 잃은 남자들을 죽이고 있지 않은가? 왜 하필이면 연인을 잃은 남자들만을 죽이고 있을까? 그 점이 내내 마음에 걸렸다.

죽은 이의 원한은 경험적으로 보았을 때 그리 복잡하지 않다. 아주 분명한

목적을 띠고 있을 것이다. 그러니까, 원한을 가지고 있는 대상은 연인을 잃은 남자가 아니라……:

"고인에게 실례일지도 모르지만, 남자들이 자신의 연인을 잃은 것은 정말로 불의의 사고였을까?"

"……."

"연인을 살해하고 불의의 사고로 위장한 것이 아닌지?"

이 추측에 근거는 하나도 없다. 이건 정말이지 경험에 기반한 추측이다. 내가 봐 왔던 한없이 수많은 예시에 따른 가능성일 따름이다. 그렇지만 솔직히, 나는 확신하고 있었다. 아까 전 남자들의 얼굴을 보자마자.

"가능성 있는 이야기로군요."

내 추측을 듣고 다니엘 대공은 어두운 표정으로 고개를 숙였다. 근거도 없이 무슨 얼토당토않은 판단이냐며 반론이라도 할 줄 알았는데, 나는 속으로 다니엘에 대한 평가를 수정했다.

"그래, 연애 중 살인이 일어나는 경우는 아주 많지."

연애는 물론이고 결혼 생활 중에도, 제인도 그대로 놔두었다면, 어쩌면…… 나는 잠깐 눈을 감았다 떴다.

"나는 보통 그걸 연애가 아니라 학습된 무저항이라고 부르지만 말이야. 대개 전조가 있거든…… 그렇게 보지 마."

"……이런 말씀을 드리는 것은 꺼려집니다만, 역시 저 혼자 처리하겠습니다."

"왜, 좋지 않은 기억이라도 있을까 봐?"

그야 실제로 좋지 않은 기억이 있기는 하다. 그러나 나 본인이 겪은 것은 아니고, 성녀로서 살던 26년간 내내 보아 온 일이다.

"그보다 저 남자들은 오늘의 살해 대상이 아닐지도 몰라. 연인을 살해했을지도 모르는 사람이 이 수도 전역에 몇 명이나 있을까? 물론 너무 적다는 의미로 묻는 것은 아니야."

평민의 거리나 빈민들이 사는 거리에도 순찰대는 있지만, 치안은 여전히 그리 좋지 않다. 검거율도 그리 높지 않고, 치안대에 신고된 건수는 실제로 사건이 일어난 것보다 훨씬 적을 것이 뻔했다. 다니엘도 같은 생각을 한 것 같다.

"카트리옹의 치안은 귀족들이 사는 거리를 제외하면 형편없는 수준이니까요. 이 수도도 전락한 지 오래…… 아, 실례했습니다."

순간적으로 다니엘의 입에서 날카로운 비쭘이 튀어나왔다. 이런 말도 할 줄 아는 남자였던가. 뜻밖이기는 했지만 그에 집중할 때는 아니다.

"그래서 결론적으로, 유령이 정확히 오늘 어디서 출몰할지는 모르겠어. 이 유령을 막으려면, 애초에 어디서 발생하는지부터 쫓아야겠지."

"생각하시는 바가 있으십니까?"

나는 잠시 고민에 잠겼다. 유령이 어디에서 발생했는지 고민하는 것은 아니었다. 그건 이미 다니엘의 말을 들었을 때부터 생각하고 있었다. 고민한 것은 이 말을 다니엘에게 해도 될지, 아닐지였다.

결론적으로는 말하기로 했다. 적어도 이 상황에서 가장 선량한 의지를 가지고 있는 인간은 다니엘 앤더슨뿐이니까.

"나는…… 내가 존재하는 것만으로도 주위에 마력이 퍼지고, 내가 오래 지녔던 물건은 마력을 품게 돼."

예전 무덤에서 일어났던 시체는, 내가 절벽에서 떨어진 그 시체를 우연히 발견하고 수습한 뒤 무덤을 만들어 준 것에서 비롯되었다. 물론 내가 만진 모든 것이 그런 식으로 기괴한 현상을 일으키는 것은 아니지만, 아무래도 내게서 받은 힘과, 그 대상의 강렬한 의지가 어떠한 불가사의한 현상을 일으키는 것이 아닌가…… 나는 그렇게 생각하고 있었다.

"그렇다면 내가 오래 머물렀던 곳 근처."

그렇지만 내가 일 년간 머물렀던 빈민가의 거리는 아니다. 나는 모든 이들과 사적인 접촉을 자제하고 있었기 때문에 내 마력이 퍼져 나갈 원인도 아주 적었을 것이다.

또한, 애초에 그 거리 전체에 마법을 걸어 놓았기 때문에 불의의 사고로 위장되어 살해당한 연인들은 죽기 전에 내 집에 당도했을 테다. 그리고 물론 대공의 저택도 아닐 것이다. 아무리 그래도 대공의 저택에서 유령이 살인을 저질렀다면 나도 알아챘을 테니까.

"혹은 내가 오래 지녔던 물건이 있는 곳."

다니엘은 금세 내가 의도하는 대답을 찾아냈다.

"리옹 미술관이군요."

"네가 좀 더 빨리 유령에 대한 말을 해 줬더라면 오늘 미술관에 가서 우는 대신 좀 더 눈을 부릅뜨고 이상한 것이 있는지 찾아보았을 텐데."

"그렇군요, 죄송합니다."

죄송하다는 말은 할 필요가 없는데 굳이 죄송하다고 말하는 것은 영 신경에 거슬리는 일이다. 누군가 사과해야 한다면 이 상황에서는 내가 해야겠지. 하지 않을 거지만.

"어차피 오늘의 살인은 막지 못할 확률이 커."

솔직히 말해서 저 남자들을 실제로 보고 나니 더욱 그런 생각이 든다. 저런 교활한 남자들은 이 수도 전역 어디에나 있을 것이다. 유령이 과연 이 집으로 찾아올까? 가능성이 없지는 않지만 희박하다. 그렇다면 나도 굳이 이 집에 머물러 있을 이유는 없다.

"나는 따로 행동하겠어."

"어떻게 하실 작정입니까?"

"유령이 잠들었을 장소를 찾아서, 최소한 다음에 일어날 살인을 막아야겠지."

"……."

그 말에 다니엘은 침묵했다. 그 침묵에 반발의 기미가 섞여 있는 것을 눈치 채고 나는 다니엘을 올려다보았다.

"불만이라도 있나?"

스스로 듣기에도 다분히 권위적인 말투였다. 이제는 변변찮은 힘도 지위도 없는 사람이 말하기에는 이상한 말투였지만, 다니엘은 가장된 권위에 반발하지 않았다. 대신 그는 다른 것을 말했다.

"저는, 성하. 오늘의 살인도 막기 위해 최선을 다하고 싶습니다."

"누가 뭐라고 했어? 당신은 이 집에 있어. 그저 나는 따로 행동하겠다는 거야."

"그러나 그 말씀은, 오늘 일어날 살인에 대해서는 손을 놓으시겠다는 것이 아닙니까?"

"아무리 노력을 해도 안 되는 건 안 되는 거야. 현실을 받아들이지 그래, 다니엘 대공."

나는 차갑게 그의 말을 잘라 냈다. 이것 또한 경험적으로 알고 있는 일이다. 아무리 노력한다고 한들 어쩔 수 없는 것은 어쩔 수 없는 것이다. 패배 의식에 젖어 있다고 생각한다고 하더라도 상관없다. 그러나 다음으로 이어지는 말에는 나도 표정을 굳힐 수밖에 없었다.

"정말로 최선을 다하고 계시는 겁니까?"

"뭐?"

"비비안 성하께서 정말로 최선을 다하신 것이라면 저 또한 반발하지 않겠습니다."

너무 당당한 대답이라서 어이가 없어졌다. 기가 차서 한숨을 내뱉었다. 이 일주일간 내 행동, 말 하나하나에 강아지처럼 긴장하고 연애하자는 수작이라도 거는 것 같던 그 남자는 어디로 간 것인지?

"추후에 일어날 살인의 방지보다도 당장 일어날 살인을 저지하는 것이 우선해야 할 바가 아닙니까?"

"그러니까, 그건 불가능하다고……!"

"그렇습니까?"

다니엘의 눈이 나를 꿰뚫을 것처럼 날카로웠다.

"비비안 성하, 당신은 이 세상에서 가장 강력한 마법사입니다. 정말로 불가능한 것입니까? 그렇다고 말씀하신다면 믿겠습니다."

"그래."

"아니로군요."

"믿는다면서?"

"거짓말인 것을 압니다."

나는 입을 다물었다.

"저는 어릴 때는 당신에 대한 동화를, 커서는 당신에 대한 위인전을, 그 후에는 역사서를 읽고 자란 몸입니다. 당신께서 무엇을 행해 왔는지 압니다."

"……그래서 뭐?"

"당신이 마음만 먹는다면 이 수도 전역을 뒤지는 것도 가능할 터입니다."

역시 이 남자에게 말하기를 잘했어. 나는 머리 한구석으로 그렇게 생각하면서 씩 웃었다.

"들켰네."

다니엘은 내 말에 놀라지 않았다. 일상생활에서 눈치가 느릴지는 몰라도 확실히 머리가 좋은 남자다. 하기야 다니엘 앤더슨 대공은 국가적으로도 인기가 높은 귀족이다. 나름대로의 성과를 올려 왔던 만큼 가벼운 거짓말을 꿰뚫어 보는 것도 당연한 일이겠지. 다니엘은 계속해서 질문했다.

"이 남자들이 범죄를 저질렀을 가능성을 염두에 두십니까? 그래서 구하고 싶지 않으신 겁니까."

"그렇다고 한다면?"

"제가, 이들이 한 번 더 제대로 된 조사를 받도록 하겠습니다. 만일 그들이 정말로 범죄를 저질렀다면 합당한 처벌을 받도록 할 겁니다."

그 말을 듣고 어쩔 수 없이 비웃음이 나왔다. 다니엘의 말은 너무도 익숙한 것이어서 비웃지 않으려야 않을 수가 없었다. 그가 선량하다고 생각하는 것과는 별개로.

그렇지만 여기서 순순히 그에게 두 손 두 발 다 들어 줄 수도 없었다. 나는 손쉬운 방법을 쓰기로 했다.

"합당한 처벌은 뭔데? 제대로 된 조사는 뭐고?"

그의 진심을 의심하는 것이다. 내 말을 들은 다니엘이 눈을 크게 떴다.

"비비안."

"미리 말해 두는데, 나는 이 세상에 제대로 된 기준이 있다고 믿지 않아. 더불어 법전도 믿지 않고 나아가서 신도 믿지 않지."

물론 한때는 그렇게 믿었던 시절도 있었다. 이 세상에 옳은 것이 존재한다고 믿고, 옳은 것을 위해 살아가려고 했던 적이. 그러나 신은 이 세상에 관심이 없고, 법은 인간들이 만들었으며, 그 인간들은 옳지 않다. 이 세상은 근본적으로 틀려먹었다.

"나는 저 남자들이 제대로 조사받을지조차 확신할 수 없군. 너 스스로도 말했지? 카트리옹은 전락했다고."

그러니까 나는 다니엘을 믿을 수 없다. 그 의사는 확실하게 전달되었을 터였다. 눈앞의 선량한 남자는 약간 상처받은 시선으로 나를 바라보았다. 그 시선에는 일말의 희망 같은 것이 있었다.

"……그렇다면 어째서 유령이 머무는 장소를 찾아 다음의 살인을 막게 하시려 하는 겁니까?"

나는 간단하게 대답했다.

"그거야, 죽은 이는 안식을 취할 자격이 있잖아."

다니엘은 이 집을 나서는 나를 막지 않았다. 글쎄, 내게 실망했을까? 나를 동화책 속에 나오는 인물로 대하며 존경을 표시하던 다니엘이었으니 내게 실망했더라도 이상한 것은 아니었다.

나는 가벼운 발걸음으로 불쾌한 기온 속을 걷기 시작했다. 다니엘은 어떻게 행동하려나. 대강 예상은 되었다. 그는 어디까지나 선량하고 옳은 것을 택할 줄 아는 남자였다. 그러니 혹시 모를 무고한 피해자를 위해서 그 집에 머무르며 유령을 기다릴 것이다.

그리고 날이 밝으면 남자들을 철저히 조사해서 범죄자인지 아닌지를 밝히고, 범죄자라면 그의 말대로 마땅한 처벌을 받도록 하겠지. 그래, 너 같은 사람도 이 세상에는 있지.

이 세상이 그나마 돌아갈 수 있는 건 다니엘 앤더슨 같은 사람이 있기 때문이다. 그러니까 나 같은 사람이 아니라, 그 같은 사람.

이 세상에는 오백 년 전 죽어 버린 신비로운 성황 따위가 아니라 이 세계에 발을 딛고 살아가며 옳은 것을 위해 힘쓰고 있는 사람이 필요하다. 비비안 그리니어스는 이 세상에 더 이상 필요 없는 사람이다. 다니엘도 그렇게 생각해 주었으면 한다.

"뭐, 이쯤 되면 설마 날 따라와서 대신 칼을 맞겠다곤 하지 않겠지."

그 정도로 심하게 말해 두었으니까 다니엘도 설마 나를 따라오지는 않을 것이다. 그에게도 할 일이 있고.

애초에 오늘 밤 다니엘과 함께 행동할 생각은 추호도 없었다. 처음부터 저택에서 몰래 모습을 감추었다면 다니엘은 나를 걱정하며 찾았을 테지만, 이렇게 중간에 의견이 갈려 따로 행동하게 된다면 나를 따라오지 않을 거라는 생각을 했다. 그리고 한참을 걸어도 따라붙는 기척이 없는 것을 보면 내 예상이 적중한 듯했다.

이걸로 다니엘 앤더슨과의 인연도 슬슬 끝인가. 나는 비가 내리기 직전의 하늘을 올려다보았다. 감상적이 될 정도로 긴 인연은 아니었지만, 다니엘이라는 남자에 대한 인상은 제법 깊게 남았다.

"유리를 처음 만났을 때 같아……."

저도 모르게 그런 말이 튀어나왔다. 그런 생각을 하지 않을 수 없었다.

오래된 친구들에게 139

스스로도 한심하다고 생각했지만, 결국에 가슴에 남는 것은 그런 솔직한 감정이다.

"아, 됐어. 그만두자."

나는 기지개를 쭉 켰다. 미련 없는 이 세상, 뭘들 어떻겠어. 어쨌거나 이 일주일간 남는 것도 있었다. 요리사가 가져다주는 식사도 맛있었고, 리옹 미술관도 관람했고, 특히 내 몸에 걸친 가볍고 시원한 천으로 만들어진 셔츠와 바지는 아주 귀중하다. 지금의 나로서는 살 수 없을 것 같은 비싼 옷이다. 오늘 비에 맞아 젖는다고 해도 말려서 입으면 괜찮겠지? 괜찮아야 할 텐데.

나는 길을 헤매지 않고 리옹 미술관 근처까지 걸어갔다. 오늘 한 번 마차로 달렸던 길이어서 다행이다. 미술관 앞에 있는 긴 계단에는 낮과는 달리 단 한 명의 사람도 없었다. 나는 까마득하게 길어 보이는 계단을 보며 한숨을 쉬었다.

"언제 올라가지."

햇빛은 없지만, 비가 오기 전의 후덥지근한 공기는 여전히 운동하기에 좋은 날씨는 아니었다. 심지어 나는 지금 리옹 미술관까지 걸어오느라 지친 상태란 말이야. 솔직히 계단을 올라갈 엄두가 나지 않았다. 오늘 낮에도 올라갔는데 또 올라가야 한다니. 망설임은 있었지만 결국 나는 욕설을 중얼거리면서 계단을 오르기 시작했다. 금세 숨이 턱까지 찼다.

"아, 망했다."

계단을 중반쯤 올라갔을 때, 나는 내 볼에 떨어진 빗방울 때문에 하늘을 올려다보았다. 투둑, 투둑, 하고 내리던 빗방울은 순식간에 쏟아지기 시작했다. 내가 계단을 올라가려던 것보다 더 빠르게 옷은 물론이고 신발까지 젖을 만큼 세찬 비였다.

장마가 시작되는 시기라고는 하지만 그래도 이건 갑자기 너무 쏟아지잖아. 나는 혀를 차면서 다시 열심히 계단을 올랐다. 계단을 다 올랐을 때는 땀과

비로 범벅이 된 데다 제대로 앞이 보이지도 않았다.

눈앞에 어둠에 휩싸인 커다란 미술관이 보인다. 경비는 나름대로 엄중할 테지만, 마력을 사용하면 몰래 들어가는 것도 어렵지 않다. 하지만 나는 망설였다. 이곳까지 굳이 마법을 사용하지 않고 걸어온 것과 같은 이유로.

내 예상이 맞다면 유령은, 나의 팔라딘 중 한 명이다. 나는 그걸 아는 것이 두렵다. 가능하다면 알고 싶지 않다. 그렇지만, 이 세계는 몰라도 내 팔라딘은 내 것이다. 내가 책임을 져야 했다.

마음을 먹은 순간, 푸른빛을 머금은 안개 같은 마력이 내 몸을 감쌌다. 마법이란 편리하기 그지없다. 눈 한 번 깜박일 동안 나는 축 젖은 채로 마른 공기 속의 전시관 안에 들어와 있었다.

경비원과 재수 없게 마주치면 어떻게 해야 할까, 싶었지만 인기가 없는 전시관이니만큼 다행히도 경비 인력은 이쪽에는 배치되지 않은 듯했다. 나는 긴장하면서, 고개를 들어 올렸다.

"……역시."

낮에는 전시되어 있던 갑옷이 사라졌다. 나는 낮게 욕설을 중얼거렸다. 그러지 않기를 바랐는데. 레오날드 경. 낮에 그의 갑옷을 바라보았을 때. 애초에, 그때 예상해야 했는데. 남는 것은 후회뿐이다.

젠장, 오백 년간 잠만 자다 보니 감이 떨어졌어. 내가 '그런 것 같다'고 애매한 감각을 느끼는 것은 대부분 커다란 사건이 일어나고 있다는 단서이다. 이 세상에서 가장 강력한 마법사라는 것은 그런 것을 뜻한다.

"레오날드 경."

물론 대답이 돌아올 리는 없었다. 나는 텅 빈 유리 너머를 노려보았다. 지금 당장이라도 이 수도 전역을 뒤져 레오날드 경이 지금 어디에 머물고 있는지 알아내야 한다. 그래야 한다고 생각하면서도 도저히 발이 떨어지지 않았다.

솔직히 말하자면 진실을 아는 것이 무섭다. 레오날드 경과 다시 만나 그의 원한에 대해서 아는 것이 두려웠다. 내가 살아 있었던 시점에서 레오날드는 딱히 연인을 잃은 남자건, 혹은 연인을 살해한 남자건 그들에게 지독한 원한을 가질 만한 사건은 겪지 않았다. 그러니 내가 죽은 다음 원한을 가지게 될 만한, 무언가 고통스러운 사건을 겪은 것이겠지.

그리고 나는 레오날드가 겪은 일을 알게 되면 분노할 테고, 이렇게 변해 버린 그의 영혼을 보며 슬퍼할 테고, 내가 그를 도와주지 못한 것에 대해 후회할 것이다. 그럼에도 불구하고 그에게 안식을 가져다주어야 하는 것이 싫었다.

······내가 할 수 있을까? 차라리 죽는 게 낫다고 생각할 정도로 하고 싶지 않았다. 온몸이 젖었는데도 불구하고 내 혈관을 타고 흐르는 피는 차갑게 식어가는 것만 같았다.

레오날드 경, 당신과 만나고 싶어. 그저 그뿐이었는데. 역시 행복한 삶을 사는 것 따위, 내게는 당치도 않은 일이었다.

* * *

다니엘 앤더슨은 비가 오기 직전의 공기를 마셨다. 그는 바로 세 명의 남자를 거실로 내려오도록 지시했다. 그들은 제각기 다니엘에게 잘 보이려 애쓰는 부드러운 태도로, 앞으로의 일에는 딱히 불안한 기색을 비치지 않으면서 1층의 계단으로 내려갔다. 확실히 객관적으로 볼 때도 본인이 피해자가 되리라고는 생각지 않는 태도이다. 다니엘도 객관적으로는 그렇게 판단했다.

"그럴 법도 하지요."

로렐은 어깨를 으쓱였다. 다니엘은 로렐을 돌아보았다. 사실 로렐은 검에는 소질이 없어 호위로서는 쓸모가 없으나 이번 일에는 부득부득 따라오겠다며 고집을 부린 터였다. 다니엘은 로렐이 설마 쓸데없는 고집을 부릴 리도 없다고 생각하고 따라오도록 내버려 두었다.

"어째서?"

"살인을 저지르는 유령이라니, 아무리 들어도 황당무계하지 않습니까. 그들의 머릿속에 살인을 당할지도 모른다는 공포보다는 주인님께 접근하고자 하는 흑심만 있을 거란 데 주인님의 만년필을 걸지요."

"왜 하필 내 만년필인가?"

"저런 놈들에게 더 이상 가치 있는 것을 걸고 싶지는 않아서."

그렇게 말하는 로렐의 얼굴은 가벼운 경멸로 물들어 있었다. 다니엘은 자신이 고용한 비서의 정신적인 결벽성을 잘 알고 있었으므로 그에는 별로 신경을 쓰지 않았다.

애초에 저 남자들을 감정적으로 '불쾌하다'고 느끼는 것은 다니엘 또한 마찬가지였다. 하지만 그것과 저 남자들을 살해당할 가능성으로부터 지키는 것은 별개의 문제였다.

다니엘은 팔짱을 끼고 벽에 몸을 기댔다. 감정과 의무는 별개이되, 그렇다고 정신적으로 지치지 않는다는 것은 아니다. 무엇보다 원하지 않는 말다툼을 한 이후라면.

"황당한 이야기건 아니건 실제로 일어난 일에는 논리를 따져 보았자 아무런 소용도 없지."

"비비안 님을 모셔 온 주인님이 말씀하시니 정말이지 설득력이 넘치기는 합니다만. 그래서 그 비비안 님은요?"

방금 전까지 남자들을 향해 있던 경멸의 감정은 어디로 갔는지, 로렐의 얼굴은 금세 반짝반짝 빛났다. 눈에서 보이는 것은 순수한 동경과 존경이다. 다니엘은 쓰게 웃었다.

"이게 목적이었군."

"그럼요, 그게 아니면 제가 이런 남자만 우글거리는 곳에 뭐 하러 옵니까?"

로렐이 그렇게 말하며 씩 웃었다. 짧은 머리에 셔츠, 말쑥한 키에 바지 차림을 한 로렐은 웃으면 마치 장난꾸러기 소년처럼 보인다.

오래된 친구들에게 143

"비비안 님께서는 오늘 밤 따로 행동하시기로 하셨……."

"예에? 어째서입니까?"

로렐이 목소리를 높였다. 실망하는 기색이 역력했다. 아무래도 정말로 비비안과의 만남을 기대했던 모양이라서 다니엘은 어쩐지 이 어린 동생 같은 로렐에게 미안해졌다.

"다음에 만남을 주선해 주도록 하지."

"제가 말을 걸면 혹시 싫어하시지 않을까요?"

로렐답지 않은 조심스러운 물음이었다. 확실히 비비안은 다니엘의 저택에 머무르면서 로렐을 몇 번 본 적은 있지만, 그녀는 로렐에 대해 딱히 흥미를 표시한 적은 없었다. 그렇지만 그건 비비안이 로렐을 마음에 들어 하지 않는다고 하기보다는, 비비안이 지금 일부러 타인에게 관심을 두지 않는 태도를 취하는 것에서 기인한다.

또, 다니엘은 한편으로 로렐이 애처로운 강아지처럼 비비안 주위를 맴돌며 한 번이라도 더 그녀를 시야에 담고자 하는 것도 알고 있었다. 다니엘이 로렐과는 제법 긴 시간을 알아 왔지만 이런 모습은 처음 봤다. 그야 상대가 그 비비안 그리니어스이니 당연한 일인가. 다니엘은 나름대로 신중하게 대답했다.

"오히려 나보단 네 쪽을 더 좋아하실 것 같은데."

말하고 나니 어쩐지 침울해지는 방향의 이야기였다. 다니엘은 잠깐 심각하게 고민했다. 애초에 첫인상이 좋지 않았던 것일까. 칼에 찔린 채 당황해서 비비안을 적이라고 착각하고 달려든 것은 확실히 실수였다.

"그렇게 말씀하셔도 애초에 말을 걸 틈이 보이지 않는걸요."

"네 마음은 알겠다만 한동안 내버려 두도록 해. 여러모로 여유가 없으실 시기일 테니."

"예, 예. 그리고 그 이유는 말씀해 주시지 않겠죠? 뭐, 됐습니다. 그나저나 그 당사자께서 여기 계시지 않네요, 주인님, 설마 차이셨습니까?"

이야기가 뜻밖의 방향으로 굴러갔다. 다니엘은 미간을 좁혔다.

"이야기가 왜 그렇게 흘러가는 거지?"

"첫사랑에 빠진 소년처럼 굴고 계셨으니까 그렇지요. 내내 침실 앞에서 뱅뱅…… 비비안 님께서 귀찮은 나머지 이곳을 나가신 것 아닙니까?"

"그렇게 보이나?"

"예."

로렐은 신랄하게 대답했다. 다니엘은 타인에게서 듣는 자신의 행동에 대한 평가에 약간 충격을 받았다. 아니, 정확히 말하자면 자신의 행동에 대한 평가는 아무래도 좋지만 다른 사람이 보기에 비비안이 귀찮아진 나머지 따로 행동하겠다는 결심을 할 정도로 자신이 귀찮게 굴었다고 생각할 줄은 몰랐다.

무엇보다도 그 당사자인 비비안이 실제로도 다니엘에게 차가운 평가를 내뱉고 이 집을 나가 버린 데에야. 그는 약간 침울해졌다.

"……오늘 밤이 지나고 비가 그치면 모시러 가야겠군."

"그러니까 그런 점이 더 귀찮을지도 모르는데요? 여기에 머무르고 싶지 않은 분이라면 그분의 길을 따라 흘러가도록 내버려 두십시오. 여유가 없으실 시기라고 주인님께서 말씀하시지 않았습니까?"

"그럴 수는 없네. 이유를 말할 수는 없지만."

다니엘은 더 이상의 말을 아꼈다. 비비안이 직접 이야기한다면 모를까, 다니엘이 추측하는 그녀의 속내를 타인에게 이야기할 수는 없었다. 설마 그녀를 홀로 두면 당장에라도 죽을 것 같아서 무섭다니, 그런 이야기를 남에게 할 수 있을 리가.

"그나저나 자네가 내가 하는 일에 반대를 하다니, 처음 있는 일 아닌가?"

"이게 주인님이 하는 '일'인지, '연애'인지 몰라서요. 전자입니까? 그렇다면 아무 말 하지 않겠습니다만."

"오히려 왜 연애라고 생각하는 것인지 모르겠네만."

물론 비비안 스스로도 연애라는 단어를 몇 번 꺼내기는 했다. 그렇지만 다니엘은 그 말을 착각하지 않았다. 다니엘은 비비안이 농담처럼 연애라는 단어를 꺼내는 이유를 정확히 이해하고 있었다.

그녀는 다니엘의 호의와 존경을 비교적 가볍고 변질되기 쉬운 감정으로 치부하며 제대로 받아들이지 않으려고 하고 있었다. 그래서 그녀가 자신에게 괜히 가벼운 수작을 거는 것이다. 누가 봐도 너무 뻔한 일이었다.

다니엘이 더 이상 입을 열 생각이 없어 보이자 로렐은 실망하는 것도 잠시, 오랫동안 다니엘의 비서를 맡아 온 만큼 곧 마음가짐을 고쳐먹고 어깨를 으쓱했다.

"그나저나 그렇다면 이 집에서는 제가 제일 안전한 셈이군요. 그 살인범, 아직 여자를 죽인 적은 없잖습니까?"

"실없는 소리를 하는군. 애초에 자네는 연인을 잃지도 않았잖아."

"그러니까, 그거 말입니다만."

로렐이 손을 세우고 입을 가렸다. 영민한 눈길이 조금 떨어진 곳에 서 있는 세 남자를 훑었다.

"사건 보고서를 읽어 보니 연인을 잃은 경위에서 영 미심쩍은 부분들이 있어서요. 평소 폭행으로 신고당한 건도 있고…… 제대로 처벌을 받은 적은 없어서 찾기 힘들었습니다."

그 말에 다니엘은 혀를 찼다. 애초에 비비안의 말을 의심했던 것도 아니지만 이렇게 되면 완벽하게 못을 박힌 기분이다.

"역시."

"역시?"

"아니, 아무것도 아니다."

다니엘은 팔짱을 꼈다. 어쨌거나 오늘 밤을 넘기고 알아보아야 할 일이었다. 범죄자라고 해도 사적인 처벌을 내릴 수는 없는 일 특히나 이 수도 카트리옹에서 앤더슨 대공은 권력을 사용하는 것에 신중해야 했다.

"비가 오기 시작했군요."

로렐이 창밖을 보며 말했다. 그러고 보니 비비안은 우산을 가지고 갔던가. 다니엘은 다시 그녀에 대한 생각을 했다. 아무리 뒤도 돌아보지 않고 이 집을 나갔다고는 해도 그 손에 우산을 들려 주었어야 했다. 비를 너무 많이 맞아서 감기라도 걸리지 않으면 좋으련만.

비비안은 체력이 많이 약했다. 계단 몇 십 개를 올라가는 것만으로도 숨을 몰아쉬었을 정도였다. 역시 로렐이 뭐라고 하건 날이 밝고 이 사건이 해결되면 그녀를 찾아야 했다. 그녀가 이 집에 머무르는 것이 더 위험할 것이라고 생각해서 비비안을 그대로 내버려 둔 것이기는 했으나, 역시 이 밤중에 비 오는 거리로 나가게 한 것은 영 마음에 걸렸다.

"그렇지만 오늘 밤은 어쩔 수 없어."

"예?"

"아니, 아무것도."

다니엘은 말을 아꼈다. 모든 선택의 기로에서 다니엘은 언제나 자신이 한 일이 옳은 것인지 고민하곤 했다. 그도 그럴 것이 현실이 다니엘에게 강요하는 선택은 무엇 하나 쉬운 것이 없었다. 무엇이 옳은지, 무엇이 정의로운지, 무엇이 정당한지 다니엘은 언제나 고민했다.

그리고 오늘, 다니엘이 한 선택은 비비안을 이 집에서 떨어트려 놓는 것이었다. 비비안이 남자들을 보고 불쾌해졌다는 것을 알아차렸을 때, 다니엘은 이것을 이용하자고 생각했다. 비비안이 자신에게 했던 말들도 진심인 한편으로는 대부분 위악적이라고 느끼면서도 그대로 두었다. 그래야만 했던 이유는, 다니엘은 비비안에게 어떠한 사실을 말하지 않았기 때문이다.

로렐은 비가 내리는 창문 너머에서 시선을 뗐다. 로렐의 눈동자는 어느새 긴장과 경계, 분노로 타오르고 있었다.

"그래서, 주인님을 습격한 그 기사도 여기에 올까요?"

"아마도."

다니엘은 대답했다. 그는 명사수였고, 한번 노린 표적을 놓칠 생각은 없었다.

* * *

나는 빈 유리 앞에 쭈그려 앉아서 한참을 기다렸다. 살인을 마친 나의 기사가 이 유리관 안으로 돌아올 것을 예상하면서.

그런데, 아무리 기다려도 레오날드 경은 다시 돌아오지 않았다. 전시관 안은 보관하는 그림들 때문인지 꽤 서늘하게 유지되고 있어서 젖은 몸으로 오래 있기에는 그다지 쾌적한 느낌은 아니었다. 나는 몇 번 기침을 하고 콧물을 훌쩍였다.

그렇지만 옷이 반쯤 말랐을 때에도, 역시 내 기사님은 유리관 속으로 돌아오지 않았다. 역시 그 방법밖에는 없나.

나는 한숨을 쉬며 자리에서 일어났다. 내 기사님께서 이 수도의 어딘가에서 누군가를 죽이는 것을 알고 싶지는 않았으니까, 굳이 이 수도 전역을 마법으로 뒤지려고 하지는 않았다.

하지만, 이렇게 오랜 시간 동안 돌아오지 않는다니 아무래도 걱정이었다. 죽임을 당할 남자보다 내 죽어 버린 기사님이 걱정되다니, 나는 역시 성녀 따위에는 어울리지 않는 사람이다.

내 기사를 찾고 싶어.

마법을 부리기 위해 필요한 것은 오직 나의 의지이다. 신비로운 힘, 선량한 힘, 그렇게 애매모호하게 부르는 것은 나 또한 이 마력의 실체를 알지 못하기 때문이다. 마법의 강대함에는 체계가 있는 것이 아니고 주문 따위로 부리는 것도 아니라서, 나도 설명할 길이 없다.

마력은 내 의지를 충실하게 따랐다. 공기 중 퍼져 있는 마력은 나의 의지를 따라 넓게, 넓게 퍼져 갔다. 카트리옹 전부를 덮고 나서, 내 의지를 따른 힘은 내게 한 가지 사실을 알려 주었다. 이 익숙하게 느껴지는 타인의 마력이 어디에 있는지.

그리고 나는 그 사실에서 이상한 점을 발견했다.

"응?"

그럴 가능성은 희박하다고 생각했는데, 익숙한 마력이 느껴지는 곳은 아무리 생각해도 아까 전 내가 뛰쳐나왔던 다니엘 대공의 안전 가옥이었다.

아, 미친 왜 하필이면 거기야? 나는 지끈지끈 아파 오는 내 관자놀이를 짚었다. 거기 있던 남자들이 아무리 봐도 범죄를 저지른 지 얼마 안 되게 생기기는 했지만, 이 수도에 수없이 많은 범죄자들을 놔두고 하필이면 그 주택으로 향할 건 뭐냐고. 열 집에 두세 집은 그런 범죄자들이 있을 텐데 말이야. 이래서는 일부러 다니엘과 떨어진 보람이 전혀 없어진다.

아니, 침착하자. 나는 요동치는 기분을 다스리려 애썼다. 어차피 오늘의 살인은 저지르도록 둘 생각이었다. 나는 이대로 기다리다가 이 유리관 속에 돌아온 유령을 잠재우면 끝이다. 그걸로 내일의 살인은 일어나지 않는다. 내 기사님이 더 이상의 피를 묻히지 않아도 된다. 그러니까 난 여기서 이대로 기다리면 괜찮아. 범죄자 따위 죽거나 말거나 알 게 뭐야…….

"……."

하지만 머릿속에서는 자꾸 다니엘 대공이 내 축복을 받은 총으로 레오날드 경과 대치하다가 바스타드 소드로 가슴을 꿰뚫리는 광경이 펼쳐졌다.

글쎄, 오백 년 전 내가 보았던 시체는 자신의 원한을 가지고 있던 친구와, 그 비슷한 짓을 한 범죄자 외에는 건드리지 않았지만 레오날드 경은 어떨지 모르는 일이다. 레오날드 경은 그 왕자님 같은 외모와 어울리지 않게 상당히 다혈질이었으니까, 죽은 다음에도 그럴지도.

"……."

나는 침착하려 애썼다.

"에에잇!"

그리고 짧은 시간 만에 나는 침착하는 것에 실패했다. 걱정되는 것은 어쩔 수 없다. 일주일간 식사와 숙소를 제공해 준 은혜도 있는데 내버려 둘 수도 없고.

잠깐, 상황만 살펴볼까. 레오날드 경이 누구를 죽이건 말건 상관은 없지만, 그 대상이 범죄자가 아닌 무고한 사람이라면 역시 막아야 하지 않을까. 다른 이유에서가 아니라, 내 기사님은 피를 더 이상 묻히지 않고 안식을 취할 만한 자격이 있으니. 나는 드디어 납득했다. 응, 그래야지.

다음 순간, 나는 빗속에 서 있었다. 푸른 빛무리는 세차게 떨어지는 빗줄기에도 사라지지 않고 내 발밑에서 머물렀다. 내가 이동한 곳은 아까 전 내가 걸어 나왔던 집의 정원이었다. 창문이 있었던 것 같으니 창문 근처로 가서 소리만 들어 볼까. 그렇게 생각하며 나는 빗속을 헤치고 창문으로 시선을 돌렸다.

"……엥?"

아까 전 두꺼운 커튼으로 가려져 있던 창문이 산산조각 나 있었다. 불길한 예감이 들었다. 나는 급하게 현관문으로 뛰어갔다. 현관문의 문고리에 손을 대고 열려고 했지만, 문은 이미 열려 있었다.

"다니엘!"

무의식중에 그의 이름을 부르고 있었다. 문을 박차고 집 안으로 들어섰다. 집 안은 난장판이었다. 바닥에 낭자한 피, 숨이 끊어진 것처럼 보이는 시체, 신음하고 있는 사람들, 족히 스무 명은 넘는 이들이 거실에 널브러져 있었다.

"비비안 님!"

그 목소리에 나는 고개를 쳐들었다. 이 층으로 올라가는 짧은 계단 위, 눈에 익은 사람이 서 있었다. 이름을 안다. 로렐이었던가. 로렐은 파랗게 질린 얼굴을 하고 있으면서도 손에 쥔 총을 놓지 않고 있었다.

"위험합니다. 위로 올라오십시오!"

"유령이 습격한 거야?"

"유령?"

내 말에 로렐은 잠시 멍한 듯 눈을 깜박였다. 그 눈에는 총기보다 다급함이 앞서 있었다.

"그보다 어서 문을 닫으세요, 성하!"

그 말에, 문득 깨닫는 것이 있었다. 거울을 본다면 분명 얼굴이 파랗게 질린 여자가 비칠 것이다.

하나같이 목이 떨어져 있는 이 유혈이 낭자한 시체들과 검으로 베인 자국들과, 난투의 흔적이 역력한 거실, 보이지 않는 다니엘 대공, 내내 돌아오지 않던 레오날드 경의 갑옷.

그리고 무엇보다도, 유령을 상대로 문을 닫으라는 말이 필요한가?

나는 문을 닫았다. 안쪽에서 닫은 것은 아니다. 바깥으로 뛰쳐나가 문을 닫은 것이다. 안쪽에서 나를 부르는 로렐의 목소리가 들렸으나 신경 쓰지 않았다. 바닥은 어두워 잘 보이지 않았지만 나는 내 마력이 가르쳐 주는 대로, 내 감을 따라 향했다. 여기서 그리 멀지 않을 것이다.

다니엘은 내게 이 사건이 유령에 의해서 일어난다고 말했다. 그리고, 나 혼자 해결하겠다고 말했는데도 나와 동행하겠다고 말했다. 그런데 내가 유령이 리옹 미술관에 잠들어 있다고 생각한 후에는 나 혼자 그곳에 가도록 방치했다.

다니엘, 당신이 나와 비슷한 생각을 했다고는 생각지도 못했어. 그 또한 나만큼이나, 이 사건에서 나를 떨어트려 놓고 싶다는 생각을 하고 있었던 것이다. 대체 왜?

"그 멍청이가!"

급한 마음은 알아서 마력을 움직였다. 뛰는 것보다 마력이 내 몸을 움직이는 것이 훨씬 빠르다. 내 체력은 이미 바닥이 나고 있었다. 리옹 미술관까지 걸어가는 게 아니었어.

그러니까 그는, 어째서인지 내가 추측한 것처럼 살인을 저지르고 다니는 것이 리옹 미술관에 잠들어 있던 유령이라고 생각하지 않았던 것이다. 유령을 적으로 돌린다면 방문을 닫으라는 말 따위 나오지 않는다. 적어도 문을 열고 들어올 수 있는 실체를 가진 자여야 한다. 그렇다면 지금 살인을 저지르고 돌아다니는 자는 누구야?

나는 본능적으로 내가 그곳에 도달했음을 깨달았다. 내가 도착한 달도 비치지 않는 어두운 골목길에서는 비가 내리는 소리, 위급한 숨소리, 비릿한 쇠의 냄새가 났다.

나는 처음부터 잘못 생각하고 있었다. 바스타드 소드로 목을 날려 버리는, 성기사답지 않은 팔라딘을 나는 알고 있을 터였는데. 그건, 레오날드 경이 아니야.

남자의 발치에는 다니엘이 칼에 배가 관통된 채로 누워 있었다. 이렇게 어두운데 다니엘이라는 것을 알 수 있었던 것은 칼이 희미하게 빛나고 있었기 때문이다. 마력 때문이다.

"드디어 만났네, 비비."

지금은 비에 젖어 어둡게 보이지만 사실은 햇빛 아래에서 금보다 빛나는 은발인 것을 알고 있다. 어두워서 보이지 않는 얼굴은 내가 마지막으로 보았을 때는 햇볕에 탄 갈색이었다. 그리고 이 어둠 속에서도 보이는 형형한 눈빛은 기억하고 있는 그대로, 어두운 초록빛이다. 비가 오는 날을 유독 싫어하던 나의 기사.

"안녕, 내 사랑."

상황과 지독하게 어울리지 않는, 농담처럼 들리는 웃음 섞인 인사였다. 나는 내가 무슨 표정을 짓고 있는지도 모른 채 그의 이름을 불렀다.

"알렉세이 경."

알렉세이 볼로딘 내 여덟 명의 팔라딘 중 가장 먼저 내 기사가 된 사람이다. 그리고 모두가 좋게 말해 개성적이고 나쁘게 말하자면 미친 것 같은 내 기사들 중에서도 독보적인 미친놈으로 꼽히는 남자이기도 했다.

그는 내 기사가 되기 전에는 대륙을 떠돌아다니던 용병이었다. 용병 일을 하며 험한 꼴을 보는 것은 물론이고 죽을 위기에도 여러 번 처했었다고 들었다. 그런 알렉세이가 내 팔라딘이 된 것은 내가 우연히 그의 목숨을 구했기 때문이었다.

내가 이 세계에 온 지 얼마 되지 않았을 때였다. 당시는 전쟁이 끊이지 않던 시기였다. 그런 시기에 용병이라는 직업은 괜찮은 돈벌이를 할 수 있는 것이었지만, 그만큼 자신의 목숨을 언제나 값을 달아 시장에 내놓아야 한다는 뜻도 되었다.

용병이었던 알렉세이도 예외가 아니었다. 그는 돈을 주는 고용주의 신분과 사상을 따지지 않았다. 게다가 알렉세이는 너무 유능했다. 그런 주제에 일에는 신념을 따지지 않았다. 그래서 돈으로 고용되면 어느 측에건 붙었기 때문에 여러 사람에게서 미움을 샀던 것이다.

그래서, 미움받던 알렉세이는 결과적으로 칼에 사지가 찔려 길바닥에서 죽어 가게 되었다. 의뢰인들의 정보를 알게 되어 다른 측에 팔아넘길지도 모른다는, 죽기에는 시시한 이유였다. 그때 그를 치료한 것이 바로 우연히 지나가던 나였다. 사실 길을 지나가다가 너무 자극적인 광경 때문에 기절할 뻔했었다.

그렇게 알렉세이는 최초로 돈이 아닌 다른 것에 고용되었다. 그저 목숨을 구해 준 은혜를 갚기 위함이다. 알렉세이는 그렇게 이야기했다. 그 당시 알렉세이를 구했던 내가 겨우 열 살이나 될까 싶은 어린아이의 모습이었기 때문에 괜한 죄책감이라도 가지게 된 모양이었다.

내가 아무리 내 머릿속은 어린아이가 아니라고 해도 듣지 않았다. 그래서인지, 알렉세이는 당시 내가 가지고 있던 사명감 따위에는 관심이 없었다. 너 같은 어린애가 세상을 좋게 만들고 싶다고? 그렇게 해. 나는 네가 죽지 않게 지켜 줄 뿐이야.

시간이 흘러 나이를 먹고 내가 성인의 모습을 하게 되었는데도 알렉세이는 언제나 그런 입장이었다. 그랬던 그가 내 곁을 떠난 것은 내가 유리 아레노의 곁에 머무르게 되었기 때문이다.

세상을 좋게 만들고 싶다더니, 고작 저런 남자에게 반했어?

그때의 차가운 비웃음이 아직도 뇌리에 박혀 있다. 다혈질에다 평소에도 워낙에 성질이 더러운 남자였기에 화를 내는 모습에는 익숙했지만, 나에게 화를 내는 것은 드문 일이어서 나는 당황한 나머지 아무런 말도 하지 못했다. 그런 내 모습을 긍정이라고 받아들인 것인지, 알렉세이 경은 그대로 내 곁을 떠났다.

내게 실망했던 걸까. 나는 뒤늦게야 그에게 제대로 사정을 설명하지 못한 것을 후회했지만 용병이었던 그의 흔적을 찾는 것은 쉬운 일이 아니었다. 심지어 나는 너무 바빴고.

게다가 알렉세이는 언젠가 내 곁에 돌아올 거라고, 다들 입을 모아서 이야기했다. 레오날드의 경우는 특히나 알렉세이와 사이가 좋지 않아서 나중에 돌아온다고 해도 걷어차 주겠다고 공공연히 말했을 정도였다. 그리고 사실 나도 그렇게 생각했다. 그는 입이 험하고 고집도 셌지만 나를 상대로 길게 고집을 피운 적은 없었으니까.

실제로도, 어쩌면 몇 년 더 시간이 있었더라면 내게 돌아와 주었을지도 모른다. 그러나 그가 돌아오기 전에 나는 죽었다. 죽었다가 살아나기는 했지만.

내 마지막 순간에 함께 있었던 것은 로티아와 레오날드였다. 그들이 알렉세이에게 내 죽음을 전해 주었을까? 아니면 그조차 하지 못하고 소문으로 내 죽음을 들었을까? 알 수 없는 일이었다.

나는 이 일 년간 내 팔라딘들의 흔적을 역사책 속에서 찾아왔으나, 알렉세이만은 유독 역사서에 남은 흔적이 없었다. 워낙에 성질이 더럽고 기행을 일삼는 남자였으니 어지간히 알아서 잘 살았겠지, 그렇게 생각하며 위안하려 하고 있었다.

그런데.

"대체 네가 왜!"

그는 왜, 지금, 내 앞에 서 있는 걸까? 알렉세이는 나를 보며 재미있다는 듯 미소를 짓고 있었다. 믿을 수가 없는 광경이었다. 그는 거대한 바스타드 소드를 다니엘에게서 뽑아냈다. 다니엘의 몸에 쇼크가 왔는지 경련했다. 그 모습을 보는 순간만큼은 복잡했던 머리가 하얗게 날아갔다. 아무런 생각도 들지 않았다. 나는 달려가 쓰러지듯 다니엘의 곁에 무릎을 꿇었다.

"다니엘!"

생각하기에 앞서 마력이 먼저 움직였다. 푸른빛을 띤 마력이 다니엘의 몸 전체에 스며들어 갔다. 마력으로 직접 상처를 치유하는 것은 마법 약보다 훨씬 더 몸에 부담을 주지만, 지금 마법 약을 가져올 겨를 따위는 없다. 다니엘의 몸이 덜덜 떨리고 경련했지만 그래도 죽는 것보다는 나았다.

"이런, 이런 안 돼."

알렉세이가 무릎을 꿇고 다니엘의 몸을 살펴보는 내 팔을 잡고 나를 일으켜 세웠다. 나는 속절없이 끌려 일어섰다. 알렉세이에게 일으켜지기는 했으나 내 다리는 여전히 떨리고 있었다.

알렉세이가 붙잡지 않았다면 그대로 자리에 쓰러질 것이다. 그도 그럴 것이, 나를 잡은 알렉세이의 손은 뜨거웠다. 유령이 아니야. 산 사람의 육체였다.

"알렉, 당신……!"

"비비, 난 네가 누구 앞에서건 무릎을 꿇는 건 이제 보고 싶지 않아."

그렇게 말하며 알렉세이는 아름다운 녹색의 눈동자를 내리깔았다. 그건 익숙한 표정이다. 내가 화내기 전에 대비하는 모습. 오백 년이 지났는데도, 변함이 없는 모습이다.

"대체 어떻게…… 당신이, 어떻게 살아 있어?"

그 물음에 순간적으로 알렉세이의 얼굴이 환희로 물들었다. 대체 왜?

"네가 나에게 관심을 가져 주니 즐겁군. 이 즐거움을 너무 오래 잃어 버렸었지."

"알렉, 대답해. 나 정말로 미쳐 버릴 것 같으니까. 내가 환상을 보는 거니?"

"내 환상을 보는 비비안이라니, 그거야말로 환상적인 일이야."

알렉세이의 한쪽 팔은 이제 내 허리를 부축하고 있었다. 그 덕에 그의 온기가 훨씬 더 확연하게 느껴져서 나는 숨을 쉴 수 없었다.

정말로, 살아 있어. 내 기사가. 다시는 만나지 못할 거라고 생각했던 남자가, 여전히 숨을 쉬며 내 앞에 서 있다.

"알렉, 알렉세이 경!"

나는 알렉세이의 등을 껴안았다. 내 두 팔로 꽉 끌어안기엔 모자란 넓이였다. 그렇지만 알렉세이가 그만큼 두 팔로 나를 마주 안아 주었으므로, 그건 크게 신경 쓰이지 않았다. 심장의 고동, 비에 젖은 축축한 옷, 그렇지만 그 너머의 뜨거운 육체가 느껴졌다. 유령일 리 없는 확실한 생의 증거였다.

"그래, 비비. 나야."

"대체 어떻게…… 어떻게……."

"오백 년간의 이야기는 아주 길 거야. 비를 맞으면서 들을 만한 이야기는 아니지. 그보다는 지금 이 순간에는 너를 안고 있고 싶어."

그의 목소리는 익숙하게 뇌리를 파고들었다. 부드럽게 울리는 저음에 등줄기가 떨리는 것 같았다. 나는 정신없이 그의 온기에 파고들었다. 그러다가 정신이 든 것은 발치에 쓰러져 있던 다니엘의 신음 소리가 들렸기 때문이다.

아. 그때서야 정신이 들었다. 방금 전, 이 알렉세이 경은 다니엘에게 검을 꽂아 넣고 있지 않았던가?

나는 알렉세이의 등에서 손을 놓았다. 그 손을 놓는 것이 너무 어렵게 느껴졌다. 그렇지만, 나는 손을 놓았어도 알렉세이는 나를 끌어안은 두 팔을 놓지 않았다. 그렇지만 내가 놓은 것만으로도 충분히 알렉세이의 얼굴을 올려다볼 만한 공간은 만들어졌다.

알렉세이는 재미있다는 듯 나를 내려다보고 있었다. 그의 턱 끝에서 빗방울이 뚝뚝 떨어지고 있었다.

"알렉, 너…… 지금 뭘 하고 있었어?"
"그러니까, 화내지 말아 줘."

마치 어린애를 달래는 것 같은 말투. 알렉세이 경만이 언제나 나를 말을 듣지 않는 어린애처럼 다루곤 했다. 내 모습이 어린이에 가까웠을 때 만나서 그런 것일까. 실제로는 어린아이가 아니었는데도.

"너를 기다리는 동안 영 지루해서 말이야. 비 오는 날은 특히나. 그래서 쓰레기를 죽이면서 기다렸지."

"죽여?"

알렉세이의 손가락이 비에 젖어 축 늘어진 내 머리카락을 귀에 걸었다. 그 상냥한 동작에 어쩐지 눈물이 날 것 같아졌다.

"아무리 시간이 지나도 쓰레기는 여전히 태어나더군. 사랑한다는 거짓말을 하면서 상대인 여자를 죽이는 작자들 말이야. 끔찍해."

그 상냥한 동작과는 별개로 낮고 부드러운 목소리에는 등골을 떨리게 하는 증오가 담겨 있었다. 그 증오의 대상을 알 것만 같았지만, 나는 침묵했다. 그 증오의 대상 또한 이미 수백 년 전에 사라졌다. 그보다도, 나는 그 말을 듣고 확신했다. 역시 이제까지 이 도시에서 일어난 살인이라는 것은 알렉세이 경이 저지른 일이었던 것이다.

"그럼 다니엘은 왜 찌른 거야?"

다니엘이 설마 연인 관계에 있었던 여자를 죽였을 거라고는 상상하기 어려웠다. 만난 지 일주일밖에 되지 않은 남자이기는 하지만 그래도 그의 본질을 어느 정도 들여다보았다고 생각했는데.

알렉세이는 내가 묻는 말에 가볍게 눈매를 찡그렸다. 내 말이 아주 마음에 들지 않는 듯했다. 동시에 역시 내 기분을 살피는 것처럼, 내 얼굴을 샅샅이 훑는 시선이 있었다. 이것도 익숙한 표정이다. 알렉세이가 나 몰래 잘못을 하고 내게 들켰을 때 내 기분을 살피는 표정이다.

"이 남자에게는 나름대로…… 미안하다고 생각하고 있어. 자꾸 나를 방해하는 데다 네 곁을 얼쩡거리기에 짜증이 나서, 나도 모르게 말이야. 결국, 내가 제일 바라지 않는 결과가 나왔지만."

"무슨 소리야?"

"일주일 전, 이 남자를 찌른 것도 나야."

나는 숨을 들이켰다. 일주일 전, 다니엘이 칼에 찔려 내 집으로 도망쳐 들어왔던 것이 우리가 만난 계기였다. 그래, 그렇지. 다니엘이 그저 오가던 시시한 소매치기나 강도의 칼에 당할 리가 없었다.

다니엘이 애초에 '유령'의 정체를 알고 있었던 것도 납득이 되었다. 다니엘은 이미 이 알렉세이의 얼굴을 보았으니까. 그래서 나에게 이 사실을 숨기고, 알렉세이에게서 나를 떨어뜨려 놓으려고 했던 것이다.

내가 믿을 수 없다는 눈으로 알렉세이를 바라보자 그는 멋쩍은 듯한 표정을 지어 보였다. 마치 실수로 물을 엎지르기라도 한 것처럼, 그런 가벼운 실수인 것처럼.

"죽이려고 한 건 아니야. 그저 네 곁에서 얼쩡대기에 겁을 주고 싶었을 뿐이니까 그렇게 놀라지 마…… 뭐, 결국에는 너를 데려간 데다, 내 소일거리까지 방해하고. 영 마음에 들지 않는 작자야."

"……대체……."

대체 오백 년 동안 무슨 일이 있었던 거야?

나는 충격을 받아 멍해졌다. 알렉세이는 원래도 타인의 목숨을 귀하게 대하는 편은 아니었고, 법이나 신을 믿지도 않았으며 그저 내 곁에 머물러 있었기에 내 눈치를 보느라 상식과 도덕에 따르는 척했던 것에 불과했다. 그렇지만 그렇다고 해서, 저렇게 아무렇게나, 가벼운 실수를 했다는 식으로 사람을 칼로 찌르는 살인마나 범죄자도 아니었다.

"나를 나쁘다고, 옳지 못한 일을 했다고 혼낼 거야, 비비?"

알렉세이에게 내가 언제나 그렇게 말했던 것을, 나도 기억하고 있다. 벌써 오백 년 하고도 몇 년이나 지난 일인데. 그렇게 말하는 알렉세이의,

가까이 있는 초록색 눈동자는 불타는 것처럼 정열적으로도, 혹은 슬픈 것처럼 애처롭게도 보였다.

"그렇게 말한다고 하더라도 상관은 없어. 화내도 괜찮아. 내 곁에만 머물러 준다면······."

"알렉세이 경······."

그의 커다란 손이 내 이마 위를 덮었다. 빗방울이 쉴 새 없이 떨어지던 얼굴에 장막이 생겼다. 알렉세이의 젖은 손은 무척이나 뜨거웠다. 내가 기억하고 있는 그대로였다.

"비가 떨어져서, 네가 울고 있는 것처럼 보여. 너무 오래 산 내 심장에는 좋지 않아."

내가 울고 있다는 걸 뻔히 알면서. 이런 말을 할 줄 아는 남자가 아니었는데. 나는 울면서도 그런 하찮고 시시한 생각을 했다. 애써 웃으려고 하자, 알렉세이가 내 얼굴을 보며 웃었다.

"이렇게 보고 있으니까 정말 오랜만에 심장이 뛰는 것 같군. 계속 죽어 있는 것 같았는데."

"알렉."

"제발, 비비안. 이번에야말로 같이 죽게 해 줘. 네가 없는 세상은 가치가 없으니까."

"나는······."

"나는 너와 함께 죽기 위해 오백 년을 더 살아왔어."

같이 죽자. 알렉세이가 그렇게 말했다. 부드러운 청유였다.

그때, 철커덕하는 쇳소리가 났다.

"물러서십시오, 알렉세이 경."

총구는 알렉세이의 머리를 향해 있었다. 나는 고개를 돌려 다니엘을 바라보고 싶었지만, 알렉세이는 내 이마를 덮고 있는 손으로 부드럽게 내가 고개를 돌리는 것을 제지했다.

"내 인내는 네 목을 떨어트리지 않는 것까지야."
"제 인내 또한 시험에 들어 있습니다."
방금 전까지 칼에 관통당해 쓰러져 있었으면서, 다니엘은 그런 기색 따위는 느껴지지 않는 단호한 목소리로 그렇게 말했다.
"다니엘."
나는 여전히 알렉세이를 바라보고 있었지만, 내 목소리는 분명 다니엘에게 들렸을 것이다. 다니엘이 나지막하게 한숨을 쉬는 소리가 들렸으므로.
"비비안, 이래서 당신이 여기에 오지 않게 하려고 했던 것인데."
"응, 잘도 속였네. 칭찬해 주어야 하나?"
"끝까지 속이지 못했으므로 칭찬을 받을 만한 일은 아닙니다. 이곳은 위험합니다, 비비안."
알렉세이가 대화에 끼어들었다.
"위험하다니, 내가 비비에게 해를 끼치기라도 할까 봐?"
"실제로 함께 죽겠다고 말씀하셨습니다, 알렉세이 경."
"그건 비비안이 원하는 일이기도 해."
"설령 그것을 원한다고 한들, 저는 비비안 님을 죽게 내버려 둘 수 없습니다."
"당신들, 당사자를 놔두고 뭐 하는 짓이지?"
너무도 정당한 내 말에 두 남자는 입을 다물었다. 하여간에 멍청이들.
"그리고, 알렉세이 경."
"말해, 듣고 있어."
"이거 놔. 놓고 이야기하자."
그 말에 알렉세이는 마지못한 표정이기는 했지만 내 허리를 감싸 안고 있던 한쪽 손과, 내 고개를 고정시키고 있던 나머지 손도 떼어 냈다. 나는 한 발자국, 알렉세이에게서 물러났다.
"당신을 만나서 너무 반갑고 믿을 수 없이 기뻐. 그렇지만 짚고 넘어갈 건 짚고 넘어가야겠어…… 왜 죽였어?"

"쓰레기를 죽이는 데 이유가 필요해, 비비안? 여전히 법과 정의를 믿고 있다고 말할 셈이야?"

알렉세이의 눈길이 의도적으로 내 목 부근을 훑었다. 그 시선이 무엇을 의미하는지 알았기 때문에, 나는 입술을 깨물었다.

그래, 이 세상을 믿다가 목이 잘려 죽은 그 멍청한 성황이 나다. 그들이 제대로 된 벌을 받을 것이라고, 절대로 그렇게 말할 수는 없다. 그렇지 않아도 나 자신이 그 비슷한 말을 다니엘에게 이미 하지 않았던가?

내 얼굴이 어지간히 엉망진창이었던 것인지 나를 바라보고 있던 알렉세이 경이 허리를 약간 숙여 내 얼굴을 들여다보았다.

"네게 잔인하게 굴고 싶은 건 아니야. 그렇지만 비비, 슬슬 이 세상을 포기할 때도 되지 않았나?"

탕!

총구가 불을 뿜었다. 생각했던 것보다 훨씬 거대한 소리에 나는 놀라 제자리에서 펄쩍 뛰었고, 어디를 겨냥했는지 몰라도 알렉세이 또한 내게서 두 발자국쯤 물러섰다. 알렉세이가 열 받은 얼굴로 총을 쏜 다니엘을 돌아보았다.

"내 인내를 시험하지 말라고 했을 텐데!"

"저도 같은 말을 돌려드렸을 터입니다. 비비안, 이쪽으로 오십시오. 저 남자는 당신을 죽일 겁니다."

그건…… 나는 무언가 말을 하기 위해 입술을 떼려 했다. 그러나 알렉세이가 검을 고쳐 잡는 것이 먼저였다. 그는 완전히 다니엘 쪽으로 몸을 돌렸다.

"이런 비 오는 날에 총이 잘도 발사되었군. 비비의 마력 덕분이겠지? 이 세상에는 과분하군."

"확실히 총 따위에 입맞춤은 과분하지요."

"……도발이라도 할 셈인가, 애송이?"

그렇게 말은 하고 있지만 알렉세이는 여전히 여유가 넘쳤다. 그 모습은

오래된 친구들에게 161

오백 년 전 내가 알고 있던 모습 그대로였다. 그러나 그에 비해 다니엘은 훨씬 불리했다. 태연한 척하고 있지만 방금 전까지 칼에 찔려 죽기 전이었던 데다, 내가 마력으로 치료했다고는 해도 사실 보통은 그대로 침대에 누워 요양해야 할 몸 상태일 것이다.

그 증거로 이 세찬 빗속에서도 다니엘의 입술은 파랗게 질려 있는 것이 보였다. 알렉세이에게로 총구를 겨냥하고는 있지만 제대로 맞출 수 있는지조차 의심스러웠다.

그리고 나도, 사실 몸 상태가 괜찮지는 않았다. 이렇게 대규모로 마력을 쓴 것은 살아난 뒤 처음 있는 일이었다. 지금이라도 정신을 놓고 이 자리에 쓰러지고 싶을 지경이다. 그렇지만 그래서는 안 될 때가 존재하는 법이다.

나는 이를 악물었다. 오늘 마지막으로, 나를 한 번만 더 도와줘.

"비비."

내가 무엇을 하려는지 먼저 깨달은 것은 알렉세이 쪽이었다. 그는 나를 약간 책망하는 것 같은 눈길로 돌아본 후, 한숨을 쉬었다.

"너도 참, 사람이 좋아."

"……비비안?"

그리고 다니엘은 약간 더 뒤에 알아차렸다. 그의 발밑을 푸른 안개가 감싸기 시작했다. 피곤한 상태였기 때문에 마력이 다니엘의 몸을 모두 감싸기까지는 생각보다 오랜 시간이 걸렸다. 나는 다니엘의 몸이 천천히 사라지는 것을 보며 미소 지었다.

"다니엘, 오늘 밤은…… 아니, 일주일간 속여 줘서 고마웠어. 비꼬는 게 아니라 진심이야."

다니엘은 내 말을 듣고 얼굴을 확 찌푸렸다. 그 온화한 성격에 도통 어울리지 않는 표정이라 상황도 잊고 웃음이 나올 뻔했다. 그는 혀를 차며, 사라지기 전에도 여전히 포기하지 않고 총구를 알렉세이에게 겨누고 발포했다.

탕!

알렉세이의 어깨 근처에 총알이 스쳐 지나갔다. 비와 내 마력이 다니엘의 시야를 가리고 있었기 때문인 듯했다. 알렉세이도 혀를 찼다.

"이 자식이."

다니엘의 목소리는 빗소리에도 묻히지 않고 오히려 명료하게 들렸다.

"비비안, 안 됩니다."

탕!

다니엘은 내 말을 기다리지 않고 다시 총을 쏘았다. 이번 총알은 알렉세이의 허벅지에 스쳐 지나갔다.

"비비안……!"

다니엘의 다음 말은 들을 수 없었다. 이미 내 마력이 그를 이동시킨 후였기 때문이다.

이제 됐다. 다니엘이 사라진 것을 확인하자마자 나는 바닥에 주저앉았다. 더 이상 서 있는 건 무리였다. 그렇지 않아도 젖을 대로 젖은 몸이지만 빗물이 고인 바닥에 주저앉으니 더 차가웠다. 잠깐 정신을 놓을 뻔했지만, 그 냉기가 정신을 차리도록 도와주었다.

그런 나를 알렉세이가 내려다보고 있었다. 그의 검에서는 여전히 흰 빛이 새어 나오고 있었다. 그 빛에 비친 알렉세이의 모습은, 어느 신화에라도 나올 것처럼 보였다.

"그래서, 비비안."

"응."

"같이 죽을까?"

말하는 내용은 신화 따위와는 전혀 어울리지 않는 것이고, 허벅지에서는 총알이 스친 바람에 피가 흐르고 있어 영 험악하게 보였지만. 그래도 내 기사임이 틀림없다.

"……한 번 더 만날 수 있다면 좋겠다고 생각했어. 다시 만날 수 있다면

오래된 친구들에게 163

죽어도 좋을 것 같다고."

나는 멍하니 중얼거렸다. 그렇게 말한 다음에, 나는 내가 생각하던 것 이상으로 외로웠다는 것을 깨달았다. 그래, 언제나 그리웠다. 알렉세이가, 로난이, 로티아가, 레오날드가. 모두가 함께 살아 있었던 그 시절이.

나 홀로 이런 시대에 다시 살아나서, 어떻게 하라는 거야. 나를 나로 만들어 주었던 사람들은 이미 모두 죽고 그 어디에서도 찾아볼 수 없는데. 이 일 년간, 죽을 용기가 없어서, 그렇다고 살아갈 욕망도 없어서 아무렇게나 살아오는 내내 나는 외로웠다.

내 말을 들은 알렉세이는 내가 주저앉아 있는 앞에 무릎을 꿇었다. 마치 기사처럼. 다시 가까운 곳으로 내려온 알렉세이의 얼굴이 또렷하게 보였다. 그는 웃고 있었다.

"너를 다시 만나는 순간을 수천 번, 수만 번 상상했어. 그중 우는 얼굴은 단 한 번도 없었는데, 너는 계속 울고 있구나."

"어쩔 수 없잖아. 가슴이 너무 아픈데."

말 그대로 가슴이 너무 아팠다.

왜 이렇게 된 걸까? 알렉세이 볼로딘, 내 자랑스러운 기사님. 그야 성질도 더럽고, 그 검은 잔혹하고, 고집도 세고, 입도 험하고, 정의라고는 믿지 않는 그였지만 그는 언제나 나를 지탱해 주던 사람이었다. 오백 년의 세월은 어떻게 알렉세이를 바꾸어 놓은 걸까. 나를 잃고 보낸 그 오랜 시간이 알렉세이를 이렇게 바꾸어 놓은 건가.

"죽이지 말지 그랬어."

결국, 그런 솔직한 본심이 튀어나왔다. 내 말을 들은 알렉세이가 눈을 크게 떴다.

"그 쓰레기들을 말하는 거야?"

"범죄자들도…… 그렇지만…… 다니엘의 부하들도 죽였잖아."

"무기를 든 이상 각오해야 하는 일이지. 죽지 않았더라면 내가 죽었을 텐데? 내가 다른 이에게 죽기를 바라?"

잔혹한 말이었다. 순간적으로 가슴에 격통이 일었다. 감정만으로도 이렇게 실제적인 고통으로 이어지기도 하는 건가. 나는 나도 모르게 거칠어지는 숨을 진정시키려 가슴을 손으로 눌렀다.

"그런 말을 하는 게 아니잖아!"

"……미안해. 네게 나쁘게 굴고 싶은 건 아니야."

알렉세이의 입에서 나온 사과는 순순했다. 그는 망설이는 듯하더니 두 손을 뻗어 내 얼굴을 감싸 쥐었다. 빗물에, 눈물에, 콧물에, 하여간에 엉망진창인 얼굴일 텐데 쏟아지는 눈길은 애정이 넘치고 있었다.

"너를 너무 오래 기다려서 심술이 났어. 너를 기다리는 시간도 행복이라고 말할 수 있는 인격은 못 되거든. 매 순간순간이 고통이었어. 언제나 후회했지."

"미안해……."

나는 그 외에는 할 말을 찾을 수 없었다. 알렉세이가 내 말에 미소했다.

"그렇게 오랜 세월 고통받았는데, 그런데도 겨우 네 그 한마디에 모든 걸 보상받은 것 같은 기분을 느끼는군. 제정신이 아닌 게 확실하지 않아?"

그는 소리를 내어 웃었다. 그 말이 천천히 몸속으로 젖어 들어 침잠해 가는 것 같았다. 우리는 한동안 침묵했다. 빗방울이 바닥에 떨어지는 소리만이 들렸다. 알렉세이와, 나와, 빛을 뿜는 검과 압도적인 공허, 어둠. 꿈이라도 꾸는 것 같아서, 나는 문득 꿈이라면 용서될 말을 내뱉었다.

"그렇네, 같이 죽을까."

내 무의식 속에 언제나 자리하고 있었던 소망이다. 나는 이제 이 세계에서 어떠한 가치도 발견할 수 없었다. 소중한 사람은 모두 역사서 속의 인물이 되었고, 믿고 있었던 가치는 모조리 배반당했으며, 그런 나 스스로에게도 실망했다.

"그래, 나는 죽고 싶어."

맞아. 나는 되살아난 그 이후로 쭉, 내내 죽고 싶었던 것이다. 내 말을 든고 알렉세이는 씩 웃었다. 마치 사랑의 고백이라도 들은 사람처럼 행복해 보이는 얼굴이었다.
"바라던 바야."
알렉세이의 손에 잡혀 있는 검이 빛나고 있었다. 나는 한참 동안 그 검을 바라보고 있었다. 그것과 비슷한 검에 나는 일찍이 목이 잘려 죽은 적이 있었다. 내가 직접 마력을 불어 넣었던 유리의, 유리 아레노의 검.
그때 목이 잘리기 전까지 나는 무슨 생각을 했더라. 분명 아주 많은 생각을 했다. 왜냐하면 나는 그때, 끝을 보고 있지 않았으니까. 끝을 상상하지 않았다. 나는 단 한 번도 죽음을 상상하지 않았었다. 그저 앞으로 어떻게 살아갈지, 어떻게 숱한 고난들을 해결할 수 있을지를 고민했었다.
그렇지만 그건 나만의 착각이었다. 내가 같이 살아가고 싶다고 생각했던 이는 저것과 비슷한 검으로 내 목을 쳤다. 유리는, 나를 죽인 유리 아레노 황제는 마지막으로 죽기 전의 내게 무슨 말을 했더라. 무슨 말인가를 했었는데, 분명히 무어라고 말했었는데 기억이 나지 않았다.
생각하는 것만으로도 괴로워서 단 한 번도 떠올리려 한 적이 없었는데 다시 죽기 전의 순간이 닥쳐오니, 나는 문득 유리가 그 순간 내게 무어라고 말했던 것인지 궁금해졌다.
육체가 죽고 영혼이 가는 장소가 있다면, 그곳에서 유리를 만날 수 있을까? 혹시라도 만난다면 물어보아야겠다. 그때 뭐라고 말했는지.
"그만 울어, 비비안. 곧 끝날 테니까."
알렉세이의 커다란 손이 내 얼굴을 부드럽게 쓰다듬었다가, 검을 잡기 위하여 떨어졌다. 나는 물었다.
"내가 죽으면 너는 어떻게 할 거야?"
"오백 년 전에 그래야 했듯, 내 자신의 목을 잘라 내겠지."
알렉세이는 무슨 재미있는 농담이라도 하듯 웃었다.
"수없이 많은 남의 목을 베고 다녔는데 마지막으로 베는 목은 내 것이군."

"그걸 농담이라고 한 거야? 진짜, 알렉은 평생 농담 안 했으면 좋겠다."
"그렇구나, 새겨 두지."
멋쩍은 것처럼 보이는 알렉세이와 나는 그렇게 말하고 결국에는 웃어 버렸다. 죽기 전의 마지막 대화가 이렇게 시시하다니.
어느 순간 우리 사이의 웃음이 멈추었다. 우리는 어느 순간, 서로가 준비가 되었음을 깨달았다. 알렉세이가 속삭이듯 말했다.
"비비안, 눈을 감아."
나는 알렉세이가 검을 잡는 것을 보며 천천히 눈을 감았다. 눈을 감았는데도 알렉세이의 눈길이 느껴졌다. 이제 내 귀에는 세찬 빗소리와 알렉세이의 숨결 소리만이 들렸다.
알렉세이에게도 실은 묻고 싶은 것이 많았는데, 이제 그런 건 아무래도 상관없어졌다. 저 세상에서 다시 만나면 그때 물어보아야지. 분명 다들 같은 곳에서 만나게 될 테니까.
그러나, 이상하게도 언제까지고 내 목을 베는 검날은 찾아오지 않았다.
"알렉세이 경?"
아무리 기다려도 찾아오지 않는 고통에 결국 눈을 뜨자, 방금 전까지 내 앞에 있던 알렉세이 경의 얼굴이 보이지 않았다. 검을 든 알렉세이 경 대신 보인 것은, 희미한 빛을 두르고 있는 갑옷이었다.
나는 몸이 경직하는 것을 느꼈다. 세찬 빗줄기 속에서도 엉성한 이음새에, 윤기를 냈을 뿐인, 정말이지 실질적으로 쓸 수 있을 것이라고는 생각되지 않는 고철 덩어리. 그 고철 덩어리는 손에 검을 쥐고 있었다.
갑옷처럼 보이는 그 쓸모없는 유물은 모습에서 보기로는 응당 나야 할 삐그덕대는 소리도 내지 않고, 유려하기 짝이 없는 동작으로 내 앞에 쓰러져 있는 알렉세이의 몸에서 검을 빼냈다.
나는 그제야 알렉세이가 검에 찔렸다는 것을 알아차렸다. 아까 전 다니엘의 총에 맞았을 때도 눈썹 하나 꿈쩍이지 않던 알렉세이 경은, 이 갑옷에게 배를 검으로 관통당한 채 소리 없이 무너져 있었던 것이다. 불가해한 이 상황이 믿기지 않아 나는 눈을 깜박였다.

"……유령……?"

갑옷은 대답하지 않았다. 아니, 대답하지 않는 게 아니다. 대답하지 못하는 것이다. 갑옷 안에는 대답할 육체가 존재하지 않았으니까. 투구는 세찬 빗줄기에 맞아 입 부분이 완전히 떨어져 나가기 직전이었다. 그 투구 속에는 암흑만이 존재했다.

약간 정신이 돌아오고 나서야, 나는 그 유령의 정체를 알아차렸다. 그 외에는 있을 수 없었다.

"레오날드 경……."

오늘은 오래된 친구들이 찾아오는 날인 것인가. 나는 그 이름을 부르면서 역시, 또 조금 울먹였다. 스스로 한심하다고 생각하면서도 그 이름을 부를 때는 아무래도 감정이 북받쳤기 때문에.

다리는 후들거렸고 정신은 금방이라도 기절할 것처럼 연약하게 지탱되고 있었지만, 그래도 나는 비척대며 일어났다. 내 앞에 묵묵히 서 있는 레오날드 경의 갑옷은 그저 담담히 그 자리에 서 있을 뿐이었다. 안이 텅 빈 갑옷이 비가 오는 골목길에 적막하게 자리해 있다. 어지간히 담이 큰 사람이 보아도 기절할 만한 광경이었다.

나는 약간 웃었다. 비 오는 날 목격된 유령은 역시 레오날드 경이었다. 추측하건대, 알렉세이 경을 쫓아다니는 레오날드 경의 갑옷과, 알렉세이 경이 저지른 살인이 뒤섞여서 소문이 나기 시작한 것이 아닐까. 그렇게 생각하면 이해가 된다.

"당신이 싫어할 만한 짓이긴 했어."

무고한 사람들을 죽이고, 사소한 이유로도 사람을 해치고, 범죄자들을 자신이 신이라도 된 것처럼 죽여 버리고, 나와 함께 동반 자살하려고 하는 것은, 글쎄, 지금의 나라면 모를까 내가 알고 있는 레오날드 경이라면 절대로 용납

할 수 있는 짓이 아니었다. 말 그대로 유령이 되어서라도 막으려고 했을 테다.

그는 생전에도 언제나 알렉세이 경을 한 방 먹여 주기 위해 이를 갈고 있던 악우(惡友)였다. 과연 당신의 유령다워, 레오날드 경.

나는 홀린 것처럼 눈앞의 갑옷에 손을 뻗었다. 갑옷의 차가운 감촉에 손이 닿았지만, 갑옷은 아무런 반응도 보이지 않았다. 역시 이 유령은 나를 해칠 의사가 없었다. 해치고자 한 것은 알렉세이 경뿐인 듯했다.

그 알렉세이 경은, 칼에 찔린 채 바닥에 누워 거친 숨을 내쉬고 있었다. 그러나 이상하게도 칼에 찔려 흘러야 할 피는 보이지 않았다. 다니엘의 총과는 다르게 타격은 받은 듯이 보이지만.

바닥에서 통 일어나지 못할 정도로 큰 상처인 것인지, 약간 걱정은 되었지만 나는 선불리 알렉세이에게 손을 뻗지 못했다. 그래도 다행히 알렉세이는 곧 자세를 추스르고 무너졌던 자세를 바로 했다.

그는 처음에는 혼란스러워서 그 정체를 곧장 알아차리지 못했던 나와는 달리, 내 앞에 서 있는 갑옷을 보자마자 곧바로 이 유령의 정체를 알아차렸다.

"레오날드, 이 자식은 정말…… 끝까지 나를 방해하는군."

"알렉."

"……뭐, 됐어. 비비안, 생각이 바뀌었어?"

"……."

나는 무어라고도 대답을 하지 못했다. 방금 전까지 죽고 싶다고 했던 건, 죽으려고 했던 건 분명 내 진심이었다. 그렇지만…….

"괜찮아, 조금 더 기다릴 수 있어."

알렉세이는 그렇게 말했다. 그의 눈길은 나 대신 레오날드 경의 갑옷에 꽂혀 있었다. 그는 아마도 내가 왜 갑자기 생각을 바꾸었는지 알아챈 것 같았다. 오랜 친구란 이래서 좋지 않다. 그는 순순히 물러났다.

"그럼, 다음에 다시 올게."

"알렉세이, 어디로 가는 거야?"

가지 마. 내 귀에도 내 목소리는 무척이나 가엾고 간절하게 들렸다. 그렇지만 알렉세이는 내 간청을, 내가 그에게 그러했듯이 거절했다.

"나는 언제나 네 곁에 있어, 내 사랑."

목소리만큼은 다정했으나.

그렇게 말하고 알렉세이는 미련도 보이지 않고 휙, 모습을 감추었다. 하긴 내가 살아났고, 알렉세이 또한 어떻게 된 것인지 아직도 살아 있었으므로 나의 팔라딘인 알렉세이의 마력은 다시 그 몸에 깃들었을 것이다. 그가 마법을 쓸 수 있는 건 당연한 일이었다.

그래, 알렉세이는 살아 있다. 그거면 됐어. 살아 있다면, 또 언젠가 만나 이야기를 할 수 있다. 지금 내 앞에 서 있는 유령과는 다르게.

"레오날드 경."

나는 다시 한번 그의 이름을 불렀다. 알렉세이에게서는 뜨거운 체온을 느낄 수 있었지만, 갑옷에서는 아무것도 느낄 수 없었다. 생기도, 체온도, 영혼도. 그렇지만 그래도 말하고 싶은 것이 있었다. 전해지지 않더라도, 말하지 않고서는 견디지 못할 정도로 넘쳐흐르는 마음이 있었다.

"고마워, 고마웠어."

살아 있을 때 한마디라도 더 많이 전해 둘걸. 레오날드 경은 내가 고맙다고 하면, 방금 뭐라고 하셨습니까? 듣지 못했는데요, 이렇게 이야기하면서 심술을 부릴 테지. 그 귀여운 심술이 그립다.

"나를 지켜 주려고 했던 거지."

그야 그 레오날드 경이니 알렉세이를 한 방 먹이고 싶다는 생각도 있었겠지만, 생전의 그라면 그 무엇보다 나를 지켜 주고 싶다는 생각을 했을 것임이 틀림없다. 그런 레오날드 경의 의지가 이 갑옷을 움직이게 만들었다. 그가 죽어서 이 세상의 일부가 된 지금까지도. 그러니 이 책임은 역시 나의 몫이다.

"이제 편하게 쉬어, 레오날드 경."

내가 할 수 있는 것은 이 레오날드 경의 유령이 편히 쉴 수 있도록 해 주는 것뿐이다. 나는 갑옷에 손을 댄 채, 마력을 앗으려 했다.

"응?"

그때였다. 갑옷이 소리도 없는 우아한 동작으로 내 한쪽 손을 잡았다. 위협적인 몸짓은 아니었다. 아니, 사실 레오날드 경의 유령이 나를 죽이려고 했더라도 가만히 있었겠지만.

내가 동작을 멈추고 이 유령이 무엇을 원하는지 알아내려고 했을 때, 갑옷은 손을 잡지 않은 나머지 다른 쪽의 팔로 내 허리를 감싸 안았다. 차가운 쇠의 감촉이 허리에 닿았다. 나는 당황했다.

"레오날드 경?"

물론 대답이 돌아오지는 않았다. 유령은 대신, 유일하게 의지를 전달할 수 있는 수단으로, 움직였다.

나는 처음에는 갑옷이 무엇을 하려고 했는지 이해할 수 없었다. 그도 그렇게, 그럴 리가 없잖아. 갑옷이 나에게 춤을 가르쳐 주고 있다니. 당황한 나머지 굳어 버린 내가 의욕 없는 학생이라도 되는 것처럼, 유령은 인내심 있게 내가 움직이도록 종용했다. 마치 살아 있을 때의 레오날드 경처럼.

나는 나도 모르게 발을 내디뎠다. 삐걱대는 소리조차 내지 않는 갑옷에게 감싸여서, 나는 춤을 추었다. 유령의 발에 맞추어서.

"하, 하하……"

어느샌가 나는 웃고 있었다. 그리운 기억이 떠올랐다. 나와 레오날드 경은 달빛만이 비추는 들판에서 노숙을 하며 도란도란 밤을 지새웠다. 그리고 늦은 밤, 내가 춤에 대해서 걱정하자 레오날드 경은 귀족 출신인 자신이 춤을 알려 주겠다며 동화 속 왕자님처럼 내게 손을 내밀었다.

장소도, 옷도, 상황도 화려한 무도회는 아니었지만 레오날드는 좋은 선생이었다. 아마 그랬을 것이다. 처음이자 마지막 춤 선생이어서 비교할 사람은 없지만.

다만 내가 춤이라는 것에 영 능숙하지 못해서, 레오날드 경이 아무리 가르쳐 주려고 해도 웃음부터 터진다는 것이 문제였다. 그래서 우리 둘은 춤을 추다가, 웃다가, 레오날드 경이 내 허리를 감싸 안은 것이 영 간지러워서 몸을 뗐었다가, 그렇게 온기를 나누면서 시간을 보냈다.

'언젠가 제대로 가르쳐 드리지요.'

그래, 당신이 그렇게 말했었지. 그렇지만 그 약속이 달성되는 일은 없었다. 우리는 춤을 출 여유 따위는 가질 수도 없이 바쁘게 내달려야 했으니까. 그 후에는 내가 죽어 버렸고, 그리고 내가 살아난 이 시대에 레오날드 경은 존재하지 않는다.

비는 어느샌가 멈추어 있었다. 비가 멈추자 거짓말처럼 구름이 걷혔다. 방금 전까지 칠흑처럼 어두웠던 것이 이상하게 느껴질 정도로 밝은 달빛이 골목길을 비추었다. 그 수백 년 전의 어느 날처럼.

지금 내 허리를 감싸 안고서 춤을 가르쳐 주고 있는 갑옷에게서는 그 어떠한 온기도 느껴지지 않았지만, 그래도 기뻤다.

"나에게 했던 약속을 지키러 와 준 거구나."

레오날드 경.

새벽이 밝아 올 때쯤, 레오날드 경의 갑옷에서 자연스럽게 마력이 사라져 갔다. 내가 강제로 앗은 게 아니다. 스스로 없어진 것이다.

목적을 달성하고 만족한 유령은 이 세상에서 모습을 감춘다. 이 불가사의한 현상에도 그런 법칙은 여전히 존재했다. 한참 동안 춤을 추다가, 서서히 서 있는 자세를 유지하지 못하고 주저앉아 가는 갑옷을 껴안은 채, 나도 함께 바닥으로 내려앉았다.

정말이지, 약속만 지킨 후에 사라지지 않아도 괜찮잖아. 조금만 더 함께 머물러 주면 안 되는 거야? 레오날드 경.

그런 생각을 하면서, 나는 바닥에 볼품없이 쓰러진 갑옷을 보며 또 울었다. 아무런 생각도 하지 않고 그저 울기만 했다. 머리에 열이 올랐다.

온몸이 뜨거웠다.
  내가 쓰러지기 직전에 들은 것은 급하게 이쪽을 향해 달려오는 발걸음 소리였다.

Chapter 3
기적이 사라진 이 시대에

유리 아레노.

나는 유리와의 첫 만남을 아직도 생생하게 기억한다.

처음 만났을 때의 유리는, 유리 아레노는 제법 위엄 있게 굴었다. 세상에 실망해서 뭐든 부정적으로 굴고 있었던 나를 격려했고, 격려뿐 아니라 실질적인 방법을 제시해 주었고, 그렇게 침울했던 나를 일으켜 세웠다.

처음으로 만났을 때 우리는 정말로, 황제와 그의 정치적 아군인 성녀의 관계에 불과했었다. 그걸로 끝났어야 하는데.

그렇지만 나는 유리와 너무 쉽게 친해졌다. 정말 이상하게도 그랬다. 사건에 대한 모든 견해가 비슷했었고, 감정적인 이해도 동반되었던 데다 한마디만 해도 서로의 속을 알 수 있었다.

사실, 그럴 수밖에 없었다. 우리는 처음으로 서로의 동반자를 발견했으니까. 그 시대에 있어서 당연한 것들을 불편하게 느끼며, 옳지 못한 것에 대한 분노를 참는 것이 부당하다고 생각하며, 옳은 것을 관철하고자 하는 믿음이 있었고,

그 모든 것에 대한 우리의 사고방식이 일치했다.

그러한 시대에서 처음으로 만난 나와 같은 외눈박이에게, 끌리지 않을 방법이 있긴 했을까? 유리와 나는 동지이고 친구이고 서로가 서로의 이해자였으며, 어쩌면 가족이었다. 그만큼 수많은 일을 함께 겪어 왔다. 그러니 그게 우리의 마지막이어서는 안 됐는데.

그래서는 모든 것이 수포가 되는 거잖아. 너도 알고 있었잖아. 아무리 힘든 상황이라도 절망하지 말라고, 네가 내게 말했던 거였잖아. 그런데 대체 왜, 그렇게 모든 걸 포기하는 짓을 한 거야?

대답해봐, 유리. 무슨 대답이 돌아오더라도 용서하지는 않을 테지만.

나는 세찬 빗소리에 의식이 천천히 부상하는 것을 느꼈다. 그래, 장마라고 했지. 몸에 감각이 돌아온 후 가장 먼저 느낀 것은 볼에 남아 있는 물기였다. 본인이지만 한심하다는 생각이 들었다. 울어 봤자 해결되는 일도 없는데.

내가 언제부터 이렇게 한심해졌더라? 의식이 돌아오자마자 자기반성을 하고 있으려니 문득 뜨거운 볼에 차가운 기운이 감돌았다. 그 차가운 감촉에 눈을 천천히 뜨자 마리의 깜짝 놀란 얼굴이 보였다. 그녀의 한 손에는 물수건이 들려 있었다. 그것으로 내 볼을 닦고 있었던 모양이다.

그건 그렇고, 내 시야에서 마리의 얼굴은 반쯤만 보였다. 눈이 통통 부은 것 같다. 그야 그렇게 울어 댔으니 당연한가. 나는 내 꼴을 상상하고 좀 민망해졌다.

"깨어나셨군요! 세상에, 신이 도우셨어요."

그 작자가 뭘 도울 리 없는데요. 그렇게 대꾸하고도 싶었지만 나를 위해 기뻐해 주는 사람에게 찬물을 끼얹는 짓은 도저히 하고 싶지 않았으므로 나는 중립적인 입장을 택했다. 즉 아무런 대답도 하지 않고 대신 몸을 일으켰던 것이다. 물먹은 솜처럼 몸이 무거웠다.

"아…… 아아아."

무언가를 말하려고 열었던 입이 텁텁하고, 목도 아프고, 목소리는 들어 줄 수 없는 수준으로 갈라져 있었다. 내가 몸을 일으키려 하자 마리가 깜짝 놀라 내 팔을 잡아 부축했다. 그 손이 무척이나 차갑게 느껴져서 나는 내 온몸에서 열이 나고 있다는 것도 깨달았다.

"누워 계세요. 아직도 열이 많이 나요."

"약…… 약통을."

목이 아파서 제대로 말을 끝마칠 수가 없었다. 마리는 내 지시를 따라 빠르게 내 약병 중 하나를 골라 왔다. 나는 허겁지겁 약병을 들이켰.

약효는 금방 들었다. 언제나 그렇듯. 약을 마시고 나서 나는 다시 침대에 쓰러졌다. 시체처럼 침대에 늘어져 버린 나를 보고 마리는 당황했다.

"저번처럼 바로 나으시는 게 아닌 건가요?"

"아, 목이랑 눈의 부기는 가라앉았어요."

그래서 배에서 나는 꼬르륵 소리도 엄청나게 컸다. 그렇지만 몸에서 나는 열은 가라앉지 않았다.

마력은 만능이 아니다. 마법 약도 물론 만능은 아니다. 지금 내 몸에서 끓어오르고 있는 열은 내가 감기에 걸렸다거나 하는 신체적 문제로 일어나는 것이 아니라, 대량의 마력을 무리하게 썼기 때문에 일어나는 신체 반응이다.

이 세상에 태어난 많은 마법사들은 그 몸을 그릇 삼아 마력을 담고 태어난다. 그리고 가끔은 그들의 몸에 '허용된 것 이상의' 마력을 쓰고 죽어 버린다. 그러니까, 대규모의 마법은 마법사에게 언제나 일정 이상의 위험을 동반하는 것이다.

오백 년이 지나도록 그 원인은 밝혀지지 않았다. 나름대로의 이론이 있기는 했다. 마법이란 신이 인간에게 내린 기적적이며 신비로운 힘이기 때문에 그것을 남용하면 벌이 내린다는 것이다. 그건 어린애나 읽을 동화 수준의 이야기라서 나는 그 이론을 무시하고 있다. 그래도 대규모의 마법을 쓰면 죽을 만큼 아파지는 것은 사실이다.

뭐, 사실 어제 내가 쓴 마법은 내 기준으로 보았을 때 이렇게 열이 오를 정도는 아닌데…… 정신적 충격이 커서 그런가.

"그럼, 이 열은 마법 약으로도 낫지 않는 건가요?"

마리가 초조하게 물어보았다. 그 걱정이 고마워서 나는 선선히 대답했다. 그래도 목의 부기가 가라앉으니 좀 나았다.

"붉은 히아신스 꽃을 달여 마신다면 나아지기는 하지만."

"당장 구해 오겠습니다."

"아, 아니에요. 그런 게 아니라."

아, 이런 이야기를 하려고 했던 게 아니었는데. 잠에서 깨어난 지 얼마 안 되어 하지 않아도 될 이야기를 해 버렸다. 의외로, 기절하기 직전의 일 때문에 마음이 허술해진 것일지도 모르겠다. 나는 지금 무엇이라도, 아주 잡다한 이야기라도 좋으니까 뭔지 이야기를 하고 싶었다. 머릿속을 비울 수 있는 이야기가 필요했다. 절실하게.

"일반적으로 구할 수 있는 꽃이 아니라서."

"네? 마법사를 통해서만 구할 수 있는 것인가요? 대부분의 경우, 대공가의 이름을 쓴다면 구할 수 있을 것 같습니다만."

대강 넘기려고 했지만, 마리는 고맙게도 끈질기게 물어보았다. 게다가 앤더슨 대공가의 고용인다운 자부심이었다. 나는 살짝 웃었다. 정작 본인은 그런 대단한 가문을 짊어지고 있다는 책임감을 느끼는 건지 아닌 건지 남의 칼날 앞에서도 눈 하나 깜박하지 않고 총을 쏴 댔지만 말이야.

"그런 게 아니라."

마법사에게 효과가 있는 히아신스 꽃은 조금 특별해야 한다. 일단 그 꽃이 자라는 토양부터가.

"듣기에 거북한 이야기겠지만, '타인을 위해서 희생한' 자의 피를 먹고 자란 붉은 히아신스 꽃만이 효과가 있답니다. 그래서 사실, 구하고 싶다고 구해지는 것도 아니에요."

참고로 나도 단 한 번밖에 구해 본 적이 없다. 구하려고 했던 것은 아니고, 여행길에서 우연히 발견했던 것뿐이기는 하지만. 솔직히 이론서에나 적혀 있는 내용이라 반신반의했는데 효과는 아주 탁월했다. 내가 이렇게 이야기 했는데도 마리는 여전히 미련을 버리지 못했다. 내 꼴이 생각보다 더 비참한 모양이다.

"……그래도 수소문을 해 보면"

"이렇게 아픈 것도 3일 정도면 나을 거예요. 그 정도야."

"그렇습니까……."

"그냥 신경 쓰지 말아 주세요. 잡담이니까."

그렇게 말했지만, 마리는 영 아쉬운 표정을 지었다. 사실 그녀가 모시는 주인이 앤더슨 대공이란 것을 생각하면 내게 과도하게 친절을 베풀고 있는 것이다. 당신을 고용한 남자는 괜히 나 때문에 죽을 뻔했으니까. 솔직히 물어보고 싶지는 않았지만 결국 나는 이 세상에 아직 존재하기는 할 예의와 은혜 따위에 져서, 마리에게 물어보았다.

"다니엘 대공께서는?"

"취침하고 계십니다."

"……지금이 밤인가요?"

다니엘은 겨우 일주일 동안이기는 했지만, 항상 이른 시간에 기상해서 늦은 밤에 수면을 취하는 일상을 보내는 남자였는데.

나는 창문 밖으로 다시 한번 날씨를 확인했다. 장마라서 비가 계속 내리고 있었지만 그래도 낮의 햇빛이 자리하고 있었다. 마리가 시간을 확인해 주었다.

"아니오, 오후 두 시입니다."

이거 진짜 이상하네.

"참고로 제가 쓰러진 후 얼마나 지났나요?"

"3일입니다."

이런, 이건 예상 밖인데.

생각해 보니 그 후로 3일이나 지나도록 내가 이렇게 아픈 것도 이상하고, 3일이나 지났는데 다니엘 대공이 자리보전을 하고 있는 것도 이상했다. 나는 눈살을 찌푸렸다.

"대공의 상태를 여쭈어보아도?"

"걱정하실 정도는 아닐 겁니다. 몸에 딱히 이상은 없는데 그저 식사를 많이 해야 하고 수면이 부족한 것뿐이라고 하셨으니까요."

"그렇지만 그 상태가 3일이나 지속되고 있는 거잖아요?"

"치료 마법을 받으셨다고는 해도, 대개 그 정도의 시간은 필요로 하니까요."

그거야 그렇지. 보통의 마법사가 치료했다면, 말이야. 그렇지만 다니엘은 알렉세이 경의 검에 찔리기는 했으되 이 내가 직접 치료한 몸이다. 물론 치료 마법에는 으레 신체적 과부하가 따르기는 하지만, 그래도 하루나 이틀이면 일어나기엔 충분할 것이었다.

심지어 대공은 그렇게 건강한 몸인데. 한창 정력적인 나이 대이기도 하고, 설마 내가 모르는 부분에서 이미 쇠퇴…… 음, 이건 아무리 혼자 생각하더라도 실례다. 사실 짚이는 부분도 있고.

나는 마리에게 물을 가져다 달라고 부탁했다. 마리는 금방 가져오겠다며 자리를 떴다. 나이 지긋한 노부인에게 심부름을 시키는 것은 영 꺼려졌지만, 이 경우는 어쩔 수 없다. 지금 내 몸 상태는 말 그대로 사지도 가눌 수 없을 정도이니.

자, 움직이자. 숨을 쉬는 것보다 마력을 이용하는 편이 쉬운 것이 비비안 그리니어스다. 사지를 움직이는 것보다 마력을 움직이는 것이 당연히 더 편했다. 그래서 마법으로 공간을 이동하는 것 또한, 실은 걷는 것보다 훨씬 편한 일이었다. 그렇지만.

달칵, 하고 문이 열리는 소리가 들렸다. 과연 유능한 고용인답게 마리는 빠르게 표면에 물이 맺힌 유리병과 잔을 가지고 왔다.

"역시 아무런 일도 일어나지 않았습니다……"

"예?"

"아니요, 아무것도 아니에요……."

그렇지 않아도 가누기 힘든 사지에 힘이 더 빠지는 느낌이다. 나는 얌전히 마리가 따라 주는 물을 받아 마셨다. 마리는 사양하는 나의 거부를 꺾고 머리를 감겨 주었고, 물수건으로 땀이 난 몸도 닦아 주었다. 고마운 일이다.

그렇게 마법 대신 사람의 손으로 사람 꼴을 갖추게 된 나는 좀 더 쾌적한 상태로 고민에 빠질 수 있게 되었다. 마법을 사용할 수가 없다. 내 몸에 고여 있던 마력이 말 그대로 바닥이 났다.

대체 왜? 그야 마법사는 자신의 몸에 깃든 마력을 사용하기 때문에, 선천적으로 그 재능에 따라 쓸 수 있는 마력의 강대함이 달라진다. 타고난 그릇의 차이뿐 아니라, 그 그릇의 물을 따라 낸 후 차오르는 속도조차 사람에 따라 다르다.

그렇지만 그건 일반적인 마법사의 경우이고, 나는 비비안 그리니어스라고, 내 입으로 말하기도 뭐하지만, 이 세상에서 가장 강대하고, 이 시대뿐 아니라 어느 시대에서도 가장 강력할.

그런 내가 아무리 충격을 받았다고 하더라도 3일이나 앓아누운 끝에 마력이 바닥나서 마법을 못 써? 이 내가? 비비안 그리니어스가? 진짜로? 마법을 못 쓴다고? 와 씨, 영원히 못 쓰면 어떡하지. 이거 망한 것 같은데.

"그래도 기분이 좋아 보이셔서 다행이에요."

"그래 보이나요?"

마리는 인내심 있게 묽은 수프 한 그릇을 모두 내게 먹여 주었다. 배에서는 여전히 꼬르륵 소리가 났지만, 몸에 열이 나는 것을 보고 저번처럼 고기로 가득한 메뉴는 내 몸이 받아들이지 않을 것이라는 진단이 내려진 모양이다. 그러고 보면 이 집에 머무른 지 겨우 일주일하고도 3일이 되었는데 거의 반은 환자로 머무른 것 같네.

나는 싱글싱글 웃으면서 수프 한 그릇을 다 비운 후에 자리에 누웠다.

뭐, 다니엘이 걱정되지 않는 건 아니지만 어쩌겠어. 나는 지금 다리도 팔도 움직이지 못하는 환자인 데다 심지어 마법도 쓰지 못하는 신세인데.

세상에, 이런 상황에 처하게 되다니. 제대로 된 재산도 없고, 마차와 기차가 다니는 시대를 살아가기 알맞은 능력도 없고, 심지어는 이제 마력도 없다고? 그것참, 무척이나 무력하지 않은가. 어딜 보나 이 세상에는 아무짝에도 쓸모없고.

나는 침대에 누워 길게 한숨을 쉬었다. 그래도 웃음이 나오는 것은 어쩔 수 없었다.

내가 찾아가지 못하더라도 상대방이 먼저 찾아올 수는 있는 일이었다. 그야 그건 내가 어쩔 수 있는 일이 아니니까. 나는 겸허하게 다니엘 대공을 맞이했다.

6일 만에 보는 다니엘의 안색은 생각보다 건강해 보였다. 처음으로 무슨 말을 해야 할지 생각했는데 안색이 건강해서 평소만큼 잘생긴 나머지 나는 그만 갓길로 새 버리고 말았다.

"와, 일주일하고 3일 사이 칼을 두 번이나 맞은 사람이네."

"그만 놀리시지요."

그리고 다니엘은 잘 받아 주었다. 솔직히 말해서 좀 더 화내도 될 거라고 생각했는데 말이야.

"열은 내렸다고 들었습니다만, 여전히 안색이 좋지 않은 것 같습니다. 식사도 잘 하지 않으신다고."

"내 걱정은 하지 않아도 돼. 그보다······."

"장마가 계속되고 있지만, 살인은 더 이상 일어나지 않고 있습니다."

본론부터 이야기하는 건가. 나는 그 말을 듣고 저도 모르게 움찔했다. 그렇지만 듣지 않을 수는 없는 일이었다. 마리가 끓여 준 홍차를 한 모금 마시고 난 후에 나는 각오를 다지고 다니엘에게 물었다.

"알렉세이 경에 대해서…… 언제부터 알았어?"

"사원의 문이 열린 후, 당신의 흔적을 좇기 시작하면서부터 제게 따라붙는 기척을 느꼈습니다. 정체를 확인한 것은 저를 나이프로 찔렀을 때였습니다만."

그러니까, 나를 찾으러 빈민가 근처로 왔을 때 알렉세이 경이 다니엘을 나이프로 찔렀다는 말인가. 나를 찾는 것을 포기하게 만들기 위해서? 뭘 하는 거야, 알렉세이 경.

"알렉세이 경이…… 당신의 부하들도 해쳤지."

그 말에 다니엘의 입이 잠시 꽉 다물렸다. 냉정한 얼굴에 동요가 스쳤다. 그 정도 위치에 있는 남자라고 해도 부하의 죽음에는 어쩔 수 없이 동요하는 것일까, 혹은 다니엘이라는 사람의 본성이 본래 다정한 탓일까.

"제 부하들은…… 죽지는 않았으나…… 오래 치료를 받아야겠지요. 회복할 수 있도록 최선의 지원을 할 생각입니다."

자칫하면 흘러나올 것 같은 본심을 눌러 말하면서, 다니엘은 여전히 내게는 부탁하지 않았다. 그렇지만 나는 책임감을 느꼈다. 알렉세이 경이 저렇게까지 미쳐 버린 것에는 내 책임도 있다. 그렇다고 알렉세이 경이 해 온 모든 일이 다 내 책임이라고 여기며 자의식을 전시할 셈은 아니지만.

그리고 무엇보다도 다니엘이 나를 지키려는 심산으로 이렇게 움직였다는 것을 알고 있으니 감정적인 책무를 느낄 수밖에 없었다. 그러니 가능하다면 내가 그의 부하들을 치료해 주고 싶었지만.

"……당신에게 해야 할 말이 있어."

"말씀하십시오."

"내 몸에 깃들었던 마력이 사라졌어."

"예?"

다니엘이 놀라는 모습을 보며 나는 한숨을 쉬었다. 솔직히 다니엘은 나를 동화 속에 출연하는 영웅 정도로 생각하는 것 같아 이런 이야기를 하기 꺼려지기는 했다. 그렇지만 어쩔 수 없지. 사실은 사실이다. 다니엘도 현실을 보아야 한다. 이제 그가 나를 신경 쓸 이유도 없다는 걸.

"사라졌다…… 기보다는, 모두 소진되었다고 해야 할까. 마법사는 그 몸을 그릇으로 삼아 신이 이 세상에 내린 마력을 담고 태어나는 이들이야."

"그건 알고 있습니다만."

"그럼, 마법사들이 다시 그 몸에 마력이 깃들지 않게 될 때가 있다는 것도 알아?"

그 말에 다니엘은 고개를 끄덕였다. 하기야 마력을 다 써 버린 마법사들을 다니엘이 모를 리도 없다. 마법사들은 애초에 그 몸에 마력이 깃들어 태어나는 자들이지만, 가지고 태어난 그 마력을 다 사용했을 때 마력이 다시 돌아올지, 돌아오지 않을지는 아무도 모른다. 그야말로 신만이 알고 있는 일이다.

다만 나는 이제까지 아무리 이 몸에 담긴 마력을 끝까지 긁어 쓰더라도 단 한 번도 '다시' 회복되지 않은 적이 없었다. 아마 역사책에도 그렇게 기록되어 있을 것이다. 신의 사랑을 받고 있는 성황 비비안은 단 한 번도 마력을 잃은 적이 없다고. 지금을 제외하고는.

"아마도 드디어 신께서 내가 이 세상에는 적합하지 않은 성황이라는 것을 알았나 보지."

비비안 그리니어스라는 이름을 버렸다고 생각한 지는 오래지만, 나는 선선히 웃으면서 말했다.

"아무래도 내가 퇴직을 할 날이 온 것 같은데."

"……그랬군요."

좀 더 놀라거나 경악할 거라고 생각했는데 다니엘은 생각보다 훨씬 담담한 표정이었다. 오히려 그를 도와줄 수 없게 된 내가 어쩐지 꺼림칙해졌다.

"그래서 미안해. 당신의 부하를 치료해 줄 수 없어서."

"제가 그런 말씀을 한 번이라도 드렸던가요?"

"그건 아니지만, 알렉세이 경이……."

"그런 식으로 생각하실까 봐 모르게 하고 싶었던 겁니다."

기적이 사라진 이 시대에 183

"그런 식?"

다니엘의 말은 단호했다. 나는 인상을 찌푸렸다. 생긴 건 냉정한 미청년인 주제에 성격은 온화한 남자라고 생각했던 것은 이미 얼마 전 마구잡이로 총을 쏴 대는 모습을 보고 덮어 두었지만, 나에게 이렇게 단호하게 구는 것은 생각보다 신선했다.

"알렉세이 경이 미쳐 버린 것은 당신의 탓이 아닙니다. 그가 살인을 저지르고 다니는 것은 그가 저지른 잘못이지, 당신께서 종용하신 일이 아닙니다."

다니엘이 말하는 것은 그야말로 정론이다. 나도 머리로는 그렇게 생각한다.

"그렇지만 알렉세이 경은 내 기사야."

"방금 전 퇴직하시겠다는 말씀을 하셨습니다만."

"와, 사람 아픈 곳을 찌르네…… 그래도, 알렉세이 경은 내 거야. 그래서 이건, 내가 느껴야만 하는 책임감이고."

그렇지만 알렉세이 경은 딱히 성황인 비비안 그리니우스에게 충성했던 것은 아니다. 그가 충성을 바쳤던 것은, 아니, 충성이라고 하기에도 뭣하고, 애정이라고 할 법한 것을 바친 것은 그 옛날 알렉세이 경의 목숨을 대가 없이 구했던 비비안이다.

즉 성황도 무엇도 아닌 나다. 그러니 내가 성황이 아니라고 해서 알렉세이 경이 내 기사가 아닐 수는 없다. 이것이 하잘것없는 독점욕에 불과할지는 몰라도.

"그러나 비비안, 감히 말씀드리자면."

이제는 마법사도 아니라고 하는데도 다니엘의 태도는 여전히 딱딱했다. 그는 내 눈을 똑바로 마주치고 있었다. 나도 그를 따라 다니엘을 유심히 들여다보았다.

그리고 나는, 문득 다니엘의 긴 눈꼬리 옆에 아주 옅은 점을 발견했다. 흰 피부에 갑작스럽게 나타난 눈물점은 그의 외모를 해치는 단점이라기보다는 묘하게 장점처럼 보였다.

아, 어쩐지. 이렇게 둔한 데다 순진하기까지 해 보이는 남자가 왜 가끔 섹시하게 보이나 했더니 이 눈물점 때문이었나? 아닌가, 그건 몸매 때문인가.

"알렉세이 경에 관한 일은 신경 쓰지 않으셨으면 합니다."

"아, 미안. 당신 얼굴 구경 하느라 못 들었어. 뭐라고?"

"……그만 놀리십시오."

"잘생긴 남자 구경이 어디 쉬운 줄 아니?"

오백 년 전에도, 현재에도 잘생긴 남자란 참 찾기 어려운 법이다. 이왕 만난 김에 눈 호강 좀 하려는데 너무하네.

"무엇보다 당신은 피해자입니다. 당신은 그에게 죽을 뻔하셨습니다."

이야기를 좀 돌리려고 했더니 다니엘은 여전히 물고 늘어지고 있었다. 정말이지, 어지간하면 내가 이야기하고 싶지 않다는 것을 알고 물러설 텐데. 혹은 적어도 내가 일부러 장난스럽게 대하는 태도에 화라도 낼 텐데 이렇게 고지식하게 굴다니. 슬슬 귀엽기까지 하다.

아무리 갓길로 새 보려고 해도 영 그렇게 해 주지 않을 것 같아, 나는 결국 한숨을 내쉬었다.

"내가 같이 죽고 싶다고 한다면?"

알렉세이 경에게 한 말은 진심이었다. 나는 죽어도 괜찮을 것 같았다. 이 세상에는 내가 할 수 있는 일도, 내가 하고 싶다고 생각하는 일도 없다. 그렇다고 이렇게 미적지근하게 살아가기에는 너무 외로웠다. 이 삶을 끝내고 싶다고, 그렇게 생각했다.

……그렇지만, 레오날드 경이.

그는 단 한마디도 하지 않았지만, 만일 레오날드 경의 유령이 내게 말을 걸 수 있었더라면.

"막을 겁니다."

그 말에 나는 잠시간 잠겨 있던 상념에서 깨어났다. 그건 이미 들었던 말이다. 다니엘이 권총을 알렉세이에게 무자비하게 쏴 댈 때, 아, 정말이지 생각하고 싶지도 않다. 그래서 나는 그냥 웃어넘기기로 했다. 다른 이야기, 신경을 돌릴 수 있는 다른 이야기가 필요했다.

"왜? 나한테 반하기라도 했어?"

"그렇게 말씀드린다면 어떻게 하실 겁니까?"

뜻밖의 대답이 돌아와 나는 순간적으로 당황했다. 말문이 막혔지만 다니엘은 멈추지 않았다.

"사랑한다고, 첫눈에 반했다고."

그의 말에는 묘하게 박력이 있었다. 하늘색 눈동자에 내 모습이 비치고 있는 것이 보였다. 그러자 목덜미 부분이 조금 홧홧하게 느껴졌다. 두근거려서는 아니었다. 부끄러워서였다. 그 눈길에서 다니엘이 상처받은 것이 전해져 왔기 때문이다.

"그렇게라도 말씀드리면 제 말을 가볍게 여기지 않고 진심으로 귀를 기울여 주실 겁니까?"

그저 순진한 남자라고 생각했는데 이제껏 그의 진심을 다른 것으로 해석하며 가볍게 여기려던 내 의도를 이렇게 꿰뚫어 보고 있을 줄은 몰라서.

"그런 게 아니라……."

"예, 아니겠지요. 비비안, 저는 당신을 존경합니다. 당신이 살길 바랍니다. 당신에게 무엇을 바라서가 아니라, 당신을 사랑해서가 아니라."

"……."

"사람은, 누구나 그래도 됩니다."

깃털처럼 가벼운, 누구나 할 수 있을 법한, 어쩌면 아무런 의미도 없을지도 모르는 그 위로가. 내 앞에서 죽을 뻔했던, 그저 내가 죄책감을 느낄까 봐 걱정해서 그렇게 했던 이 남자가 그렇게 말하는 것은 무게감이 다르게 느껴졌다.

이 남자는 진심으로 그렇게 생각하는 것이다. 오백 년 전의 내가 멍청하게 죽어 버린 것도, 오백 년 후 살아난 내가 아무것도 하지 않고 홀로 미적지근하게 살다가 죽어 버리고 싶어 했던 것도, 찾아온 나의 미쳐 버린 기사가 살인을 저지른 것을 알았음에도 그를 벌하는 대신 함께 죽고 싶어 했던 것도 알면서. 그래도 나는 살아도 된다고.

나는 다니엘의 말에 아무런 대답도 하지 못했다. 다니엘은 내가 한동안 침묵하는 동안 차 한 잔을 모두 비웠다. 그러고 나서도 내가 좀처럼 말을 꺼내지 못하자 결국 그가 먼저 이야기를 꺼냈다.

"마법사들은 마력이 회복되지 않을 경우, 대부분 죽음에 이르게 된다고 알고 있습니다만……"

"……아, 응. 보통 그렇게 되지……."

"그렇다면 당신의 마력을 다시 회복할 방법을 찾겠습니다."

"그건, 다니엘."

"그렇지만 당신에게 정말로 마력이 다시 깃들지 않게 된 걸까요? 아무래도 좀처럼 상상하기 어렵습니다만."

"그거야…… 나도 모르지. 마력은 신의 힘이니까, 주고 말고는 제멋대로야."

마력은 인간이 어떻게 할 수 있는 일이 아니다. 인간의 의지로는 아무래도 어떻게 되지 않는 일이 이 세상에는 너무도 많다. 그런 내 태도를 읽어 냈는지 다니엘은 그답지 않은 약간 비뚜름한 미소를 지어 보였다.

"이제껏 말씀드린 적이 없었습니다만, 비비안."

"응."

"저는 신을 믿지 않습니다. 그래서, 사람이 죽는 일에 신의 의지가 개입되어 있다고도 생각하지 않습니다."

"……."

……아무리 퇴직했다고는 하지만 그걸 오백 년 전 죽은 성황에게 할 말이야?! 아니, 당신 나를 존경한다며? 그런데 신을 믿지 않는다는 건 또 뭐야?

내가 벙 쪄 있는 동안 다니엘은 자리에서 일어나 내게 고개를 숙여 인사한

다음 방을 나섰다. 바쁜 일이라도 있는 것처럼. 아니, 바쁘기야 하겠지. 신의 의지를 거슬러서 내게 마력을 돌려줄 방법이라도 찾으러 간 거겠지!

"세상에, 뭐 저런 남자가 다 있어……."

뒤통수를 세게 맞은 느낌이다. 아니, 그야, 다니엘이 신심이 깊다는 식의 직접적인 언동을 한 건 아니지만 내게 서릿게 잘해 주는 것을 보면, 그리고 그 온화한 성정이나 다정한 성품, 선량한 마음을 보면 어쩐지 신을 믿고 있는 것 같았단 말이야.

신도 믿지 않는 주제에 왜 나를 존경한다는 거야? 정말 나라는 사람이 해 온 일을 보고, 그저 그 일만을 두고 나를 존경하기라도 한다는 건가?

나는 충격에 빠진 채로 침대로 점프했다. 일 년 정도 잔잔한 바다에 잠겨서 유영하는 감각이 들었다면, 이 이 주일 동안에는 갑작스럽게 태풍이 찾아온 바다에서 표류하고 있는 것 같은 느낌이다.

"……왜 당신 같은 사람이 내 앞에 나타난 걸까."

신을 믿지 않는 다니엘과는 다르게 이것 또한 혹시라도 신의 뜻이 아닐까, 의심하는 내가 있다. 신은 나의 죽음을 원하지 않는다. 그러니 나를 이 세상에 살려 낸 것이겠지.

그리고 이 세상에 이러한 다정함이 남아 있다는 것을 알려 주어서, 이 세상에 괜한 미련을 남겨 두도록 만들려고 다니엘 앤더슨을 내 앞에 나타나게 한 것이 아닐까? 다시 한번 기적이라는 것을 믿게 하기 위해서.

* * *

"정말로 붉은 히아신스 꽃이 마력의 회복에 도움이 됩니까?"

어느 날, 다니엘은 정말로 대답을 찾아왔다. 얼마나 흥분한 건지 다니엘은 그답지 않게 문을 벌컥 열고 내 방에 들어왔다. 갑작스러운 말을 들은 나는 눈을 껌벅였다. 참고로 나는 식사를 하던 중이었다.

"노크 좀 하고 들어오면 안 돼? "

부드러운 수프나 먹다가 드디어 고기를 썰 수 있게 되어서 기쁘게 식사 중이었는데! 아직 거동이 약간 불편한 터라 옆에서 식사하는 것을 도와주던 마리조차 주인에게 비난의 눈길을 보내고 있었다.

"아, 실례했습니다."

그렇게 말하고 다니엘은 다시 방을 나가 문을 닫았다. 그리고 노크를 하고 다시 방에 들어왔다.

"……."

"……."

나와 마리는 눈빛을 교환했다. 마리는 나이 때문인지 앤더슨 대공의 신분에도 불구하고 다니엘을 아들처럼 여기는 듯했는데, 그런 그녀조차 노골적으로 다니엘을 안타깝게 여기는 기색이었다.

아니야, 괜찮아요, 저런 점도 나름대로 수요가 있을 거라고요. 난 모르겠지만 혹시 지금 날 웃기려고 일부러 저러는 건가? 아니겠지? 진심으로 저러는 거지? 바본가. 잘생긴 바보라니, 이 세상에 나름대로 위안이 되긴 하겠군. 하기야 실제로 온 나라의 위안이 되어 주고 있다. 앤더슨 대공 만세.

"마리, 잠깐 나가 있어 주세요. 다니엘이 할 이야기가 있는 것 같아서."

"네, 그럼 필요하실 때 불러 주세요."

주인을 엄하게 바라보고 있던 마리는 내 말에 물병을 놓고 방에서 나갔다. 다니엘은 민망해하는 기색이었다. 그야 그렇겠지, 나이도 한참 많은 고용인 앞에서 철없는 어린애처럼 굴었으니. 나는 아직도 문 앞에 서 있는 다니엘에게 물어보았다.

"혹시 마리한테 들었어? "

"아니오, 그건 아닙니다. 그녀에게는 이야기하신 겁니까? "

"응, 의도했던 건 아니고. 그런데 어떻게 알았어? 그렇게 유명한 이야기는 아닌데."

기적이 사라진 이 시대에 189

오백 년 전에도 고대서나 낡은 이론서에만 적혀 있는 내용이었으니 지금쯤 되면 자연히 사라졌을 이야기라고 생각했는데 어떻게 알았담.

"마법사들의 고문서 연구에서 발견했습니다. 그게 중요한 건 아니겠지요. 그래서, 특별한 붉은 히아신스 꽃이 마력 회복에 도움이 된다는 것은 사실인가요?"

"응, 타인을 위해 희생한 사람의 피를 먹고 자란 꽃이, 말이야."

"예, 그렇게 들었습니다."

"잘도 믿었네, 그런 이야기를."

나는 일단 실제로 경험해 본 적이 있긴 하지만, 나도 직접 실험해 보기 전까지는 믿지 않았다고. 아무리 생각해 봐도 괴담에 가까운 이야기이다.

"일단 앉아."

나만 앉은 채로 식사를 계속하기에도 뭐해서, 다니엘에게 앉으라고 손짓을 하자 그제야 그가 겨우 내 맞은편의 소파에 앉았다. 나는 나머지 스테이크를 자르면서 다니엘의 질문에 대답해 주었다. 어쨌거나 숙식을 제공받는 몸이니 이런 시시한 질문도 무시할 수는 없다.

"뭐, 사실은 사실이야."

"왜 진작에 이야기하지 않으신 겁니까? 지금 비비안에게 가장 필요한 것이 아닙니까?"

"아니, 그렇게 말씀하셔도."

다니엘은 저렇게 이야기했지만, 오백 년 전 내가 그 히아신스의 효과를 본 것은 지금처럼 마력이 동난 후 회복되지 않는 상태였던 것이 아니라, 정말로 단순히 대규모의 마법을 쓴 후 피곤해서 열이 펄펄 나는 상태였을 뿐이다.

"지금 내 몸에 효과가 있을지는 모르는 일인데."

지금의 나는 일반적인 마법사의 상태와는 조금 달랐다. 며칠이 지나자 몸의 열도 가라앉았고, 거동이 조금 불편하기는 해도 곧 나아지리라고 생각되는 정도였다. 마력이 없을 뿐이지. 다만 다니엘의 생각은 다른 모양이었다.

"그렇지만, 가능성이 있다면 시도해 보아야지요. 이대로 가만히 있을 수는 없습니다."

"사람을 무슨 심각한 병이 있는 것처럼 몰고 가기는. 고작 마력이 없을 뿐인데."

솔직히 말해서 이대로 없어져도 아쉬울 것은 단 하나도 없다. 아니, 오히려 이대로 없어져 주었으면 좋겠다. 그야, 내게 깃든 이 힘이 사라지면 나도 이 같잖은 세상에 대한 책임감에서 벗어날 수 있지 않겠어? 그야말로 바라마지 않던 바다.

"그러나, 비비안. 당신의 몸은 평범함과는 궤를 달리합니다. 애초에 오백 년이 지나 현재에 다시 살아난 당신의 몸에서 마력이 사라진다면…… 무슨 일이 일어날지는 모르는 것 아닙니까?"

"오."

그런데 다니엘은 뜻밖의 관점을 제시했다. 확실히, 이건 생각지도 못했던 의견이었다. 나는 마지막 고기 한 점을 입에 넣고 씹어 삼킨 후 나이프와 포크를 내려놓았다.

"그건 그럴지도."

"그렇게 아무렇지도 않게 말씀하실 문제는 아니라고 생각합니다만."

"아니, 뭐……."

다니엘이 은연중에 비난의 눈길을 보내 와서 나는 조금 움츠러들 뻔했다. 이렇게까지 말해 주는 사람의 면전에 대고 나는 죽어도 별로 상관없는데, 그렇게 말하기에는 바로 며칠 전에 다니엘이 내게 했던 말이 걸리적거렸다. 그렇다고 그걸 솔직하게 말하기에도 어쩐지 낯부끄럽고. 결국, 나는 말을 돌리기로 했다.

"어쨌거나 붉은 히아신스 꽃은 구하기도 어렵고, 구한다고 하더라도 조건이 꽤 까다로워."

"어떤 조건입니까?"

"토양도 토양이지만, 꽃이 피고 나서 세 시간 안에 꺾어야 해."

"죽은 지 얼마 안 된 자의 무덤에서 핀 꽃이라야 한다는 말씀인가요?"

"아니, 그건 아닌 것 같지만⋯⋯ 히아신스 꽃은 해가 갈수록 꽃이 적어진다고 하더라고. 그러니까 최대한 빠른 시간내에 입수하는 게 좋겠지."

"그렇습니까⋯⋯ 다른 조건은?"

"은을 넣어 72시간 정제한 물에 담가서 차가운 성질을 유지한 채로 성분을 추출한다 거나⋯⋯ 뭐 그런 건데. 왜? 구해 보려고?"

다니엘은 내 생각보다도 끈질기게 물어 왔다. 일단 순순히 대답해 주고는 있지만 붉은 히아신스 꽃이 그렇게 쉽게 구해질 리는 없을 텐데. 나는 고개를 기울였지만 다니엘의 입에서는 뜻밖의 말이 튀어나왔다.

"짐작 가는 곳이 있어서요."

나는 깜짝 놀랐다. 짐작 가는 곳이 있다고?

"어딘데?"

"앤더슨 영지에 붉은 히아신스가 자라는 곳이 있습니다. 꺾어서 가져올 생각이었습니다만, 꽃을 꺾은 후 세 시간 안에 달여야 한다면 직접 모시고 가야겠군요."

뭐지, 관광 명소라도 되는 건가. 그럴 리는 없을 텐데. 분명히 누군가의 무덤일 테니까. 영 꺼림칙하다.

"⋯⋯그럼 장소를 알려 줘. 내가 직접 가 볼 테니까."

"제가 동행하겠습니다. 앤더슨 가의 영지니까요."

"굳이 그러지 않아도⋯⋯ 바쁘지 않아?"

시기는 내가 침대에서 일어날 수 있게 된 지도 다시 일주일이 지나, 이제 장마철도 끝나 가고 있는 때였다. 그리고 침대에서 몸의 불편을 핑계 삼아 빈둥대고 있는 나와는 달리 다니엘은 무척 바빴다. 그도 그럴 것이 얼마 전 비가 내리는 밤, 부하들이 다쳤을 뿐 아니라 세 구의 시체가 한꺼번에 발견되었으니까.

이 정도의 사건을 치안대에 알리지 않고 은폐할 수는 없었기 때문에, 이 비 오는 날의 유령 살인 사건은 금세 세간에 알려졌다. 그러나 다니엘이 그 살인한 유령이 알렉세이 경이라는 것을 밝힌 것은 아니었다.

밝힌다고 한다면 내 존재가 필연적으로 끌려 나올 수밖에 없는데, 아마도 그래서일까? 다니엘은 나를 세간에서 감추려고 하고 있으니까. 내가 바라는 대로. 정말이지 바보처럼 고지식한 남자라고 생각한다.

어쨌거나, 그랬기 때문에 세간에는 다니엘 대공이 어떤 정체를 알 수 없는 살인마가 남자들을 죽이고 다니는 것을 사전에 간파하여 피해자를 보호하려고 했던 것으로 알려졌다.

신문에서는 다니엘 대공의 오만을 보도했지만, 대개의 일반 시민들의 의견은 그렇지도 않은 모양이었다. 결과적으로 실패하기는 했지만, 오히려 다니엘 대공의 노력을 사는 분위기였다. 무엇보다도 다니엘 대공이 살인 사건의 피해자, 그리고 다른 사건의 가해자였던 그들의 죄상을 낱낱이 밝혀 낸 것도 한몫했을 것이다.

내 예상대로, 알렉세이 경의 손에 죽은 그들은 각자 자신의 애인을 살해하여 은폐했던 작자들이었다. 그들의 손에 죽은 여자들은 대부분 어리고 돈이 없는 평민들이었다.

그래서인지, 수도의 치안대는 여자들의 실종을 제대로 수사하지 않았었다. 부모나 가족이 신고해도 다른 곳으로 도망가 살림이라도 차린 것이 아니냐, 일시적인 가출이 아니냐, 그런 식으로 취급했던 모양이었다.

그렇기에 다니엘 대공은 수도의 치안대의 치우쳐진 판단에 유감을 표시하는 편지를 보냈고, 그 편지 또한 신문에 실렸다. 다니엘을 비판하는 신문의 논조와는 별개로 많은 이들의 공감을 살 만한 글이었기에, 다니엘 대공은 양식 있는 사람들의 지지를 받았다. 그에 대해서 현재의 황제, 앤드류 3세는 분노했다.

"감히 네가 이 수도에서 처벌의 권한을 행사하느냐!"

그 소식을 듣자마자 그렇게 말하며 다니엘의 면전에 잉크병을 집어 던졌다는 소문이 파다했다. 못난 이복형이 아닐 수 없다. 그렇지 않아도 국민적으로 인기가 높은 다니엘 앤더슨 대공을 경계하고 있는 차에 수도에서 이런 일을 벌였다는 것을 알게 되자 분노가 치밀어 오른 모양이다.

뭐, 다니엘이 이 저택에 돌아와 나를 대면할 때는 잉크의 자국조차 없이 언제나 말끔한 얼굴이기는 했지만.

"어차피 슬슬 영지로 돌아가야 합니다. 그 김에 동행하는 것으로 허락해 주신다면 좋겠습니다만."

그러니 저 예의 바른 말에 무슨 말이 숨어 있는지도, 나는 안다. 다니엘 대공은 정치적으로 꽤 위험한 입장에 처해 있는 상태였다. 그런데도 나를 신경 쓰고 있는 것이다. 내가 원하지 않는다는 이유만으로 알렉세이 경도, 내 존재도 백일하에 드러내지 않고, 내가 어쩌면 위험할지도 모른다는 이유로 저렇게 바쁜 와중에도 붉은 히아신스 꽃에 대해 알아 온 것이다. 그러니, 내가 거절을 말할 수 있을 리 없다.

"그건"

그래서 나는 결국 무의미하게 항복했다.

"그렇게 하던지……"

"감사합니다. 그럼, 이틀 후쯤 출발할까요."

"그렇게 빨리?"

"당신의 몸을 생각하면 더 늦출 수는 없습니다. 최대한 빠른 기차를 구했습니다만, 미룰 이유가 있는지요?"

"아, 기차."

그렇지, 여기엔 이제 기차도 있었다. 오백 년 전에는 말과 마차밖에 없었는데 참 많이도 발전했지. 아니, 그나저나 이미 표를 구한 후에 동의를 받는 건가. 다니엘도 어지간히 행동력이 있는 사람이다.

"처음에 기차를 탔을 때는 꽤 고생스러웠지……"

나도 처음 사원에서 눈을 뜬 후 수도에 내려올 때 기차를 타고 왔었다. 다만 돈이 없었기 때문에 입석 표를 샀고, 기차 안의 식당 칸은 너무 비싼 나머지 역에 정차할 때 근처에서 파는 싼 음식으로 끼니를 해결하면서 왔었다. 뭐, 그것도 나름대로 즐겁기는 했지만.

"그래도 이왕이면 이번에는 좌석에 앉아서 가고 싶어."

"⋯⋯비비안, 특별히 타고 싶으셨던 자리가 있는 겁니까? 이미 표를 끊었습니다만."

"아니, 특별히 타고 싶은 자리가 있는 건 아니고 그냥 앉을 자리만 있으면 상관없는데. 당신이 내 표도 사 주는 거야?"

"애초에 기차의 우등 칸 전부를 빌렸으니 편하신 곳에 앉으시면 될 것 같습니다."

와우. 어쩐지 휘파람을 불고 싶어졌다. 기차표가 아니라 기차를 구했다고 하더니. 대공이니만큼 나와는 비교도 안 될 만큼 손이 크다. 앤더슨 대공의 일 년 수입은 얼마쯤 될지 궁금해지네. 하기야 그 점도 포함해서 이 나라의 최고 신랑감이긴 하지.

"다만 부탁드릴 것이 있습니다."

그 말에 나는 눈을 동그랗게 떴다. 다니엘이 이렇게 말하는 것은 처음이다.

"당신이 내게 부탁이라니 별일이네. 뭔데? 이제 마력도 없는 내게 당신이 부탁할 일이 있나?"

"그런 자학적인 말씀은 마십시오. 가슴이 아프니까요."

"아하하하! 그 농담 웃겼다."

"농담이 아닙니다. 진지하게 들어 주십시오, 비비안."

잘생긴 남자가 진지하게 눈동자를 마주쳐 오며 마치 간원이라도 하듯 말하는 것에 흔들리지 않을 사람은 없을 거라고 생각한다. 아마도. 아니, 음, 내가 너무 무른가? 나는 한숨을 쉬었다.

"알았어. 뭔데?"

뭐든지 들어줄게, 그렇게 말하는 것으로 다니엘에게 느끼고 있는 마음의 빚을 지울 수 있다면 좋을 텐데.

"아무래도 가는 길이 불안해서요. 겨우 이틀입니다만, 총의 감각 정도는 익혀 주셨으면 합니다."

그렇지만 다니엘은 물론 나를 도와주지는 않았다. 오히려 어깨의 짐이 무거워지는걸. 이 세상을 떠나는 것에 짐 따위는 필요 없는데.

"왜? 알렉세이 경이 다시 덮쳐 올 거라고 생각해?"

"위험 요소에는 최대한 대비하고 싶습니다."

"총 따위로 알렉세이 경이 대비가 될 리가?"

"글쎄요. 알렉세이 경은 당신께서 총구를 겨누는 것만으로도 상당히 심적 충격을 느낄 것 같습니다만."

와, 뭐야. 생각지 못한 냉정한 발언이다. 다니엘 대공은 이렇게 적에게 가차 없는 인간인 건가. 하기야 알렉세이 경을 상대로 총을 빵빵 쏴 댔었지. 나는 다니엘의 좋은 사람 순위를 한 단계 정도 내렸다.

"뭐, 나도 그건 좀 보고 싶네."

물론 좋은 성격은 못 되는 나도 다니엘의 말에 찬성했다.

그렇게 다니엘의 지도 아래 사격 연습을 시작한 지 한 시간.

"훌륭하십니다."

"나도 내가 이렇게 총을 잘 쏠 줄은 몰랐네."

설마 마력도 없어진 마당에 마법의 영향은 아닐 테고, 아무래도 내가 사격에 천재적인 재능이 있었나 보다. 나는 권총을 손에 들고 고개를 갸웃거렸다.

"혹시 연습용이라서 실탄이 든 총과는 다르다거나, 그렇지는 않아?"

"무게를 제외하면 거의 같습니다. 대개는 그 무게와 장전하는 법 때문에 실전에서는 명중률이 떨어지지만, 당신께는 그다지 문제가 될 것 같지는 않군요. 정말로 이전에는 사격을 하신 적이 없습니까?"

"아, 해 본 적 있는 것 같기도."

그렇지만 이 세계에 오기도 전의 일이라 이제는 기억도 잘 나지 않고, 쏘아 보았다고 해도 오락용 총으로 인형을 맞히는 게임이었던 것 같다. 그리고 그 때는 딱히 인형을 잘 따지도 않았는데. 역시 이 세계에 와서 몸이라도 바뀐 걸까? 비교할 길이 없으니 알 수 없는 부분이다.

어쨌거나 이제 총을 손에 든 지 겨우 두 시간 정도 되었는데, 과녁과의 거리는 짧았지만 벌써 그럭저럭 원하는 곳과 엇비슷하게 맞출 수 있게 되었다. 손맛도 괜찮은 편이다. 이렇게 표현해도 된다면.

"조금 더 쏴 볼까?"

"아니오, 오늘은 그만하도록 하지요."

"왜? 이제 좀 손에 익었는데."

"손바닥이 빨갛게 되었습니다."

"아, 그건 그렇네."

아무래도 내가 아는 세계의 총보다 초기의 형태라서 그런지 연습용 총이라고 해도 무겁고 장전하는 법도 생각보다 까다로웠다. 다니엘은 내 손에서 권총을 받아 들고 조심스럽게 벽에 걸어 보관했다.

다니엘은 저택의 정원 한구석에 사격장을 만들어 놓았는데, 한쪽 벽에는 여러 종류의 총이 보관되어 있었다. 엄중한 자물쇠로 보관되어 있고 열쇠는 다니엘만이 가지고 있다고 했다. 음, 미스터리 살인 사건의 도입부 같은걸

"다니엘, 당신은 어떤 총을 제일 좋아해?"

"호불호는 없습니다. 용도에 맞추어 사용합니다. 수도에서는 권총을 가장 많이 사용하는군요. 개인적으로 좋아하는 건 아닙니다. 화력이 약해서."

화력이 약하다니. 그야 조총 같은 것에 비하자면 그렇겠지만 그래도 총은 총이다. 나는 약간 질린 기분이 되었다. 그야 나도 손 망치를 가지고 제인의 남편을 죽이려고 하기는 했지만, 타인의 입에서 쉽게 뱉어지는 죽음에는 영 익숙해질 수가 없었다. 이게 내 한계일까? 어쩐지 우울해지네.

"하기야 당신, 종군도 했었지."

"국경 분쟁의 전투에 몇 번 참여했을 뿐입니다. 현 황제 폐하께서는 적극적인 영토의 침략에는 관심이 없으시기에, 아직까지는."

"왜 아직까지, 인 거야?"

내가 그렇게 묻자 총을 보관한 벽장의 문을 닫은 다니엘이 어깨를 으쓱였다. 다만 태연한 태도에 비해 나오는 말은 살벌했다.

"저를 없애기 위해 전쟁에 내보내실 수도 있겠지요."

"……그런 걸로 전쟁을 일으킨다면 정말로 못난 황제로군."

"저도 그렇게 생각합니다."

"못난 황제는 나라를 망치지. 당신이 황제가 되는 건 어때?"

"저는 황제를 맡을 그릇은 못 됩니다."

오, 저 고지식한 남자라면 이런 말을 듣고 그건 반역이네 어쩌네 하는 소리를 할 줄 알았는데 이렇게 유연하게 받아칠 줄은 몰랐다. 하기야 다니엘 앤더슨 대공이 이런 말을 한두 번 들어 본 것은 아닐 터였다. 그야말로 태어날 적부터 들어 왔겠지. 출생이 출생이니.

"왜 그렇게 생각해? 내가 보기에는 제법 재능 있어 보여."

"칭찬해 주셔서 감사합니다만, 저는 그렇게 생각하지 않습니다."

"그야 나는 황제의 재목을 보는 눈은 없다만."

사실 나는 그냥 눈이 없는 정도가 아니라 그야말로 내가 알아본 황제의 재목에게 목이 잘릴 정도로 보는 눈이 없다. 열심히 사격에 집중한 탓인지 어깨가 결려서 나는 열심히 어깨 운동을 했다.

"그래도 수도의 치안에 관심이 있기는커녕 당신을 없애려는 목적만으로 침략 전쟁을 일으키는 황제 따위보다는 당신이 낫지 않겠어?"

"높게 사 주셔서 감사합니다만, 저는 대공령을 다스리는 것으로 족합니다."

"혹시 배짱이 없나? 이왕 태어난 인생, 황제의 자리를 노려 보라고."

참고로 나는 황제보다는 성황을 노렸다. 아무리 둔한 다니엘이라도 이게 농담이라는 것은 눈치챈 것인지 그는 살짝 미소했다.

"배짱이 부족한 소심한 사람이라 면목이 없습니다."

"와, 그렇게 말하면 내가 뭐가 되니, 대공."

그야 성격은 나쁘다는 것은 인정하지만 내가 한층 더 나쁜 사람이 된다. 맞긴 하지만.

나와 다니엘은 그런, 맥락도 없고 주제도 없는 잡다한 대화와 농담을 나누며 사격장을 나와 정원을 걸었다. 수도는 집값이 비싸서 어지간한 귀족들도 제대로 된 저택을 구하지 못한다고 하던데, 역시 다니엘 앤더슨 대공은 그 이름값에 맞게 대저택을 소유하고 있었다.

"이런 저택에서 일 년에 한 달도 채 머무르지 않는다니. 너무 아까워."

처음으로 이 집에 환자로서 실려 왔을 때 왜 이렇게 침구도 여름에 맞지 않게 두껍고 냉각 수정구도 없나 했더니 실은 앤더슨 대공은 이 집에서 잘 머무르지 않는다고 했다. 일 년의 대부분은 앤더슨 대공령에 머무르다가 황제의 부름이 있을 때, 혹은 개인적인 용무가 있을 때만 올라온다고.

"마음에 드신다면 드릴까요?"

"뭘? 이 집을?"

나는 그 자리에서 멈추어 섰다. 다니엘도 따라서 멈추어 섰다. 사실, 막 장마가 지나 풀과 잡다한 꽃들이 두드러지고 신선한 내음이 솟은 커다란 정원과 대저택은 짧게만 머무르기에는 영 아까울 정도로 훌륭했다.

심지어 정원 한구석에 서 있는 커다란 나무에는 조그마한 그네도 매달려 있었다. 아주 타고 싶다. 그러니까 당연하게도 갖고 싶다. 그렇지만 갖고 싶은 마음과 비슷할 정도로, 관리가 귀찮다. 이 커다란 저택을 유지하려면 하인들도 필요하고 정원사도 필요하고 세금 문제도 많을 것 아닌가. 음, 귀찮음과 대저택이라니…….

"가지고 싶어!"

"그럼."

기적이 사라진 이 시대에

"그렇지만 역시 부담스러워. 청소하는 것조차 귀찮아. 그러니까 일 년에 한두 번 정도만 식객이 되고 싶어."

휴가처럼 손 하나 까딱하지 않고 요리와 청소는 남이 해 주는 곳에서 머물고 싶다. 일 년에 한두 달 정도. 삶의 질이 올라갈 것 같은 느낌이다.

그나저나 정말로 저 그네, 타고 싶은걸. 내가 열렬히 나무에 매달린 자그마한 그네를 보고 있자 다니엘이 그네를 타시겠냐고 권해 왔다. 나는 사양하지 않았다. 그네에 앉아 발을 몇 번 구르니 딱 재미있는 정도로 그네가 움직였다. 내가 그네를 흔들며 노는 동안 다니엘은 옆에서 서서 가끔 앉아 있는 나를 밀어 주었다.

얼마나 그러고 있었을까, 어느덧 저녁노을이 지고 있었다. 장마가 지난 여름이라 공기는 후끈했지만, 저녁 바람의 힘으로 그럭저럭 견딜 만했다. 그렇지만 그네를 타는 것도 슬슬 귀찮아져서 발을 구르기를 멈추려고 했을 때, 다니엘이 마침 내 등을 한 번 더 세게 밀어 주었다. 몸이 붕 뜨는 감각이 즐거워서 웃자 다니엘도 따라 웃었다.

"그네가 마음에 드십니까? 언제라도 다시 방문해 주십시오."

"그러니까 부담스럽다고."

"그러지 마십시오, 부디."

"내가 그런 융숭한 대접을 받기에 합당한 일을 한 것 같지 않은데."

다니엘은 그 말에 인상을 찌푸렸다. 아, 나는 말을 잘못했다는 것을 느꼈다. 이거 또 시작되겠군. 역시나, 다니엘은 진지한 얼굴로 말했다.

"비비안, 당신이 제 목숨을 구해 주셨습니다만."

"당신도 내 목숨을 구했지. 오히려 내 기사가 당신의 부하를 해친 데다 당신도 칼로 찔렀는데, 어딜 보나 당신이 손해야."

"당신이 쌓아 온 업적에 대해서는 관심이 없으십니까?"

"내가 쌓은 업적? 유리…… 아레노 황제에게 목이 잘려 죽은 걸로 끝난 이야기인걸."

잡담을 할 생각이었는데 의외로 이야기가 무거워졌다. 삐걱대는 그네에 앉아 흔들리며 할 소리는 아닌데, 음, 이건 내 책임이다. 이런 이야기를 할 생각은 아니었다.

"비비안."

다니엘이 나를 달래는 것처럼 위로하는 목소리로 내 이름을 불렀다. 그렇지만 나도, 한 번 둑이 터진 이야기는 막을 수 없었다.

"역사책만 읽어도 알잖아. 아레노 황가는 아레노 황제의 폭정으로 인해 무너지고, 새로운 황가가 들어섰다고. 당신의 형도, 당신도 그 새로운 황가의 사람들이잖아."

이야기하고 나서 알았는데, 사실 난 지금 누구라도 이야기할 상대가 필요한 것 같았다. 그리고 내 눈앞에는 다니엘 앤더슨 대공이 있었다. 다니엘 대공, 운이 없네.

"우리는 실패한 사람들이야."

어쩌면 나는 누구에게라도 이 말을 털어놓고 싶었던 것 같다. 리옹 미술관에 가서 내 초상화를 보았던 그 순간부터. 유리 아레노가 화가에게 그리라고 명한 비비안 그리니어스의 초상화가 너무 아름다웠기 때문에.

"오히려 내가 당신에게 사과하고 싶을 정도야."

유리 아레노 황제의 치세는 초반과 후반으로 나뉘어 평가되는데, 그 평가가 사뭇 달라 마치 유리 아레노가 두 사람인 것처럼 느껴질 정도였다. 그의 초기 치세는 개혁적인 성군으로 취급된다. 비비안 그리니어스라는 성황과 손잡고 열성적으로 법전을 뜯어 고쳐 가며 제국의 기틀을 다졌다.

다만, 내 죽음을 전후로 유리 아레노의 치세는 완전히 다른 것으로 변모한다. 후반기의 유리 아레노는 귀족들에게 무자비한 세금을 물리고 수도 중앙군으로의 징집을 명해 각 영지에서는 농번기에 일할 농민들이 없어 순식간에 식량난을 겪게 된다. 게다가 몇 년에 이은 흉년까지 겹치게 되면서 도저히 손 쓸 도리가 없게 된 것이다.

유리 아레노는 죽기 1년 전, 귀족들이 일으킨 반란에 의해 황제의 자리에서 끌려 내려와 감옥에 갇혔다. 유리의 지지자들이 남아 있었기 때문에 도중 탈옥했으나 그 행방은 아무도 모르는 채로, 그 시체조차 발견되지 않았다고 한다. 그렇게 해서 아레노 황가는 유리 아레노를 마지막으로 막을 내렸다. 개죽음이 아닐 수 없다.

지금의 제국은 황가는 물론이고 이름조차 바뀌어, 아레노 황가의 흔적은 찾아볼 수도 없다. 다시 살아난 후 역사책에서 그 사실을 읽었을 때 나는 내 눈을 의심했다.

"유리 아레노가 그렇게 될 줄은 몰랐지, 나도."

"변명하지 않으셔도 되는 이야기입니다."

"그래, 변명할 길이 없어. 덕분에 아직도 이 세계는 이 모양 이 꼴이지."

오만한 것도, 자학하려는 것도 아니라 이건 그냥 사실이다. 나와 유리 아레노는 책임을 짊어지고 있는 사람들이었는데도 완벽하게 실패했다. 무언가를 하려고, 무언가를 바꾸어 보려고 했는데 우리는 아무것도 하지 못했다. 그러니까 아무것도 하지 못한 선배를 책망할 법도 한데, 다니엘은 오히려 그렇게 말한 나에게 이상하다는 눈길을 보냈다.

나는 되도록 열심히 그녀를 타며 그 눈길을 피하려고 애썼다. 누구에게라도 이야기하고 싶었던 일이었지만, 돌아올 반응은 무서웠다.

"어째서 실패라고 생각하시는지요. 당신께서는 분명 실수를 했지만 그렇다고 남긴 것이 없는 것도 아닙니다만."

"그게 뭔데?"

"가령, 저입니다."

"……내가 자손을 남긴 적은 없는데…….”

적어도 내 기억으로는 없다. 아, 혹시 나와 엮였던 남자들 중 누군가가 마법적으로 나 대신 임신을 했던 걸까? 있을 법해.

"그런 뜻이 아닙니다."

"응, 나도 농담이야."

다소 너무 진지한 이야기가 된 터라, 슬슬 갓길로 도망치고 싶었지만 다니엘은 역시 나를 도와주지 않았다.

"저는 당신의 역사를 읽으며 자랐습니다. 한 개인의 선의가, 정의가 세상을 바꾸려 노력하는 이야기를 읽으면서요. 그렇기 때문에 지금의 제가 있습니다."

"그건 그냥 당신이 잘한 거잖아. 내가 없었더라도."

"아닙니다."

다니엘은 호쾌할 정도로 단호하게 부정했다. 이렇게 깔끔하게 자를 줄이야.

"당신이라는 사람을 몰랐다면, 그렇게 살 수 있다는 생각조차 하지 못했을 겁니다."

"그렇지 않……"

"저를 제외하고도, 당신이 바꾼 세상이기에 이렇게 살아갈 수 있는 사람들은 무척이나 많을 겁니다. 아니, 저 따위보다도…… 로렐 그 애를 만나 보신 적이 있습니까?"

이름이 익숙했다. 저택에서도 몇 번 스치듯 보았고, 얼마 전 사건이 있었던 날 밤에는 나에게 문을 닫으라 소리치기도 했었다. 짧은 머리에 키가 작고 날씬하고, 얼굴은 기억에 희미하지만 다니엘을 따라다니면서 다니엘의 말을 메모하거나 다른 사람에게 지시를 하는 등, 언제나 바쁘게 움직이는 사람이었다.

"당신 개인 비서 아니야?"

"그 애는 어릴 때는 그야말로 나쁜 짓만 저지르고 다니는 여자아이였는데."

"아, 잠깐. 여자였어?"

"예. 그 애도 당신이 나오는 이야기책을 가장 좋아합니다."

"……아니, 대체 왜?"

아이들은 대개 왕자와 공주가 등장해 아름다운 사랑을 쟁취하거나, 못된 일을 한 사람은 벌을 받고, 착한 일을 하면 상을 받는 동화를 읽으며 자라야 하는 것이 아니던가. 그런 아름다운 이야기를 통해 학습하는 가치관이 있을 터였다. 아니, 사실은 내가 그렇게 자라 왔다.

"당신이 페르난에 돌았던 전염병을 퇴치한 이야기도 유명하지요."

"아, 쥐를 잡았던 것 말이지."

"고대의 성검을 뽑아 폭정을 펼치던 영주의 목을 베어 처단한 이야기도 있습니다."

"정확히 말하자면 내가 아니라 알렉세이 경이 벴지. 내가 시키기는 했지만……."

그러나 그런 이야기들은 아이들이 읽기에는 다소 무겁거나 너무 잔인한 이야기가 아니던가? 적어도 내가 읽은 동화에는 그런 이야기들이 없었다.

영 이야기를 이해하지 못하고 있는 나를 답답하다는 양, 그네의 줄을 잡고 있던 다니엘이 앉아 있는 내 앞에 무릎을 꿇었다. 나는 깜짝 놀라 일어서려 했지만 다니엘이 먼저 내 무릎에 손을 얹어 일어날 수가 없었다. 다니엘이 한쪽 무릎을 꿇고, 낮은 곳에서 나를 올려다보았다.

"비비안, 아직도 모르시겠습니까? 당신께서는 저에게도, 아니, 저보다도 로렐에게 한 가지의 방향을 제시하신 겁니다."

"……결국 실패해서 개죽음을 당한다는?"

"자신 또한 이 세상을 모험하며 불의를 처벌하고, 더 나아가서는 세상의 개혁가가 될 수도 있다는."

"그거야……."

"로렐처럼 모험가나 개혁가가 되고 싶다는 아이들이 있지요. 공주가 되고 싶은 것이 아니라."

"……."

"당신을 있었기 때문에 열린 가능성입니다."

나는 순간적으로 입을 열었다가, 다시 닫았다. 무슨 말을 해야 좋을지 도저히 생각해 낼 수가 없었기 때문이다. 가슴속에서 들끓는 모든 감정을 토로하는 것도, 머릿속에서 떠오른 기억을 고백하는 것도, 그 모든 것이 부당하게 느껴지는 동시에 말하지 않는다면 내가 비겁해질 것만 같았다.
 할 말을 찾지 못한 채 다니엘을 내려다보는 내게, 다니엘은 먼저 일어서서 손을 내밀었다.
 "그럼 이제 그만 돌아갈까요, 비비안."

* * *

 그날 밤, 내 침실에 알렉세이 경이 찾아왔다. 사격에 집중하느라 체력을 쓴 탓인지 나는 그날따라 유독 금세 잠에 빠져들었다. 평소 가벼운 불면증이 있는 나로서는 꽤 빠르게 잠이 든 편이다.
 그렇지만 금방 깊은 잠이 들지는 못했다. 금방이라도 깰 것만 같은 옅은 잠이 들었을 때, 누군가가 내 이마에 손을 대는 것이 느껴져 나는 눈을 떴다. 생각보다 가까운 곳에 알렉세이 경의 얼굴이 있어서 나는 손을 뻗었다.
 "자고 있는데 얼굴 들이밀지 마."
 손바닥으로 알렉세이의 볼을 꾹꾹 밀어내자 알렉세이는 순순하게 밀려났다.
 "미안, 비비. 너를 안아 올리려고 하다가 그만."
 "먼저 깨워 줄래?"
 "괜히 깨우고 싶지 않았어. 실패한 것 같긴 했지만. 그럼 안아 올려도 되나?"
 내가 고개를 끄덕이자 알렉세이가 내 허리와 무릎 밑을 두 팔로 받쳐 올렸다. 나는 알렉세이의 어깨를 두 손으로 잡았다.
 "아직 거동이 불편한 것 같은데, 잡지 않아도 괜찮아. 내가 제대로 잡고 있을 테니까."
 "딱히 당신을 못 믿어서 잡은 게 아니라, 그냥."
 그냥 당신의 체온을 느끼는 게 좋아서 안은 건데. 그렇게 말하기 전에 후덥지근한 방 공기가 훅 하고 끼쳤다. 밖으로 이동한 거구나. 아직 졸린 눈을 깜박이며 주위를 둘러보자, 아무것도 없었다. 어두운 하늘만이 끝없이 펼쳐졌을 뿐이다. 설마, 싶어서 밑을 내려다보자 끝도 없이 높았다.

"여기 어디야?"

"수도에서 가장 높은 종탑의 지붕."

"와."

과연, 나는 알렉세이 경의 무릎에 앉은 채로 어둠 속에 잠들어 있는 수도를 바라보았다. 자그맣게 보이는 집들이 까마득하게 멀게만 보였다. 가장 높은 종탑이라는 것은 사실인 것 같았다.

그나저나 이런 좁은 지붕에서 잘도 무게중심을 잡고 있네. 그렇게 생각했지만 뭐 알렉세이 경이니 알아서 잘하겠지. 알렉세이는 나를 안아 든 채로 앉아서, 그다음에는 나를 자신의 무릎 위에 앉혔다.

"옛날 생각 나네."

예전에도 알렉세이 경은 잠이 곧잘 들지 못하는 나를 데리고 높은 곳에 올라가 잠들 때까지 함께 있어 주곤 했다. 가끔 겨울에도 그렇게 하다가 감기에 걸리면 로티아가 칼을 뽑아 들고 알렉세이에게 덤벼들어서 곤란해질 때가 있기는 했지만.

"……그리워라."

"뭐가?"

"그냥, 다."

놀라울 정도로 평온하게, 그런 말이 나왔다. 우리가 저번에 어떤 상황에서 헤어졌는지, 그리고 그가 다니엘과 숱한 사람들에게 끼친 피해를 생각하면 이래서는 안 된다는 생각이 들 정도로는 평온하다. 왜일까? 졸려서, 혹은 알렉세이 경의 살아 있는 따뜻한 체온에 기대서 그런가. 그렇게 말하자 알렉세이 경이 내 어깨를 감싸 안았다.

"미안해. 좀 더 빨리 찾아올걸."

"확실히 충격적인 재회이긴 했지."

기절하고 싶을 정도로 충격적이었다. 수도에 나타난 살인마가 오래전 죽었다고 생각한 내 기사였다니.

"그래서 고해성사를 하러 오셨습니까, 알렉세이 경."

나도 알아. 나는 이렇게 알렉세이 경에게 다정하게 굴어서는 안 된다. 알렉세이 경이 저지른 죄를 생각하면, 이건 공평하지 못하다. 다니엘에게 미안한 감정도 들었다.

"그렇습니다, 성하."

그렇지만 알렉세이는 나를 기다려 온, 나의 기사였다. 그렇기 때문에 나는 어쩔 수 없이 알렉세이의 편을 들고야 만다.

"이전에 네게 미처 하지 못한 이야기를 하러 왔어."

알렉세이가 내 한쪽 손을 잡고 손등에 키스한 후 말했다. 그것은 정확히 언제를 말하는 걸까? 일주일 전인가, 혹은 오백 년 전의 일인가? 알렉세이는 내 의문을 알아차렸는지 옅게 웃어 보였다. 영 알렉세이답지 않은 온화한 웃음이었다.

"나는 네가 죽었다는 걸, 일 년 후에야 알았어. 멍청하기 이를 데 없지. 하마터면 내 목을 잘라 낼 뻔했어."

그러나 내뱉는 말은 거칠다. 그래, 그래야 알렉세이 볼로딘이지.

"어떻게 그렇게 늦게……."

"아무도 나를 찾지 못했거든. 나는 그때 은빛 설원의 꼭대기에 있었으니까."

나는 그 말에 눈을 동그랗게 떴다. 그렇군, 그때 알렉세이가 내게로 끝까지 돌아오지 않았던 이유를 이제야 알았다. 은빛 설원이라니.

"죽으려고 작정했구나."

언뜻 로맨틱하게 들리는 지명이지만 그것은 일 년 내내 심한 눈보라와 얼음 같은 바람이 부는, 이 대륙의 북쪽을 넘어 배를 타고 한참을 가야 도착하는 무인도의 산을 말한다. 게다가 그 산에서는 이상하게도 마력을 쓸 수가 없어서 신에게 버려진 땅이라고 일컬어지는 곳이었다.
 그래서인가, 그렇지 않아도 오백 년 전부터 이미 사람들이 불길하게 여겨 언급을 꺼려서인지 이 시대에서는 이미 그 존재조차 전설로 취급되는 산이다.
 "그런 산에 있었으니 찾을 수가 없었지."
 "그래, 맞아. 내가 멍청했지."
 알렉세이 경은 순순하게 인정했다. 나는 그동안 알렉세이 경의 기다란 은발을 손에 쥐어 보았다. 매끈해서 촉감이 좋다. 나를 만나러 온 것이 밤이라 아쉽다. 햇빛 아래서 비치는 알렉세이 경의 긴 은발은 정말로 예쁜데.
 "당시에는, 이 머리의 열기를 식히려면 그곳에라도 가야겠다고 생각했었거든."
 "알렉, 그거 말인데. 유리와 나는……."
 "비비, 말하지 않아도 괜찮아."
 알렉세이가 가볍게 내 입술을 손가락으로 막았다. 어두운 밤이었지만 그의 녹색 눈동자는 확연하게 보였다. 신기할 정도로.
 "네게 변명을 하게 만들려는 게 아니야, 나는. 그건 다 내 잘못이었어. 무슨 일이 있어도 네 곁을 떠나는 게 아니었는데."
 "……듣는 게 나을 텐데."
 유리 아레노와 나 사이에 터무니없는 오해를 하고 떠난 알렉세이는 아무래도 지금까지도 같은 오해를 하고 있는 것 같았다. 그러나 내가 입을 채 열기도 전에, 알렉세이는 가만히 내 손을 잡았다. 암묵적인 의사 표시였다. 알렉세이 경의 고해성사를 방해할 수는 없었기에, 나는 그저 입을 다물고 그의 말을 듣기로 했다. 알렉세이 경은 나를 품에 안은 채로 이야기를 시작했다.
 대륙으로 돌아갔을 때, 나는 레오날드와 만났어. 나를 보자마자 죽이려고 들더군. 그렇지만 성공하지는 못했어. 체력도 정신력도 쇠약해져 있어서. 물론 네 죽음에 대해 들은 다음에는 내가 내 머리를 자르라고 내놓고 싶은 심정이었지만 말이야.

레오날드는 곧장 나를 네가 잠들어 있는 사원으로 데려갔고, 사원에는 로티아가 있었어. 네 시체를 수습해 유리 아레노에게서 도망친 것은 그 둘이라고 하더군. 로티아는 네 목을 안고, 레오날드는 네 몸을 안고서. 둘 모두 제정신이 아니었겠지.

어느 정도 상황이 진정되고 둘은 북부의 척박한 영지까지 도망을 와서야 겨우 만났다고 해. 그때서야 관을 샀다고 했어. 둘은 버려진 사원에 관을 놓고 그제야 네 시체를 수습했다고 하더군. 레오날드도 로티아도 의식이 몽롱해질 정도로 술을 마신 다음에야 겨우 털어놓았어. 그래, 끔찍한 이야기야.

그런데 로티아가, 네 목과 몸을 수습해 관 속에 눕히고, 염하기 위해 며칠 후 관을 열어 보았는데…… 네 목과 몸이 다시 붙어 버린 것을 본 거야.

레오날드는 그 이야기를 할 때 거의 울고 있었어. 믿을 수가 없다고? 끔찍한 광경이었을 거라고? 글쎄. 오백 년 전의 그 녀석들을 위해 이야기하자면, 희망이었을 거라고 봐. 그래, 어쩌면 끔찍한 희망이었을지도 모르지. 그렇지만 그건 우리들에게 유일한 것이었어. 언젠가 네가 돌아올지도 모른다는 희망, 말이야.

그도 그럴 게, 너는 역사상 가장 강한 마법사이고, 그건 신의 사랑을 가장 많이 받는 사람이라는 걸 뜻하지. 그런 네가 불의의 사고로 유리 아레노에게 목이 떨어졌다. 다시 네 몸에 생명이 깃든들 그저 평범한 기적일 뿐이지 않겠어? 다만 보장된 기적도, 우리의 일생에서 일어나지 않는다면 없는 것이나 다름이 없지.

우리는 어떻게든 네 소생을 앞당기고 싶었어. 그렇지만 로난도 파시스도 카넌도 리탈리스도 페레트도, 도망을 다니는 도중 소식이 끊겼고…… 우리 셋은 그래도 할 수 있는 일을 하기로 했지.

투트리온을 기억해? 그래, 비비 너와 나, 로난, 그리고 추기경까지 동원되어 파괴했던 고대의 괴물을 가두어 놓은 미궁. 해마다 처녀를 제물로 바쳐 괴물에게 평화를 빈다기에 네가 화가 나서 무너트려 버린 그 미궁 말이야.

기적이 사라진 이 시대에 209

깔려 죽은 괴물의 시체와 함께 발견되었던 고대의 마법서. 우린 그걸 떠올렸어. 가장 강대한 마법사가 죽음과 삶을 다스리는 방법에 대해 적혀 있었다고, 다른 누구도 아닌 비비안 네가 이야기해 주었었지.

그래서 우리는 그 마법서를 찾으려고 했어. 하루라도 빨리 네가 돌아올 수 있는 방법이 적혀 있지 않을까, 하고. 그러나, 그건 네 손에 의해 아레노 황가의 서고에 잠들게 되었지.

그런 표정 하지 마. 네 탓이 아니라고 했잖아. 어쨌거나, 그래서 아레노 황가의 서고에서 마법서를 훔쳐 내는 것은 상당히 힘들었어. 우리에겐 자금도, 인원도 불충분했으니까.

응? 실패했냐고? 아니, 너는 네 기사들을 도통 믿지 못하는구나. 꽤 시간이 걸리기는 했지만, 훔쳐 내는 것에 성공한 건 레오날드였어. 그래, 그 작자는 정말이지 재수가 없다니까.

우리는 레오날드가 가져온 마법서를 열심히 탐독했어. 아, 비비, 너는 이미 결말을 아는군.

그래, 맞아.

"거기엔 삶과 죽음을 되돌리는 방법에 대해 적혀 있는 것이 아니니까."

나는 거기서 최초로 알렉세이의 말을 끊었다. 알렉세이의 눈이 가늘게 휘어졌다.

"그래, 헛소리만이 나열되어 있더군. 너를 되찾는 방법에 대해서는, 단 한 가지도 적혀 있지 않았어."

"······미안해. 내가 괜한 말을 해서."

"아니, 우리가 어떤 조그마한 가능성도 놓치고 싶지 않았을 뿐이니까······ 울지 마, 비비."

알렉세이의 손이 내 볼을 쓰다듬었다. 그 손에 흥건한 눈물이 묻어 나왔다. 울지 말라니, 너무 차가운 말이다.

어떻게 하면 이 이야기를 들으면서 울지 않을 수가 있을까? 내 죽음 후에 당신들의 삶을 여전히 살아간 나의 기사들이, 나를 위해 그들의 인생을 소비하며, 끊임없이 나를 그리워했던 이야기를 들으면서. 차라리 나를 잊고 살았더라면 행복해졌을지도 모르는데.

그렇게 말하자 알렉세이가 웃었다.

"글쎄, 우린 아무도 그런 행복 따위를 바라지는 않았어. 다만 그 시점에서, 나도, 로티아도, 레오날드도…… 뿔뿔이 흩어지게 되었지. 그 이후 평생 동안 우리는 만나지 못했어. 아니, 만나지 않았지. 만나면 우리는 분명 너를 떠올릴 테니까."

"역시, 나를 잊고 사는 게 훨씬 좋았을 텐데……."

나를 잃은 그들은, 결국에는 서로조차 잃어버렸다. 일생 동안 만나지 않는다면, 그것은 삶과 죽음이 어떻게 다른 걸까?

도통 눈물이 멈추지 않는 눈을 세게 훔쳐 내자 시야가 뿌옇게 흐려졌다. 자꾸 눈을 비비려고 들자 알렉세이는 내 두 손을 한 손으로 휘어잡고 무릎 위에 잡아 눌렀다. 그런 강제하는 다정함마저 오백 년 전과 다를 바가 없다.

"그래도 레오날드와 로티아는, 사실 나 같은 남자보다 훨씬 더 괜찮은 기사지. 그들은 언젠가 돌아올 너를 기다렸어. 네가 돌아올 세상에 너의 유지를 받들어 끝까지 너의 기사로 살았어. 옳은 일을 하고, 좋은 세상을 만들기 위해 노력하며. 그런 일이 있고 난 다음인데도 세상을 원망하지 않고 말이야."

비비안, 그들은 끝까지 너의 기사들이었어.

그 말을 할 때의 알렉세이는, 어딘가 자랑스러워하는 것 같은 표정을 짓고 있었다. 그 말을 들은 나는 깨달았다. 생전 만나지 않았다고 했지만, 만나지 않았더라도 알렉세이는 어디선가 그들을 지켜보며, 어떻게 살고 있는지 보러 갔음이 틀림없다. 레오날드와 로티아가 그들의 인생을 살고 끝을 맞이할 때까지, 계속. 알렉세이 경은 그들의 죽음을 지켜보았던 것이다.

알렉세이는 여전히 눈물이 뚝뚝 흘러 턱에 고인 다음 무릎에 떨어져 내리고 있는, 내 볼에 입을 맞춘 다음 다시 천천히 입을 떼었다.
"그렇지만 그들과 달리 훌륭한 기사는 못 되는 나는 좀 다른 생각을 했어."
"무슨 생각인지 묻는 것이 두려운데."
"죽으면 당신을 다시 볼 수 있어 행복할 거라는 생각. 지극히 당연한 결론이지?"
"……알렉세이 경."
"나는 행동력이 좋은 편이야."
알렉세이는 웃으며 제 목을 손으로 긋는 시늉을 했다. 그는 그렇게 제 목을 칼로 잘라 내고 나서야 깨달았다. 알렉세이 볼로딘은 죽지 못하는 몸이 되었다는 것을.

알렉세이 볼로딘은 생각했다. 어째서 죽지 못하는 것일까? 사실 알렉세이는 로티아와 레오날드를 일평생 보지 않겠다고 결심한 후, 꽤 빠른 시간에 그 결단을 내렸다. 즉, 비비안이 그에게 내린 검으로 스스로의 목을 쳐 낸 것이다.
그러나 죽지 못했다. 처음으로 실패했을 때 알렉세이는 죽지 못한 이유를 생각했다. 어쩌면 이미 죽어 버린 비비안 그리니어스가, 알렉세이에게 로티아와 레오날드를 놔두고 죽지 말라고 명하고 있는 것인지도 모르겠다고.
비비안은 이 세상에서 가장 강력한 마법사였다. 그녀의 몸에 깃들어 있는 마력은 그 전의 시대에도, 그리고 분명 앞으로도 영원히 존재하지 않으리라고 생각할 만큼 강대했다. 마법이라는 것은 기적이다. 그러니 죽은 이가 행하지 못하리라는 법도 없지 않은가.
그렇다면 나는 네 명을 따르지. 네 죽음조차 지키지 못한 내게 아직도 명령을 내려 준다면, 기쁘게. 죽지조차 못한 기사는 그렇게 생각했다.
알렉세이는 살아서 레오날드와 로티아가 죽음에 이르기까지의 여정을 지켜보았다. 그것이 자신의 마지막 임무라고 생각했기에. 다만, 그들의 인생을 지켜보는 일은 그리 행복하지는 않았다.

레오날드와 로티아는, 언제나 비비안이 살아서 곁에 있기라도 한 것처럼 비비안이라면 했을 법한 선택들을 해 나가며 남은 인생을 살아갔다. 그건 마치 비비안이 죽었음을 상기시켜 주는 것 같아 언제나 괴로웠다.

그래서 수십 년이 지나고 로티아와 레오날드가 죽음에 다다랐을 때, 물론 슬펐지만 무엇보다도 알렉세이는 긴 의무에서 해방된 것 같은 기분이었다. 이걸로 된 거겠지, 비비안. 이제는 네 곁으로 가게 해 줘. 그렇게 생각하고 알렉세이는 칼로 다시금 자신의 목을 베었다.

그러나 이번에도 알렉세이는 죽지 않았다. 왜였을까? 알렉세이는 일정한 주기마다 북부의 사원에 잠들어 있는 비비안을 보러 걸음을 옮겼다. 관 속에 누워 있는 창백한 얼굴의 시체는 언제까지고 숨을 쉬지 않았다. 그러나 썩지도 않고 마치 고요히 잠든 것처럼 누워 있었다. 사물처럼.

잠든 채로 고요한 시체를, 먼지가 쌓인 얼굴을 닦으며, 알렉세이는 80년이 지나서야 처음으로 눈물을 흘렸다.

모두가 네 곁으로 갔는데, 왜 나는 가게 해 주지 않는 거야? 혹시, 내가 그녀의 죽음을 지키지 못했기에 화가 난 걸까. 죽어서도 얼굴을 보는 것은 싫어서 그런 걸까?

비비안이 듣는다면 코웃음을 치며 당신답지 않은 생각이라고 말할 것이라는, 그런 당연한 생각도 들었다. 그렇다, 비비안이 그럴 리가 없지 않은가. 그녀는 알렉세이에게는 언제나 물렀다. 그녀의 죽음을 지키지 못했더라도 결국에는 용서해 줄 것이 틀림없다. 알렉세이는 비비안의 성격을 잘 알고 있었다.

그렇다면 혹시, 어쩌면 언젠가 그녀가 돌아올 때를 대비해 신이 나를 살려 두는 걸까? 그럴지도 모른다. 만일 그렇다면 언제까지고 기다릴 수 있다. 150년이 지날 때까지 알렉세이는 그렇게 생각했다.

하지만, 150년이다. 일반적인 사람이라면 미쳤을 것이다. 시간의 흐름은 폭력적이었다. 시간은 손 쓸 도리 없이 흘러갔다. 나약한 희망과 함께 흘러가는 시간이 알렉세이를 나날이 침몰시켜 갔다.

그는 가끔은 너무 괴로워서, 어떤 날에는 바다에 뛰어들어 끝도 없이 숨을 참고 바닥으로 가라앉았다. 어떤 날에는 용암에 뛰어들었다. 이대로 거대한 물고기에게 몸이 찢기고 끝을 알 수 없는 뜨거운 지옥에 가라앉아 한 줌의 재가 된다면 좋겠다고 빌었다.

그러나 결국 알렉세이는 죽지 않았다. 그는 언제나 스스로 물 위로, 뜨거운 불에서 헤엄쳐 나왔다.

그것도 그럴 것이. 혹시라도 그사이에, 비비안이 살아 돌아왔을지도 모르지 않는가?

250년쯤 지났을 때에도, 비비안은 돌아오지 않았다. 슬슬 숨을 쉬는 순간순간이 고통스럽게 느껴졌지만, 그래도 죽을 수 없었다. 알렉세이는 여전히 비비안과 만나고 싶었다.

아주 가끔은 사람의 온기와 대화가 너무 그리워 사람이 사는 도시로 내려갈 때도 있었다. 알렉세이는 싸구려 술을 마시고 수많은 사람들의 이야기를 엿들었다.

그사이 아레노 황가는 멸망하여 새로운 제국이 세워졌다. 비비안을 죽인 유리 아레노는 비비안이 죽은 이후 얼마 버티지 못하고 자멸했다. 알렉세이가 손을 댈 것도 없이.

시간이 충분히 흐른 지금 사람들은 유리 아레노 황제가 비비안 그리니어스를 죽인 행태에 대해서 비난하곤 했다. 막상 유리 아레노가 살아 있었을 적 비비안이 정치적으로 중립을 지키지 않고 황제를 지지한다는 이유로 비난받았다는 것을 생각하면 우스운 일이었다.

비비안의 죽음 이후로 이 세상에는 마법사의 출현이 확연하게 줄어들었다. 그래서 비비안의 행적은 한층 더 신비롭게 남았고, 그녀의 선의는 한층 더 높게 신화처럼 평가되며 칭송되었다. 그렇게 비비안 그리니어스는 광증을 앓은 황제의 손에 희생당한 고결한 성녀로 남았다.

이제 와서. 그녀가 죽은 지금 그것이 모두 무슨 소용이란 말인가?

그렇게 말하면 사람들은 알렉세이를 이상하게 취급했다. 그야 그럴 것이다. 비비안 그리니어스는 이미 250년 전의 인물이다. 역사 속의 인물이다. 그런 이에게 누가 자신의 친우처럼 감정을 쏟겠는가? 같은 시대를 살았던 것도 아니면서. 그래, 비비안 그리니어스를 정말로 기억하고 있는 것은 이 세상에서 나뿐이로군.

그런 생각을 했을 때, 알렉세이는 술에 취해 있었다. 비가 오는 날이었다. 싸구려 술집에서 싸구려 술을 마시고 나서 골목길에서 비를 맞으며 누워 있자니, 모여드는 남자들이 있었다.

방금 알렉세이에게 친한 척을 하며, 비비안의 이야기에 관심을 기울이자 농담처럼 그녀의 행동을 이야기 속 영웅처럼 치켜세웠던 작자들이었다. 그렇게 말했던 입으로 그들은 알렉세이의 돈을 훔치고 노예로 팔려고 들었다.

어차피 죽지 않는 몸이다. 술에 취해 움직이는 것도 귀찮아서, 알렉세이는 그저 놔두려 했다. 아니, 한편으로는 이런 생각을 했다.

비비, 네가 지키려고 했던 세상에는 이런 인간들이 살고 있어. 너의 행동을 이야기 속 얄팍한 선량함이라고 치부하며 너에게서 아무런 의미도 찾지 못하고 아무런 생각도 않고서 악행을 저지르는 인간 말이야. 너는 이것 또한 네가 잘못해서 네 힘이 부족해서 생긴 일이라고 말하겠지. 그렇다면 나는 너의 기사이니 감수해야 하는 일일까?

알렉세이는 그런 생각을 하며 눈을 감았다. 그러나, 우연하게도 알렉세이는 그 자리에서 선의를 만났다. 마침 그 골목 근처를 지나가던 한 여성이 시끄러운 소리를 듣고 달려온 것이다.

그녀는 현장을 보자마자 그게 어떤 상황인지 알아차린 것 같았지만, 그리고 알아차렸다면 도망가야 마땅했겠으나 알렉세이를 걱정했기 때문에 그 여자는 비명을 질렀다. 여자의 겁에 질린 얼굴을 보고 알렉세이는 그제야 자리에서 일어났다.

역시. 역시 비비안, 나는 너를 사랑하는 것과 별개로 너의 생각에는 동의할 수 없어. 이 세상에는 너 홀로 감당하지 못하는 악의들로 넘치고 있고, 그 사이엔 빛처럼 스며드는 선량함으로는 도저히 밝힐 수 없는 어둠들이 있다. 그래서 너도 죽은 게 아닌가?

그래서 알렉세이는 비비안이 죽은 지 250년 만에 첫 살인을 저질렀다. 기사로서의 명예를 생각한 것도, 정의를 수호하는 의지가 솟아오른 것도, 법을 지켜야 한다고 생각한 것도, 감정적으로 동요한 것도 아니었다. 그저 그렇게 해야 할 것 같았다. 그게 옳은 일이라고 여겨졌다.

그렇지 않은가? 알렉세이가 무력을 갖추고 있지 않았더라면 그 남자들은 여자도 재미 삼아, 무리의 불량한 권위를 확인하기 위해 죽였을 것이다. 그러고서도 뻔뻔히 남은 인생을 편하게 살아갔을 것이다. 이 세상은 한 여자의 죽음에 동요하지도, 바뀌지도 않는다. 무엇보다도 죽고 나서는 늦다. 그러니 죽이는 것이 타당하다.

그 점을 깨달은 알렉세이는 자신의 생각을 실천하기로 했다. 자살하는 것 외에, 알렉세이는 대강 무슨 일이라도 해낼 수 있었다. 다만 아무리 죽이고 죽여도 줄어들지 않는 것들이 상대라는 것이 문제였다.

그런 짓을 일 년쯤 했을 때, 알렉세이는 정체불명의 연쇄 살인마로 온 나라에 수배되었다. 신문은 알렉세이의 살인에 대해 연일 보도했다. 왜일까, 신문에 보도되지 않는 살인 따위 하루에도 몇 번은 일어날 텐데. 그에 비해 알렉세이의 살인은 이유가 정당하다.

온 나라의 수배를 받으며 지내는 것은 꽤 힘들었지만 십 년만 지나도 알렉세이는 쉽게 의심에서 벗어났다. 그도 그럴 것이 전혀 늙지도 않는 남자이니 용의 선상에서 벗어나기 쉬웠기 때문이다. 알렉세이는 내키는 대로 죽이고, 내키는 대로 살며 사회의 법망에서 쉽게 빠져나왔다.

비비, 너는 그런 나를 우스워할지도 모르겠지만. 알렉세이는 자신의 이런 모습을 본 비비안의 반응을 상상해 보았다. 그러나 결국에는 포기했다.

400년이 지난 지금에는 비비안을 제대로 떠올릴 수조차 없었다.

그러나 상대방을 제대로 떠올릴 수조차 없는데 그녀를 그리워하는 이 마음은, 세상 모든 것을 불태울 것만 같은 이 열기는 여전히 남아 있었다. 도저히 해갈될 것 같지 않은 이 감정을 대체 어떻게 설명해야 할까.

그렇게 하루하루를 그저 연명하며 알렉세이는 차츰 비비안의 관을 방문하는 횟수를 줄여 갔다. 그도 그럴 것이 알렉세이는 비비안의 얼굴을 보고 실망하고 싶지 않았다. 도대체 언제 내게로 돌아오는 것이냐고 원망하고 싶지도 않았다. 그저 비비안을 순수한 그리움으로 기다리고 싶었기 때문이다.

그러나, 그럼에도 불구하고, 이렇게 기다리고 있지만, 비비안은 돌아오지 않을지도 모른다. 알렉세이는 그녀가 죽은 지 450년이 흘러서야 그런 생각을 했다. 그리고 그때야, 알렉세이는 자신이 여전히 그녀의 죽음을 제대로 추모하고 있지 못함을 깨달았다.

그렇지 않은가. 추모라는 것은 그녀가 죽었다는 것을 받아들여야 시작할 수 있는 것이다. 그렇지만 알렉세이는 여전히 비비안이 죽었다는 것을 받아들일 수 없었다.

대개의 인간은 100년도 지나지 않아 죽는다. 평범한 사람들이 그사이에 얼마나 많은 죽음과 삶과 만남과 헤어짐을 반복하고, 그에 대해 애도하며 살아가는지 지켜보았다. 어린아이도 늙은이도 죽음은 어쩔 수 없는 것이라며 고통스러워하더라도 결국에는 받아들였다.

그런데 알렉세이는 그런 평범한 삶을 4배로 늘린 시간을 보내면서도, 여전히 비비안의 죽음을 받아들일 수 없었다. 레오날드도, 로티아도 결국에는 비비안의 죽음을 받아들이고 그저 그녀가 돌아올지도 모른다는 희망을 안고 그들의 삶을 살았는데, 알렉세이만이 이 세상에 남겨져 있었다. 비비안이 없는 채로 알아서 굴러가고 있는 세상에. 그런 세상 따위 사라져 버리면 좋을 텐데.

그날도 쓰레기의 목을 날리며 알렉세이는 그런 생각을 했다. 네가 지키려

했던 세상에는 오늘도 너 대신 쓰레기가 살고 있어. 이따위 세상을 위해 살았다니, 네 인생은 네가 바라는 의미가 없었을지도 몰라.

이런 생각을 하는 나 스스로를 믿을 수가 없군. 내 인생에는 아무런 의미가 없어도 좋으니, 너를 단 한 번이라도 다시 보고 죽고 싶은데. 아니, 너는 돌아오지 않아도 좋아. 내가 너에게 가게 해 줘. 함께 죽게 해 줘. 이번에야말로 함께 죽자.

그렇게 오백 년이 지났을 때, 비비안이 돌아왔다.

"그러니 이번에야말로 함께 죽자. 울지 말고."
"말이 되는 소리를 해……."

나는 이미 부어서 제대로 뜨지도 못하는 눈을 비비려다가 알렉세이 경에게 손등을 가볍게 얻어맞았다. 아프다. 그러나 정신을 차리기에는 부족한 아픔이었다.

어느덧 동이 트고 있었다. 어두웠던 새벽이 지나고 햇살이 스며들기 시작했다. 종탑의 위에서 내려다보는 거리는 놀라울 정도로 빠르게 밝아졌다.

그리고 나는 알렉세이 경의 새하얗게 세어 버린 머리카락을 보았다. 내가 기억하던 빛나는 은발이 아니라, 노인의 것처럼 희게 변해 버린 머리카락. 얼굴도 육체도 내가 기억하던 젊고 아름다운 것 그대로인데, 흰 머리카락만이 달랐다.

젊은 얼굴과 다른 그 머리카락이 단단한 어깨 위로 힘없이 늘어진 광경은 아무리 보아도 정상적인 삶을 살아온 인간의 것이 아니어서, 그리고 알렉세이 경은, 나의 기사가 그런 삶을 살지 않았다는 것을 알기 때문에 나는 어찌할 바를 몰랐다.

알렉세이의 어두운 녹빛의 눈동자는 곤란하다는 뜻을 담은 채 나를 바라보고 있었다.

"네 그런 표정이 보고 싶지 않아서, 해가 뜨기 전에는 너를 돌려보내려고 했는데."

"……내 얼굴도 제대로 보고 싶지 않았던 게 아니고?"

"글쎄, 비비. 눈이 너무 부어서 웃기기는 하다만 그럴 리가 없잖아."

"내가 평생 농담하지 말라고 하지 않았어?"

"이런, 깜박했군. 너무 오래 산 것 같아."

그렇게 농담을 하는 내 기사를 나는 다시 한번 힘껏 껴안았다.

* * *

내가 다니엘의 저택에서 머무른 지는 채 한 달이 되지 않았는데, 다니엘이 내게 준 방의 옷장엔 옷이 가득 차 있었다. 내가 1년간 살았던 집의 옷장보다 훨씬 꽉 채워져 있는 것 같다.

색깔도, 재질도, 계절도 다양한 옷들 사이에서 나는 가장 마음에 드는 것을 골라 들었다. 내가 집어 든 것은 부드러운 재질이지만 더운 여름에 입기 좋게 피부에 달라붙지 않을 만한 얇은 천으로 만든 녹색의 원피스였다.

발목까지 내려오는 치마와 넓은 소매의 끝단에는 섬세한 자수가 놓여 있고 목깃은 시원하게 파여 있었다. 그리고 허리까지 오는 긴 머리는 준비되어 있는 금색의 머리끈으로 높게 묶어 올렸다.

여기에 모자라도 쓰면 완벽하게 여행을 떠나는 사람인데, 머리를 높게 묶어서 모자가 비뚤어졌다. 챙이 넓은 모자를 쓰려다가 나는 금방 포기했다. 날 깨우러 왔던 마리는 방에 들어오자마자 나를 보고 칭찬을 해 주었다.

"어머, 잘 어울려요."

"원단이 워낙 좋아서 그런지 감촉이 좋네요. 땀이 나도 덥지 않을 것 같고."

"마음에 들어 해 주셔서 다행이에요. 주인님도 기뻐하실 거고요."

마리가 옷매무새를 약간 고쳐 주었다. 나는 능숙한 여인의 말을 따라 높게 묶은 머리를 약간 고쳐서 잔머리가 삐져나오게 만들었다. 거울을 보니 어젯밤에 펑펑 울어서 엉망진창이 된 얼굴은 온데간데없이, 볼이 약간 상기된 여자가 비쳤다.

이제 내 몸에 마력은 더 이상 깃들어 있지 않지만, 미리 만들어 둔 마법 약이 있어서 다행이었다. 만일 나법 약도 없었더라면 정말이지 누가 보아도 동행자가 납치범이라고 생각할 만큼 처참한 얼굴이었으니까. 아무리 그래도 다니엘 대공에게 그런 오해를 받게 할 수는 없지. 아니, 그건 그것대로 재미있으려나?

내 매무새를 마음에 들게 고친 마리가 만족한 듯한 미소를 지으며 내게 물었다.

"제 임의로 갈아입을 옷을 짐에 꾸렸는데, 혹시 다른 옷도 넣을까요?"

"괜찮아요, 현지인의 말씀을 따르는 게 제일 좋겠죠."

북부의 앤더슨 영지에 있는 사원에서 오백 년간 누워 있었다지만, 그 사원에서 일어나서 허겁지겁 도망쳐 나와 가까운 마을에서 며칠간 사태 파악을 한 후 바로 수도로 내려온지라 북부의 기후에 대해서는 딱히 기억이 나는 바가 없다. 카트리옹보다 추웠던 것 같기도 하지만 역시 기온 따위에 신경을 쓸 상황이 아니었으니까.

"북부의 여름은 서늘하니까요. 햇살은 따갑지만, 그늘에 들어가면 숄을 걸쳐도 될 정도랍니다."

"그렇구나. 여행이라도 가는 기분이에요."

"여행이 아닌가요?"

아, 그렇구나. 고용인들에게는 여행을 간다고 이야기해 놓은 건가? 어차피 영지로 돌아가야 한다고 하기에 아예 수도에서 물러나는 줄로 알았다. 하긴 내 몸의 회복을 위해서 일부러 히아신스 꽃을 찾으러 떠난다고 이야기할 수는 없겠지. 내가 애매하게 말을 흐리자 충실한 고용인은 방긋 웃었다.

"그럼, 좋은 하루 보내세요. 주인님께서는 이미 마차에 올라타 기다리고 계십니다."

짐은 이미 마차에 실었다고 하기에 나는 빠른 걸음으로 저택을 나섰다. 문을 열고 나가자 정원에는 몇 대의 마차가 보였다. 행렬이 길다. 어디에 타야 할지 잠시 망설이는 동안 그중 한 대의 마차에서 다니엘이 내렸다.

"와, 그래도 문 앞에서 기다리지 않는 게 어디야."

"옷이 잘 어울리시는군요."

"사교성이 좋은걸, 대공."

"진심입니다만, 비비안."

진심을 왜 폄하하는지 이해하지 못하겠다는 식으로 고개를 기울인 그는 그대로 내게 손을 내밀었다. 에스코트라도 할 모양이다. 나는 다니엘의 손을 잡고 마차에 올랐다. 다니엘이 나를 따라 마차에 오르고 문을 닫자, 마차는 다른 신호 없이도 출발했다. 다른 마차들도 일제히 우르르 움직이기 시작했다.

"호위인가?"

"예, 불편하시더라도 잠시 참아 주시기 바랍니다."

"예상은 했는데."

나는 턱을 괴고 맞은편에 있는 다니엘의 얼굴을 감상하기로 했다. 사실 볼만한 게 그것밖에는 없었다. 마차에는 그 흔한 창문조차 나 있지 않았기 때문이다. 벽 또한 일반적인 짐마차와는 완전히 다르게 제법 두꺼웠고, 무엇보다도 마력이 깃들어 있었다.

흠, 내 몸에서는 마력이 사라졌지만 다른 마법사의 마력을 느낄 수 있는 능력은 여전히 존재하고 있는 것 같다. 다니엘은 내 시선에 불편한 듯이 헛기침을 했다.

"제 얼굴에 무언가 묻기라도 했습니까?"

"아니, 잘생겨서 쳐다보는 건데. 그런 말 자주 듣지 않아?"

"자주 듣지는 않습니다만."

기적이 사라진 이 시대에 221

"저번에 이미 알아차리기는 했지만 정말로 거짓말을 잘하네, 다니엘. 의외야."

"거짓말이 아닙니다. 제 얼굴을 보고 잘생겼다는 말을 하는 이는 드뭅니다."

"그건 그것대로 자랑이로군."

그야 다니엘 내공처럼 유명한 귀족을 만나면 잘생겼다는 말을 하기보다는 그냥 감탄사 정도가 튀어나올 뿐이다. 하지만 다들 속으로 떠올리는 감상은 잘생겼다, 일 텐데.

"그럼 본인은 본인의 얼굴에 대해 어떻게 생각해? 잘생겼다고 생각하지 않아?"

"그만 놀리십시오."

"마차 안에서 둘이 앉아 있기만 하면 재미가 없잖아."

"전 즐겁습니다만."

어딜 봐서? 일견 평온한 표정으로 보이기는 하지만 어깨의 근육이 굳어 있었다. 긴장하고 있다는 증거였다. 그리고 나도 그렇게 멍청하지는 않다. 아니, 어지간히 멍청하더라도 이렇게 많은 호위와 함께 움직이는 것을 보면 누구나 심상치 않은 상황이라는 걸 알 텐데.

"왜, 암살자라도 올 예정인가?"

그렇게 말하자 다니엘은 눈을 둥그렇게 떴다. 그 놀란 모양에 나야말로 놀랐다. 아니, 뻔한 일이지 않은가. 권력자의 사고 흐름이라는 것이 대체로 그렇다. 특히나 태만한 권력자라면 더욱이.

신문에 보도되지는 않았으되 수도엔 이미 황제의 분노가 다니엘에게 향해 있다는 소문이 파다하고, 본인 또한 자신을 없애기 위해 황제가 전쟁을 일으킬지도 모른다는 말을 흘렸다. 아무리 황위 계승권을 포기했다고 하더라도 나이도 젊은 데다 인망이 높은 다니엘이 눈에 거슬리지 않을 리 없다. 권력이라는 것은 사람을 곧잘 그렇게 만드니까.

게다가 일단은 좋은 핑계도 있지 않은가. 다니엘은 황제의 코앞에서 함부로 인력을 움직여 범죄를 막으려 했다. 황제의 입장에서는 분명한 위협이다. 다니엘도 그것을 분명히 느끼고 있을 것이다. 그러나 다니엘은 일단 고개를 저었다.

"그렇게까지 확실하게 말씀드릴 수는 없습니다."

"정치인이 그렇게 말끝을 흐리는 건 좋지 않아. 불신감을 심어 줄 뿐이라고."

"정말로 확신이 없기 때문입니다."

나는 일단 소매에 숨긴 권총을 매만져 보았다. 역시 영 불안하다. 권총이 아니라 다니엘이.

"왜 확신하지 못해? 이렇게 뻔한 흐름을. 설마 이복형에게 정이 있어?"

"그렇게까지 멍청한 행동을 할 거라고 생각하지 않습니다."

다니엘은 뜻밖에도 딱 잘라 말했다. 단호한 어조였다. 나는 그 말을 듣고 약간 웃었다.

"그렇지만 호위를 이렇게 많이 붙였잖아."

"그건 당신을 위해 붙인 호위입니다. 알렉세이 경이 당신을 포기하겠습니까?"

"나를 위해 붙일 호위라면 마법사라도 데려왔어야지. 일반인은 알렉세이의 상대가 되지 못한다는 걸 이미 봐 놓고서."

그래도 저번에는 호위들의 무기에 마력이라도 불어넣었지만, 지금 나는 아무런 마력의 낌새도 느끼지 못했다. 즉 일반인의 습격을 가정하고 붙인 호위라는 뜻이다.

"구하지 못했을 뿐입니다."

이렇게까지 말했는데도 여전히 부정한다. 그 진의가 슬슬 궁금해진다. 이렇게 뻔한 상황에서 무엇 하러 사실에서 눈을 돌리려고 하는 거지.

"왜 그렇게 내 추측을 부정해? 내가 당신의 암살자에게 겁먹기라도 할까 봐? 그럴 리가."

"겁을 먹는다면, 그편이 더 좋겠지요."

"응?"

"아닙니다. 혹시 멀미하는 증세는 없으십니까?"

"화제 전환을 기가 막힐 정도로 못 하는구나, 대공. 좀 더 연습을 해 봐."

"당신을 상대로 거짓말을 하는 것이 힘들 뿐입니다."

"다른 사람한테는 잘한다는 말이야? 영 믿기지 않네."

"당신에게 거짓말을 잘한다는 것을 믿어 달라고 하고 싶지는 않군요."

"이건 잘 받아쳤군. 꽤 귀여워. 잘했어."

"감사합니다."

다니엘과 노닥거리는 사이에도 마차는 열심히 길을 달려가고 있었다. 방음도 잘 되어 있는 것인지 거리의 소리가 거의 들리지 않았다. 그래서 밖에서 누군가가 문을 두드렸을 때에는 깜짝 놀랐다. 그런데 다니엘이 당황하지도 않고 망설임 없이 문을 열려 하기에, 나는 나도 모르게 다니엘의 손을 도중에 잡았다. 다니엘이 의아한 듯 눈을 깜박였다.

"그렇게 막 열어도 돼?"

"간단한 암호였습니다. 도착했다는 신호입니다."

"아…… 그렇구나. 좀 놀라서."

"긴장하신 모양이군요. 기차에서 식사를 몇 번 하게 될 텐데 괜찮을까요, 의사가 있긴 합니다만."

"으음, 정 안 되면 바늘로 손가락이라도 찌르지, 뭐."

"예?"

"아니야, 그냥 잡다한 지식이야."

다니엘은 이번에야말로 문을 열었다. 밖에 서 있던 로렐이 늦게 나온 나와 다니엘을 보고 약간 인상을 찌푸렸다.

"혹시 제가 방해를? 눈치 없이, 죄송합니다."

"로렐."

로렐을 나무라는 어조로 다니엘이 그렇게 말했지만 나는 웃었다. 진짜로 재밌었다. 나와 눈이 마주친 로렐도 웃고 있었다. 여자라는 것을 알고 나니 심리적으로 조금 더 가까운 기분이다.

음, 어쩌면 다니엘의 비서가 여자라는 그 사실에 조금 고무된 것인지도 모른다. 500년 전의 이 세계에서라면 그녀의 존재는 이례적인 것이었을 테니까.

이런 점에서는, 확실히 나아지고 있는 것이 있었다. 이 사실을 손을 붙잡고 기쁘게 이야기해 주고 싶은 사람이 생각났다. 나는 잠깐 눈을 감았다가 떴다.

"당신 비서가 당신보다 농담을 곧잘 하네."

"감사합니다. 주인님께서는 제 농담을 별로 즐기지 않으셔서요."

"가는 여정이 재미있겠어. 같은 칸에 타도 돼?"

"뜻대로 하십시오. 어차피 동행할 예정이었으니까요."

다니엘은 절찬리에 놀림을 당하는 와중에도 친절하게 내 손을 잡고 마차를 내려오는 동안 에스코트해 주었다.

나는 마차에서 내려 주변을 살폈다. 거대한 시계가 매달려 있는 회색빛의 건물이 보였다. 많은 사람들이 바쁘게 오가고 있었는데, 그 바쁜 모양은 내가 기억하고 있는 다른 세계의 역사와 별다를 바가 없었다. 역시 어느 세계에서나 기차역은 모두 비슷한 모양이다.

그리고 역사의 근처에는 사람들의 왕래가 많을 뿐 아니라 곧 기차를 탈 사람들을 위해서 각종 물품을 팔고 있는 상인들도 많았다. 담배나 음식, 물 같은 것들. 하기야 기차 안의 식당 칸은 비싸기 때문에 나도 이렇게 역에 정차할 때마다 저런 음식들을 먹곤 했다.

"마음에 드는 것이라도 있으십니까?"

다니엘이 또다시 묘한 눈치를 발휘했다. 음, 기차라도 사 줄 태세였다.

"어휴."

그러니까 그런 게 오히려 부담스럽다니까. 나는 한숨을 쉬고 나서 다니엘의 팔에 팔짱을 꼈다. 다니엘이 크게 움찔했다. 동요하는 기색이 역력했다.

이런 신체적 접촉에도 익숙할 것처럼 보이는 미남자인데 순진한 반응이라 외려 내가 더 부끄러웠다. 다니엘은 내게 진지하게 물었다.

"혹시 어지러우신 겁니까?"

그런 이유 외에는 내가 그에게 팔짱을 낄 이유가 없다고 믿는 투였다.

"응, 그러니까 아무 말도 하지 말고 기차까지 가자."

"안아 올려도 된다면 그렇게 하겠습니다만."

"응, 필요 없어."

그냥 입 다물라는 뜻이었는데 정말이지 눈치가 없다. 오히려 내 행동의 의미를 눈치챈 것은 로렐이었다. 그녀는 나와 눈이 마주치자 재미있다는 듯 웃었다.

"정말 눈치 없으신 분이라 제가 죄송합니다."

"로렐, 당신도 고생이 많네."

"그야 이루 말할 수 없지요."

"영지에 도착할 때까지 심심하진 않겠다."

다니엘은 그제야 분위기를 파악한 듯 머쓱하게 입을 다물었다. 기차역에 아무리 바쁜 사람들이 많다고는 해도 이렇게 많은 사람들이 한꺼번에, 그것도 일반적인 여행자가 아닌 것이 분명한 이들이 우르르 역사 안으로 몰려오니 당연히 주목을 받았다.

그리고 주목을 가장 많이 받은 것은 단연 무리의 중심에 있는 다니엘 앤더슨 대공이었다. 자기 길이 바쁜 사람들은 무심코 시선을 두었다가 다음 순간 걸음을 멈추고 다시 다니엘의 얼굴을 보기를 반복했다. 더불어 그 옆에 서 있는 나도.

나는 고개를 숙여 얼굴을 감추려 애를 썼다. 이상한 소문이 나는 것은 사양이었다. 그렇게 주목을 받으며 승강장으로 들어가자 검은색의 기차가 보였다. 수도에 내려올 때도 타고 왔지만 이 세계에서 이런 기차를 보니 역시 감회가 새롭다.

"비행기도 언젠가 발명되려나?"

"예?"

"아니, 아무것도 아니야."

나와 다니엘이 승강장에서 대기하는 동안 몇 명의 호위가 기차에 올라타 빠르게 기차 안을 점검하기 시작했다. 우리는 객실의 점검이 끝난 후에야 기차에 올라탔다.

역시나, 상당히 경계하는 모양이었다. 생각보다도 훨씬 엄중한 경계인데 왜 내게 굳이 직설적으로 말하지 않는 건가. 사람 좋은 그의 성격을 생각해 보자면 그의 일에 나를 말려들게 하고 싶지 않은 걸까? 사실상 지금 그의 정치적 입장이 곤란해진 것은 내 탓이 큰데도.

그렇지만 뭐, 다니엘 앤더슨이 그런 종류의 선량한 인간이라는 것은 이 짧은 시간 안에서도 몇 번이나 겪은 바가 있다. 그리고 사실 내가 알아차려 보았자 지금의 나는 아무런 도움도 되지 못한다. 어차피 마력도 없고, 사격에 조금 재능이 있는 걸 발견했다고 해도 갑작스럽게 사람을 쏘라고 한다면 아무래도 망설임이 태어날 듯싶었다. 모르기는 몰라도.

그야 나에게 있어서 손 망치로 가정 폭력범의 머리통을 깨는 건 아무렇지도 않은 일이지만 암살자를 향해 방아쇠를 당기는 건 또 이야기가 다르지 않을까⋯⋯ 흠, 다를 것도 없을까? 그 상황이 되어 보지 않았으니 잘 모르겠다.

나는 미리 걱정하는 것을 관두고 처음으로 타게 된 기차의 우등 칸을 즐기기로 했다. 내가 어렴풋하게 기억하는 전생에서도 이런 기차는 타 본 적이 없었다. 기차의 객실은 분리되어 있고, 객실 안에는 부드러운 솜이 채워진 소파가 준비되어 있었다. 내가 느끼기에는 고풍스럽고, 이 세계의 사람들이 느끼기에는 최신식이라는 것이 묘한 느낌이다.

그나저나 기차 한 칸을 다 사 버리다니, 나로서는 생각해 내기 힘든 사치였다. 호위하는 인원이 있기는 하지만 그래도 기차 한 칸을 모두 채울 정도는 아니어서 칸은 꽤 비어 있었다. 나는 개중 안내받은 객실로 들어가 의자에 푹 앉아 보았다.

"오, 쿠션이 푹신해."

따라 들어온 다니엘은 즐거워하는 나를 보고 웃었다. 그 눈길에 나는 약간 부끄러워졌다.

"마음에 들어 하시니 다행이군요. 침대칸도 있습니다."

"응?"

"피곤해 보이셔서. 침대칸의 점검이 끝나면 그쪽으로 이동하셔도 됩니다."

피곤해 보이다니, 그럴 리가 없는데. 마법 약을 마셨는걸. 그렇지만 다니엘의 눈길이 묘하게 얼굴에 따라붙었다. 그의 눈길은 이상하게도 눈가 근처에 오래도록 머물렀다. 울었던 자국이 남아 있을 리 없다는 것을 알면서도 나는 나도 모르게 눈을 매만졌다.

혹시 어젯밤 내가 알렉세이 경과 만났다는 걸 알아챈 건가? 알아챘다면 도대체 어떻게. 다니엘은 알렉세이와 다르게 밤중에 내 침실을 무도하게 찾아올 만한 남자도 아니다. 그 점이 영 아리송했다.

의문은 있었지만, 그리고 캐묻고 싶은 마음도 있었지만, 솔직히 말해 무척 졸렸다. 어젯밤 내내 알렉세이의 이야기를 듣고 새벽의 동이 틀 때에야 다니엘의 저택으로 돌아왔기 때문이다.

게다가 다니엘을 추궁해 보았자 나만 불리하다. 알렉세이 경으로부터 내 목숨을 지키려는 사람 앞에서 알렉세이를 만났다고 실토하기도 좀 그렇고, 심지어는 지금 이런 위험한 상황에서도 내 몸을 걱정하는 남자였다. 나는 그렇게까지 못된 성격은 못 된다.

게다가 나야말로 오히려 다니엘에게 추궁을 당할 것 같다. 정말로 죽고 싶은 것이냐고. 나는 아직 그 물음에 답할 만한 답을 가지고 있지 않다.

"그럼, 사양 않고."

그래서 결국 나는 다니엘의 권유를 받아들여 객실을 나와 침대칸으로 곧장 발걸음을 옮겼다. 저 둔한 남자가 어디까지 눈치챈 것인지, 나도 잘 모르겠다. 그저 내 얼굴에 의미심장한 눈길을 보낸 것인지도 모른다. 본인은 스스로 자각하는 것 같지 않지만 다니엘은 내게 확연하게 호감이 있으니까. 그 태도며 눈빛을 고려하면 너무 자신감 넘치는 생각은 아닐 테다.

이런저런 생각을 하다 보니 어느새 잠들어 있었다. 느긋하게 일어나니 덜컹이는 기차의 창문 밖은 이미 어두워져 있었다. 첫날부터 기차 여행의 묘미를 놓쳤군.

한숨 자고 일어나니 역시 아무래도 배가 고팠다. 딱히 가지고 있는 소지금은 없지만 다니엘이 설마 이제 와서 내 숙식 중 먹을거리만 제공하지 않을 생각은 아닐 테다.

다소 뻔뻔한 생각을 하며 침대칸에서 일어나 객실을 나가자 문 앞에 서 있던 호위들이 경례를 붙였다. 음, 내 신분을 무엇이라고 말하고 호위를 붙였을까? 문득 의문이 들었다. 그저 평범한 마법사라고 하기에는 다니엘의 나에 대한 태도가 너무 정중하다.

그런 의미에서 호위들의 눈길로 추측해 보건대 역시 나는 다니엘의 숨겨진 연인 정도로 대우받고 있는 것이 아닐까, 싶다. 다니엘 본인은 알고 있을까?

"식사를 하실 예정입니까, 비비안 님."

식당 칸으로 이어지는 짧은 복도를 지나칠 때, 한 객실에서 갑작스럽게 로렐이 튀어나왔다. 나는 고개를 숙여 인사했다.

"응, 그럴 예정인데. 당신은?"

어차피 내 정체를 알아챈 인물에다, 나보다 나이도 어린 듯해 보여서 반말을 하는 것에 딱히 거리낌이 느껴지지 않았다. 그리고 이건 단순히 감이지만, 로렐은 내가 그녀를 편하게 대해 주는 것을 더 좋아할 듯했다.

"괜찮으시다면 동행해도?"

"물론이야."

역시나, 로렐은 내 말에 기쁜 듯이 웃었다. 귀여운 어린아이처럼 보이는 웃음이다. 그 웃음에서 호감을 느낀 나는 자연스럽게 로렐의 팔에 팔짱을 꼈다. 로렐은 처음에는 깜짝 놀란 것 같았지만 곧 눈을 반짝이며 내 팔을 가깝게 잡았다. 같은 성별이라는 것은 이런 점에서 좋다. 서로에게 호감을 가지면 그것만으로도 쉽게 친해질 수 있으니까.

"그나저나 몇 살이야?"

"스물넷입니다."

나는 그 말에 순수하게 감탄했다.

"와, 젊은데도 대단하네. 대공의 수행 비서를 그 나이에 도맡아 할 수 있어?"

"오히려 젊어야 하기 쉬운 일입니다. 체력이 필요해서요. 그리고 제가 도맡는 건 아닙니다. 저는 수도의 수행에 차출된 인원이고, 앤더슨 영지의 수행 비서는 열 명쯤 더 있으니까요."

"수도에서 홀로 대공을 수행할 수 있을 정도로 유능하다는 거잖아."

"과찬이십니다. 그렇지만 기쁘네요, 그렇게 칭찬해 주셔서."

"이렇게 유능한 사람이랑 알게 되어서 내가 더 기쁘네."

수다를 떠는 동안, 식당 칸은 우등 칸과 그리 멀지 않았으므로 금방 도착했다. 우등 칸 한 칸을 모두 빌렸다기에 혹시 식당 칸도 한 칸을 전부 빌렸나 싶었는데 그건 아닌 모양이다. 테이블이 제법 차 있었다.

나와 로렐은 적당히 빈자리에 앉았다. 그리고, 우리를 따라온 호위는 자연스럽게 식당 칸 입구에 착석했다. 우리의 대화를 방해하지 않으면서도 입구를 봉쇄하는 것 같았다. 호위를 약간 신경 쓰며 나는 로렐에게 물었다.

"다니엘은?"

"보실 서류가 있다며 객실에서 나오지 않고 계십니다. 저녁 식사는 하셨으니 걱정하지 않으셔도 됩니다."

"딱히 걱정은 안 해. 워낙에 건강한 남자잖아."

"그야 그렇지요."

물론 나를 만난 이 짧은 시간 내에 두 번이나 칼에 찔리고 자리보전을 했던 남자이기도 하지만 말이야. 그런 농담을 하고 싶은 마음은 굴뚝같았지만 안 지 얼마 안 된 사이에 할 만한 농담인지 판단하기는 어렵다.

우리는 음식을 주문한 후 한동안 말없이 창밖을 바라보았다. 다행히도 그리 불편한 침묵은 아니었다. 곧 음식이 준비되어 나왔다. 스테이크와 샐러드, 감자 수프와 와인이었다. 기차의 식당 칸에서 누릴 수 있는 최대의 호사였다. 스테이크를 썰어서 몇 입 넘겼을 때에야 로렐이 다시 입을 열었다.

"앤더슨 영지의 여름이 마음에 드시면 좋겠어요."

"마음에 들 것 같아. 수도보다는 시원할 테고."

"예, 북부 사람들은 여름의 수도에만 내려오면 한두 명씩 열사병에 걸려서 쓰러지지요."

"대신 겨울에 내려오면 따뜻하겠네."

"그래도 골치 아픈 수도보다는 이왕이면 남부가 좋을 거라고 항상 생각하지만 말이죠."

"남부의 바다, 좋지."

"역시 가 보신 적이 있으시군요."

"응, 해적을 소탕하러 갔을 때 큰 배를 탔었어."

"와, 정말요?"

로렐이 눈을 반짝이며 몸을 숙였다. 스테이크는 안중에도 없는 것처럼 보였다.

"역시 역사서에 기록되지 않은 전설도 많은 거군요."

"전설이라고 할 것까지야. 그 당시에는 흔한 일이었어. 산적도, 해적도 너무 많아서 국가에서 소탕하려 해도 제대로 되지 않은 나머지 마법사의 힘을 빌렸지."

"그 배를 당신께서 이끄셨고요."

"이끌었다고는 할 수 없겠는데. 당시의 내가 전투를 지휘했다기보다는 나와 내 기사들이 날뛴 것뿐이거든."

"그런 이야기도 좋아요. 듣고 싶어요."

로렐의 눈은 소중한 장난감을 받은 아이가 그러듯 별빛이 깃든 것처럼 반짝이고 있었다. 나는 못 이기는 척 이야기보따리를 풀기로 했다.

"해적을 소탕하러 남부의 에버런, 지금은 뭐라고 하는지 모르겠지만…… 해적을 소탕하기 위한 배를 원조해 준다고 해 놓고서, 실은 제대로 건조되지도 않은 배를 내놓은 거야."

"세상에. 누가 횡령이라도 한 건가요?"

오백 년 후의 사람답다고 할까, 예상을 약간 벗어난 추측이 나왔다. 하긴, 이 시대의 나는 고결한 성황이라지. 그 점도 세상이 달라진 증거라고 생각되어서 나는 약간 웃었다.

"돈도 그렇지만, 당시 내가 정치에 발을 들이는 것이 눈에 거슬렸던 것 같아."

그도 그럴 게, 오백 년 전의 사람들은 귀족들이 왜 사람들이 나를 죽이고 싶어 하는지 묻지 않았다. 그들도 어쩌면 그 이유에 공감했을지도 모른다. 갑작스럽게 나타난 성녀가 건방져서. 그저 그 기적을 빌어 자비롭게 마치 자식을 돌보는 어머니처럼 세상을 돌보면 된다고 생각했는데, 그런 바람과는 달리 건방지게 세상을 바꾸려 들어서. 그건 그 시대의 어떻게 바꿀 수도 없는 악습이었다.

그래서 사실, 언젠가는 이런 날이 왔으면 했다. 누군가에게 내 이야기를 무용담처럼 하는 것 언젠가 먼 훗날에 나와 비슷한 나이 또래의 여자애한테, 내 이야기가 아주 평범한 영웅의 이야기처럼 전해지는 것 오백 년 전의 내게는 그럴 기회가 별로 없었다.

얼마나 이야기했을까, 로렐은 꽤 오랫동안 흥미롭게 내 이야기를 들었다. 그동안 몇 잔의 와인을 더 비운 덕에 내 말이 좀 더 매끄러워졌다. 로렐도 약간 취기가 돌았는지 볼이 상기되어 있었다.

"그래서, 로티아 경이 영주의 군대 앞에 적시에 나타난 건가요?"

"그래, 맞아. 일부러 영지에 잠입해 있으라고 시켰거든."

"왜 로티아 경이었나요?"

"다른 기사들은 다들 성질이 급해서, 그런 짓을 시켰다간 싫다고 난리가 날 거라. 레오날드 경도 후에 화를 냈어. 본인에게 비밀로 했다면서."

"과연, 제 상상보다 성질이 급하신 분이군요."

상상보다, 라니. 마치 레오날드 경에 대해 상상이라도 해 보았다는 것 같았다. 아니, 당연한 일이지. 오백 년 전의 인물이니까. 정말이지, 알렉. 우린 정말 오백 년 전 사라졌어야 할 인물들인데 아직도 이 세상에 살아 있구나.

아주 술이 잘 넘어가는 날이었다. 차라리 맥주를 주문하고 싶었지만 안타깝게도 기차의 사정상 맥주는 없는 모양이었다. 그래서 우리는 와인을 아예 병째로 시키기로 했다. 내 사치에 다니엘의 비서는 오히려 신나 했다.

"대공 전하의 지갑은 이 정도로는 먼지 한 톨 앉은 수준도 되지 않는답니다!"

"그 말을 들으니 안심이 되는군."

신난 우리는, 사실 식당 칸에 너무 오래 앉아 있었다. 급기야는 음식을 가져다주는 급사가 빈 와인 병을 모두 치우기까지 했다. 기차의 음식과 술을 모두 동낸 것은 아닌지 걱정이 되었지만, 뭐, 이 세상의 기차는 아직 역마다 정차를 오래 하며 음식을 보급하므로 내일 정차할 때 음식을 보급할 것이다.

"이렇게 된 거 새벽까지 식당 칸을 점령해 볼까."

"좋은 생각이에요!"

기적이 사라진 이 시대에 233

어느샌가 아예 와인 병을 든 로렐도 호쾌하게 외쳤다. 아무래도 나보다 술에 약한 듯했다. 잔에 따라 마셔야 한다고? 알 게 뭐야. 따르기가 더 귀찮다.

"북부인치고는 술이 약하네. 다들 독한 보드카를 물처럼 들이켜는 것 아니었어?"

"저는 술을 별로 좋아하지 않거든요. 술에 취하면 가뜩이나 원력도 없는 몸인데 저 자신을 방어하기가 어려울 것 같아서."

"괜찮은 마음가짐이네. 나도 예전에는 완전히 안전을 보장할 수 있는 장소가 아니라면 술을 마시지 않았어."

세상과 조금이라도 어긋난 행동을 하는 사람은 적이 많고, 사실 그것이 아니라도 약자는 언제나 세상을 조심해야 했다. 물론 약자의 잘못은 아니라서, 아니기 때문에 이 세상을 바꿔 보고 싶었다.

"그렇지만 오늘은 술을 드시는군요."

"응, 술이라도 마시지 않으면 배기지 못할 것 같은데."

여러모로 내 정신 상태가 위험하다. 솔직히 그리 취하지는 않았지만, 마시지 않고서는 견디지 못할 것 같았다. 뭐든 간에.

식당 칸에는 이제 나와 로렐, 그리고 입구를 막고 있는 호위만이 남아 있었다. 급사도 졸리고 귀찮은 눈치인 데다 로렐도 반쯤 취해서 자고 있었지만 영 자리를 떠나고 싶지 않아서, 나는 마지막으로 와인을 한 병 더 주문했다. 딱 한 병만 더 마시고, 술기운을 빌어서라도 잠이 들어야겠다. 나는 손을 들어 귀찮은 기색의 급사를 불러 와인을 주문했다.

그때였다. 식당 칸의 문이 열리는 소리가 들리고, 호위가 자리에서 일어나려 했다가 들어오는 이를 확인하고 다시 앉았다. 위협적인 인물이 아니라고 판단했나 보다. 이렇게 새벽이 가까워 오는 시간에 식당 칸에 오는 사람의 목적이라면 대개 술일 텐데, 미안하게 됐군. 내가 막 마지막 와인 병을 비운 참이다. 힐끗 눈을 돌려 어떤 손님인지 보려던 순간.

"합석해도 될까요?"

뜻밖의 요청이 들어왔다. 고개를 들어 보니, 내 테이블의 옆에는 한 여자가 서 있었다. 나는 눈을 깜박였다. 다른 게 아니라 그 여자의 복장이 보기 드물 정도로 세련되고 멋있었던 탓이다.

나이는…… 글쎄, 어느 정도일까. 머리는 희끗했고 얼굴에는 주름도 보였으나 어딘지 모르게 기세가 대단해서 정확하게 나이를 가늠하기 어려웠다. 나보다 수십 살은 연상일 것 같은데도 탄탄해 보이는 몸매가 드러나는 셔츠와 바지, 그리고 여름용 코트를 걸치고 있는 사람이었다.

"술이 목적인가요? 확실히 이게 마지막 병입니다만."

"맞아요. 저와 비슷한 주당은 오랜만에 봐서 말이에요."

그녀는 그렇게 말하며 웃었다. 확실히 술친구가 더 필요하던 참이었다. 나는 웃으며 손짓했다.

"앉으세요."

"고맙군요."

여자가 내 허락에 우아하게 자리에 앉았다.

"제 이름은 비비안이에요."

내가 소개한 것이 아니다. 이 멋진 여성이 소개한 이름이었다. 나는 눈을 크게 떴다가 웃어 버렸다.

"아하하, 저는 메리예요. 당신과 이름이 같은 친구를 알고 있어서 반갑군요. 잔을 주세요, 한 잔 따라 드릴 테니."

나는 잠든 로렐의 옆자리로 자리를 옮겼고, 그녀는 자연스럽게 내 앞자리에 앉았다. 급사가 내 맞은편에 앉은 비비안에게 새로운 잔을 가져다주었다. 나는 와인을 잔에 가득 따라 주었다.

그녀는 와인의 향기를 음미한 뒤 한 모금 입에 머금어 맛을 보았다. 와인을 마치 싸구려 맥주처럼 해치운 나와는 사뭇 다른 우아한 모습이었다. 와인을 한 모금 더 마신 그녀가 만족스럽게 들리는 한숨을 쉬었다.

"불면증이 있어서 말이에요, 술 한 잔이 간절하던 참이었거든요."

"그래도 운이 좋으신걸요. 조금만 더 늦게 왔더라면 제가 다 마셔 버렸을 테니까."

"다행이네요. 그리고 전 술은 혼자 마시지 않아서, 친구가 간절히 필요했거든요. 설마 이 시간에 술친구를 발견할 수 있을 줄은."

"저도 마침 술친구가 잠들어 버려서."

나는 옆자리의 로렐을 흘끗 돌아보았다. 얼굴이 붉고 잠든 숨소리를 색색 내는 것이, 아무래도 침대칸으로 직접 옮겨 주어야 할 것 같았다. 비비안은 품속에서 멋진 회중시계를 꺼내어 열어 보더니 곧 눈살을 찌푸렸다.

"기껏 술친구를 만났는데 식당 칸이 닫기까지 한 시간 정도밖에 안 남았네요."

"벌써 시간이 그렇게 되었나요?"

급사가 분명 새벽 2시 즈음까지 식당 칸을 운영한다고 했는데, 그럼 벌써 새벽 1시가 넘었다는 말인가. 나도 어지간히 마시기는 한 모양이다.

"술을 마실 때는 유독 시간이 빨리 지나가는 것 같네요. 이렇게 늦은 시간일 줄은."

"그러게요, 아쉽네요."

그렇게 말하면서 그녀는 상당히 빠른 속도로 와인 한 잔을 다 비웠다. 흠, 마시는 모습은 우아하지만 정말로 상당한 주당인 것 같다. 눈 깜짝할 새 잔을 다 비운 그녀가 아쉬운 듯 이렇게 말했다.

"내일 역에서 맥주도 보충해 주었으면 좋겠군요. 와인도 좋지만 싸구려라도 맥주를 마구 마시고 싶을 때가 있거든요."

"와, 취향이 맞는 분이시네. 실례지만 목적지는 어디신가요?"

"앤더슨 영지랍니다."

"와, 잘됐네요. 한참 같이 가겠어요. 내일 밤, 시간 괜찮으신가요?"

"저야 고맙죠. 이 나이가 되니 제대로 술친구를 사귀기도 어려운지라."

비비안이라는 이름의 여자는 나이를 느끼게 하지 않는 웃음을 지었다.

온몸에 활력이 넘치는 것이 느껴지는 사람이었다. 오히려 육체는 젊어도 체력도 없고 생기 따위도 없는 나보다 훨씬 정력적으로 보이는 사람이었다.

"친구를 사귀기 어려운 분처럼 보이지는 않는걸요."

나는 그런 감상을 솔직하게 말했다. 저렇게 멋지게 늙은 사람이라면, 그리고 겉으로 보기에는 한참이나 어려 보이는 내게도 예의 바른 태도를 보이는 것을 보면 나이가 좀 많다고 해서 친구를 사귀기 어려울 것 같진 않았다. 내가 그렇게 말하자 비비안은 기쁜 듯 웃었다.

"젊은 사람에게 그런 말을 듣다니, 가장 듣기 좋은 칭찬이군요. 아무래도 나이가 들면 머리가 굳어서 말이에요. 나도 젊은 시절에는 노인의 말을 들으면 싫게 느껴졌는데, 내가 지금 그렇지 않을까 하고 걱정하곤 하거든요."

노인이라니, 아무리 봐도 그렇게 보이지는 않는다만. 나는 와인을 굴리며 그녀의 얼굴을 찬찬히 살폈다.

"그런 말을 하신다는 것 자체가 그렇지 않다는 반증 아닌가요?"

"그야 노력은 하고 있지만, 사실 최근에는 아들과의 소통에도 어려움을 느끼고 있거든요."

"아들이 있으시군요. 어머님을 닮아 멋질 것 같아요."

"골머리를 썩이는 아이지만, 그럭저럭 괜찮죠. 나중에 기회가 되면 메리 씨에게 소개시키고 싶네요."

"어머."

나는 눈을 동그랗게 떴다. 새벽의 기차의 식당 칸에서 마지막 남은 술병을 공유하는 사이는 주정뱅이들 사이에서는 나름대로 특별한 사이라고 할 수는 있겠지만 그렇다고 다짜고짜 아들을 소개시켜 주고 싶다는 말이 나올 정도로 친근한 건 아니다. 뭐, 초면의 술자리 농담으로 하지 못할 이야기도 아니다. 그래서 나도 농담 삼아 물어보았다.

"저와 잘 어울릴 것 같은가요?"

"메리 씨가 아까울 것 같군요."

"초면의 술친구를 상당히 높게 평가해 주시네요."

"사람을 보는 눈은 있는 편이라. 아들의 아버지도 제가 첫눈에 반한 사람이었답니다."

그렇게 말하고 비비안은 수줍은 것처럼 보이는 미소를 약간 띠었다. 그 말에 호기심이 일었다. 이렇게 멋진 사람의 연애 이야기라니 재미있을 것이 틀림없다. 나는 눈을 반짝이며 몸을 기울였다.

"실례가 되지 않는다면 듣고 싶은데요."

"그와 처음 만난 건 제가 서른 살 때의 일이었어요. 저는 두 번째 남편과 이혼한 상태였죠. 첫 남편과는 사별했고."

"와."

시작부터 흥미가 일어나는 대목이었다. 나는 비비안의 빈 잔에 술을 따라 주었다. 비비안은 다시 찬 와인 잔을 흔들며 이야기를 계속했다.

"그렇지만 다시 결혼할 생각은 없었어요. 그 당시 가업을 물려받아서 정신이 없었고, 아이도 불필요하다고 생각했거든요. 그렇지만 한눈에 반한 건 어쩔 수 없었죠. 사랑이란 건 계획적으로 찾아오는 게 아니라서요."

"옳은 말씀이네요."

"다만 아이는 계획적으로 가질 수 있었는데, 그 점은 실패했죠. 얼떨결에 아이를 가지고 3개월 후에야 알아챘거든요."

"그건 참."

"그나마 다행이었던 건, 결혼을 해야만 하는 입장이었다면 힘들었겠지만…… 둘 다 결혼에는 뜻이 없었죠."

"……보통 반대 아닌가요?"

나는 의아해졌다. 물론 이 귀부인은 옷차림이나 태도로 보아 어느 정도 재산이 있는 가문의 귀족이라는 것을 짐작은 하고 있었다.

그렇지만 평민은 물론 귀족이라면 더욱, 아이를 낳을 의지가 있다면 결혼을 한다. 사별했다고 해도 결혼도 하지 않는 상태에서 여성이 아이를 낳는다면 현실적으로 사회적인 평판도 상당히 나빠질 것이다. 게다가 사생아는 재산권도 인정받지 못한다. 실례일 수도 있는 의문을 비비안은 담담히 설명해 주었다.

"결혼을 하면 상대방에게 자신의 가업의 지분이 어느 정도 넘어가니까요. 상대방도 마찬가지겠고, 둘 다 앞선 결혼에서 배운 게 있었답니다. 그래서 결혼은 영 걸림돌이라고 느끼고 있었어요."

"걸림돌."

"네, 걸림돌. 메리 씨도 결혼을 하기 싫다면 하지 않는 게 좋아요. 일을 할 때 방해되는 점이 많답니다. 전 결혼을 하지 않은 덕분에 성공했고."

"딱히 결혼 생각은 없지만 참고하도록 할게요."

사실 결혼 생각이 없다기보다도 딱히 앞으로 살아가야 할지 말지도 모르는 상태이긴 하지만, 이거야말로 초면에는 할 수 없는 이야기였다. 그나저나 들으면 들을수록 여러모로 사정이 있어 보이는 사람이었다. 뜨거운 연애 이야기라기보다는 한 사람이 겪어 낸 험난한 인생의 이야기라고 해야 할까.

"무용담이네요."

"그렇죠? 가십지 같은 곳에서는 운명적인 사랑이라고 떠들어 댔지만, 사실상 이런 재미없는 이야기랍니다."

"……네?"

"어머, 이미 눈치챘을 거라고 생각했는데."

그렇게 말하며 비비안이 웃었다.

"하기야 제 이름을 아는 이는 무척이나 적죠. 어느 신문에서건 나는 누군가의 어머니이고, 누군가의 정부이기 때문에."

"……어."

나는 천천히 어깨를 들어 올렸다. 그리고 나는 그제야 몸에 취기가 약간 돌았다는 것을 눈치챘다. 팔의 동작이 약간 둔하게 느껴졌기 때문이다. 검지로 남을 가리키는 행동이 예의 없게 느껴질 수 있다는 것은 알지만, 너무 놀라면 저도 모르게 나오는 행동이니 어쩔 수 없었다. 검지로 눈앞의 비비안을 가리킨 채, 나는 입을 딱 벌렸다.
"앤더슨 백작이다!"
그 이름이 정답이었다. 비비안 앤더슨, 그러니까 다니엘 대공의 모친인 그녀가 미소를 지었다.
"예, 맞아요. 비비안 앤더슨입니다."
"실물은 처음 뵈네요!"
온갖 신문에서는 아직도 심심하다 싶으면 비비안 앤더슨 백작과 전대 황제의 로맨스를 이야기하고, 앤더슨 백작의 젊은 시절 미모가 얼마나 대단했는지, 그녀에게 구혼한 남자들의 재산을 하나하나 나열한다. 그렇지만, 앤더슨 백작의 말대로 그녀의 이름은 그리 자주 언급되지는 않는다. 그녀 본인이 아니라, 언제나 그녀의 미모나 그녀를 둘러싸고 싸웠던 남자들이 언급되곤 한다. 다니엘 앤더슨과는 다르게.
"저도 당신의 실물은 처음이랍니다…… 그나저나, 고개를 숙여요."
그녀는 그렇게 말하면서, 말보다 빠르게 행동했다. 팔을 뻗어 내 머리를 밑으로 꾹 누른 것이다. 대단한 악력이었다. 나는 테이블에 그대로 머리를 박았다. 그리고 비비안은 이미 내 옆에 쓰러져서 자고 있던 로렐의 머리도 꾹 눌러 등받이 쿠션 밑으로 숨겼다.
내가 아직 상황의 파악을 덜 했을 때, 식당 칸의 문이 드르륵 열리는 소리가 들렸다. 더불어, 급한 발걸음 소리들. 호위들이 의자에서 일어나는 소리가 들렸다. 그리고 희미한 시야에 비비안이 웃고 있는 것이 보였다.
"이렇게까지 멍청할 줄은, 망할 패륜아 같으니."
다니엘 대공이?! 그렇게 생각했지만 나는 금방 그 패륜아라는 말의 뜻이 다른 자식을 가리키고 있음을 깨달았다. 비비안이 코트의 속에서 권총을 두 정 꺼내 들었기 때문이다.
탕! 탕!

그녀는 망설임 없이 발포했다. 고개를 숙이고 있어서 볼 수는 없었지만 바로 터져 나온 비명에 귀에 꽂혔다. 끔찍하게 들리는 남자의 비명이었다.

"앤더슨 백작님!"

나는 아직도 테이블 위에 바짝 붙은 채로 고개를 살짝 돌렸다. 식당 칸의 입구에 앉아 있던 두 명의 호위가 모두 비비안에게 달려오는 것이 보였다. 그리고 문 앞에 쓰러져 있는 남자 한 명도. 비비안 앤더슨 백작은 그 부름에 고개를 끄덕였다.

"다니엘은?"

"대공 전하께서는 우등 칸 객실에 계셨습니다. 이동할까요?"

"아니, 됐어. 이 습격은 이미 알고 있던 일이니 알아서 처리하겠지. 다른 것보다……."

그녀는 그렇게 말하며 나를 힐끗 쳐다보았다.

"우리는 이 식당 칸을 엄호한다."

"예, 알겠습니다."

반론 하나 없이 두 사람은 경례를 붙였다. 그리고 한 명은 내 옆에 앉아 있던 로렐을 안아 들고 입구와는 떨어진 소파에 눕혔고, 다른 한 명은 갑작스러운 사태에 깜짝 놀라 떨고 있는 급사를 진정시켜 역시 구석의 의자에 앉혔다.

식당 칸에 사람이 더 없어서 다행이었다. 일반 승객이 있었다면 갑작스러운 총격 사태에 경악해 모두들 사방으로 뛰쳐나갔을 것이다. 그렇게 되면 이 기차에 얼마나 더 많은 적이 있을지도 모르는데, 피해가 더 커졌을 테다.

역시, 내 생각대로 이 기차에서 무슨 사건이 벌어지기는 벌어지고 있는 모양이다. 그나저나 그런 뻔한 사건은 제쳐 두고, 나는 앤더슨 백작에게 박수를 보냈다.

"와, 멋있어."

"감사합니다."

앤더슨 백작은 여전히 내게 예의 바르게 대했다. 나는 그 태도에서, 나와 이름이 같은 이 이가 내 정체를 알고 있음을 깨달았다.

"······메리라고 하지 말걸."

부끄럽다. 나는 이번에는 자의로 테이블에 엎드렸다. 취기가 도운 탓인지 더 쑥스러웠다. 멋있다고 생각한 연상의 여자에게 보살것없는 거짓말을 했다가 들키다니, 전설의 성황치고는 영 볼품이 없지 않은가. 그야 지금은 이미 사실상 은퇴한 상태이기는 하지만. 앤더슨 백작은 내 말을 듣고 명랑한 웃음을 터트렸다.

"확실히, 메리라는 이름도 좋은 이름이지만······ 태양 같은 당신에게는 다소 평범하게 느껴지네요."

"······아드님께 그 말솜씨를 가르치는 것을 추천드립니다, 앤더슨 백작님."

"충분히 보고 배울 기회를 주었는데, 누구를 닮았는지 그렇게 자랐답니다."

본인의 아들이 본인과는 다르게 여자에게 칭찬을 잘하지 못하는 성격이라는 것도 제대로 파악한 모양이다. 나는 겨우 고개를 들고 여전히 총을 든 채로 꼿꼿한 자세로 서 있는 앤더슨 백작을 올려다보았다.

정말로, 생각보다 취해 있었던 모양이다. 다니엘의 어머니라는 것을 알고 그 얼굴을 보니 왜 진작 눈치채지 못했는지 이상할 정도로 닮아 있었기 때문이다. 다니엘 특유의 윤기 나는 머리카락과 하늘색의 눈동자, 눈가에 있는 옅은 눈물점까지, 그는 외모만큼은 어머니를 쏙 빼닮았다.

"다니엘 대공도 잘생긴 남자라고 생각하긴 했지만, 어머님이 더 아름다우신데요."

솔직하게 그렇게 말하자 앤더슨 백작이 한 번 더 크게 웃음을 터트렸다.

"다니엘이 어지간히 당신에게 밉보인 모양이군요. 그 애가 어릴 때부터 숫기가 없어서."

"다니엘 대공을 두고 숫기가 없다고 평가하는 건 어머님 정도일 것 같은데."

"사실이에요. 어릴 때부터 연애와는 연이 없었답니다."

마치 열다섯 살 소년이 대상이기라도 하듯 말하고 있기는 하지만 실제로는 스물여덟 살의 장성한 남자를 두고 이야기하는 것이다. 다니엘 본인이 듣는다면 아마 상당히 묘한 기분일 것이다.
"그 숫기 없는 남자가, 뻔한 암살 위협이 절대로 없을 거라고 거짓말을 했었는데요."
"그 마음이 이해가 가지 않는다는 말씀이신지?"
"마음입니까?"
"마음이지요. 당신께서 하찮은 위협 따위에 신경을 쓰지 않고 조금이라도 더 편하게 기차 여행을 즐겨 주셨으면 하는 마음이 아니었을는지."
"……그렇다고 그렇게 뻔히 보이는 거짓말을?"
앤더슨 백작은 아들과는 다르게 내게 거짓말을 하는 대신 가볍게 고갯짓으로 사과의 뜻을 전했다. 그 두 손에는 아들이 그랬던 것처럼 각각 권총이 들려 있었다. 그녀는 긴장을 풀지 않은 채로, 그래도 내게 여유 넘치는 웃음을 보였다.
"요령 없는 아이랍니다. 어여쁘게 넘겨 주세요."
나는 앤더슨 백작의 말을 듣고 웃음을 터뜨렸다.
"다니엘 대공도 앤더슨 백작에게는 그저 귀여운 아이인가 보군요."
"귀엽다고 하기에는 너무 컸지만 말입니다."
"그나저나, 아이라고 하니 말인데…… 반대로, 어여쁘지 않은 패륜아의 목적은 뭐죠?"
내 말을 들은 두 명의 호위는 자신의 귀를 의심하는 표정을 지었다. 그야 맥락상으로 그 패륜아라는 것은 현 황제를 지칭하는 것이니까. 물론 패륜아라는 것은 앤더슨 백작의 말을 빌려 쓴 것뿐이지만.
눈이 당장이라도 튀어나올 것처럼 당황하는 두 명의 호위와는 달리 앤더슨 백작은 가볍게 미소했다. 그리고 그녀는 내 물음에 선선히 대답해 주었다.
"나와 다니엘에게 보내는 경고지요. 이렇게 속 좁은 아이로 키운 기억은 없는데 말입니다."

현 황제인 앤드류 3세는 황후의 소생으로 황제의 적자이지만, 황후가 앤드류 3세의 어린 시절에 이미 죽었기 때문에 앤더슨 백작이 교육을 맡았다는 것도 유명한 이야기였다.

황위 계승권을 포기했다고는 하지만 강력한 경쟁자인 다니엘에게 암살자를 보내는 것과, 어릴 적 자신을 키워 주었던 어머니 같은 이에게 암살자를 보내는 것은 다른 이야기다. 알려진다면 황제의 도덕적 정당성에도 좋을 것이 없다. 나는 인상을 찌푸렸다.

"혹시 앤더슨 백작이 이 기차에 승차했다는 것을 모르는 것은 아닐는지?"

"일부러 친서를 보냈으니 알고 있을 거예요. 부디 멍청한 짓은 하지 마시라는 뜻이었는데, 안타깝게도."

"……그럼 목적은 정말 위협뿐인가요?"

그야, 다니엘에게 어떤 위협이 가해지리라는 것은 수도의 정치에 대해 신문을 통해 정보를 얻지 못한 나도 알아챌 수 있을 정도로 뻔한 수작이기는 했다. 다만 그 위협의 정도가 내가 예상하던 것보다 한참 가볍다.

앤더슨 백작은 이미 권총을 발포해서 한 명의 습격자를 쓰러트렸다. 기차의 소음 때문에 묻히기는 쉽지만 그래도 총소리가 이렇게 크게 울려 퍼졌는데 추가적인 습격자가 이 식당 칸을 덮치는 일은 일어나지 않았다. 만약 정말로 다니엘에게 타격을 입히고 싶었다면 이 정도로 끝나서는 아무런 소용도 없다. 앤더슨 백작은 내 말을 듣고 어깨를 으쓱였다.

"글쎄요, 제가 있다는 것을 알고 있으니 습격자들도 일부러 이곳은 피하려고 했을 겁니다. 그래서 제가 일부러 이곳으로 온 것이기도 하고요."

"이런, 운명적인 술친구를 만났다고 생각했는데."

"운명은 만들어 가는 법이지요."

내 가벼운 농담도 바로 맞받아치는 것이, 대화를 하면 할수록 좀 더 길게 이야기하고 싶어지는 성격이었다. 정말로 그 다니엘 대공은 누구를 닮은 것일까?

"그렇다면 공격이 집중되는 곳은 식당 칸이 아니라 우등 칸이란 말인가요."

"그렇지요. 다니엘은 꽤 고전하고 있을지도 모르겠군요."

"……구하러 가지 않아도 되나요? "

"그렇게 약하게 키운 적은 없답니다."

앤더슨 백작은 걱정하는 모습을 전혀 보이지 않았다. 그야, 나 또한 다니엘이 제법 강단도 있고 총도 잘 다룬다는 것은 알고 있지만 그래도 습격자가 있다고 하는데 저렇게 태연할 수 있다니. 어지간한 강심장임이 틀림없었다.

그렇지만 나는 솔직히 강심장과는 거리가 멀다. 그러니까, 한마디로 나는 다니엘이 걱정이 되었다. 과연 괜찮을까? 다니엘 본인은 태연한 얼굴로 지내고 있었지만, 그의 몸 상태가 평소처럼 건강하다고 말할 수는 없다. 알렉세이 경에게 찔린 지 얼마 되지 않았으니. 게다가 평소처럼 내 치료가 완벽했다고 자신할 수도 없다.

당장에라도 달려가서 확인 해보고 싶은 마음이 들었지만, 나는 내 손을 내려다보았다. 마력이 없는 지금의 나는 아무런 쓸모도 없다. 이렇게 무력해진 것은 이 세계에 온 후로 처음으로 겪는 일이었다.

"혹시 다니엘이 마음에 들지 않은 건가 했는데, 걱정은 해 주시는 거군요."

침묵에 빠진 내 얼굴을 본 앤더슨 백작은 뜻밖에도 그런 내 반응을 기뻐했다. 그녀의 웃는 모습에서 나는 그녀와 다니엘 대공과의 닮은 점을 발견했다.

"그거야, 다니엘 대공께는 많은 도움을 받았으니까요."

그래서일까, 나는 양심의 가책을 좀 더 크게 느꼈다. 지금의 내가 무력하다는 것을 아는 것처럼 다니엘도 알렉세이 경에게 도저히 필적할 수 없으리라는 것을 알고 있었는데도, 심지어는 이미 칼에 찔려 움직일 수 없는 상태로 목숨까지 위협받았음에도 그는 나를 구하러 몇 번이고 달려와 주었다. 게다가 몇 번이고 내게 진심으로 위로를 전하려 애썼다. 내가 그런 그를 걱정하지 않을 수가.

"그렇게 생각하고 있다는 것을 전해 주신다면 그 무엇보다 기뻐할 거예요."

"내가 다니엘 대공에게 아무런 도움도 되지 않았는데도요?"

"네, 그것만으로도요."

앤더슨 백작은 여전히 그녀의 아들은 딱히 걱정하지 않는 기색으로, 오히려 내 말에 그렇게 기쁜 듯이 대꾸했다.

"그리고 기쁜 것과 별개로, 당신을 이 식당 칸에서 내보낼 수는 없네요. 위험해요. 다니엘에게서 당신의 몸 상태에 대해 들었답니다."

"다니엘이?"

뜻밖의 말에 나는 눈을 크게 떴다. 세간에는 물론이고 저택에서도 몇 명의 고용인을 제외하고는 내 정체를 숨기고 있기에 다른 사람에게 다니엘이 내 정체에 대해 밝힐 줄은 몰랐다. 그것도 내 몸에서 마력이 없어진 사실까지 말하다니. 그래도 앤더슨 백작 또한 가까이에 있는 호위를 신경 쓴 탓인지 내 몸 상태에 대해 정확하게 언급하지는 않고 더 이상의 말을 피했다.

"그런 사태가 아니었다면 제 도움을 요청하지도 않았겠지요, 그 애는. 제법 강단 있는 아이랍니다."

"그렇…… 군요."

나름대로 다니엘의 성격에 대해서는 파악한 상태라고 스스로 생각하고 있었지만, 이제 만난 지 얼마 되지 않는 남자의, 그것도 그의 친모 앞에서 내가 무엇을 알고 있다고 말할 정도로 잘 아는 것은 아니라서 나는 말을 삼켰다.

"그럼 우리는 이 칸에서 기다리고 있기만 하면 되는 건가요?"

"그런 셈이지요."

그렇게 말하며 앤더슨 백작은 턱짓으로 테이블에 반병쯤 남아 있는 와인 병을 가리켰다.

"나머지 반병은 천천히 비우도록 하죠."

그 말에 나는 상황도 잊고 마구 웃어버 릴 뻔했다. 이런 상황에서도 술을 마시고 싶어 하다니, 앤더슨 백작이 주당인 것은 틀림없는 것 같다.

앤더슨 백작은 테이블에 다시 앉기 전에 호위에게 식당 칸의 문 앞에 의자와 테이블을 갖다 놓고 문을 봉쇄하도록 지시했다. 호위들은 지휘관이 바뀌었음에도 불구하고 군말 없이 앤더슨 백작의 지시를 따랐다. 아니, 앤더슨 영지에서부터 다니엘 대공을 따라온 것이라면 앤더슨 백작의 지시에 익숙한 것도 당연한 것일까.

다만 식당 칸의 급사는 테이블의 다리를 부수고 문에 걸쳐 놓는 것에 반발을 표시했다. 그러나 그것도 잠시 앤더슨 백작이 품속에서 금화 주머니를 꺼내어 주자 곧 입을 다물었다.

"임시방편 정도는 되겠지요."

어느 정도 방벽을 쳐 두었다고 판단했는지 앤더슨 백작이 다시 내 테이블 맞은편에 앉았다. 나는 앤더슨 백작의 잔에 천천히 와인을 따랐다. 앤더슨 백작은 내게 잔을 들어 올려 건배해 보인 후 와인을 마셨다.

"와인이 미지근해졌네요. 진작에 마셨어야 했는데."

그리고 백작은 와인 한 잔을 순식간에 비우더니 혀를 찼다. 그건 동의하는 바였다. 따뜻하게 데운 것도 아니고 시원함이 가신 미지근한 와인은 영 맛이 없다. 앤더슨 백작은 원수라도 보듯 바닥에 쓰러져 있는 습격자를 바라보았다. 술주정뱅이의 술자리를 방해한 자의 죄는 무겁다.

"그나저나, 저대로 둬도 될까요?"

나는 앤더슨 백작에게 물었다. 여전히 끙끙거리는 소리와 숨소리가 들리는 걸 보면 식당 칸에 들어오려고 했던 남자는 여전히 살아 있는 것 같았다. 총에 맞아 본 적이 없어서 모르겠지만 빨리 의사건 치료 마법사건 데려가서 치료를 해야 살아남을 가능성이 있는 것 아닌가.

"괜찮아요. 급소에 맞히지도 않았을뿐더러, 화력이 약하게 개조된 총이라 목숨에 지장이 있진 않을 거예요."

"아하."

백작 또한 이 습격을 가벼운 위협이라고 한 만큼, 본인의 총을 어느 정도

조정한 것 같았다. 하기야 어느 쪽이건 실제로 목숨을 빼앗기게 되면 일이 커져서 가벼운 위협 정도로는 매듭지어지지 못할 것이다.

그렇게 생각하면 앤더슨 백작은 이 일이 드러나는 것을 원하지 않는 것 같다. 다니엘도 그런 기색이 있었다. 황제에게 위협을 받는다는 것을 드러내고 싶어 하지 않는 것 같은.

왜일까. 대개 사람은 자신의 목숨을 위협하는 이에게 그렇게 유해지지 못할 텐데.

"그럼, 백작과 대공 둘 다…… 황제 폐하를 적으로 돌리고 싶지는 않은 건가요?"

이 모자의 황제에 대한 태도가 신기하게 여겨진 나는 솔직하게 물어보았다. 내 물음을 들은 앤더슨 백작은 별로 놀라지도 않고 미소했다.

"어째서 그런 생각을?"

"이전에 농담 삼아 다니엘 대공에게 황제가 될 생각은 없느냐고 물었을 때, 고려조차 하지 않고 딱 잘라 말하기에."

"저런. 그 아이를 너무 놀리지 말아 주세요."

그렇게 말하며 앤더슨 백작은 와인을 한 모금 더 머금었다. 혀로 와인을 충분히 음미한 그녀는 한참 후에야 조용한 목소리로 이런 말을 꺼냈다.

"……권력은 참으로 사람을 이상하게 만들지요. 분명 내가 알던 사람인데, 내가 전혀 모르는 영혼으로 바꾸곤 합니다."

"현 황제 폐하도 그러했나요?"

"당신께서도 충분히 알고 계신 일이 아닙니까, 성하."

"아픈 곳을 찌르시네요."

그야 알다마다.

물론 나는 그 변모를 직접 이 눈으로 목격한 것은 아니다. 그러나 유리 아레노의 변모는 역사서에서 충분히 지켜보았다. 내가 알던 것과는 전혀 다른 사람처럼 역사책 속 기록된 유리 아레노 또한, 결국 권력에의 욕심에 그

영혼조차 변절되었던 걸까. 유리와 끝까지 살아 낼 수 없던 내게는 알 수 없는 일이었다. 아마 앞으로도 평생 알 수 없는 일이리라.

"그렇다면 두 분은 여전히 황제 폐하를 믿고 있는 거로군요."

그 말에 앤더슨 백작은 속눈썹의 그림자를 눈동자 밑으로 떨어트렸다. 당연하고도, 권력자의 가장 강력한 경쟁자에게는 쉽지 않은 결론이다.

권력은 사람을 그 개인이 아니라 권력자로 만든다. 권력은 눈이 먼 생물이다. 가족도 사랑하는 이도 없다. 그런 이는 권력을 지키기 위해서라면 뭐든지 한다. 그걸 앤더슨 백작도, 다니엘 대공도 모를 리 없는데, 그래도 믿는다는 것은 그 또한 사랑에 눈이 멀어 버린 것이나 다름이 없다.

적어도 앤더슨 백작은 그런 듯이 보였다. 멍청하다고, 수도도 전락했다고 통렬하게 비꼬았던 다니엘이 그의 어머니와 같은 의견일지는 모르겠지만.

"내게 완전히 미움받을 만한 용기는 없는 아이라서, 아마도 그렇겠지요."

역시나, 어딘가 애정이 느껴지는 말투였다. 지금 우리는 그녀와 그녀의 아들에게 암살자를 보냈던 사람에 대해서 이야기하고 있는데도.

"아마도 수도에서 사병을 동원했다는 점이 매우 거슬렸던 거겠죠. 그러니 이건 한동안 수도에는 올라오지 말라고 하는 경고에 가깝습니다."

"영원히 올라오지 못하게 하는 게 아니군요?"

"그럴 정도로 황제답지는 못하고요."

"……황제답다, 라."

와인 병의 내용물은 이제 별로 남지 않았다. 나는 약간의 와인을 내 잔에 보충했다. 그런 나를 보며 앤더슨 백작이 미소했다.

"이렇게 말했습니다만, 황제답다는 것은 무엇일까요?"

"당신께서 먼저 말씀을 꺼내셨으면서, 백작."

"그저 인생의 선배님께 묻고 있는 것입니다만."

그렇게 말하며 앤더슨 백작이 미소했다. 그야, 틀린 말은 아니지만. 다니엘을 상대로는 아무렇지도 않게 연하의 귀여운 남자를 대하듯이 말할 수

기적이 사라진 이 시대에 249

있었지만, 앤더슨 백작은 달랐다.

실제로 살아온 삶의 햇수를 따지자면 나보다 훨씬 연상에, 그리고 분명 험난한 인생을 거쳐 왔을 사람에게 그런 말을 들으니 어쩐지 안절부절못하게 된다. 그래서인지, 스스로 들어도 깜짝 놀랄 만큼 자신 없게 들리는 말이 튀어나왔다.

"제가 당신께 그렇게 불릴 만큼 무언가를 해내지는 못했는걸요."

"어째서 그런 생각을?"

"사실이…… 그렇지 않은가요."

나는 테이블 위로 시선을 떨어트렸다. 차라리 술에 아주 취해 버렸다면 술기운을 빌어서 말했을 텐데, 습격 때문에 완전히 술에서 깨어 버렸기 때문에 그런 말조차 할 수 없다. 그리고 무엇보다도, 앤더슨 백작이 나를 선배라고 부른 덕분에 나는 일종의 책임감을 느꼈다. 어쩌면 사과해야 한다는.

"좀 더 좋은 세상을 만들어서, 그대들에게 물려주고 싶었는데."

"실제로 그렇게 되지 않았나요?"

"대체 어떤 점이요?"

"나는 앤더슨 백작이지 않습니까, 성하."

문득, 이마에 따뜻한 온기가 닿았다가 떨어졌다. 깜짝 놀라 고개를 들어 보니 자리에서 몸을 약간 일으켰던 앤더슨 백작이 웃고 있었다.

"당신이 유리 아레노 황제에게 법전을 고치도록 만들지 않았더라면, 나는 재산권도 가문의 승계권도 갖지 못했겠지요."

"그건 아니에요."

나는 순간적으로 부정했다.

"우리가 아니더라도, 언젠가 누군가는 했을 일이었어요."

나와 유리 아레노가 살아가던 시절에는, 여성들에게 가문의 성을 이을 수 있는 자격은 고사하고 재산권조차 가지지 못했다. 그래서 여성이 이 세상을 살아갈 수 있는 방법은 결혼을 해서 남편의 재산을 함께 쓰는 것뿐이었다.

유리 아레노는 그 법안을 틀린 것이라고 생각했다. 그리고 나 또한 그랬다. 그래서 우리는 법전을 고쳤다. 귀족이고 평민이고 신분에 관계없이 모든 이들이 반발했다. 심지어 그 법의 대상인 여성들도 반절은 환영하지 않았다.

물론 그런 반대로 뜻을 굽힌 것은 아니었다. 우리에게 있어서 그것이 옳은 방향이었기 때문에, 반대 따위로 굽힐 수는 없었다. 그렇게 우리는 그 틀린 법을 고쳤지만, 그건 별다른 의미가 되지 않았다.

"그 후, 굶주린 사람들은 흉년마다 마녀사냥을 시작했지요."

"압니다."

"이유는 보잘것없었어요, 아주 불합리했지요, 그들은 자신을 보호할 방법이 적은 사람들에게 분풀이를 했을 뿐이에요."

이전에는 남편이 죽었다면 여성은 재산권을 가질 수 없었기 때문에 친정으로 돌아가거나, 혹은 수도원에라도 들어가 평생 빈곤한 생활을 하며 살아야 했다. 그러나 우리가 법을 고친 후 남편의 재산이 아내에게 어느 정도 귀속되었기 때문에, 남편을 잃었더라도 혼자 살 수 있는 여성들이 늘어났다.

그 새로운 약자들이 마녀라는 이름으로 사냥당하기 시작했을 때, 나는 깨달았어야 했다. 설령 우리가 바꾼 일이 옳은 것이었더라도 그것만으로 마법처럼 좋은 세상으로 변하는 일은 일어나지 않는다는 것을.

법은 사람들이 지키지 않는다면, 그리고 지키게 만들 수 있는 강제력이 없다면 그저 그뿐이었다. 법을 바꾼다고 해서 사람들의 인식이 바뀌지는 않는다. 사람들은 그런 것으로는 바뀌지 않는다. 심지어는 오백 년이 지난 이 세상에서도 여전히 이 세상에 고통받는 약자들이 있다. 어쩌면 이 세상은 영원히 바뀌지 않을지도 몰라.

"그래요, 세상이 그렇게 쉽게 바뀌지는 않지요."

그리고 오백 년이 지난 이 세상을 살아가고 있는 앤더슨 백작 또한 그 말에 긍정했다. 남편과 사별하고 나서 황제의 정부로 살았던 앤더슨 백작의 공감은 그 무게가 다르게 느껴졌다. 그녀는 테이블 너머로 손을 뻗어 내 손을 잡았다.
"그렇지만 그 첫걸음을 가볍게 평가하지 말아요, 성하."
"앤더슨 백작."
"저는 언제나 제 이름을 좋아했어요."

그렇게 말하며 그녀는 내 손등에 짧게 입을 맞춘 후, 내 손에 자신이 들고 있던 권총을 들려 주었다.

"내 이름은 당신을 존경하는 내 어머니가 지은 것이랍니다."

아름다운 하늘색 눈동자는 분명 한 점 흔들림 없는 애정으로 넘치고 있었다. 이렇게 우는소리만 하고 있는 나를 비추고 있음에도 불구하고.

"비비안 성하, 나는 여전히 내 이름이 자랑스럽습니다."

밤보다 어두운 새벽이 지나고, 아침 해가 기차의 창문 바깥으로 떠오르는 것이 보였다. 나는 약간 졸고 있었고, 급사는 이미 쿨쿨 자는 중이었다. 로렐은 슬슬 햇살 때문에 정신이 드는지 약간 웅얼대는 소리를 내고 있었으며 앤더슨 백작과 두 명의 호위는 여전히 꼿꼿한 자세로 주위를 경계하고 있었다.

호위는 그렇다치고, 앤더슨 백작은 어떻게 그렇게 강한 체력을 가지고 있는지 물어보고 싶을 지경이었다. 그녀는 깜박 고개를 떨어트린 나를 보고 약간 웃었다.

"주무시지 그럽니까."
"제가 어떻게 잡니까."
"깨어 계셔도 되지만, 주무셔도 상관없는데."

생략된 말은 '전력을 계산했을 때'겠지. 초보이기는 하지만 총을 쏠 줄은 아는데요. 그렇게 말하고 싶은 마음도 들었지만, 솔직히 졸린 데다 재능은 좀 있다고 해도 앤더슨 경만큼의 사격 실력을 보유하고 있는 것도 아니다. 한마디로 무슨 상황이 일어난다고 한들 도움이 될 리 없다.

"그래도요."

"고집이 세군요, 비비안 님."

뭐랄까, 그녀가 나를 보는 눈길이 영 간지러웠다. 존경하는 선배를 보는 것 같기도 하고, 좋아하는 동생을 보는 것 같기도 했다. 어쨌거나 애정 어린 눈길이라는 것에는 틀림이 없었다.

"그냥 비비안이라고 불러도 된다고 말씀드리고 싶은데, 이상할 것 같기도 해요."

"어떤 점이요?"

"이름이 같잖아요."

"저는 부디 앤더슨 백작이라고 불러 주시길. 사실 그쪽이 더 편하니까요."

그렇게 말하는 앤더슨 백작은, 역시 멋있었다. 사실 나는 단 한 번도 비비안이라는 이름 대신 성하라고 불리는 게 편하다고 느낀 적이 없다. 직위에는 책임이 있다. 그 책임은 자각하는 것만으로도 무겁다. 지금은 이미 그 책임을 방치하고 있는 내가 그 존재를 떠올리는 것만으로도 숨이 막힐 정도로.

"그나저나."

앤더슨 백작은 일어나지 못하고 있는 로렐을 보고 고개를 갸웃거렸다.

"이렇게 정신을 못 차리는 애가 아니었을 텐데."

언뜻 들으면 비난처럼 들리지만, 그 말에 함유되어 있는 뜻을 모르는 바가 아니다. 나는 팔짱을 꼈다.

"……그렇지만 나와 같은 술병에서 따른 술을 마셨어요. 앤더슨 백작도 그렇잖아요?"

애초에 로렐처럼 젊은 나이에 대공의 비서를 맡을 수 있을 정도로 유능한 데다 남의 일거수일투족에 신경을 쓰는 성격의 사람이, 이런 상황에서 단 한 번도 눈을 뜨지 않는다는 것이 이상했다. 술에 아무리 약하다고 하더라도. 그러니까, 술에 약물이라도 타지 않는 한.

"아뇨, 저는 약에는 내성이 있어서 어지간한 수면제 따위는 전혀 듣지 않습니다."

기적이 사라진 이 시대에

"……저는."

"성하께서도 듣지 않으시지 않습니까?"

앤더슨 백작이 조용한 목소리로 물었다. 앤더슨 백작 또한 다니엘 대공처럼 나에 대해 전설을 통해 배우기라도 한 모양이다. 나에 대해 잘 알고 있군. 그렇지만, 나는 고개를 갸웃거렸다.

"타인의 마법이 듣지 않는 체질인 것도, 마력이 충분할 때는 독약을 먹더라도 듣지 않는 것도 사실이에요. 그렇지만, 알잖아요? 지금 제 몸."

다만 지금의 내 몸은 예전과는 상황이 다르다. 마력이 바닥이 난 상태이기 때문에, 이전의 몸 상태와 같을 거라고 추측하기는 힘들었다. 그러나 앤더슨 백작도 나를 따라 어깨를 으쓱였다.

"글쎄요, 이 세상에서 가장 강대한 마법사에 대해서 무엇을 그리 확정해서 말할 수 있겠습니까."

"……마력을 잃었는데도, 나 자신도 이해할 수 없는 기적이라도 일어나 약을 탄 술이 내게 듣지 않았다는 것?"

"기적처럼 다시 살아난 당신이라면 능히 그럴 가능성도 있지 않겠습니까? 저도 로렐을 몇 번 봤습니다. 당신과 함께하는 자리에서 술에 취하느니 칼로 허벅지를 찌를 사람이죠."

"그건 좀 대단하네."

나는 순수하게 감탄했다. 젊은 나이에 성공하려면 그 정도의 패기는 있어야 하는 건가. 어쨌거나 로렐이 대단한 사람이라는 건 잘 알겠다. 그리고 앤더슨 백작의 추리는 확실히 어느 정도 설득력이 있었다.

필연적으로 우리는 같은 결론에 다다랐다. 우리는 동시에 힐끗 구석에 앉아 불안해하고 있는 급사를 바라보았다. 20대 후반쯤 되었을까. 빛이 바랜 금발에 턱선이 굵고 체격은 그럭저럭 큰 남자였다. 손끝은 물을 많이 만지기 때문인지 갈라져 있고 손톱도 거칠었다.

"……겉보기로는 모르겠는걸."

기차에 실은 와인에 약을 탈 수 있는 기회는 누구에게라도 있었겠지만, 이 급사가 가장 수상하기는 했다. 아니, 어쩌면 병이 아니라 잔에 미리 수면제라도 발라 두었을지도 모른다.

"그럼 알아내도록 할까요."

내 말에 앤더슨 백작이 가볍게 대답했다.

예?

나도 모르게 뒤를 돌아보았더니 앤더슨 백작은 웃고 있었다. 아까 전 내게 향하던 애정 어린 미소는 아니었다. 오히려 흉폭하게까지 느껴지는 웃음이다. 그녀는 곧 코트의 안주머니에서 예의 권총을 두 정 꺼내 들었다.

"저는 술에 약을 타는 남자들은 죽여도 된다고 생각해요."

"……."

다니엘 대공, 정말로 당신은 누구를 닮은 거야……? 아니, 생각해 보면 알렉세이 경을 상대로 자비 없이 권총을 쏴 댔던 다니엘 대공이야말로 어머니의 피를 짙게 물려받은 걸까.

나는 급사에게로 다가가는 앤더슨 백작을 바라보며 기차의 천장을 바라보았다. 그리고 얼마 지나지 않아서.

덜컹, 덜컹, 덜컹. 일정한 주기로 울리는 기차의 시끄러운 소리에 섞여 총소리가 위화감 없이……

섞여 들 리 없다. 앤더슨 백작은 얼굴을 굳힌 채 급사를 노려보고 있었다. 그 험악한 눈빛에 급사는 질질 울면서 용서를 빌었다. 이미 머리 근처의 벽에 한 방, 다리 사이에 한 방, 손가락 근처에 한 방 총알이 박힌 후였다.

워낙에 무서워하며 더듬더듬 말하는 탓에 알아듣기 힘들었지만 한마디로, 돈에 눈이 멀어 빈 병에 누군가가 주는 액체를 흘려 넣고 새로운 와인 병인 것처럼 위장했다나, 뭐라나.

그 말을 듣고 나는 급하게 로렐의 심장 소리와 안색, 구취 등을 확인했지만 나는 애초에 의사가 아니다. 마법사다. 그리고 내가 미리 만들어 소지하고 있는 마법 약은 침대칸의 트렁크에 있다. 영 도움이 되지 않는다. 일단 외견상으로는 그저 술에 취해 잠든 사람인데, 아무리 몸을 흔들어도 잠에서 깨어나지 않는 것이 영 찝찝했다.

"이렇게 된 이상 어떻게든 마법사나 의사를 찾아와야겠어요."

혹시 모를 일이다. 너무 피곤한 나머지 정신없이 자는 거라면 괜찮겠지만 혹여라도 로렐이 이대로 몸을 해치기라도 한다면 다니엘을 볼 면목이 없다. 내가 그렇게 말하자 앤더슨 백작도 동의했다.

"확실히 의사가 필요하겠군요. 다니엘이 데려온 사람이 있을 겁니다. 제가 가서 데려오죠."

"혼자는 위험해요. 같이 가요."

앤더슨 대공이 고개를 기울였다. 내 몸의 상태를 알기 때문에 자연스럽게 나온 반응이다. 아니, 그야 나도 설마 마력도 없는 내가 쓸모가 있을 거라고 생각하지는 않았다.

"물론 제가 충분한 전력이 될 수 있다는 말은 아니고요."

나는 어깨를 으쓱인 다음 말했다.

"믿는 구석이 있어서."

물론 그 믿는 구석이라고 함은 알렉세이 볼로딘을 뜻한다. 내가 마력을 잃은 다음에도 알렉세이는 마법으로 내 침실에 숨어들었다. 성황인 내가 팔라딘에게 마력을 나눠 준다는 점을 생각해 보면 이상하기 이를 데 없는 일이지만, 어쨌거나 오백 년간 죽지 않고 살아온 남자이다. 이상한 기적이 그의 몸에 깃들은 것인지도 모른다.

그리고 그렇게 오백 년을 산 남자는 내게 죽음을 간원하고 있다. 그런 그가 나를 지켜보고 있지 않을 리 없다. 애초에 오백 년 전에도 알렉세이는 어디를 가나 내게 달라붙어 있었다. 유리 아레노와 손을 잡기 전까지만 해도.

그게 지금이라고 달라질 리 없다. 분명 어딘가에서 마법을 통해 나를 지켜보고 있을 것이다.

"그렇습니까."

무언가 더 물어볼 줄 알았는데 앤더슨 백작은 뜻밖에도 내게 더 이상 묻지 않았다. 그녀는 정말로 나를 입으로만 선배라고 부른 것이 아니었다. 정말로 나를 존경스러운 한 인물로 대하고 있는 것이 느껴지는 태도였다.

"당신께서 그렇게 말씀하신다면."

"그리고, 애초에 다니엘 대공이 너무 늦는군요."

다니엘의 성격이라면 습격자가 모두 정리된 후 가장 먼저 나를 찾아올 것이 틀림없다. 그렇지만 새벽이 지나고 아침이 밝아 올 시간인데도 다니엘은 아직도 나를 찾으러 오지 않았다.

앤더슨 백작이 예상한 대로 그저 가벼운 습격이라면 다니엘이 이렇게 고전하는 것도 이상하다. 우등칸 한 칸을 전부 호위 기사로 채울 정도로 대비하고 있었던 다니엘이니.

이제 와서 하는 생각이지만, 로렐 또한 이 습격에 대해서 미리 알고 있었을 가능성이 컸다. 그러니 나와 함께 일부러 식당 칸에 동행한 것이 아닐까?

그러니까 애초에 로렐은 나와 적당히 식당 칸에서 저녁 식사를 하며, 앤더슨 백작이 식당 칸에 합류할 때까지 기다리는 것이 당초의 목적이 아니었을까, 하는 것이다. 내가 식당 칸에 머물러 있지 않고 다니엘과 같은 칸에 머물러 있었다면 습격에 휘말리기 쉬울 테고 보호하기 힘들 테니까.

그리고 마지막으로, 나를 보호하고 내게 영향을 끼칠 말을 할 만한 사람을 보내어 나를 식당 칸에 최대한 오래도록 붙잡아 둔다. 즉, 비비안 앤더슨 백작의 등장이다. 그런 계획을 짠 것은 물론 다니엘일 테고.

이 모든 행동이 본인의 정치적 입지와 신체적 위협을 무릅쓰고라도 나를 보호하고 싶다는 것에서 비롯되었다는 것을 생각해 보면, 나는 무어라 말할 수 없는 기분이었다. 그 남자에게 고지식하고 둔하고 순진한 면이 있는 것도 확실하지만.

"그래도 제 뒤에 계셔 주십시오. 당신이 다치면 어머니를 뵐 면목이

기적이 사라진 이 시대에 257

없어지니까요."

"앤더슨 백작의 어머님?"

"예, 그리고 이 세상에 있는 수많은 비비안에게도요."

"그렇게 말하니 기분이 이상한걸."

그런 말을 언젠가 들을 수 있으리라고는, 간접히 바라기는 했지만 그것은 희망보다는 체념과 더 가까운 뜻이었다. 절체절명의 상황에서 기적을 바라는 것처럼. 마법이라는 기적을 부렸던 나조차도 그저 바랐을 뿐인

나는 호쾌하게 호위 둘 모두를 식당 칸에 남기는 것을 제안했다. 어차피 알렉세이 경이 내가 원할 때 튀어나와 내가 원하는 대로 검을 휘두를 것이라면 호위는 필요가 없다. 오히려 매수당한 급사와 로렐을 남겨 두는 것이 훨씬 위험하다.

"사격의 경험은."

식당 칸을 나서기 전에 앤더슨 백작이 그렇게 물었다. 나는 권총을 두 손으로 모아서 잡고는 윙크를 해 보였다.

"경험은 없지만, 천재라고 하던데요."

"누가요?"

"다니엘 대공께서."

"신뢰가 가는 발언이군요."

내 농담에 웃지 않는 여자는 당신이 처음이야. 앤더슨 백작은 약간 감탄한 얼굴로 내 손에 들려 있는 권총을 바라보았다.

"그것도 마법의 일종일까요."

"제 천재성이요? 아니, 농담인데요."

"그렇다면 제 뒤에 바짝 붙어 계십시오. 엄호물이 될 만한 것을 찾으신 후에 사격하셔야 합니다."

"그렇게 걱정하지 않아도 될 것 같은데."

여차하면 알렉세이 경이 총알에 막기 직전 내 앞을 막아설 테다. 나는

이미 알렉세이가 몇 방이나 총을 맞아도 멀쩡하다는 것을 알고 있고, 알렉세이가 여차하면 자신의 몸을 내 방패로 사용할 남자라는 것도 안다.

그야 물론 나의 기사님은 나와 함께 죽는 것을 바라지만, 그것은 어디까지나 본인의 손에 내가 죽는 것을 바라는 것이다. 또다시 타인의 손에 내가 죽는 것을 바랄 리는 없다. 이 세상을 걸어도 좋다.

"그보다, 왜 아무런 소리도 들리지 않는 걸까요."

습격자가 있다면 싸우는 소리가 들려야 정상이지 않나. 그러나 내 귀에는 아무런 소리도 들리지 않았다.

"생각해 볼 수 있는 건 두 가지군요. 이미 제압했거나, 제압당했거나."

본인의 아들이 위험할지도 모르는데 여전히 냉철한 목소리였다. 앤더슨 백작은 신중히 발걸음을 옮겼다. 나는 그 뒤를 따라가면서, 한 가지의 가능성을 더 제시했다.

"마법으로 소리를 차단했다거나."

습격자 중 마법사가 있다면 가능한 일이다. 황제 또한 이 습격 사건이 알려져 혹시라도 다니엘 대공에게 동정 여론이 쏟아진다면 입장이 곤란해질 테니, 싸움이 벌어지고 있는 공간 근처의 소리를 차단할 줄 아는 마법사를 고용했을지도 모른다. 물론 기차와 총이 발명된 시대에, 마법이 쇠퇴하여 약해진 마법사들이 아주 쓸모가 있는 것은 아닐 테지만.

앤더슨 백작이 내 추측을 되물었다.

"그런 것도 가능합니까?"

"신이 내린 기적에 무엇인들 가능하지 않을까요?"

신이 내린 마력이 깃든 마법사의 의지만으로도 마법은 발동된다. 다만 그 마법을 부리기에 마땅한 마력이 있느냐, 하는 것이 문제일 뿐이다.

"죄송하지만, 저는 기적이란 말을 믿지 않아서요."

누군가에게서 그것과 비슷한 말을 들었다. 분명 이 사람의 아들이었던 것 같은데. 나는 약간 떨떠름해졌다.

"······저를 좋아한다면서요."

"물론, 성하. 저는 당신을 존경하고 좋아합니다만."

앤더슨 백작은 여전히 뒤돌아보지 않은 채, 주위를 경계하며 걸음을 옮겼다.

"당신이라는 존재를 기적이라는 말로 폄하하고 싶지는 않군요."

대체 그게 무슨. 이해하기 어려운 말이었다. 내가 어리둥절해하는 기색이 느껴졌는지 앤더슨 백작이 낮게 웃었다.

"이 이야기는 다시 나중에. 그럼 성하, 마력의 흐름은 감지하실 수 있으십니까?"

그래, 지금은 그런 이야기를 할 때가 아니기는 하지. 나는 정신을 바짝 차리기로 했다.

"예전처럼 민감하지는 못하지만, 마법사가 가까이에 있다면 가능할 거예요."

"좋습니다. 그럼 감지가 가능해질 때까지 전진하도록 하죠."

우리는 한동안 말없이, 짧은 기차의 복도를 몸을 숙인 채 천천히, 그리고 조용히 지나갔다. 대부분의 객실은 이른 아침이라 그런지 사람의 왕래도 없이 침묵에 빠져들어 있었다.

어디서 습격자가 튀어나올지 모른다고 생각했는데, 한 칸, 두 칸, 그리고 다니엘이 빌린 우등 칸의 직전에 다다를 때까지도 아무런 일도 없었다. 나와 앤더슨 백작은 다니엘이 있을 우등 칸에 들어가기 전 기차의 연결 복도에서 눈빛을 교환했다.

마력이 느껴지십니까? 앤더슨 백작은 입 모양만으로 그렇게 물었다. 나는 가만히 손을 뻗어, 우리가 곧 향할 우등 칸의 객실 복도 문에 손을 댔다.

"!"

손이 저릿했다. 내가 깜짝 놀라 손을 떼자 앤더슨 백작이 반사적으로 내 손을 잡아 주었다. 전기가 통한 것처럼 찌릿하게 울리는 이 감각은, 확실히 마력이었다.

내 반응을 본 앤더슨 백작은 내가 굳이 입에 내어 대답하지 않았더라도 이미 답을 깨달은 모양이었다. 백작은 잠깐 입매를 굳힌 후, 이후의 대처를 고민하는 듯했다. 나는 그런 그녀에게 고개를 저어 보였다.

"……들어가죠."

내가 범하게 목소리를 내어 말하자 앤더슨 백작이 눈썹을 꿈틀댔다.

"습격자가 마법사라면, 어차피 소용이 없어요."

어차피 마법에 대항할 수단은 부딪혀 보지 않으면 모른다. 각 마법사의 특성도, 마력의 크기도 다르기 때문에, 그 마법사와 실제로 싸워 보기 전까지는 그 마법을 파훼할 수단도 알 수 없다. 물론 마법사와 마법사의 대결이라면 이야기가 달라지지만, 마력이 깃들지 않은 일반인이 마법사와 싸우려면 방법이 없다.

앤더슨 백작은 내 말을 듣고 짜증이 난 모양인지 약간 흐트러진 머리카락을 거칠게 넘겼다.

"젠장, 마법이란."

그야 심정은 이해하지만, 이 세계 최강의 마법사였던 내 앞에서 할 말은 아니지 않나 싶은데. 앤더슨 백작은 웃고 있는 내 얼굴을 보면서 혀를 찼다.

"그럼, 제 뒤에 숨어 계세요. 바로 들어갑시다."

"아니, 반대죠. 당신이 내 뒤에 숨어야 해요."

앤더슨 백작이 내 말을 듣고 무어라 반론하려 했지만, 나는 그 반론을 듣기도 전에 마력의 흐름이 느껴지는 손잡이를 잡고 문을 열었다. 내가 문을 열고 안으로 한 발자국 떼어 내자마자, 한 남자가 보였다. 눈앞에 펼쳐진 충격적 광경에 아주 잠깐 말을 잃었지만, 나는 바로 다음 행동을 취했다.

"와, 씨."

나는 빠르게 문 안으로 뛰어들었다. 그리고 발로 문을 차서, 객실의 입구를 쾅 닫았다. 앤더슨 백작이 들어오지 못하도록. 갑작스러운 행동에 앤더슨 백작이 고함을 질렀다.

"비비안!"

앤더슨 백작은 내가 발로 문을 차 버리기 전 어떻게든 문 안으로 들어오려고 했지만, 한 발자국 늦었다. 그녀의 잘못은 아니었다. 이 객실 전체에 흐르고 있는 마력이 타인의 출입을 거부하고 있기 때문이다. 그래서 앤더슨 백작은 내가 문을 닫기 전에 안으로 따라 들어오려고 하다가 파지직 튄 마력 때문에 몇 발자국이나 뒤로 튕겨 났다.

미안, 앤더슨 백작. 나는 속으로 사과했다. 내가 문을 닫자 바깥의 소리는 더 이상 들리지 않았다. 내 예상대로 소리를 차단하는 마법이 걸린 것도 맞았다. 다만 소리뿐 아니라 아예 타인의 침입까지 차단하는 마법이 걸려 있다는 것이 문제였다.

나처럼 다른 마법사의 마법이 통하지 않는 체질이 아니라면, 이 객실에는 들어오지 못할 것이다. 그만큼 강대한 마법이었다. 신의 자취가 쇠퇴한 이 시대에서는 찾아보기 어려울 만큼.

"비비안."

바짝 긴장한 목소리가 들려왔다. 아는 목소리였다. 나는 굳은 고개를 돌렸.

물론, 다니엘이었다. 다니엘은 권총을 들고 적과 대치 자세를 취하고 있었다. 그는 복도와 통하는 객실 입구 쪽에 몸을 숨긴 채, 긴장된 얼굴로 나를 바라보고 있었다. 나는 차마 그 물음에 대답해 줄 수가 없었다. 그도 그럴 것이, 다니엘의 총구 앞에 서 있는 인물이 인물이다 보니.

빛이 바랜 백발을 높게 올려 묶고 가벼운 셔츠와 바지를 차려입어서 누가 보아도 놀러 가는 사람처럼 보이는데, 그런 차림으로 온몸에 피 칠갑을 하고 있는 알렉세이 경이 복도의 중앙에 선 채 나를 바라보며 웃고 있었다.

"비비, 안녕."

"알렉."

나는 한숨을 쉬었다. 대체 이게 무슨 상황이야.

"비비안, 가십시오."

다니엘은 내게 이 객실에서 퇴장하기를 바라는 것 같았지만 그럴 수도 없었다. 나는 객실 안의 참상을 둘러보았다. 마치 흙을 덮지 않은 무덤 같았다.

말 그대로 객실 안에는 시체들이 즐비해 있었다. 좁은 복도에는 천장부터 바닥까지 피가 튀어 있었고, 누가 주인인지 찾을 수 없을 정도로 머리와 몸이 분리되어 굴러다니고 있었다.

일반적인 사람의 상식선으로 보기에는 토할 정도로 잔인한 광경이었다. 죽은 인간의 몸에 대한 존엄성 따위는 어디에도 보이지 않았다. 목숨을 가볍게 여기는 것 같은 나의 기사는 웃음기 어린 목소리로 농담이라도 하는 것처럼 말했다.

"내게 그렇게 굴지 마. 자넬 도와준 건데."

"그런 부탁을 드린 적은 없습니다."

"그렇게 말하니 자네가 더 싫어지는군."

쓸모없는 말다툼이다. 영원히 사이가 좋아질 것 같은 남자 둘을 두고 나는 머리가 아파지는 것을 느꼈다.

"일단 나한테 설명부터 하지 그래, 알렉세이 경. 무슨 짓을 한 거야?"

"말 그대로 도와준 거야. 너를 따라왔는데, 이 남자가."

알렉세이가 고갯짓으로 다니엘을 가리켰다.

"꽤 곤경에 처해 있길래."

"처해 있지 않았습니다."

다니엘이 항변했다.

"제 부하들이 습격자들을 몰아넣고 생포하려고 하는 사이 다툼이 있었을 뿐입니다. 갑자기 끼어들어 과잉 진압을 하신 것은 당신입니다. 왜 이렇게 쓸데없는 살인을 하시는 겁니까?"

"쓸모 있는 쓰레기가 어디에 있지."

알렉세이는 재미있다는 듯이 웃었다. 황제가 고용한 습격자들을 이렇게 무참하게 죽인 것에 대한 죄책감은 전혀 없는 것 같았다. 그렇지만 어두운 초록색의 눈빛에는 웃음기가 없었다. 저건 진심으로 다니엘의 말에 짜증이 난 표정이다.

"자칫 잘못했으면 비비안도 약을 먹고 쓰러질 뻔했어. 네 적이 황제인지 누군지는 몰라도, 그런 건 나와 상관없는 일이야."

역시 계속 나를 지켜보고 있었구나. 새삼 놀랄 것도 없는 일이었지만, 다니엘의 얼굴에는 파란이 스쳤다. 그에게는 뜻밖의 말이었을 것이다. 그는 로렐과 앤더슨 백작이 나와 같이 있다는 것만 알고 있었을 테니. 다니엘이 내게 다급하게 물었다.

"정말입니까?"

"아니, 약에 당한 건 로렐이야. 알렉세이 경, 내가 약 따위에 당할 몸이 아니란 건 알잖아."

"그것과는 별개의 일이지."

알렉세이가 눈을 빛냈다. 분노한 짐승 같은 눈이었다. 나는 그를 바라보며 혀를 찼다. 저런 알렉세이 경은 정말 다루기 힘든데.

"어쨌거나 알렉세이 경, 지금은 물러나. 로렐을 의사에게 보이고 싶어. 아니면 네가 고쳐 주던가."

"난 치료 마법은 쓸 줄 몰라."

"오백 년간 연습도 안 하고 뭐 했어?"

"너를 기다렸지, 물론."

그렇게 말하면서 알렉세이 경은 피가 묻은 검을 휘둘러 피를 털었다. 핏방울이 내 발치로 튀어서 떨어졌다. 또, 또, 못된 짓을 하는 것을 보니 아닌 척해도 심기가 뒤틀린 모양이다. 나는 귀찮은 내 기사를 향해 한숨을 쉬었다.

"어쨌거나, 로렐이 걱정돼. 난 의사를 찾을 거야. 다니엘, 당신의 부하들은?"

"또다시 알렉세이 경에게 희생되게 둘 수는 없어서, 대피시켰습니다."

"내가 놓아준 거야. 비비가 화냈으니까."

알렉세이는 그렇게 말하며 어깨를 으쓱였다. 저번에 내가 다니엘의 부하를 해친 것으로 화를 냈다는 것을 기억하고 있는 모양이다. 그나마 아직 내가 싫어하는 일을 하지 않겠다는 이성이 남아 있어서 다행이라고 할까. 나는 다니엘을 향해 시선을 틀었다.

"다니엘, 내가 하기에는 무척 미안한 말이지만."

"말씀하십시오."

"알렉세이 경을 가게 해 줘. 어차피 당하지 못할 상대야."

"……."

다니엘은 내 말에 침묵했다. 나는 그 침묵에서 불만을 느꼈다. 그야 그렇겠지. 다니엘의 성격에 아무리 습격자라고 해도 이렇게 무도한 살인을 저지른 알렉세이 경을 그대로 놔둘 수 있을 리 없다. 그가 실제로 알렉세이 경에게 제대로 된 처벌을 가할 수 있느냐, 아니냐의 문제를 떠나서.

그래서 더 고집을 부릴 거라고 생각했는데, 다니엘은 뜻밖에도 순순히 고개를 끄덕였다.

"가십시오, 알렉세이 경."

다니엘은 들고 있던 권총의 잠금쇠를 걸고 품에 집어넣었다. 명백하게 공격의 의사를 접은 행동이었다.

"내가 왜?"

그러나 이번에는 뜻밖에도 알렉세이 경이 불복했다. 그는 다니엘과 다르게 검을 집어넣지 않고 나를 재미있다는 듯이 바라보고 있었다.

"비비안, 네가 다니엘 대공을 내게서 지키려고 하는 것처럼 느껴지는 건 착각일까?"

"그것도 맞아."

나는 간단하게 긍정했다. 그렇게 말하자 다니엘은 눈을 크게 뜨고 알렉세이는 눈썹을 꿈틀거렸다. 각각이 다른 감정을 느낀 모양인데, 나는 상관하지 않았다.

"난 앤더슨 백작이 마음에 들었거든."

"그건 또 누구야?"

"다니엘 대공의 어머니. 이름이 비비안이래."

"……."

알렉세이는 납득한 것처럼 보였고 다니엘도 묘하게 이해하는 눈치로 고개를 끄덕였다.

"두 분이 잘 맞을 거라고 생각했습니다."

"난 당신이 그런 어머니를 두고 있을 줄은 몰랐어. 누굴 닮은 거야?"

"어머니를 닮았다는 말을 자주 듣습니다만."

그야 얼굴은 닮았지만, 성격은 전혀 다른 것 같은데. 아니, 기적이니 마법이니 하는 것을 좋아하지 않는다고 말하는 그 신념을 보면 확실히 닮은 모자지간이라고 할 법하긴 했지만.

"당신이 다니엘을 상처입히기라도 하면 내가 앤더슨 백작을 볼 면목이 없어져."

"비비."

알렉세이가 내게 한 걸음 다가왔다. 다니엘이 순간적으로 긴장하며 내게로 다가오려고 했지만, 나는 손을 들어 다니엘이 움직이는 것을 저지했다.

알렉세이는 분명 나의 기사지만, 그렇다고 완전히 내 손아귀에 들어가 있는 얌전한 남자는 아니었다. 언제든 수가 틀리면 내가 아닌 다른 사람들에게는 가차 없어질 수 있는 사람이다. 온몸을 죽음으로 물들인 알렉세이 경은 내게 다정하게 말했다.

"비비, 내가 이 남자를 도운 건 네가 이 남자에게 빚을 진다고 느끼지 않기를 바라서야."

"비비안, 듣지 마십시오."

다니엘이 급하게 알렉세이의 말을 막으려 했다. 그러나 알렉세이 경은 말을 멈추지 않았다.

"비비안, 대답해 줘. 내가 가엽다고 생각한다면."

"당신을 가엽다고 생각한 적은 없어, 알렉세이 경."

"……이 남자를 보면 살고 싶어?"

알렉세이가 내게 그렇게 물었다. 내게 꽂힌 시선은 일견 잠잠했지만 그 속에는 세차게 일렁이는 것이 있었다.

"다시 이 세상을 위해 살아가고 싶어졌어?"

질투로, 분노로 타오르는 초록빛 눈동자를 바라보며 나는 입을 열려다가, 결국에는 잠시 침묵할 수밖에 없었다.

솔직히 말해서, 구질구질한 미련이라고 생각하면서도, 만일 내가 해 왔던 일들이 오백 년이 지난 지금에 이르러서, 비비안 앤더슨 백작과, 그녀의 어머니와, 그리고 그녀의 아들, 혹은 로렐 같은 아이들에게 조금이라도 도움이 되었다면.

너무도 벅차오르는 일이었다. 그건 우리가 언제나 꿈꾸어 왔던 일이니까. 그래서 그들을 볼 때마다 내가 느끼고 있는 절망은 그저 내가 약해서, 그저 내가 실패했기 때문에 느끼는 감정일 뿐이며, 내가 한때 믿었던 것처럼 이 세상은 느리더라도 옳은 방향으로 나아가고 있다고.

이 세상에는 아직도 선량함이 남아 있을지도 모른다는 희망이 어쩔 수 없이 피어올랐다. 한 번 죽고 난 다음에도 끊어지지 않는 미련이었다.

나는 겨우 입을 열어, 알렉세이의 물음에 대답했다.

"아니야."

그러나.

그 희망을 압도하는 절망이 내 앞에 있었다. 로렐을 볼 때, 앤더슨 백작을 볼 때, 나는 여전히 절망을 함께 느낀다. 그 절망은 더 이상 이 세상의 변화에 대한 것이 아니다. 그건 내 과거의 실패에 대한 것이었다.

"나는 과거의 유물이야, 알렉세이 경."

이 세상에 대해 약간의 희망을 품게 된 것과 별개로, 나는 여전히 더 이상 살아가고 싶지는 않았다. 그도 그럴 것이, 희망은 언제나 더 커다란 절망을 동반하기 때문이다. 그리고 지금의 나는 희망을 버팀목으로 그 절망을 이겨 내기에는 너무도 약했다. 나를 지탱할 동지는 이제 어디에도 없었으니까.

앤더슨 백작의 강함을 볼 때, 나는 이런 생각을 하지 않을 수 없었다. 내가 그 시절에, 조금 더 현명했더라면, 조금 더 노력했더라면, 우리도 어쩌면 저렇게 될 수 있었는데, 내 어리석음으로 실패했던 것이 아닐까.

나는 지금 내 곁에 없는 친구를 생각했다. 유리 아레노. 네가 이 시대를 본다면 뭐라고 말할까?

"비비안."

"비비, 그 말은."

인상을 굳힌 다니엘이 나를 부르려고 했지만, 알렉세이가 먼저 검을 들었다. 그 검날은 나를 향하고 있었다.

"알렉세이 경!"

다니엘 대공이 기껏 집어넣었던 총을 다시 빼어 들었다. 아, 정말. 나는 두통을 느꼈다. 알렉세이 경이 아니라, 당신이 죽을 거라니까. 그리고 검을 빼 들은 알렉세이 경은 다니엘에게는 신경도 쓰지 않고 나를 바라보고 있었다. 그 얼굴에는 아까 전과는 조금 다른 분노의 빛이 엿보였다.

"아무리 너라도 들어 주기 힘드네, 내 사랑."

"내가 나를 나쁘게 이야기하는 것도 듣기 싫어? 같이 죽자고 했으면서."

그 말에 알렉세이의 얼굴이 찡그려졌다. 내가 꽤 못된 말을 했다는 것은 나도 알았다. 나를 오백 년간 기다려 온 사람에게 해도 좋을 말은 아니었다.

그렇지만 속이 상한 것처럼 보이는 얼굴에 약간의 충족감이 들었다. 알렉세이 경이 자신이 죽는 걸 원하기라도 하냐고 말했을 때 내가 받은 상처를 이제야 조금쯤 돌려준 것 같아졌기 때문이다. 아니나 다를까, 알렉세이 경은 상처받은 얼굴로 말했다.

"나한테 나쁘게 굴지 마."

"당신도 나한테 못되게 굴었잖아. 그 벌이야…… 다니엘, 물러서."

그렇지만, 아무리 나한테 유순한 얼굴을 보인다고 해도 만일 알렉세이에게 총구를 겨누고도 무사할 수 있는 사람이 있다면 그건 나밖에 없다.

나는 천천히 다니엘에게서 받은 총을 꺼내 들고 알렉세이를 향해 겨누었다. 알렉세이 경은 들이밀어진 총구를 보고 아리송한 얼굴을 했다.

"쏘려고?"

"응. 상처받았어?"

그 물음에 알렉세이 경은 스스로를 되돌아보는 듯했다. 아마도 오랫동안 자신의 마음조차 돌볼 여유가 없어서 지금 느끼는 감정이 어떤 것인지조차 모르는 것 같았다. 그 모습이 가슴 아프지만 이건 어쩔 수 없는 일이다.

한참 후에 알렉세이 경이 대답했다.

"……응."

그렇게 솔직하게 말하는 것이 제법 진심으로 느껴졌기 때문에, 나는 총을 거두지는 않았지만 미소지었다. 내가 총구를 알렉세이에게 겨누면 상처받을 거라는, 다니엘의 계산이 훌륭하게 먹혀들어 간 셈이다.

물론 정말로 쏠 생각은 아니었다. 하지만 이 기차 안에서 벌어진 참상을 보니 알렉세이 경의 고삐를 잡아야 할 필요성이 느껴졌다. 이보다 더 큰 사고라도 친다면 정말로 감당하기 힘들어질 것이다. 나는 방아쇠에 손가락을 걸었다. 알렉세이 경이 정말 진심으로 상처받기 직전의 순간에, 나는 그를 타일렀다.

"알렉, 쓸데없는 희생을 만들 생각은 하지 마. 나는 정말로 로렐을 의사에게 보이고 싶을 뿐이거든."

"……왜?"

"만일 지금 로렐이나 다니엘이 잘못된다면, 그건 내 책임이잖아."

두 사람 모두 내게 그런 말을 듣는다면 아니라며 고개를 저을 테지만 그

두 사람의 답은 필요 없다. 이건 내 문제였다. 알렉세이 경은 내 기사고, 내 기사가 저지른 일은 내 책임이다. 이건 누가 무어라고 한대도 양보할 수 없는 일이다.

"죄책감은 내게 있어서 책임감과 동일한 단어야. 살아가야 하는 의무를 내게 더 이상 덧씌우려 하지 말란 말이야, 알렉세이 경."

나는 엄중하게 경고했다.

"나와 함께 죽고 싶다면 책임감도, 죄책감도, 미련도 더 이상 내게 남기지 마."

정말이지 더 이상 살아가고 싶지 않은데, 나 때문에 무언가 손해를 보고 희생을 한 이들을 생각하면 지금은 죽을 수도 없다. 그런 의무감으로 살아가는 삶은 정말 사양하고 싶었다.

총구 앞에 선 알렉세이는 어딘가 망연한 표정이었다. 전혀 뜻밖의 말을 들은 사람처럼.

"그럼, 책임감을 모두 내려놓은 다음에는 나와 죽을 거야?"

마치 순진한 어린아이가 하는 듯한 물음이었다. 그것이 알렉세이 경과는 도통 어울리지 않게 들려서 나는 그에게 총을 겨눈 채로 웃었다.

"당신이 착하게 군다면 생각해 보겠지만."

"그렇게 할게."

알렉세이 경이 냉큼 대답했다. 전혀 믿음이 가지 않는 대답이다.

"그런 것치고 지금 내 책임을 계속 무겁게 하고 있잖아. 이 죄를 다 어떻게 갚을래?"

"면목이 없군, 내 사랑."

농담처럼 대꾸하는 말과 함께, 알렉세이 경이 드디어 검을 등 뒤로 찬 검집에 집어넣었다. 거대한 바스타드 소드를 둘러맨 뒤 알렉세이 경은 가볍게 마력을 거두었다. 알렉세이 경이 마력을 거두자마자 우리가 있던 객실의 문이 콰쾅, 하고 열렸다. 거의 부서지기 일보 직전의 소리였다.

"비비안!"

앤더슨 백작이 뛰어 들어왔다. 그녀는 잠깐 눈앞에 펼쳐진 참상에 나처럼 말을 잃었지만 나보다 훨씬 빠른 행동을 취했다. 내 안전을 확인한 다음에는 곧바로 총을 꺼내 들고 알렉세이를 향해 겨눈 것이다.

"괜찮으십니까, 성하?"

"네, 이 객실에 흥건한 피가 제 피는 아니에요."

그게 황제가 보낸 습격자들의 피라는 것을 생각하면 그렇다고 아주 다행한 일도 아니지만 말이다. 앤더슨 백작은 빠르게 기차 안을 훑어본 후 그녀의 아들 또한 발견했다. 이렇게 두 사람이 가까이 서 있는 것을 보니 새삼스럽지만 정말로 닮은 외양을 하고 있었다.

곧 두 사람의 시선이 마주쳤다. 상황이 상황이어서 그런지, 두 사람은 그저 서로 눈빛을 마주한 후, 말없이 공동의 적에게 시선을 돌렸다. 둘 다 권총을 겨누고 있는 자세도 닮아 있었다.

한편, 알렉세이는 흥미롭다는 시선으로 앤더슨 백작을 바라보았다. 그녀와 그녀의 아들 손에 들린 권총에는 아랑곳하지 않는 눈이었다.

"이 사람이 너를 존경해서 비비안이라는 이름을 지었다는 사람?"

"본인의 이름을 보통 본인이 짓지는 않지. 어머니가 지어 주셨대."

"그건 부러운 일이군."

알렉세이의 성격으로는 드물게도 그는 꽤 솔직한 심정을 말했다. 하긴 그랬다. 우리들 중 제대로 부모에게서 이름을 받은 사람은 드물었으니까.

나는 이 세계에 와서 비비안 그리니어스라는 이름을 받았다. 앤더슨 백작처럼 내 부모가 지어 준 것은 아니었다. 이 세계에서 나는 사람의 신체에서 태어난 것이 아니라 애초에 어린아이의 모습으로 이 세계에 왔기 때문에, 나에게 이름을 지어 준 것은 추기경들이었다.

그들은 의논 끝에 아주 오랜만에 강림하는 귀한 성녀라고 하며, 고대의 강력한 마법사 중 한 명의 이름을 따서 지어 주었다고 했다.

기적이 사라진 이 시대에

그리고, 알렉세이 경은 고아였다. 어릴 때부터 용병단에서 자랐기 때문에 아예 이름이 없다가 한 귀족이 농담 삼아 이름을 붙여 주었다고 했다. 그래서 자신 같은 험한 용병에게 어울리지 않는 고풍스러운 이름이라며 가끔 웃곤 했다.

내가 사랑해 마지않는 로티아 경도 역시 고아였다. 그녀는 그저 도둑고양이, 쓰레기, 거지 등으로 불리다가 그게 억울해질 즈음 스스로 이름을 지었다고 했다.

그만큼 험난한 시대였다. 그런 시대였지만, 좋은 추억이라고는 없지만 그래도 나는 그 시대를 살았고 내가 사랑하는 것들은 모두 그곳에 있었다. 오백 년이 지난 이 시대가 아니라.

도통 끝날 기미가 보이지 않는 대치 상황을 끝내기 위해 나는 다니엘 대공에게 말을 걸었다. 이 중에서 그나마 가장 내 말을 들어 줄 것 같은 사람이었으니까.

"로렐을 위해서 의사부터 불러오자. 다니엘 대공."

"……예. 데려온 사람들 중 의사가 있습니다."

"어디에 있어?"

"글쎄요, 일반 칸으로 대피하라고 지시했으니 어딘가에 섞여 들어가 있을 겁니다."

다니엘은 할 말이 많은 표정이었지만, 내 의사를 존중하는 것이 먼저라고 생각한 듯 금방 대답했다. 그렇지만 앤더슨 백작은 아들과는 다르게 생각한 듯 눈살을 찌푸렸다. 그녀는 권총을 내리지 않은 채로 알렉세이 경을 아래위로 훑었다.

"이 남자가 알렉세이 경입니까? 상당히 무도한 차림새입니다만."

그야 그랬다. 알렉세이 경은 온몸에 피를 뒤집어쓴 악귀 같은 모양새였으니까. 전설 속의 기사와의 첫 대면이라기에는 상당히 실망스러운 모습이었을지도 모르겠다.

내가 알렉세이 경에게 나무라는 눈빛을 보내자 그는 어깨를 으쓱이며 마력을 움직였다. 내게 익숙한 내 마력이 알렉세이 경을 감싸더니 다음 순간 휙, 하고 그의 차림새가 깨끗하게 바뀌었다.

역시, 내 몸에서는 마력이 사라졌지만, 알렉세이 경이 사용하고 있는 마력은 내 것이다. 이상한 일이네. 그의 왕인 내게는 마력이 없는데, 어떻게 알렉세이 경이 내 마력을 사용할 수 있는 걸까. 어차피 그리 중요한 일은 아니지만.

곧이어 다니엘은 앤더슨 백작과 눈빛을 교환했다. 아직 한 마디도 나누지 않았는데 그것만으로 의사 교환은 충분했던 듯, 다니엘이 내 팔을 잡고 그의 몸 뒤로 나를 숨겼다. 마치 알렉세이 경에게서 나를 숨기기라도 하듯.

"그럼 의사는 제가 불러오겠습니다. 당신께서도……."

"같이 갈게."

내가 그렇게 말하자 다니엘이 뜻밖의 말을 들은 듯 눈썹을 꿈틀였다. 내가 따라오지 않을 거라고 생각한 듯했다.

"그럼 나도 가고 싶은데."

알렉세이 경이 갑작스럽게 끼어들었다. 어쩐지 묘한 웃음을 짓고 있다. 그리 즐거워 보이지는 않지만, 무언가를 기대하는 것처럼 보이는 미소였다. 이건 뭔가 꿍꿍이가 있는데? 나는 인상을 찌푸렸다. 무슨 꿍꿍이일지 짐작이 가지 않는다.

"당신은 따라오지 말고 이 객실이나 어떻게 해. 이렇게 목이 떨어진 시체를 쌓아 놓고 어딜 가겠다는 거야?"

"그야 쓰레기는 태우는 주의지만, 그랬다간 기차를 통째로 태울 것 같아서 말이야. 그래도 될까, 비비?"

"될 것 같아서 묻는 건 아니겠지? 앤더슨 백작, 당신도 함께 와요."

알렉세이 경의 목줄을 다시 잡았다고는 생각하지만, 그래도 앤더슨 백작과 함께 두는 것은 영 꺼려졌다. 그렇지 않아도 다루기 힘든 내 기사는 오백 년의 시간이 지나 더욱 종잡을 수가 없게 되었으니까. 그러나 앤더슨 백작은 고개를 저었다.

"아니요, 이 객실에 누가 들어올 거라고 생각하니 두렵군요. 전 여기에 있지요. 어차피 이 객실을 통과해 식당 칸으로 가야 하니까요."

그렇게 말하니 할 말이 없었다. 실제로 이 객실에 운이 없는 누군가가 들어온다면 그 무엇도 장담할 수 없다. 나는 알렉세이 경에게 시선을 돌렸다.

"……알렉세이 경."

"알았어. 네 책임을 더할 만한 일은 하지 않을게."

그는 순순히 두 손을 들어 올리고 말했다. 믿음이 가지 않는 모양이지만 어쩔 수 없었다. 나는 알렉세이 경에게 얌전히 있으라고 한 번 더 못을 박은 후, 다니엘과 함께 우등 칸을 나섰다.

아주 짧고 좁은 통로를 지나는 동안 신발과 긴 치맛자락에는 온통 피가 묻었다. 우등 칸을 지나서 다른 객실의 통로에 들어섰을 때, 나는 나보다 한 발 앞서 걷는 다니엘의 팔을 잡았다.

"미안해."

내가 무엇에 대해 사과하는지 알고 있으면서 다니엘은 굳이 내게 반문했다.

"무엇이요?"

"알렉세이 경이 저렇게…… 한 것"

그렇지 않아도 다니엘은 나 때문에 황제와 미묘한 사이에 놓여 습격을 받은 처지였다. 그야 습격자니 희생이 발생할 수도 있겠지만 이 정도로 무참한 살해를 예상하지는 않았을 것이다. 황제도 다니엘의 성격을 알고 있을 테고, 다니엘 스스로도 습격자를 생포하려고 했다고 말했다.

그런 상황에서 습격자를 저렇게 무도하게 죽였다는 것은 아무리 생각해도 황제와의 관계에 좋을 것이 없었다. 알렉세이 경 때문에 다니엘이 곤란한 입장에 처한 것은 분명했다. 다니엘이 내 말에 나를 돌아보았다.

"그 말씀을 하시려고 따라오겠다고 하신 겁니까."

"……응."

 사과한다고 해서 수습될 만한 일은 아니지만, 사과는 해야 했으니까. 내 말을 들은 다니엘이 눈가를 좁혔다. 하늘색 눈동자가 나를 똑바로 응시하고 있었다.

 "굳이 저를 따라와서 그런 말씀을 하시는 것은…… 알렉세이 경의 앞에서 사과하는 모습을 보이고 싶지 않아서, 입니까?"

 "그보다는, 알렉세이 경을 자극하고 싶지 않아서."

 다니엘의 상태를 살펴보기 위해 바닥에 무릎을 꿇는 것도 싫어했었다. 괜히 저 참사를 만들어 낸 알렉세이 경을 자극했다간 또 무슨 짓을 저지를지 알 수가 없다.

 내가 그렇게 말하자 다니엘이 다시 몸을 돌려 걷기 시작했다. 나도 그를 따라 걸었다. 조용한 통로를 걸어, 다시 다른 객실과의 연결 통로에 들어섰을 때 다니엘이 갑자기 걸음을 멈췄다. 그의 등에 코를 박을 뻔한 내가 멈춰 서자, 다니엘은 몸을 돌렸다.

 "그건 알렉세이 경의 말을 받아들이지 않겠다는 뜻으로 해석해도 됩니까?"

 "무슨 말이야?"

 "여전히 죽고 싶으신 겁니까, 당신은."

 역시, 내가 알렉세이 경에게 한 말에 대해서 묻고 싶은 모양이었다. 그럴 거라고 생각했다. 솔직히, 다니엘 앞에서는 하고 싶지 않은 말이었다. 나를 만난 이후로 꾸준히 살아도 된다고, 살라고, 말로만 그치지 않고 행동으로도 몇 번이나 나를 구하려고 했던 사람 앞에서 할 만한 말은 아니었으니까.

 그렇지만, 나는 비비안 앤더슨 백작을 보고 더욱 확신했다. 이 세상에 비비안 그리니어스는, 기적을 가져오는 성황 따위는 더 이상 필요 없다.

 "……난……."

 내가 말을 꺼내려던 그 순간 덜컹, 하고 기차가 크게 흔들렸다. 잡고 몸을 지탱할 것이 없었던 나는 중심을 잡지 못하고 옆으로 크게 휘청였지만, 내가

기적이 사라진 이 시대에 275

넘어지기 전에 다니엘이 내 어깨를 잡아 주었다.

단단한 손이 내 어깨를 꽉 잡았다. 그 손에 들어간 힘 때문에 나는 나도 모르게 신음을 흘렸다. 아파, 그렇게 말하려고 나는 다니엘을 올려다보았다. 그는 내게서 아무런 대답도 듣지 않았음에도 이미 답을 찾은 얼굴을 하고 있었다. 다니엘은 낮은 목소리로 속삭였다.

"……그렇다면, 전 당신을 납치하겠습니다."

"뭐?"

내가 어이가 없어서 무어라 말을 하기도 전에 다니엘이 나를 들어 올렸다. 발이 바닥에서 떨어지는 바람에 놀라서 혀를 깨물었다. 내 등과 허벅지를 두 팔로 받쳐 들어 올린 다니엘이 발로 문을 열었다. 객실로 통하는 문이 아니라, 밖으로 통하는 기차의 문을!

빠르게 스쳐 지나가는 바깥의 풍경을 보고 나는 입을 벌렸다. 기차는 생각보다 더 빠르게 달리고 있었다. 열린 문 사이로 세찬 바람이 들어와 치맛자락을 펄럭이게 했다.

다니엘이 나를 안아 든 채 한 걸음 더 내디뎠다. 문득 보인 밖의 풍경으로는, 기차는 높은 다리 위를 건너고 있었다. 고도에서 내려다보는 풍경이 아찔했다.

곧이어 다니엘은 걸치고 있던 얇은 코트의 주머니에서 기다란 끈을 꺼내어 빠르게 내 허리와 자신의 허리를 묶었다.

"뭐 하는 거야?!"

"이렇게라도 하지 않으면 알렉세이 경을 따돌릴 수 없으니까요."

"그렇게 태평하게 대꾸할 일인가?!"

추측, 이라고 하기보다는 그렇게 할 것이라는 예감이 들었기 때문에 나는 나도 모르게 다니엘의 목을 꽉 껴안았다. 다니엘이 나지막이 웃는 소리가 귓가를 울렸다.

웃어? 대체 왜?

"꽉 잡으세요."

다니엘은, 그다음 순간 정말로! 정말로 기차 위에서 뛰어내렸다!

다니엘에게 안긴 내 몸도 공중에 붕, 하고 떠 버렸다. 사람은 너무 황당하고 무서우면 말도 나오지 않는구나.

세상에, 나는 당연히 올 충격에 대비해서 눈을 꽉 감았다. 달리는 기차에서 뛰어내리다니 그런 미친 짓이 어디 있어? 최소한 살이 찢어지고 뼈가 부러질 테다. 죽지 않으면 다행이다.

"……."

그렇지만 아무리 기다려도 대비했던 충격은 오지 않았다. 나를 안아 들고 있는 다니엘의 팔이 풀리는 일도 없었다. 나는 슬며시 눈을 떴다.

다니엘은, 우리는, 날고 있었다. 나를 안고 있는 다니엘의 어깨 뒤엔 커다란 천이 펼쳐져 있었다. 나도 저게 무엇인지는 안다. 낙하산이다. 나는 묘하게 납득했다. 하기야 다니엘이 알렉세이 경도 아니고 나와 동반 자살을 할 이유는 없다.

낙하산 너머로 기차가 이미 멀어지는 것이 보였다. 알렉세이 경, 나중에나 보겠군. 이 상황에서도 알렉세이 경의 당황한 얼굴을 생각하니 조금쯤 웃음이 나왔다.

다니엘이 나를 붙잡은 팔은 단단했지만, 그것만으로는 허공에서 안정감을 느끼기에는 한참 부족했다. 두려움을 참고 발밑을 내려다보자 우리의 아래에는 넓은 강이 흐르고 있었다.

"강에 떨어지려고?!"

말을 하려고 입을 벌렸더니 다시 입을 다물 수 없을 정도로 바람이 들어와서 나는 바람을 그

대로 맞았다. 세찬 바람이 얼굴을 마구 때렸다. 다니엘이 무어라고 말하는 것 같았지만, 잘 들리지 않았다. 나는 바람을 이기지 못하고 다니엘의 어깨에 얼굴을 파묻었다.

다행이라고 해야 할지, 낙하는 길지 않았다. 다니엘이 무엇을 어떻게 조종했는지는 모르겠지만 우리는 다행히 강이 아닌 강이 흐르는 옆, 제법 폭신한 잔디밭으로 굴러떨어졌다.

"와아!"

욕이 나올 뻔했지만, 몸에 닿는 충격이 먼저였다. 잔디밭에 몸이 부딪혔다. 나와 다니엘은 바닥에 몇 번 구른 후에야 멈추었다. 넓은 낙하산과 줄이 마구 뒤엉켰다. 그리고 우리가 구르기를 멈추자마자 나는 몸을 일으켜 나와 다니엘을 묶은 줄을 풀었다.

"이게 말이 돼?!"

갑작스러운 낙하 후라 다리와 팔이 휘청거렸지만 그래도 다니엘의 멱살을 잡을 만한 힘은 남아 있었다. 다니엘은 나보다 더 낙하의 충격이 컸는지 아직도 지면에 쓰러져 있었는데 그래서인지 내게 순순히 멱살을 잡혔다.

"낙하산은 어디에 숨겨 뒀어?"

"처음부터, 허리춤에요."

어쩐지 이렇게 더운데 코트를 입고 있다 싶었지! 나는 지면에 팽개쳐진 넓고 얇은 천을 바라보았다. 겨우 이런 거로 기차 위에서 뛰어내렸다니! 그래도 기차가 지나가는 선로 위에서 지면의 높이가 그리 높지 않아서 다행이었다. 강가 옆 잔디밭이 푹신했던 것도 그렇고. 아니, 아니지.

"낙하지점까지 계산에 넣었었던 건가?"

기차는 수도부터 앤더슨 대공의 영지까지 긴 여정을 해야 한다. 그렇다고 해서 이렇게 낙하산을 타고 무사하게 착지할 수 있는 지점이 많을 리도 없고, 다니엘이 뛰어내린 그 순간 운 좋게 이런 지점을 지나갈 리 없다. 그러니까 처음부터 이 기차로부터의 탈출은 철저하게 계획된 일이었다는 말이다.

아니나 다를까, 다니엘이 순순하게 입을 열었다.

"이렇게 되지 않기를 바랐습니다만, 알렉세이 경이 쫓아오는 데에야 별수 없지요."

나는 그 말을 듣고 오랜만에 화가 나는 것을 느꼈다.
"그래도 그렇지! 죽을 수도 있잖아!"
"그러는 당신은요? "
다니엘은 잔디밭에서 천천히 몸을 일으키려 했지만 한 번 실패했다. 나보다 훨씬 더 세게 바닥에 부딪혔을 텐데, 다치지는 않았을까. 나는 그의 몸을 천천히 훑어보았지만, 곧 포기했다. 어차피 지금의 나는 마력도 없고, 내 약병도 기차에 실린 가방에 들어 있어서 도와줄 방법도 없다.
"저는 당신을 살리고 싶고, 그러기 위해서는 제 목숨을 걸 각오도 하고 있습니다."
그런데도 나는 죽으려고 하고 있다고, 그렇게 비난하는 것처럼 들리는 말이었다. 아마 실제로도 그런 뜻일 것이다.
나도 그런 생각을 했다. 다니엘은 처음부터 나를 살리려고 했고, 그 때문에 본인이 곤란한 입장에 처한 지금까지도 여전히 나를 살리려고 하고 있다. 그런 그의 앞에서 막상 내가 죽으려고 하는 것은 그에게는 무척이나 미안한 일이었다.
그거야 그렇지만.
"나를 살리려고 당신이 죽으면 그게 무슨 의미가 있어? 그런 죽음에 무슨 의미가 있는데!"
그렇지만 내가 가지고 있는 죽음에의 소망은 다니엘이 결코 꺾을 수 없는 종류의 것이다. 나는 더 이상 이 삶에서 희망을 찾을 수 없는데, 다니엘은 그 희망이 되어 줄 수는 없을 테니까. 그 희망이 되어 줄 수 있는 사람은 이미 죽은 지 오래다.
그런 나를 살리기 위해 목숨을 거는 것은 무의미한 일이다. 왜 이걸 이해하지 못하는 거지. 나는 답답한 심정으로 한쪽 무릎을 땅에 대고 있는 다니엘의 어깨를 양손으로 잡았다.
"죽지 마. 당신까지 죽을 필요는 없어!"

"……앤더슨 백작의 말도 당신에게는 부족했던 것입니까."

"무슨 말이야?"

"제 어머니 또한 당신을 설득하는 것에 실패한 모양이군요."

다니엘은 천천히 자신의 어깨를 잡고 있던 내 손을 쥐고 내렸다. 그는 내 두 손을 잡은 채, 하지만 나에게 의지하시는 않고 스스로 일어섰다.

그는 나보다 키가 컸지만, 대신 허리를 굽혀 나와 시선을 맞춘 채 나를 마주 보았다. 상당히 가까운 거리에서 본 하늘색 눈동자에 내 얼굴이 비치고 있었다.

"신념을 가지고 죽는 것과, 절망한 채 죽는 것은 다릅니다."

그 얼굴은 무척이나 정중하고, 그 말에 담긴 감정은 진정으로 느껴졌다. 나는 어쩐지 약간 무서워졌다. 만난 지 얼마 되지 않는 사람을 향한 감정으로는 조금 무겁다. 손을 잡힌 채로, 나는 한 걸음 뒤로 물러서 보았다. 다니엘은 나를 쫓아 한 걸음 물러서는 대신 그 또한 한 걸음 물러섰다. 얼굴이 멀어져서 나는 그제야 약간 안도했다.

"아니, 죽으면 다 똑같아."

"그렇지 않습니다."

"죽어 본 적이 있어? 나는 죽어 봤거든."

죽고 나면 아무것도 남지 않는다.

로티아를, 레오날드를, 알렉세이를, 그 모두의 삶을 생각하면 가슴이 먹먹해졌다. 그렇게 힘들게 살았는데 나는 아무런 도움도 주지 못했다. 죽어서 아무것도 하지 못했으니까. 그러나 내 말을 들은 다니엘은 한숨을 쉬었다.

"그런 당신께서는? 지금 당신은 죽으려고 하지 않습니까."

"당신과 나는 다르지! 당신은 소중한 사람들도 많고,"

그 사람들이 모두 살아 있기도 하고, 나는 속으로만 그렇게 덧붙였다. 내 이야기는 이 시점에서 중요한 게 아니다.

"그리고 앤더슨 백작도 당신이 죽는 건 원하지 않을 거야."

그 말을 듣고 다니엘은 더욱 깊게 한숨을 쉬었다. 그도 나처럼 나를 답답하게 여기고 있는 모양이었다.

"저의 말이 당신에게 전혀 닿지 않는다는 것은, 이해했습니다만. 그래도 괴롭군요."

"……미안."

그렇게 숱하게 나에게 살아도 된다고, 나를 살려 주려고 노력했는데 이건 나도 어쩔 수 없는 일이었다. 상대방에게 무슨 말을 해도 닿지 않고 이해받지 못하는 괴로움은 나도 잘 알고 있다. 그렇지만 나도 역시, 다니엘 대공의 말에 숱한 위로를 받았을망정, 그게 역시 살고 싶다는 이유가 되지는 않아서 어쩔 수가 없다.

다니엘은 분명 내게 고마운 사람이지만 죽음에의 갈망은 그리 쉽게 채워질 수 있는 것이 아니다. 죽음은 모든 것의 끝을 의미하고, 이 모든 힘겨움이 지속될 수밖에 없는 삶보다 훨씬 유혹적이다. 나 같은 사람에게는 더더욱.

"그래도, 나 때문에 당신이 지게 된 짐에 대해서는 책임을 지고 싶어."

"제가 진 짐? 무엇을 말씀하십니까."

"황제와의 관계. 이럴 예정은 아니었잖아."

앤더슨 백작은 패륜아 운운하며 황제를 비난하기는 했지만, 말의 곳곳에서 애정이 엿보였다. 습격자를 보내기는 했지만, 황제와 이 모자간의 관계는 단순한 적으로는 보이지 않았다. 그런데 알렉세이 경이 다니엘을 습격한 자들을 모두 참살해 버렸으니 골치가 아프지 않을 리 없다. 그렇지만 다니엘은 고개를 저었다.

"당신께서 신경 쓰실 일이 아닙니다. 앤더슨 백작께서 남아 있으니, 알아서 처리하실 겁니다."

습격자 수십 명이 잔혹하게 살해당한 일을 도대체 어떻게 처리할 수 있단 말인가. 뻔히 보이는 허세에 고집이었다. 해결할 방법이 눈에 보이는데도 불구하고 손해를 볼 것이 분명한 수단을 택하려고 하는 그들 모자에게 나는 답답함을 느꼈다. 고마움을 느끼는 꼭 그만큼.

"내 정체를 밝혀도 상관없어. 그게 제일 원만한 방법이잖아."

물론, 오백 년 전 죽은 성녀가 돌아온 것을 보호하는 와중에 역시 오백 년 전 죽었어야 할 팔라딘 중 하나가 쭉 살아오며 살인을 저질렀다는, 거짓보다 믿기 힘든 사실이기는 하지만 진실은 진실이다.

내가 세간에 드러나게 되면, 글쎄, 상황은 영 복잡해지겠지만 상관없다. 어쨌거나 이번 기차에서 일어난 사건의 범인이 알렉세이 경이라는 것이 알려지면 다니엘은 황제와의 관계를 완전히 망쳐 버리지는 않게 될 테니까.

그렇지만 다니엘은 내 말을 딱 잘랐다.

"그럴 생각 없습니다."

"대공."

"황제 폐하께 당신의 존재를 밝힐 생각은 없다고 말씀드린 적이 없었던가요, 그렇다면 지금 말씀드리겠습니다. 앞으로도 그럴 생각은 없습니다. 제가 무슨 짐을 지게 된다고 한들."

"……왜?"

"당신이 원하지 않으니까요."

그 말에 나는 눈가를 좁혔다. 다니엘 대공은 여전히 내 손을 잡고 있었다. 그 손을 뿌리치지 못한 채로, 나는 여전히 다니엘을 바라보았다.

"방금 내가 내 정체를 밝혀도 된다고 했는데."

"그렇다고 해서 당신께서 진정으로 원하시는 것은 아닐 터입니다."

그렇게 말하며 다니엘은 내 손등에 가볍게 입맞춤을 떨어트렸다. 내가 질색할 틈도 없었다. 입맞춤을 떨어트린 후 다니엘은 천천히 내 손을 놓고 계속 나와 시선을 맞추고 있던 것을 떨어트렸다. 그는 넓게 펼쳐진 잔디밭 너머로 시선을 돌렸다. 이미 사라진 기차의 흔적을 좇기라도 하듯이.

"앤더슨 백작, 그러니까 제 어머니는, 제가 이 세상에서 가장 존경하는 분입니다."

"……그야, 멋있는 사람이긴 했는데."

그 말을 듣고 다니엘은 기쁜 듯 웃었다. 내가 앤더슨 백작을 멋있다고 말한 게 기뻐할 일인 걸까. 내 평가가 없더라도 그녀가 멋진 사람이라는 것에는 변함이 없을 텐데.

"당신은 과거의 유물, 이라고 본인을 지칭하셨습니다만…… 당신이 없었다면 앤더슨 백작은 없었을 겁니다."

그래, 앤더슨 백작도 그렇게 말했다. 그렇지만 나는 여전히 그 말이 믿기지 않았다. 그렇게 우리가 바꿀 수 있는 세상이었다면, 너는 대체 왜.

"여전히 이 세상에는 당신이 살길 바라는 사람이 있습니다."

"누구? 당신? 앤더슨 백작?"

"로티아 경."

갑작스럽게 들이 밀어진 이름에 나는 잠깐 숨을 멈추었다. 시선이 뿌옇게 흐려지는 것 같았다.

그래, 로티아는 내게 마음대로 살라, 고 했었지. 그 말을 떠올리자 다시 마음이 괴로워졌다. 알렉세이 경의 말에 따르면, 로티아는 평생 내가 돌아오리라고 믿으면서 살아갔다.

그러나 나는 그녀가 살아가는 평생 동안 돌아가지 못했다. 그런 그녀가 나를 원망하면서 죽었다면 차라리 마음이 편할 텐데 그녀는 여전히 나를 사랑하며 죽었다.

그렇지만, 로티아. 너는 그렇게 나를 사랑했으면서 왜 내게 다시 살라는 말을 한 거야?

"앤더슨 백작가에 내려오는 유언은 로티아 경만의 것이 아닙니다."

그 말에 나는 깜짝 놀라 다니엘을 바라보았다. 그는 여느 때와 다름없는 진중한 표정으로, 그러나 내 반응을 두려워하는 것처럼 조심스럽게 말했다.

"되도록이면 아직은, 말씀드리고 싶지 않았습니다만."

"……대체 누구의 유언인데?"

"유리 아레노."

숨이 막혔다.

너무 뜻밖의 이름에, 아무런 말도 하지 못하고 멍해진 내게 다니엘 대공이 손을 뻗었다. 그가 손을 뻗은 이유가 바로 내가 쓰러지기 직전의 상태였다는 것을, 그의 손이 내 어깨를 부축해 지탱한 다음에야 알았다.

나는 눈을 깜박였다. 유리 아레노라고?

"아레노 황가의 마지막 황제가 맡긴 친서가 있습니다."

그 말에 나는, 어디까지고 깊은 물속에 끌려 잠겨 들어가는 것만 같았다.

* * *

유리 아레노가 나를 죽였을 때. 분명 우리는 그리 좋은 상황에 처해 있었던 것은 아니었다. 좋은 상황이 아니라기보다는, 솔직히 말해 상황은 최악이었다.

마법이라는 신의 기적이 당연하게 받아들여지는 시대이니만큼, 자연의 흐름 또한 신의 뜻처럼 받아들여지는 시대였다. 그런데 하필이면, 흉년이 들었다. 그리고 유리 아레노와 나는 그 시대에 있어 당연한 것들을 그 시대에 있어 틀리다고 받아들여지는 방향으로 고치고 있었다.

자연의 기복이 모두 신의 뜻이라고 받아들여지는 세상에서, 게다가 마법이라는 신의 기적이 있는 이상 황제에의 벌이라고 사람들이 해석하는 것을 어떻게 막을 방도도 없었다.

처음에는 여전히 내 몸에 깃들어 있는 마력으로 불만을 잠재웠지만, 당장 든 흉년은 어찌할 수 없다. 한 사람의 힘으로는 한계가 있었다.

유리 아레노는 농법을 좀 더 효율적으로 바꾸고 저수지를 보강하라고 지시했지만 빠른 시일 안에 효과가 드러나기는 어려운 일들이었다. 지방 영주들에게 세금을 내리라고 명령했으나 당시 귀족들과 황제의 사이는 최악이었다.

곳곳에서 봉문을 걸기 시작했다.

  결국, 그 불만은 황제와 성황에게 감히 반기를 들기보다는, 먼저 주위에 있는 약자들에게로 향했다. 과부가 되어 혼자 살고 있는 여성들이 주로 표적이 되었다. 기근과 전염병 등으로 가난해진 이들은 약자를 공격하길 서슴지 않았다.

  나도, 유리 아레노도, 흉년을 어떻게든 해결해 보려고 했지만, 그것도 여의치 않았다. 법전을 고쳤기 때문에 영지를 다스리고 있던 지방의 영주들이 유리 아레노에게 호의적이지 않았기 때문이다.

  우리가 너무 서툴렀다. 유리는 가끔 그렇게 말하며 쓰게 웃었고 반면에 나는 동의하지 않았다. 언젠가는 바꾸어야 할 일이라 어쩔 수 없는 진통이라고 생각했다. 흉년이 아니라 풍년이 들었다면 상황은 달라졌을 것이다.

  우리는 그저 운이 없었다. 그러니까, 조금만 더 시간이 지나면 이 힘든 시기를 버티면 다시 도약할 수 있는 때가 올 거라고, 나는 유리 아레노를 설득했다.

  그러나 엎친 데 덮친 격으로, 유리 아레노의 후계자가 문제가 되었다. 유리 아레노는 당시 서른넷, 황제로서는 젊은 나이였지만 결혼을 하지 않은 미혼의 황제로는 많은 나이였다.

  그런 그가 언제까지고 결혼을 하지 않았기 때문에 귀족들 사이에서는 성토의 목소리가 쏟아져 나왔다. 남색가일 것이다, 불구일 것이다, 그런 비난이 나왔다. 그렇지만 유리 아레노는 결혼하지 않고 버텼다.

  유리도 당장 결혼하지 않는 것에 대한 이유는 있었다. 먼저 적당한 혼처가 없었다. 시기가 좋지 않아 흉년이 들어 결혼이라는 행사를 치르기도 적합하지 않고, 지방의 귀족 가문들이 봉문까지 내걸고 있으니 섣불리 한 귀족 가문이나 외국과의 결합을 선택할 수도 없었다.

  그래서, 나는 유리에게 제안했다. 차라리 우리가 결혼하는 게 어떻겠냐고.

그게 이 상황에서 가장 적절한 해결책이었다. 우리가 전혀 그런 사이가 아니라는 문제를 차치한다면, 말이지만.

그러나 내 제안에 유리는 단번에 고개를 저었다.

"그대를 그렇게까지 말려들게 할 수는 없지. 그렇지 않아도 비난을 받고 있는 몸이다. 그대와 결혼하면 그대 또한 비난의 대상이 될 거야."

"난 그래도 상관없어. 어차피 우리는 이미 운명 공동체라고."

그 말에 유리 아레노가 기쁜 듯 웃었던 것을 기억하고 있다. 그렇지만 그것은 그저 내 마음이 기뻤을 뿐 내 제안에 설득당한 표정은 아니었다. 그리고 나는 감동시킬 셈으로 말한 것이 아니라 진심이었기 때문에, 한 번 더 말했다.

"결혼하자, 유리. 난 괜찮아. 어차피 난……."

"그만, 비비안."

유리가 내 말을 막았다.

"이런 위치이다 보니 나는 단 한 번도 제대로 된 친우를 가진 적이 없지. 나는 그대가 행복하길 바라."

"너랑 결혼해도 그럭저럭 행복할지도 몰라."

그 말에 유리는 웃었다. 농담이라는 것을 알아차린 모양이다. 물론 결혼해도 행복할 것이라는 건 농담이기는 했지만 나는 진심이었다. 우리는 개개인의 행복을 따지기보다는 생존이 먼저인 사람들이니까.

그러나 결혼에 대해 유리 아레노는 여전히 부정적이었다. 다만 나도 고집이 셌다. 유리의 입장은 날로 버거워져 갔다. 그래서 나는 본인에게 결혼을 거절당한 이후로도, 여러 공식적인 자리에서 유리 아레노와 결혼할지도 모른다는 소문을 흘렸다.

하지만 그건 유보책에 불과했다. 그 본인에게 번번이 제지를 당했기 때문이다. 하루는 너무 억울해서 술을 마시고 찾아가 울며 매달렸더니, 안타까운 구혼자를 바라보는 유리 아레노의 시선이 무척이나 다정했다.

"그대는 이 세상에 너무 빠르게 내려왔기 때문에…… 지금은 비난을 받고 있지만, 실지로는 이런 취급을 받아도 될 만한 이가 아니라 언제나 가슴이 아파. 그런데 여기서 더 휘말리게 둘 수는 없어."

정말로 사랑하는 것도 아닌데, 정말로 결혼하고 싶어서 이야기한 것도 아닌데 그런 말로 거절당하니 정말 사랑을 거절당한 것처럼 마음이 아팠다. 그리고 솔직히, 마음이 아픈 것 이상으로 화가 났다.

"그럼 나는? 나는, 유리."

나는 답답한 가슴을 주먹으로 쳤다. 몇 번이나 가슴을 치자, 그제야 유리가 내 손을 잡아 멈추었다. 나는 유리와 손을 잡은 채로 눈을 마주치며 말했다.

"반대로 생각해 봐. 네가 이렇게 당하는 걸 보는 나는 어떻게 해?"

나는 유리를 간절하게 바라보았다. 술의 힘을 빌려서 말한 덕분인지 감정이 북받쳐 올랐다. 눈물이 쏟아질 것 같았다.

그냥, 제발. 타협 한번 없던 당신의 인생에서 단 하나, 이것만큼은 타협 하겠다고 말해. 이것만큼은 신도 뭐라고 하지 못할 테니까.

그렇지만 유리는 여전히, 내 말을 거절했다.

"……내 능력 부족이로군."

유리 아레노가 쓴웃음을 지었다. 유리가 내게 그렇게 말하는 것은 처음이었다. 나는 술병을 집어 던져 깨트리는 것으로 불만을 표시했다.

그러니까, 한마디로 말해서. 나는 유리 아레노를 유리가 그랬던 것보다 훨씬 아꼈다. 내 가족이나 다름없다고 생각했다.

그런 유리가 내 목에 칼을 대었을 때, 마지막 순간까지도 나는 매달렸었다. 그러지 말라고, 괜찮을 거라고. 그렇지만 유리 아레노는 내 목을 쳤다. 그게 네가 내린 결론이고 우리에게 주어진 답이라고 생각했다.

그런데, 네가 나에게 유서를 남겼다고? 그럼 너는 날 죽인 주제에, 내가 언젠가 이 세상에 살아 돌아올 거라고 생각했다는 거야? 어떻게 네가 그럴 수가 있어?

"이 나빠……!"

나는 소스라치며 잠에서 깨어났다. 눈을 떠 보니, 새파랗게 펼쳐진 하늘이 보였다. 구름 한 점 없는 맑은 날씨였다.

볼이 간지럽다고 생각했는데, 뺨을 간질이는 것은 억센 잔디였다. 비를 듬뿍 머금고 자란 건강한 풀잎이 간지럽게 느껴져 우악스럽게 손으로 쥐어 잡았더니, 내 손을 감싸 오는 다른 이의 손길이 있었다.

"손을 다치십니다."

다니엘 대공이었다. 나는 내가 다니엘 대공의 코트를 깔고 누워 있다는 것을 알아차렸다. 아마도 내가 기절해서, 기절한 나를 안고 이동하기도 어려우니 일단 잔디에 눕힌 것이리라.

단추로 걸어 잠그는 드레스 목 부분의 단추가 풀려 있었다. 나는 답답하게 느껴지는 가슴팍을 두, 세 번 두드린 다음에야 입을 열었다.

"혹시 내가 뭐라고 하면서 깼어?"

"나쁜, 이라고 하셨습니다."

다니엘은 내가 왜 이렇게 예민하게 구는지 이해하지 못한 기색이었지만 순순히 대답했다.

"다른 말은 안 했고?"

"예."

나는 그 말을 듣고서야 안도의 한숨을 내쉬었다. 남들 앞에서 잠들었다가 잠꼬대로 중요한 비밀을 토로하는 멍청이는 되고 싶지 않았으니까. 그야, 오백 년쯤 지나 버린 비밀에 무어 그리 중요한 가치가 있을까, 싶으면서도.

한참을 침묵하며 밝은 하늘을 바라보다가, 나는 내 말을 기다리고 있는 다니엘에게 마침내 물었다.

"그래서, 유서는."

그렇게 묻는 말이 얼마나 어려웠는지.

"앤더슨 영지의 앤더슨 백작가에 보관되어 있습니다."

반면에 돌아오는 대답은 명쾌했다. 그렇게 말한 다니엘이 내게로 손을 뻗었다. 무엇을 하려는지 몰라 내버려 두었더니 그는 내 이마에 흘러내린 머리카락을 쓸어 넘겼을 뿐이었다. 그는 어쩐지 내내 나를 안쓰러워하는 기색이다. 왜일까. 내가 이 세상 따위 살고 싶지 않은 멍청이라서?

"내용은 저도 모릅니다. 당신의 마력으로만 열리는 상자 안에 유리 아레노 황제가 남긴 편지가 있다고 전해져 올 뿐입니다."

"왜 진작에 말하지 않았어? 로티아 경의 유언과 함께 전해 주어야 했던 것 아닌가."

"언젠가는 말씀드리려고 했습니다. 그저, 좀 더…… 안정되면 보여 드리고 싶었습니다."

"그건 당신이 판단할 일이 아니지 않아?"

"확실히, 건방진 판단이었습니다."

다니엘은 순순히 사과했다. 사실 따져 보면 내가 화를 낼 일이기는 한데, 막상 내 마음을 들여다보니 별로 화가 나지 않았다. 화를 내기에는 너무 놀라서일까, 혹은 건방졌다고는 해도 그 속에 있는 다니엘의 배려를 읽을 만큼은 그의 본성을 이해하고 있어서일까.

나는 화를 내는 대신 다니엘에게 물었다. 궁금한 점이 많았다.

"어째서 앤더슨 백작가에 아레노 황제의 유서가 전해져 오는 거지?"

"역사서에는 정확히 기술되어 있지는 않은 일입니다만, 유리 아레노 황제는……."

그렇게 말하고 다니엘은 말을 한 번 끊었다. 어쩐지 말을 꺼려 하는 기색이었지만, 그는 다음 순간 다시 말을 시작했다.

"최후에, 대륙 북방의 변두리에서 방랑하다 죽었습니다. 길을 떠나기 전, 우연히 당대의 앤더슨 백작가에서 하루 간의 숙식을 얻었다던가. 그때 신분을 밝히고 유서를 맡겼다는 기록이 있습니다."

"……그랬구나."

내가 알고 있는 유리 아레노의 모습에서는 도통 연상할 수 없는 죽음이지만, 내가 죽고 나서도 유리 아레노는 몇 십 년을 더 살았다. 그건 우리가 함께 지낸 시간보다도 훨씬 더 긴 시간이고, 그러니 그건 사람을 바꿀 만큼 긴 시간이었을 테다.

"그래, 그랬구나……."

나는 잔디밭 위에 누워서 이 사실을 곱씹었다. 유리 아레노가 내게 편지를 남겼다. 나는 그걸 읽고 싶은 걸까? 아니면 보지 말고 모르는 척, 이대로 붉은 히아신스 꽃을 찾으러 떠날까. 혹은 알렉세이 경의 손에 모든 걸 맡긴다는 선택지도 존재했다.

비비안, 너는 어떻게 하고 싶어? 나는 스스로에게 물었다. 생각할 시간은 충분했다. 다시 눈을 뜨고 머리가 사고를 시작하고 심장이 피를 흘려보낸 그 순간부터 나는 유리 아레노에 대해서 생각해 왔으니까.

"그럼, 가자."

마음의 결정이 내려졌으니 더 이상 망설일 이유가 없다. 나는 누워 있던 몸을 일으켰다. 갑작스럽게 움직인 나를 보고 다니엘은 깜짝 놀랐다.

"조심하십시오. 방금 기절했었는데, 그렇게 갑작스럽게 일어나면 몸에 부담이 갈 겁니다."

"무슨 병자처럼 취급하네. 그리고 낙하산을 펼친 건 대공이잖아."

"……어쩔 수 없는 상황이었습니다. 알렉세이 경에게서 당신을 보호해야 하니까요."

그래서 나온 것이 달리는 기차에서 뛰어내려 낙하하는 건가. 자칫하면 죽을 뻔했는데.

"그래도 괜찮은 방법이긴 했어."

공간을 이동하는 마법은 마력의 크기에 따라 이동할 수 있는 거리가 달라진다. 알렉세이가 그저께 밤, 나를 안고 이동했을 때 느껴졌던 마력의 크기로 추측해 보면 알렉세이가 나를 찾아오기까지는 시간이 걸릴 것 같았다. 무엇보다도, 알렉세이는 지금 이 시대에서 가장 빠른 이동 수단으로 내게서 멀어지는 중이다.

내가 이런 짓을 당했다면 전성기 때라도 꽤 애를 먹었을 것이다. 다니엘이 정말 머리를 잘 썼다. 별로 칭찬해 주고 싶지는 않지만.

"그럼, 여기서 어떻게 이동해야 해?"

"곧 마중이 올 겁니다. 조금만 기다려 주시면."

"마중까지 준비하다니, 정말 철저하게 준비했구나……."

달리는 기차에서 뛰어내리는 무모한 짓을 이렇게 철저하게 준비하다니, 무모한 계획성이 좋다고 라도 해야 하나. 나는 약간 질린 기분으로 다시 다니엘의 코트가 깔린 잔디밭에 드러누웠다.

그렇게 다니엘과 이야기하는 동안에도 내 머릿속에는 여전히 수많은 생각이 교차하고 있었다. 유리가 쓴 편지에는 무어라고 쓰여 있을까, 비참한 삶을 살게 된 자기연민의 말? 미안하다는 말? 그럴 수밖에 없었다는 변명? 나를 죽인 다음 후회했다는 말?

그랬다. 나는 유리 아레노의 편지가 궁금해서 미칠 지경이었다. 그 누군들 자신을 죽인 살인범의 유서를 읽고 싶지 않겠는가? 가슴 속에서 휘몰아치는 감정에 열이라도 오른 것처럼 심정이 복잡한 나와는 달리 다니엘은 칼 같은 대답을 돌려주었다.

"솔직히 말씀드리자면, 저는 별로 궁금하지 않을 것 같습니다만."

나는 헛웃음을 지었다. 정말이지 희한한 재주가 있는 남자야. 언제나 옳은 말만을 하는데 눈치가 없어서 한 대쯤 때리고 싶어. 그렇지만 나를 위해서 이렇게까지 해 주는 사람에게 주먹을 날릴 수도 없어서 나는 그냥 이렇게 말했다.

"냉정하네."

의도치 않게 약간 신경질적인 어투가 되었다. 말을 꺼낸 내가 순간적으로 뜨끔할 정도로. 하지만 내가 그렇게 말하는 것을, 물론 그는 신경도

기적이 사라진 이 시대에 291

쓰지 않았다. 대신 다니엘의 손가락이 이마를 스쳤다. 친밀한 동작이라고 하기보다는 무척이나 정중한 동작이었다.

내 이마의 열을 잰 뒤 금방 손을 뗀 그가 눈살을 찌푸리며 나를 내려다보았다. 사심이라고는 전혀 담기지 않은 파란 눈동자가 걱정하는 빛을 띠고 있었다.

"그보다, 이마가 뜨겁습니다. 역시 마력의 소진에 관련되어 몸에 문제가 있는 것은 아닐지."

평소와 다를 바 없는 그 진중한 말에 나는 깊은 한숨을 내쉬었다. 내가 그에게 신경질적으로 대하는 것은 신경 쓰지도 않고 그저 내 몸을 걱정하는데, 끝까지 그에게 짜증을 낼 수도 없었다. 애초에 이건 그에게 화를 낼 만한 일도 아니다.

내 감정에 매몰되어서 남에게 화풀이를 하는 것은 정말이지 한심한 일에 불과했다. 그것도, 아무도 이해해 줄 리 없는, 이해할 근거도 없는 내 감정을 그가 이해해 주지 못했다는 이유로 신경질적으로 말하다니.

그렇지만 그렇게 생각하면서도 그리 쉽게 떨쳐질 만한 감정이 아니라서, 결국 내가 감정 없이 말할 수 있는 건 시시한 농담 정도였다.

"내 이마보다 당신 허벅지가 더 뜨거운데."

"체온이 높은 편입니다. 조금만 참아 주십시오. 그렇다고 맨바닥에 당신을 눕힐 수도 없는 노릇이니까요."

그러니까, 지금 나는 다니엘의 허벅지를 베개 삼아 빌린 채 들판에 누워 하늘을 바라보고 있었다. 생각할수록 내가 너무했다. 허벅지까지 빌린 주제에 그에게 신경질까지 내다니. 나는 반성하기로 했다.

"준비한 마중이 이미 도착했어야 할 시간인데, 아무래도 문제가 생긴 것 같군요. 죄송합니다."

"와, 내가 정말 나쁜 사람 같네."

"예?"

"아무것도 아니야."

대체 내게 얼마나 죄책감을 더 심어 줄 셈이야. 나는 좀 더 깊이 반성했다. 아마 원래라면 누군가 이 들판에 나와 다니엘을 마중 나올 계획이었는데 시간이 틀어진 모양이다.

그렇지만 난 딱히 손해를 본 기분은 아니었다. 일단, 지금 내가 머리를 눕히고 있는 허벅지의 감촉이 무척 좋다. 평소에 운동을 열심히 하는 덕분인지 따끈하고 말랑하고 탄탄하고 안정감도 있다. 게다가 그 허벅지의 주인은 대공이라는 지위를 가지고 있는 남자다. 흠, 역시 최고급 오크 나무 침대보다도 이 허벅지와 들판 쪽이 훨씬 더 비쌀 것이다. 나는 이 사치를 즐기기로 했다.

"혹시 불편하시다면……."

"무척 편한데."

"……그렇다면 다행입니다."

반면에 다니엘은 영 복잡한 표정이다. 내가 다니엘에게 무릎베개를 요구했던 것은 아니다. 다만 나는 정신적인 충격 때문인 건지, 아니면 다니엘의 말대로 낙하의 충격 때문인 건지 무척이나 피곤했다. 도저히 그냥 풀밭에 앉아 있을 수 없을 정도로, 그런 내게 다니엘이 맨바닥 위에 털썩 주저앉아 기꺼이 허벅지를 빌려준 것이다.

어쨌거나 그렇게 되어 나는 그의 허벅지를 베고 눕게 된 것인데, 친밀하다 못해 연인이나 할 법한 동작이 불편한 건지, 다니엘은 스스로 무릎을 내주었으면서도 영 경직된 태도였다. 그렇다고 싫어하는 것 같지는 않았지만. 음, 나처럼 솔직하게 즐길 건 즐기면 좋을 텐데 말이야.

불편한 다니엘과 사치를 즐기는 나는 한동안 침묵에 빠졌다. 바람이 불고, 잔디가 몸에 스치고, 넓은 들판에는 인간의 소리라고는 들리지 않았다. 그렇게 무료한 시간이 흘러갔다.

그렇지만 내 머릿속은 침묵에 빠지지 않았다. 다니엘의 허벅지에 누운 머릿속에는 수많은 생각이 들었다가 사라지지는 않고 그대로 머릿속을 맴돌았다. 그 생각들은 결국에는 그저 속에만 담기지 않고, 용량을 넘은 나머지 뾰족한 송곳처럼 튀어나왔다. 도저히 누군가에게 말하지 않고서는 견딜 수가 없었다.

"……대체 뭐라고 썼을까."

"글쎄요."

무시해도 좋을 것을, 다니엘은 내 말에 굳이 대답을 해 주었다. 그렇지만 어차피 대답을 받을 생각으로 한 말은 아니어서, 나는 그저 혼잣말을 계속했다.

"답장을 받을 수 없는 편지라니. 그런 걸 대체 무슨 생각으로 쓴 걸까?"

"살인범의 생각을 이해할 수 있다고 생각해 본 적이 없습니다."

"살인범이라. 그야 그렇지."

나는 다니엘의 말을 따라 하며 웃었다. 물론 그 단어 그대로 유리 아레노는 나를 죽인 살인범이다.

"그런데 내게 편지를 남겼어."

편지라는 것은 지금 당장 만날 수 없는 상대에게 소식을 알리기 위한 것이 아니던가. 그러나 자신이 죽인 사람에게 죽을 때 편지를 남기다니. 도저히 이해할 수 없는 기괴한 행태이다. 죽은 사람은 편지를 읽을 수 없으니까.

하지만 나는 수백 년이 지난 지금 살아 돌아와 유리가 남긴 편지를 읽기 위해 걸음을 옮기고 있다. 유리 아레노는 내가 살아 돌아올 것이라고 믿었던 걸까. 혹은, 역시 내가 살아 돌아오리라는 생각에서 편지를 남긴 것이 아니라, 그저 자신의 미련 때문에 읽을 사람 따위는 없는 유서를 남기기라도 한 걸까. 말년에 죄책감이라도 느꼈기 때문에?

전자일지, 후자일지, 편지를 읽어 보기 전까지는 모른다. 솔직히 나는 후자이기를 바랐다. 그편이 미련을 없애기 쉬울 테니까. 아마 알렉세이 경도 그쪽을 더 기뻐할 것이다.

내가 그런 생각을 하는 동안에도 다니엘의 손은 몇 번이나 내 이마를 짚었다,

떼었다, 바쁘게 움직였다. 한 번 확인했으면 그만이지 얼마나 더 내 이마의 열을 확인하려는 걸까. 그래 보았자 오른 열이 가라앉을 일도 없는데.

그렇게 생각은 했지만 나보다 나를 더 걱정하는 남자에게 할 말은 아니라 나는 그냥 나를 걱정하는 남자의 얼굴을 감상하기로 했다. 이것도 만만찮게 무례한 일이겠지만.

"어서 히아신스 꽃을 조달하지 않으면, 걱정으로 마음이 다 타 버릴 것 같군요."

"솔직히 나는 히아신스 꽃보다도 편지 쪽이 더 신경 쓰여서 죽을 지경인걸 대공, 꽃을 찾으러 가기 전에 편지를 먼저 보여 줄 수는 없을까?"

"상관없습니다."

몸부터 챙기라는 말을 할 줄 알았는데 다니엘은 뜻밖에도 내 말을 받아 주었다. 그의 허벅지에 누운 채로 눈을 크게 뜨자 다니엘이 이마로 흘러내린 내 머리카락을 손으로 가볍게 치워 주었다.

"당신의 말을 듣고 붉은 히아신스의 존재를 곧바로 떠올린 것은 다른 게 아닙니다. 그 꽃이 앤더슨 백작가의 성과 아주 가까운 곳에 있으니까요. 걸어서도 갈 수 있는 곳입니다. 어릴 때 자주 가서 놀곤 했지요."

"……그렇게 오래 피어나고 있다고?"

누군가를 위해 희생한 자의 무덤에서만 피어나는 그 꽃에는 물론 마법사의 마력을 회복시켜 주는 효과가 있지만, 그 두리뭉실한 기준의 마법은 대개 그리 길게 지속되지 않는다.

설령 붉은 히아신스 꽃이 피더라도 금세 져 버린 후 그다음 계절에는 다시 피어나지 않는 경우도 다반사라고 했다. 그렇게 희귀하니만큼, 마법사들 사이에서도 구전동화처럼 내려온 것이다. 나는 멍하니 중얼거렸다.

"그런 건…… 처음 듣는 일인데. 그렇게 오래 지속될 리가."

"그렇지만, 비비안. 당신은 이미 한 번 그 꽃을 통해 마력을 회복했다고 하지 않으셨습니까?"

"그건 그렇지만, 그건 그냥 우연이었거든."

전 대륙을 순회하던 때인지라 나는 갖가지의 사건에 휘말리곤 했다. 법이 효력을 발휘하지 못하고 치안이라는 단어가 존재하기는 하는지 의심스러운 오지의 마을에도 발걸음을 옮겼기 때문이다.

나는 어제 일어난 일처럼 생생한 한편, 어쩐지 현실감 없게 느껴지던 그 광경을 떠올렸다.

"그건 내가 만들어 준 무덤이었어."

옛날 옛적 어느 마을에 어떤 여자가 살고 있었습니다. 그런 문구의 동화가 시작할 법한 아기자기한 마을에서 살인 사건이 일어났다.

그렇지만 이상하게도 마을 사람들은 그 사건을 살인이라고 인식하지 않았다. 왜냐하면 살인을 저지른 사람은 그 동네에서 궂은일도 싫은 소리 하나 하지 않고 도맡아 하던 남자였고, 게다가 말괄량이인 딸 때문에 남들에게 고개를 숙이고 다니는 아버지였기 때문이다.

다들 남자가 술에 취해서 일어난 불행한 사고라고, 아내를 혼내는 중에 딸이 건방지게 끼어들기에 홧김에 머리를 몇 번쯤 때렸더니 일어난 일이고, 심지어는 딸이 아버지가 누구인지 모를 아이를 배었다는 소식을 암암리에 퍼트리며 그것이 그 살인의 원인이라고 서로를 납득시켰다.

그리고 그 남자는 분노한 아내에게 살해당했다. 사람들은 그 불의에 분노하여 힘을 모아 그녀를 붙잡고 평소에는 볼 일도 없는 성주에게 달려갔다. 계획적인 범행, 돌로 머리를 몇 번이고 쳐 내린 잔혹한 행위, 평소부터 있었던 가정 내의 불화. 악독한 살인범의 탄생이었다.

내가 떠도는 풍문을 듣고 마을로 달려갔을 때는 이미 늦은 후였다. 세상에서 가장 강력한 마법사였음에도 내가 할 수 있는 것은 아무것도 없었다.

자신의 딸을 살해한 남자를 죽인 여자의 마음을 구할 수도, 남편을 살해하다니 악독하다며 손가락질받으며 처형당하는 것도 막을 수 없었다.

그러나 적어도 인간이 만든 법으로는 아직 벌할 수 없었던 사람들이 사는 마을이 아닌, 연고 없는 다른 땅에 그녀들의 시신을 수습하는 일 정도는 가능했다. 나는 마을에서 한참 떨어진 곳에 모녀의 무덤을 만들었다. 그리고 그 사건이 잊혀지지 않아 그다음 해에 조문을 위해 무덤에 찾아갔었다.

그때 나는 처음으로 붉은 히아신스 꽃이 자라난 것을 보았다. 기적의 힘이라고 하는, 신의 힘이 담긴 꽃을. 어머니를 감싸고 죽은 딸이 피운 것일까? 혹은, 딸을 위해 살인을 저지른 어머니가 피운 것일까.

어째서 그 무덤에 기적 같은 붉은빛의 꽃이 자라났던 것인지 나는 도저히 헤아릴 수가 없었다. 아니, 헤아리고 싶지 않았다는 것이 옳을지도 모르겠다.

그렇지 않은가? 이렇게 기적 같은 힘이, 마법이라는 것이 존재하는데. 그 마법은 선량한 의지이며, 이 세상을 좋게 만드는 기적의 힘이고, 신의 힘일 텐데.

그렇다면 애초에 당신들이 죽지 않았어야 할 것이다. 지금에 이르러서는 그저 그런 말밖에 떠오르지 않는다.

나는 천천히, 그 모든 이야기를 최대한 감정을 내보이지 않고 간단하게 설명했다. 그러나 결코 간단할 수만은 없는 이야기를 들은 다니엘의 얼굴에는 표정이 사라져 있었다.

그거야 그렇지, 500년 전의 일이라고는 해도 쓴맛밖에 느끼지 못할 이야기였다. 더구나 다니엘의 성정이라면 더욱 이해하기 힘든 일일 것이다. 아니나 다를까, 다니엘은 한참의 침묵 끝에 한마디만을 겨우 내뱉었다.

"그런 일이 있었군요."

목소리에는 침통함이 있었다. 진심 어린 슬픔도, 분노 같은 것도 있었다. 그 시대에 당신이 있었다면 좋았을 텐데. 신 따위가 아니라, 당신 같은 사람들이 많았다면. 문득 그런 시시한 생각이 들어서 나는 웃어 버렸다.

이제 와서. 아무런 도움도 되지 않을 생각들이다.

"하여간에, 그다음 해에 무덤을 다시 찾아갔을 때는 이미 꽃은 사라졌었어.

덧없는 신의 기적이지."

그러니, 대공이 어릴 적부터 붉은 히아신스가 피어난 것을 보았다는 건 이상한 일이다. 가끔 전해 들은 희귀한 사례 속에서도 그런 일은 없었다. 대개 1, 2년이면 사라지는 기적들이었다. 그러니 다니엘이 보았다고 한 붉은 히아신스는 기석의 꽃과 아주 닮은 평범한 꽃일지도 모른다.

아니, 나는 사실 착각이라고 하는 가설 쪽에 힘을 실어 주고 있었다. 그렇지 않아도 내가 죽은 후 마법이라는 기적을 잃어 가던 이 세상에 그렇게 오래 지속되는 기적이 있을 리 없다.

"말씀드렸습니다만, 저는 신이 일으키는 기적을 믿지 않습니다."

그런 내 말을 다니엘이 부정했다. 여전히 단호하게 말하는 남자였다. 그리고 나는 그 말을 듣고 소리를 내어 웃었다. 말하는 것과 행동하는 것이 영 모순되었다는 생각이 들어서였다.

"무슨 소리야. 당신은 지금 마력이 담긴 히아신스 꽃을 찾아가고 있잖아."

나를 살리기 위해서. 그런 말은 굳이 덧붙이지 않았다. 다니엘의 표정은 여전히 보이지 않았지만 동요하지 않았다는 것은 그의 몸과 직접 닿아 있었기 때문에 알 수 있었다. 대신 그는 천천히 말했다.

"……붉은 히아신스 꽃은 누군가를 위해 희생한 자의 무덤에만 피어난다고 하셨습니다만…… 이야기를 들으니 다른 생각이 듭니다."

"무슨 생각?"

"그 상황에 처한 것이 저라면 어땠을지."

"아까 전에 이렇게 말하지 않았어? 살인범의 의도를 이해하려고 해 본 적은 없다고."

내 짓궂은 말을, 다니엘은 이번에는 굳이 받아치지 않았다. 그 대신 다니엘은 나를 만난 이후 그가 언제나 그래 왔듯 내게 진심이 담긴 말을 건넸다.

"저였다면, 당신에게 감사하는 마음에서…… 그런 꽃을 피웠을 것 같군요."

그의 허벅지에 드러누워 있는 내게는 그의 턱선밖에 보이지 않았다. 그래서 나는 그가 어떤 표정으로 그런 말을 했는지는 알 수 없었다. 앞으로도 영영 알지 못할 것이다.

"인간은 가끔 기적을 일으키는 존재이니까요."

그렇지만 그 말은 그 어떤 위로보다도 더 깊숙하고 무겁게 가라앉았다.

Chapter 4
당신의 마음이 머물러 있는 곳에

 그래서, 기차에서도 뛰어내린 주제에 도대체 어떻게 앤더슨 영지까지 도착할 셈이냐고 물었더니 다니엘 대공은 아무렇지도 않게 대답했다. 곧 마중이 올 겁니다, 하고.
 대체 이런 허허벌판에 누가 무슨 마중을 오려나, 하고 궁금했는데 석양이 잔디밭을 붉게 태울 즈음, 귀를 울리는 커다란 소리와 함께 '그것'이 나타났다. 경적을 울리는 그것을 보고 나는 눈을 크게 떴다.
 "와, 자동차다."
 그야 물론 이제 이 시대에 자동차가 있다는 것은 이미 알고 있었다. 그렇지만 나름대로 비싼 물건이라 가까이에서 본 적은 드물었다. 내가 살던 곳이 빈민가라 자동차가 지나다닐 만한 공간이 없기도 했고.
 "예, 그렇습니다. 처음 보십니까?"
 "처음 본다고 해야 하나, 오랜만에 본다고 해야 하나. 와, 예쁘다."
 나는 다가오는 차체를 보면서 감탄을 했다. 내가 알고 있는 현대적인 형태가 아니라 사진이나 전시 따위로만 보았던 자동차의 초기 형태에 가깝기는 했지만, 엔진의 소리와 굴러가는 바퀴 네 개는 확실히 자동차였다.

솔직히 이 세계에 오기 전의 기억은 이제 거의 막연한 꿈처럼 남아 있을 뿐이지만, 이렇게 보니 어쩐지 감회가 새로웠다. 그야 기술이 발전한다고 해서 인간이 진보하는 것은 아니지만 무언가가 발전하는 모습을 보는 것은 언제나 벅차오르는 무언가가 있다.

털털거리는 엔진 소리와 함께 다가온 자동차는 가까운 곳에서 멈추었다. 그 덕에 나는 자동차를 좀 더 자세히 관찰할 수 있었다. 천장이 없는 붉은색에 미끈한 형태의 유선형 차체가 예뻤다.

자동차를 운전하던 사람은 모자를 깊게 눌러 쓰고 어두운 셔츠를 입은 남자였는데, 그는 차를 멈추자마자 문을 열고 굴러떨어지듯 차에서 내렸다.

"죄송합니다, 대공 각하! 갑작스럽게 엔진이 고장이 나서, 정비공을 부르는 바람에 시간이 걸렸습니다."

얼굴이 퍼렇게 질린 것이 실수에 영 긴장한 형태였다. 하기야 다니엘 대공이 지정한 시각보다 한참 늦은 마중이었다. 그 덕에 나는 다니엘의 허벅지를 베고 눕는다는 사치를 누리기는 했지만.

마주하는 다니엘은 그리 감정적으로 화가 난 것 같지는 않았지만, 그렇다고 부하의 실수에 아주 너그러운 성격은 아닌 것처럼 보였다. 하기야 로렐도 가끔 업무적으로 엄격하게 지시받는 것을 본 적이 있다. 아니나 다를까, 그는 어디까지나 사무적으로 부하의 실수를 질책했다.

"너무 늦을 것 같으면 마차라도 보내지 그랬나."

"아⋯⋯ 생각이 짧았습니다. 자동차가 필요하신 거라고 생각해서."

"다음부터는 잘 생각하도록. 비비안, 타시죠."

그래도 내가 있어서 그런가, 질책은 그리 길게 이어지지는 않았다. 남자가 모자를 쥐고 절절매는 동안 다니엘은 내게 자동차의 문을 열어 주었다. 나는 다니엘이 열어 준 자동차의 뒷좌석 시트에 앉았다.

"응, 앉았어!"

"이렇게 좋아하실 줄 알았더라면 수도에서도 자동차를 탈 걸 그랬군요."

"아니야, 수도의 도로는 그리 좋은 편이 아니잖아."

내가 차에 탄 후 다니엘도 곧 내 옆에 탔다. 그가 문을 닫자 운전수 또한 다시 운전석에 앉아 시동을 걸었다. 어딘가 익숙한 소리와 함께 자동차의 엔진이 움직이기 시작했다.

와, 움직인다. 나는 빠르게 흘러가기 시작한 차 밖의 풍경을 바라보았다. 마차와는 비교할 수 없는 승차감이었다. 천장이 없는 덕에 스치는 바람이 기분 좋게 느껴졌다.

"그건 그렇지요, 카트리옹은 오래된 도시니까요. 그렇지만 앤더슨 영지는 길이 잘 닦여 있어서 자동차가 마차보다 더 빠릅니다."

"과연, 본인의 영지에 자부심이 넘치네."

"아직 어린 제가 자부심을 가질 만한 공을 세우지는 못했습니다. 앤더슨 백작님의 공이지요. 자동차에 많은 투자를 하셨거든요."

"들을수록 굉장한 사람이군, 비비안 앤더슨 백작님."

확실히 앞을 내다보는 눈이 있다. 자동차의 효율성을 생각했을 때 앞으로 마차를 대체할 교통수단이 될 것은 당연한 일이지만 초기에 투자하는 것은 위험도가 꽤 높았을 텐데. 어쩌면 그녀야말로 오백 년쯤 지난 세상에 길이길이 전해져 오는 위인으로 남을지도 모르겠다.

내가 그런 생각을 하며 차 밖의 풍경을 구경하고 있을 때, 다니엘이 그런 내게 슬쩍 이런 말을 던졌다.

"그런 어머님께서 당신을 사랑하고 존경하고 있습니다만, 비비안."

"……그러고 보니 당신 어머니의 이름이기도 한 셈인데 곧잘 부르네."

"당신의 이름이 먼저이지 않습니까."

"그거야 그렇지만."

내 이름을 따서 지었다고 하니까 순서를 따지면 그게 맞기는 하지. 그렇지만 아무래도 실감이 나지 않는 일이다. 누군가가 나를 존경해서, 누군가가 나를 본받아서 내 이름을 자식에게 지어 주고, 내 실패로 끝난 인생이 누군가에게는 귀감이 되었다니. 다니엘이 드물게도 즐거운 것처럼 들리는 어조로 내게 말을 걸었다.

"비비안, 얼굴이 붉어지셨는걸요."

"……놀리지 마, 다니엘."

"그리 엄하게 말씀하시니 그렇게 하도록 하지요."

말주변이 없는 남자가 저렇게 말할 정도면 내가 너무 드러나게 부끄러워하고 있기는 한 모양이다. 나는 붉어진 볼을 감추는 것을 포기하고서 창가에 팔을 짚고 턱을 괴었다. 이편이 바람을 쐬기 더 편했다.

"그나저나 앤더슨 백작의 이야기가 나와서 말인데. 알렉세이 경은 어떻게 할 셈이야?"

알렉세이 경에게 그렇지 않아도 단단히 못을 박아 둔 참이니 설마 그가 앤더슨 백작을 해치리라고는 생각하지 않는다. 게다가 앤더슨 백작은 내 이름과 같은 이름을 가지고 있는 사람이니까.

그렇지만 그렇다고 알렉세이 경이 다루기 쉬운 사람이라는 것은 아니다. 다니엘이 나를 납치하듯 기차에서 내렸고, 알렉세이는 당장은 기차에서 내려서 쫓아올 수 없다. 그런 상황에서 앤더슨 백작과 남겨진 것이다. 앤더슨 백작의 짐이 무겁다.

"물론 어차피 앤더슨 영지로 향한다는 사실은 그도 알고 있으니 시간을 버는 일밖에 되지 않겠지요."

"그게 아니라, 앤더슨 백작이 걱정되지 않아? 솔직히 나는 미안하기도 하고, 걱정되기도 하고 그런데."

앤더슨 백작이 대단한 사람이라는 건 알지만 그래도 현재 이 세상에서 가장 강한 기적이 깃든 미치광이 기사를 대뜸 맡겨 버렸다는 미안함이 느껴졌다. 상황을 생각할수록 점점 머리가 아파졌다.

"앤더슨 백작에게 걱정은 불필요한 일입니다."

그러나 막상 앤더슨 백작의 아들인 다니엘은 그녀에 대한 걱정은 나보다 덜 하고 있는 것 같았다.

다니엘의 말에 나는 풍경을 바라보는 것을 관두고 그에게로 고개를 돌렸다. 그는 나처럼 풍경을 바라보는 대신 계속 나를 쳐다보고 있었던 모양이었다. 눈동사가 마주쳤다. 이 거리에서 시선을 피하기에는 어렵다. 나는 변명하듯 말을 꺼냈다.

"내가 앤더슨 백작을 믿지 못하는 것처럼 느껴졌다면 미안해. 당신이 앤더슨 백작을 신뢰하는 걸 부정할 셈도 아니야. 그냥 걱정이 되어서."

"물론 저는 어머님을 믿고 있습니다만, 그런 것이 아닙니다. 그리고 만일 어머님께 미안한 마음이 있으시다면, 알렉세이 경과 떨어져 계십시오. 어머님도 그걸 바라실 겁니다."

"그게 무슨 말이야?"

"알렉세이 경과 만날 때마다 당신께서 어떤 표정을 짓는지 알고 계십니까?"

"……."

섣불리 대답을 할 수가 없었다. 그야 금방이라도 죽고 싶어 하는 표정을 짓고 있었겠지만 나 스스로 그런 말을 할 수도 없는 노릇이다. 아니나 다를까, 다니엘은 내가 예상하던 그대로의 말을 꺼냈다.

"불안합니다. 금세라도 좋지 않은 결심을 하실까 봐. 그에게 영향을 받는 건 두 분의 인연을 생각하면 어쩔 수 없는 일이지만, 그렇다고 해서 섣불리 그에게 끌려가지는 마십시오."

객관적인 충고나 조언이라고 하기보다는, 정말로 진심으로 건네는 걱정인 것이 느껴져서 나는 다음 말을 고르는 것에 애를 먹었다.

"……내가 그에게 끌려가서 어영부영 죽음을 선택하기라도 할까 봐?"

"예. 납치를 택할 정도로는 두렵습니다."

다니엘은 내 말을 간단히 긍정했다. 나는 침묵했다. 우리 두 사람 사이에서 몇 번이나 되풀이된 이 대화를 더 이상 할 필요성을 느끼지 못했기 때문이다.

어차피 이건 나와 다니엘 사이에서는 평행선을 달릴 문제이고, 또 어디까지나 내 마음가짐의 문제이다. 만일 내가 정말로 살고 싶다고 생각한다면 알렉세이 경의 부탁은 마음이 아플지언정 고민할 종류가 되지 못하는 일이니까.

어쩌면 다니엘의 말처럼 나는 어영부영 죽음을 선택하고자 하는 것이 아니라, 실은 나야말로 알렉세이 경을 나와 같은 곳으로 데려가고자 하는 것인지도 모른다.

그러나 나를 살리고자 하는 사람 앞에서 내가 마음속 깊은 곳으로부터 절망을 느끼고 있고, 그래서 죽고 싶다는 것을 말할 정도로 예의가 없지는 않다.

내가 침묵하자 초조함을 느낀 것 같은 다니엘이 손을 뻗어 가볍게 내 손등 위에 자신의 손을 올려놓았다. 포개진 손은 무척이나 정중한 위로와 닮아 있었다.

"살아가고자 하는 의지를 어떻게 불어넣으면 좋을까요. 저의 부족함을 절실하게 느낄 따름입니다."

"......너무 걱정하지 마. 알렉세이 경의 말에 따를 생각은 없어."

유리 아레노의 편지도 읽어야 하고, 그러니까 당분간은. 그 말은 속으로만 삼켰다. 내 말을 들은 다니엘은 노골적으로 안도하는 표정을 지었다.

"그렇게 생각해 주신다면 다행이군요."

나는 그 표정을 보고 나서야 다니엘의 시선에서 해방될 수 있었다. 다시 지평선이 보이는 풍경으로 시선을 돌릴 수 있게 된 나는 몰래 한숨을 쉬었다.

이렇게 아무렇지도 않게 진심을 건네는 사람을 너무 오랜만에 보아서 그런지 취급을 하는 것이 영 곤란하다. 그것도 내가 그 진심을 거절하고 있는 것에도 굴하지 않고 몇 번이고 계속해서 이렇게 나를 위해 주는 사람이라니.

타인의 거절을 신경 쓰지 않고 여전히 진심을 전할 수 있는 저 강한 신념은 그의 어머니에서 물려받은 걸까. 닮지 않은 모자라고 생각했지만 이렇게 두고 보면 닮은 사람들이라는 게 확연하게 느껴졌다. 둘 다 불타오르는 것 같은, 굳은 심지가 있는 사람들이다. 마치 처음 만났을 때의 유리 아레노처럼.

그래서 그런 생각을 하지 않을 수 없다. 이게 비뚤어진 생각이라는 것을 알면서도, 옳지 못한 감정이라는 걸, 되먹지 않은 심통이라는 걸 알면서도.

당신들도 어쩌면 언젠가는. 이따위 세상이니까, 어쩌면 언젠가는 어쩔 수 없이.

"비비안."

계속 침묵하고 있는 내가 신경이 쓰였던 것인지 다니엘이 내 이름을 불렀다. 나는 호흡과 비슷한 한숨을 쉬고, 다시 내 옆에 앉은 다니엘을 바라보았다. 석양빛을 받은 검은색 머리카락과, 음영 진 섬세한 얼굴, 그 속에서 빛나고 있는 하늘색의 눈동자. 그래, 그는 다니엘 앤더슨 대공이다. 미쳐 버린 나의 황제가 아니라.

나는 주먹을 꽉 쥐었다. 손톱이 피부를 파고들었다. 마음속에 가득 찬 악의를 잊기에는 도통 부족한 아픔이었지만, 정신을 차리기에는 충분했다. 미소 짓기까지는 약간의 시간이 필요했다.

"걱정 말라니까, 다니엘. 게다가 알렉세이 경이 저지른 일의 책임도 져야 하고, 아직 할 일이 남았잖아."

다니엘은 그제야 안심한 듯 따라서 미소를 지으며 내 말에 대답했다.

"정체를 밝히는 형식의 책임은 지실 필요가 없다고 이미 말씀드렸습니다만."

"그럼 무슨 형식으로 책임을 질까."

"저와 함께 앤더슨 영지에서 사시는 건 어떻습니까?"

"그게 무슨 소리야, 다니엘."

이 남자가 위험한 소리를 하는군. 나는 그렇게 생각했지만 다니엘은 한술 더 떴다.

"어머님도 기뻐하실 겁니다."

농담인지 진담인지 잠깐 재어 보았으나 다니엘의 경우 어딜 보나 후자의 농도가 높다.

"그런 말, 아무한테나 하고 다니지는 마. 보통 사람이라면 착각할 거야."

대체 이런 소리를 잘하는 남자가 어떻게 저 나이까지 미혼일 수가 있지. 아무리 말주변이 없다고 해도 이렇게 사람을 진심으로 대하는 남자가 이제까지 미혼인 것은 영 희귀한 일이다.

앤더슨 백작도 다니엘은 연애와는 연이 없는 요령 없는 남자라고 했는데, 그건 모를 소리다. 잘생기고 몸매도 좋은 데다 심성까지 곧은 남자는 사랑받을 만한 가치가 있는데 말이야.

"무슨 착각을 말씀하십니까?"

물론 아리송한 표정을 짓는 것을 보면 요령이 없는 정도가 아니라 상당히 눈치가 없기는 하다만. 이 잘생긴 얼굴에 어울리지 않는 맹한 표정에 나는 결국 유쾌해져서 솔직하게 조언을 해 주기로 했다.

"꼭 연애하자고 수작 거는 것 같잖아."

대공이라는 지위에서는 별로 들을 일이 없었을 단어를 들은 다니엘은 당황했고, 나는 그 얼굴을 보고 웃었다. 역시 잘생긴 남자를 놀리는 일은 설령 세상이 멸망한다고 하더라도 재미있는 일이다.

"납치까지 한 마당에 내가 도망가지 못하도록 묶기라도 해야 하는 거 아니야?"

풍경을 구경하는 것도 지루해졌을 즈음, 나는 농담을 던졌다. 다니엘이 인상을 찌푸렸다. 내 말이 믿기지 않는다는 표정이었다.

"제가 감히 그런 무도한 짓을."
"어휴."
나는 창문턱에 턱을 괴었다. 수작을 걸어 보아도 이렇게 돌아오는 반응이 심심해서야. 물론 그런 것치고 계속 장난을 치고 있는 나도 나다.
자동차를 오랜만에 탔다는 감격과 놀라움도 잠시, 그래 보았자 할 일이 없는 것은 마차와 매한가지였다. 계속 하품을 하며 풍경을 바라보는 나에게 대공은 몇 번이고 잘 것을 권했지만 지금의 정신 상태로 잠이 잘 올 리도 없다.
나와 대공을 태운 자동차는 해가 진 후로도 한참을 달려 몇 개의 민가를 지나쳤다. 그리고 이윽고 그 몇 개의 민가와도 꽤 떨어진 한 농가에 멈추었다. 일반적으로 보이는 농가였다. 약간 초라해 보이는 지붕을 얹은 집의 창문에서는 약한 불빛이 비쳐 보이고 있었다. 대공의 소유일 것 같은 집은 아니라 나는 고개를 갸우뚱했다.
"여긴 뭐야? 대공의 안전 가옥?"
"그런 건 아닙니다. 지인의 집을 수배했습니다. 혹시 마을까지 도착하지 못할지도 모른다고 생각해서요."
운전수가 먼저 차에서 내려 다니엘의 문을 열어 주었고, 다니엘은 그를 따라 내리려는 나를 제지하고 내 쪽의 문을 굳이 열어 주었다. 바닥에 발이 닿고 나니 피로함이 느껴졌다. 확실히 노곤한 상태다. 나는 약간 휘청거렸는데, 다니엘은 그런 나를 예상이라도 한 건지 부드럽게 손을 잡고 부축해 주었다.
"고마워."
납치범치고는 너무 친절하군. 그렇게 덧붙였지만 다니엘은 무시했다. 대신 그는 눈길로 내 몸 구석구석을 훑었다.
"허리를 다치신 것 같군요. 뻐근하지는 않으십니까?"
"음, 잘 모르겠는데."

평소에도 워낙에 움직이지를 않아서 여기저기가 뼈근하고 굳어 있기 일쑤이다. 최근에는 여러 일 때문에 여기저기 많이 뛰어다닌 편이지만.

"마음 같아서는 바로 의원을 모시고 싶지만, 시간이 이러니 어쩔 수 없군요. 내일 가도록 하지요."

"나는 상관없어. 사실 기차에 실려 있는 내 마법 약만 있으면 다 해결될 문제인데."

그 약을 챙길 새도 없이 기차에서 뛰어내린 무도한 납치범을 탓하는 말을 하자 다니엘이 뜻밖에도 약간 웃었다.

"낙하할 때 가지고 뛰어내렸다간 유리병 조각 때문에 크게 다치셨을 겁니다."

"미리 언질을 줬으면 부드러운 걸로 싸서라도 가져왔을 텐데."

"미리 언질 했다면 도망가셨겠지요."

"그거야 모를 일이지. 본인에게 자신감을 좀 더 가지라고, 다니엘 충분히 매력적인 남자인데."

"……제 자신감을 앗아 가고 계신 것은 다름 아닌 당신입니다만."

"저런, 그건 미안."

다니엘은 왠지 모르겠지만, 어쩐지 얼굴을 약간 붉히고 있었다. 그 덕에 눈 밑의 옅은 눈물점이 돋보였다. 붉어진 눈가를 관찰하다가 나는 다니엘의 속눈썹이 생각보다 훨씬 더 촘촘하고 섬세하다는 것을 깨달았다. 수도보다 추운 곳에 살아서 그런 걸까.

"흠, 흠."

아차, 나는 그 헛기침 소리에 다른 사람의 존재를 상기했다. 나는 다음 지시를 기다리며 어찌할 바를 모르는 운전수에게 시선을 던졌다. 다니엘과 내가 시시덕대는 동안 운전수는 최대한 평온한 표정을 지으려고 노력하고 있었지만 역시 호기심의 빛을 완전히 감출 수는 없었던 모양이다. 운전수의 눈길이 대공의 얼굴과 내 얼굴 사이를 왔다 갔다 방황했다. 그 시선을 나보다 더 빨리 알아챘을 대공이 헛기침을 했다.

"새뮤얼, 문을 열게."

"아, 예. 죄송합니다."

얼이 빠져 있던 운전수는 사과할 일도 아닌데 사과를 하면서 문에 손을 댔다. 어지간히 대공의 이런 모습이 어색한 모양이다. 하기야 그 앤더슨 대공이다. 이렇게 쌩뚱한 숙맥인 29살의 남자처럼 보이는 모습을 본다면 적응이 되지 않을 법도 하다. 역시 부하들 앞에서 놀리는 건 그만둬야 할까.

운전수가 쇠로 된 동그란 손잡이를 들어 문을 두드리자 안에서 사람이 움직이는 소리가 났다. 분주한 발걸음이 문으로 다가왔다.

"예, 잠시만요, 나갑니다!"

얇아 보이는 문 안쪽에서 밝은 목소리가 들린 지 얼마 되지 않아 문이 확 열렸다. 문 가까이 서 있던 운전수는 문에 머리를 부딪칠 뻔했다.

안에서 튀어나온 것은 나와 비슷한 또래로 보이는 갈색 머리카락의 활달해 보이는 여자였다. 아마 최대한 단정한 것으로 차려입었으리라 예상되는 긴 감색의 원피스에 머리는 단정하게 묶고 있었다.

"대공 전하, 영광입니다. 어서 들어오세요."

"고맙군. 하룻밤 신세를 지겠네."

"신세라니요, 초라한 곳이라 죄송할 따름입니다."

보기에는 평범한 농민인 것 같은데 여자의 말투에서는 교육된 세련됨이 엿보였다. 내가 궁금해하는 눈치이자 다니엘이 먼저 말을 꺼냈다.

"제니 양, 이쪽은 비비안 님일세."

"제니 트왈라입니다."

비비안 님이라는 말에 제니가 순간적으로 표정을 굳혔지만, 그녀는 그리 내색하지 않고 금세 내게 고개를 숙였다. 그야 궁금하겠지, 앤더슨 대공이 존칭으로 부를 정도라면. 그냥 비비안 양이라고 해도 되었을 텐데 정말이지 쓸데없는 예의를 차리는 남자이다. 그 속내는 어쨌거나 제니 트왈라 양은 내게 예의가 바르게 자기소개를 했다.

"앤더슨 대공 전하에게 학비를 지원받아 수도에서 유학하고 있는 대학생입니다만, 방학이라 고향에 돌아왔습니다. 대공 전하의 도움이 될 수 있어서 다행입니다."

 그리고 무엇보다도 대공을 바라보는 눈길이 애정과 존경으로 차 있는 것이 귀엽게 느껴졌다. 하기야 수도의 주민들과는 달리 제니 트왈라는 실제로 대공이 통치하는 대공령의 주민이다. 게다가 실제로도 다니엘에게 은혜를 입은 모양이고, 그걸 솔직하게 감사하다고 생각하는 것이 전해졌다. 그러면서도 비굴한 색은 비치지 않는다. 그만큼 마음에 여유가 있다는 뜻이 아닐까. 내가 좋아하는 성격을 가진 사람이다. 나는 자연스럽게 미소를 띠었다.

"비비안입니다. 하룻밤 신세를 지게 되었네요."

 다만 나는 제니 트왈라 양처럼 내 소개를 자세하게 할 수는 없어서, 밝힐 수 있는 것은 이름뿐이다. 저는 비비안 그리니어스라고 하는 500년 전 바보같이 죽은 성황인데요…… 음, 상상하니 좀 재밌다. 나중에 써먹어 봐야지.

"그나저나 맛있는 냄새가 나는걸요."

 내 짧은 소개 때문에 대화에 공백이 생기기 전, 나는 화제를 돌리는 것에 성공했다. 그냥 한 말은 아니다. 맛있는 냄새가 나는 것은 사실이었다. 실제로 코에 고소한 감자 수프의 냄새가 감돌고 있었던 것이다. 갓 구워진 빵의 향기도 섞여 있었다. 내 말에 제니는 깜짝 놀란 듯 눈을 깜박였다. 칭찬이 뜻밖인 모양이다.

"아, 예. 감사합니다. 그럼 이쪽으로."

 제니는 집주인답게 나와 다니엘, 운전수인 남자를 모두 식당으로 안내했다. 좁은 농가이니만큼 식당이라고 하기보다는 약간 큰 식탁이 놓인 부엌이었다. 귀족의 눈으로 보았을 때는 초라할 법도 한데 다니엘은 별로 신경 쓰지 않는 듯, 네 개의 의자가 준비되어 있는 식탁에 앉은 후 멀찍이 서 있던 운전수와 제니를 불러 함께 앉도록 했다. 그리고 제니와 운전수도 딱히 공작의 부름에 당황하지 않고 자리에 앉았다. 익숙한 걸 보면 자주 있는 일인 모양이다.

하기야 다니엘은 신분제가 있는 세계에서 신분제의 정점에 자리 잡고 있으면서도 신분의 고저에 그리 의미를 두지 않는 것 같은 모습을 보였다. 로렐을 대할 때만 해도 그랬다.

그게 그저 소탈한 것일 뿐인 건지, 혹은 무슨 신념이라도 있는 것인지, 그것까지는 아직 모르겠지만 본인이 하룻밤 신세를 지게 된 농가에서 굳이 겸상을 하지 않겠다는 불합리함은 지니지 않는 걸로 보인다. 그 합리성은 어머니에게서 물려받은 것일까? 신분제에 대한 앤더슨 백작의 의견이 궁금해지는걸.

식탁에는 부드러운 흰 빵과 고기와 야채가 잔뜩 들어간 스튜, 그리고 몇 가지의 제철 과일이 함께 놓였다. 후식으로 준비한 듯 와인과 블루베리가 들어간 파이도 있었다.

"준비하느라 고생했겠어요."

"아니요, 딱히."

제니는 똑 부러지게 대답했다. 그러나 그렇게 이야기를 하더라도 솔직히 쉬웠을 리 없다. 살고 있는 곳이 농가이기는 하지만, 여자 혼자서 공부를 하며 농사를 짓지는 않을 테다. 그러니 적어도 재료를 사 오기는 했어야 할 텐데, 이 주변에 가게 따위가 있을 리도 없고.

나는 조용히 다니엘에게로 시선을 돌렸는데, 다니엘은 내 시선을 받은 후 약간 웃어 보였다. 내가 무엇을 생각하고 있는지 파악한 것 같았다.

"트왈라 양은 영지에 돌아와 있을 때는 3일에 한 번, 식재료를 가져다주는 심부름꾼을 쓴다더군요."

평소에는 눈치라고는 약에 쓸래도 없으면서 어떻게 알아차린 거지. 어쩐지 사고방식이 비슷한 덕인 것 같아서 미묘한 심정이다. 반면에 제니와 운전수는 왜 다니엘이 갑자기 그런 이야기를 꺼냈는지 도통 이해가 가지 않는 표정이었다.

"네, 맞습니다만…… 왜 그러세요? 혹시 입맛에 맞지 않는 것이라도."

"아니, 별것 아니에요. 그리고 아주 맛있어요."

더 이야기가 길어질 법도 했지만, 그 다니엘 대공이 존칭으로 대하는 상대이니만큼 말을 붙이기 어려웠던 것인지 두 사람은 모두 다 반문을 않고 다시 식사에 집중했다. 식사가 얹히지나 않을지 걱정이다.

그렇지만 아무리 정체를 알 수 없는 권위에 짓눌려 있다고는 해도 어쩔 수 없이 내 정체가 궁금한 듯, 조용한 식사 내내 제니의 시선이 은근슬쩍 따라붙고 있었다. 나는 그 시선을 받으면서 내심 조금 웃었다.

흠, 내 정체를 어떻게 추측할지 궁금하다. 미혼인 데다 잘생기고 몸매도 좋은데 심지어 귀족 신분의 남성이 마치 하늘이라도 되는 것처럼 떠받드는 여자의 정체에 대해서, 보통 어떤 가설이 세워질까?

가장 쉬운 답은 연인이겠지만 나와 다니엘 사이에는 애정 섞인 눈길이나 몸짓이 전혀 존재하지 않으니 그 가설은 상당히 빠르게 폐기되지 않을까 싶다.

실제로 연인이라면 문제가 없을 가설이지만 나는 앤더슨 대공의 곁에서 그리 오래 머무를 수 있는 입장이 아니다. 영지민 사이에서 괜한 소문이 도는 것은 피하고 싶다. 그렇게 생각했기 때문에 나는 평소처럼 다니엘에게 수작을 걸거나 시시덕거리지도 않고 조용히 식사를 마쳤다.

후식으로 준비된 블루베이 파이까지 다 해치우고 나니 드디어 수면욕이 마구 몰려오기 시작했다. 그렇지 않아도 피곤한 몸에 거의 하루를 꼬박 깨어 있었던 참이다. 잠자리에 들기에는 약간 이른 시간이었지만 내 상태를 알아챘는지 제니가 금세 자리에서 일어났다.

"비비안 님은 제 침실에서, 대공 전하는 서재에서 주무시면 됩니다. 침구를 준비해 두었습니다."

"아니, 나는 따로 침구가 필요 없네."

"예?"

제니는 반사적으로 되물었고, 나도 다니엘을 바라보았고, 새뮤얼도 입을 딱 벌렸다. 순간적으로 무슨 상상을 했는지 누구나 알 수 있을 것이다. 그렇지만 막상 다니엘은 태연했다.

"비비안 님, 허락해 주신다면 곁에서 자리를 지키겠습니다만."

나는 일단, 나머지 두 명을 대표해서 물어보았다. 이럴 때야말로 연륜을 발휘할 때이다.

"……왜?"

"몸의 상태가 좋지 않으십니다. 간밤에 갑자기 열이 오르기라도 하면 큰일이니까요."

"그래, 뭐 그렇겠지……."

"…….?"

다니엘 대공은 어울리지도 않게 의아한 듯 고개를 약간 기울였다. 본인의 발언에 왜 우리 세 사람이 놀라 했는지는 전혀 감도 잡히지 않는 모양이다. 이상하네, 나랑 사고방식이 비슷하다면 눈치채지 못할 수가 없는데. 나는 한숨을 푹 쉬었다. 뭐, 앤더슨 백작이 어여삐 보아 달라는 아들인데 이쯤이야 교육해 주지 못할 것도 없다.

"미혼의 여성이 쓸 침실에 들어오는 건 좀 아니라고 생각해."

그 말에 다니엘은 잠깐 침묵했다가 곧, 머리끝까지 빨갛게 달아올랐다. 나는 침착한 얼굴로 섬세한 얼굴의 미남자가 부끄러워하는 광경을 지켜보았다.

"그, 그게 아닙니다. 실례했습니다."

"응, 좀 그렇긴 하네……."

"그저 간병할 생각이었습니다. 다른 이에게 부탁할 수는 없으니까요."

"그거야 그런 생각으로 말한 거겠지만."

그럴 것이라고 생각은 했지만, 나처럼 당신의 그런 둔함을 아는 사람만 있는 것이 아니니 발언에는 주의를 하도록. 나는 대강 그런 의미의 책망하는 눈빛을 던졌다. 하지만 다니엘 대공도 어지간히 강적이었다. 그는 얼굴이 붉어진 채로, 그렇지만 포기하고 다시 한번 폭탄을 떨어트렸다.

"그럼, 말씀도 드렸으니 간병의 이해를 구할 수 있을까요?"

참 나, 나 원. 이제 앤더슨 대공이 정체불명의 여자에게 홀려 뼈도 못 추리고 있다는 소문이 나도 내 잘못은 아니다.

물론, 다니엘의 간병은 거절했다. 솔직히 말해서 다니엘이 내 침실에 들어오는 것은 별다른 문제가 되지 않는다. 그렇지만 실제로 간병이 필요할 만큼 내 몸 상태가 좋지 않은 것도 아니고, 다니엘의 성격상 정말로 밤새 나를 살필 텐데 그렇게까지 폐를 끼치고 싶지는 않았다.

그래서 나는 다니엘에게 그냥 푹 자면 괜찮아질 거라고 말한 뒤에, 제니가 내어 준 이 층의 손님방으로 향했다. 제니는 몇 번이고 귀하신 분이 쓰기에는 부족할지도 모른다고 말하며 나를 안내했다. 아무래도 이미 제니의 머릿속에 나는 앤더슨 대공의 약혼녀쯤 되는 모양이었다. 앤더슨 백작, 그래도 이건 내 잘못이 아니에요. 당신 아들이 문제였습니다.

어쨌거나 제니가 준비해 준 방은 확실히 평소 손님용 방으로 쓴다고 하기보다는 잡동사니를 모아 두는 방 같았다. 그렇지만 침대에는 깨끗한 침구가 깔려 있었고 먼지 하나 없이 청소되어 있어서 하룻밤을 지내기에는 충분했다. 솔직히 수도에 있는 내 집보다는 훨씬 깨끗했다.

나는 침대에 감사하며 간단히 씻고 옷을 갈아입은 후 바로 누웠다. 너무 피곤해서 금방이라도 잠들 수 있을 것 같았다. 몸이 이불 속으로 빨려 들어갈 것만 같았다. 이렇게 잠깐 눈을 감고 있다 보면 곧 잠이 들 수 있겠지.

* * *

눈을 감고 얼마나 기다렸을까. 결국, 난 자는 것을 포기하고 침대에서 몸을 일으켰다. 조금 더 몸을 혹사하지 않으면 잠이 올 것 같지 않았다. 며칠쯤 더 밤을 새우다 보면 조금쯤 잠들 수 있는 날이 오겠지.

속이 답답해져서 창문을 열었다. 오랫동안 기름을 칠하지 않았는지 창문은 삐걱대는 소리를 내며 열렸다. 새벽의 바람이 볼을 간질였다. 아무것도 보이지 않는 깜깜한 풍경을 멍하니 쳐다보고 있자니 잠이 올 것 같다가도, 또다시 잠들기 직전의 순간에 깨어나는 것의 반복이었다.

몸은 분명히 피곤하지만, 수면이라는 무의식의 세계로 빠져들기 전 결정적으로 방해되는 무언가가 있었다. 아니, 무언가라고 하기에는 그 원인이 너무나 확실하다.

'유리 아레노의 편지가 있습니다.'

속이 울렁였다. 나는 다니엘이 내게 그 사실을 늦게 알려 준 것을 도저히 책망할 수 없었다. 다니엘이 이제야 내게 그 사실을 알려 준 판단은 옳은 것이다. 편지가 있다는 것을 들은 순간부터 내 머릿속 생각의 절반쯤은 그 편지에 사로잡혀 있었으니까.

유리 아레노, 유서, 편지, 죽은 사람, 나를 배신하고 나를 죽인 친구, 황제의 자리에서 내쫓긴 폭군, 실패한 황제, 끝내 걸인으로 생활하다 비참한 죽음을 맞은 자.

머릿속에서 나는 몇 번이고 유리 아레노를 모욕하고 끌어내리는 상상을 했다. 그러나 결국에는 언제라도 실패하고야 만다. 미워하고 증오하고 원망하고, 그 행동에 대해 무엇 하나 납득이 가는 것이 없고, 그런데도 유리가 역사의 모욕을 뒤집어쓴 것을 볼 때마다.

비비안 앤더슨 백작은 나를 존경한다고 했다. 내가 해 온 일들은 그 끝에도 불구하고 헛되지 않았다고. 백작에게 감사하는 한편으로, 그런 그녀에게 해 주고픈 말이 있었다. 그렇지만, 내가 무언가 해낸 일이 있다면 그건 모두 유리 아레노와 함께 한 일이야.

그건 내가 아무리 유리 아레노를 증오하더라도 결코 바뀌지 않는 사실이다. 유리 아레노가 나를 죽였다는 사실이 변하지 않듯이.

나는 창틀에 팔을 얹고 고개를 묻었다. 울고 싶은 기분이 아닌데도 눈가에 눈물이 맺힌 것이 느껴졌다. 새벽이라서 기분이 요동치는 건가. 아니면 육체의 피로가 도를 넘어서서 정신이 약해진 걸까.

"또 울고 있군, 비비."

등 뒤에서 갑작스럽게 그 목소리가 들려왔을 때 나는 그리 놀라지 않았다. 예상보다 훨씬 빠르게 쫓아왔다는 생각은 했을지언정.

분명 다니엘은 괜찮고 기발한 방법을 썼다. 하지만 상대는 일반적인 마법사가 아니라, 어쩌면 지금 현재 이 세상에서 가장 강력할지도 모르는 마법사이자 기사이다. 그것도 단 하나의 목적만을 위해 수백 년을 살아온.

말 그대로 목을 떨어트리더라도 알렉세이 경을 내게서 떨어트리는 것은 쉽지 않을 테다. 그래도 이번에는 조금 더 늦게 찾아와 주었으면 했지만, 역시 내 바람은 이루어지지 않을 모양이다. 나는 애써 웃어 보였다.

"이번에는 조금 고생했지?"

"그래, 내가 한 방 먹은 셈이지."

알렉세이는 창틀에 고개를 묻고 있는 내 몸을 등 뒤에서 껴안았다. 닿아오는 따뜻함이 나를 안도하게 했다. 살아 있는 남자의 몸이다. 그 감각에 내가 깊게 숨을 내쉬자 알렉세이가 웃는 것이 피부 너머로 전해져 왔다. 내가 그의 체온에 안심한 것이 기쁘기라도 한 걸까, 당연한 일인데.

내가 그를 여전히 돌아보지 않자 알렉세이 경은 그대로 내 허리를 두 팔로 안아 가볍게 들어 올렸다. 그리고 그는 나를 침대 위에 앉힌 후 내 두 눈을 빤히 들여다보았다.

"왜 울었어?"

예쁜 초록색의 눈동자 깊은 곳에서 불꽃이 일렁이는 것 같았다. 그는 내게 질문을 던졌다.

"또 이 세상이 너를 절망시킨 건가."

"그야 매 순간, 숨을 쉬는 모든 순간에."

그러나 동시에 나는 이 세상에서 하나씩, 여전히 남아 있는 선량하고 좋은 것들을 발견하기도 한다. 그런 것들이 모두 죽어 버렸다고 생각했을 때, 숨을 쉬는 것처럼 언제나 곁에 존재하는 절망보다 훨씬 귀하게 발견되는 그것들은, 그래서 암흑을 비추는 촛불처럼 연약하고 귀중하다.

"앤더슨 백작은?"

"걱정 마, 네가 좋아하는 사람을 해칠 정도로 멍청하지는 않아."

"그런 것치고 다니엘에게 너무 피해를 준 것 아니야?"

"그 애송이가 나를 도발한 것이 먼저인데. 이번에는 정말로 고생했어. 마법이 아니라면 한참을 헤맸을 거야."

이제야 겨우 만났는데. 그렇게 말하며 알렉세이는 한 손으로 내 볼을 감쌌다. 그 체온이 기껍게 느껴졌다. 다정한 손이다. 그걸 무작정 받아들여서는 안 된다고 생각하면서도 기쁠 정도로. 알렉세이 경의 체온에 모든 것을 맡기고 이대로 끝내 버리고 싶다. 이 모든 게 끝나 버린다면 좋을 텐데.

그렇게 생각하면서도, 정말로 그런 마음만이 들 뿐이라면 알렉세이 경은 지금 당장에라도 나를 죽일 것이다. 그런데 나는 대체 무슨 미련이 있어서 아직도 이러고 있는 걸까.

"알렉세이 경."

"말해. 듣고 있어."

"……바깥바람을 쐬고 싶어. 데려가 줄래?"

그렇게 말하며 두 팔을 뻗으니 알렉세이 경은 의아한 표정을 지으면서도 순순히 내 팔을 자신의 목에 두르게 해 주었다. 그는 내 허벅지 밑으로 두 손을 받쳐 다시 나를 안아 들었다.

"어리광인가?"

"그럴지도. 안 돼?"

"그럴 리가."

알렉세이 경의 몸 주위에서 마력이 일렁이며 움직였다. 나는 그 마력의 흐름을 민감하게 받아들였다. 정밀하다기보다는 커다랗고 세차게 흐르는 강물처럼 움직이는 그 흐름은, 알렉세이 경답다고 할 만했다. 나는 크게 일렁이는 마력의 움직임에 눈을 감았다.

그리고 확신했다. 확실히, 알렉세이 볼로딘 경은 현시대에 존재하는 가장 강력한 마법사였다.

순식간에 주위의 풍경이 변했다. 우리는 밤의 들판에 서 있었다. 알렉세이 경은 부드러운 풀 위에 나를 내려놓고, 본인도 내 옆에 털썩 주저 앉았다.

한동안 우리는 아무 말도 하지 않았다. 하얀 달이 비추고, 바람이 잔디를 간질이고 침묵만이 서려 있었다. 그렇지만 그 침묵은 편안한 침묵은 아니었다. 대화가 없다고 해서 상대방을 탐색할 수 없는 것은 아니다.

알렉세이 경은 믿을 수 없다는 얼굴로 나를 찬찬히 살피고 있었고 나는 방금 전 확신한 어떠한 가정 때문에 영 심기가 흐트러졌다. 그러고도 한참이 지나서야 알렉세이가 겨우 입을 열었다.

"비비, 대체."

그 목소리를 듣고 나는 알렉세이가 드디어 내 몸에서 마력이 사라졌다는 사실을 깨달았다는 걸 눈치챘다. 나는 조용하게 미소 지었다. 그렇게까지 동요할 일일까.

"내 마력이 사라졌어. 마치 소진된 것처럼."

그 말에 알렉세이 경은 차마 경악을 감출 수 없는 표정을 지었다. 그는 믿을 수 없다는 듯 붙잡고 있는 손을 바라보았다.

"……그게 가능해? 너는 평범한 마법사가 아니야. 성황이라고, 심지어는 죽었다가 살아난."

그것이야말로 신의 사랑을 받고 있다는 증거가 아닌가, 알렉세이는 그렇게 말하고 싶은 모양이었다.

"그렇기 때문에 한 번 떨어졌던 네 목이 붙었던 것이 아닌가."

분명, 그것은 기적이라고 할 만했다. 의술이 아무리 발달하더라도 목이 떨어진 인간을 다시 살려 내는 일은 불가능하겠지. 그렇기 때문에 오백 년 전의 내 기사들은 내 부활을 믿어 의심치 않았을 것이다. 그렇지만, 신은 인간의 사정을 하나하나 굽이 살펴볼 정도로 세심하지는 못한 존재인 것이다.

"나도 처음에는 일시적인 현상인가, 아니면 신에게 버려진 건가, 그런 생각을 했었는데."

"그런데?"

"알렉세이 경, 당신의 마법을 보고 깨달았어. 생각해 봐."

나는 크게 숨을 들이쉬었다. 이 말을 어떻게 꺼내야 할지 잘 모르겠다. 내가 대체, 알렉세이 경에게 무엇이라고 용서를 빌어야 좋은 걸까. 나는 숨을 크게 들이쉬고, 한숨을 뱉어 내듯 진실을 토해 냈다.

"당신과 처음으로 재회한 다음 날, 내 마력이 완전히 사라졌어."

"뭐?"

"팔라딘에게 마력을 불어넣는 것은 내 몫이지. 그러니…… 내 마력이 고갈되었다면, 당신의 마력도 사라지는 것이 옳아."

"그렇지만……."

"그래, 당신은 여전히 마법을 쓸 수 있지."

방금 알렉세이 경이 마법을 쓸 때 그 흐름을 느끼고 확신했다. 성황은 당대의 가장 강력한 마법사가 짊어지는 책무이고, 성황을 지키는 팔라딘은 성황이 임명한 그 순간부터 마력을 받는다. 그렇기 때문에 본래대로라면 성황이 죽었을 때 팔라딘들의 마력은 사라진다.

"왜인 것 같아?"

그러나 알렉세이는 내가 죽은 오백 년 동안에도 마법을 사용해 왔다. 애초에 그가 오백 년 동안 죽지 않고 살았던 것 자체가 마법이 아니라면 설명할 수 없는 일이었다.

나의 몸 또한 그랬다. 나 자신의 의식은 없었으나 떨어졌던 목이 몸과 다시 붙어 버렸다고 하지 않는가. 그것 또한 마법이 아니라면 불가능한 일이다.

생각해 보면 아주 간단한 일이었다. 뜻밖의 재회에 놀라 그저 기뻐하느라 놓쳤던 사실일 뿐이다. 내 몸은 지난 오백 년간, 생전과 다름없이 마력을 지닌 채 조용히 잠들어 있었다.

그리고.

"내 마력이 몇 백 년간, 꾸준히 당신에게로 흘러 들어가고 있었던 거야. 내 몸에서 고갈될 때까지."

마법은 나의 의지로 발현되는 기적이다. 그러니까, 내가. 알렉세이 경이 오백 년간 죽지 못했던 이유는.

"당신을 살아서 고통받게 한 건 나야. 내가 당신을 살려 두고 있었어."

내가, 알렉세이 경을 삶에 붙잡아 두기 위해 마력을 쏟아붓고 있었던 거다. 물론 나에게 그런 자각은 없었으되, 알렉세이 경이 살아가는 것이 내 무의식이 바랄 만한 일임은 확실했다. 신의 자비니 뭐니 하는 것보다, 그게 좀 더 납득이 되는 일이다.

내가 알렉세이 경을 오백 년간 고통 받게 했다. 신이 아니라, 나의 의지가 그렇게 만들었다.

"그럴 리가."

한참의 침묵 후에, 알렉세이 경이 신음하듯 그런 말을 내뱉었다. 그 눈동자가 분노인지, 증오인지, 원망인지, 그중 무언가로 흔들리고 있을지 확인하는 것이 두려워 나는 차마 그의 얼굴을 바라보지 못하고 내 무릎 위로 시선을 떨어트렸다.

알렉세이 경은 그저 침묵했다. 무어라 반박의 말은 나오지 않았다. 그도 그럴 것이, 내가 제시한 가설이 가장 가능성이 높은 일이니까. 게다가 본인도 어느 정도 짚이는 일이 있을 것이다. 마법사 개개인에 따라 마력의 흐름에 민감한 정도의 차이는 있어도, 한 번 자각하고 나면 무시하기는 쉽지 않으니까.

알렉세이 경 자신도 이제 쉽게 깨달을 수 있을 것이다. 내 몸에서 흘러나온 마력이 모두 알렉세이에게 깃들었다는 것을. 알렉세이 또한 상상도 하지 못했겠지. 신이 아닌 죽은 시체의 마력이 그를 살게 했으리라고는.

"……우울하네."

나는 무릎을 세우고 얼굴을 파묻었다. 차마 눈물조차 나오지 않았다. 그렇게 얼마나 지났을까.

"……왜 그랬어?"

한참 후에나 들려온 알렉세이 경의 목소리는 언뜻 듣기에 평범한 것처럼 들렸다. 그러나 그 속에 들끓고 있는 감정들은 수천 가지의 실타래가 얽힌 것만큼 복잡해서 감히 내가 헤아리기에는 어려운 것이었다. 그 무게의 감정에 내가 돌려주어야 하는 대답은 너무나도 초라했다.

"그냥, 나는."

유리 아레노의 손에 죽기 전, 알렉세이 경은 내 곁을 떠났었다. 그리고 나는 그를 다시 만나기 전에 죽었다.

"당신들이 행복하게 살아갔으면 했어."

죽기 전에 그런 생각을 했던 것도 같다. 나의 기사들이 행복하게 살아갈 수 있다면 좋겠다, 고.

그러나 그 결과가 이것이다. 강력한 마법사인 내가 주위에 끼치는 영향이라는 것은 이런 것이다. 그저 의지만으로도 기적을 일으킨다. 혹은,

재앙이라고도 불릴 만한 일을.

결국, 나는 죽어 있는 오백 년 동안, 알렉세이 경을 수많은 절망 속에 몇 천 번이고 빠트려, 결국에는 죽음을 갈망하며 세상을 미워하는 기사로 만들었다. 신이 아니라, 비비안 그리니어스가 실패한 것이다. 끔찍하게도.

고요한 밤, 두근거리는 심장 소리, 차가워진 손끝, 그 모든 게 절망스러운 가운데 가장 괴로운 것은 알렉세이 경의 침묵이었다. 그러나 그 침묵을 탓할 수는 없었기 때문에, 나는 그저 견디기로 했다. 그의 숨소리가 귀를 괴롭혔다.

"……미안."

한참 후에야 나는 그 말을 알렉세이 경이 했음을 깨달았다. 순간적으로 그 말이 이해가 되지 않아서 나는 고개를 번쩍 쳐들었다. 그리고 마주한 얼굴에 말을 잃었다.

"미안해, 비비안."

턱에서 눈물이 떨어지고 있었다. 알렉세이 경은 처참하게 일그러진 얼굴을 하고 있었다. 나는 그에게 손을 뻗었지만, 다음 순간 알렉세이 경은 자신의 손으로 내가 그의 얼굴을 보지 못하게 덮었다.

"난 네가 바란 것과 달리 행복하지도, 제대로 살지도 못했어. 미안해."

왜 그런 말을 해, 그건 당신이 할 말이 아니야. 그렇게 말하고 싶었지만, 알렉세이 경의 말에 숨이 턱 막혔다. 가슴 속에서 심장이 괴롭게 요동쳤다. 나는 이를 악물었다. 지금 나는 울 자격이 없다. 나 때문에 오백 년이나 괴로워하며 부득이하게 살아가야 했던 알렉세이 경 앞에서 내가 어떻게 울 수 있단 말인가.

"알렉세이 경."

"네 소원을 들어주지 못해서, 그래서 미안해."

알렉세이 경의 손이 나를 향해 뻗어 왔다. 나는 그 손이 무엇을 노리고 뻗어 오는지 알아차렸지만, 피하지 못했다. 이윽고 그 손은 내 예상대로 내 목에 닿았다.

그에게 이 이야기를 해야겠다고 생각했을 때 이미 예상한 일이었다. 알렉세이 경은 나와 함께 죽기를 원했다. 나를 사랑하는 상태에서도 함께 죽기를 원했으니, 나를 원망하게 된다면 더욱 나를 죽이고 싶을 거라고 생각했다.

그렇지만 그런 건 신경도 쓰이지 않았다. 다만 이 남자가 우는 모습은 언제나 나를 괴롭게 했다. 알렉세이의 턱으로 주르륵 미끄러져 떨어진 눈물이 내 발치에 떨어졌다.

"설령 네가 내게, 행복하게 살기를 바라더라도…… 나는 너무 오래 살았어."

그리고 동시에, 알렉세이 경의 부드러운 목소리 또한. 남자의 손가락이 가볍게 내 목을 눌렀다. 분명 조금만 더 힘을 준다면 목뼈가 부러질 것이다. 불쾌한 압박감에 제대로 숨을 쉬기가 힘들었다.

"네가 없이는 행복할 수 없었어. 그리고 지금은…… 네가 있더라도 행복하지 않아."

그러나 그런 신체적인 고통보다도, 눈앞에서 울고 있는 내 백발의 기사 때문에 훨씬 더 가슴이 아팠다.

"미안해, 비비안. 미안해……."

그의 손가락이 목을 조여 왔다. 울지 말라고, 사과하지 말라고 말해 주고 싶지만 그럴 수가 없었다. 목이 졸리는 것은 나인데 알렉세이 경은 마치 자신이 살해당하는 것 같은 표정을 짓고 있었다.

"제발, 비비안."

알렉세이 경이 속삭였다. 이 삶을 거두어 가 줘. 함께 죽어 줘. 그 말에 숨이 막혔다. 이대로라면 다시 죽게 될 것이다. 이번에는 내가 살린 나의 기사에게. 그렇지만 나는 반항하지 않았다.

알렉세이 경에게는 나를 죽일 자격이 있다, 그렇게 생각했기 때문. 아니, 이렇게 말함으로써 어쩌면 나를 죽여 주기를 바랐던 건지도 모르지.

다니엘에게는 그에게 빚을 갚아야 한다고, 그의 마음이 고맙다고, 그의 입장이 곤란해진 것을 도와주고 싶다고, 그렇게 말했지만 마음속으로는 언제나 그런 건 내 알 바 아니라고, 그의 선의는 멋대로 베풀어졌으니 내가 그에 보답할 필요는 없다고, 네 사정 따위는 모른다고…… 그렇게 생각하고 있었는지도 모른다.

그야 그렇잖아. 나는 사는 것에 너무 지쳤다. 지친 사람에게 희망은 고문이다. 해야 하는 일은 족쇄를 푸는 것이다. 죽음은 안식이고 해방이었다.

그의 손에 잡혀 있는 피부의 밑에서 맥박이 크게 뛰었다. 손발이 덜덜덜 떨렸다. 숨이 부족해 기절하기 전에, 마지막으로 알렉세이의 얼굴을 보고 싶다는 생각에 애써 눈을 떴지만 가물가물해진 시야는 아무것도 비추지 않았다.

이대로 죽는 건가. 아무것도 느끼지 않는 죽음은 편하다. 드디어 진정한 휴식이었다. 나는 기꺼이 죽음을 기다렸다.

"……헉!"

그러나, 다음 순간 몸 전체에 격통이 달렸다. 안온한 죽음은 도망치고 고통이 달려왔다. 한동안은 무슨 일이 일어났는지 알 수 없었다. 갑작스럽게 트인 목구멍에 산소를 원하는 몸이 멋대로 공기를 흡입했다.

나는 숨을 헉헉거리며 바닥을 기었다. 손톱에 자그마한 돌과 풀, 흙의 감촉이 느껴졌다. 그제서야 알렉세이 경이 내 목을 조르던 손을 놓고 바닥으로 나를 던져 버렸다는 것을 깨달았다. 왜, 어째서.

생리적으로 고인 눈물 때문에 여전히 시야는 뿌옇게 흐려져 있었다. 바닥에 쓰러진 채 고개를 들었으나 달빛을 등지고 있는, 알렉세이 경처럼 보이는 거대한 검은 그림자의 얼굴은 보이지 않았다.

"……안 돼."

알렉세이의 신음하는 것 같은 목소리가 귀를 울렸다. 알렉세이 경, 그렇게 말하고 싶었지만 목을 다쳤는지 내 목에서는 쇳소리 같은 듣기 싫은 소리만이

나올 뿐이었다. 몸을 일으키려고 했지만 신체는 내 말을 듣지 않았다.
"역시 안 돼, 나는."
웃고 있는 건지, 울고 있는 건지. 그런 목소리였다. 괴로워하는 것이 역력한 그 목소리는 갈피를 잡지 못하고 흔들리고 있었다. 아니야, 그러지 마. 네가 괴로워할 필요는 없어. 그렇게 말해 주고 싶었지만, 정신은 이미 멀어지고 있었다.
"네가 죽는 건 싫어."
오백 년을 살아온 남자라고 하기에는 너무나 아이 같은 말투로, 알렉세이 경은 조용하게 말했다. 나에게 차마 다가오지도 못하는 채로 묵묵하게 선 채.
나는 그 모습을, 그가 한 말을 믿을 수가 없었다. 목에서 소리가 나왔다면 소리치고 싶었다. 비명을 지르고 싶었다.
당신까지, 도대체 왜!
로티아도, 레오날드도, 알렉세이, 당신까지도. 왜 나한테 죽음을 허락해 주지 않는 거야. 그렇게 한마디 해 줄 수 있으면 좋으련만.
나는 정신을 잃었다.

* * *

꿈을 꾸었다. 몽롱한 풍경이었다.
꿈속의 나는 푹신해 보이는 소파 위에 편하게 드러누운 채로 책을 건성으로 들여다보고 있었다. 그리고 소파에서 약간 떨어진 육중한 책상에는 수많은 책들과 서류들이 즐비해 있었다. 그 속에 파묻혀 있는 것은 물론, 유리 아레노였다.
다시 살아나서도 나를 죽인 친구의 얼굴을 보고 있다니. 내 집착도 어지간하네. 대체 나는 그 시절의 무엇이 그리운 걸까. 나는 실패만 했는데.

오백 년 전, 유리가 집무를 보고 있는 동안 나는 언제나 그 옆에서 책을 읽곤 했다. 유리가 집무를 마칠 때까지 계속. 보통 새벽이 되어서야 끝나고는 했지만 그래도 하고 싶은 이야기가 많아서 기다린 적이 많았다.

그래도 이날에는 제법 빨리 업무를 마친 모양인지, 이윽고 유리 아레노가 피곤한 눈을 검지로 누르는 것이 보였다. 나는 반색하며 자리에서 일어났다.

"끝났어?"

주인을 기다리는 강아지 같네. 나는 오백 년 전의 내 모습을 객관적으로 평가했다. 꼴사납다. 그러나 그 꼴사나운 모습을, 유리 아레노는 언제나 재미있어 하며 받아 주곤 했다.

"나머지는 내일 대신들을 불러 회의해야 할 일이라 처리하지 못하는 것들뿐이다. 그래, 오늘은 무슨 일 때문에 날 기다렸지?"

"이 책, 혹시 읽었어?"

나는 그때껏 건성으로 읽고 있었던 책을 마치 자랑이라도 하듯 유리에게 들이밀었다. 유리는 고개를 지으며 다정하게 대답했다.

"아, 그대가 미궁에서 찾아냈다던 책이로군. 추천할 만한가?"

"추천이고 자시고, 굉장한 내용이 적혀 있어. 무려 영생에 대해서 적혀 있는 책이야."

"영생이라…… 사기꾼이 쓴 책은 아니고?"

"사기꾼이라니. 내 선배에 대해 쓰여 있는 책인데."

그렇게 말은 했지만, 솔직히 나도 그 책에 적힌 내용을 다 믿는 것은 아니었다. 처녀를 바치라는 질 나쁜 괴물이 갇혀 있었던 미궁, 그 미궁 속에서 찾아낸 책이니만큼 기괴한 내용이 담겨 있으리라고 예상했는데 생각보다 훨씬 인간적인 내용이었다.

그 책에는 내가 이 세계에 성녀로서 내려온 시기보다도 더 이전, 마력이 더욱더 충만했던 시절, 나보다 더 강력한 마법사들이 존재했던 시기에 그들이 영원한 삶을 살고자 저질렀던 수많은 욕망에 대한 기록이 실려 있었다.

마력은 신의 힘이지만, 그 신의 힘을 휘두르는 것은 인간이다. 인간의 의지가 기적을 만든다. 그렇기에 마법은 인간의 욕망에 따라 휘둘러지는 검이다. 그 검은 타인을 구할 수도, 해칠 수도, 자신의 목을 조를 수도, 그 자신을 살릴 수도 있다.

그 기록 속에는 도저히 현실이라고 믿기 어려울 정도로 동화책에나 나올 것 같은 아름다운 이야기가 있기도 했고, 타인의 피에 생명력이 담겨 있다고 믿고 사람들을 잔인하게 학살했던 짐승 같은 자의 이야기도 실려 있었다. 영생을 얻었지만 젊음을 얻지 못해 좌절했던 자도 있었고, 영생을 얻었으나 포기했던 사람들의 이야기도 실려 있었다.

그러니까 이 책, 영생을 얻기 위한 방법이 아니라 영생을 얻기 위해 욕망에 몸부림친 인간들의 이야기가 고스란히 담겨 있는 것이었다. 아무리 신의 힘을 가진 인간이라고 해도 결국 죽기 싫어 발악하는 한낱 인간일 뿐이라는 거가. 나에게는 그런 감상만이 남았다.

"괴물이 지키는 책치고는 너무 흔한 이야기이기는 해. 만약 정말로 영생을 얻기 위해 이 책을 노리고 미궁에 들어갔다면 실망했을걸"

"그런가."

유리는 내 이야기를 들으며 담담하게 대답했다. 그 모습에 돌연 호기심이 일었다. 권력과 부를 가진 자는 대개 영생을 탐하지 않던가. 그렇다면 유리 아레노는 어떨까. 이 완전무결해 보이는 지배자는. 나는 그런 호기심에 문득 물었다.

"당신은 어때? 영생을 살고 싶지 않아?"

"음?"

"내 마력이라면 당신을 영원히 살게 하는 것도 가능할지 몰라."

"그거야 그렇겠군. 애초에 그대가 죽기는 하는 건지 의문이야."

"그건 그렇지. 날 죽이는 건 나 자신에게도 힘든 일일걸. 강력한 마법사는 신의 사랑을 받고 있고, 마력은 기적을 불러일으키니까…… 그래서 어떤데? 내 의지가 있다면 나도, 당신도 영원히 살 수 있을 거야."

내가 말한 것이지만, 성황이 말하는 것이라기보다는 악마의 유혹 같은 물음이었다. 영원히 산다는 그 문구에, 언젠가는 죽을 수밖에 없는 인간이 끌리지 않을 수 있을까? 그것도 권력을 지닌 인간이.

내 호기심 어린 눈길에 유리는 담담히 대답했다.

"그대가 나의 무엇을 시험하고 싶은 건지 모르겠군, 비비안. 난 영생에는 그다지 관심이 없다."

"왜?"

"영원히 산다면 죽을 때까지 이렇게 살아야 한다는 것 아닌가, 그거야말로 지옥이야. 난 지옥에서 영원히 살고 싶진 않아."

예상했던 대로의 말이었다. 나는 책으로 얼굴을 반쯤 덮으며 웃었다. 기대했던 대로의 대답이라 어쩐지 쑥스럽고, 뿌듯하고, 기분이 좋았다.

"그런 황제답지 못한 말을 하다니, 유리. 모름지기 황제라면 권력과 영생에 집착해야 하는 법이야."

"그런가, 참고하지. 그래서?"

"응?"

"그대는 영생에 관심이 있나?"

그대도 성황이 아닌가. 그렇게 말하는 모습이 유리답지 않게 짓궂었다. 유리도 내가 무슨 대답을 할지는 뻔히 알면서 묻는 것이다. 우리는 같은 생각을 하는 멍청이들이니까. 나는 미소 지으며 말했다.

"설마 그럴 리가. 죽기 싫기는 하지만, 그렇다고 아주 오래 살고 싶지는 않아. 이왕이면 너랑 한날한시에 죽고 싶은데. 너 없이 살기에는 너무 힘겨울 것 같아."

그렇게 말하며 웃는 내 모습이, 어려 보였다. 나는 과거의 나에 대해서 솔직하게 그렇게 생각했다. 단순히 나이의 문제가 아니다. 말 그대로 그 성격이며 사고며 하는 말이 어렸다. 유치하다는 것이 아니다. 생기에 넘쳐서, 희망도 있고, 노력도 하고 있는 사람의 행동과 말이었다. 그리고 그런 나 못지않게 젊은 유리 아레노는 내 말에 화답하여 웃어 보였다.

"그렇군, 나도 그래. 그대 없이는 살 수 있을 것 같지 않군. 이런 지옥에서 혼자 살기에는 버겁지."

"그렇게 생각하면 역시 나랑 결혼하는 게 어때? 함께 지옥을 걷자구."

"매력적인 제안이다만 거절한다. 그대는 행복해져야 하니까."

"아, 짜증 나!"

함께 이 지옥을 살고 있는데, 나한테만 행복해지라니. 그건 대체 무슨 질 나쁜 농담이야?

열이 받은 나는 영생에 대해 쓰여 있는 책을 황제에게 집어 던졌다. 내 황제 폐하께서는 내가 던진 책에 얼굴을 얻어맞았지만, 근위병에게 나를 잡아가라고는 하지 않았다.

정말이지, 넌 다정한 꼭 그만큼 개자식이야.

* * *

다니엘이 비비안 그리니어스가 그녀의 방에서 사라졌다는 것을 깨달은 것은 새벽녘의 일이었다.

낮에 그렇지 않아도 무리를 했던 몸이니, 간호를 거절당하기는 했지만 혹시 몰라 상태를 살펴보려 2층에 올라갔더니 인기척이 나지 않았다.

실례를 무릅쓰고 방문을 열었더니 방 안에는 아무도 없었다. 그런데 창문이 열려 있었다. 순간적으로 가슴이 섬뜩해서, 다니엘은 충동적으로 창문 밖으로 몸을 내밀었다. 다행히 땅에는 아무것도 없었다.

"새뮤얼!"

다만, 순간적으로 그녀가 자살했을 가능성을 생각한 머리는 이미 냉정해지지 못했다. 다니엘의 목소리를 듣고 서재에서 자고 있던 새뮤얼이 깜짝 놀라 이 층으로 뛰어 올라왔다. 새뮤얼의 얼굴이 보이자마자 다니엘은 다급하게 물었다.

"마력의 흔적이 있나?"

운전수로서는 한참 초보이지만, 새뮤얼은 한때 마력을 다루었던 마법사였다. 애초에 타고난 마력이 적어 이미 있으나 마나 한 마력이라고 스스로 말하고 있지만, 마력의 흔적을 탐색하는 것에는 탁월한 남자다. 그래서 일부러 고용한 것이기도 했다. 새뮤얼은 금세 고개를 끄덕였다.

"예, 누군가 마법을 사용했습니다. 공간을 이동한 것 같은데, 마력의 크기를 보면 거리는 멀지 않은 것 같습…… 대공님!"

다니엘은 말을 끝까지 듣지 않았다. 비비안은 현재 마법을 쓸 수 없고, 그녀를 데리고 공간을 이동하는 마법을 쓸 만한 이는 알렉세이 경뿐이다. 제법 따돌렸다고 생각했는데, 신의 힘 앞에서는 인간의 기지 따위는 무력한 건가. 권총을 품에 넣은 다니엘이 계단을 뛰어 내려갔다. 소란에 놀라 일어난 제니가 뛰쳐나왔다.

"대공!"

"미안하지만 대기해 주게, 환자가 올지도 몰라."

"알겠습니다!"

믿음직스러운 대답을 뒤로, 다니엘은 집을 뛰쳐나왔다. 민가 몇 채만이 드문드문 떨어져 있어 의지할 수 있는 빛이라고는 달과 별뿐이었다. 자신의 숨소리가 시끄럽게 귀를 울렸다. 거리가 멀지 않다는 새뮤얼의 말만을 믿고 다니엘은 감각을 집중했다.

다니엘 앤더슨 대공은 자신이 축복받은 환경에서 자라 왔다는 것을 스스로도 알고 있었다. 더불어 그 환경에서 타고난 재능을 적절하게 개화시켜 발휘할 수 있었다는 것도. 그러나 그것은 어디까지나 그저 인간의 범위에서의 재능이다. 신체도 정신도.

신의 힘이라고 불리는 마력만큼은 이 몸에 깃들어 있지 않다. 그래서 다니엘은 오로지 자신의 감각만을 의지하며 한 치 앞도 보기 어려운 어둠 속을 달렸다. 귀를 열고, 시야를 열고, 신의 힘으로 데려간 비비안을 찾기 위해서.

'찾을 수 있을까.'

깜깜하기 그지없는 폐허 같은 벌판을 구르듯이 달리며 다니엘은 그런 것을 생각했지만, 곧 머릿속에서 지워 버렸다. 가능성의 문제가 아니었다. 찾아내야만 하는 것이다.

비비안 그리니어스, 다니엘은 어린 시절 글자를 익힌 후 처음으로 그녀에 대한 이야기를 읽었다. 동화 속에서 그려진 그녀는 어린아이에게도 교훈을 줄 만한 인생사를 가지고 있었다.

다니엘이 조금 더 컸을 때 읽은 역사서 안의 비비안 그리니어스는 비운의 성황이었다. 시인들의 입에서 그녀의 인생은 극적으로 그려졌다. 학자들 사이에서는 그녀의 정치적인 행보가 언제나 여러 면에서 평가받았다.

이야기 속에서 그녀는 언제나 피해자였고, 분투한 영웅이었다. 로맨틱한 일화가 있었고 인간적인 일면이 있었다. 영웅적인 면모도, 우스운 언행의 기록도 남아 있었다.

비비안 그리니어스, 그 전설적인 이름, 과거의 위인 그럭저럭 학식을 쌓아 가는 입장에서 그녀에 대해 아무런 의견도 가지지 않는다는 것은 있을 수 없는 일이었다. 다니엘 또한 그녀의 인생에 대해 들으며 나름 대로의 감동도, 여운도, 감상도 가지고 있었다.

그렇지만, 어느 날 다니엘의 어머니이자 앤더슨 백작인 비비안에게 '비운의 성황'이 어느 사원에 안치되어 있다는 말을 듣고 다니엘은 아연해졌다.

그녀가 다시 살아올 것이라 믿고 그녀의 귀환을 기다리다 죽어 간 이들이 있다고 한다. 그리고 앤더슨 가문은 대대로 그 유언을 받들어 사원을 보존하고 있다고. 동화 속 이야기도 아니고, 그게 무슨 말인지.

앤더슨 백작은 좀처럼 그 말을 믿지 못하는 어린 다니엘을 말에 태워 영지 중에서도 최북단에 있는 사원으로 그를 데려갔다. 폐허나 다름없는 먼지가 쌓인 채 풍화되어 가고 있는 사원이 눈앞에 있었다. 마치 손질이 되지 않은 무덤처럼.

그 광경에 충격을 받은 다니엘은 어머니에게 질문했다.

"들어갈 수는 없는 겁니까? 금방이라도 무너질 것 같습니다만."

정말로 비비안 성황이 저 안에 잠들어 있다면 건물을 보수하든 혹은 그녀가 잠들어 있다는 관을 옮기든 해야 하지 않을까. 다만 다니엘의 의문은 고개를 젓는 앤더슨 백작에게 일축을 당했다.

"아무래도 마력으로 지켜지고 있는 듯해. 저 문고리의 쇠사슬에 일반인이 손을 대면 죽을 것 같은 고통이 찾아온다더군."

과연, 사원의 문은 녹슨 쇠사슬로 칭칭 묶여 봉문이 되어 있었다. 그렇지만 아무리 그래도 저런 폐허여서야. 어린 다니엘은 포기하지 않고 앤더슨 백작의 소매를 잡아당겼다.

"강력한 마법사를 데리고 온다면."

"비비안 성황이 잠든 곳에 걸려 있는 마법이야. 그렇다면 그녀의 의지가 무관하지 않을 터. 그녀를 쉬게 두고 싶구나."

어머니가 그렇게 말했고 다니엘은 납득할 수 없었지만 어쩔 수 없었다. 그래도 그렇지, 저렇게 폐허 같은 곳에 그렇게 위대한 위인을 쉽게 놔두어도 되는 건가. 다니엘은 아이답게 분개했다.

영지로 돌아온 다음에도 다니엘은 그 분개한 마음을 담아서 몇 번 더 어머니를 졸라 보았지만, 앤더슨 백작은 바쁘다며 다니엘의 말에는 귀 기울여 주지 않았다.

아무리 황제의 핏줄이고 앤더슨 변경백의 아들이라고 해도 아직 아이였다, 무엇 하나 할 수 있는 게 없다. 결국, 다니엘은 비비안에 대해 더 알아보는 것으로 오갈 데 없는 감정을 소모하기로 했다.

그렇게, 그녀에 대해 적혀 있는 책들을 읽어 나갈 때마다 다니엘은 묘한 기분에 사로잡혔다. 얼마 전까지와는 다르게 한 사람의 인생을 글자로 읽는다는 것이 어쩐지 차갑게 느껴졌기 때문에.

과거에 살았던 사람들의 자취를 객관적으로 분석하며 좀 더 나은 길로 나아가려고 하는 것은 인간의 진취적인 일면이다. 역사서는 나은 미래로 나아가기 위한 참고서였다.

그러나 그 참고서에 글자로 낱낱이 해체당한 비비안 그리니어스가 그 언젠가는 생생히 살아 움직였다는 것, 그리고 지금은 폐허 같은 사원에 홀로 누워 있다는 여자. 그 생애 전반에 걸쳐 자신의 신념을 위해 분투하다 맞이한 죽음, 그 죽음에도 불구하고 그녀를 사랑하기에 그녀의 생환을 기다리는 사람이 아직도 있다.

그 모든 것들이, 비비안 그리니어스라는 개인의 삶이 다니엘에게는 이제 생생하게 다가왔다. 그래, 글과 시와 이야기 속에서 전해져 내려온 비비안이라는 여자는 정말로 살아 있는 인간이었던 것이다.

다니엘 앤더슨은 나이를 먹어 가며 무척이나 바빠졌고, 더 이상 사원을 청소하겠다며 고집을 부리는 어린아이가 아니었지만 그래도 가끔씩은 비비안 그리니어스에 대해 생각했다.

그녀가 이 세상에 돌아온다면 어떻게 생각할까? 그 생각은 때때로 사고의 표면에 떠올랐다.

로렐이라는 여자아이가 빈곤함에 지쳐 도둑질을 하다가 혹독한 매질을 당하며 빈사 상태에 이르렀던 것을 보았을 때도, 배다른 형이 다니엘을 전쟁에 내몰았을 때도, 그리고 자신을 죽이기 위해 쏜 총알을 맞았을 때도, 누군가를 죽이기 위해 타인에게 총을 겨누었을 때도, 그녀의 삶은 다니엘에게 있어 일종의 지침이었다.

과거 이 세상에는 그녀와 같은 사람이 있었다. '선량한 것', '옳은 것',

'정의로운 것', '더 나은 것'이라는 게 있다고 믿고, 그것들이 흑백으로 가려지는 세상이 아니라는 것을 알 만한 경험을 쌓았으면서도 절망하지 않고 노력했던 사람.

다니엘 앤더슨보다 훨씬 더 열악한 상황에 있으면서도 그녀는 끝까지 포기하지 않았다. 그렇게 조금 더 나은 방향으로 세상을 바꾸어 놓았다. 그러니, 나도 노력하지 않으면.

다니엘 앤더슨은 비비안의 삶을, 그녀를 순수하게 존경했다. 그녀처럼 살아가고 싶다고 생각했다. 언제나 옳은 것이 무엇인지 치열하게 생각하고, 아무리 어렵더라도 행동을 게을리하지 않았다.

아마 앤더슨 백작은 만족했을 것이다. 다니엘 앤더슨을 이런 인간으로 키우기 위해 어릴 적 비비안이 잠들어 있다는 사원으로 데려간 것일 테니까.

솔직히 말해 다니엘은 비비안 그리니어스가 정말로 살아 있다는 생각은 하지 않았다. 앤더슨 백작도 아마 그랬을 것이다. 모자는 둘 다 마법 같은 신의 기적보다는 스스로가 할 수 있는 일을 해내고자 노력하는 인간들이었기 때문에.

다만, 두 사람 모두 신의 기적은 믿지 않더라도 비비안 그리니어스가 그려 온 삶의 궤적은 무척이나 존경하고 있었다. 그래서 앤더슨 백작도, 다니엘도, 그녀가 언젠가 이 세상에 돌아온다면, 그 세상이 조금이라도 그녀가 죽어 가며 바랐을 세상과 근접해 있기를 바랐다. 그러한 존경을 품고 이 삶을 꾸려 가고 있었다.

다니엘의 내면에는 그런 일종의 경애가 언제나 자리하고 있었다. 그렇다, 경애였다. 그녀가 설령 돌아오지 않더라도, 다시 한번 기적이 일어나지 않더라도 다니엘은 그녀의 유지를 받들어 다음 세대에 넘겨주기 위해 기꺼이 일생을 바쳤을 것이다.

그런데, 신의 기적을 믿지 않는 남자의 일생에 예기치 않은 일이 일어났다.

"사원의 문이 안쪽으로부터 파괴되어 있었습니다."

그 보고를 듣고 다니엘은 자신의 귀를 믿을 수 없었다. 어떤 마법사도 파괴할 수 없었던 마법이 파괴되었다는 것인가. 다니엘은 바로 북부의 사원으로 향했다. 처음에는 타인의 침입을 의심했으나, 문은 정말로 안쪽에서부터 파괴되어 있었다.

인제나 멀리서 지켜보았을 뿐 처음으로 발을 들인 거대한 무덤, 그 안에는 기사의 유골과 먼지가 쌓인 관, 먼지 사이로 몸을 끌고 나간 자국들. 다니엘은 그 자국을 손가락으로 쓸었다.

형체도 알아볼 수 없이 유골로 남아서도 자신의 곁을 지킨 기사를 추모하고 싶었던 것일까. 유골의 곁에는 검붉게 말라붙은 피로 쓰인 문자가 정중하게 자리하고 있었다.

'나의 기사가 평온한 안식을 갖기를.'

그 검붉은 글자는 무언가가 살아서 이 안에 있었다는 증거였다. 죽어 있는 글자 속의 인물이 아니라, 살아 있는 생명이, 인간이.

정말로, 비비안 그리니어스가 살아났다.

현실감은 들지 않았다. 그러나 신의 기적을 믿지 않더라도 현실에 일어난 일은 믿을 수밖에 없다.

다니엘은 곧바로 그녀의 흔적을 찾기 시작했다. 이 세상에 다시금 현신한 강력한 마법사를 쫓는 것에는 거의 1년의 시간이 걸렸다.

그녀를 찾기까지 꽤 여러 가지 사건이 있었고, 심지어는 오백 년을 살아온 기사와 부딪혀 칼에 찔리기까지 했지만 어쨌거나 포기할 수는 없었다. 앤더슨 가문은 그녀를 책임질 의무가 있었다. 로티아 경의 유지도, 살해자의 유서도 전해야 했다.

그렇게 일 년이 지나, 다니엘은 비비안 그리니어스에게 도달했다.

"우리 어디서 만난 적 있었나?"

그리고 마침내 다니엘에게 떨어졌던 그 말. 안타깝게도 칼에 찔려 제정신이 아니었던 상태라 다니엘은 바로 그 말에 반응하지 못했다.

앞에 서 있는 것은 정말로 비비안 그리니어스였다. 붉은색의 머리칼, 빛나는 금빛의 눈동자, 파리한 안색, 그렇지만 살아 있는 사람의 것이었다.

다니엘을 바라보는 눈빛은 다정하다기보다는 귀찮아하는 것처럼 보였지만, 그래도 인간적인 걱정이 깃들어 있었다. 생생한 표정, 손에 닿은 온기, 느껴지는 숨결, 그건 글자로는 알 수 없는 것이었다. 찬란한 생명에 다니엘은 헛웃음을 지었다.

"아니, 만난 적 없어."

그렇다, 단 한 번도 만난 적이 없었다. 다니엘은 언제나 글자 너머 과거의 그녀에게 존경을 품고 있었을 뿐이다. 그리고 그 전설적인 인물을 생생하게 접하게 된 다니엘은 약간 궁금해졌다. 당연한 의문이라고도 할 것이다. 그녀는 다니엘의 인생의 방향에 지대한 영향을 끼친 인물이다.

다니엘의 인생의 귀감이 된 인물이 이 세상에 대해 다시금 어떤 평가를 내릴 것인가. 다시 돌아온 세상은 당신께 어떻게 비치고 있습니까. 조금쯤은 나아진 구석이, 내가 제대로 해낸 일이 있을까요?

그리고 그런 무른 생각 따위는 얼마 지나지 않아 비비안 그리니어스 본인에게 쉽사리 깨졌다. 아주 산산조각으로.

인생이란 역시 그리 쉽게만은 굴러가지 않는 것이다. 다니엘은 그녀를 만난 후로 자주 쓴웃음을 짓곤 했다. 당신이 다시 살고 싶어 할 만한 세상을 만들고 싶었는데, 자신은 아직 한참 부족했던 모양이다.

턱이 숨에 닿았다. 드디어 그 광경을 발견하자마자, 다니엘은 망설임 없이 총을 겨누고 고민하지 않고 총을 쏘았다.

넓은 초원을 비추는 빛이라고는 미약한 달빛과 별빛밖에 없었고, 한참을 달린 숨은 가쁘고 다리는 무거웠지만, 세상에는 어쩔 수 없는 일이라는 것도 있는 법이다.

　탕, 하고 총소리가 넓은 초원에 울려 퍼졌다. 분명 타격감이 있었다. 허벅지를 노렸으니 허벅지에 명중했을 것이다. 그러나 총에 맞은 상대방은 아랑곳하지도 않고, 바닥에 쓰러져 있는 희끄무레한 형체를 바라볼 뿐이었다.

　"알렉세이 경."

　다니엘은 그 남자에게 말을 걸었다. 다니엘과는 다르게 신의 기적이 깃든 몸이다. 남자는 총에 맞은 것도, 다니엘도 신경 쓰지 않고 그저 기절한 것 같은 비비안을 바라보았다. 다니엘은 신중하게 접근했다. 상대방은 불가사의한 힘으로 오백 년간 살아온 살인귀다. 그런 그가 비비안의 목숨을 노리고 있었다. 신중해야 하는 것은 당연했다.

　"말씀드렸습니다, 그녀를 놔두어 달라고."

　그렇지만, 섣불리 자극하면 위험하다는 것은 알고 있었는데, 다니엘은 결국 충동을 이기지 못하고 그런 말을 내뱉었다.

　다니엘 앤더슨은 신을 믿지 않는다. 아무리 바라도 기적은 일어나지 않는다. 기적을 바라기만 하고, 행동에 옮기지 않는다면 기적은 일어나지 않는다. 행동에 옮긴 다음에 일어나는 결과는 기적 따위가 아니라, 자신이 얻어 마땅한 과실이다. 그것이 썩어 떨어진 것이건, 잘 영글은 것이건

　그럼에도 불구하고, 다니엘은 결국 비비안의 죽음을 바라는 그녀의 기사에게 간청했다.

　"비비안을 살도록 해 주십시오."

　달빛 아래에서 울고 있는 백발의 기사는 준엄한 심판자처럼 다니엘을 바라보았다.

　"왜?"

　그 기사의 의문 또한 당연한 것이리라. 다니엘은 쓴웃음을 머금었다. 이

세상에 돌아온 비비안 그리니어스는 더 이상 살고 싶어 하지 않았으니까. 어쩌면 이대로 저 기사의 칼에 죽음을 맞는 것이 그녀의 소망일지도 모른다. 비비안은 절망에 빠져 있었다. 세상에 대한 실의에 잠겨 죽음을 안식이라 생각하며 죽고 싶어 했다.

"그녀는 그럴 자격이 있으니까요."

그런데, 그런 한편으로 그녀는 여전히 누군가를 구하고자 했다. 그런 자신을 한심하다고 여기면서도, 그런 스스로를 멈출 수 없는 것처럼.

그런 그녀를 보면서 다니엘도 다시금 생각했다. 이것이 비비안 그리니어스의 본질이다.

역사서 너머로만 그녀를 접했으나 그래도 다니엘은 그녀에 대해 이해하고 있었다. 이 인생을 통틀어 가장 경애하는 인물이다. 그녀의 인간적인 일면을 보면서 그 이해는 더욱 깊어졌다.

그 모든 일을 겪었는데도 그녀의 안에는 여전히 선의가 있었다. 그러한 사람의 결말이 절망에 빠진 채 맞이하는 죽음이어서는 안 된다. 다니엘은 그것이 옳다고 생각한다.

"행복하게 살아도 됩니다, 이 사람은."

누구나 그렇듯이, 설령 그녀 자신이 죽음을 바란다고 하더라도.

다니엘의 말을 듣고 기사는 미소했다. 그 미소와 함께, 백발의 기사가 칼을 들었다. 다니엘은 총을 겨누었다. 한 번 더, 총성이 초원을 울렸다.

"그만두십시오."

다니엘은 혼란스러운 눈으로 눈앞의 기사를 마주했다. 다니엘의 총은 목표한 것을 그대로 꿰뚫었다.

"자네는 처음 만났을 때부터 마음에 들지 않기는 했지."

다만, 알렉세이의 칼 또한 총에 맞은 것 따위에 아랑곳하지 않고 목표한 것을 찔렀다. 칼로 스스로의 가슴을 찌른 기사는 까맣게 타들어 가는 것 같은 눈을 하고 있었다.

당신의 마음이 머물러 있는 곳에

심장이 존재할 자리에 망설임 없이 칼을 꽂아 넣은 기사는, 보통 인간이라면 즉사했을 만한 상처인데도 아무렇지 않게 그 자리에 두 발을 딛고 서 있었다.

알렉세이 볼로딘은 그렇게 두 발로 선 채, 풀밭에 쓰러져 있는 비비안 그리니어스를 내려다보았다. 고통에 일그러진 얼굴 속, 그녀를 내려보는 눈길은 형용할 길을 찾을 수 없었다.

그는 한참을 더 그렇게 말없이 비비안을 내려다보다가 이윽고 시선을 들어 다니엘을 바라보았다.

"비비안에게 행복할 자격이 있다고 했나."

알렉세이는 그렇게 말하며 자신의 가슴에 스스로 꽂은 칼의 손잡이를 더욱 깊게 찔러 넣었다. 가슴의 핏자국은 점점 더 크게 번지고 있었다.

"하지만 그녀가 어떻게 행복해진단 말이지? 나는 비비안 그리니어스를 알아. 평범한 인간의 소소한 행복에 안주하는 듯 보여도, 결국에는 이 세상을 좌시하지 못할 인간이야."

그 말에 다니엘은 그녀와 처음 만났을 때의 모습을 떠올렸다. 가난하고 불행한 거리에서 홀로 유리된 채로 살아가던, 하지만 끝내 외면하지는 못했던 그 모습을. 다니엘이 그녀의 모습을 본 것과 같이 알렉세이 또한 그 모습을 보았으리라.

"그녀의 시대는 이미 오백 년 전에 끝났어. 그녀가 사랑했던 것도, 바꾸려 했던 것도 모두 유골이 되었지."

비비안과 함께 죽고 싶다는 희망만으로 오백 년을 살아온 기사가 다니엘을 비난했다. 그래, 그녀 스스로도 그렇게 말했다. 이 세상을 보고 다시 살아가고 싶어졌느냐고 물었을 때, 그녀 또한 아니라고 말했다. 바로 자신의 앞에서.

"……"

다니엘은 그 말에 대답하지 않은 채 쓰러져 있는 비비안에게로 걸어갔다. 알렉세이는 자신에게로 다가오는 다니엘을 막지 않았다. 다니엘은 스스로의 가슴에 칼을 꽂은 기사에게 망설임 없이 다가가 풀밭에 무릎을 꿇었다. 무릎을 꿇고서, 다니엘은 쓰러져 있는 비비안을 안아 올렸다.

그녀를 안아 올리자 기절해 축 늘어진 몸의 무게감이 느껴졌다. 차가운 체온을 손에, 팔에 느끼며 다니엘은 비비안의 얼굴을 내려다보았다. 겉으로 보기에는 그저 어린, 20대로나 보이는 여자의 얼굴이다. 하지만 그녀가 겪어 왔던 수많은 실패를, 절망을, 다니엘은 차마 헤아릴 수가 없었다.

"*나는 과거의 유물이야, 알렉세이 경.*"

그녀가 알렉세이에게 했던 말을 떠올린다. 그 말에 담겨있는 감정도 다니엘은 채 다 이해하지 못했다. 수도 없이 도전했으나 꼭 그만큼의 수만큼 실패해서 꺾여 버린, 다시 일어나고 싶지 않은 사람의 마음을 어떻게 감히 안다고 말할 수 있을까.

비비안을 안아 든 채 무릎을 꿇은 다니엘을 알렉세이가 마치 판단을 내리는 신이라도 된 것처럼 내려다보고 있었다. 그러나, 다니엘은 그 시선에 부당함을 느꼈다.

대체 그가 비비안의 무엇을 판단할 수 있단 말인가? 그저 그녀와 같은 시대를 살았기 때문에? 겨우 그런 이유로 어째서 그녀의 삶을 끝이라고 규정할 수 있단 말인가?

"……그렇다면, 죽음이야말로 그녀의 행복이라고 생각했다면 왜 죽이지 않았습니까?"

알렉세이를 향해 다니엘은 고개를 들고 따지듯 물었다.

"정말로 그녀가 죽기를 원한다면 당장 그 칼을 빼 휘두르면 끝날 일이 아닙니까."

지금 그 가슴에 꽂은 칼을 비비안을 향해 휘둘렀다면 생명을 거두는 일 따위 다니엘이 이 들판에 당도하기도 전에 이미 끝났을 터인데. 아니, 처음부터 그랬다. 다니엘이 비비안을 발견하기 전, 알렉세이는 분명 비비안을 앞서 발견했었다. 그렇기 때문에 다니엘을 찌른 것이다.

그렇지만 애초에 비비안을 죽이는 것이 목적이었다면 굳이 이렇게 길게 끌 이유가 없었다. 어느 때고 그는 비비안을 죽일 수 있었으니까. 하지만 알렉세이는 단 한 번도 성공하지 못했다. 의도적인 실패라고밖에 할 수 없었다.

"당신도 그녀가 살기를 바라고 있지 않습니까."

물론, 그 자신은 진심으로 죽는 게 나을지도 모른다고 생각할지 몰라도― 그녀를 아끼고 그 삶을 존경하는 사람이라면, 그녀가 죽는 것을 바랄 리 없다. 알렉세이가 정말로 비비안을 사랑한다면 그녀가 죽는 것을 바랄 리가 없다. 사랑하는 사람이 죽기를 바라는 자가 어디에 있단 말인가.

"스스로의 괴로움에 못 이겨 비비안에게 투정을 부리는 일은 그만두십시오."

비비안이 깨어 있었다면 아마 자신의 뺨을 한두 대쯤 날렸을지도 모르겠다는 생각을 하면서도, 다니엘은 그렇게 말했다. 하지만 아마 뺨을 얻어맞더라도 말했을 것이다.

"……투정이라. 내가?"

그러나 막상 당사자는 헛웃음을 흘릴 뿐, 딱히 화를 내지도 부정하지도 않았다. 대신 그는 끔찍하게 피가 흐르는 가슴의 상처에서 천천히 칼을 빼냈다. 살을 가르는 끔찍한 소리와 지독한 쇠 비린내가 풍겼다. 그리고 그는 문득 이렇게 말했다.

"너는 유리 아레노를 닮았군."

"……뭐?"

뜻밖의 이름이었다. 모욕이라도 줄 셈인가. 그러나 다니엘보다도 막상 그 이름을 말한 알렉세이가 훨씬 더 험악한 얼굴을 하고 있었다. 그는 한 마디 한 마디 짓씹듯 말했다.

"그는 비비안 그리니어스를 살게 했지만 결국에는 죽였어."

저주처럼 들렸으나 감정이 담기지 않은 담백한 말이었다.

"어쩌면 자네도 그럴지 모르겠군."

알렉세이는 칼을 완전히 가슴에서 빼낸 채 옷을 젖혀 자신의 가슴이 아물어 가는 모습을 보여 주었다.

"이걸 봐, 나는 여전히 죽을 수가 없어."

"……유감입니다."

"비비안의 말대로라면 이건 비비안이 한 일이야."

그 뜻밖의 말에 다니엘은 깜짝 놀라 알렉세이를 바라보았다. 이미 알렉세이의 가슴에 벌어져 있던 상처는 다 아물어 있었다. 그는 핏자국 외에는 완전히 깨끗해진 피부 위를 쓰다듬으며 말했다.

"말이 되지 않는 건 아니야. 그녀는 내가 아는 한 가장 강력한 마법사고, 그래서 그녀의 소원에 마력이 무의식적으로 반응했을지도 모르지……."

"……그렇다면."

다니엘은 순식간에 판단했고, 빠르게 총을 꺼내어 알렉세이에게 겨누었다. 그런 다니엘을 향해 알렉세이는 그저 어깨를 으쓱일 뿐이었다.

"그렇게 경계할 필요는 없어."

"그녀를 원망하지 않는단 말씀입니까."

그렇게 몇 백 년간 겪어 온 고통을 호소해 놓고서? 다니엘은 경계심을 거두지 않은 채 알렉세이를 향한 총을 거두지 않았다. 알렉세이는 그런 다니엘은 신경도 쓰지 않고서 찢어진 옷을 갈무리했다.

"그 전에, 자네에게 물어볼 게 있다."

"……제가 대답해 드릴 수 있는 것이라면 대답하겠습니다."

"굳이 북쪽으로 그녀를 데려가려는 이유가 뭐지?"

그 질문에 고민이 일었다. 비비안의 몸에서 마력이 고갈된 것을 그에게 이야기해도 될까. 지금 당장은 비비안을 해칠 생각이 없어 보이지만 그렇다고 해서 완전히 믿을 수 있는 아군도 아니었다. 이제껏 다니엘이 보는 앞에서 그가 기분 내키는 대로 살해한 사람을 생각해 보아도 그랬다.
 그렇지만 그렇게 강력한 기사인 알렉세이가, 그것도 비비안 본인이 그와 대항할 의지가 없으니 더욱이나 마음만 먹는다면 비비안의 마력 여부는 그녀를 해하는 데 중요한 요소는 아니었다. 그렇다면 조금이라도 마법적인 자문을 구하는 것이 나을까. 그렇게 판단한 다니엘은 어렵게 입을 떼었다.
 "그녀의 몸에서…… 마력이 고갈되있습니다."
 "그건 알아. 그래서?"
 "앤더슨 공작가 성 근처에, 오래도록 붉은 히아신스가 피는 곳이 있습니다."
 그 말에 알렉세이는 잠깐 놀란 듯 눈을 크게 떴으나 곧 시큰둥해졌다.
 "그런 시시한 이유였나. 하지만 타인을 위해 희생한 자가 흘린 피 위에서 자란 꽃이 아니라면 의미가 없을 텐데."
 "……압니다."
 알렉세이가 미심쩍어하는 어조로 다시 물었다.
 "말해 두지만 정말로 특별한 꽃만이 마법사의 마력을 되살릴 수 있어. 그것도 죽은 자의 사념이 남아 있는 동안만 가능한 일이야. 몇 년은커녕 며칠이 지나면 바로 스러지는 것들이 대부분이지."
 "그것도 압니다."
 다니엘은 창백한 낯빛의 비비안을 좀 더 단단히 끌어안은 채 풀밭에서 일어났다. 알렉세이는 더 이상 비비안을 당장 해칠 생각은 없어 보이니 빨리 이 자리를 떠나 그녀를 안전한 곳으로 옮기고 싶었다. 그렇지 않아도 성하지 않은 몸인데 새벽의 찬 이슬을 맞도록 둘 수는 없었다. 어서 돌아가 따뜻한 곳에 누이고 제대로 된 간호를 받게 하지 않으면.
 비비안을 안아 든 채 일어선 다니엘을 알렉세이는 제지하지 않았다. 그는 대신 의심스러운 눈길로 다니엘의 얼굴을 살필 뿐이었다.
 "지금 당장 네 목을 벨 수도 있다."
 "그렇겠지요."

"내 질문에 대답한다면 지금은 유보해 주지. 그 꽃이 비비안에게 도움이 될 거라고 그렇게 확신하는 이유가 뭐지?"

"무언가 착각하시는 것 같군요."

다니엘은 기사를 바라보며 그가 지키고자 하는 단 하나의 절망을 좀 더 세게 보듬어 안았다.

"확신 따위는 없습니다. 이건, 실낱같은 희망이라도 잡아 보고자 하는 발버둥일 뿐입니다."

품 안에서 비비안의 몸이 꿈틀거렸다. 약한 심장 박동이 느껴졌다.

"모든 살아 있는 것들이 그러하듯."

* * *

어렴풋한 기억으로 나는 원래 술은 그다지 즐기지 않는 성미였던 것 같다. 하지만 언제부터인지 가벼운 과일주만으로는 성에 차지 않게 되었다. 몸에 깃들어 있던 마력 덕분에 건강을 걱정할 필요가 없던 것도 한몫했고, 오래되고 독한 술을 마시다가 그대로 잠이 들면 그때만큼은 모든 것을 잊을 수 있었기 때문이기도 했다.

"술이야말로 신이 내린 최고의 선물이 아닐까."

"마법사가 하기엔 재미없는 농담이야."

"재미있기만 하구만."

누가 황제가 아니랄까 봐, 농담의 취향이 아주 까다롭군. 내가 투덜대자 유리가 낮게 웃으며 내 손에 들린 술잔을 빼앗아갔다. 소파에 누워 한가롭게 건들대고 있던 나는 화들짝 놀라 일어났다.

"아니, 이게 무슨 짓이야! 내 잔 내놔!"

"과음은 좋지 않아. 적당히 마시도록."

"그게 무슨 개소리야, 어차피 잘 취하지도 않는데!"

"다들 자네를 걱정해."

"걱정할 필요 없대도. 마력이 다 해소해 주는데 무슨 걱정……."

"알렉세이 경의 일로 과음하는 것이 아닌가 하여."

유리가 이렇게 직접적으로 알렉세이의 이름을 언급할 줄 몰랐던 터라 나는 약간 놀랐다.

"……어차피 당신은 알렉세이 경 싫어했잖아."

알렉세이는 유리 아레노가 황제라는 것도 아랑곳하지 않고 어느 자리에 서건 자신의 감정을 솔직히 표현하곤 했다. 황제를 노골적으로 싫어하는 기색을 전혀 숨기려 들지 않아 알렉세이를 지켜보는 다른 사람이 조마조마할 정도였다.

유리는 그나마 알렉세이에 비해 고상하게 굴었지만 그렇다고 결코 유한 건 아니었다. 그래서 둘 다 내 곁에 가장 가까이 있는 사람들이었지만 나 없는 자리에서 얼굴을 마주하는 일도, 내게 서로를 언급하는 일도 거의 없었다.

그러니 알렉세이가 내 곁을 떠났다고 한들 유리는 아무런 신경도 쓰지 않을 줄 알았는데. 아니, 그런 유리가 알렉세이의 일을 무심히 넘기지 않고 내게 언급할 만큼 알렉세이가 떠났다는 소식이 널리 퍼져 있다는 뜻이겠지. 그렇게 생각하자 눈앞이 핑 돌았다. 이게 다 취기 때문이다.

"정말 어쩔 수 없는 일이야. 내가 오해를 풀어 줄 새도 없이 떠났으니까."

나는 애써 떠오르는 심상을 지워 냈다. 알렉세이 경은 그의 자유로운 성정에도 불구하고 오랫동안 내 곁에 머물러 주었다. 생각해 보면 이렇게 오래 머물러 준 것이 이상한 일이었다. 애초에 그는 처음부터 내 옆자리가 마음에 차지 않는다면 언제고 떠난다고 선언했으니까. 으레 그러려니, 하고 생각하는 수밖에 없었다.

"그렇게 넘어갈 일이 아니던데."

그러나 어지간하면 그냥 넘어가 줄 만도 한데 유리는 그날따라 끈질기게 물었다. 이렇게 나온 이상 본인이 듣고 싶은 대답을 들을 때까지 계속 물을 작정일 것이다.

밤이 길겠군, 술이 마시고 싶어지는걸 그건 유리의 심정도 마찬가지였는지, 유리는 소파의 팔걸이에 걸터앉은 채 소파에서 건들대고 있는 나를 내려다보았다. 평소의 유리답지 않게 불량한 자세였다.

"세간에서는 네가 황제와 사랑에 빠진 탓에 알렉세이 경이 떠났다고 하더군."

"나도 알아, 들었어."

나는 좀 더 직접적으로 들었지. 알렉세이 경에게, 그리고 교단을 이루는 다른 마법사들에게. 그들은 하나같이 내게 한 나라의 황제와 친밀하게 결탁하여 마치 한 세력이라도 구축하는 듯 구는 것은 안 될 말이라 입을 모아 말했다.

"웃긴 이야기지."

절로 한숨이 나온다. 그렇지만 내가 아무리 아니라고 부정을 해도 사람들의 시선은 도통 꺼지질 않았다. 제발 알아 달라고 바라는 일은 대낮 거리에 벌거벗고 뛰쳐나가 외쳐도 알아주지를 않는데 아닌 일은 아무리 아니라고 해명해도 믿어 주지를 않으니. 아, 생각해 보니 결국 내 말을 들어 주지 않는 건 똑같잖아. 젠장, 이 망할 세상 같으니.

"레오날드 경도 오해하고 있었다. 내게 결혼식을 올릴 생각이 있냐고 묻기에 놀랐지."

"레오날드 경은 딱히 너와 내 사이를 오해해서 물어본 게 아닐걸"

레오날드 경의 경우라면 알렉세이 경보다는 내 이야기를 좀 더 들어주는 편이다. 알렉세이는 내 이야기를 듣지도 않고 떠나 버렸지만, 레오날드는 그 소문의 진위에 대해서 내게 직접 물어보았고 나는 정확하게 대답해 주었다.

하늘이 두 쪽 나도 유리랑 결혼할 일은 없다, 고. 물론 내가 몇 번이고 유리에게 구혼을 거절당했다는 것과 실제로 하늘을 두 쪽 낼 수 있다는 사실은 제외하더라도.

"귀족 신분이었으니만큼 귀에 들려오는 게 많겠지. 내 구혼이 당신에게 거절당했다는 것도 그렇고, 당신이 후계자를 도통 만들 생각이 없다는 것도."

나를 지키는 팔라딘이 된 이후로 귀족의 신분을 버렸지만 그렇다고 해서 예전에 알았던 인연들이 전부 사라지는 것도 아니다. 그리고 레오날드는 언제나 자신이 가진 것을 십분 활용할 줄 아는 남자였다.

"그리고 그런 걸 당신한테 물어봤다는 건 결국 레오날드 경의 의견도 같다는 이야기야. 지금 이 상황을 넘기려면 우리가 결혼하는 게 가장 이상적이란 거."

"결국, 일시적인 대책일 뿐이야. 그리고 그 경우 네가 발을 빼기도 어렵게 되겠지."

"뭐?"

순간적으로 화가 나서 나는 몸을 확 일으켰다. 술잔이라도 시원하게 뿌려 줄까 했지만, 유리가 내 손이 움직이기 전에 가볍게 잔을 낚아 채어갔다. 나는 유리 아레노를 노려보았다.

"지금 누구 앞에서 수작질이야? 잔이 없다고 내가 당신을 한 대 치지도 못할 줄 알아?"

"이성적으로 생각해, 비비안."

"이성적이라고?"

"그래."

유리는 자신이 무슨 말을 하는지 잘 알면서도 고개를 끄덕였다.

"이대로 흉년이 지속되고 나의 후계자 문제가 거론되면 지방의 귀족 가문들이 일으킬 행동이야 뻔해. 내가 선택할 수 있는 길도 많지 않고."

"그래서?"

"알렉세이 경의 말이 옳아."

유리가 버럭 화를 내려는 내 어깨에 손을 얹고 토닥였다.

"너는 나에게 얽매여서 네 할 일을 하지 못하고 있어. 아레노 황가의 영토는 넓지만, 이 세계에서 가장 강대한 마법사에게는 좁은 곳이겠지."

"너."

"현실적인 말을 하고 있는 거야, 비비안. 더 늦기 전에 떠나."

마치 정말로 나를 위한 말을 하는 것처럼, 위로라도 하듯 유리가 나를 응시했다.

"나는 괜찮을 거야."

도대체 뭐가 괜찮다는 건데. 승계권이나 재산의 소유권 등 오래된 법전의 이모저모를 뜯어고친 데다 계속되는 흉년으로 귀족과 평민 반절의 반발을 모두 산 지금 유리 아레노에게 나라는 마법사의 강력한 지지는 절대로 놓쳐서는 안 될 것이었다.

내 평판이 바닥에 떨어지건 어쨌건 빌어서라도 내 손을 놓으면 안 되는 상황이라고. 아니, 유리의 말이야 언제나 이성적이지. 현실을 감안해서 최선을 택하는 것에 능숙한 사람이다. 그러나 현실을 감안한 최선이란 언제나 차악에 불과하고, 나는 그런 차악 따위에 만족하기 위해 유리 아레노의 곁을 선택한 것이 아니다.

"다시는 그런 말 하지 마, 유리 아레노."

나는 유리 아레노를 눈가가 시뻘겋게 달아오를 만큼 노려보았다. 정말로 나를 곁에서 떨구어 낼 생각이라면 이 황궁을 반쪽 내 줄 작정이었다. 저 멀끔한 얼굴이 이렇게 가증스러워 보일 수가 없었다.

"다시 그런 말 했다간 아무리 너라도 가만 안 둬."

이 세계에 당도해 내가 살아왔던 것과 다른 시대를 맞이했던 나는, 아마도 무척이나 외로웠다. 이 시대는 이 시대가 가지고 있는 암묵적인 규칙들로 굴러가고 있었다. 설령 그것을 개인인 내가 '틀렸다고' 느낀다고 해도, 그것이 세상에 받아들여질 때까지는 시간이 필요했다.

씨앗이 뿌려지고 발아하고 싹이 난 후에야 꽃을 피울 수 있듯 발전하는 것에는 선행해야만 하는 단계가 있다. 꽃망울이 씨앗보다 먼저 터질 수는 없듯이.

내가 만일 정말로 이 시대를 살다가 홀로 눈이 트인 사상가였다면 좋은 정원사가 되었을지도 모르겠다. 하지만 나는 그저 운 좋게 좀 더 앞선 시대를 먼저 살아 본 덕에 답지만을 어렴풋이 기억하는 학생일 뿐이었다.

그렇다고 어설프나마 트였던 눈을 감을 수도 없는 노릇이고, 이 세상에서 가장 강대한 마법사였기 때문에 무력함을 이유로 직접 느끼는 이 답답함을 모르는 척할 수도 없었다.

그리고 그때, 나는 유리 아레노를 발견했다. 나는 아마도 평생, 유리 아레노를 처음 발견했을 때 느꼈던 안도감을 잊지 못할 것이다.

"남이 뭐라고 하건 상관없어. 우리가 굽힐 이유가 없잖아. 우리가 옳은 일을 하고 있는 거라고."

이 세상을 좀 더 좋은 방향으로 이끌 수 있을 것이란 생각. 우리가 옳은 방향으로 나아갈 수 있을 것이라는 믿음. 나는 내 어깨 위에 올려진 유리의 손을 잡고 제발 이 진심이 전해지길 바라며 말했다.

"나는 당신을 믿어. 그러니까 당신도 날 믿어, 유리."

그때의 나를 지탱한 것은 그런 알량한 신념이었다.

"……물론 나는 널 믿어."

유리 아레노도 나에게 명확한 답을 주었다.

* * *

"흑……."

눈을 뜬 순간 온몸이 두드려 맞기라도 한 것처럼 아파 오고 쑤셔서 정신을 차릴 수가 없었다. 등골에는 식은땀이 흥건했다. 어떻게든 몸을 일으키려고 하자 이마에서 물수건이 툭 떨어졌다.

"그대로 누워 계세요."

목소리에 번쩍 고개를 들자 어두컴컴한 너머에서 낯선 인영이 보였다. 반사적으로 깜짝 놀라 경계하려는데 어떤 손길이 다가와 내 몸을 잡아 다시 자리에 눕혔다. 이마에는 금세 새로운 물수건이 놓아졌다.

"꼬박 이틀을 앓으셨어요. 그래도 열이 좀 내린 탓인지 정신을 차리셨네요."

물수건의 차가움 덕분에 겨우 정신을 차려 보니, 보이는 것은 제니 트왈라라는 이름으로 소개받았던 여자였다. 나는 눈을 끔뻑였다.

"내가 이틀을 앓았다고……?"

"네, 아마 그렇지 않아도 몸이 약해져 있는데 찬바람을 오래 쐬인 탓이 아닐까 해요. 정신적으로 충격도 받으신 듯했고."

"아, 그랬…… 군요."

그렇지, 이제 이 몸에 마력은 깃들어 있지 않고 마법 약도 복용하지 않았다면 꼬박 이틀을 앓아눕는 것이 이상한 일은 아니다.

쑤시는 몸을 애써 무시하며 사방을 살펴보니 내가 있는 곳은 낯선 풍경의 방이었다. 제니 트왈라의 집에서 하루 묵는 둥 마는 둥 하긴 했지만 좁은 다락방이었던 것 같은데, 여긴 어디지. 내가 묻기 전에 제니가 대답해 주었다.

"앤더슨 공작가입니다. 제 집은 환자를 오래 두기 좋은 장소가 아니라 자동차에 실어 옮겼어요."

"……그랬는데도 일어나질 않았다니, 제가 어지간히 푹 잤던 모양이네요."

나름대로 농담한 건데 제니 양은 웃기는커녕 딱딱한 얼굴을 더 굳혔다.

"가볍게 생각하실 일이 아니에요. 이틀 내내 고열이 지속됐거든요. 신체에 장애가 남을 수도 있어서 큰일이었으니까."

"아, 음……."

"그래서 대공께서도 아가씨를 데려온 뒤로 계속 옆에 붙어 있으셨어요."

"음? 아, 그래요?"

대공이라니, 다니엘을 말하는 거겠지. 하기야 조금 골골대던 때도 나를 간병하겠다고 했으니 완전히 기절한 상태의 나에게는 더 극진했을 것이다. 아니, 잠깐.

"그 상황에서 다니엘이 대체 나를 어떻게 데려왔다는……?!"

놀라 몸을 일으키려는데 제니가 다시 내 몸을 가볍게 눌러 제지했다. 그 단호한 몸짓에 옴짝달싹 못 하고 있는데 제니가 입술에 손가락을 갖다 댔다. 그리고 고갯짓을 하며 작게 속삭였다.

"대공께선 주무시고 계세요."

그 말을 들은 후에야, 나는 침대 한구석에 어두운 형체가 웅크리고 있음을 깨달았다. 정확히 말하자면 의자에 앉은 남자가 침대에 머리를 박고 꾸벅꾸벅 졸고 있는 모습이었지만.

"저 사람 왜 저렇게 자고 있는 거야……?"

"많이 피곤하셨을 거예요. 이틀 밤을 새우셨으니."

그러고 보니 내 한쪽 손은 힘없이 늘어진 채로 다니엘의 손에 잡혀 있었다. 어쩐지 손 한쪽에 유독 감각이 없다 했지.

황당한 얼굴로 다니엘의 뒤통수를 보고 있자니 자세가 불편하기라도 한 건지 뒤척였다. 아니, 불편하면 그냥 당신 방에 가서 잠을 자라고.

"그럼, 저는 주방장을 깨워서 뭐라도 먹을 만한 걸 만들어 올게요. 잠시 계세요."

"아니, 잠깐. 다니엘 대공도 깨워야 하지 않을까요?"

"그대로 내버려 두세요. 자리를 지키겠다고 고집을 피우셨으니까."

제니는 그렇게 말하고 가볍게 인사를 한 후 정말로 방을 나갔다. 이제 어둠에 익숙해진 시야 덕에 어두운 덩어리로 보이던 다니엘의 윤곽이 서서히 드러났다.

그는 정말 불편한 자세로, 거의 웅크려 안듯이 하고서 불편하게 쪽잠을 자고 있었다. 그 다니엘 앤더슨 대공이. 나는 헛웃음을 지었다.
"옆에 있어 봤자 몸만 힘들었을 텐데……."
이 상황에 대해 묻고 싶은 말은 많았지만 차마 깨울 생각은 들지 않았다. 내가 이틀간 고열에 시달렸다고 했던가. 그 고열은 분명 악몽 탓일 것이다. 과거의 어리석었던 나를 떠올릴 때마다 몸이 거부하는 것이 틀림없다. 멍청하기 짝이 없지, 정말. 이미 지나가 버려서 어떻게 바꿀 수도 없는 일인데.
'이렇게 잘해 줄 필요도 없는 사람인데, 나는.'
실패한 과거의 잔재에 불과한 나에게.
나는 한동안 가만히 내 손을 잡고서 침대에 머리를 박고 잠든 남자의 옆얼굴을 바라보았다. 그렇게 바라보면서 이 섬세하고 곧은 얼굴을 가진 남자가 했던 말을, 그리고 이 남자와 닮지 않은 듯 똑같은 앤더슨 백작이 했던 말을 떠올렸다. 나 덕분에 좀 더 좋은 사람이 될 수 있었다고, 나를 존경한 누군가가 자신의 아이에게 내 이름을 붙였다고 했었지.
나는 아이를 가져 본 적이 없어서 부모가 어떤 마음으로 아이에게 이름을 붙이는지는 모르지만, 그래도 자신의 아이에게는 가장 귀하고 예쁜 이름을 붙여 주고 싶지 않을까. 존경하는 위인의 삶을 아이도 따라 살기를 바라며 같은 이름을 붙이는 부모도 적지 않다.
그렇다면 자신의 아이에게 비비안이라는 이름을 붙인 부모는 무슨 생각을 했던 걸까. 정말로, 자신의 아이가 나 같은 삶을 살기를 바라서 그런 이름을 붙여 주었던 걸까? 내 이름에 딸려 있는 것이라고는 숱한 실패뿐이었는데도.
나는 아직 잘 움직이지 않는 손가락으로 다니엘의 머리카락을 흩어 내리면서, 몇 백 년이 흐른 지금 나의 이름을 가지고 나의 역사를 자랑스럽다고 말한 사람을 떠올렸다.
나도 어쩌면, 조금쯤은.
어쩌면, 우리가 조금쯤은…….

* * *

기묘한 소음과 함께 알렉세이 볼로딘은 눈을 떴다. 자신이 서 있는 곳이 어딘지 파악하기까지는 약간의 시간을 필요로 했다. 알렉세이는 천천히 주변을 둘러보았다.

시야의 한쪽 구석에는 거대한 회색의 성이, 그리고 한쪽은 검푸른 평야와 저 멀리 보이는 설산이 지배하고 있었다. 그 모양새가 감탄스러울 만도 하건만 알렉세이는 별다른 감회 없이 주위를 일별했다.

알렉세이가 이 땅에 온 적은 수도 없이 많았다. 떠돌이 용병에 불과했던 애송이 시절부터 성녀를 호위했던 팔라딘 시절에도, 그리고 모든 것을 잃고 배회하기 시작했을 무렵에도, 저 검푸른 평야 너머 더 북으로 향해야 볼 수 있는 한 초라한 사원에 누워 있는 사랑하는 사람을 보러 몇 번이고 향했을 때도.

'많이 변하기는 했군.'

다만 공허한 발걸음에 지쳤기 때문에 근 백 년에 가까이, 이 땅에 오지 않았었다. 그래서인가, 예전에 왔을 때는 이 평야에 길이 있기는커녕 사람은 지나다니기 어려울 정도로 거친 길이었는데 지금은 쭉 뻗은 도로가 보였다. 그 다니엘이라는 애송이가 세운 업적이라기보다는 비비안이 마음에 들어 한 그 노백작의 업적일 테지.

눈을 떴을 때부터 들렸던 기묘한 소음은 점점 가까워지고 있었다. 알렉세이는 멀리서도 그 기묘한 소음의 정체를 알아볼 수 있었다. 자동차가 털털거리는 소리를 내며 빠르게 이쪽을 향해 다가왔다.

"못 보던 얼굴인데."

자동차는 알렉세이 근처에 와서 천천히 멈추었다. 천장이 없이 뚫려 있는 자동차에 탄 남자가 미심쩍게 알렉세이를 바라보고 있었다. 알렉세이는 무심하게 남자를 마주 보았다.

"여행객인가?"

그러다가 그냥 지나쳐 갈 줄 알았건만 의외로 남자는 알렉세이에게 살갑게 말을 붙여 왔다. 의외였다. 이 북쪽 땅에 살던 사람들은 원래부터 추운 기후, 타국인들과의 전쟁, 산맥에서 내려오는 산짐승의 습격 등으로 외지인에게 경계심이 강했다. 어쨌거나 그 물음에 대답할 필요성을 느끼지 못한 알렉세이는 침묵했지만 남자는 혼자 무슨 생각을 했는지 혀를 쯧쯧 찼다.

"쯧쯧, 말이라도 빌려 오지 그랬나. 성에서 꽤 멀어서 걸어오는 것만도 힘들 텐데 어떻게 돌아가려고. 꽃밭 구경도 좋지만……."

남자가 귀찮아져 무시하고 제 갈 길이나 가려던 알렉세이는 그 말에 고개를 돌려 남자를 바라보았다.

"꽃밭?"

알렉세이의 물음에 남자는 못내 자랑스러운 기색으로 어깨를 으쓱였다.

"그래, 히아신스 꽃밭 말이야. 그거 구경하러 온 거 아닌가? 여행객들이 자주 들르는데."

"……그래, 맞아."

알렉세이는 대강 고개를 끄덕여 긍정했다. 여행객은 아니지만 실제로 그 히아신스 꽃밭이라는 것을 보러 온 것이기는 했다. 다니엘이 말한 것처럼 정말로 비비안에게 조금이라도 도움이 될지 알고 싶었으니까. 알렉세이는 내친김에 질문했다.

"그 꽃밭, 누가 일부러 가꾸는 건가?"

"설마! 이런 추운 땅에서 누가 농작물도 아니고 일부러 꽃을 재배하나? 그것도 히아신스만. 누가 손댄 것도 아닌데 그 땅에는 사시사철 꼭 그 꽃만 자란다니까. 신기하지?"

"……그래, 신기하군."

물론 그렇다고 해서 지금 알렉세이가 필요로 하는 종류의 히아신스 꽃일지는 모르겠지만. 자신의 영지에 자부심이 가득한 모양인지 남자는 알렉세이가 꽃밭에 관심을 보이니 선선히 자동차에 타라며 가는 길에 태워 주겠다고 말했다. 딱히 거절할 이유가 없었기 때문에 알렉세이는 자동차에 올라탔다.

운전하는 동안 남자는 계속해서 떠들었다. 주로 이 영지가 얼마나 대단한지, 볼 것 없는 북방 영지라고 하던 것은 옛날 말이고 지금은 얼마나 발전했는지 수도만큼 화려해졌다, 뭐 그런 말이었다. 하지만 수많은 도시의 흥망성쇠를 지켜본 바 있는 알렉세이는 그 말을 흘려들었다.

어차피 인간의 세월이다. 번성하다가도 몰락하고, 끝이라고 생각했으나 어느 순간 새로운 불씨가 자라나 완전히 다른 존재로 변모한다. 지금 이 순간이란 것은 아무런 의미도 없다는 것처럼. 그러한 변화를 알렉세이는 몇 번이나 보아 왔다. 변화에는 의미가 없다, 인간은 변하지 않으니까.

"그나저나 어디서 오셨나? 잘생긴 얼굴인데. 머리 색은 특이하다만. 결혼은 했고?"

이렇게 남에게 쓸데없는 관심이 많은 사람은 어느 시대에나 있는 법이다. 알렉세이는 그래도 화를 내는 대신 차 위에서 지나가는 풍경을 보며 선선히 대답했다.

"수도에서 왔지. 결혼은 안 했고."

"누구 좋은 사람은 없고?"

"있지."

비비안에게 내가 좋은 사람인지는 모르겠지만. 남자는 연애 이야기에 관심이 있는 건지 호들갑을 떨며 어떤 사람이냐고 물었다. 알렉세이는 적당히 대답해 주었다.

"아주 미인이야. 평생 못 잊을 정도로."

"그런데 왜 혼자 온 건가? 같이 오지."

"같이 오기 전에 내가 먼저 와 봤지."

"오, 성실하구만. 사랑받겠어."

"그런 편이야."

시답잖은 소리를 몇 마디 더 하는 사이 자동차가 길이 갈라지는 곳에 도착했다. 남자는 알렉세이를 차에서 내려 주며 꽃밭은 여기서 그다지 멀지 않다며, 혹시 자신이 돌아가는 길에 마주치면 또 태워 주겠다고 했다.

차가 멀어져 가는 모습을 보다가 알렉세이도 등을 돌렸다. 물론 악의 있는 인간이 상대라면 망설임 없이 목을 베어 내겠으나 애초에 떠돌며 살던 용병 출신이었기에 남들의 이야기에 적당히 맞장구를 치는 것 정도는 아무렇지도 않았다.

그리고 알렉세이 또한 딱히 악의를 가지지 않은, 타인에게 친절한 사람은 좋아하는 편이었다. 알렉세이가 비비안에게 받은 영향이란 이런 것이다.

혼자가 된 알렉세이는 다시 자신의 다리로 묵묵하게 길을 걸었다. 사실 마법을 쓴다면 단 한 순간에 목적지에 도달할 수 있었지만, 지금은 딱히 그러고 싶지 않았다. 마법이란 너무도 전지전능한 힘이라서 그 힘에 의지하게 되면 그렇지 않아도 지지부진한 삶이 더욱 권태로워지기만 했다.

그래서일까, 마법사란 신의 사랑을 받아 의지만으로 기적을 이루는 이들이지만 그만큼 마력이 고갈되었을 때 대부분의 이들은 절망에 못 이겨 스스로 목숨을 끊었다. 권능에 익숙해진 이들은 그것을 잃었을 때의 상실감을 버티지 못하니까.

'딱히 비비안이 그런 생각을 할 것 같지는 않지만.'

비비안은 강대한 마법사였으나 성황으로서 자신의 힘이 필요하다고 판단한 일 외에는 적극적으로 마법을 쓰지 않았다. 그녀는 권능에 취해 우월감을 느끼기보다는 책임감만을 그러쥐는 사람이다.

실제로도 그녀를 절망시킨 것은 마력의 고갈이 아니라, 그녀의 몸에서 마력이 고갈될 정도로 커다란 힘이 작용한 이유, 즉, 알렉세이를 살게 했다는 죄악감이다. 어쩌면 알렉세이의 원망을 받을지도 모른다는 두려움일지도 모르고.

'바보같이.'

만일 비비안의 말이 진실이라고 한들 그녀의 잘못은 아니었다. 그녀가 의도한 것도 아니고, 애초에 그녀 자신도 어떻게 알렉세이에게서 자신의 마법을 거두어 가야 할지 모를 테니.

그리고 설령 그녀가 의도했다고 한들 알렉세이가 비비안을 원망할 리 없다. 내가 어떻게 너를 원망할 수 있겠어.

알렉세이가 원망하는 것은 그서 알렉세이 본인뿐이었다. 비비안이 죽음을 지켜보았던 것은 레오날드와 로티아뿐이었다. 이미 손 쓸 수 없이 늦어 버린 후에야 레오날드와 로티아에게서 그녀의 죽음을 들었을 때 느꼈던 절망감은 아직도 알렉세이의 몸을 지배하고 있었다.

내가 그 자리에 있었더라면. 살아 있는 매 순간 그러한 후회가 바늘처럼 피부를 찔러 왔다. 시답지 않은 질투 따위에 눈이 멀어 그녀의 곁을 떠나는 것이 아니라 끝까지 그녀의 곁을 지키고, 유리 아레노의 검이 그녀의 목을 베기 전에 그 앞을 막아섰어야만 했다. 기꺼이 목숨을 바칠 수 있었을 텐데. 그랬더라면 얼마나 좋았을까.

그렇게 생각을 이어 가다가 알렉세이는 스스로를 비웃었다.

'같이 죽어 달라고 한 주제에.'

하지만 역시, 비비안이 죽지 않기를 바란다. 같이 죽고 싶은 것은 진심이었다. 더 이상 살고 싶지 않다고 생각하고 있는 것도, 비비안과 함께 죽을 수 있기를 바라는 것도.

그러나 막상 비비안이 절망하고 그 절망 앞에 무릎을 꿇은 모습을 보았을 때 알렉세이는 인정해야 했다. 알렉세이는 도저히 그녀가 죽는 모습을 보고 싶지 않았다.

레오날드가 유령으로 되돌아와 자신을 찌르지 않았더라도, 그 비가 내리는 밤에도 결국 비비안을 죽일 수는 없었을 것이다. 죽지 않게 지키기로 맹세한 사람이다. 어떻게 자신의 손으로 그 목숨을 거둘 수 있겠는가. 설령 오백 년의 고통을 안겼다고 한들.

애초에 이런 일이 벌어진 원인도 자신이 유리 아레노에게서 비비안을 지키지 못했기 때문이지 않은가.

……유리 아레노, 결국은 그 자식 때문이다. 유리 아레노, 알렉세이가 비비안의 곁을 떠나게 했던 그 남자.

사실 알렉세이는 비비안을 죽인 것이 유리 아레노라는 것을 알았을 때 우습게도 이 세상에서 가장 증오하는 남자에게 배신감을 느꼈다.

알렉세이가 유리 아레노를 증오했던 이유는 그가 비비안을 귀하게 여겼기 때문이고, 그래서 황제가 비비안을 제 손으로 죽였다는 사실을 도저히 믿을 수 없었다. 그렇게 잘난 듯, 귀하디 귀한 것을 바라보는 눈빛으로 소중하게 여겼으면서 어찌하여 그 끝을 그렇게 맺었는가.

오백 년 전, 그 황제를 자신의 손으로 처단하고 싶은 마음은 굴뚝같았으나 유리 아레노 황제의 삶은 생각지도 못하게 순식간에 굴러떨어져 갔다. 그는 황가의 몰락과 함께 사라졌다.

그 후 그의 소식을 수소문했으나 가끔 걸인처럼 살며 비렁뱅이로 떠돈다는 소문이 들릴 뿐, 찾아가 보아도 흔적을 잡을 수 없었다. 얼마 버티지 못하고 북부의 척박한 대지 어딘가에서 죽었다고 들었다.

만났다면 죽였을 테지만, 그러나 죽이기 전에 한 번쯤은 물었을 것이다. 대체 왜 그런 짓을 했냐고, 비비안에게 전해 줄 수 있도록. 언젠가 이 세상에 돌아올 그녀가 그 개자식의 배신에서 조금이라도 그녀 자신의 탓을 하지 못하게.

그런 생각을 하다가 알렉세이는 곧 혀를 쯧, 하고 찼다. 이제 와서 오백 년 전 뒈져 버린 개자식을 원망하는 것보다 훨씬 더 중요한 게 있었다. 어쨌거나 지금 당장 급한 문제는 그런 의문 따위가 아니라, 비비안의 몸에서 마력이 고갈되었다는 것이었다.

마력을 잃은 마법사들은 자살하거나, 그렇지 않더라도 어쩐지 몸이 약해져 서서히 죽음에 다다르곤 했다. 그러니 이것만큼은 다니엘의 말이 옳았다.

당신의 마음이 머물러 있는 곳에 359

비비안의 마력이 정말로 '고갈' 된 것이라면.

애초에 비비안이 죽었다가 다시 살아난 것 자체가 마법이다. 그런 그녀의 몸에서 마력이 사라진 것이니 더더욱 비비안의 생명은 보장할 수 없었다. 심지어 그녀 본인도 삶을 적극적으로 원하지 않으니 더더욱. 비비안 그리니어스를, 어떻게 해야 살릴 수 있을까.

알렉세이가 걸음을 옮길 때마다 코를 찌르는 시독한 향기는 짐짐 가까워지고 있었다. 산맥의 초입에 가까워지고 있어서 지형은 점점 울퉁불퉁해졌다. 꽃밭은 자그마한 언덕 너머에 있었다. 알렉세이는 묵묵히 걸어, 마침내 언덕에 닿았다.

언덕 너머, 눈앞에는 온통 피처럼 붉은 것이 펼쳐져 있었다. 긴 세월을 살아온 알렉세이조차 본 적 없을 정도로, 과연 붉은 히아신스 꽃이 흐드러지게 피어 있었다. 그리고 알렉세이는 그 광경을 보는 순간 어떠한 사실을 깨달았다. 그건 논리를 앞선 본능적인 깨달음이었다. 저것이 대체 무엇을 위해 이 세상에 피었는지.

특별한 붉은 히아신스는 누군가를 위해 희생한 자만이 피우는 꽃이라고 알려져 있다. 그러나 그 말은 어쩌면 틀린 것일지도 모르겠다고, 아니, 틀렸으면 좋겠다고, 알렉세이는 생각했다.

저것은 기적 따위가 아니다. 그저 죽음조차 뛰어넘은 집념이다. 시야를 온통 뒤덮은 핏빛의 히아신스.

"……이…….."

알렉세이는 짓씹듯 내뱉었다.

"개자식이."

* * *

한참을 자다가 깨다가, 또 일어났다가 다시 자는 것을 몇 번이나 반복했을까.

눈을 뜨고 있어도 꿈을 꾸는 것 같았고 눈을 감으면 정말로 꿈을 꾸었다.

아니, 사실은 뭐가 꿈이고 현실인지 구분이 가지 않았다. 가끔 걱정하는 기색이 역력한 다니엘 대공의 얼굴이 보이기도 했고, 몇 마디 말을 건네기도 하고, 어떤 때는 달빛을 뒤로 두고 서서 나를 내려다보는 알렉세이의 얼굴이 언뜻 보인 것 같기도, 또 열이 올라 몸이 괴로울 때는 유리의 음성이 들린 것 같기도 했다.

정말로 개꿈이로군. 그러기를 얼마나 반복했을까. 마침내 눈을 떴을 때는 창문 밖에서 햇살이 비치고 있었다. 몸이 물먹은 솜처럼 무거웠다. 내가 얼마나 누워 있었던 거지. 주위를 돌아보자 영 익숙지 않은 고풍스러운 침실이 보였다.

몇 번 눈을 깜박이는 동안 서서히 기억이 돌아왔다. 다니엘이 나를 간병하다 쪽잠에 든 것을 차마 깨울 수 없어 그가 잠에서 깨어나길 기다리다가 내가 먼저 잠들었었다. 그새 다시 열이 올라 앓기 시작한 것이다. 정말 쓸데없는 몸뚱어리. 몸을 일으키자 식은 물수건이 툭 무릎으로 떨어졌다.

"아이고……"

겨우 몸 하나 일으킨 것뿐인데 저절로 앓는 소리가 입에서 나왔다. 앓는 목소리조차 힘이 없고 쉬어 있었다. 이 시대에 새로 눈을 뜬 이후 조금만 아프다 싶어도 마법 약을 사용했던 터라 자잘한 병치레도 한 적이 없다. 그런데 지금은 그 마력조차 없어진 몸. 계단 몇 개 올라가는 것도 버거워하는 몸을 혹사시킨 데다 정신적 충격까지 받았으니 당연히 열이 펄펄 끓을 수밖에.

그나저나 다들 어디 갔지? 그간 잠결에도 사람이 오가는 기척은 어렴풋이 느꼈었는데 지금은 주위에 아무도 없었다. 창문으로 밝은 햇살이 비치는 걸 보니 점심때 같은데 식사 시간이라 다들 자리를 비운 건가.

앓는 동안 아무것도 먹지 않아서 그런지 너무 배가 고팠다. 마음 같아서는 알아서 주방을 찾아 빵 한 덩어리라도 얻고 싶은데 바닥에 발을 디딜 힘도 없었다. 소리라도 쳐 볼까 했지만 그럴 기력도 없어 그만두었다.

하필이면 지금 사람이 없을 게 뭐람. 하여간에 운이 없다. 그래도 기다리다

보면 언젠가 사람 한 명쯤은 오겠지, 청소라도 하러 들어오겠지. 그렇게 생각하는 와중에 머리가 핑 돌았다. 순간 섬뜩한 예감이 들었다. 이대로 기절하면 진짜 죽겠는데. 아니, 죽는 건 죽는 거지만 사인이 아사인 건 조금……

그때였다. 문이 끼이익, 하고 열리는 소리가 들렸다. 누군가 나를 보고 비명에 가까운 소리를 질렀다.

"에구머니나!"

누가 들어왔는지 보려 했지만 눈앞이 새하얘져서 보이지 않았다. 비몽사몽 어떻게든 손짓이라도 해 보려 했는데, 다행히 내가 무슨 의사 표시를 하기도 전에 상대방이 내 상태를 알아차렸다.

"세상에, 어떡하나. 지금 막 의사 선생님이 자리를 비우셨는데."

목소리에 당황함이 엿보였으나 그와 별개로 능숙하고 재빠른 손길이 내 등 뒤에 베개를 받쳐 주었다. 대답할 힘이 없어 색색거리기만 하는데, 손이 내 고개를 똑바로 세워 주더니 미지근한 액체가 입술 사이로 들어왔다. 아마 미음인 것 같았다. 몇 번을 그랬을까, 정신이 도는 순간 나는 겨우 눈을 떴다.

"감사합……"

먼저 인사를 하려는데, 어라. 나는 눈썹을 찌푸리고 그 얼굴을 자세히 보았다. 내가 아직도 개꿈을 꾸고 있나? 내가 말을 하다 말고 괴상한 표정을 짓고 있자 눈앞의 여자가 작게 미소 지었다.

"메리, 오랜만이야. 괜찮아?"

"……제인?"

나는 놀라서 눈을 크게 떴다.

제인 나와 그녀와의 인연은 그다지 깊지도 길지도 않은 것이었다. 내가 자포자기한 채로 빈민가의 거리 한구석에서 약국을 열어 먹고살 때 자주 들러 약을 사던 여자. 약값을 치를 돈이 없어서 과일을 대신 주기도 했었다. 그녀가 파는 과일은 값싸고 질이 떨어지긴 했지만 그래도 부지런해서 입에 풀칠은

하고 살았다. 사실, 그녀를 괴롭히는 것은 가난보다도 남편과 아들이었다.

"그 개자식은 감옥에 갔어."

제인은 시원스럽게 말했다. 나는 눈을 크게 떴다. 감옥에 갔다는 사실보다는 그걸 그렇게 잘됐다는 듯이 말하는 그녀가 낯설어서. 내가 기억하는 그녀는 그녀 스스로에게 무척이나 엄격하게 굴었고, 본인이 이 세상의 모든 죄를 짊어진 듯 살고 있었으니까.

"잘됐지. 보석 신청할 돈도 없으니 평생 노역이나 살 거야."

하지만 지금의 그녀에게 자책의 그림자는 보이지 않았다. 여전히 삶에 지친 듯 보이기는 했지만, 그때처럼 짓눌려 있는 것 같지도 않았고. 나는 조심스럽게 물었다.

"……그렇군요. 그럼 그, 제인의 아들은?"

당시 빈민가에서 도둑질을 일삼아서 어머니의 속을 썩였던 아들, 그렇지만 가난한 집안의 폭력적인 환경에 노출되었던 어린아이기도 했다. 남편을 이야기할 때는 아무렇지 않았던 제인의 눈가에 희미한 고통이 스쳤다.

"잔은…… 구제 불량 청소년 수도원에 들어가어. 다행이지. 가끔 편지가 와. 또래 친구들도 사귄 것 같고……."

그랬군. 다니엘 대공에게서 들은 그대로였다. 제인에게는 괜찮은 선택지가 주어졌다. 제인의 아들도 그녀와 잠시 떨어져서 지내는 것이 나을지도 모른다. 제인도 마찬가지고.

"그럼 제인은요? 제인은 어떻게 지냈어요?"

"아, 그게."

죄책감 어린 표정을 하고 있던 제인은 애써 웃으며 활기차게 말을 이어 갔다.

"운이 좋았지. 예전보다 훨씬 나아졌어. 로렐 님이 오셔서 앤더슨 영지에서 일할 수 있게 소개장을 써 주셨거든."

"아, 로렐…… 님이요?"

"아, 메리는 모르겠구나. 앤더슨 대공님의 비서로 일하시는 분이야. 업무 때문에 17구역에 오셨다가 사건을 알게 되었는데 같은 평민 출신이라 도움을 꼭 주고 싶다면서…… 잔이 수도원에 갈 수 있도록 조치해 주신 것도 로렐 님이야."

일이 그렇게 된 거로군. 나는 납득했다. 제인에게 어떻게 설명했는지 궁금하긴 했었다. 대외석으로는 로렐은 '출세한 평민'이고, 그녀가 타인에게 소소한 호의를 베푸는 것으로 처리한 모양이지.

만일 앤더슨 대공께서 직접 빈민가인 17구역에 나타나 사건에 대해 이러쿵저러쿵 훈수를 두었다면, 당시 살인 사건을 해결했다는 이유만으로 황제를 분노하게 했으니까 그때는 정말 군대라도 일으켰을지 모르겠다. 그리고 황제가 안다면 큰일이 될 거란 걸 알면서도 결국 몰래 도운 앤더슨 대공의 성정도, 참으로 알 만했다.

"정말 내가 말년에 무슨 복을 받았나, 싶다니까. 어떻게 마침 그 빈민가를 지나가시다가 내 사정을 아시고……."

자신을 때린 남편이 감옥에 가고 연고도 없는 지방으로 온 건데도 그렇게 말할 수 있다는 게 대단했다. 나는 가만히 그녀의 이야기를 들어 주었다. 부엌의 깐깐한 요리사 이야기, 친절한 집사장, 같이 일하는 하녀들…… 고단한 삶의 이야기였다. 그래도, 그 고단함을 이야기하는 그녀의 얼굴에는 생기가 넘쳐 보였다.

"봉급도 잘 쳐 주는 편이거든 돈을 모아서 집을 하나 빌리고, 잔이 돌아오면 같이 사는 거지…… 이젠 진짜 잘해 줄 수 있을 것 같아."

"원래도 최선을 다했잖아요, 제인은."

나는 제인이 가져온 수프를 천천히, 그렇지만 다 비웠다. 제인이 빈 그릇을 보면서 손뼉을 쳤다.

"아니, 내 정신 좀 봐. 내 이야기만 줄창 해 버렸네."

"아니에요, 그렇지 않아도 어떻게 지내는지 궁금했거든요."

물론 다니엘 대공이 어련히 알아서 했을까, 하고 굳이 물어보지는 않았지만 내가 그녀에게 관심을 가져 보았자 좋을 일이 하나도 없었다. 실제로도 다니엘은 어련히 알아서 잘했다. 제인이 긴 수다에 상기된 볼을 감싸며 말했다.

"그나저나 메리가 이 성에 왔다는 걸 알고 놀랐어. 그것도 이렇게 귀한 손님으로…… 그야 뭔가 범상치 않다고는 생각했는데."

"하하, 그랬어요?"

"그야 그렇지. 그런 가난한 거리에 봉사 활동 하는 것도 아니고, 누가 그렇게 헐값에 마법 약을 줘."

"딱히 헐값도 아니었어요. 제값 다 받았는걸요."

마법사가 파는 약이 비싼 이유는 마법사의 마력이 들어가기 때문이다. 마력은 무한정 있는 것이 아니니까. 하지만 나의 경우 약 따위를 만드는 것에 마력을 아낄 필요가 없었다. 재료도 뭐 하나 비싼 것이 없었으니까, 당장 내 배를 채워 줄 과일 몇 개면 충분했다. 그러나 사양하는 내 말은 귓등으로도 듣지 않고, 제인이 조심스럽게 내 두 손을 잡았다.

"그리고 다시 만나게 되면 꼭 하고 싶은 말이 있었어. 고마워, 정말로. 메리가 아니었다면 나는……."

"에이, 제가 뭘 했다고요."

"아니야."

내 손을 붙잡은 제인의 손아귀에 약간의 힘이 들어갔다. 그녀의 손은 무척이나 거칠었다. 온갖 험한 일을 하면서 먹고 살기 바빴던 손이었다. 닥치는 대로, 어떻게든 살기 위해 버둥대면서, 나 같은 것보다도 훨씬 치열하게 살았을 것이다.

"약사 선생이 없었으면 난 진작에 죽었을 거야. 나한테 진통제도 주고, 재워 주고……."

"그거야 제인이 값을 치렀으니까."

"무엇보다, 나 스스로한테 관대해지라고 해 줬잖아."

나는 말문이 막혔다. 제인이 쑥스럽다는 듯 뒷말을 이었다.

"덕분에 잔에게도 솔직하게 말하고 용서를 구할 용기가 났어. 엄마로서 미안했다고, 그래도 한 번만 더 기회를 달라고. 그 애도 나한테 잘못했다고 말해 줬지…… 상처도 남을 거고 시간은 걸리겠지만, 언젠가 다시 같이 살게 되면 꼭 좋아질 수 있을 거야. 가족이니까."

"그건…… 제인이 노력한 일이잖아요."

"만일 메리가 그런 말을 해 주지 않았다면 잔에게 용서를 빌 생각도 하지 못했을걸."

그녀의 눈에 눈물이 맺혀 있었다. 제인은 진심으로 내게 고마워하고 있었다. 무언가 말을 하고 싶었지만 차마 말이 나오지 않았다. 목구멍에서 치밀어 오르는 무언가가 있었다. 제인은 눈물을 손가락으로 훔치며 환하게 웃어 보였다.

"그나저나 내가 이렇게 말해도 되는 건지 모르겠네. 약사 선생, 사실 귀족이야? 아니, 귀족이신가요?"

"……아니에요, 그런 거. 저한테 존댓말 할 필요 없어요."

사실 제인이 내 정체를 궁금해하는 것도 당연했다. 다니엘 대공가에서 이렇게 극진한 간호를 받고 있으니까. 대공이 날 귀한 손님 대접을 하고 있으니 내 정체를 말하지 않아도 대강 귀족이라고 짐작할 것이다. 아니, 실제로 난 귀족은 아닌데 말이야.

"전 그냥 평범한 사람이에요."

"그렇지만 하녀장이 귀한 분이시라고……."

"그거 제가 실력 좋은 약사니까 하는 소리겠죠, 뭐."

나는 대강 둘러댔다. 어차피 다니엘, 그 남자는 길에 버려진 불쌍한 사람이라면 다 대충 이렇게 주워 올 것 같은데. 내가 핑계를 대기 위해 막 입을 떼었을 때였다.

"사실 저는……."

"비비안!"

……저 앤더슨 대공은 도대체 때를 적절하게 잘 맞추는 건지, 아닌 건지 모르겠다니까. 다니엘이 금방 침대로 달려오려다 내 표정을 보고 멈칫했다. 그의 시선이 잠시 방황하다가 곧 당황한 제인에게 머물렀다. 그는 곧 내가 처한 상황을 이해했다. 다니엘 대공이 헛기침을 했다.

"제인, 손님이 깨어났으면 바로 나에게 전하라고 했을 텐데요.."

"아…… 죄송합니다. 일단 미음부터 먹이고 바로 사람을 부르러 가려던 것이 그만……."

"아, 대공 전하. 제가 너무 배고파서 그랬어요. 의사를 부르기도 전에 현기증이 나서 기절하기 직전이었거든요."

나는 제인의 편을 들어 주었다. 다니엘도 딱히 제인을 탓한다기보다는 이 상황을 모면할 말을 했을 뿐이다. 그랬습니까, 하고 다니엘은 가볍게 수긍하고 이쪽으로 성큼성큼 다가왔다. 제인은 내가 다 먹은 미음 그릇을 가지고 황급히 일어섰다.

"그, 그럼 저는 이만 나가서 의사를 불러오겠습니다……."

"아, 잠깐만요."

나는 나가려는 제인을 불러 세웠다. 그녀는 발걸음을 멈추고 뒤돌아서서 나를 바라보았다. 감사가 가득한 눈빛에 순간 숨이 턱 막혔다.

"무언가 필요한 거라도 있어? 뭐든지 말해."

"그게 아니라…… 궁금해할 것 같아서."

딱히 모든 사정을 이야기해 줄 필요도, 그럴 생각도 없지만 이 정도는 말해 주어도 괜찮을 것이다.

"사실 메리는 가명이고, 방금 대공 전하께서 부른 비비안이라는 이름이 제 본명이에요. 귀족은 정말 아니고요. 대공 전하께는 사정이 있어서 신세를 지게 된 거니까 편하게 생각해요."

옆에서 다니엘이 할 말이 있는 듯 바라보았지만 나는 그 시선을 무시했다. 어쨌거나 소리를 내어 부정하지는 않았으므로 제인은 그럭저럭 납득한 모양이었다. 하긴 이 대공께서 얼마나 많은 사람을 구했겠나. 나 같은 사람이 모르긴 몰라도 열 손가락을 세 번은 왕복할 만큼 있을 테지.

"하긴 사람마다 사정이 있으니까 캐묻지는 않을게. 근데 왜 굳이 가명을 쓴 거야?"

"그냥, 메리리는 이름 예쁘잖아요."

그 말에 제인이 고개를 갸웃했다.

"비비안이 더 예쁜데? 성황님 이름이잖아. 그리고 훨씬 더 잘 어울리는걸"

아무런 뜻도 담기지 않은 그저 소박한, 아무것도 모른 채 스쳐 지나가는 바람 같은 말이다. 나는 그냥 웃었다.

"……고마워요."

"별말을. 그럼 나는 나가 볼게. 필요한 게 있으면 뭐든지 말해!"

"든든하네요."

제인은 다니엘에게 한 번 더 인사를 하고 방을 조심스러운 걸음으로 나섰다. 나는 그 뒷모습이 사라진 문을 한참 바라보았다. 침대맡으로 다가온 다니엘이 나를 향해 허리를 숙여 말했다.

"깨어나셔서 다행입니다."

담백한 말이었다. 나는 그 말에 한숨을 쉬었다.

"물어보고 싶은 게 많아, 대공."

"무엇이든."

"하지만 그 전에……."

나는 손을 뻗어 그의 이마에 흘러내린 앞머리를 넘겨 주었다. 뛰어온 것일까. 땀에 젖은 이마가 드러났다. 다니엘의 동공이 놀란 듯 커졌다. 나는 그의 손등에 감사함을 담아 입을 맞추었다.

"고마워."

나는 제인의 삶을 위해 아무것도 한 일이 없다. 이렇게 우연히 마주치지 않았다면, 나는 끝까지 그녀에 대한 일을 대공에게 물어보지 않았을 것이다.

지금의 나는 그녀의 삶을 책임질 수 있는 위치가 아니었고, 그날 제인의 남편을 찾아가 폭력을 행사한 것은 그냥 내 분풀이였다. 마력을 쓰지 않고 남자에게 아무렇게나 폭력을 당한 것은 자해 행위에 불과했다. 살 이유를 찾지 못했으니까. 그러나 자살할 만한 핑계도 없어서…… 남자를 이용했던 것뿐.

삶에 지친 나는 제대로 그녀를 돕지도 않았고, 그녀의 남편에게 시원스레 복수해 준 것도 아니고, 그녀의 아들을 개과천선 시켜 준 것도 아니다.

아니, 사실은 오히려 죄를 지은 셈이다. 나는 그녀의 삶을 더욱 일찍 구할 수도 있었다. 하지만 나는 내 자신을 연민하느라, 그녀의 삶을 외면했다. 감사를 받을 자격은 전혀 없다. 그렇지만 내가 돕지 않아도, 그녀는 다른 선의의 손길로 인해서, 그리고 그녀 자신의 힘으로 어떻게든 아직 삶을 이어 나가고 있었다.

"나는 아주 오랫동안 내가, 아니, 우리가 이 세상을 구할 수 있을 거라고, 좀 더 낫게 만들 수 있을 거라고 생각했었지."

"……성하."

"그리고 실패한 이후로 이 세상에 희망 따위는 없다고 생각했어."

이렇게 오만한 착각이 오랫동안 내 의식을 패배감에 물들여 놓았다.

"내가 뭐라고 그런 생각을 했을까."

세상에 단 하나의 희망 따위는 필요 없다. 이 세상에 갑작스럽게 나타난 성황은 애초에 이 세상에 필요하지 않았는지도 모르겠다.

아주 대단한 일을 해내지 않더라도 인간은 서로를 의지하며 구원할 수 있고, 실패한 족적이라고 생각했던 것조차 양분으로 삼아 전혀 다른 새로운 것이 된다. 내가 죽고 다시 깨어난 이 시대에서, 눈앞의 이 남자가 그것을 증명한다.

그것을 깨닫자 아주 자유로운 기분이었다. 어깨가 훨훨 날아갈 것처럼 가벼웠다. 나는 웃으며 손을 내밀었다.

"그러니 이제 나에게 유리의 편지를 보여 줘, 대공."

유리 아레노가 앤더슨 대공에게 맡긴 편지를 받은 것은 그다음 날, 오전 시간이었다. 마음 같아서는 그날 곧바로 꽃밭에 가 보고 싶었지만, 앓다가 깨어난 그날 바로 외출하기엔 제니 트왈라의 눈길이 너무 매서웠다. 하루종일 침대에 누워있으며 각종 보양식을 받아먹으니 사육당하는 느낌이었다.

그래도 하루의 정양을 거친 후 다니엘은 약속을 지켰다. 그는 내가 일어났다는 말을 듣자마자 당장 내 방으로 찾아왔다. 나는 잠옷 차림으로 침대에 누워서 그를 맞이했다. 다니엘은 그걸 하인들이 어떻게 받아들일지는 생각도 안 하겠지. 벌써 머리가 아파 온다. 그런 내 속은 알 바 없이 다니엘은 진중한 태도로 내게 편지를 건넸다.

"이것이 가문에서 맡아 두고 있었던 아레노 황제의 친서입니다."

편지를 받으면 당장에라도 열어서 단숨에 읽고 싶어질 것만 같았는데 막상 받으니 그렇지도 않았다. 나는 다니엘이 내게 건넨 편지를 빤히 바라보았다. 편지 봉투는 세월의 흔적을 담고 있었다. 황제였던 시절 유리 아레노의 편지 위에는 언제나 황제의 인장으로 봉랍이 되어 있었으나, 지금 아주 평범한 밀랍 봉랍뿐이었다. 봉랍 위에 손가락을 대자 파지직, 하고 가벼운 스파크가 일었다. 마력이다.

"정말로 마법이 걸려 있군."

남들에게 보이고 싶지 않은 내용을 편지로 전달할 때 쓰는 방법이다. 마법사 개개인의 마력은 고유한 것, 특정 마력에만 감응하는 봉인을 쓰면 특정한 이 외에는 편지를 열어 볼 수 없다. 가장 간단하면서도 효율적인 방식이다.

이 정도 마법은 마법사라면 누구라도 할 수 있지만 파훼하기 위해서는 몇 십 배 이상의 마력이 필요하다. 나는 편지 위를 톡톡 두드렸다.

"문제라면 지금 내가 이 정도 봉인을 풀 마력도 없다는 거지."

지금 내 몸 안에는 마력이 단 한 방울도 남아 있지 않았다. 아주 텅텅 비어 있다. 어제 내가 깨달은 마력 고갈의 진실을 다니엘 대공에게도 간단히 말해 주었기에, 다니엘 또한 진중한 표정으로 편지의 봉인을 고심하는 눈길로 바라보고 있었다.

"원하신다면 마법사를 수배하겠습니다."

"아니, 불가능할 거야."

이 세상의 가장 강력한 마법사였던 내가 죽은 이후로 점점 마법이 쇠퇴했다는 것은 어쩔 수 없는 사실이다. 게다가 이런 종류의 마법은 시간이 지날수록 약해지는 것이 아니라 외려 강해진다.

"그렇다면 어떻게 하시겠습니까."

"방법은 두 가지 있지. 하나는…… 알렉세이 경에게 부탁하는 것."

다니엘이 무거운 한숨을 뱉었다. 나는 그런 다니엘의 손등 위를 손바닥으로 가볍게 토닥였다.

"괜찮아. 당신 말대로라면 그는 이제 나를 죽이려 하진 않을 거 아니야."

내 입장에서 그걸 고마워해야 할지, 혹은 차라리 죽이라고 해야 할지는 모르겠지만. 하여간 지금 알렉세이 경에게 내 모든 마력이 흘러 들어가 그의 수명을 끝없이 연장하고 있는 것은 어쩔 수 없는 사실이고, 알렉세이 경이 그걸 자유자재로 쓸 수 있다고는 해도 근본은 내 마력이다. 그러면 이 봉인을 풀 수 있을 것이다.

"다만 알렉세이는 유리 아레노를 무척 싫어했어. 그가 내게 친서를 맡겼다? 찢지나 않으면 다행이군."

"……그건 그렇겠군요."

"그러니까 사실상…… 한 가지 방법밖에 없지."

나 스스로 마력을 회복하는 것. 다니엘이 고개를 끄덕였다.

"애초에 그것을 위해 이 영지로 온 것이니, 저 또한 최대한 돕겠습니다. 먼저 근처에 있는 히아신스 꽃밭으로 가 보시죠."

"그래, 그러자. 일단 그 히아신스가 유효한 것인지부터 알아봐야 하니까……."

"만일 그곳의 히아신스가 유효하지 않더라도 다른 곳을 수소문해 보겠습니다."

"그래…… 고마워."

나는 침대 머리맡에 기대어 한숨을 쉬었다. 사실 개인적인 생각으로는 그 히아신스 꽃밭이라는 게 마력 회복에 유효한 꽃일 확률은 현저히 낮았다. 애초에 나럭이 담긴 꽃이 피어나기가 쉽지도 않을뿐더러 그런 기적은 죽은 자의 의지로 피어나는 것, 그런 일은 오래 지속되지 않는다.

죽은 자의 미련이 산 자의 시간과 비례하는 것은 아니지만, 그래도 몇 백 년씩이나 이어지기에는 너무도 긴 시간이다. 죽은 사람의 미련이 남았을 시대 그 자체가 저물고도 남았을 시간.

"웃기지 않나, 대공."

내 말에 다니엘은 대답하지 않고, 그저 내가 다시 입을 뗄 때까지 기다려 주었다.

"나는 유리 아레노에게 죽임당했고, 그래서 더 이상 살고 싶지 않았는데…… 그런데 그가 남긴 편지를 보기 위해 마력을 회복하려고 하다니."

남들이 보기엔 미친 게 아닐지 의심할지도 모르겠다. 나 스스로도 정상은 아니라고 생각한다만. 나는 편지를 든 채 햇빛에 비춰 보았다.

"그래도 궁금한걸. 대체 뭐라고 썼을까? 대공, 짐작이 가?"

"……저는 짐작도 가지 않습니다만."

"그래, 맞아. 누가 이미 죽은 사람에게 편지를 쓰니? 미친놈이 아니고서야."

다만, 그 편지의 상대가 나일 경우를 제외하면 레오날드 경은 나라는 이 세계의 가장 강력한 마법사가 그대로 죽을 거라고 믿지 않았다. 부활할 것이라고 믿으며 일생을 살았다. 로티아도 그랬을 거고, 알렉세이 경도 그랬으며, 아마도 나의 모든 기사들이 그렇게 믿었을 것이다. 그리고 실제로도 이루어졌다. 다만 그들이 살아 있던 시대에 그것이 이루어지지 않았을 뿐.

그러니 유리 아레노 또한 내가 다시 살아날지도 모른다는 가능성을 생각하지 못했을 리 없다. 나는 이 세계에 임한 가장 커다란 마력을 지닌 성황이었으니까. 나 자신도 유리에게 말한 적이 있다. 내 의지가 있다면 너는 영생을 살 수 있을 거라고.

내가 유리를 시험하듯 던졌던 소소한 장난이었고, 아무렇지도 않게 넘겨 버릴 수도 있었던 말이었고, 그러나 나를 알고 있던 모든 이들이 믿었던 기적.

그래서 나는 아주 끔찍한 상상을 하고야 만다. 나는 네 손에 죽었다. 배신감을 안고 죽었고, 배신감에 휩싸여 무력감에 젖어 있었다.

그런데 뭐야. 너는 내가 살아날 거라고 믿고 편지를 남기기라도 한 거야? 유리, 너는 대체 무슨 생각을 하고 있었던 거니?

내 손이 쥐고 있던 편지를 와그작 구겼다. 다니엘이 부드러운 목소리로 말했다.

"비비안, 만일 읽기 싫으시다면…… 읽지 않으셔도 됩니다."

"……그런가? 나는 유리가 무슨 생각으로 그런 짓을 했는지 아직도 모르잖아. 이걸 읽으면, 어쩌면……."

유리가 왜 그런 선택을 했는지 이해할 수 있을지도 모르지. 하지만 그런 내게 다니엘은 여전히 부드러운 목소리로, 그러나 엄격하게 충고했다.

"아니오, 성하. 유리 아레노 황제가 무슨 생각을 했건, 그리고 그걸 안다고 한들…… 과거의 일은 변하지 않습니다. 당신은 그에게 죽은 피해자입니다."

"……내가 이렇게 다시 살아났는데도?"

"그렇다고 한들 당신이 삶을 빼앗긴 것은 변하지 않으니까. 설령 무슨 의도가 있었다고 해도 그것을 받아들이지 않는 것 또한 당신의 권리입니다."

군더더기 없이 맞는 말이었다. 그리고 너무도 다니엘 대공다운 말이었고, 그래서일까. 혼란했던 속이 천천히 가라앉았다.

"명쾌한 결론이네."

그래, 맞아. 유리가 내 목을 친 것은 변할 수 없는 사실이지.
"그래도 보기는 봐야겠어. 그것도 내 권리니까."
"오늘 꽃밭으로 가시겠습니까? 같이 가겠습니다."
"아니야, 허탕일지도 모르는데 대공의 귀중한 시간을 뺏을 순 없지. 성에서 가깝다면서? 나 혼자 가 볼게."
"바쁘지 않습니다."
"거짓말하지 마. 지금도 로렐이 밖에서 안절부절못하고 있는 것 같은데?"
열린 문틈으로 머리카락이 살짝 보인다. 다니엘도 알고 있을 것이다. 그야 오랜만에 영지에 돌아왔으니 처리할 일이 많겠지. 다니엘이 잘생긴 눈썹을 찌푸렸다. 로렐, 너 좀 혼나겠는데.
"그렇다면 호위라도 붙여 드리겠습니다."
그 말에 나는 픽 웃어 버렸다.
"왜, 내가 혼자 죽어 버리기라도 할까 봐 걱정돼?"
"그건……."
"걱정하지 마. 이제 죽을 생각 없으니까. 적어도 당분간은."
다니엘이 놀라는 숨소리를 냈다. 나는 그런 그를 바라보며 씩 웃었다. 진심이었다.
"당신에게 빚이 있잖아. 이제 홀몸이 아니니까 함부로 죽을 순 없지."
내 농담에도 다니엘은 웃지 않았다. 아니, 농담이란 걸 알아차리지 못했을지도 모르겠다.
"기차에서 있었던 일을 말씀하시는 거라면 책임감을 느끼지 않아도 된다고 말씀드렸습니다."
"그거 아니고, 책임감도 아니야."
"예?"
나는 웃으면서 자리에서 몸을 일으켰다.
"그건 그렇고 나 옷 갈아입게 방에서 나가 줄래? 뭐, 안 나가도 돼.

그냥 갈아입어도 되니까······."

 그렇게 덧붙이며 원피스형 잠옷의 단추에 손을 가져다 대자 다니엘은 화들짝 놀라 자리에서 일어나 구르듯 방에서 빠른 걸음으로 걸어 나갔다. 진짜 놀리는 재미가 있는 남자라니까. 황급히 닫히는 문틈 너머로 엄지손가락을 추켜올리는 로렐이 보였다.

 당장 가겠다고는 했지만, 채비를 하는 것에 한참 시간이 걸렸다. 먼저 제니 트왈라가 와서 한 번 더 진찰을 했고, 하녀들이 따뜻한 물을 길어서 목욕도 했고, 그다음에는 재단사가 급히 맞추었다는 옷더미가 도착했다. 내가 깨어난 시간은 오전이었는데 준비를 다 마치고 나니 시간은 완연한 오후가 되어 있었다.
 다니엘이 계속 호위를 붙여 주겠다, 마차를 빌려주겠다, 했지만 나는 극구 사양했다. 어차피 내 신분을 비밀에 부치고 있는 이상 그도 더 강권하기는 어려울 테고, 무엇보다 그 뒤에서 초조하게 발을 부딪치고 있는 로렐도 신경 쓰였을 것이다.
 결론적으로 내가 이겼다. 나는 가벼운 몸으로 앤더슨 대공의 자택을 나섰다. 수도는 이미 더워지고 있어서 걷기만 해도 땀이 났는데 역시 북부는 북부인지 날씨가 선선해 걷기가 좋았다. 오늘따라 햇빛도 좋다. 어쩐지 느낌이 좋은걸. 평소라면 체력이 약해 금방 지쳤을 텐데 한참 앓다가 깨어나서인지 몸도 가뿐했다.
 그렇게 홀로 거리를 구경하며 걷다 보니 시간 가는 줄도 모르게, 어느덧 성문 근처에 도착했다. 성문을 지키는 보초에게 신분증을 보여 주고 성문을 나가려 하는데, 그가 내게 말을 걸었다.
 "아가씨, 히아신스 꽃밭 구경이라도 가려고? 걸어가기엔 너무 먼데. 마차라도 잡아서 가지 그래?"
 "아, 그렇게 멀어요?"

"그래. 말을 탈 줄 알면 조랑말이라도 빌려 가. 저 앞 여관에서 말도 빌려주니까."

나는 친절한 보초에게 감사를 표한 뒤 그의 말대로 여관에서 돈을 주고 자그마한 조랑말을 빌렸다. 낡고 더러운 안장 위에 올라타자 조랑말은 서툰 내 조종이 싫은 듯했지만 그래도 이끄는 대로 터벅터벅 걸었다. 미안, 승미가 오랜만이라서.

보초의 말대로 그냥 걷기에는 꽤 먼 거리였다. 구불구불한 길을 말을 탄 채로 간 지 얼마나 되었을까, 하늘이 붉게 물들을 즈음 나는 꽃향기를 맡았다. 조랑말은 익숙한 길인 듯 터벅터벅, 내 인도 없이도 걸어갔다.

얼마 되지 않아 내 눈앞에 황홀할 정도로 넓은, 붉은 바다가 펼쳐졌다. 장관이었다. 다니엘의 말이 거짓이 아니었군. 딱히 사람의 손이 탄 것도 아닌 듯한데, 어떻게 이런 장소가 있을 수 있지.

나는 멀리서 꽃밭을 보며 감탄했다. 사방 천지에 붉은 히아신스가 넓게 피어 있었다. 말도 꽃냄새를 맡으며 코를 킁킁댔다. 평화로운 광경이었다. 차가운 북부에서는 더욱이나.

그런데, 다가가면 다가갈수록, 무언가 이상했다. 고삐를 잡은 손에 절로 힘이 들어갔다.

사실 히아신스 자체는 그리 특별할 것도 없는 꽃이다. 봄에 피어나고, 다른 꽃이 그렇듯 꽃을 떨어트리고 다음 해의 꽃을 준비한다. 하지만 누군가의 의지로 피어난 히아신스는 다르다.

그리고 지금 내 눈앞에 펼쳐진 이 꽃밭은, 가까이 다가가면 다가갈수록 너무도 확연했다. 너무도 확실했다. 꽃잎 하나하나가 마력을 머금고 있었다. 아니, 그건 놀랍기는 해도 경악할 일까지는 아니었다.

"이건 대체……."

대체 언제부터. 말이 한 걸음 더 가까이 꽃밭으로 다가가자마자, 내가 무엇을 할 새도 없이 아까 전 편지의 봉랍을 건드렸을 때처럼, 내 온몸에서 푸른 스파크가 일어나기 시작했다.

조랑말이 놀라 비명을 지르며 앞발을 높게 쳐들었다. 나는 그대로 말에서 낙마했다. 하지만 나는 비명도 지르지 못했다. 말이 히잉, 하고 울음을 내지르며 돌아온 길을 그대로 다시 뛰어가기 시작했지만 잡을 생각도 하지 못했다.

낙마한 내 몸 밑으로 뭉개져 버린 꽃이 짓물러지며 향기가 진동했다. 기껏 입은 새 옷에 꽃물이 들었겠지만, 그런 것은 신경도 쓰이지 않았다.

순식간에, 텅 비어 있었던 몸속에 마력이 차올랐다. 그 전보다 훨씬 더, 충만하게, 숨이 벅찰 정도로.

원래 이럴 리가 없다. 아무리 죽은 자의 기적이라고 한들, 마력이 담긴 꽃에서 마력을 추출해 내기 위해서는 정제하는 과정이 필요했다. 약을 만들듯이 은하수에 담가서, 불순물을 제거하고, 달빛도 필요하고, 그리고……

그런데. 그런데, 왜.

낙마하는 바람에 품속에서 떨어진 편지가 보였다. 바닥에 떨어진 편지의 봉인이 스르르, 풀리고 있었다. 붉은 봉랍이 사라진다.

그렇다, 사라지고 있었다!

유리.

유리.

……유리!

바닥에 떨어진 편지가 바람에 날아가려 했다. 편지를 잡기 위해 일어서려다가, 나는 발이 꼬여 바닥에 볼품없이 쓰러지고 말았다. 아팠다. 편지가 바람에 휙, 저 멀리로 날아가고 있었다.

그렇지만 치맛자락이 다리에 감겼다. 나는 또다시 바닥으로 머리부터 고꾸라졌다. 고꾸라져도 다시 일어서려다가, 나는 또 넘어졌다. 다리에 힘이 풀려 있었다.

대체 몇 번을 넘어지는 거야. 헛웃음이 나왔다. 뱃속 깊은 곳으로부터 치밀어 오르는 웃음이었다. 아니, 우는 걸지도 모르겠다. 넘어진 무릎이, 까진 손바닥이 너무 아파서, 나는 결국 참을 수 없어져서, 울면서 이 세상에서 가장 저질인, 무엇보다 모욕적인 욕을 내뱉고야 말았다.
"야, 이 나쁜 년아아아아아!"
나는, 평생 동안 절대로.
유리 아레노를 용서하시 않을 것이다.

Chapter 5
마침내 도래하여

유리 아레노는 왕의 정부에게서 태어났다. 당시 유리의 모친은 비참하게 살고 있었다. 물론 그 시대를 살아가는, 재산과 가문이 변변치 않은 여성들의 삶은 대부분 비참했다. 변변치 않은 남자와 결혼하거나, 그게 죽도록 싫으면 수도원에 들어가 평생 일하는 것 정도가 주어진 인생의 전부였다.

대부분이 비참하다고 해서 개개인의 비참함이 가벼워지는 것은 아니었고, 그래서 유리의 어머니였던 여자는 스스로를 불행하게 여겼다.

또 그녀가 짊어지고 있는 불행은 다른 사람들과는 달리 한 가지 더 있었다. 그것은 가난한 집에서 태어났음에도 불구하고 눈에 띄게 아름답게 태어났다는 것이다. 가난하고, 힘이 없고, 그럼에도, 혹은 그래서 아름답고 어여쁜 존재. 아무런 잘못도 하지 않아도 위험에 노출될 수밖에 없는 조건이었다.

그런 여자가 결혼 적령기까지 무사했다는 것은 그나마 다행이었지만, 신분

높은 남자가 그녀를 마음에 들어 하기까지 오랜 시간이 걸리지 않았다.

차라리 적당한 가문의 남자가 그녀에게 구애한 것이었다면 상황은 나았을지도 모른다. 어쩌면 결혼했을 거고, 그 결혼이 성공적이건 그렇지 않건 안정된 삶을 살 수 있었을지도 모른다. 그게 그 시대엔 최선인 삶의 방식이었다.

그러나 그녀를 마음에 들어 한 것이 히필이면 왕이었다는 것이 그녀의 인생에서 가장 큰 불행이었다. 왕의 정부라는 신분은 그녀에게 욕심을 내도록 만들었다.

한미한 가문의 아름다운 여자에게 왕은 마음껏 아량을 베풀었다. 평생 입어 보지 못한 아름다운 드레스, 장신구, 달콤한 말은 순식간에 여자를 사교계의 중심으로 만들었다. 그 과정을 누구나 즐겼다. 한껏 추켜올리고 비하하면서.

하지만 총애라는, 신분 높은 자가 적선하듯 베푸는 애정이 만드는 지위는 알량하다. 그리고 높은 곳에서 하사하는 애정이 으레 그렇듯, 마음 내키는 대로 귀여워하고 상대가 귀찮아지면 그 애정은 쉽게도 식어 버린다. 그 식는 과정마저도 모든 이들의 유흥거리였다. 누구나 부러워할 만한 행운을 가지고 한껏 솟구쳤다가 그 행운을 아이 장난감 뺏듯 뺏어 가는 것

그렇게 왕의 총애를 잃어 가는 도중 여자는 아이를 가졌다. 왕의 아이였다. 혹시 식어 가는 애정에 도움이 될까 하여 왕에게 임신한 사실을 말했으나 신분 높은 남자는 귀찮아하며 오히려 그녀를 더 멀리했다. 완벽하게 버림받은 것이다.

사실 왕의 정부가 왕의 아이를 가진 것은 드문 일도 아니었다. 당시의 왕은 난봉꾼이었고, 그래서 왕비를 포함한 수많은 여자가 그의 아이를 낳았다.

하지만, 그래도 여자는 약간의 희망을 가졌다. 왕의 씨에 문제라도 있는 건지 그는 그토록 많은 사생아가 있었는데도 이제껏 남자아이는 단

한 명도 보지 못했다. 왕비가 후계자 생산에 대한 스트레스로 정부들을 괴롭히는 것은 유명한 소문이었다.

유리의 모친은 다행히 무척이나 한미한 가문 출신이었기에 괴롭힘을 당하지는 않았지만, 그녀는 임신기간 내내 발길 끊긴 초라한 저택에서 매일 매일 상상했다. 만일 내가 아들을 낳는다면, 왕위를 이을 수 있는 왕자를 낳는다면.

그야 당장에는 사생아 취급을 받겠지만, 지금 왕에게는 아들이 없다. 왕비의 나이 또한 적지 않았다. 이대로 왕이 다른 남자아이를 생산하지 못한다면 정부의 아들이라도 들여야 할 것이다. 그렇게 되면, 나는 왕의 어머니가 되는 거야. 여자의 곁에는 아무도 없었고, 그녀를 지탱해 주는 것은 그런 알량한 망상이었다.

하지만, 태어난 것은 여아였다. 그것이 유리였다. 그나마 뱃속에서 성별을 확인할 수 없는 기술이 없는 시대여서 다행이었다고 해야 할까. 여자인 것을 알았다면 아예 태어나지도 못했을 텐데, 시대가 유리 아레노를 유일하게 도와준 부분은 유리가 어머니의 희망과 함께 열 달을 꽉 채운 후에 태어났다는 것이다.

사람들의 외면 속에 여자를 오랫동안 돌봐 준 하녀 한 명이 유리를 받아 주었다. 유리의 성별을 확인한 유리의 모친은 실망했다. 열 달을 꽉 채워 낳은 것이 고작 여아라니!

정말로 왕의 씨앗에 문제라도 있는 것일까. 총애를 잃어서 다시 임신할 기회조차 없을 테니 그녀의 인생은 정말로 끝이었다. 왕의 정부라고는 하나 결국 미혼인 몸, 왕의 관심이 없다면 결혼조차 어렵다. 그런 상황에서 여자아이는 혹에 불과했다.

그러니 어쩌면, 아주 조금만 상황이 틀어졌더라도 유리는 태어나자마자 버려지거나 죽었을지도 모른다. 그런 상황에서 태어난 유리 아레노에게 최초로 찾아온 행운은, 한 사기꾼이었다.

유리의 어머니에게, 어떠한 마법사가 접근해 왔다. 그는 실망한 여자에게 접근했다. 내가 마법으로 아이의 성별을 속여 줄 수 있다. 아들을 낳았다고 하자.

평범한 사람이라면 물론 거절했을 것이다. 하지만 유리의 어머니는 주어진 것에 불과하더라도 잠시나마 정점을 맛보았다가 추락한 사람이었다. 열 달 내내 왕의 어머니가 되는 꿈을 꾼 여자이기도 했다. 그녀는 마법사의 말에 귀를 기울였다.

"이 애는 여자애예요. 그런데 대체 어떻게 남자아이로 만든다는 거죠?"

"그야 인공적으로 남성의 기관을 달아 주고 성별을 확인하러 온 왕실의 조사관에게 보이면 될 일 아닙니까. 딱 한순간만 속이면 됩니다."

"그렇지만 평생 속일 수는 없잖아요. 왕궁에 들어가면 어떡하죠?"

"사생아이니 왕자로 인정받으려면 왕비가 정말로 임신이 불가능한 나이가 되길 기다려야 하지 않습니까. 그때가 되면 아이도 철이 들 테니 시중을 물리는 것 정도는 어렵지 않습니다. 지금의 왕도 침전에 정부 외의 이를 들지 못하게 하니까."

"그게 그렇게 쉬운 일이라면 왜 아무도 하지 않았던 거죠?"

"아무도 생각하지 못한 일이니까요."

마법사는 사람을 구슬리는 것에 능한 자였다. 그는 그의 의도를 의심하는 여자에게 자신은 많은 것을 바라지 않는다고 했다. 그저, 일이 성공한다면 자신을 황실 전속 마법사로 만들어 달라고 했을 뿐이다.

"어렵지 않은 일이겠지요, 이 아이는 왕이 될 테니까."

한평생 가난하고 비참하게 살아왔던 여자에게 그건 설탕 과자처럼 황홀하게 들렸다. 그렇게 유리 아레노의 인생이 정해졌다.

"약한 존재라고 하여 악하지 않은 것은 아니야."

유리는 그녀의 어머니에 대해 그렇게 평했다. 그렇게 평한 이유는, 유리의 어머니가 유일하게 유리의 성별을 알고 있는, 그만큼 오랜 기간 자신의 곁을 지켜 주었던 늙은 하녀를 사고로 위장해 죽였기 때문이다.

그러고 나서 여자는 왕실에 남자아이를 낳았다는 소식을 알렸다. 왕의 옛 정부가 아이를 낳았다는 소식을 듣고 왕실의 조사관이 찾아왔다. 마법으로 만든 생식기를 보여 주자 조사관은 그저 그것만으로 보고서에 아이의 성별을 남자, 라고 썼다. 그걸로 끝이었다. 그저 그 단순한 사기극이, 그저 그 생식기의 차이가 유리 아레노의 인생을 그의 어머니와 완전히 다른 것으로 만들었다.

시간이 지나며 유리 아레노는 자라났다. 그는 태생이 특출하게 총명했다. 왕실에서 체면치레 용도로 보내준 가정교사가 하나같이 혀를 내둘렀다.

세월이 흐르며 유리는 점점 더 성장했고, 아들은 끝내 태어나지 않았다. 수도의 모든 귀족이 유리에게 관심을 가졌다. 불려 가는 자리마다 유리는 자신의 총명함을 증명했고, 그렇게 유리는 아들이 없는 왕실에 받아들여졌다.

유리 아레노가 정식으로 왕자에 봉해지던 날, 어머니는 기뻐했다고 한다. 그리고 유리에게 신신당부했다. 여자라는 것을 절대 들켜서는 안 된다. 들키는 순간 모든 것이 무너져 버릴 테니까. 유리는 고개를 끄덕였다. 애초에, 이미 그렇게 하고 있었다.

그 모든 이야기를 들은 나는 입을 떡 벌렸다.

"와, 진짜 평생을 걱정하며 살았겠다."

술잔을 기울이던 유리는 내 반응에 웃었다.

"긴장하기야 했지. 그래도 곧잘 넘겨 왔어."

그저 그렇게 가볍게 이야기하고는 있으나, 내가 알기로 유리의 인생은 평탄했던 적이 단 한 번도 없었다. 왕실로 입적된 이상 법적으로 유리 아레노의 어머니는 왕비였다. 그리고 유리 아레노의 친어머니는 유리 아레노가 열다섯 살이 되었을 때 결국 자살했다.

"약한 사람이었어. 모두를 속이고 있다는 중압감을 이기지 못한 거지. 무엇보다도 내 성별을 위조해 준 마법사, 그가 어머니를 협박하고 있었거든."

어린 유리조차도 예상할 수 있는 일이었거늘, 잠깐 욕심에 눈이 멀었던 유리의 어머니는 누군가가 자신을 협박한다는 사실, 그것도 모든 것을 쥐고 흔드는 누군가가 있다는 사실을 도통 견디지 못했다. 왕자의 친어머니라는 지위를 빼앗길지도 모른다는 불안감에 시달리다가 결국에는 그 모든 것이 모래성처럼 무너지기 전에 자살을 택했다.

유리의 어머니가 죽고 난 후, 유리가 가장 먼저 한 일은 성별의 비밀을 쥐고 자신을 협박하려고 든 사기꾼을 죽이는 것이었다.

"그는 내게 이렇게 말했어. 비밀을 까발리지 않는 대신 자신에게 철저히 복종하라고. 그의 상상 속에서 나는 그의 말에 복종하는 노예였고 그는 신이었지. 신의 세상에서는 여자란 성별이 능력보다도 훨씬 중요했던 모양이다."

"그래서?"

"그건 이상하지. 내가 여자라고 해도, 나는 내 능력을 충분히 발휘하고 인정받고 있었어."

"그거야 그렇지. 너는 너니까."

"그래, 그런 것이다."

그래서 그 신을 죽인 것이다. 유리는 그렇게 말했다. 유리는 자신의 살인에 죄책감을 느끼지 않았다. 그건 살인이라기보다는 어떤 가치관, 이 세상에 존재하는 부당한 가치관에 대한 반항으로 생각되었다.

애초에 여자로 태어나면 왕위를 잇지 못하게 만든 이 세상이 잘못되어 있다. 왕이 된 유리는 몇 년이 지나 황제로 칭제했고, 모두가 유리 아레노를 칭송했다. 그러나 그건 모두 유리 아레노가 당연히 남자라는 사실 위에 성립되는 것이었다. 이 세상은 결코 자신이라는 존재를 받아들일 준비가 되어 있지 않다는 것도, 유리는 역시 알고 있었다.

그럼에도 유리는 내게 그 사실을 고백했다. 어쩌면 우리는 서로 본능적으로 알아차렸는지도 모르겠다. 서로가 조금 이른 시대에 도착해 버렸다는 것을. 그래서일까, 유리는 누가 들어도 경악할 만한 일을 고백하면서도 편안하게 미소 짓고 있을 뿐이었다.

"이건 그저 시대가 낳은 피해자의 이야기다. 그대는 내 친구이고 성녀이니

관용을 베풀어 주게나."

"관용이라. 겨우 그런 것을 믿고 나한테 진실을 밝히다니, 잘못 생각한 것 아닌가? 나는 정치적으로 중립인 성녀인데."

이 시대에서 여자라는 것을 숨기고 남자라고 속이며 황제의 자리에까지 오르다니. 그 능력과 관계없이, 성별을 밝히는 순간 유리 아레노는 끝장이었다.

이 시대에서 성별은 신분과 또 다른 절대적인 계급이다. 타고난 성별에 따라 허락받지 못하는 자리가 있다. 누군가는 내게 진정한 중립이란 유리의 성별을 폭로해야 하는 것이라고 말할지도 몰랐다. 진실이란 언제나 가장 중요한 가치이므로. 그러한 내 입장 또한 가장 잘 알고 있을 유리 아레노는 덤덤하게 답했다.

"그런 선택을 한다면 내가 사람을 잘못 본 것이겠지."

허락을 받지 못한 자리에 허락을 받고 오르는 대신 그 자리를 침탈한 정당한 약탈자가 개구지게 웃었다.

"그러나 나는 사실 사람 보는 눈이 아주 좋은 편일세."

그 말을 들은 나는 선택해야 했다. 나는 이 시대에 강림한 성녀였고, 언제나 선을 수호해 왔다. 그렇기에 어떤 나라에 방문하건 정치적으로는 중립을 지켰다.

그렇다면 나는 지금도 이 나라 법의 수호자가 되어, 유리 아레노의 성별을 밝히고 그를 황제의 자리에서 끌어내야 하는 것인가? 그것이 옳은 건가?

고민은 짧았다. 아니, 실은 하지도 않은 것 같다. 나는 씩 웃으며 유리의 술잔에 내 잔을 맞부딪혔다.

"그거 지금 나를 칭찬하는 건지, 본인을 자랑하는 건지 확실하게 하도록 해."

지옥의 가장 뜨거운 곳은 도덕적 위기의 시대에 중립을 지킨 자들을 위해 예약되어 있다, 고 하지 않던가? 그때의 나는 중립을 지키느니 유리와 함께

마침내 도래하여 385

지옥의 가장 뜨거운 곳으로 떨어지고 싶었다.

그랬었다. 그건, 그런 시대였다. 그런 시대였으며, 내게는 마법이라는 기적 같은 힘이, 그리고 유리 아레노는 황제였으나 그럼에도 불가능한 일이 있었다.

애초에 미혼의 몸으로 왕의 자리에 올랐던 유리 아레노는 황제로 칭제하기까지는 바쁘다는 핑계로 국혼을 미뤄 왔으나 황제에게 후계자가 없다는 것은 치명적인 결함이었다.

"차라리 이해해 줄 만한 여자를 찾아서 결혼하는 게 나은 것 아냐? 그럼 당분간은 잠잠해질 텐데."

나 또한 그렇게 말했지만, 유리는 고개를 저었다.

"나와 결혼한다고 해도 아이를 가질 수 없을 테니 황후가 생긴다고 해도 아이를 낳지 못하는 여자라고 공격을 당하겠지. 그러면 정부를 두라고 할 테고, 그런 굴레가 반복될 거야."

"그렇지만……."

"무엇보다, 비비안. 나는 고통받는 어머니를 너무 오래 보았어."

유리는 지친 얼굴로 고개를 저었다.

"또 다른 고통받는 이를 만들고 싶지는 않아. 지옥으로 걸어 들어가는 건 나 혼자면 충분해."

"그렇게 섭섭한 소리 하지 마. 내가 있잖아? 아, 그래. 내가 결혼해 줄까?"

"헛소리하지 말고 술이나 마시게."

"와, 너무하네!"

그때는 농담으로 한 말이기는 했다. 나는 어쨌거나 신을 믿는 종교의 일원이었고, 지금 이렇게 아레노 황가에 머물면서 황제의 정책에 힘을 실어 주는 것조차 주교들의 반대에 부딪치고 있는 상황이었다.

그런데 그런 내가 만일 황제와 결혼한다? 어쩌면 전대륙적으로 지탄을 받을지도 몰랐다. 물론 지탄을 받는 것이야 문제가 아니었지만, 그렇게 된다면 앞으로의 행보에 무척이나 제약을 받게 될 테다. 그렇기 때문에 그때는 그저 농담으로 했던 말이었지만, 갈수록 그게 농담일 수만은 없는 상황이 되어 갔다.

"서부의 귀족 연합에서 황제의 뜻을 받아들이지 못하겠다는 대답을 공식화했습니다."

귀족 가문 출신인 레오날드가 나를 위해 그 뜻을 설명해 주었다.

"즉 황제를 갈아치우기 전에 적당히 하란 뜻이죠."

"아니, 과부가 남편의 재산을 상속하게 하자는 게 황제를 갈아엎을 정도의 일이야?"

"먼 과거로부터 이어져 온 전통을 갈아엎는 것에 대한 거부감이죠. 귀족 가문에 대한 모욕이라고 생각하는 겁니다."

"진짜 모욕이 뭔지 알려 주고 싶네."

내 한숨에 로티아가 눈을 반짝였다. 그녀는 언제고 허리에서 검집을 풀어 두지 않았는데 지금도 그랬다. 그녀는 검집에 손을 얹고 자리에서 일어났다.

"그렇지 않아도 카를렌 백작 영지에서 요청이 왔습니다. 산적 소탕 때문에 애를 먹고 있다고 하던데 제가 다녀올까요?"

"산적 대신 백작가를 털어 오려고? 아서, 로티아. 그런다고 해결될 일도 아니니까."

유리는 외로운 황제였다. 어머니는 한미한 가문 출신이었고 아내로 맞이한 귀족도 없었으며 황제의 자리에 오를 때도 어떤 세력의 도움도 받지 않았기 때문에 제한 없이 자유로웠고, 그만큼 어떤 세력과도 친밀하지 못했다. 로티아의 검집을 빼앗은 레오날드가 말했다.

"해결책은 간단합니다. 서부 귀족 연합 중 한 가문에서 황후를 뽑거나, 혹은 동부 귀족 연합 중에서 뽑거나."

"전자는 서부의 불만을 직접적으로 잠재울 수 있고, 후자는 동부가 서부를 누르도록 힘을 실어 주는 거죠."

로티아도 덧붙였다. 그녀는 귀족 출신도 아니었지만, 그런 그녀의 눈에도 해결책은 간단해 보이는 모양이다. 나는 또다시 한숨을 쉬었다. 요새 한숨을 쉬는 일이 잦아지고 있었다.

"말이야 정말 간단하지."

어느 귀족 세력의 편을 들어 주었다면 지원을 받을 수 있었겠지만, 유리는 언제나 자신의 뜻만을 좇았다.

"그리고 황제 폐하는 개중 아무것도 선택하지 않으실 거야."

정치는 유능함으로만 할 수 있는 게 아니다, 물론 유리 또한 그것을 안다. 그럼에도 타협하지 않는 것뿐.

"해결책은 하나 더 있습니다."

레오날드의 말에 나는 고개를 들었다. 반짝이는 금발에 맑은 푸른색의 눈동자, 왕자님 같은 나의 기사는 내 앞으로 다가와 무릎을 꿇고 말했다.

"성녀인 당신께서 그와 결혼하는 것 황제인 유리 아레노가 신의 마법사라고 불리는 당신과 결혼한다면 그 자신의 뜻에 무엇보다도 큰 정당성을 얻게 되겠지요."

얼마 전 내가 유리에게 농담처럼 꺼냈던 말이었다. 그저 농담이었던 것이, 레오날드가 말을 꺼내니 현실감이 덧입혀졌다. 옆에서 로티아가 경악하고 있었다.

"아니, 레오날드, 당신 미쳤어? 비비안 님이 대체 왜 그런 짓을 해?"

"저는 비비안 님이 원하는 길을 걸어갈 수 있도록 도울 뿐입니다. 그게 설령 제 목을 조르는 일일지라도."

레오날드가 내 손등에 입술을 맞추었다. 평소와 다르게 까슬한 감촉이 그가 정말로 고민한 후 이 말을 꺼냈음을 짐작하게 했다. 나는 다른 손으로 레오날드 경의 머리를 쓰다듬었다. 그 옆에 로티아 또한 무릎을 꿇고 나를 간절한 눈빛으로 올려다보았다.

"비비안 님, 설마 그럴 건 아니지요?"

"솔직히 말하자면 생각 안 해 봤는데."

"레오날드 경이 헛소리를 하는 겁니다! 결혼하는 순간 황제의 허물은 당신의 허물이 될 거예요. 지금처럼 마음 가는 대로 행동해서도 안 되고, 그가 실각하는 순간 비비안 님께서도 모든 걸 내려놓게 된다고요!"

"그래, 그렇겠지."

그걸 알기 때문에 아마 유리 아레노 또한 내가 그와 결혼하고 싶다고 뜻을 밝힌다고 해도 받아들이지는 않을 것이다.

그렇지만 레오날드 경의 말대로 나는, 비비안 성녀는 유리 아레노에게 가장 필요한 피스였다. 그를 구속할 만한 세력은 아니되, 그가 하는 모든 일에 신의 뜻이라는 정당성을 부여할 수 있으니까. 다만 그렇게 된다면 나는 정말로 내 모든 것을 유리에게 맡기게 된다.

알렉세이 경이 방으로 걸어 들어온 것은 그때였다. 그는 한동안 수도를 떠나 있었다. 걸치고 있는 기다란 회색 망토에서 낯선 바람의 냄새가 났다. 알렉세이는 무릎을 꿇고 있는 자신들의 동료를 일별하고서 내게 말했다.

"비비안, 방금 동부에 다녀오는 길이야."

"무슨 일이지?"

"동부의 귀족 가문이 일제히 봉문했다. 이번에 발표된 칙령을 받아들일 수 없다는군."

나는 깊이 한숨을 쉬었다. 로티아가 눈을 감았고, 내 손을 잡은 레오날드 경의 손에는 힘이 들어갔다.

"유리에게 다녀오겠어."

이틀 후, 알렉세이 경은 내 곁을 떠났다. 유리 아레노는 내 뜻을 받아들이지 않았다. 예상했던 바였다.

나는 몇 번이고 유리에게 떼를 쓰고, 때로는 협박하고, 부탁도 해 보았으나 그는 요지부동이었다. 타협하지 않는 꼿꼿함이 유리의 장점이기도 하지만 그 때의 내게는 답답할 뿐이었다.

그렇지만 내게도 할 수 있는 일은 있었다. 나는 다분히 의도적으로, 내가 유리 아레노와 결혼할지도 모른다는 소문을 퍼트렸다. 그 소문을 듣고 까무러치기 일보 직전인 주교들이 연락해 왔으나 나는 눈 한번 깜짝하지 않고, 부정도 긍정도 하지 않은, 그래서 긍정으로 받아들여지기 쉬운 대답을 돌려주었다. 소문이 점점 퍼지기 시작하자 상황을 파악한 유리 아레노가 나를 찾아왔다.

"그만둬, 비비안. 그대까지 위험해질 거야."

"지금 내가 이렇게라도 하지 않으면 네가 더 위험해져!"

상황은 점점 최악으로 흘러가고 있었다. 차례로 이은 귀족 가문의 봉문에도 황제가 굽히지 않자 여론은 점점 더 거세어지고 있었다. 게다가 흉년에, 마녀사냥에, 그런 요소들이 겹쳤다.

결국, 애초에 그런 법을 제정한 유리 아레노에게로 비난의 화살이 쏟아지고 있었다. 자연의 섭리를, 신의 뜻을 거스른, 아무도 원하지 않은 악법을 제정하여 백성들을 고통받게 한 황제. 아무도 그 해방의 가치를 자유라 말하지 않았다.

"그러니 떠나, 비비안."

어느 날 유리가 그렇게 말했다. 그는 내가 술을 마시고 있는 밤에 찾아와, 본인은 술을 홀짝이는 대신 방 안에 우뚝 선 채 나를 바라보기만 했다.

얼마나 그러고 있었을까, 그는 한참 침묵한 후 내게 말했다.

"너라면 어디에 가더라도 다시 시작할 수 있을 거야."

나는 고개를 저었다.

"널 떠난다면 이제까지의 내 삶에도 의미가 없어지겠지. 인정해, 유리. 이제 내 허물이 네 것이고, 너의 비난이 나에게 가해진다는 걸."

실제로 그랬다. 이제까지는 신이 내린 이 세상의 가장 강대한 마법사이니 어디를 가건 환영받았으나, 지금은 나에게 비난의 말을 쏟아붓는 자도 많았다. 그걸 모를 리 없는 유리가 괴로운 얼굴로 말했다.

"그대를 내 곁에 둔 건 실수였을지도 몰라."

"그런 말 하지 마. 네 실수가 아니야. 내 의지였어."

"네게 내 약점을 말했기 때문에 너는 내게 붙잡혀버린 거지. 나를 버릴 수 없게 된 거야. 상냥한 사람이니까. 내가 비겁했어. 말하지 말았어야 하는데."

"친구를 버리는 사람이 어딨어? 그런 말 하지 마!"

나는 화가 나서 말했지만, 유리는 이제 나를 보고 있지 않았다. 유리는 항상 내 시선을 똑바로 마주 보고 그의 뜻을 말해 왔는데, 지금의 그는 나를 바라보지 않았다. 나를 투과하는 것 같은 시선이 어딘가 불안했다.

"그대는 이 세상에 너무 빠르게 내려왔기 때문에…… 지금은 비난을 받고 있지만, 실지로는 이런 취급을 받아도 될 만한 이가 아니라 언제나 가슴이 아파. 그런데 여기서 더 휘말리게 둘 수는 없어."

그 말은 오백여 년이 지난 지금에도 내 기억 속에 박혀 있다. 당시 나는 유리의 그 말에 화를 냈던 것 같다. 휘말리다니? 이제껏 내가 해 왔던 일은 모두 유리 때문이 아니라, 내 자신의 의지에 의한 것이었다. 그 말은 무척이나 불쾌하게 들렸다.

게다가 나는 유리가 왜 그의 백성의 비난을 받으면서까지 자신의 뜻을 굽히지 않는지 그 이유를 알고 있는 단 한 사람이었다. 나만이 그가 무슨 생각으로 저런 행동을 하는지 알고 있었다. 절실하게 이해하고, 공감하고 있었다.

아무리 곤란에 처한 상황에서도 타협이라고는 한 번도 하지 않았던 유리 아레노가 자랑스러웠다. 그의 뜻을 함께하는 것이 어느 순간 내 인생의 목표가 되었다. 그게 옳은 길이라고 생각했다. 네 끝이 절망에 빠진 채 실패하게 두어서는 안 된다.

그러나 유리는 결국, 실패했다. 유리 아레노 황제는 끝내 귀족과 타협하지 않았고, 귀족들은 황가에서 잊힌 방계를 찾아냈다. 북부의 오랜 가문인 앤더슨 가문에서 찾아냈다는 그 후계자를 주축으로 황제를 인정하지 않는다는 뜻을 세웠다.

그래도 나는 포기하지 않았다. 언제나 황궁을 찾아온 귀족으로 들끓던 그곳은 일하는 시종을 제외하면, 텅 비어 있었다. 나는 황제를 알현할 수 있는 알현실로 찾아갔다. 시종은 나의 입장을 알렸다. 아무도 서 있지 않은 텅 빈 알현실에서, 유리는 높은 옥좌에 앉아 나를 보았다.

"유리."

"비비안."

나의 이름을 부르는 유리의 목소리는, 여느 때처럼 강건했다. 그 목소리에 나는 조금 안심했다. 아직, 괜찮은가 봐. 그래. 유리는 유리니까…… 강한 사람이니까.

나는 옥좌를 향해 걸어갔다.

"소식은 들었어. 하지만 괜찮을 거야. 내가 도와줄게. 그들과 협상해서 황제의 자리를 일단 지켜내면……!"

"아니, 괜찮지 않아."

유리가 내 말을 잘라 냈다. 나는 그 순간, 유리가 검을 집어 들고 있는 것을 보았다. 그가 옥좌에서 일어났다. 나는 의아했다. 유리가 검을 쓰는 일을 단 한 번도 본 적이 없기 때문이다.

"유리……?"

"나는 실패했고, 아레노 황가는 무너지겠지. 앤더슨 공작가는 자신들의 후계자를 황위에 올릴 거야. 그쪽도 방계지만 황실의 피를 잇고 있으니까……."

"그, 그래도…… 아직."

"그래, 그래도 아직 희망은 있어. 그들은 완전히 새로운 황가를 세우는 것은 아니야. 그래 보았자 황가의 방계지. 당장 법전을 뜯어고치는 건 불가능해."

"법전?"

"그래, 내가 만들고 네가 힘을 실어 주었던 수많은 법안들."

나는 그 말에 조금 화가 났다. 아니, 지금 그 자리가, 유리 아레노의 목숨이 위험해진 판국에, 아무도 그 가치를 모르는 그것이 무슨 소용이라고? 그것들이 지금 너를 위험하게 만들고 있는데? 죽으면 그걸로 끝인데!

내가 뭐라고 쏘아붙여야 유리가 정신을 차릴지 고민하고 있는데, 그때 유리가 검을 들고서 나에게로 걸어오는 것이 보였다. 나는 눈을 깜박이며 유리가 나에게로 걸어오는 것을 바라보았다.

"갑자기 무슨 검이야?"

"너의 말대로 나는 이제껏 타협한 적이 없었지. 그러나 지금, 나는 타협할 생각이다. 비밀리에. 아레노 황가의 법전을 그대로 이어받는다면, 너희들의 뜻대로 수순을 밟아 폐제되어 주겠다고."

"폐제되어 주겠다고? 그런 모욕을 받겠다고? 너는 잘못한 것도 없잖아!"

"그래, 모든 모욕을 뒤집어쓰고서."

유리가 마침내 내 앞까지 걸어왔다. 그가 검집에서 검을 꺼냈다. 날카로운, 스릉, 하는 소리가 빈 알현실을 울렸다. 나는 그때까지도 유리가 무엇을 하려는지 알 수 없었다. 그가 날카로운 칼날을 내 목에 갖다 댈 때까지도.

나는 멍청하게 입을 벌렸다.

"유리······?"

"그리고 그 모든 오욕은 내 것이야, 비비안. 네가 아니라."

유리의 눈동자는 맑디맑은 하늘색이었다. 아주 투명하고, 아름답고, 그 속에는 휘몰아치는 격정이 있었다. 그 눈동자에서 눈물이 흘러내릴 거라는 생각은 단 한 번도 해 본 적이 없었다. 그러나 지금 그의 눈에 맺힌 것은 눈물이었다.

"곧 레오날드 경이, 로티아 경이 오겠지. 그들이 너를 안전한 곳으로 데려가 줄 거야."

그 눈물을 닦아 주고 싶다고 생각했지만, 그 전에 충격에 머리가 흔들렸다. 무슨 일이 일어난 거지? 유리, 대체 무슨 말을 하는 거야?

웃고 싶었지만 나는 다리에 힘이 풀리는 것을 느꼈다. 바닥에 쓰러졌다. 당연하게도, 나는 앞에 있던 유리에게 손을 뻗었으나…… 유리는 나의 손을 잡아 주지 않았다.

바닥에 쓰러진 채로, 서걱하는 끔찍한 소리와 고통이 나를 잠식했다. 유리의 말은 거의 들리지 않았다. 아무것도 믿을 수 없었고, 아무것도 믿고 싶지 않았다. 나는 비명조차 지르지 못했다.

나는 그저 마지막 힘을 짜내어 고개를 들었다. 유리를 하염없이 바라보았을 뿐이다.

"대체 왜……!"

그러나 대답은 없었다. 칼날이 내 목을 향해 날아왔다. 내가 마지막으로 본 것은 그것이었다.

유리 아레노가, 내 친우가, 내 목을 쳤다. 그것이 우리의 끝이었다.

나는 날아가던 편지를 마력으로 잡아챘다. 봉랍이 사라져 힘없이 열려버린 편지가 손에 잡혔다. 읽어야 할까. 읽지 않고 도망치고픈 생각마저 들었지만, 도망치기도 전에 눈은 멋대로 편지의 글씨를 읽고 있었다. 도망칠 새도 없이, 편지의 내용은 너무도 짧았다.

유리의 글씨는 내 기억 속에서는 언제나 정갈했다. 하지만 지금 이 편지에 적힌 글씨는 그런 정갈한 모습을 찾아볼 수 없을 정도로 흐트러져 있었다. 떨리는 손으로 쓴 것 같았다.

나의 유일한 친우에게.

비비안.

언젠가 말했었지. 기적을 바라는 것은 게으른 자의 어리석음에 불과하다고. 나는 기적을 믿지 않지만…… 그대가 내 곁에 와 준 것은 기적이었을지도 모른다고, 이제야 그런 생각이 드는군.
 다만 그 오만한 신의 기적이라는 건 한 번이면 충분해. 내가 한 모든 일은 신의 의지가 아닌 나라는 한 인간의 뜻이었어. 그러니 나는 내가 한 일에 책임을 질 것이다. 지금도 그 죄업을 치르는 중이지.
 그러나 그대가 내 곁에서 같이 모욕당할 필요는 없어. 그대가 책임감을 느낄 필요도 없다. 모든 건 내 능력 부족이고, 내가 잘못한 일이야. 그대에게 한 모든 일 또한…… 나는 변명하지 않겠다.
 이렇게 기회가 있어 이렇게 편지는 남긴다만, 사실 내 편지를 그대가 읽어 줄지는 모르겠군. 그대를 죽인 자의 편지이니 읽지 않고 찢어 버려도 좋아. 이건 내 자기만족이니까. 죽기 전, 네가 그리워져서 홀로 지껄이고 있을 뿐이야.
 아니, 이건 거짓말이야. 비비안, 그대가 상냥하다는 것은 내가 제일 잘 알고 있으니까…… 분명 이 편지를 읽어 주겠지. 그게 내 유일한 위안이야. 이것도 미안하군.
 그래도 지옥에는 나 홀로 가겠어. 바라건대, 부디 그대가 행복해질 수 있는 시대가 마침내 도래해 있기를.
 줄 수 있는 모든 사랑을 담아, 그대에게 언제나 영광이 함께하기를.

 너무도 짧은 편지였다. 내가 기대했던 어떤 말도 적혀 있지 않았고, 기대하지 않았던 말조차 적혀 있었다. 나는 편지를 쥔 채로 그 자리에 주저앉았다. 풀썩, 하고 치마 자락이 가라앉으며 꽃잎이 뭉그러졌다. 눈물이 꽃잎 위로 뚝뚝 떨어졌다. 울고 싶지 않았는데, 어쩔 수가 없었다.
 "사실은……."
 사실은, 네가 왜 그랬는지 어렴풋이 알고 있었어. 깨어난 후 나의 이름이 성황 따위로 추모되는 것을 보면서, 누군가가 나를 존경한다는 말을 들으면서…… 어쩌면 그럴지도 모르겠다고, 생각했다.

마침내 도래하여 395

만일 그대로 유리의 곁에 남아 있었다면 나는 폐제와 함께 모욕당하고, 해 왔던 모든 일이 사장되었을 것이다. 나의 팔라딘들은 로맨틱한 이름으로 남아 박물관에 전시되는 대신 지난한 삶을 나와 함께 견뎌 내야 했을 테고, 내 이름 또한 지금의 유리 아레노처럼 실패로 일컬어졌겠지. 그러나 유리 아레노의 손에 죽은 나는, 폭군의 손에 희생당한 고결한 성황이 되었다.

나는 이를 뿌득 갈았다. 깨어난 후 처음으로, 분노가 머리를 잠식했다. 눈앞이 시뻘겋게 불타오르는 것 같았다.

"대체 왜 네가 그걸 멋대로 결정하냐는 말이야!"

나는 그런 것 따위 바란 적 없어. 너의 그것은 오만이다. 신 따위보다 네가 더 오만했다, 유리 아레노!

"차라리 미쳐서 나를 죽였다고 해. 차라리 내가 죽도록 미웠다고 말하라고!"

편지가 손안에서 구겨졌다. 나를 죽인 주제에, 살아가기를 바랬다고? 영광이 함께해? 그게 무슨 개소리야!

"나는 그런 것, 한 번도 원한 적 없어!"

나는 아무리 불합리한 시대라고 해도, 설령 우리가 실패한다고 해도, 그 시대를 너와 함께 살아가고 싶었다. 아무리 고통스러운 삶일지라도 그것이 내가 감내할 몫이라면 기꺼이 감수할 것이었다. 그게 내가 해 온 일이었으니까.

"차라리 함께 지옥으로 가자고 하지, 지옥보다 고통스럽더라도 곁에 머물러 달라고…… 그렇게 같이……."

그러나 내가 유리의 끝이 절망이 아니길 바랬듯이, 유리 또한 내 끝을 멋대로 결정한 것이다.

하지만 정말로, 유리. 나는 그런 것을 바란 적이 없어. 고통스러운 시대였고, 불합리한 것이 가득했고, 무엇 하나 마음대로 되는 것이 없었지만…….

너와 함께라면, 그런 시대에서도 나는 무언가를 바랄 수 있었는데. 아니, 너와 함께였기 때문에 살기를 바랐던 것이다. 너를 만난 것이 내 유일한 기적이었으니까.

나는 소리를 내어 펑펑 울다가, 그제야 문득 깨달았다.

아, 유리.

이 머나먼 미래의 내 이름을 가진 어떤 여자가 말했듯이, 기적이란 너를 폄하하는 말밖에 되지 않겠구나.

* * *

얼마나 그 자리에서 멍하니 정신을 놓고 있었을까. 누운 채로 하늘을 멍하니 바라보고 있자니 어느샌가 공기가 붉게 타오르기 시작했다. 여름인데도 차가운 바람이 불어와 몸이 저절로 떨렸다. 나는 콧물을 훌쩍였다.

"울고 있을 거라고 생각은 했지."

갑자기 내 머리 위로 그림자가 드리워졌다. 석양을 등지고 선 알렉세이가 나를 내려다보았다. 눈물 자국이 채 지워지지도 않은 얼굴을 본 탓인지, 그는 눈썹을 늘어트렸다. 아름다운 녹색 눈동자는 해를 등지고 서 있어서인가, 내가 알고 있던 것보다 훨씬 어두웠다. 나는 그 얼굴을 보고, 우울한 기분은 잠시 젖혀 놓고 살짝 미소 지었다.

"아래에서 올려다보니까 좀 못생겨 보인다, 경."

"장난칠 기운이 있는 것 같아 다행이야."

"나야 언제나 당신한테 수작 걸 기운 정도는 남아 있지. 알잖아?"

"울음이나 그치고 말해, 비비."

나의 유일한 기사는 한숨을 쉬며 양팔 양다리를 쭉 뻗고 누워 있는 내 곁에 앉았다. 털썩, 하고 그가 주저앉자 꽃잎이 휘날렸다. 희게 새어 버린 머리칼에 석양의 붉은 빛이 비쳤다.

나는 그 기다랗고 가느다란 머리카락을 손가락에 휘감아 보았다. 알렉세이 경이 감내해 온 고통의 증거였다. 그가 내 얼굴을 들여다보고, 한 번 더 한숨을 쉬었다.

"얼굴이 엉망이로군."

"못생겼어?"

"그렇게 생각한 적은 단 한 번도 없지. 널 만났던 순간부터."

그 말을 듣고 나는 나도 모르게 웃음을 터트렸다. 하하하, 공허한 웃음소리가 평야 속에 흩어졌다.

"거짓말쟁이. 당신, 나 처음 만났을 때 못생겼다고 했었잖아. 기억 안 나? 내가 용병이었던 당신을 살려 줬었지."

알렉세이도 피식 웃었다. 그도 우리의 엉망진창이었던 첫 만남이 떠오른 모양이었다.

"그건 네 잘못도 있어. 무슨 어린애가 튀어나와 신의 뜻이니 뭐니 잘난 척을 하는데 보기 아니꼽더라고."

"그게 더 상처인데? 나는 정말로 순수하게 당신이 불쌍했을 뿐이라고."

내 말을 들은 알렉세이 경은 마음에 들지 않는 듯 눈을 가늘게 떴다. 상대가 내가 아니라면 칼이라도 뽑았을 것 같은 표정이다.

"지금 누굴 불쌍하게 여겼다고 말하는 거지?"

"물론 당신을 제대로 알기 전의 일이었지. 불쌍한 건 당신이 아니라 당신의 상대였는데 말이야……."

"즉, 비비안 너를 말하는 건가?"

"어라, 말이 그렇게 되나?"

우리는 서로를 죽일 듯이 노려보다가, 결국에는 누가 먼저랄 것도 없이 웃어 버렸다. 오백 년도 전에, 우리는 곧잘 이렇게 티격태격하곤 했었다.

나는 그리움을 한 조각 베어 물었다. 사실 내가 살아 돌아온 뒤 알렉세이 경이 나에게 다소 너무 친절하게 굴었지. 알렉세이 경은 상대가 누구든 조금이라도 자신의 기분에 거슬리면 이빨을 드러내는 남자였는데 말이야. 나는 알렉세이의 머리칼을 손에 휘감은 채 가볍게 잡아당겼다.

"이제야 좀 당신 같네."

내 죽음을 막지 못했다는 죄책감에 짓눌려 오백 년을 살아온 그에게 이전의 모습을 찾는 것은 그에게 너무한 요구일는지도 모른다. 그러나 지금, 내가 기억하는 것과 비슷한 알렉세이 경의 모습을 보니 안심이 되었다.

당신의 죄악감의 대상이었던 내가 당신을 살려 두고 고통받게 했다는 것을 알게 되어서, 조금쯤은 죄책감을 덜어 낸 걸까.

그렇다면 좋겠다. 이 세상에 남은 나의 유일한 기사가 아주 조금이라도 행복해지기를 바라니까. 나를 원망하더라도, 그것은 내가 감수해야 할 몫이었다.

알렉세이 경은 무슨 생각을 하는지 알 수 없는 얼굴로 한동안 나를 바라보다가, 내가 웃음기를 거두고 민망해질 즈음이 되어서야 겨우 입을 열었다.

"비비안, 저번에 당신이 말해 준 것, 기억 나?"

그 말에 묵직한 것이 내 가슴을 짓누르는 것 같았다. 익숙한 죄책감이 자리했다. 그러지 마, 감수하기로 했잖아. 나는 입술을 깨물었다.

"내가, 당신의 삶을 고통으로 지속시켰다는 것?"

"그래."

"……나를 죽이고 싶다면, 당신 뜻대로 해."

"나는 네 추측이 틀렸다고 생각한다."

"어?"

상상도 하지 못한 말에 얼빠진 소리가 입에서 흘러나왔다. 그런 나를 흘깃 쳐다보고서 알렉세이가 내 몸 밑에서 뭉개진 꽃잎을 쥐었다. 꽃잎에 담겨 있던 마력이 그 손안에서 파스스, 흐트러졌다. 위화감이 드는 광경이었다.

"이것 봐. 분명 마력이 담겨 있는 꽃이고, 나의 마력은 너의 것일진대……

내게는 흡수되지 않아. 아마도 이 꽃을 피운 자의 의지겠지."

그렇게 말하며 알렉세이 경이 흉포하게 웃었다. 나는 여전히 그의 말을 이해하지 못한 채로, 그러나 그 미소가 무척이나 알렉세이 경답다고 생각했다.

"비비, 나는 유리 아레노가 싫다. 이곳에서 그 자식이 뒈져 버렸다고 해도 아무래도 좋아. 다만 내가 아주 열 받는 건…… 이 꽃이 피어 너에게 도움이 되기를, 오직 그 대상이 오로지 너이기를 그가 아주 강력하게 바랐다는 것, 그리하여 기적이 이곳에 임했다는 것."

"그런데?"

"그건, 본인의 의지 없이는 기적 또한 임할 수 없다는 뜻이지."

나는 여전히 그의 말을 제대로 이해하지 못했으나, 알렉세이 경은 확고한 표정으로, 너무도 당연한 듯이 이어 말했다.

"내가 너를 다시 만나기 전에는 죽고 싶지 않다고 생각했던 것처럼."

이해보다는, 충격이 먼저였다. 지금 무슨 말을 하고 있는 거지? 나는 반사적으로 웃으려고 했으나, 어쩐지 힘이 들어가지 않았다. 지금, 당신, 무슨 말을 하고 있는 거야? 그런 나를 바라보며 알렉세이 경은 사형 선고라도 내리듯 단호히 말했다.

"동료를 떠나보내고, 홀로 고통받으며, 이 세상을 죽도록 원망하고 나 자신을 잃어 가면서도 그 긴 시간 동안 단 한 가지를 바랐어."

"잠깐, 알렉. 그건……."

"레오날드가 그랬듯이, 내가 바랐던 거야. 이 세상에 남아 너를 기다리기를."

투박한 손이 내 머리 위에 닿았다. 손길은 그답지 않게, 아니, 어쩌면 무엇보다 그의 본질과 비슷할 정도로 상냥했다. 애정 넘치는 손길이 내 볼에 닿았을 때 나는 겨우 그의 말을 이해했다.

"알렉세이 경, 지금 당신이 하는 말은…… 아니야, 말도 안 돼."

"나는 너의 기사이고, 너는 언제나 내 청을 들어주었지. 내가 진정으로 바라는 것을 들어 주었어."

"말도 안 되는 소리!"

도저히 더 들어 줄 수가 없었다. 나는 일그러진 얼굴로 그의 손을 잡고 떨쳐 냈다. 알렉세이의 손은 힘없이 떨어져 나갔다. 그럴 리가 없는데도, 나는 이를 아득 갈았다.

"그럴 리가 없잖아! 지금 내 죄책감을 덜어 주려고 거짓말을 하는 건가, 알렉세이 경!"

당신이라는 남자는 대체, 나는 화가 치밀었다. 나를 위로하기 위한 거짓은 전혀 필요하지 않았다. 오히려 불쾌할 뿐이었다. 이 상황을 만들어 낸 것은 나였다. 나의 의지가 알렉세이 경을 고통에 빠트렸다! 나는 힘없이 떨어진 알렉세이 경의 두 손을 먼저 잡았다. 나는 그에게 필사적으로 말했다.

"내가 당신을 오백 년 동안 살게 만든 거야. 내 의지로, 내가 당신을 죽지 못하게 만든 거라고! 그러니 나를 원망해!"

"만일 네 말대로라면 로티아도, 로넌도, 레오날드도…… 아무도 죽지 않았어야 정상이겠지."

알렉세이 경은 탁한 눈동자를 내게 향했다. 알렉세이의 답에 대한 수백 가지의 반론이, 가설이 내 머리를 지배했다. 무엇이라도 말할 수 있었다.

그렇지만 결국은, 그 무엇도 말할 수 없었다. 알렉세이가 실로 그다운 비웃음을 베어 물었다. 마치 그럴 줄 알았다는 듯한 웃음이었다.

"이걸 원한 건 나야, 비비안."

"난…… 아니야. 아니야, 알렉세이 경!"

"마법은 인간의 의지를 실현시켜 줄 뿐, 실행하는 주체는 언제나 인간이었지. 그래서 모두 너를 따랐어. 그래서 너를 사랑해."

"그래, 내가 원했기 때문에 일어난 일이라고……!"

"그래, 오백 년 후에 깨어나는 것을 원한 것 또한 너이듯이."

알렉세이 경이 드디어 진실을 말했다. 나는 두 손으로 귀를 막고 싶었지만,

이번에는 알렉세이 경이 내 손을 붙잡고 있었다. 이번에는, 혹은 이번에도, 아무것도 나를 지켜 줄 수 없었다.

나는 어째서, 오백 년 후에야 깨어나게 되었는가. 나 또한 생각해 본 적이 없는 건 아니다. 이왕 다시 깨어날 거라면 좀 더 이르게 눈을 떴더라면 좋았을 것이다. 어쩌면 유리 아레노의 뺨 한 대쯤 후려갈기고, 나의 팔라딘들이 고생한 것을 치하하고, 내 어리석음을 만회할 기회를 얻을 수 있도록.

그러나 나는 아주아주 오랜 시간, 인간이 다섯 번은 죽고 다시 태어날 시간을 거친 후에야 눈을 떴다. 왜였을까.

난, 죽은 그 순간부터 내가 목이 잘렸다는 것을 알고 있었다. 그리고 내내 어둠 속에 빠진 채로 줄곧 꿈을 꾸었다. 꿈의 내용은 보잘것없었다. 나는 언제나 꿈속에서 목을 베였고, 살해자는 나의 친우였다. 나는 그 장면을 몇 번, 몇 십 번, 몇 백 번을 반복했다.

어쩌면 오해가 있었을지도 몰라, 내가 놓친 게 있었을지도 몰라, 잘못한 것이 있었을지도 몰라…… 그런 생각을 하면서, 나는 악몽보다 지독한 현실을 꿈에서 반복했다. 그 꿈속에서 나는 천 번도 넘게 죽었고, 유리는 천 번도 넘게 나를 죽였다.

그렇게 반복했으나, 그러고서도 나는 납득할 수 없었다. 그래서 몇 천 번을 반복했고, 내가 납득할 수 있을 때까지 그 순간을 꿈에서 보았다.

너의 변명을 찾기 위해. 그렇게 하면 조금이라도 이 현실이 덜 지독해질 것 같아서, 벗어날 길을 찾을 수 있을 것 같아서. 어떻게든 너를 용서할 방법을 찾기 위해서.

그러나 벗어날 길은 없었다. 그도 그럴 것이, 현실은 현실일 뿐이었으니까. 배신당한 것은 어찌할 수 없는 사실이었으니까.

나는 유리 아레노의 손에 죽었다. 유리 아레노가 나를 죽였다.

개새끼.

겨우 그 사실을 받아들이는 것에…… 오백 년이라는 시간이 걸렸다.

"하, 하하하."

건조한 웃음소리가 흘러나왔다. 하지만, 하나도 우습지 않았다. 모든 것이 다 허망하게 느껴졌다. 죄책감도, 그리움도, 분노도, 슬픔도.

"알렉세이 경, 이런 식으로 내게 복수하는 거야?"

알렉세이는 내게 대답하지 않았다. 그는 그저 이제껏 그래 왔듯이, 메마른 사막의 불꽃 같은 눈길로 나를 바라보고 있을 뿐이었다.

"부정하고 싶다면 부정해도 돼. 결국, 정답은 비비안, 네 스스로가 알고 있을 테니까."

그는 마지막까지 손속에 자비를 두지 않았다. 죽지 말라더니, 살아 달라더니, 그는 어쩌면 나를 가장 잔혹하게 죽일 방법을 연구했는지도 모르겠다.

나는 손안에서 이미 사정없이 구겨진 유리의 편지를 보았다. 차라리 박박 찢으려다가 겨우 멈추었다. 흔적도 없이 사라져 버리게 하고 싶었지만, 손 쓸 수 없도록 망가져 버린 것이 하나 더 늘어나는 것도 싫었다.

이건 네 죄야, 유리. 아니, 너만의 죄도 아닌가 보다. 헛웃음이 절로 비져 나왔다.

"알렉세이 경, 당신 말대로라면 나는 정말 바보인 거잖아. 나는 겨우 그깟 것에 오백 년을 허비한 거야? 그냥, 당신들과 함께 그 자식 욕이나 실컷 하고, 재수가 옴 붙었다고, 시간 낭비를 했다고, 그렇게 말하고…… 그리고 잊어버릴걸……."

"……비비안."

"그냥 그랬으면……."

지금처럼 모두가 불행해지지는 않았을 텐데.

알렉세이가 팔을 뻗어 나를 좀 더 세게 품속으로 껴안았다. 나는 의지가 되는 그 품에서 벗어나려고 하다가, 내게 그럴 자격이 있는지 의문이 들어 관두었다. 북부의 바람은 날카롭고 차가웠다. 유리도 죽기 전에 이 바람을 잔인하다고 느꼈을까.

"나는 여전히 황제가 싫어. 그가 뭘 생각했건 난 신경 쓰지 않아. 네가 사랑한 그의 배신이 너를 상처입혔고, 그래서 너는 오래도록 돌아오지 못했던 거야. 그동안 모든 것이 사라졌지."

아이가 떼를 쓰는 것 같은 말투로, 그러나 그 말에 담긴 감정은 비를 머금은 먹구름보다도 어두웠다. 달콤한 애정을 담은 것처럼 들리는 목소리가 나를 잠식했다.

"그런데도 너는 그를 용서할 거야? 황제를 용서하고 그의 뜻을 알아주지 못한 너 자신을 탓할 건가? 그의 배신이 네 모든 것을 앗아 갔는데도?"

알렉세이 경은 나라는 인간을 너무 잘 알고 있었다. 그는 이 기적과도 같은, 그의 의지를 이은 꽃밭을 보자마자 생각했을 것이다. 어쩌면 내가 유리 아레노의 뜻을 이해하고, 그를 용서할지도 모른다고…… 그렇게 생각했기에, 지금 이렇게 잔혹한 진실을 들이미는 것이다. 내가 유리를 절대로 용서하지 않기를 바라면서.

"너에게서 모든 것을 앗아 간 그를 미워해. 그가 너를 위해 무슨 짓을 했건, 용서하지 마. 진실을 말하는 나도 미워해. 그렇게 밉고 억울하더라도…… 스스로를 탓하지 말고, 살아 줘."

그리고 그 모든 것은 나를 위한 말이다. 알렉세이 경의 품에 안겨서 나는 간신히 입꼬리를 끌어 올렸다. 제대로 웃었는지 나 스스로는 도저히 알 수 없었다. 눈가가 다시 뜨거워졌다.

"……내가 어떻게 당신을 미워하겠어."

나를 만나기 위해 오랜 고통을 감내했던 기사의 심장은 여전히 뜨겁게 살아 숨 쉬고 있었다. 그는 잔인했고, 이기적이었고, 가차 없었다. 원하는 것을 얻어 내고자 하는 살아 있는 인간의 의지였다.

몇 백 년간 지는 일 없이 꾸준히 피어 기적이 되었던 꽃은, 바야흐로 그 목적을 다하여 서서히 스러지고 있었다. 생기가 넘치던 물기 어린 붉은 꽃들은 바스락거리는 갈색의 잎사귀가 되어 가고, 바싹 말라 버린 꽃의 향기가 바람에 실려 멀리 퍼져 갔다.

핏빛처럼 붉은 석양이 지고 있었다. 붉게 타오르며 저물어 가는 그 태양을 보며, 나는 한 여자를 생각했다. 그 여자가 정말로 어떤 사람이었는지, 이 세상의 그 누구도 알 수 없을 것이다.

"당신 말이 맞아. 나는…… 유리 아레노를 절대로 용서하지 않을 거야. 유리는 내 모든 것을 앗아 갔으니까."

결국은 이런 결말인가. 헛웃음이 나왔다. 비비안 그리니어스는 신이 내린 마법사라고 불렸지만, 그 마법사는 스스로의 의지로 모든 것을 해내었고, 그렇게 모든 것을 망쳤다. 알렉세이 경은 내 추측이 틀렸다 말했지만, 기실 그리 틀린 것도 아니었다. 이 모든 것은 내가 한 일이었다. 내가 한 선택이다.

"그렇지만…… 그래서, 잊을 수도 없겠지."

내가 살아 있는 동안 영원토록, 아니, 어쩌면 죽은 후에도.

나는 되돌아온 마력을 손끝에 피워 올렸다. 푸른색의 실타래가 손가락을 타고 올라가 바람에 흩날려 날아가는 꽃잎을 좇아 마저 태웠다. 시야가 순식간에 파란빛의 불바다에 휩싸였다. 모든 것을 태우고, 잿더미가 된 그 땅 위에 다시 무언가가 피어날 것이다.

"당신이 말한 대로, 이 모든 게 내가 바랬던 일이었으니까."

온 세상을 품을 것처럼 오래도록 피어 있던 붉은 꽃밭은 그렇게 제 목적을 다하고 나서야 완전히 이 세상에서 사라졌다.

* * *

금방 돌아오겠다던 비비안은 날이 다 저물도록 돌아오지 않았다. 밀린 업무를 처리하느라 바빴던 다니엘은 밤이 깊어서야 그 보고를 받았다. 옆에서 함께 업무를 처리하던 로렐의 얼굴이 파랗게 질렸다.
"뭐라고요? 아직도 돌아오지 않으셨다는 말입니까? 그걸 왜 이제 이야기하는 겁니까!"
"그만."
나니엘은 손을 들어 화를 내려는 로렐을 제지했다. 비비안 자신이 원한 것도 있었기에 저택에는 그저 저명한 약사를 우연히 데려온 것으로 해 두었기에, 비비안의 귀가가 조금 늦어지는 게 그리 큰일도 아니라고 생각하는 것이 자연스러웠다.
경비를 맡은 기사가 어쩔 줄 몰라 하는 표정을 하고서 물러간 후 로렐이 다니엘을 돌아보며 황당해했다.
"그렇게 태연하실 때가 아닙니다. 무슨 일이라도 있다면요? 사람이라도 풀어야……."
"됐어, 여러 사람에게 얼굴을 보일 필요는 없어. 그냥 두어라."
"대공 각하!"
"로렐, 자네 때문에 비비안의 입장이 더 난처해지지 않나. 그냥 손님으로 대하라고 했을 텐데."
다니엘이 그렇게 말하자 로렐의 표정이 묘해졌다. 다니엘은 서류를 보느라 로렐이 어떤 표정을 하고 있는지 보지 못했다. 로렐은 속으로 저택 내에서 비비안 님이 약혼녀 취급을 받는 것은 전적으로 각하 태도 때문입니다, 라고 외치고 싶었으나 상사의 체면을 위해 입을 다물기로 했다.
"그럼 저 혼자라도 나가서 찾아보겠습니다. 제가 걱정돼서 그럽니다, 제가."
"됐다."
"아니, 대체 왜요?"
"돌아오겠다고 말씀하셨으니까."
다니엘은 여전히 서류에서 눈길을 떼지 않고 그렇게 말했다.

"나는 그 말을 믿어."

로렐은 비비안이 그렇게 말했다는 것보다도 그 당연한 것을 말하는 듯한 다니엘의 태도에 놀라서 입을 쩍 벌렸다.

"호, 혹시 두 분 사귀기로 하셨습니까?"

"……오히려 내가 묻고 싶군. 왜 말이 그렇게 되는 거지?"

잠깐 희망을 품었던 로렐은 곧 절망했다. 로렐은 아득한 시선으로 별로 높지도 않은 천장을 멍하니 올려다보았다. 부디 돌아오셔야 할 텐데, 비비안 님…….

그런 로렐의 심정을 알 리 없는 다니엘은 로렐을 상대하며 시간을 허비하는 대신 서류를 처리하는 것에 열중하기로 했다. 로렐만 가슴을 애태우며 바닥에 엎어질 뿐이었다.

애초에 앤더슨가의 영지는 다니엘 혼자서 관리한다기보다는 가문 회의에 참석할 정도의 친척들이 잡다한 대소사를 나누어서 다스렸고, 또 아주 중요한 일은 아직 영향력이 큰 앤더슨 백작이 참여하기 때문에 다니엘이 할 일이 많지는 않았다. 성인이 된 후로는 황제가 하도 이리저리 불러 대는 통에 영지에 있을 시간이 그리 많지 않다는 것도 한몫했다.

어쨌거나 그래도 완전히 홀로 영지의 대소사를 결정할 날이 반드시 올 테니 대부분의 일은 미리 파악해 두어야 한다는 것이 백작의 지론이었고, 더군다나 올해는 대부분 영지를 떠나 있었기 때문에 할 일이 많았다.

그래서 그날 다니엘은 아주 늦은 시간까지 잠들지 않고 집무실에 머물렀다. 초과근무 수당을 외치던 로렐도 제법 긴 시간을 버텼지만, 체력의 한계는 어쩔 수 없어서 결국 하품을 하면서 자러 갔다.

"대공, 안녕."

어스름한 새벽, 아직 잠들지 않고 있던 다니엘의 집무실에 누군가가 그림자처럼 스며들었다. 다니엘은 피곤한 눈을 들어서, 돌아온 비비안을 보고 웃었다.

"비비안."

"아직까지 안 자고 뭐 해?"

"당신을 기다리고 있었습니다."

다니엘은 드디어 서류를 책상에 올려놓고 일어섰다. 비비안이 그런 다니엘을 보면서 마주 웃었다.

"이런, 그렇게 말하니까 내가 미안하잖아. 금방 올 걸 그랬어."

"괜찮습니다…… 돌아오셨으니까. 그나저나, 마력을 되찾으신 겁니까?"

"응, 안 놀라네."

비비안은 다니엘이 손을 잡고 끄는 대로 집무실의 소파에 앉았다. 다니엘은 미리 준비해 두었던 뜨거운 물과 찻잎을 꺼냈다. 비비안이 머쓱한지 손가락으로 볼을 톡톡 두드리며 다니엘을 바라보았다.

"왜 안 물어봐?"

"무엇을 말입니까?"

"뭐…… 이것저것 어떻게 마력을 되찾았는지, 편지는 어떻게 되었는지."

"물어보려고 했습니다. 일단, 차부터 마시고."

"이렇게 늦은 시간인데도 아주 느긋한 발상이네. 안 졸려?"

"피곤합니다. 하지만, 당신이 목이 말라 보여서."

비비안의 얼굴은 시간이 지나서 못 알아볼 정도로 나아지기는 했으나 자세히 보면 눈가가 약간 발갛게 달아올라 있었다. 틀림없이 운 자국이었다. 비비안이 눈을 가늘게 떴다.

"분명히 둔한데 이럴 때 보면 눈치가 빠른 것 같기도 하고. 혹시 평소 성격이 연기야?"

"그런 걸 할 정도로 요령 좋은 편은 아닙니다만."

"그래, 그러니까 말이야. 신기하네. 어떻게 알았지?"

"글쎄요."

이상하게도 그녀에 관한 일은 그냥, 자연스럽게 알게 되었다. 울었다는 것도,

지금 저렇게 웃으며 장난을 치고 있지만 실은 슬퍼하고 있다는 것도. 본래 타인에게 그리 관심이 많은 성정은 아닌지라 다니엘 스스로도 신기하게 생각되었다. 비비안은 찻잔을 받아 들고 조용히 몇 모금 삼켰다.
"무슨 말부터 해 줘야 할까. 솔직히 나도 잘 모르겠는데……."
"천천히, 하고 싶은 말부터 하십시오."
"그렇게 말하니 더 모르겠는걸."
그녀가 어깨를 으쓱이며 웃었다. 그녀 자신에게 조금 벅찬 이야기를 하기 전에 으레 하는 버릇이었다. 그리 오래 함께 지낸 것도 아닌데 비비안의 버릇은 이미 눈에 익었다. 다니엘은 빈 찻잔에 주전자를 기울였다.
"꽃밭에 갔더니…… 뭐, 결과를 보면 알겠지만 마력을 회복시키는데 아주 유효한 히아신스였어. 그것도 마력을 추출해 정제하는 과정조차 필요 없을 정도로 아주 강력한."
"그랬습니까."
"응, 나를 위해 준비된 꽃이었지."
아, 눈물이 떨어지겠군. 비비안을 바라보고 있던 다니엘은 그렇게 생각했으나 비비안은 울지 않았다. 대신 안색이 약간 창백해졌을 뿐이었다.
"기억나? 예전에 내가 히아신스 이야기를 했을 때 당신이 그랬었지. 그건 기적이 아니다…… 당신이라면 자신의 의지로 꽃을 피웠을 것 같다고 말이야."
"그랬었지요."
"그럼 이건? 이것도 맞춰 봐, 다니엘."
그녀는 부드러운 얼굴로 미소 짓고 있었지만, 눈길은 다니엘을 향하는 대신 찻잔에 고정되어 있었다. 보는 것만으로도 호숫가 표면에 비치는 햇빛 같은 금색의 눈동자가 향하는 것은 지금 이곳이 아니었다.
"자신이 죽인 자를 위해 몇 백 년이나 이 세상에 꽃을 피운 자는 대체 뭘까?"
그 한마디로 다니엘은 비비안이 어떤 진실을 마주했는지 깨달았다. 깨달을 수밖에 없었다. 유리 아레노가 이 근처에서 삶을 마감했다는 것 또한 역사서에 기록되지는 않았으되 전해져 내려오는 이야기였으니.

"도대체 무슨 생각이었을까……."

아마도 비비안은 다니엘에게 답을 구하고 있는 것이 아니다. 그녀는 그저 넋두리할 상대가 필요했을 뿐이다.

붉은 머리카락, 애처로운 표정, 아름다운 금빛의 눈동자. 숱한 이야기책과 역사서에서 그녀에게서 많은 것을 배웠다. 그러나 그 어떤 책도 그녀라는 개인을 말하지는 못했다. 그녀의 슬픔은 지극히 개인적인 것이고, 그걸 위로할 수 있는 이는 이제 이 세상에 아무도 남아 있지 않았다.

그러니 그녀의 그저 들어 주는 것이 최선의 위로일 것이다. 지나간 시간은 아무도 되돌릴 수 없으니까. 설령 신의 마법사라고 불렸던 자라 한들, 아니, 신이라 한들.

"어쩌면……."

그러나, 그것을 충분히 알고 있음에도 불구하고 다니엘은 입을 열었다. 비비안의 시선이 다니엘을 향했다.

"삶은 당신에게 바치지 못했으니, 죽음만큼은 당신을 위해 바치고 싶었던 게 아닐까요."

유리 아레노가 어떤 이인지 또한, 역사서에서 충분히 배웠다. 그러나 다니엘은 유리 아레노라는 개인이 어떤 이였는지는 역시 알지 못했다. 다만, 자신이라면 그렇게 했을 것이다.

비비안이 잠시 깜짝 놀란 눈으로 다니엘을 바라보다가, 무슨 생각을 했는지 깔깔 소리 내어 웃기 시작했다.

"아, 아하하하! 하하하!"

"……."

"하하, 푸하하하…… 악, 배 당겨."

위로하기 위해 꺼낸 말이었으니 비비안이 웃고 있는 것을 보면 성공한 것 같기는 한데, 배를 잡고 눈물이 맺힐 지경으로 웃고 이는 것을 보니 실패한 것 같기도 했다. 다니엘은 아리송해 비비안을 빤히 바라보았다. 그녀의 웃음이 천천히 잦아들었다. 비비안이 손가락으로 눈에 고인 눈물을 훔쳤다.

"아니, 미안. 정말로 유리가 할 법한 말이라서…… 하긴, 앤더슨 공작가도 따지고 보면 아레노 황가의 방계지? 이상한 부분을 닮았네……."

"그렇게 따지면 모든 인간의 조상이 한 사람이겠지요. 너무 먼 이야기입니다."

"그렇지만 나에게는 아주 최근 일처럼 느껴지는걸."

비비안은 그러고도 한동안 더 웃다가 겨우 그쳤다. 그러고도 한참을 더 문득 생각난 듯이 웃는 것을, 다니엘은 아무 말 없이 그저 기다렸다. 그리고 마침내 비비안이 진정하고 입을 열었을 때도, 다니엘은 그저 그녀의 말을 들어주었다.

"나 여행을 떠날까, 해."

예상하지 못했던 말은 아니었다. 수많은 상상 중 한 갈래일 뿐이었다. 그런데도, 가슴이 덜컥 내려앉는 기분이었다. 다니엘은 스스로 듣기에도 어색한 딱딱한 어투로 말했다.

"어디로……?"

"그건 안 정했어. 그냥, 여기저기 돌아다녀 보려고. 깨어난 뒤 일부러 수도에만 처박혀 있었거든. 이 세상은 어차피 똑같을 거고, 그걸 보는 게 두려웠으니까."

그건 알고 있었다. 빈민가의 거리 한구석에서 그녀가 어떻게 시간을 보냈는지, 그 심정도 완벽히 이해할 수는 없어도 짐작해 볼 수는 있었다. 절망스러웠을 것이고, 슬펐을 것이다. 그래서 다니엘은 비비안의 곁에 머물러 있었다.

혹시라도 그녀가 절망에 빠져 스스로를 끝장낼까 봐. 그건 이 세상에 선한 일을 해 온 사람에게 온당치 못한 결말이라고 생각했으므로, 옳은 일이 아니기에…… 그래서 다니엘은 이제까지 최선을 다해 그녀가 살고 싶어지도록 노력해 왔다.

"그렇지만 이제는…… 오백 년간 이 세상이 얼마나 달라졌는지 볼 준비가 된 것 같아."

그리고 드디어 그 노력이 결실을 맺고 있었다. 다니엘을 바라보는 비비안의 눈빛은 다정했고, 언제나 표정에 어려 있던 체념과 절망은 엷어져 있었다. 삶에 지쳤지만 그래도 살아가려는 결심을 한 사람의 눈이었다.

"당신을 만나고 나서…… 처음에는 당신 같은 존재가 있다는 걸 부정하고 싶었어. 그다음에는 꺼려워졌고, 꺼려워지니 내 과거가 미련스러워지는 것 같아서 싫었어…… 그래도 지금은……."

비비안의 손길이 다니엘의 볼에 닿았다. 다니엘은 저도 모르게 주먹을 꽉 쥐었다. 온몸이 홧홧해졌다.

"당신을 만나서 다행이라고 생각해."

그 말을 듣는 것이 영광스러웠다. 존경하는 이가 드디어 삶을 다시 살아갈 결심을 하여 훨훨 날아가려 하고 있었다. 그녀가 깨어났다는 것을 알았을 때부터 다니엘이 줄곧 바라 오던 것이었다. 훌륭한 일을 한 이가 정당한 보답을 받는 것. 그런데 어째서 지금 이 순간이 애달프게 느껴지는 것인지.

"아, 걱정 마. 여행을 몇 십 년씩 다닐 건 아니니까 나중에 돌아오면 민폐를 끼친 건 꼭 갚을게. 나 비비안 그리니어스야, 믿지?"

비비안이 장난스럽게 말하며 팔로 다니엘을 툭툭 쳤다. 그러나 그런 민폐 따위는 신경 쓰이지 않았다. 애초에 민폐라고 생각하지도 않았다. 자신이 하고 싶어서 했던 일이었고, 그러니 그 과정에서 무엇이 일어나건 자신이 감내할 일이었을 뿐이다.

가장 어두웠던 새벽이 밝아 가고 있었다. 그 새벽에 비비안의 곁을 지켰던 것은 자신이었으나 새벽이 밝고 아침이 오면 다니엘은 그 자리에 필요치 않았다. 다니엘은 그녀와 같은 시대를 살지 못했기 때문에. 그녀는 자신과는 다른 시대의, 머나먼 과거에서 온 영혼이었다.

비비안은 소파 위에서 돌처럼 굳어 있는 다니엘을 향해 일어서서 허리를 굽혔다. 따뜻한 입술이 이마를 눌렀다. 그 자리가 불이라도 닿은 것처럼 뜨거워서, 올려다보는 것이 태양을 바라보는 듯 눈이 부셔서 다니엘은 눈을 가늘게 떴다.

"그럼 다시 만날 때까지 건강해, 다니엘 앤더슨 대공."

그 목소리가 채 귀에 닿기도 전에, 동화 속 마녀처럼, 비비안 그리니어스는 눈앞에서 자취를 감추었다.

"아……"

다니엘은 그녀가 자취를 감춘 다음에야 신음을 흘리며 두 손으로 얼굴을 감쌌다.

역사책 속의 성황, 동화책 속의 성녀, 비비안 그리니어스. 그녀에 관한 이야기를 읽은 다니엘은 어릴 때부터 그녀의 끝을 불행하다고 생각했다. 용사의 끝은 행복해야 하듯, 그녀의 끝 또한 행복해야 한다고 생각했다. 그리고 이제는 그렇게 되었다.

다니엘은 손을 들어 눈가를 짚었다. 차가운 것이 묻어 나왔다. 눈물이었다. 대체 왜? 이 감정이 무엇에서 기인하는 것인지, 다니엘은 잘 알지 못했다. 옳고 그른 것은 최선을 다하면 판단할 수 있었고, 정의로운 것을 최선을 다해 행해 왔는데, 지금 가슴속에서 일어나는 감정은 그런 것들과는 완전히 다른 무언가였다. 역사 속 누군가가 아니라, 자신의 앞에 생생히 살아 있던 그 여자를 위한 무언가.

그러나 비비안은 떠났고, 다니엘은 그녀를 붙잡을 수 없었다. 함께하고 싶었지만, 다니엘이 그것을 깨닫고 고하기도 전에 비비안이 떠나는 것을 택했기 때문에.

다니엘은 고개를 떨구었다. 어느새 아침 햇살이 비쳐 들어오고 있었지만,

한동안 다니엘은 어둠에 묻힌 채 눈을 감고 있었다.
아득한 새벽이었다.

* * *

"끝났어?"
비비안은 저택 앞에서 자신을 기다리고 있던 알렉세이에게 걸어갔다. 그는 깊숙한 모자가 달린 망토를 들고 있다가 비비안에게 씌워 주었다. 비비안은 모자를 뒤집어썼다.
"내가 놓친 조랑말 값은 잘 갖다줬어?"
"배는 더 쳐 주었지."
"그래, 잘했어. 흠, 길을 떠나기 전에 염색약도 구해 볼까 봐. 빨간 머리는 너무 튀잖아. 가명도 바꿔 볼까? 앤은 어때?"
"난 비비안이라고 부를 거야."
"당신 진짜 비협조적이네. 두고 간다?"
"할 수 있다면."
어쭈, 비비안이 장난스레 주먹을 들고 위협했지만, 알렉세이는 빙그레 웃을 뿐이었다. 결국, 비비안도 웃어 버렸다.
"그럼 어디로 갈까, 나의 기사님."
"어디든지, 당신이 원하는 대로."
"그럼, 이번에는 남부로 가 볼까. 에버런은 어때?"
비비안의 손끝에 푸른 빛의 마력이 피어올랐다. 기적 같은 힘은 여전히 비비안의 뜻에 따라 복종하고 있었다. 알렉세이 또한 마찬가지였다. 한때 비비안의 것이었던 마력은 알렉세이의 목숨을, 영혼을 그 육체에 여전히 붙들어 두고 있었다. 바라는 것을 무엇이건 이루어 주는, 불가사의 한 신의 기적.

신의 기적이 대부분 사라지고, 인간의 욕망이 편리한 수단을 만들어 내 그것을 대체해 가기 시작한 이 시대에 비비안 그리니어스는 여전히 세상에 남아 있었다. 자신이 정확히 무엇을 보고 싶은 것인지, 무엇을 바라고 있는지는 비비안 스스로도 아직 알지 못했다.

그러나 그녀가 해 온 일을 경배하고 본으로 삼은 어떤 이가, 비비안에 대해 아무것도 모르는 사람이, 그런 이들이 모여 살아가고 있는 세상이 비비안은 또다시 궁금해졌다.

무엇보다도 친구를 배신하고 지옥처럼 몇 십 년을 산 주제에, 미련하게 죽지도 못하고 꾸역꾸역 살아 낸 어떤 이가 바랐던 세상에 조금은 가까워졌는지도, 궁금했다.

그리고 그걸 다 보고 나면

"정말로 빚을 갚으러 와야지."

혼잣말을 들은 알렉세이가 입술을 깨물었다. 불만인 기색이 아주 역력했다.

"마음에 안 드는군."

"마음에 안 들어도 어쩔 수 없어, 알렉세이 경."

비비안은 웃었다. 어두운 새벽이 밝았으나, 여전히 자신의 곁에는 죽음이 함께하고 있었다. 그는 자신이 정말로 죽는 날까지 함께할 것이다.

"당신과 함께할 나를 다시 살게 한 건 저 남자니까."

눈부신 아침이 찾아오고 있었다. 그리고 멀지 않은 훗날, 그런 아침을 그와 함께 맞이하게 되겠지.

비비안은 그 순간을 예감하며 햇빛 속에서 눈을 감았다.

에필로그

"그러니까 얼른 결혼을 하시란 말입니다!"

흰 수염을 멋지게 기른 노인이 씩씩거리며 책상을 주먹으로 쾅 내리쳤다. 탁자에 둘러앉은 모든 사람이 고개를 끄덕이며 한마디씩 덧붙였다.

"이번만큼은 제임스 숙부의 말씀이 맞습니다. 이게 다 아직까지 대공께서 결혼하지 않은 탓이 아닙니까!"

"맞습니다. 가정을 꾸리셔야 황제 폐하께서도 이렇게 이리저리 부르지 않으실 겁니다!"

일가친척이 모이면 어디나 그렇듯이 나이 찬 미혼의 남자가 당하는 모든 일의 근원은 미혼이기 때문이다. 다니엘은 노인들의 잔소리에 딱히 대답할 가치를 느끼지 못하고 침묵했다. 그렇게 웅성거리는 소음 속, 명확한 목소리가 날아와 꽂혔다.

"그런 쓸데없는 소리는 집어치우지요."

그 목소리에 모든 이가 입을 다물었다. 다니엘은 피곤한 시선을 들어

발화자를 바라보았다. 비비안 앤더슨, 자신의 어머니이자 백작은 다니엘을 보며 어깨를 으쓱였다.

"지금 당장 결혼할 게 아닌 이상, 어쨌거나 황제 폐하의 명이 내려왔습니다. 무시할 순 없지요."

그랬다. 그것이 이번 앤더슨 가문 회의를 소집한 이유였다. 황제의 명이 다니엘 앤더슨 대공에게 직접 하달되었다. 명령 자체는 평범한 것이었다. 수도로 올라오라는 것. 그러나 수도로 올라오라는 명을 받았을 때마다 다니엘에게 귀찮은 일이 생겼다는 것은 자명한 일이었다. 그리고 이번에는 황제 측에 훌륭한 핑계도 있었다.

"팔루티온 제국과의 분쟁에 굳이 대공을 부르는 이유가 무엇입니까. 저 남서부의 전장에 다녀오라니, 당신은 이 북부의 대공이십니다."

앤더슨 가문에 속해 있는 자작 중 하나가 이를 악물고 말했다. 틀린 말은 아니었다. 근 몇 십 년간 팔루티온 제국과 남서부의 곡창지대를 놓고 소모적인 국지전이 벌어지고 있었다.

그저 소모적인 국지전으로 끝났던 것은 그 곡창지대 한가운데에 커다란 강이 있기 때문이고, 그 강을 경계로 대강 국경이 정해지기는 했지만 작은 지류로 갈라지는 곳에서는 심심찮은 충돌이 일어나고 있었다.

그런데 최근 팔루티온 제국에서 황위 계승이 이루어졌다. 새로운 황제가 국력을 과시하기 위해 처음으로 한 일이 그 지대의 수복을 위한 군대를 소집하는 것이었다. 자그마한 분쟁이라고 생각하고 손을 놓고 있던 이쪽의 발등에 불이 떨어졌다.

"거부할 수는 있습니다."

그러게 진작 결혼하지 그랬냐고 목에 핏대를 올렸던 제임스 경이 콧수염을 쓰다듬으며 한껏 진중한 목소리를 냈다.

"황제의 이번 소환에는 응할 필요가 없다고 생각합니다. 핑계는 만들면 그만이지요. 칭병이라도 하십시오."

"그렇습니다. 북부의 대공을 이렇게 심부름꾼처럼 부려 먹을 순 없습니다!"
"맞습니다. 대공, 언제까지 끌려다닐 셈입니까?"
모두가 앤더슨 가문의 구성원이었기 때문에, 그들은 다니엘보다 지위가 낮기는 했지만 동시에 가문의 어른들이기도 했다. 그 점에서 존중할 만한 것은 사실이었기에 다니엘은 최대한 공손하게 대답했다.
"끌려다녀 주어야 할 이유가 있으니까요. 말씀대로 저는 북부의 대공이지만 이 나라 황제의 이복동생이기도 하지요."
그 말에 앤더슨 백작이 눈썹을 꿈틀거렸고, 회의에 참석한 모든 이들이 침묵했다. 다들 암묵적으로 인정할 수밖에 없는 이야기였고, 안타까운 말이지만 실제로도 다니엘이 이 나라 황제의 이복동생이라는 것이 황제에게 끌려다닐 수밖에 없는 이유가도 했다. 다니엘은 무표정하게 말했다.
"결혼 또한 답은 아닙니다. 만일 제가 결혼을 한다면, 이번엔 저 은빛 설원에라도 보내려 하실 테니."
"그런!"
그러나 가능성이 없는 일도 아니었다. 황제의 시야에서 다니엘의 존재는 너무도 위협적이었다. 그래서 다니엘은 황제의 명을 충실히 수행함으로써 자신은 위협적이지 않다는 것을 끊임없이 증명해야 했다. 그렇지 않으면, 정말로 대놓고 황제와 대립해야 했다. 그리고 그 대립에는 많은 피해가 따를 것이다.
게다가 지금 수도의 귀족들도 평민들에게 인기가 드높은 앤더슨 대공을 위협적으로 생각하고 있었다. 황제의 결정에 반대할 만한 이유가 없으니 앤더슨 공작가는 치일 수밖에 없는 것이다.
"그러니 차라리 제대로 된 대책을 생각해 보십시오. 제임스 경, 경에게 맡긴 일이 있었을 텐데요."
노인이 말없이 끙, 하고 앓는 소리만 냈다. 앤더슨 공작가의 가장 커다란 약점은 수도의 귀족들에게 영향력이 크지 않다는 점이다. 황가와 분리되면서 북부의 변경에 처박혀야 했으니까 당연한 일이었지만, 그걸 해결하는 것이 지금 다니엘의 가장 큰 과제였다. 다만 다니엘 본인이 움직인다면 대번에 황제와의 대립으로 직결되니 움직임은 참으로 지지부진했다.

"결정됐군요. 이번 황제 폐하가 내린 명에는 따르겠습니다. 명분이 없으니까."

"대공 전하!"

"그만. 내가 자리를 비운 동안에는 앤더슨 백작이 최종 결정권을 맡을 겁니다."

"그러지요."

앤더슨 백작, 다니엘의 어머니인 그녀가 말을 받는 것으로 회의가 종결되었다. 골치 아프기만 했지 결국 소득은 하나도 없었던 회의가 끝나고 다니엘은 잠시 정원으로 나왔다.

잔뜩 뿔이 난 노인들을 달래는 일에는 소질이 없었다. 같이 있어 보았자 성만 돋구게 될 것이다. 다니엘은 정원으로 나와 바람을 쐬며 걷다가 다니엘은 한 소녀를 발견했다.

"마리아."

"삼촌!"

혼자서 그네에 앉아 책을 읽고 있던 소녀, 아니, 아직 아이라고 할 만한 나이의 아이가 고개를 들었다.

"회의 끝났어요?"

또랑또랑한 눈이 다니엘을 응시했다. 이 아이는 앤더슨 백작이 버나드 후작과의 두 번째 결혼에서 낳은 딸, 그러니까 다니엘의 이부 누이가 낳은 아이였다.

문제라면 그 이부 누이가 얼마 전 자동차 사고로 불행하게도 명을 달리했고, 다니엘은 자신의 이부 누이와 결혼했던 데이비드 자작과 자신의 이부 누이가 오래전부터 별거 상태였다는 것을 알고 있었다.

장례식장 바로 다음 날부터 새로운 애인과 히히덕 댄다는 소식을 듣고 다니엘은 천덕꾸러기가 될 아이를 데려와 맡기로 했다. 다니엘은 마리아의 머리를 쓰다듬었다.

"그래."

"어떻게 끝났어요?"

"잠시 외부에 다녀올 일이 생겼단다."

다니엘의 말에 마리아가 눈을 빛냈다. 검은 머리에 파란빛의 눈동자를 지닌 다니엘과는 달리 이 아이는 귀엽게 곱슬거리는 갈색 머리칼에 총명한 갈색 눈동자를 지니고 있었다. 볼은 잘 익은 사과처럼 붉어서 마치 천사 같았다. 죽은 이부 누이를 많이 닮은 아이였다. 마리아가 다니엘의 두 손을 맞잡았다.

"저 남서부의 곡창지대로 가시는 거네요, 팔루티온이 국지전을 끝내기 위해 군대를 소집하고 있다는 소식은 들었어요. 그렇지만, 왜 그곳에 북부의 대공인 삼촌을 보내는 거예요? 남서부에도 윌리엄 공작 각하가 계신데, 삼촌을 보내는 건 윌리엄 공작을 무시하는 처사가 아닌가요?"

빠르게 쏟아지는 말에도 다니엘은 놀라지 않았다. 다니엘은 마리아가 제일 좋아하는 게 책과 신문 읽기고, 가정교사를 곤란한 질문으로 골리는 게 취미라는 것을 알고 있었으니까.

"윌리엄 공작은 연로하시고, 그 후계자는 아직 너무 어리지. 그래서 내가 지휘관으로 가는 거란다."

"거짓말."

다니엘은 마리아의 그네를 밀어 주다가 쓴웃음을 지었다. 이제 겨우 열 살이니 그런 머리 아픈 것에는 아직 신경 쓰지 말고 조금 더 마음 편하게 놀았으면 하건만, 그러기에 마리아는 이미 너무 많은 것을 알고 있었다.

"황제 폐하가 정말로 삼촌을 끝장내고 싶어 하나 봐요. 어차피 지금 우리는 팔루티온 제국에게 당해 낼 수 없으니 저 곡창지대는 포기하게 될 테고, 삼촌은 처음으로 전쟁에서 패배한 채 돌아오게 되겠죠. 인기를 떨어뜨리려는 유치한 수작이네요."

"황제 폐하에게 불손한 언행을 하는 건 조심하렴. 그리고, 마리아. 나는 빠르게 복귀할 거니까 걱정하지 않아도 된단다."

마리아가 의심스럽게 다니엘을 쏘아보았고, 다니엘은 그냥 웃으면서 그녀를 마지막으로 세게 밀어 주고 손을 놓았다. 마리아는 한껏 높은 곳까지 올라갔다가 그네 위에서 바닥으로 뛰어 내려왔다.

"누가 죽고 싶어서 죽어요? 엄마도 죽을 줄 모르고 나갔다가 사고를 당했는데요."

"정말로 무사히 돌아올 거야, 마리아. 넌 내 가족이잖니."

"삼촌이 결혼하기 전까지만 가족이겠죠. 결혼하면 전 어차피 천덕꾸러기가 될 텐데."

"그것도 걱정할 필요 없겠구나. 난 결혼하지 않을 거니까."

"거짓말!"

어린아이답지 않게 총명한 아이지만, 결국 얼마 전에 엄마를 잃고 아빠에게 버림받은 아이였다. 아이답지 않게 영악하고 날카로운 태도는 불안함과 상처를 반증하는 것일 뿐이다. 그걸 잘 알고 있는 다니엘은 마리아를 한 팔에 안아 올려 주었다. 마리아가 까악, 하고 소리쳤다.

"무서워!"

다니엘은 마리아의 머리카락을 쓰다듬어 주었다. 부루퉁해진 마리아를 한참 달래 주고 정원에서 저택으로 돌아오는 길에 다니엘은 어머니를 마주쳤다. 정원의 의자에 앉아 차를 마시고 있던 그녀는 맞은편의 빈 의자를 가리켰다.

어른들끼리 대화할 거란 걸 알아챈 마리아가 볼이 통통 부은 채로 저택 안으로 달려갔다. 그 뒷모습을 바라보며 앤더슨 백작이 미소했다.

"누굴 닮았는지, 원."

"하실 말씀 있으면 하십시오."

"너는 정말 누굴 닮았는지 모르겠구나."

앤더슨 백작이 턱을 괴고 한숨을 쉬었다. 다니엘은 허리를 꼿꼿이 세운 채로 어머니가 말하기를 기다렸다. 물론 앤더슨 백작도 시간 낭비를 싫어하는 사람이었다. 그녀도 곧바로 본론으로 들어갔다.

"결혼하지 않겠다는 것, 진심이니?"

"결혼해 아이를 낳는 순간 황제 폐하를 더 자극하게 될 뿐입니다. 지금 황가에 후계자가 없으니까요. 그러니 저도 당장 결혼할 필요는 없다고 생각합니다."

"겨우 그런 것 때문에 네 인생을 결정할 필요는 없다고 생각하는데."

그 말에 다니엘은 침묵했다. 무언의 시위였다. 앤더슨 백작이 빙그레 웃었다.

"비비안 님이 여행을 떠나신 지 5년쯤 되었나?"

"예, 그렇습니다. 그런데 갑자기 비비안 님은 왜……?"

"그렇구나. 그래…… 뭐, 나도 굳이 네 결혼을 재촉할 생각은 아니야. 내가 세 번이나 해 보아서 아는데, 그리 좋은 것도 아니거든."

"……그래 보입니다."

"건방지기는."

언제나 정력이 넘치는 모습이었지만 어쩐지 연로해 보이는 얼굴로, 앤더슨 백작은 한숨을 쉬었다. 그녀 또한 이 상황이 마음에 들 리가 없었다.

"미안하구나, 나 때문에."

"어머니 때문이 아닙니다."

다니엘은 어머니의 말을 부정했다. 물론 황제와 앤더슨 백작의 사이에서 태어나 황가의 피를 이어받은 탓에 골치 아픈 일이 많기는 했지만, 그렇다고 해서 자신의 탄생 자체를 비하할 마음은 조금도 없었다. 물론 어머니를 비난할 마음도.

"어머니는 저를 충분히 잘 키워 주셨고, 저는 지금 저에게 만족합니다. 그리고 황제 폐하 또한…… 어머니에 대한 정이 남아 있으니 이렇게 애매하게 행동하는 거겠지요."

현 황제의 성정을 생각해 본다면 진작 무슨 수를 써서라도 다니엘을 죽였어야 한다. 그러지 않는 것은 황제가 앤더슨 백작에게 받은 은혜가 있기 때문이다. 다니엘도 그걸 알았다.

"무사히 돌아오거라."

"저는 괜찮을 겁니다."

그렇게 말했는데.

"설명하시오, 앤더슨 대공! 설마 팔루티온 제국의 사주를 받은 것인가!"

끔찍한 연기였다. 다니엘은 한숨을 쉬고 싶은 심정이었다. 본격적으로 요새에 주둔하기 전, 다니엘은 윌리엄 공작의 저녁 초대를 받아 성으로 가는 길이었다. 그런데 다니엘이 막 성에 들어가려는데 기사 세 명이 다짜고짜 병사를 이끌고 온 것이다.

심지어 병사의 수는 어림잡아도 백 명은 넘어 보였다. 편지는 물론 지나가던 아이도 믿지 않을 핑계다. 문제는 지금 다니엘은 몇몇 호위 기사를 제외하면 혼자나 다름없었다는 것이다.

그도 그럴 것이, 윌리엄 공작의 성에 가는데 군대를 끌고 올 필요는 없다. 이렇게 대놓고 수작을 부릴 줄은 몰랐으니까. 무엇보다 윌리엄 공작이 황제 편에 붙어서 이런 짓을 용납할 줄은 몰랐다. 연로한 공작과는 제법 괜찮은 사이라고 생각했는데.

다니엘은 얼굴이 벌겋게 상기되어 소리치는 눈앞의 기사를 바라보았다. 그가 총대를 멘 것이리라. 달아오른 얼굴을 한 기사의 뒤로 늘어선 다른 기사들도 침중한 얼굴이었다. 그들도 아는 것이다. 이것이 얼마나 말도 안 되는 누명인지.

다니엘 대공이 야망 따위는 가지고 있지 않은 성정이라는 것은 이미 널리 알려진 바였다. 만일 그가 권력을 원했다면 이미 현 황제는 지금의 자리에 앉아 있지 못했을 것이다.

그럼에도 이제껏 변경의 앤더슨 영지에 만족하고 있는 다니엘 대공이 대체

에필로그 423

무엇이 아쉬워서, 그리고 대체 무엇을 얻겠다고 타국과 내통해 남서부 땅에 전쟁을 일으킨단 말인가?

물론 다니엘도 여기에 파견되기 전, 윌리엄 공작이 황제의 아군이라는 점을 고민하지 않은 건 아니었다. 야심이 없을 뿐, 정치에 무지한 것은 결코 아니었으니까.

하지만 윌리엄 공작가가 설마 이렇게 멍청한 일에 손을 빌려줄지는 몰랐다. 이 계략이 실패로 끝난다면 윌리엄 공작 또한 만만치 않은 부담을 지게 될 텐데. 아니, 그만큼 확실하게 자신을 죽일 자신이 있다는 건가.

일촉즉발의 분위기에 다니엘의 호위 기사들은 긴장해 각자 검집 위에 손을 올렸다.

"윌리엄 공작 전하의 명에 따라 대공을 체포하겠소! 저 편지를 받은 경위를 공작 전하 앞에서 설명해야 할 것……!"

다니엘은 그 싸구려 연기에 어울려 주는 대신 검을 뽑아 멍청하게 소리만 지르고 있던 기사의 가슴을 베었다. 끔찍한 비명이 울려 퍼졌다. 기사 뒤에 있던 병사들이 일제히 칼을 뽑아 들었다.

"지금 이게 무슨 폭거요!"

설마 이 상황에서 대공이 다짜고짜 기사를 벨 줄은 몰랐던 것인지 다른 기사들의 얼굴이 일제히 굳었다. 다니엘은 그 얼굴에 대고 웃어 주었다.

"여긴 전쟁터고, 나는 총사령관이다. 너희들의 생사 즉결권은 내가 가지고 있지."

'드디어 결심한 거로군.'

그렇게 말하는 한편으로 다니엘은 황제의 머릿속을 짐작해 보았다. 다니엘을 죽이고 싶은 황제를 가로막고 있었던 것은 친어머니를 대신해 가족의 정을 가르쳐 주었던 앤더슨 백작에 대한 은혜였다. 어릴 때 형제처럼 자란 정 따위는 이미 소멸된 지 오래일 테니, 다니엘도 딱히 많은 것을 바라지는 않았다. 그래도 그럴지, 이렇게 뻔하고 유치한 수작이라니.

다니엘은 남아 있는 기사들을 향해 검을 겨누었다. 부당함을 알고 있음에도 주군의 명령에 절대적으로 복종하는 것은 다니엘이 생각하는 기사의 미덕은 아니었다. 그건 기사라는 직위 이전에, 인간으로서 하지 말아야 할 일이었다.

"그렇다면 너희들 또한 내 자비를 바라지는 말아라."

"승산이 있을 거라 생각하는 건가, 대공!"

"그건 해 보아야 알겠지. 너희는 나를 생포해야겠지만, 그러니 너희들 중 몇은 내 손에 죽을 거다. 죽을 자는 앞으로 나와!"

기가 질린 기사가 입술을 깨물었다. 성격이 온화하고 점잖기로 유명한 다니엘 앤더슨이었지만 어릴 때부터 황제 때문에 전장을 돌아다닌 몸이다. 그 무력 또한 결코 무시할 수 없었다. 윌리엄 공작의 명으로 어쩔 수 없이 이 자리에 서게 된 기사는 이를 악물었다.

"대공을 체포해라!"

병사들이 우와아, 하고 소리를 지르며 돌진하기 시작했다. 다니엘도 검을 쥔 손에 힘을 주고, 허리에 차고 있던 총 위에 손을 얹었다. 순순히 잡혀 줄 수는 없었다. 다니엘이 눈짓을 하자 호위 기사 하나가 눈치를 보다가 뒤로 달음박질치기 시작했다. 요새에 도착해 원군을 불러오지 않으면 승산이 없었다. 물론, 원군을 불러오더라도 이미 늦을 확률이 컸다.

'마리아, 약속을 지키지 못할지도 모르겠구나.'

다니엘은 자신에게로 돌진하는 병사를 보며 이를 악물었다.

그때였다. 땅이 흔들리고 하늘이 굉음을 울렸다. 땅 위에 서 있었던 병사들이 모두 몸을 가누지 못하고 쓰러졌다. 다니엘은 땅에 검을 꽂아 간신히 버텼다. 무슨 일인지 파악하기 위해 고개를 들자, 동시에 산발적인 비명이 터졌다. 비명이 들려온 것은 윌리엄 공작의 성 쪽이었다.

"괴, 괴물이다!"

"저게 도대체 뭐야!"

수많은 사람이 성에서 도망쳐 나오고 있었다. 굳건한 회색빛의 돌로 된 성벽은 수백 년간 이 영지를 지켜 왔으나, 지금은 가련한 모래성보다도 보잘것없었다.

회갈빛의 피부를 한 무언가가, 거대한 새 떼 같은 것이, 성탑의 가장 높은 곳에 올라 괴성을 내지르고 있었다. 수많은 괴물이 인간의 성을 조롱하고 있었다. 갑작스럽게 일어난 말도 안 되는 상황에 모든 사람들이 공포에 빠졌다.

"용이다!"

"신의 벌이야, 신의 벌이라고!"

방금 전까지 상관의 명을 따라 다니엘에게로 돌진하던 병사들은 괴물들의 모습을 보고 이번에는 성에서 멀어지기 위해 도망치기 시작했다. 기사가 고함을 질렀지만 듣는 이는 아무도 없었다. 괴물 같은 새 떼들은 성벽 위에 앉아 끽끽대는 울음을 내고 있었다.

그 속에서, 다니엘은 보았다. 이 아비규환 속에 모두가 괴물들에게서 등을 돌리고 도망가고 있었고…….

다니엘만은 동화 속에 나오는 괴물 같은 새의 등에 타고 있는 여신을 발견했다. 다니엘은 그녀와 눈이 마주쳤다. 마지막으로 만났을 때와 같은, 그 눈동자.

그녀는 전혀 기대하지도 않았던 듯, 다니엘이 자신을 발견한 것을 알아차리고서 깜짝 놀라는 듯했다. 그렇지만 그녀도 곧 다니엘을 따라 웃었다. 오랜만에 보는 여자가 위풍당당하게 허리에 두 손을 얹고서 다니엘에게 말했다.

"걱정 마, 이거 다 환상 마법이거든. 아무도 안 다쳤어. 성은 조금 부쉈지만, 당신을 함정에 빠트린 작자인데 이 정도쯤 어때?"

멀리서 말하는 것인데도 그 목소리는 바로 앞에서 말하는 것처럼 귓속으로 파고들었다. 어투는 여전히 장난스러웠다. 끽끽대는 괴물들의 소리와 비명을 지르며 도망가는 병사들은, 이제 신경도 쓰이지 않았다. 그런 건 처음이었다.

다니엘은 그녀를 향해 손을 뻗었다. 손끝에서 햇빛이 부서지고 있었고, 비비안 그리니어스는 자신을 향해 웃고 있었다.

"말했지, 빚을 갚겠다고."

모든 것이 동화 속 이야기처럼 완벽해 보였다. 그러나 다니엘은, 저 여자가 살아 낸 삶이 동화처럼 아름답지만은 않다는 것을 알고 있었다.

그리고 그녀가 앞으로 살아갈 삶도 분명히 그럴 것이다. 수많은 무지가, 악의의 칼날이 그녀의 삶을 수없이 난도질할 테지. 삶은 아름다울 수만은 없는 투쟁이니까.

그럼에도 다니엘은 확신할 수 있었다. 그녀의 이야기는 결국 아름답게 남을 것이다. 고통으로 빚어냈을지언정 보석의 결정처럼 반짝일 터였다. 비비안 그리니어스는 그런 사람이다.

그래서 다니엘 앤더슨은 그렇게 동화처럼 남을 비비안의 삶 한구석에 자신이 함께하기를 바랐다.

이번에야말로, 당신이 원하는 죽음을 맞이할 때까지.

<선량한 죽음을 위하여> Fin

외전 1
어떤 기사의 이야기

로티아가 비비안 그리니어스라는 성녀에 대한 소문을 들은 것은 그녀가 아직 어릴 때의 일이었다.

다른 세상에서 온, 신이 이 세계에 내려 준 축복과도 같은 강대한 마법사. 성품이 온건하여 가는 곳마다 사람들의 고충을 해결해 준다, 귀족들에게 뇌물을 받는 것을 꺼려 해 교단 내에서의 평가는 높지 않다, 돈 없는 평민을 생각해 준다, 그런 마음씨 좋은 동화 같은 이야기들.

세간은 그녀에 대한 소문으로 들끓었지만 로티아는 그냥 흘려 버렸다. 그녀에 대한 소문은 로티아에게 있어서 거친 것 하나 없는 부드러운 흰 빵, 다채롭고 풍부한 맛이 나는 버터, 갓 짠 따뜻한 우유 같은 것이었다. 아주 달콤하게 들리지만, 자신의 처지에는 맞지 않는 것

게다가, 무엇보다도 세상 물정 모르는 어린애가 착하게 구는 거야 쉽지 않은가. 그녀에게는 그런 힘이 있지 않은가. 착하게 구는 것이야 못할 것도 없다.

그러나 아무리 마음속으로 저 먼 곳에 있는 성녀를 욕한들 어차피 로티아의 인생은 나아질 것도 없어서 금방 그만두곤 했다. 그도 그럴 게 세상 물정 다 아는 어린애인 로티아가 살아 나가야 하는 삶은 그런 동화 같은 선량한 이야기에 감동하기에는 너무 팍팍하고 힘겨웠다.

처음 그녀가 자랐던 곳은 어느 수녀원에서 운영하는 고아원이었다. 고아원을 운영하는 수녀님은 좋은 사람이었지만 아이 하나하나에게 돌아가는 것은 묽은 수프와 검고 딱딱한 빵뿐이었다. 교단에서 나누어 주는 돈은 무척이나 적었고 고아는 많았으니까.

로티아는 자신이 언제, 왜 버려졌는지도 몰랐다. 누군가가 나이를 물으면 언제나 대강 가장 그럴듯해 보이는 숫자를 댔다. 조금 자라서 열 살 넘게 보이게 된 후로는 닥치는 대로 일을 했다. 하지만 일을 해도 삯은 떼어먹히기가 일쑤였다.

삯을 받지 못하고 울면서 고아원에 돌아오면 수녀님이 화가 나서 쫓아가곤 했지만 그래 봤자 돌아오는 건 없었다. 수녀였지만 수녀님에게는 신의 가호가 깃들지 않았기 때문이다. 마법을 부리지 못하는 궁핍한 고아원의 원장을 우대해 주는 사람은 없었다.

자신보다 더 슬퍼하는 수녀님을 보면서 로티아는 영악해지는 법을 배웠다. 돈을 떼어먹히면 뭐라도 몰래 훔쳐 왔다. 훔친 물건을 팔아서 밀가루를 사고 거친 광목천이라도 사서 아이들에게 나눠 주었다. 그러나 그것도 얼마 가지 않았다. 화가 난 마을 사람이 쫓아와 로티아의 뺨을 때리고 고아원 수녀에게 삿대질을 했다.

"불쌍해서 일을 시켜 줬더니 은혜를 이렇게 갚아! 대체 애를 어떻게 가르쳤기에 도둑질이나 하고 다니는 게야?!"

로티아를 감싸 안은 수녀님의 얼굴이 그 말에 퍼렇게 질렸다. 로티아는 자신을 감싸 안는 팔을 뿌리치고 뾰족하게 쏘아붙였다.

"은혜? 손이 부르트도록 짚을 엮었는데 돈도 안 줬잖아요!"

어떤 기사의 이야기 429

"그건 네가 미숙하니까 값을 치르지 않은 거지! 그래, 고아 새끼가 뭔 일을 제대로 하겠어? 어차피 할 일이야 도둑질이지!"

"삯을 떼어먹었으니 도둑질은 그쪽이 했죠!"

"그쪽? 이 새끼가 진짜!"

"그만, 그만 하세요!"

수녀가 싸움을 말렸다. 그녀의 팔이 로티아를 한 번 더 감싸 안았다. 해진 수녀복의 천이 뺨에 와 닿아서 로티아는 순간 숨이 막혔다.

"이 애가 가져간 물건은 변상할게요. 그러니까 때린 것, 사과하세요! 삯도 제대로 주시고요."

"그게 무슨 개소리야? 도둑질한 애새끼한테 내가 왜? 재수도 더럽게 없지, 퉤."

남자가 흙바닥에 침을 탁, 뱉고 자리를 떴다. 수녀는 남자가 자리를 뜨자마자 로티아의 뺨을 살폈다. 벌겋게 부어오른 뺨은 곧 피멍이 들 것이 분명했다. 로티아는 울 것 같은 수녀님의 얼굴을 보며 기어들어 가는 목소리로 말했다.

"……죄송해요."

"훔친 것, 어떻게 했어? 얼른 돌려주고 오렴."

"이미 다 나눠 줬는데요. 애들한테."

"……얘야, 아가야."

수녀님이 로티아의 머리를 쓰다듬으며 코를 훌쩍였다. 어린 시절의 로티아에게는 제대로 된 이름이 없었다. 수녀님은 언제나 모든 것에 성실했지만 아이들이 너무 많아서 그런지 로티아의 이름을 제대로 기억하지 못했다.

나중에 생각해 보면, 수녀님도 너무 고된 일상에 지쳤던 것 같다. 그래도 언제나 아이들을 위해 애쓴 수녀님은 로티아를 탓하는 대신 부어오른 뺨을 몇 번이고 더 쓰다듬으며 속삭였다.

"나쁜 짓은 하면 안 돼."

"저 사람들이 먼저 잘못했는데도요?"

로티아는 이해할 수가 없었다. 일을 시켜 놓고 약속한 삯도 주지 않기에 알아서 제 몫을 가져온 것뿐이다. 왜 그래서는 안 되는 거지?

"수녀님에게 침을 뱉었어요. 가만두지 않을 거예요."

"나를 걱정해 주는 거니? 어쩜, 이렇게 착한 애라는 걸 다들 알아줘야 할 텐데."

수녀님이 로티아의 뺨을 쓰다듬었다. 로티아는 쓰다듬을 받으면서 불퉁하게 중얼거렸다.

"알아준다고요? 저 사람들은 저를 도둑고양이, 더러운 시궁쥐 취급을 하는걸요."

"아니, 내가 말을 잘못했구나. 다른 사람들은 상관없어. 네가 스스로에게 떳떳해야 하는 거지."

수녀님의 말씀은 솔직히 이해할 순 없었다. 그렇지만 그때 그 포옹이 로티아의 어릴 적 기억 속 남겨진 가장 따뜻한 기억이었다.

그러나 언제까지고 고아원에 있을 수는 없었다. 고아원은 언제나 빈궁했고 새로운 아이들은 계속해서 들어왔다. 수녀님의 얼굴에 주름이 깊게 새겨지는 것을 보다 못해 로티아는 결국 자진해서 고아원을 나가기로 했다. 로티아가 고아원을 나가 일자리를 구하겠다고 말했을 때 수녀님은 울었다.

"건강해야 한다, 얘야. 그리고 나쁜 짓은 하면 안 돼. 나쁘게 살면 결국 벌을 받게 된단다."

로티아는 그 말에 동의할 수는 없었다. 나쁜 짓을 했다고 벌을 받는 사람은 한 번도 보지 못했는걸요. 그렇지만 수녀님을 슬프게 하고 싶지 않았던 로티아는 그냥 고개를 끄덕였다.

고아원을 나가기 전 수녀님은 로티아에게 쿠키를 구워 주었다. 거친 밀로 구운 납작한 쿠키였지만 로티아는 그걸 싸구려 광목천에다 소중하게 간직했다. 로티아를 대장이라고 부르던 아이들이 손을 흔들어 주었다.

며칠간 가장 싸구려 삯 마차를 얻어 타고, 갈아타고, 그렇게 로티아는

어떤 기사의 이야기 431

태어나서 처음으로 큰 도시에 도착했다. 큰 도시라서 그런지 다행히 일자리는 많았다. 로티아는 숙식을 제공해 주는 용병단의 잡심부름을 도맡기로 했다. 임금은 거의 없다시피 한 수준이었지만, 로티아에게는 그것도 감지덕지한 수준이었다.

로티아가 본인의 이름을 정한 것도 그때였다. 이전 수녀님이 틈틈이 가르쳐 준 글자로 뒷골목에서 주운 신문쪼가리에서 읽어 낼 수 있었던 단 한 단어였다. 아무도 불러 주는 사람은 없었지만, 그래도 혼자만의 비밀을 가진 것 같아서 기분이 좋았다.

하지만 일상은 여전히 고되었다. 용병들은 대개 더러워진 옷을 산더미처럼 쌓아 놓고 더러운 신발로 여기저기를 걸어 다녔다. 아무리 청소하고 빨래를 해도 일이 산더미였다.

그렇게 로티아가 용병단의 잡심부름을 하며 생계를 연명하고 있을 때의 일이었다. 얼큰하게 취한 용병이 손을 까닥이며 로티아를 불렀다. 로티아는 쭈뼛쭈뼛 다가갔다. 술에 취한 남자가 무서웠지만, 말을 듣지 않아서 여기서 쫓겨나는 건 더 무서웠으니까.

남자는 로티아의 등을 쓱 쓰다듬으며 물었다. 척추뼈를 따라 내려가는 손에 소름이 돋았다.

"너, 검 한 번 쥐어 볼 테냐?"

손길은 불쾌했지만 로티아는 본능적으로 고개를 끄덕였다. 거스르면 안 된다는 직감이 들었기 때문이다. 로티아가 순순하게 굴자 남자는 마치 쓰다듬에 대한 보상처럼 로티아에게 싸구려 철로 된 단검을 내밀었다.

"내가 이래 봬도 왕년에는 말이야, 저 수도에 가서 기사가 될 뻔했다고. 얼마나 대단했는지 몰라. 폐하도 뵐 뻔했는데."

그래 봤자 결국은 아무것도 되지 못하고 여기서 술이나 마시며 어린애나 희롱하는 주제에. 구역질이 날 것 같았지만 로티아는 애매한 미소를 지었다.

"얼른 커라, 꼬맹아."

그렇게 말하며 마치 본인이 대단한 어른이라도 되는 것처럼 남자가 미소를 지었다. 로티아는 그 웃음에 더 긴장했지만, 다행히도 남자는 술을 한 잔 더 마시고는 그대로 뻗었다.

로티아는 안도의 한숨을 내쉬며 칼을 품에 안은 채 자리를 떠났다. 그 싸구려 단검은 이제껏 로티아가 가져 본 것 중에서 제일 마음에 드는 것이었다. 로티아는 별 볼 일 없는 그것을 어설프게나마 날을 갈며 언제나 품에 지니고 다녔다.

그 단검이 최초로 쓰인 것은 1년 후 용병단이 상단을 수행할 때였다. 로티아는 긴 상행에 심부름을 해 줄 아이가 필요하다는 말에 얼른 자원했다. 상행에 따라가는 것은 돈을 더 많이 줬으니까.

그런데, 문제는 대개의 경우 별다른 사고 없이 끝나는 상행에서 도적 떼의 습격이 일어났다는 것이다. 갑작스러운 습격에 고함과 유혈이 낭자했다. 난장판에서 할 수 있는 일이 없던 로티아는 허겁지겁 짐수레에 기어들어 갔다. 아무도 심부름꾼인 어린애의 목숨은 신경 쓰지 않을 게 뻔했기 때문이었다.

그래도 짐수레에는 용병단이 지켜야 할 상단의 짐이 실려 있었으니까, 거기 있으면 안전할 거란 계산 때문이었다. 짐 위에 두른 두껍고 낡은 천은 냄새 나고 더러웠다. 숨을 쉴 때마다 구린내가 코를 찔렀지만 로티아는 꾹 참았다. 어서 이 상황이 지나갔으면 좋겠다, 그렇게 떨면서 빌고 있을 때였다.

"여기다! 여기에 재물이 있어!"

누군가가 외치며 다가와 천을 확 제쳤다. 피골이 상접한, 깡마른 남자였다. 그가 웅크리고 앉아 있던 로티아를 발견하고 어, 하는 소리를 냈다. 로티아는 순식간에 튀어 나갔다. 기회는 한 번뿐이었다. 로티아는 미리 쥐고 있던 단검으로 남자의 허벅다리를 베었다.

"으아악!"

튀어 나갈 때 힘이 과했는지 로티아는 바닥에 굴렀다. 남자가 다리를 감싸 안으며 주저앉았다.

이제, 이제 어떻게 해야 하지? 목을 따야 하나? 그 말이 로티아의

어떤 기사의 이야기

머릿속에서 빙빙 돌았다. 용병단에서 으레 하곤 하는 말이었다. 너 이 새끼. 실수하면 목을 따 버린다, 하고. 그 장난 같던 말이 현실이 되려고 했다.

그래, 목을 따야지. 나는 이 용병단에서 일해야 해. 죽을 수는 없어. 여기서 쫓겨나면 길거리에서 거지 생활을 해야 한다고. 그러니까 어쩔 수 없어.

결론이 나는 것은 순식간이었다. 로티아는 단검을 들고 남자에게 다가갔다.

"이 거지 같은 새끼가!"

그러나 남자의 행동이 더 빨랐다. 싸구려 검에, 근력도 부족한 로티아의 공격은 상처를 깊게 입히지 못한 것이다. 남자가 시뻘게진 눈으로 로티아를 걷어찼다. 로티아는 복부에 강한 충격을 받고 반사적으로 허리를 굽혔지만, 남자가 로티아의 머리채를 잡아 들었다.

"아악!"

"갑자기 뭐 이런 게 튀어나와서⋯⋯ 미쳤나!"

남자가 로티아의 머리채를 잡고 흔들었다. 로티아의 몸은 힘없이 대롱대롱 흔들렸다.

그때였다. 남자의 몸에서 갑자기 힘이 빠졌다. 풀썩 하고 뒤로 넘어가는 몸. 로티아는 고개를 들기 전에 먼저 남자의 목이 바닥을 뒹구는 것을 보았다. 눈이 마주쳤다.

"우욱⋯⋯!"

"이 꼬맹이는 또 뭐야."

아무렇지도 않게 말한 키가 큰 용병이 무심하게 수레 안의 내용물을 확인했다. 남자가 곧 고개를 끄덕였다.

"있을 건 다 있군. 꼬맹아, 너 말 탈 줄 아냐?"

"예⋯⋯? 아뇨⋯⋯?"

"뭐, 아무래도 좋아. 수레에라도 일단 타라."

로티아는 여전히 충격 때문에 얼떨떨했지만, 그가 시키는 대로 다시 수레로 기어 올라갔다. 바로 한 치 앞 거리에서는 여전히 도적들과 용병들이 싸우고 있었다. 피가 바닥에 흥건했고, 다친 사람들이 울부짖고 다시 달려들었다.

그런데 그 난장판은 기묘하게도 아주 다른 세계를 보는 것 같았다. 그들은 짐수레의 존재를, 이 남자와 로티아를 보지 못하는 듯했다. 용병이 짐수레를 맨 말에 올라탔다.

"가자. 이랴!"

로티아는 이 상황이 아주 이상하다는 것을 알아차렸다. 로티아는 이 용병단에 속해 있는 용병의 얼굴은 모두 알고 있었지만, 이 말을 모는 남자는 처음 보는 얼굴이었다. 그래도, 로티아는 아무 말도 하지 않았다.

로티아가 남자에게 말을 건 것은 그로부터 일주일 후, 마을에서 남자가 재물을 처분하고 그 돈으로 여관에 처박혀 술을 동이로 마시고 잔뜩 취해 있을 때였다.

"제 이름, 로티아예요."

"누가 지어 준 거니?"

"제가요."

남자가 술에 잔뜩 취한 채로 씩 웃었다.

"도둑고양이에게 붙이는 이름치고는 호화롭네."

남자의 이름은 조나단이었다. 그는 용병으로 십 년 이상 굴러먹으면서 나름대로 유명한 남자였는데, 얼마 전 우연히 자신이 마법을 쓸 수 있게 되었다는 사실을 깨달았다고 했다. 그걸 알게 된 이후 용병질은 때려치우고 도둑질이나 하게 되었단다.

"이왕 그런 힘이 생겼는데 좀 더 멋진 일을 해 보지."

"일도 안 하고 돈을 버는데 이보다 더 멋진 일이 어디 있어?"

그렇게 대꾸하기에 로티아는 그냥 입을 다물기로 했다. 조나단은 딱히 좋은 사람은 아니었다. 그가 로티아를 데려온 것은 그냥 변덕이었다. 집에서 심부름 해 주는 애 하나가 있으면 좋겠는데 아무나 데려오기에는 도둑이라고 신고당할까 봐 무서웠고, 그런데 마침 피골이 상접한 어린애가 있기에 사정이 딱하면 도망도 안 가고 신고도 안 가겠다 싶어서 주워 온 게다.

로티아에게도 나쁠 것 없는 이야기였다. 어차피 여기저기 일자리를 찾아서 떠돌아다녀야 했으니까. 조나단은 로티아가 남자애인 줄 알고 그런 제안을 했다는 것은 사소한 문제였다. 물론 만약 조나단이 로티아가 여자애라는 것을 알았다면 아마 로티아의 인생은 크게 달라졌을 것이다. 그는 도둑질이나 하는 쓰레기였으니까.

그걸 길바닥에서 살면서 이미 잘 알고 있던 로티아는 조나단의 장단에 맞추어 남자애로 행세하기로 했다. 성장기에 제대로 먹지 않아 발육도 제대로 되지 않은 데다 조나단은 항상 술에 취해 있었기에 그를 속이는 게 크게 어렵지는 않았다.

그렇게 조나단의 집에서 로티아는 두 번의 겨울을 보냈다. 지붕 있는 곳에서 겨울을 온전히 나는 것은 처음이었다. 집도 나름대로 안락했던 게, 조나단은 로티아의 생활에 전혀 참견하지 않았다. 그는 가끔 재물을 훔쳐 와서는 술을 진탕 먹고 뻗어 자는 게 일이었다. 술에 취하면 로티아에게 돈도 후하게 주었다.

덕분에 로티아는 아주 풍족하게 먹고 자고 해서, 마침 성장기였던지라 키도 체격도 충분하게 키웠다. 혼자 사는 남자의 살림은 대강 해도 눈치 채지 못했으므로 남는 시간에 로티아는 열심히 몸을 단련했다.

몸이 약해서 좋을 것은 아무것도 없었다. 힘이 없어서 누군가의 희롱을 참고, 혹은 누군가에게 머리채를 잡히거나 또는 물건 고르듯 들려 오는 경험을 다시는 하고 싶지 않았다. 스스로 힘을 길러야만 했다.

조나단의 집에서 로티아가 한 번의 겨울을 더 보내기 전에 조나단이 죽었다. 아침에 로티아가 그를 발견했을 때 그는 술에 꼴은 채로 세수하기 위해 떠 놓은 물 양동이에 머리를 처박고 있었다. 깨우려 몸에 손을 댔더니 몸은 차갑고 경직되어 있었다.

기껏 마법까지 깨달았는데 이렇게 어이없이 죽어 버리다니. 마법은 신이 내려 준다던데 그 신이란 놈은 어지간히 눈이 없는 모양이었다. 그럴 거면 나나 주지. 로티아는 무감하게 생각했다.

조나단의 장례는 간소하게 치렀다. 맨날 술에 꼴아서 사는 인간이 친구가 있어 보았자 술을 마실 때나 친한 척하는 인간일 뿐이다. 재산도 거의 없었다. 로티아를 조나단의 딸로 알고 있는(조나단은 끝까지 로티아를 남자애로 알고 죽었다) 마을 사람 중 친하게 지냈던 과일 가게 아주머니가 장례식 때 로티아에게 와서 물었다.

"이제 뭐 하고 살 거니?"

"용병이요."

로티아는 별 망설임 없이 대답했다. 로티아에게 물었던 아주머니가 깜짝 놀랐다.

"어머, 용병이라니! 너무 위험하지 않니?"

"상관없어요."

"큰 도시에 가면 삯일은 얼마든지 있을 텐데."

"그건 그렇지만, 전 용병이 좋아요."

위험하기는 했다. 그렇지만 오래전부터 생각해 왔던 일이었다. 수녀님을 지켜 주지 못했을 때도, 용병의 희롱을 그냥 참고 넘겼을 때도 생각했다. 결국, 믿을 수 있는 것은 자신의 힘뿐이다. 힘이 있었다면 수녀님 앞에서 침을 뱉은 놈팡이도, 술에 취한 멍청이도 죽도록 패 줄 수 있었을 거다.

장례식을 마친 후, 로티아는 얼마 없는 재산을 다 털어 철검과 가죽 갑옷을 사서 용병단 문을 두드렸다. 하급 용병단은 언제나 일손이 모자랐다. 빵조각보다 목숨이 가벼운 시대였다. 먹고살기 위해서는 목숨을 걸어야 했다.

그렇게 로티아는 다섯 번의 겨울을 버티고 굴렀다. 물론 쉬운 일은 아니었다. 죽을 뻔한 적도 많았고 부상도 잦았다. 그래도 그렇게 또 몇 년 구르다 보니 알게 된 사실이 있었다. 자신이 살아남기에 재능이 있었다는 것 검을 휘둘러

상대방의 목숨을 빼앗는 것에 아무런 압박감도 느끼지 않는다는 점. 그건 로티아가 용병으로서 살아남는데 유효한 역할을 했다.

그렇게 슬슬 먹고살 만해졌을 즈음, 로티아는 비비안 그리니어스가 근처 도시에 온다는 소문을 들었다.

"비비안 그리니어스? 아, 그 소문의 성녀?"

"엄청 미인이라던데, 내가 한 번 꼬셔 볼까?"

제가 아주 잘생긴 줄 아는 폴이 지저분한 금발을 털면서 씩 웃었다. 본인은 그게 아주 멋진 줄 아나 본데 뒤통수를 몇 대 갈기고 싶은 표정일 뿐이다. 로티아가 그를 참아 주는 이유는 그가 꽤 부잣집의 아들이라서 로티아에게 아주 쉬운 의뢰를 괜찮은 보수로 의뢰하기 때문이었다.

"성녀가 너 같은 걸 상대나 하겠어?"

"에이, 질투하지 마. 당연히 농담이지."

거지 같은 소리 하고 있네. 로티아는 그렇게 생각했지만 참았다. 폴은 자주 로티아에게 집적댔다. 밤길에 몰래 처리할까, 생각했던 적이 한두 번이 아니었다.

"하여튼 나랑 같이 구경 가자."

"싫은데."

"에이, 괜히 튕기지 말고, 그럼 정식으로 내가 의뢰를 할게. 보수도 짭짤하게 챙겨 줄 건데 어때, 괜찮지? 나랑 데이트도 하고, 돈도 받고."

그게 아주 큰 배려라도 되는 것처럼 싱글벙글 웃어 대는 게 아주 언짢았다. 명확한 거절을 튕긴다는 말로 받아들이는 것도 짜증이 났다. 그러나 의뢰 주는 돈을 주는 고객이다. 죽일 수는 없었다.

"말 걸지 마, 짜증 나니까."

물론 그렇다고 함부로 굴 수 없는 건 아니다. 로티아는 의뢰를 몇 년이나 무사히 수행해 왔고, 그래서 용병 업계 내에서 로티아의 입지도 괜찮은 편이었다. 이런 시시한 의뢰 몇 개쯤이야 걷어차도 상관없다는 이야기다. 다만 폴은 아주 눈치가 없었다. 로티아가 진심으로 짜증이 났다는 것을 눈치챘는지 혼자 샐쭉 웃더니 코웃음을 쳤다.

"도도하기는. 괜찮아, 그런 게 너답지."

나에 대해서 뭘 안다고 저렇게 지껄이는지. 너무 한심해서 상대할 가치도 없었다. 그래도 폴이 주는 의뢰금은 넉넉했다. 의뢰금이 담긴 두둑한 주머니를 받고 로티아는 겨우 마음을 바꿨다. 어차피 슬슬 갑옷을 수리하기 위해서라도 큰 도시의 대장간에 한 번 들러야 하긴 했다.

어쨌거나, 그런 시시한 경위로, 로티아는 비비안 그리니어스와 마주쳤다. 비비안 그리니어스가 티볼렌 백작의 성에 온다는 소문을 듣고 시간에 맞추어 찾아갔으나, 폴이 늦장을 부린 탓에 늦은 오후에 도착해서 그런지 볼 수 있었던 것은 비비안의 얼굴이 아니라 성녀를 보러 몰려든 끝없는 인파뿐이었다. 폴이 짜증을 냈다.

"뭐야, 하나도 안 보이잖아!"

행렬의 앞으로 사람을 헤치고 가려면 가지 못할 것도 없었지만 그건 의뢰의 내용이 아니었기에 로티아는 폴의 간절한 눈길을 무시했다. 사실 앞으로 가 보았자 보일 것도 없을 것 같았다.

키가 큰 로티아는 사람들의 머리 위로 행렬의 앞머리를 조금 볼 수 있었다. 자그마한 소녀를 얼마나 꽁꽁 감싸 놓았는지, 로티아가 언뜻 본 것은 높은 말 위에서 흔들리는 붉은 머리와 자그마한 몸집뿐이었다. 얼굴은 보이지도 않았다.

"에이, 이게 뭐야."

기세등등, 자신감에 차 있던 폴은 실망했지만 로티아가 알 바는 아니었다. 로티아는 냉정하게 등을 돌렸다.

"그럼 내일 다시 마을로 돌아가자. 난 따로 쉬겠어."

"내가 네 방까지 잡아 놨는데 오지 그래? 좋은 방인데."

폴이 능글거리며 손을 잡아 오려 했지만 로티아는 무시하고 돌아섰다. 폴이

어떤 기사의 이야기

뒤에서 애타게 불렀지만 돌아보지 않았다. 로티아는 그대로 대장간으로 걸음을 옮겼다. 익숙한 얼굴의 대장장이가 무뚝뚝하게 로티아를 맞아 주었다.

"또 보호대 다 작살 내서 왔냐. 그냥 갑옷을 하나 사지 그래? 싸게는 못 해 주지만."

"돈 없어요."

"저놈의 돈 귀신. 그 돈 다 벌어서 뭐 하냐?"

"알 거 없잖아요. 이음새나 좀 단단하게 해 줘요."

"저, 저 건방진 놈."

대장장이가 못마땅한 듯 혀를 찼다. 그는 로티아와 친해서 이런 잡소리를 하는 게 아니라 정말로 사이가 좋지 않은 것이다. 로티아는 친한 사람이 없었다. 태어나서 이제껏 로티아가 만난 사람들은 수녀님을 제외하고는 로티아에게 관심이 없거나, 혹은 관심을 보인다 싶으면 사기꾼, 도둑 등등, 나쁜 놈이었다.

로티아는 이음새를 좀 더 단단히 하고 철갑을 덧댔을 뿐인 가죽 보호대를 받아 들고 대장간을 나섰다. 볼일을 보고 나자 배가 출출했다. 어디 식당에 가서 식사를 할 정도까지는 아니고, 이 도시 물가를 생각하면 돈도 없다. 그냥 값싼 간식 하나 먹으면 좋을 것 같은데. 로티아는 적당해 보이는 노점상 앞에 발걸음을 멈추었다. 오동통한 소시지가 구워지고 있었다.

"그거 맛있나요?"

로티아가 잘 구운 돼지고기 소시지를 물어뜯는 걸 보고 길을 지나가던 어린애가 걸음을 멈춰 세우고 물었다. 어린애를 무시할 이유도 없어서 로티아는 한입 베어 물어 육즙이 뚝뚝 떨어지는 소시지의 단면을 보여 줬다. 그걸 본 소녀의 눈이 반짝였다.

"그럼, 그럼, 맛있지!"

마침 장사 기회를 놓치지 않은 노점상 주인이 호객을 했다. 애가 걸음을 멈춰 세우고 싱긋 웃었다. 그 웃음이 남에게 무감한 로티아가 보기에도 자못

싱그러워서 로티아는 잠시 눈길을 주었다.

"그럼 저도 하나 주세요. 워낙 맛있게 먹어서 눈이 가네."

어린애라고 생각했는데 자세히 얼굴을 보니 열대여섯 정도로 보였다. 다만 평균보다 훨씬 키가 큰 로티아에게는 어린애처럼 보이기도 했다. 소녀의 손에 곧 새로운 소시지 하나가 들렸다. 소녀가 설렘을 담아 한입 가득 물었다.

"와, 이거 개맛있다."

고급스러운 옷을 입고 있는데 뜻밖에도 입은 거칠었다. 하기야 길거리 음식이 제대로 된 음식보다 맛있을 때도 있는 법이다. 그나저나 어느 부잣집 딸인 건지, 왜 혼자 내보냈지. 이 도시는 다른 모든 도시가 그렇듯 혼자 있는 여자가 다녀도 될 정도로 치안이 좋은 편은 아닌데.

거기까지 생각이 미친 로티아는 빠르게 소시지를 다 먹어 치우고 이 노점상으로부터 멀어지기로 했다. 그것도 그럴 게, 귀한 집 아가씨가 혼자 다니다가 소매치기라도 당하면 얼마나 시끄럽겠는가. 한가하다면 상관없겠지만 지금 로티아는 일단 의뢰 수행 중이었다. 아무리 꼴 보기 싫어도 폴은 로티아의 의뢰주였고 의뢰가 남아 있는 이상 괜한 소동에 휘말리고 싶지 않았다.

로티아는 다 먹은 꼬치를 주인장에게 들려 주고 황급히 자리를 떠났다. 소시지를 입에 한가득 문 소녀가 로티아에게 손을 흔들었다.

"좋은 하루 보내세요!"

그 친절한 인사에 로티아의 속이 약간 껄끄러워졌다. 이상한 애네, 처음 본 사람한테 저런 인사라니. 정말로 어느 부잣집에서 가출한 철없는 아가씨라도 되는 모양이다.

"여어, 주인장. 장사 잘되나 봐?"

황급히 자리를 피하려던 로티아는 결국 끝까지 외면하지 못하고 고개를 돌려 뒤를 돌아보았다. 그것도 그럴 게, 너무 전형적인 깡패의 대사였으니까. 아니나 다를까, 소녀를 향해 사람 좋게 웃던 주인장의 낯이 굳어 있었다.

어떤 기사의 이야기

소시지를 입에 물고 있던 소녀도 눈을 동그랗게 뜨고 있었다. 이런 로티아는 혀를 찼다.

"예, 예. 덕분에……."

"저번 달 보호세도 늦게 내더니, 이번 달도 아직 안 낸 거 알지? 미뤄봤자 이자만 늘어, 오늘 내라구."

노점상 앞에 선 것은 껄렁하게 차려입은 사내였다. 그는 돈을 내지 않고 줄줄이 꽂혀 있던 소시지 하나를 빼서 입에 던져 넣었다. 덩치가 커서 소녀는 보이지도 않았다. 주인장이 쩔쩔매고 있었다.

"저, 저기…… 조금만 더 기다려 주시면……."

"지금까지 기다린 것만 해도 충분히 기다렸잖아! 장사 접고 싶어?"

그 말과 함께 남자가 가판대를 걷어찼다. 그냥 판자로 만든 허접한 가판대는 그 발길질에 쉽게도 우지끈하고 부서졌다. 윤기가 흐르던 소시지들이 단번에 흙길에 처박혔다. 주인이 뜨거운 소시지를 맨손으로 잡으려 하다가 손을 데여 비명을 질렀다. 남자가 그걸 보며 목소리를 높였다.

"오늘까지 내라고 그렇게 말했는데 안 들어먹으니까 그렇지! 당신 집까지 찾아가야 정신을 차리겠어, 응?"

"아, 아뇨…… 저기……."

"저기요."

그 뻔한 놀음판에 끼어든 것은 낭랑한 소녀의 목소리였다. 앗차차. 로티아는 한숨을 쉬었다. 남자가 가판대를 내려칠 때 휘말린 건지 발치에는 채 먹지 못한 소시지가 떨어져 있었다. 흙먼지가 잔뜩 묻어 더 이상 먹을 수는 없을 듯했다. 소시지를 잠깐 바라본 소녀가 한숨을 쉬고 허리에 손을 얹었다.

"지금 이게 무슨 짓이에요?"

저 아가씨, 무슨 영웅 소설이라도 읽은 거 아니야? 로티아는 속으로 혀를 찼다. 덩치 큰 남자의 고개가 휙 돌아갔다.

"뭐?"

저 아가씨가 무슨 소리를 하는 거야. 로티아는 눈을 돌려 근처에 치안대가 없나 살펴보았지만 있을 리가 없었다. 대개 이런 깡패는 치안대에도 소위 인맥이란 게 있으니까.

"보호세라는 거, 합법적인 세금은 아니잖아요. 그러니까 삥 뜯기."

그 말을 들은 사내는 함부로 움직이기 전에 먼저 소녀의 주변을 살폈다. 소녀의 행색이 고급스러우니 혹시 호위라도 붙어 있나, 살피는 기색이었다. 그러나 곧 아무도 없다는 것을 알고 남자는 비웃음을 베어 물었다.

"아가씨가 상관할 일 아니야! 무슨 소설이라도 읽었나 본데 괜한 참견하다가 큰코다친다고."

방금 로티아도 정확히 같은 생각을 했다. 그야 주인장은 안타깝다고 생각했지만, 로티아가 할 수 있는 일은 없었다. 보통 저렇게 당당하게 보호세를 걷는 깡패들은 건드려 봤자 치안대에 구금될 일도 없다는 걸 알고 있기 때문이다. 그 보호세의 일부는 치안대에 들어가겠지. 그래서 지금도 치안대는 달려오지 않고, 이 소란을 둘러싸고 있는 사람들도 치안대에 신고할 생각을 하지 않는 게지.

'젠장.'

너무 뻔한 일이었다. 나쁜 놈들이 하는 짓은 거기서 거기니까. 수녀님은 나쁜 일을 하면 벌을 받는 댔지만, 힘이 있는 자들이 벌을 받는 일은 없었다. 한낱 용병인 로티아가 할 수 있는 일은 없었다. 그리고, 그런 사정 따위는 전혀 모를 것 같은 소녀가 말간 얼굴로 웃었다.

"제가 좋은 집 아가씨라고 생각하는데도 전혀 거리낌이 없네요. 어디 믿는 구석이라도 있나 보죠?"

"크흠, 당연하지! 아주 높으신 분이 내 뒤에 있다, 이 말씀이야."

"오, 누군지 궁금한데."

"그, 그거야!"

어떤 기사의 이야기 443

남자가 큼큼, 하고 목소리를 가다듬었다. 예쁜 소녀와 사람들 앞에서 허세라도 부리고 싶은 모양이었다.

"이 성의 성주이신 티볼렌 백작님 알지? 그 백작님의 육촌이다, 이 말씀이지. 곧 기사 작위도 받게 될 테니 일도 할 겸, 이 성 내의 치안을 내게 맡기셨다, 이거야!"

"와아."

소녀가 영혼 없는 박수를 쳤다. 누가 봐도 남자의 말을 믿지 않는 건방진 그 태도에 남자의 얼굴이 대번에 붉어졌다.

"이, 이게! 누굴 놀리는 거야! 정말 쓴맛을······!"

더 이상 가만히 듣고 있을 수가 없었다.

"이봐."

로티아는 잔뜩 몰린 사람들의 앞으로 나섰다. 누가 빗자루로 먼지라도 쓴 것처럼 동그랗게 빈 곳으로 로티아가 나서자 사람들의 시선이 쏠렸다. 모두가 로티아를 바라보았다. 모여드는 시선은 거북했지만 어쩔 수 없었다.

"그 아가씨 대신 내가 사과하지."

"넌 또 뭐야?"

유치한 연극의 형편 없는 배우라도 된 기분이었지만 로티아는 일단 참기로 했다. 지금 우선해야 할 것은 저 철없어 보이는 아가씨가 호된 꼴이라도 당하기 전에 이 상황에서 무사히 빼내는 거니까.

"난 용병이고, 저 아가씨는 내 의뢰주야. 부잣집 아가씨니까 건드리지 않는 게 좋을 거야. 내가 데려갈 테니까······."

"어머나."

소녀가 한 손으로 입을 가렸다. 소녀의 눈이 잔뜩 반짝이고 있었다.

"정말 영웅 소설의 한 장면 같네, 이거."

그 상황 모를 태평한 소리에 로티아는 하늘을 올려다보았고 남자는 기어코 커다란 손을 번쩍 들어 올렸다.

"이게 진짜 끝까지 사람을 놀려……!"

아니, 그래도 그렇지 저렇게 바로 손을 올려! 로티아가 깜짝 놀라서 그 사이로 뛰어들려고 할 때였다.

"괜찮아요."

소녀가 휙, 하고 휘파람을 불었다. 무언가 미약한 바람 같은 것이 로티아의 몸을 확 쓸고 지나가 묶어 버렸다. 움직임을 멈춘 것은 로티아뿐만이 아니었다. 손을 들어 올렸던 남자도 눈을 끔뻑였고, 비명을 지르려던 사람들도 입을 벌린 채 모두가 움직임을 정지했다. 이상했다.

"레오, 이리 와."

그리고 아무것도 없던 허공에서 갑자기 사람이 툭 튀어나왔다.

"뭐, 뭐야!"

"저기서 사람이 튀어나왔어!"

탁, 하고 갑자기 몸이 풀렸다. 누군가가 소리쳤다.

"마법이다! 마법사야!"

마법처럼, 아니, 마법으로 허공에서 툭 튀어나온 반짝이는 금발의 소년은 가뿐하게 바닥에 내려섰다. 난장판이 된 저잣거리와는 어울리지 않는, 동화 속에서나 볼 법한 용모였다. 소년이 주위를 둘러보더니 씩 웃었다.

"극적인 연출이로군요. 수도에서 관람했던 연극에 깊은 감명이라도 받으신 건가요?"

"그, 놀리는 것 좀 그만둬 줄래? 그보다 저놈 좀 잡아 가자."

"원하시는 대로."

레오라고 불린 소년이 남자에게로 다가갔다. 소년은 키는 훌쩍 컸지만, 남자의 옆에 서니 한없이 가냘프게 보였다. 누가 보아도 둘은 상대가 되지 않을 것 같았다. 갑작스러운 마법의 등장에 당황했던 남자가 어깨를 당당히 폈다.

"어, 어디서 나온 분인지는 모르겠는데 나를 건드렸다간……!"

말을 채 마치기도 전에 소년의 주먹이 허공을 가로질렀다. 주먹은 멋지게 남자의 얼굴 정면에 직격했다. 우두둑, 하는 불길한 소리가 들리며 남자가 바닥으로 처박혔다. 사위가 침묵에 휩싸였다.

"아니, 누가 그렇게 세게 때리래!"

그걸 본 소녀가 당황했다. 막상 주먹을 내지른 소년은 천연덕스럽게 웃고 있었다.

"말씀에 어폐가 좀 있군요, 세게 때리지 않았습니다만."

"뼈가 부러졌잖아!"

"살아 있잖습니까. 자, 데려가죠."

소년이 호리호리한 덩치와는 맞지 않게 남자의 멱살을 잡아 가볍게 들어 올렸다. 둘러싸고 있던 사람들이 저마다 수군거렸지만 신경 쓰는 기색도 없었다.

로티아는 그 모습을 바라보며 짧은 신음을 흘렸다. 방금 저 소년이 보인 무력은 압도적이었다. 당한 남자가 질 낮은 깡패기는 했지만, 덩치를 봤을 때 주먹 한 방에 뻗을 만큼 호락호락한 인간은 아니었다. 어려 보이지만 제대로 된 체술을 배운 기사다. 그런 수준의 기사가 호위할 만한 인물은 이 변방의 도시에서 단 한 명밖에 없다.

"비비안 그리니어스……"

작게 읊조린 중얼거림에 소녀가 눈길을 들었다. 눈이 마주쳤다. 로티아는 둥글게 휘어진 눈동자를 마주했을 때 그제야 소녀의 눈동자가 밝게 빛나는 황금색임을 깨달았다. 초상화에서 본 그대로였다.

처음 봤을 때 그녀의 눈동자 색을 몰랐던 것은 마법 때문인가. 하기야 조나단 같은 남자도 기적을 없애는 마법을 부렸으니 세계에서 가장 강한 마법사라는 그녀라면 아주 쉬운 일일 것이다.

한동안 그녀와 눈을 빤히 마주치고 있던 로티아는 순간 정신이 들어 황급히 고개를 숙이고 시선을 피했다. 등줄기에서 땀이 흘렀다. 로티아는 정말이지 이런 상황에 말려들고 싶지 않았다. 로티아는 그냥 하루 벌어 하루 먹고 사는 게 전부인 용병이었으니까.

"저기요, 아직 통성명도 못 했네요."

그렇지만 로티아의 바람과는 달리 태풍의 눈이 천연덕스럽게 자신에게로 걸어왔다. 소녀가 이쪽으로 걸어왔다. 피할 수도 없었다. 로티아는 입안을 꾹 깨물고 나서 대답했다.

"왜 그러십니까?"

"혹시 성함이 어떻게 되세요?"

"……로티아, 라고 합니다."

"와, 멋진 이름이네요. 어디서 들어 본 것 같기도 하고."

상대가 예쁘장한 소녀가 아니었다면 껄렁한 대사로밖에 들리지 않았을 것이다. 다만 외견만 그럴 뿐이지, 실제로는 이 소녀 쪽이 시시한 폴 따위보다 더 상관해서는 안 될 상대였다. 로티아는 침을 꿀꺽 삼켰다. 마주 보는 소녀의 눈동자가 반짝이고 있었다.

"저, 로티아 씨. 혹시 오늘 시간 좀 있어요?"

"……무슨 말씀이신지 잘 모르겠습니다만."

"이렇게 말하니까 내가 꼬시기라도 하는 것 같은데 그건 아니고요. 어느 깡패가 보호세를 빙자해 양민을 핍박하는데 백작을 운운했다는 증언이 필요해서요. 당신이 가장 가까이 있었으니까, 로티아 씨도 들었죠?"

정말로 귀찮아질 것 같은 일을 들고 왔다. 로티아는 저도 모르게 뒷걸음질을 치려고 했지만, 워낙 많은 사람들이 몰려 구경하고 있는 탓에 그럴 수 없었다. 로티아는 띄엄띄엄 말했다.

"아, 예…… 그렇지만 저 같은 일개 용병이 증언을 해도 효력이 있을지……"

"용병이 뭐 어때서요? 대단하잖아요. 내가 아는 어느 용병도 세상에서 제일 대단…… 음…… 난폭…… 하여간, 그런데."

"칭찬하는 데 실패하셨네요, 비비안 님."

어떤 기사의 이야기

"예를 잘못 들었어. 알렉세이 경은 용병의 모범이 되기엔 좀 그렇지?"
소년 기사가 생긋 웃었다.
"그자는 깡패란 말이 더 어울리죠."
"그건 좀 너무했다."
"저, 죄송합니다만 저는 조금 바쁩니다……."
최후의 발악으로 로티아는 그렇게 말해 보았다. 저 위대한 성녀께서 뭔 일을 할지는 몰라도 하루 벌어 먹고사는 용병인 자신에게는 버거운 일일 게 틀림이 없었다.
그렇지만 이 눈앞의 소녀는 그런 사정 따위 모를 테고, 아는지 모르는지 모르겠지만 소녀 옆에 선 소년 기사도 그냥 웃고만 있었다. 비비안 그리니어스가 활짝 웃으며 손을 내밀었다.
"아주 잠깐이면 돼요."
젠장. 로티아는 속으로 욕설을 내뱉었지만 그래도 어쩔 수 없었다. 성녀의 명을 거역하다니, 그런 배짱은 없었으니까.
로티아가 그녀의 손을 잡자 비비안이 눈을 동그랗게 떴다. 그녀의 손은 무척 부들부들했다. 거칠고 가꾸지 않은 자신의 손과는 전혀 달랐다. 비비안이 놀란 것은 그래서일까?
"알겠습니다."
저도 모르게 불만스러운 어투로 대답했기 때문일까, 옆에 서 있던 소년의 눈초리가 한순간 로티아에게로 향했으나 로티아는 상관하지 않았다. 비비안 그리니어스는 로티아의 삐죽함을 느끼지 못한 것인지, 몰라도 여전히 웃는 얼굴이었다.
"그럼 멋진 하루를 보내러 가 볼까요?"
그 대수롭잖게 뱉은 말이 어떤 의미였는지, 로티아는 몇 시간 후에 톡톡히 깨달았다. 어떻게 했는지는 몰라도, 비비안이 손뼉을 한 번 치자마자 로티아는 자신이 밟고 있는 것이 평생 밟아 보지 못한 부드러운 카펫이라는 사실을 깨달았다. 순간 속이 울렁거려 휘청거렸지만 로티아는 곧 자세를 바로잡았다.
비비안이 미안한 듯한 어조로 말했다.
"이동 마법이 원래 익숙하지 않으면 좀 멀미를 해요."
미리 좀 이야기해 주지. 로티아는 그렇게 생각했으나 입 밖으로 내지는 않았다.
"아니, 이게 무슨 일인가!"
"저기 사람이 갑자기 나타났어요!"
"피, 피다!"
주변에서 소란이 일어났다. 로티아는 주위를 둘러보았다. 두툼하게 깔린 붉은 카펫, 귀해 보이는 장식품과 화려한 샹들리에. 로티아는 침착하게 가장 가까운 장식품으로부터 두 걸음 떨어졌다. 벽에 휘황찬란하게 늘어진 휘장을 보니 이곳은 로티아가 평생 올 일 따위는 없다고 생각했던 이 성의 성주, 티볼렌 백작의 성이었다.
"여기 둘까요?"
그렇게 말은 했지만 레오날드는 대답을 기다리지 않고서 들고 있던 남자를 비싸 보이는 카펫에 쿵, 하고 내려놓았다. 주위의 사람들에게서 비명이 터져 나왔다.
"무, 무슨 일이야!"
"집사님을 불러와!"
누군가가 뛰어가는 소리, 발치에 쓰러진 남자의 신음. 조용했을 성이 금세 소란으로 가득 찼다. 그 요란 속에서 비비안은 무언가를 기다리듯, 가만히 서 있었다.
로티아는 별생각 없이 그런 비비안을 바라보았다가 흠칫 놀랐다. 방금 전까지만 해도 검은색이던 머리카락이 어느샌가 붉은색으로 변해 있었기 때문이다. 길게 기른 풍성한 머리카락이 윤기 있게 흘러내렸다. 역시 마법으로 바꾸었던 건가. 이렇게 보니 정말 초상화에서 보던 그대로였다.

얼마 지나지 않아 웅성대던 주위가 삽시간에 조용해졌다. 하인들 사이로 백발에 가까운 머리를 한 남자가 걸어왔다. 차림을 보아하니 집사인 듯했다.

"그리니어스 성하. 외출에서 돌아오신 것입니까?"

"그래요. 티볼렌 백작은 지금 어디 있죠?"

"백작님께서는 서재에 계십니다. 마침 차를 마실 시간이니, 응접실에서 잠시 기다려 주시겠습니까?"

"그럴게요."

집사는 흘끗 바닥에 쓰러져 있는 남자에게로 시선을 주었다가 다시 비비안을 바라보았다.

"저 분은…… 다치신 겁니까? 성녀님이 괘념치 않으신다면 제가 치료사를 부르겠습니다만."

"아니요, 할 일이 있어서. 제가 응접실로 데려가겠어요, 레오날드 경, 다시 저 사람 들어 줘."

비비안은 레오날드라고 부른 소년 기사에게 손짓을 했다. 그는 웃는 얼굴로 다시 남자를 들어 올렸다. 멱살을 잡힌 남자가 숨이 막혔는지 켁, 하고 숨을 들이쉬었다. 하인들의 호기심 어린 눈길과 수군거림이 뒤따랐지만, 집사는 동요 없이 비비안을 안내했다. 슬슬 빠지고 싶었지만 로티아도 할 수 없이 그들을 따라갔다.

안내를 받아 도착한 응접실도 역시 호화로웠다. 들어서자마자 향긋한 냄새가 코를 찔렀다. 레오날드는 응접실에 도착하자마자 들고 있던 남자를 바닥으로 던져 버렸다. 집사는 눈살을 찌푸렸지만, 곧 차를 내오겠다고 말하고 나가 버렸다. 비비안이 혀를 내둘렀다.

"사람을 그렇게 던지면 어떡해? 아프겠다."

"비비안 님이 다 치료해 주시지 않으셨습니까. 저한테 맞기 전보다 오히려 더 건강해졌을 텐데요."

"낫는다고 해서 아프지 않은 게 아니잖아?"

둘은 담소를 나누며 제각기 의자에 나란히 앉았다. 로티아는 처음에는 쭈뼛대며 저만치 뒤로 가서 서 있으려 했지만, 비비안이 로티아에게 손짓을 하는 바람에 자연스럽게 의자에 앉게 됐다.

곧 하인들이 들어오더니 응접실 가운데 놓인 테이블 위에 찻잔과 티 푸드가 함께 늘어섰다. 찻잔은 세 개였다. 비비안이 로티아에게 평이한 어조로 물었다.

"이거 좀 드실래요? 설탕을 코팅한 마들렌은 진짜 추천해요."

남겨진 한 개의 찻잔은 당연히 자신의 몫이 아니라 백작의 것이라고 생각했던 로티아는 약간 당황하며 비비안이 주는 마들렌을 받아 들었다.

"아, 네."

"차도 좀 들어요. 어차피 백작이 오려면 좀 걸릴 테니까."

"아, 그렇군요……."

로티아는 그저 네, 네, 하고 별 볼 일 없는 대답밖에 하지 못했다. 그래도 얼떨결에 입에 넣은 마들렌은 정말로 맛있었다. 세상에, 이런 맛이 있다니. 입에 넣자마자 끈적하고 달콤하게 녹아떨어지는 설탕 때문에 눈이 번쩍 뜨였다. 비비안이 웃었다.

"아주 맛있더라고요. 레오날드 경, 당신도 먹어."

"전 됐습니다. 단 걸 별로 안 좋아해서."

"아하. 그래서 당신이 입발린 소리를 잘 못 하나 봐."

그 말에 레오날드가 생긋 웃었다. 물오른 꽃봉오리처럼 예쁜 미소였다. 로티아는 움찔했다. 흠잡을 곳 없는 그림 같은 미소였지만 왠지 가시가 느껴졌다.

"그러고 보니 태어나서 아부라는 걸 해 본 적이 없군요. 듣고 싶다면 시도해 보겠습니다만, 어떠십니까?"

"레오날드 경, 아부란 걸 알고도 듣고 싶은 사람이 어디 있니?"

비비안이 혀를 쯧쯧 찼다. 그 대화를 듣고 있자니 로티아의 머릿속에 떠오르는 소문이 있었다. 얼마 전 이 도시에 왔을 때 어느 귀족 가문의 직계가 자진하여 팔라딘이 되었다고 하는 소문을 들었더랬다. 레오날드…… 평민에게 붙일 것 같지 않은 고풍스러운 이름이었다. 풍모도 그렇기는 했다.

'린든 후작가의 차남이라고 했나……?'

아무리 최근 교단의 위세가 드높다지만 직계 귀족, 그것도 후작가씩이나 되는 가문의 직계가 명예직이나 다름없는 팔라딘이 되는 경우는 드물었기 때문에 어딜 가나 저 이야기가 돌곤 했다. 관심이 없어서 자세히 듣지는 않았지만. 로티아가 홀로 호기심을 키우는 사이에도 둘의 한가한 대화는 계속되었다.

"그나저나 물어볼 게 있는데, 레오날드 경. 보통 귀족 가문에 적을 두고 있는데 저렇게까지 대놓고 깡패짓을 해?"

"어느 가문에나 골칫덩이는 있는 법이지요. 그래서 어떻게 하실 겁니까? 저 남자가 정말로 티볼렌 백작가에 적을 두었다면 백작에게 문책이라도 요구하실 겁니까?"

비비안이 손가락으로 책상을 툭툭 쳤다. 시선 끝에서 쓰러진 남자가 몸을 움찔거리고 있었다. 얼굴에 피가 흐른 자국이 여실했다.

"그럼 어떻게 될 것 같은데?"

"아무리 티볼렌 백작이라도 당신의 말을 무시할 수는 없습니다. 재판에라도 회부하게 되면 곤란해지는 건 티볼렌 가문이니까요. 아마 저 골칫덩이는 몇 년간 시골에라도 처박혀 지내다가 돌아오겠죠."

"그렇게 지내고 돌아오면 저 자식은 좀 반성하고 나은 인간이 되어 있을까?"

"그렇게 믿고 싶으십니까?"

"믿고 싶긴 하네."

"당신께서 그렇게 믿고 싶으시다면 굳이 첨언할 필요는 없군요."

"그렇지만 겨우 그걸로는 부족하다는 것도 알고."

비비안이 그렇게 말하고 씩 웃었고 레오날드는 어깨를 으쓱였다. 시간이 얼마 지나지 않아 노크 소리가 들렸다. 로티아는 의자에서 벌떡 일어났지만, 비비안과 레오날드 둘 다 일어나지 않았다. 백발이 성성한 백작이 들어와 바닥에 누워 있는 남자를 보고 흠칫했다. 멋지게 기른 수염이 떨렸다.

"성녀님, 대체 무슨 일이 있었던 겁니까?"

"저잣거리에 나갔다가 소란에 휘말려서 말입니다. 백작의 이름을 거론하기에 바로 처벌하지는 않고 데려왔습니다만, 아는 사람입니까?"

정중하고 교양 어린 어투를 듣자 하니 아까 전 시장에서 소시지를 먹던 천진한 소녀와는 아주 달라 보여서 로티아는 눈을 껌벅였다. 백작은 소녀 앞에서 쩔쩔매는 모습이었다. 방금 방에 들어왔는데 벌써 손수건을 꺼내 연신 땀을 훔치고 있었다.

"예, 예. 제 육촌 조카인 라울입니다. 소란이라니, 무슨 일이 있으셨던 겁니까?"

라울이란 이름이었군. 하는 짓에 비해 거창한 이름이다.

"제 앞에서 일반 평민을 핍박하고 돈을 빼앗더군요."

비비안은 빙긋 웃으며 덧붙였다.

"제가 말리려고 하다가 폭행당할 뻔했습니다. 이분이 막아 주셨지만요."

세상에서 제일 강력한 마법사가 그런 말을 한다는 것은 겸양이 아니라 비꼼이 아닐까. 로티아가 그렇게 생각하면서도 일단 앞으로 나섰다.

"예, 제가 봤습니다."

백작의 시선이 앞으로 나선 로티아의 행색을 훑었다. 백작의 시선에는 경멸이 담겨 있었지만, 로티아는 아무렇지도 않았다. 귀하신 분들의 그런 시선은 아주 익숙했으니까.

"보호세라는 명목으로 자주 돈을 뜯는 것 같았습니다. 돈이 없다고 하니 주인장을 팼고, 가게도 부쉈습니다. 여기 아가씨, 아니, 성녀님도 때리려 했습니다."

"같았습니다, 라고? 확신이 없군."

백작은 로티아를 아래위로 훑어보며 코웃음을 쳤다. 성녀를 대하는 태도와는 완전히 달랐다. 로티아는 무감하게 말했다.

"제가 매일 이 거리에 오는 것도 아니니 직접 본 건 아닙니다. 그저 주인장에게 한 말로 추측한 것뿐입니다."

"여기가 어디라고 추측 따위를 내뱉어!"

백작이 엄한 목소리로 로티아를 꾸중했다. 로티아가 무어라 항변하기도 전에 비비안이 손을 들었다.

"추측이 아니라 너무도 뻔한 사실이죠. 정확히 뭐라고 했는지 기억하나요, 이름 모를 용병님?"

"……저번 달 보호세도 늦게 내더니, 이번 달도 아직 안 낸 거 알지? 라고 하셨습니다."

"오."

비비안이 눈을 동그랗게 떴다. 놀란 듯 크게 뜬 눈동자에 즐거움이 살짝 보였다.

"저보다 훨씬 정확하게 기억하네요. 맞아요. 주인장의 말과 비교해 보면 좀 더 확실한 증명이 되겠지요."

그렇게 말하고서 비비안은 백작을 향해 장난스럽게 웃었다.

"저 혼자만 증언해서는 백작님께서 믿지 않을지도 모르니 일부러 이렇게 증인도 데려왔답니다."

"……설마, 제가 성녀님의 증언을 의심하겠습니까?"

"혹시 모르니까요. 확실한 게 좋잖아요?"

둘 사이에 제삼자인 로티아로서는 뭔지 모를 긴장감이 흐르는 것 같았다. 로티아는 살짝 레오날드 경에게 이제 자리를 떠나도 될지 물어보려

했다. 아무래도 자신이 할 일은 끝난 것 같은데, 이제 그만 여관에 돌아가서 쉬고 싶었다.

"죄송합니다."

그렇게 막 레오날드에게 슬쩍 눈치를 주려던 순간, 로티아는 깜짝 놀랐다. 백작이 갑자기 비비안을 향해 허리를 푹 숙였기 때문이다. 방금 전까지만 해도 엄청나게 노려보고 있더니.

"제가 대신 사과드리겠습니다. 이 녀석이…… 제 애비 속을 썩인다는 말은 들었습니다. 성녀께 몹쓸 꼴을 보여드렸습니다."

"……흠."

"네 이놈! 일어나서 얼른 예하께 사과드리지 않고!"

백작이 바닥에 쓰러진 자신의 육촌 조카를 걷어찼다. 아직 기절해 있던 남자가 백작의 발길질에 정신을 차렸는지 푸드덕 눈을 떴다. 남자는 백작의 말을 듣고 비비안과 레오날드를 보더니 당장에 바닥에 납죽 엎드렸다.

"아이고, 죄송합니다! 제가 귀하신 분들을 몰라 뵈었습니다! 한 번만, 한 번만 용서해 주십시오!"

추한 꼬락서니였다. 로티아는 속으로 남자를 경멸했다. 당당하게 자신의 신분을 앞세워 노점상 가판대를 부수며 난리를 쳐 놓을 때는 언제고 곧장 바닥에 엎드려 비는 꼴이 한심했다. 그런 조카를 티볼렌 백작이 엄하게 꾸짖었다.

"철이 덜 들었다, 해도 내 너를 믿었거늘. 이게 얼마나 큰 죄인지 알고 있느냐!"

"예, 예! 제가 잠시 미쳤었나 봅니다. 정말 잘못했습니다!"

"이렇게 흉한 꼴을 보여드려서 죄송합니다. 아직 젊은, 어린아이입니다. 제가 잘 타이르겠습니다, 예하."

아무리 로티아가 평민 계급의 용병이라지만 이제 상황이 어떻게 돌아가고 있는지는 알아차릴 수 있었다. 비비안 그리니어스는 세상사에 관심이 없는 로티아도 알 정도로 유명한 성녀기는 했지만 그렇다고 귀족에게 명령권을 가지고 있는 것은 아니었다. 그러니 백작이 성녀에게 설설 길 필요는 없었다.

다만, 성녀가 이 일을 크게 키운다면 망신을 당하는 것은 어쨌거나 티볼렌 가문이었다. 그래서 저 백작은 성녀가 괜히 나서기 전에 충분히 사과함으로써 없었던 일로 만들려는 것이다.

"물론 배상금 또한 지불하겠습니다, 성녀님."

역시나, 백작이 배상금을 제안했다. 어떻게 하려나, 로티아는 약간의 호기심이 동했다. 로티아가 알기로 교단은 마법의 힘으로 세상을 선하게 만든다는 교리를 따르고 있는 만큼 대의명분이 없으면 절대로 움직이지 않는 집단이었다. 게다가 기부금을 빙자한 적절한 금액이 없다면 더더욱.

그리고 귀족들은 기부금을 가장 많이 내는 집단이었다. 티볼렌 백작은 귀족들 중에서도 교단에 기부금을 많이 내는 축이라고도 들었다. 그러니 대부분 이런 문제의 경우 지금 티볼렌 백작이 그러듯 귀족이 성녀에게 사과를 겸해 기부금을 내면 끝이 나겠지만…… 비비안은 약간의 웃음기 어린 말로 말문을 열었다.

"잘 타이른다, 라. 뭘 어쩌실 셈입니까?"

그 말에 희망을 느꼈는지 티볼렌 백작도 함께 미소를 지었다. 비굴하게까지 보이는 웃음이었다.

"이, 일단 이놈의 기사 서임이 예정되었습니다만…… 서임은 미루고 수도원에 보내겠습니다. 기사가 되기엔 아직 소양이 부족하다는 증거니까요. 거기서 심신을 더욱 단련하고 반성하여……."

"풉."

로티아는 저도 모르게 웃음을 참지 못하고 숨을 내뱉었다. 그 소리에 자리에 있던 모든 사람들의 눈이 로티아에게 돌아갔다. 백작과 남자의 얼굴이 울긋불긋해졌다. 로티아의 행색이 초라해서인지 그들은 당장에라도 경을 치고 싶은 듯했지만 비비안의 앞이라서인지 아무런 말도 하지 못했다.

이야, 이게 권력의 힘인가. 로티아는 고소함을 느꼈다. 태어나서 처음으로 저렇게 좋은 행색의 인간들이 벌벌 떠는 꼴을 보았다. 그렇게 위세 좋아 보였는데, 결국 평민과도 별다를 것 없는 하찮은 인간들이었다.

비비안은 왜인지 로티아에게 빙긋 웃어 주고서 다시 눈앞의 백작과 백작의 조카라는 남자에게 눈을 돌렸다.

"그 말씀을 들으니 제 생각이 더더욱 확고해지는군요. 폐하께 이 사건에 대해 말씀드리겠습니다."

"성녀님……!"

둘 다 단번에 죽을상이 되었다. 남자는 추한 얼굴로 엉금엉금 기어가 비비안의 치맛자락을 붙잡으려 했지만 레오날드가 검집으로 그 손을 내리쳤다.

"그만."

"이런 게 어디 있습니까!"

남자가 드디어 잔뜩 붉어진 얼굴로 소리를 질렀다.

"제가, 제가 반성도 한다고 하지 않았습니까!"

"라울! 닥쳐라!"

"기사가 되는 건 제 평생 꿈이었단 말입니다! 그 꿈을 짓밟다니, 그러고도 당신이 성녀야!"

"라울, 네 이놈! 닥쳐라!"

비비안이 잠시 소리를 지르는 남자와 성이 난 노백작을 훑어보더니 마지막으로는 로티아를 바라보았다.

'나는 왜?'

로티아는 뚱하니 비비안을 마주 보았다. 비비안은 로티아를 마주 보고는 씩 웃었다.

"기사의 올바른 의무는 무엇인가? 주군에게 충성을 바치고, 명예를 지키는 것뿐 아니라…… 가난한 자들을 불의에서 구하며, 태어난 고향의 평화를 지키는 것"

소녀의 낭랑한 목소리가 기사의 의무를 읊었다. 그런 기사도가 있었군. 로티아는 시큰둥하게 생각했다. 살아오면서 꽤 많은 기사를 만날 일이 있었지만, 로티아는 저런 기사를 본 적이 없었다. 주군에의 충성은 몰라도, 가난한 자를 무상으로 돕는 기사는 어디에도 없었다.

"전 당신이 그걸 지킬 수 있을 거라 생각하지 않습니다."

라울의 얼굴이 흉하게 일그러졌다.

"당신이 뭘 안다고!"

"만일 당신이 진정으로 반성한다면, 그 반성을 토대로 기사라는 직함 없이도 그 의무를 행하게 되겠죠."

"도대체 그게 무슨 말……!"

"라울, 입 닥치거라."

"백, 백부님……!"

노백작이 눈을 감았다. 아마 비비안이 뜻을 굽히지 않을 거라 여긴 모양이었다. 그는 그전까지 비비안에게 굽히던 태도를 버리고 허리를 꼿꼿이 세웠다.

"이 청년의 미래를 망치는 것이 정녕 옳은 일이라고 생각하신다면, 제게 막을 권리가 있겠습니까. 다만 티볼렌가는 이 일을 잊지 않을 것입니다."

제법 위협적으로 들리는 말이었다. 로티아는 자신에게도 와닿은 시선의 의미를 깨닫고 예상보다도 큰일에 말려들었다는 생각에 조금 짜증이 났다. 이제 티볼렌가의 영향력이 닿는 곳에서 일하기는 글렀다.

"이걸로 끝이 아닌데요."

"……뭐라고요?"

그런데, 비비안은 그 위협에 굴하기는커녕 생긋 웃으며 말을 이었다.

"또한, 저는 저 라울이라는 자에게 돈을 받고 뻔히 저잣거리에서 일어나는 폭력에 눈을 감아 준 치안대원들 전부에 대한 조사와 경질을 바랍니다."

로티아는 눈을 둥그렇게 떴다. 치안대원들 중에는 평민 출신도 있었지만,

지휘관은 성의 경비를 맡는 만큼 대부분 기사들이며 티볼렌가의 영향력 안의 사람들이다. 그들은 뇌물 수수의 조사를 받는다는 것 자체를 명예에 대한 모욕으로 받아들일 가능성이 컸다. 백작 또한 그랬다. 노백작의 얼굴이 시뻘겋게 달아올랐다. 이제 단순히 친척 조카의 일자리 문제가 아니게 되었다.

"기사들을 단순한 의혹만으로 조사할 수는 없습니다! 모두 티볼렌 가문을 위해 충성을 맹세한 자들입니다."

비비안의 눈이 백작을 빤히 응시했다.

"저잣거리에서 일어나는 소란에 아무도 오지 않았다는 것은 제가 증명할 수 있습니다. 그래도 단순한 의혹입니까?"

"그건, 이 성의 성주인 제가 제대로 알아보고 조치를 취하겠습니다. 그러나 기사를 의혹만으로 조사하시겠다니요!"

"결백하다면 조사를 받아도 상관없을 텐데요."

"조사를 받는 것 자체가 모욕입니다! 게다가 아무리 성녀라 할지라도 대체 교단에서 무슨 권리로 내 가솔들을 조사한단 말이오!"

"물론 교단에서 명망 높은 티볼렌가를 조사할 수는 없지요."

비비안이 자리에서 일어났다.

"그러니 아레노 황실에 해당 사건을 알려 조사단을 파견해 달라 요청하겠습니다."

"비비안 성녀!"

백작은 이제 분노로 터질 것같이 부풀어 올라 있었다. 흰 수염을 빼면 이제 백작의 몸에서 하얀 부분이라곤 남아 있지 않았다.

"성녀라는 자가 황실 권력과 결탁하다니! 부끄러운 줄 아시오! 교단에 이 결탁을 고발하면 당신도 무사하지 못할 텐데!"

"고발할 테면 고발하세요. 저는 공정한 수사를 바랄 뿐."

"폐하와 손을 잡고 나를 압박해 볼 작정인가 본데, 폐하의 속셈을 내가 모를 줄 아는가!"

그 말에 태연해 보이던 비비안 그리니어스가 처음으로 표정을 바꾸었다. 허를 찔린 표정이 아니라, 그녀는 명백히 백작의 말을 비웃고 있었다. 비비안은 코웃음을 쳤다.

"폐하의 그 속셈이란 게 뭔지 나도 참 궁금하네요. 저는 제가 옳다고 생각하는 일을 할 뿐이랍니다."

그렇게 말한 비비안은 이번에야말로 걸음을 돌렸다. 레오날드는 그 뒤를 따라 걸었고 얼떨결에 로티아도 그들을 따라 방을 나섰다. 등 뒤에서 백작의 고함이 들리는 것이 신경 쓰이기는 했다. 복도로 나오자마자 레오날드가 비비안에게 말을 걸었다.

"그런데 저 여성분은 이제 어떻게 하실 겁니까?"

뜻밖에도 예의가 바른 말투였다. 로티아도 비비안을 쳐다보았다. 비비안은 로티아를 바라보며 고개를 기울였다.

"뭔가 궁금한 눈치인데요. 할 말이라도 있나요?"

"……아니오, 없습니다만."

"물어봐도 괜찮은데."

사실 궁금한 것은 많았지만 로티아는 말을 삼켰다. 이상하게 자신에게 친근한 태도로 대하기는 하지만 그녀는 어쨌거나 성녀였다. 평민인 자신이 함부로 얽혀서 좋을 건 없었다. 그래서 로티아는 의문을 삼키고 물어봤다.

"그럼 저는 이제 가 봐도 되겠습니까?"

"음, 진짜로 바쁜가 보네요. 오늘 하루 이야기라도 들으면서 같이 보낼까, 했는데."

무슨 그런 끔찍한 소리를, 그렇게 말하려다가 로티아는 겨우 혀를 깨물어 자신의 주둥아리를 막았다.

"예, 수행하고 있는 의뢰가 있습니다."

"실례지만 무슨 의뢰인지 물어봐도 되나요?"

"……단순한 수행 의뢰입니다만. 내일 마을로 의뢰주를 수행해 돌아가야 해서…… 그, 준비도 해야 하고."

"그렇군요. 참고로, 무슨 마을인가요?"

"그, 북쪽 성문에서 이틀 정도 걸리는 마을입니다. 작은 마을이라 이름을 아실지…….."

"제가 지리에는 약하긴 하죠. 일단 알겠어요."

비비안은 웃는 얼굴로 로티아에게 꾸벅 묵례를 해 보였다. 정중한 인사에 로티아는 깜짝 놀라 같이 고개를 숙였다.

"레오날드 경, 저분을 성 입구까지 모셔다줘. 알지?"

"예, 알고 있습니다."

레오날드는 긴말을 붙이지 않고 로티아에게 고갯짓을 했다. 로티아는 순순히 레오날드의 뒤를 따라갔다. 얼떨떨한 기분으로 걷다 보니 어느새 성주의 성 밖이었다. 이상하게 쳐다보는 하인들의 시선을 받아 가며 로티아는 레오날드가 잡아 준 마차에 올라탔다.

"아, 그 전에."

레오날드가 묵직한 주머니를 꺼냈다. 로티아는 얼떨결에 받아 들었다.

"그럼, 안녕히 가십시오."

레오날드는 끝까지 숙녀라도 대하듯 로티아를 대했다. 귀족의 예법을 모르기는 몰라도 대단히 정중했다. 주머니를 열어 보니 은화에 금화까지 섞여서 들어 있었다.

뭔가, 이상한 꿈이라도 꾼 기분이다.

로티아는 홀린 듯이 마차에서 내렸다. 시끄러운 저잣거리 소리를 듣자 그나마 현실로 돌아오는 것 같았다. 멍하니 길거리에 서 있자니 마차가 흙탕물을 잔뜩 튀기며 지나쳤다. 그렇지, 이게 현실이군. 로티아는 엉망이 된 옷을 툭툭 털었다.

돈이 별로 없었으므로 로티아가 묵을 수 있는 여관은 한정되어 있었다.

로티아는 이 도시에 올 때마다 이용하는 여관으로 향했다. 체격 좋은 여주인이 무뚝뚝하게 로티아를 흘깃 보고 다시 잔을 닦던 손길로 눈을 돌렸다.

"또 6인실? 저녁은?"

"생각 없어."

"말하는 싸가지 하고는. 너 돈 꽤 벌었잖아. 그렇게 벌어서 어디다 쓰냐?"

"알 거 없잖아."

"이상한 데 쓰고 다니지 말고 차근차근 모아."

여긴 숙박도 싸고 식사도 가격에 비해 괜찮은 편인데 저 아주머니의 오지랖이 문제다. 쓸데없는 소리 하기는.

로티아는 대답하지 않고 2층으로 올라갔다. 이미 선객이 있는지 기침 소리가 났지만 로티아는 신경 쓰지 않고 창가 쪽 2층 침대 자리로 올라가 이불을 덮었다. 이불은 낡고 제대로 보온도 되지 않을 만큼 얇았지만 그래도 청결한 편이었다. 이 여관의 장점이다. 싸구려 비누 냄새를 들이 맡으면서 로티아는 잠을 청하기로 했다.

……그런데 잠이 오질 않았다. 로티아는 침대 위에서 벌떡 일어났다. 내가 바로 오늘 그 비비안 그리니어스를 본 거지.

어릴 때부터 그녀에 관한 소문은 아주 많이 들었다. 어린애 모습을 하고 있다더니 정말로 로티아보다 훨씬 어린 모습이었다. 겉으로 보기에는 세상 물정 모르는 고운 소녀 같은데 의외로 소탈한 일면이 있었다. 그리고 무엇보다, 로티아는 오늘 태어나서 처음으로 나쁜 놈이 벌을 받는 모습을 보았다.

아니지, 아니야. 로티아는 자신의 순진한 생각을 스스로 타박했다. 티볼렌 백작이 그랬잖아. 성녀가 국왕 폐하와 결탁했다고. 분명 높으신 분들끼리 거래가 오간 거겠지.

비비안은 부정했지만 로티아야 진실을 알 길이 없었다. 로티아가 모르는 것일 뿐, 성녀 또한 무언가 얻는 게 있을 게 분명했다. 얻는 것도 없는데 성녀씩이나 되는 사람이 움직일 리가 없지. 나쁜 놈이 벌을 받은 것은 얽어걸린 것이나 다름없다. 그래, 분명히 그럴 거야…….

다음 날 아침, 로티아는 거의 뜬눈으로 일어났다. 1층으로 내려가자 주인아주머니가 로티아에게 무뚝뚝하게 말을 걸었다.

"오늘 조식은 무료야. 먹고 가."

어쩐지 구수한 냄새가 진동하고 있더라니. 말없이 구석 자리에 가서 앉자 아주머니가 감자 덩어리가 꽤 많이 들어간 수프 한 그릇을 줬다. 로티아는 수저로 감자 덩어리를 으깨며 물었다.

"혹시 빚이라도 졌어?"

"그게 무슨 소리야?"

"손님한테 이렇게 베풀다간 곧 빚지겠어."

"감자 몇 알 수프에 넣는다고 빚 안 진다. 젊은 애가 그렇게 여유가 없어서 어떻게 살려고."

"누가 들으면 아줌마는 굉장히 부자인 줄 알겠군."

"넌 그래도 돈깨나 번다는 애가 왜 그러냐."

워낙에 도적이니 산적이 들끓는 데다 각 영지에서 서로 간의 수탈을 위해 안간힘을 쓰고 있었으므로 용병에 대한 수요는 높은 편이긴 했다. 특히나 로티아는 여성 귀족들이 다른 영지로 이동할 때 호위로 고용하곤 해서 수입이 쏠쏠했다.

"혹시 누구, 나쁜 남자한테 돈이라도 바치고 있는 건 아니지?"

"어제부터 이 아줌마가, 무슨 참견이야. 나 알아서 잘하고 있어."

"그렇게 열심히 돈 버는데 하는 게 거지꼴이라 그렇지. 이런 허름한 여관에만 묵고."

"아줌마 가게잖아. 아, 못 먹겠네."

잔소리 값이다 생각하고 로티아는 동전 하나를 테이블 위에 올려놓고 아줌마가 무어라고 하기 전에 가게를 뛰쳐나갔다. 마을 정 가운데에 있는

어떤 기사의 이야기

분수에서 폴과 만나기로 했으니 빨리 움직여야 했다.

로티아는 볼일을 본 후 분수대로 이동했다. 분수대 앞에서 폴이 손을 흔들고 있었다.

"로티아, 여기야!"

정말 보기 싫은 꼴이었다. 로티아는 바닥에 침을 한 번 뱉고 폴에게로 다가갔다. 폴은 로티아와 달리 푹 잤는지 개운한 얼굴이었다. 어제 무슨 일이 일어났는지는 상상도 못 하겠지.

"어제 어디서 잤어? 나랑 같이 가자니까."

"빨리 가자. 나 이틀 후에 상단 수행 의뢰 있어."

"후후, 그렇게 성실한 게 로티아 매력이라니까."

저 주둥아리를 주먹으로 쳐서 들어가게 하면 더 이상 안 떠들려나. 로티아는 절실하게 생각했다. 어제 무슨 일을 겪었건 이게 현실이었다.

"너, 네 이년!"

그러니까 이런 일도, 역시 로티아의 현실이었다. 갑작스러운 습격이었다. 말이 신변 보호이지, 성과 마을을 오가는데 위험한 것이라곤 보통 날짐승 정도였다. 가끔 강도가 나타나면 로티아가 제압하거나 정 인원수가 많다면 통행료나 좀 주고 말 정도였다.

그래서 길 뒤쪽에서 사람들의 발소리가 들려와도 로티아는 크게 신경 쓰지 않았다. 폴과 로티아가 사는 마을은 작기는 했지만, 수도로 향하는 길목에 있었기 때문에 통행량이 적지 않았기 때문이다. 으레 상단이거나 혹은 용병들이겠거니, 그렇게 생각하고 방심했다.

"이게 도대체 무슨 짓이야!"

로티아는 길 뒤편에서 갑자기 나타난 남자들이 폴의 뒤통수를 검집 뒤로 찍어 버렸을 때에야 상황을 깨달았다. 아니, 정확히 말하자면 남자들 뒤로 나타난 라울의 웃는 얼굴을 보았을 때.

로티아가 날고 기는 용병이라고 해도 정식 훈련을 받은 기사 세 명이에워싼 데다 멍청한 폴이 이미 인질로 잡힌 터였다. 로티아는 반항을 포기하고 검을 바닥에 던졌다.

"로, 로티아!"

"걘 아무 상관 없으니까 보내 줘."

폴이 싫고 아니꼽기는 했지만, 이 상황에서는 로티아에게 의뢰를 했을 뿐인 시시한 놈이고 아무 상관도 없는 피해자일 뿐이다. 자신에게 말려서 죽는 것은 바라지 않았다.

"하! 웃기는 소리 하고 있네. 저년, 묶어서 무릎 꿇려!"

라울이 의기양양하게 소리쳤다. 기사들은 라울의 말을 듣고 눈살을 찌푸리기는 했지만, 이의를 제기하거나 거부하는 대신 그의 말대로 로티아의 팔을 뒤로 묶었다.

"쯧쯧."

한 기사가 혀를 찼다. 뒤로 묶인 두 팔은 꼼짝도 하지 않았다. 고개를 들려고 하자 기사가 로티아의 목을 발로 짓눌러 꼼짝도 할 수 없었다. 라울이 침을 뱉었는지 뺨 옆으로 침 덩어리가 떨어졌다.

"감히 나를 비웃어! 내가 누군지 알면서! 성녀가 있다고 네가 뭐라도 되는 줄 알아, 어?"

로티아는 머리가 처박힌 채 곁눈으로 폴이 어떤 꼴인지 살폈다. 폴도 로티아와 마찬가지로 두 손을 결박당한 채 끌려 나와 머리를 흙바닥에 처박고 있었다.

"이, 이게 무슨 일이야."

머리에서 피를 질질 흘리고 있는 폴이 눈물 콧물을 질질 흘리면서 로티아에게 말했다. 로티아는 눈을 감고 이를 악물었다.

물론 이제 티볼렌가의 영지에서 살지는 못하겠지, 싶었지만 겨우 평민 용병인 나를 쫓아와서 이렇게까지 할 줄이야. 그것도 이렇게 기사까지 대동하고 오다니. 기사가 동원된 이상 그 노백작도 무관하지는 않을 것이다.

로티아는 울분이 치미는 것을 느꼈다.

"큭……!"

그러나, 로티아는 어제와 다르게 한마디도 할 수 없었다. 입술에 흙이 짓이겨졌다. 라울이 기사에게서 로티아의 머리채를 휘어잡고서 낄낄 웃었다.

"백부님이 나를 얼마나 귀여워하시는지도 모르고, 이 천한 것이! 내가 기사 서임 그깟 거 못 받는다고 귀족이 아니게 되는 줄 알아!"

"저는…… 아무 짓도 하지 않았습니다!"

로티아는 겨우 소리쳤다. 충격을 받은 머리가 쾅쾅 울렸다. 라울이 로티아의 머리채를 쥐고 흔들었다.

"아무 짓도 안 하긴! 네년이 증언한다고 나서지만 않았어도 일이 이렇게까지 되진 않았지!"

그게 무슨 말도 안 되는 책임 떠넘기기인지, 물론 로티아는 알고 있었지만, 논리를 따질 때가 아니었다.

라울이 로티아의 머리채를 잡고 흔드는 통에, 목에 단단히 매어 두었던 주머니가 흙바닥에 툭 떨어졌다. 짤그랑, 하고 동전이 부딪치는 소리에 라울이 로티아의 머리채를 탁 놓았다.

"허, 용병 주제에 금화를 다 들고 다녀?"

라울이 주머니가 열리며 바닥에 흩어진 금화를 보고 비웃었다. 로티아는 희미해진 시야로 라울이 금화를 향해 허리를 굽히는 것을 보았다. 그가 금화를 주웠다.

"대체 무슨 더러운 짓을 해서 이 금화를 번 거야, 응? 얼굴도 별로인데 말이지……."

그 더러운 눈길을 더 이상 참을 수가 없었다. 로티아는 라울에게 머리채를 잡힌 채 침을 뱉었다.

"이, 이게!"

라울의 얼굴에 침을 뱉자 상황도 잊고 통쾌한 기분이 들었지만, 곧 심각한 고통이 찾아왔다.

"이 미친년을 봤나!"

라울이 로티아의 머리, 목, 가슴께를 발로 마구 짓밟기 시작했다. 뼈가 우두둑, 하고 부러지는 소리가 났다. 팔이 묶여 있어 로티아는 반항 수단이 전혀 없었다. 폴이 울부짖는 소리가 났지만, 신경 쓸 겨를도 없었다.

"라울 님, 사람이 오기 전에 얼른 처리하고 가셔야 합니다."

아까 전 로티아를 향해 혀를 찼던 기사가 말했다. 라울이 그 말에 버럭 화를 냈다.

"나도 알아! 그렇지만 내가 당한 걸 생각하면 그냥 죽이는 게 자비를 베푸는 거라고, 알아?"

"사람이 오기라도 했다간 큰일입니다."

"목격자도 어차피 티볼렌 영지 사람일 텐데 무슨 걱정이야! 내가 누군지 알면서 그딴 소리를 해?"

그 시시한 말다툼을 들으면서 로티아는 생각했다. 너무 억울하다고. 이대로 죽는 건가. 이렇게 불합리하게, 아무런 말도, 반항도 하지 못한 채로?

'나쁘게 살면 결국 벌을 받게 된단다.'

수녀님. 제가 아무리 떳떳하게 살아도, 결국 아무도 알아주지 않았어요. 아무리 나쁜 사람도 벌을 받지 않아요. 그들에게는 힘이 있으니까, 모두가 외면하니까. 그래서 결국 수녀님도…… 아무도…….

"로, 로티아!"

폴의 목소리였다. 로티아는 희미하게 눈을 떴다. 피로 범벅이 된 더러운 금발 머리의 남자가 라울에게 달려들어 흙바닥을 뒹굴고 있었다.

"도망가! 얼른!"

멍청아.

로티아는 그렇게 생각했다. 생각만 하고 소리를 낼 힘이 없었다. 의뢰주는 너고 용병은 난데 네가 왜 날 구하려고 애를 쓰고 있어…….

어떤 기사의 이야기 467

"멍…… 청아."

물론 그는 멍청이였기 때문에 폴은 금세 기사에게 붙들려 제압되었다. 로티아는 그 장면을 보면서 밭은 숨을 쉬었다. 본능적으로, 이 의식이 꺼지면 죽을 거라는 것이 느껴졌다. 마지막으로 들은 게 저 멍청이의 목소리라니, 정말 싫은데…….

"눈을 떠요."

그 목소리에 로티아는 눈을 떴다. 보인 것은 맑은 하늘이었다. 잠깐 멍하니 눈을 깜박이자니 그 하늘 사이로 쑥, 하고 얼굴이 들어왔다.

"정신 차렸어요?"

"……성녀님?"

로티아는 깜짝 놀라 몸을 일으켰다. 몸을 일으키자 옷에 붙어 있던 흙이 우수수 떨어졌다. 비비안이 손을 뻗어 로티아의 옷을 툭툭 털어 주었다. 그 아무렇지 않은 손길에 로티아는 얼이 빠졌다. 아니, 이상하다. 나는 방금 전까지 죽어 가고 있었는데……?

"로티아!"

엉엉 울면서 폴이 사지로 흙바닥을 기어 왔다. 본능적인 꺼림칙함에 로티아는 팔을 뻗어 다가오려는 폴의 얼굴을 막았다.

"살았구나! 살았어!"

틀린 선택이었다. 손에 폴의 눈물이며 콧물이며, 심지어는 마른 피까지 묻었다. 로티아는 다른 손으로 자신의 머리를 만져 보았다. 역시, 마른 피딱지가 있었다.

"꿈은 아니었군요."

"미안하게도 그래요. 죽을 뻔했어요, 당신."

로티아는 주위를 둘러보았다. 네 명의 남자가 튼튼해 보이는 밧줄에 묶인 채 바닥에 무릎을 꿇고 있었다. 그중 한 명은 바로 라울이었다. 라울은 얼굴이 시퍼레진 채로 덜덜 떨고 있었다. 분명 몇 분 전에는 내 머리채를 잡고 흔들고 있었는데.

"이게 무슨······."

아까 전과 상황은 완전히 반대로 뒤집혀 있었다. 꽁꽁 묶인 라울과 기사들의 앞에는 어제 낮에도 보았던 소년 기사와, 새로 보는 남자 하나가 서 있었다. 빛나는 은발에 몸집이 커다란 남자였다. 로티아는 눈을 껌벅였다.

그제야 상황이 파악되었다. 성녀가 와서 로티아를 구한 것이다. 덤으로 폴도. 그런데, 어떻게?

"미안해요, 늦게 와서."

그리고 왜?

로티아는 고개를 들어 비비안을 바라보았다. 이해되지 않는 사과였다. 비비안이 사과할 일이 뭐가 있지? 그렇지만 로티아의 몰이해에도 불구하고 비비안은 진심으로 미안한 듯 로티아의 손을 잡았다.

"어제 당신에게 증언을 부탁하고 난 뒤 혹시 몰라서 당신을 감시하고 있었어요. 아, 이것도 사과해야겠네요."

"감시요?"

"설마 상관도 없는 사람에게 화풀이를 할까, 쓸데없는 걱정일까 싶기도 했는데······."

비비안의 시선이 잠시 레오날드를 향했다. 그는 아무것도 모른다는 듯 빙긋 웃고 있었다. 아무래도 로티아를 감시하라는 명을 받은 건 저 소년 기사인 듯싶었다. 비비안의 시선이 로티아에게로 돌아왔다.

"그래도 혹시 몰라서 어제 그 돈주머니에 추적 마법을 걸어 놨어요. 물론 실제 보수기도 했지만."

"아."

"어쩐지 한곳에 너무 오래 머물러 있다 싶어서 와 봤더니, 정말로 이런

어떤 기사의 이야기 469

짓을…… 제 실책이에요. 이럴 줄 알았으면 끌어들이지 않는 건데."

"비비, 언제까지 그러고 있을 거지? 해가 지겠군."

그렇게 말한 것은 레오날드 옆에 서 있던 은발의 남자였다. 비비안은 고개를 끄덕였다.

"하긴, 해가 지기 전에 저 기사들의 자백을 받아서 티볼렌 백작을 박살 내야겠지."

"저 남자는 그런 의미로 한 말이 아닌 것 같은데요, 비비안 님."

"그럼 자백을 받아 내는 건 맡겨도 되겠지? 알렉세이 경."

"네 명령인데 오죽할까."

알렉세이라 불린 남자가 씩 웃었다. 레오날드가 알렉세이에게서 세 걸음 멀어졌다. 명백하게 꺼리는 것을 대하는 태도에 알렉세이가 마음에 들지 않는다는 듯 레오날드를 노려보았다.

"도련님, 결벽증이라도 있나?"

"그렇게 말하는 것을 보니 결벽증이 있는 사람이라면 피할 만한 짓을 할 건가 봅니다."

"고생을 덜 한 놈들이나 그렇게 말하지. 정말 마음에 안 드는군, 애송이."

"저도 고생을 많이 한 늙은이가 딱히 부럽진 않습니다만."

왜 갑자기 싸우는지는 모르겠지만 저 두 사람이 끔찍하게 맞지 않는 성격이라는 것은 알겠다. 비비안은 익숙한 광경인지 딱히 놀라지도 않는 모습이었다. 그녀는 두 남자를 말리는 대신 자리에서 일어나 무릎의 흙을 툭툭 털었다. 그리고 아직 멍하니 앉아 있는 로티아에게 손을 내밀었다.

"자, 일어나세요."

로티아는 자신에게로 내밀어진 비비안의 손을 잡지 않고 빤히 바라보다가 문득, 물어보았다.

"저를 구하러 오셨다고요."

"네, 늦어서 미안해요."

비비안은 그렇게 말하고 씩 웃었다.

"묻고 싶은 게 있으면 물어봐요. 궁금한 게 많은 얼굴인데."

어제와 같은 말이었다. 로티아는, 이번에는 질문을 삼키지 않고 물어보았다.

"왜 구하러 온 겁니까? 전 평민이고, 저 남자는 귀족이잖아요. 저 때문에 티볼렌 가문과 척을 지게 될지도 모르고……"

"눈앞에 위기에 처한 사람이 있으면 구하는 게 당연하잖아요."

비비안은 별 망설임도 없이 시원스럽게 대답했다. 그녀는 벙 쪄 있는 로티아의 손을 잡고 몸을 일으켜 주었다. 힘없어 보이는 소녀는 정말로 연약했지만, 그래도 온 힘을 다해 로티아를 일으켜 세웠다.

동화 속에나 나올 것 같은 성녀, 자신과는 관계없는 사람. 부드럽고 좋은 냄새가 나는 흰 빵 같다고 생각했던 그녀가 눈앞에 서 있었다. 비비안은 자신보다 한참 커다란 로티아를 올려다보면서 물었다.

"그리고 저도 물어볼 게 있어요. 어제부터 궁금했던 건데."

"뭔가요?"

비비안이 씩 웃었다. 고아한 성녀가 짓지 않을 것 같은, 장난꾸러기 같은 해사한 미소였다.

"저를 왜 그렇게 보는 거예요?"

"……오해를 산 것 같은데요, 저는 딱히 그런……"

"저를 보면서 굉장히 기뻐하고 있잖아요, 당신."

황금색의 눈이 반짝반짝 빛나고 있었다. 로티아는 할 말을 잃었다. 눈을 껌벅이고 있자니 비비안이 환하게 웃었다.

"그건…… 그거야……"

로티아는 저도 모르게 말을 더듬었다. 그때 나선 것은, 어릴 때 자신을 키워 준 수녀님의 말씀이 항상 귀에 맴돌고 있기 때문이었다.

수녀님은 고생을 너무 많이 한 탓인지 갈수록 인지 능력이 떨어져 로티아의 이름조차 기억하지 못했다. 그런 수녀님은 로티아를 붙잡고 항상 이렇게 말했다. 나쁘게 살지 말아라. 나쁜 사람은 언젠가 벌을 받을 테고, 아무도 알아주지 않더라도 착하게 살아야 한다.

"아니에요. 전 기뻐한 게 아니라……."

자신을 키워 준 수녀님이 돌아가셨다는 사실을, 로티아는 처음 번 돈을 고아원으로 보내면서 답장으로 받아 보았다. 수녀님은 끝까지 그 궁핍한 고아원에서 고아들을 돌보다가 어느 추운 겨울, 찬물에 이불을 빨래하다가 그대로 일어나지 못했다고 했다. 로티아는 장례식에조차 참석하지 못했다.

로티아는 성인이 된 후 자신이 자랐던 고아원이 유독 궁핍했던 이유가 바로 수녀님이 속한 교구에서 기부금을 제대로 배분하지 않기 때문이라는 걸 알게 되었다.

이 세상이란 게 그랬다. 인지 능력이 떨어지는 착하고 굼뜬 수녀는 예산을 받아 내는 법을 몰랐고 로티아가 살았던 지역의 교구는 수녀가 요구하지 않았다는 이유로 돈을 중간에서 착복했다. 그래서 수녀님은 그 흔한 치료사 한번 만나지 못하고 삶을 마감해야 했다.

교단에 항의의 편지를 보내 보았으나 평범한 용병의 항의는 정식으로 받아들여지지 않았다. 수녀님이 얼마나 착한지, 어떻게 희생하며 고아원을 운영해 왔는지 알고 있는 마을 사람들에게 로티아는 증언이라도 해 달라며 매달렸지만 아무도 도와주지 않았다.

그냥 제 몫을 챙겨 먹지 못한 멍청한 수녀가 있었고, 그 수녀 편을 들어 보았자 아무런 이득도 없었으므로 다들 무시했다. 수녀님의 말씀과는 달리, 착하게 살아 봤자 정말 아무도 알아주지 않았고 쓸모도 없었던 거다.

로티아가 그나마 할 수 있었던 것은 고아원에 꼬박꼬박 모은 돈을 보내는 것이었다. 로티아가 자란 고아원은 다행히 수녀님과 함께 어린 시절을 보냈다는 다른 수녀님이 맡았다. 로티아가 고아원에 돈을 보낼 때마다 답장이 왔다. 기부금은 고맙지만 고아원 대신 로티아 자신을 위해 쓰라는 내용이었다.

그 답장만 봐도 뻔했다. 로티아를 키워 준 수녀님과 별다를 바 없는 사람이겠지. 고아원은 여전히 궁핍할 테고, 새로운 수녀님도 아이를 돌보다가 지쳐서 죽을 테고, 그걸 아무도 몰라 줄 것이다.

어쩌면, 이 비비안 그리니어스라는 소녀도 그렇게 될지도 모른다.

"성녀님이 하는 거, 바보 같은 짓이라고 생각해요."

저도 모르게 입에서 툭 튀어나온 말이었다. 건방지기 짝이 없는 말이었기에 내뱉은 로티아는 순간 헉, 하고 숨을 들이켰으나 막상 그 말을 들은 비비안은 평온하게 로티아를 바라보고 있었다.

"왜 바보 같은 짓이라고 생각하는 건가요?"

"그건…… 평민 몇 명을 구해 봤자…… 아무것도 바뀌지 않잖아요."

"그렇지만, 부당한 일을 당하는 사람을 구하는 건 옳은 일이잖아요."

그건 너무도 연약한 울림이었다. 태풍 앞의 새가 지저귀듯이, 무자비한 것이 쓸고 지나가면 아무것도 남지 않을. 언제나 치열한 삶을 살며 온갖 더러운 꼴을 본 로티아는 그걸 충분히 알고 있었다.

그녀는 이제껏 힘을 가진 자가 어떻게 해 왔는지 이미 충분히 보아 왔다. 조나단은 힘이 생기자 도둑질을 했고, 라울은 타인을 짓눌렀다. 그들이 특별히 악한 게 아니다. 인간이란 다 그랬다.

그게 옳은 일이라는 당위성 따위는 현실 앞에 아무런 힘이 없다. 동화 같은 이야기, 현실에서는 누구나 비웃을 법한 이야기. 로티아는 비웃음당하는 사람을 봤고, 그런 이야기를 비웃기도 했다. 그렇게 비웃었던 이야기 속의 성녀가 지금 로티아에게 말하고 있었다.

"저는 선량한 것의 힘을 믿어요. 터무니없이 바보 같은 일처럼 보이지만, 사람들은 결국 동화 같은 이야기를 좋아하잖아요."

지금 여기, 내 눈앞에서.

"당신도 그렇고요."

비비안 그리니어스는 로티아의 두 손을 잡았다. 여전히 자신보다 작고 보드라운 손이었다. 그렇지만 아무런 망설임 없이 로티아에게 뻗어 온 손.
"어제 당신도 저를 구했었죠. 아무런 이득도 없는데도요."
"그거야……."
"당신이 나서니까 다른 사람들이 안도의 한숨을 쉬었다는 건 알아요?"
비비안이 그렇게 말하며 싱긋 웃었다.
"그 사람들도 저를 구하고 싶었을 거예요."
"……그게 무슨 소용이 있죠? 결국, 나서지 않았잖아요."
"그건 사람이란 어쩔 수 없이 나약하기 때문이죠. 바뀌지 않을 거란 체념 때문이기도 하고. 그런데 그건 그 사람들의 잘못이 아니잖아요?"
맑은 하늘에는 그 흔한 구름 한 점도 보이지 않았다. 햇살이 쨍쨍했다. 밝게 빛나는 빛무리가 비비안의 머리 위로 부스러지고 있었다.
"그러니까 바꿀 수 있어요."
세상에, 로티아는 눈을 감았다. 이런 동화가 있다면 유치하기 짝이 없는 이야기일 거야.
"……바보 같은 소리네요, 정말."
그렇게 생각하면서도 홀리지 않을 수 없었다. 그도 그럴 게 무척이나 기뻤으니까.
로티아의 인생에서 최초로 친구가 생긴 순간이었다.

* * *

그렇게 로티아는 비비안과 함께하게 되었다. 물론 그 이후의 시간은 동화 속 이야기처럼 아름답지만은 않았다. 로티아도 충분히 예상했던 바였다.
나쁜 사람은 벌을 받는다, 착하게 살아야 한다. 어린아이가 동화책에서 읽어도 유치하고도 단순하다고 느낄 그 말을 실제로 만들기 위해서 얼마나 커다란 노력이 필요하던지.

비비안 그리니어스는 언제나 노력했으나 그 노력은 보답받지 못하기가 일쑤였다. 그래도 그녀는 포기하지 않았고, 그래서 로티아는 언제나 속이 터지고 짜증 나고 화가 나곤 했다.

사실 처음에 로티아는 비비안이 동화 속에서나 나올 법한 성녀이니 그저 착하고 순할 거라고 막연히 상상했더랬다. 하지만 막상 비비안의 곁에 있어 보니 그녀는 아주 고집불통이었다. 심지어는 비비안과 왁왁대며 싸우고 볼을 마구 꼬집을 때도 있었다.

하지만 그도 그럴 것이, 비비안은 어지간히 답답하게 굴었다. 옆에서 보면 항상 그랬다. 나중에야 안 것이지만 용병과 저잣거리의 상인 하나 때문에 귀족 회의 수장인 티볼렌 백작과 완전히 척을 지는 것 또한 당시 비비안의 상황에서 선택해서는 안 되는 것이었다.

티볼렌 백작과 완전히 등을 지게 되면서 티볼렌 백작의 입김이 닿는 귀족 가문들이 일제히 교단에게 항의를 했다. 아무리 성녀라도 황가의 힘을 빌려 귀족의 일에 참견하는 것은 도를 넘었다는 것이다.

그 덕에 교단 내에서 비비안은 완전히 고립되었다. 돈 없이 굴러가는 단체는 없으니 당연한 일이었다. 그렇게 비비안은 교단 내에서도 외면받았고 그녀의 정치적 입지는 매우 좁아졌다.

비비안 또한 그렇게 될 것을 알면서도 그렇게 행동했다. 그때도 이유는 단순했다. 그게 옳은 일이니까.

비비안의 앞에는 언제나 수많은 쉬운 선택이 있었는데도 그녀는 항상 외로운 길을 고집했다. 로티아는 그런 그녀가 좋았다. 그래서 로티아는 언제나 비비안 그리니어스와 함께했다.

어린아이도 믿지 않을 유치한 동화 같은 세상을 진심으로 만들고자 하는 그녀가, 어린아이는 상상도 하지 못할 고난을 웃으며 넘겨 가면서, 어린아이나 상상할 법한 힘을 가지고서도 겨우 그런 일을 하는 비비안 그리니어스가 정말로 좋았다. 그런 그녀가 돌아올 세상이 그녀가 꿈꾸던 것에 조금이라도 더 다가갔으면 했다.

로티아는 나이를 먹어 눈이 잘 보이지 않게 될 때가 돼서야 비비안이 잠들어 있는 사원으로 돌아갔다. 여전히 비비안은 깨어나지 않았다. 로티아는 관이 있는 방 안에 늘어지듯 누웠다.

"있잖아, 비비안. 이제 반말해도 괜찮지?"

로티아는 홀로 농담을 하고서는 그게 우스워서 킬킬 웃었다. 이제 로티아는 곧 죽을 노파였고, 관 안에 누워 있는 비비안은 여전히 어린 소녀 같았다. 처음 만났을 때보다 훨씬 더 크긴 했지만 사실 로티아의 눈에는 늘 그랬다.

"넌 대체 언제쯤 돌아올 생각인 거야?"

그렇게 말하기는 했지만 로티아는 자신이 깨어난 그녀를 볼 수 있으리란 생각을 접은 지 오래였다. 게다가 만일 지금 비비안이 눈을 뜨더라도 그녀가 볼 수 있는 것은 늙어서 기력이 다해 죽어 가는 로티아뿐일 것이다. 로티아는 그걸 바라지는 않았다.

비비안이 깨어나더라도 이제 그녀의 곁을 지켜 왔던 자는 아무도 존재하지 않을 것이다. 비비안의 시간은 멈추었지만 다른 이들의 시간은 흘러 버렸으니까. 비비안은 무척 슬퍼할 것이다. 로티아가 그녀를 떠나보냈을 때 슬퍼했던 것처럼.

이제 로티아가 바라는 건 이제 단 하나뿐이었다.

"언제 돌아올지는 모르겠지만…… 네가 없어도 나는 최선을 다했어. 모르기는 몰라도, 아마 다른 녀석들도 그랬겠지."

비비안이 그렇게 떠난 이후 로티아 또한 이 세상에 환멸이 나서 아무것도 하고 싶지 않을 때가 있었다. 비비안의 흔적을 보면 그녀가 그리워서 목 놓아 울고 싶었고 그녀를 죽인 원수의 행적을 보며 복수심에 남은 인생을 모두 털어 넣고 싶을 때도 있었다. 그렇게 아무것도 하지 않으며 남은 인생을 불길에 던져 넣고 싶었다.

그렇지만 결국 그렇게 하지 못했다. 로티아는 비비안의 몸을 사원에 봉한 다음 자신이 어린 시절을 보냈던 고아원으로 돌아갔다. 비비안에게 빌렸던 마법의 힘은 사라졌지만 그래도 로티아에겐 할 수 있는 것이 남아 있었다. 궁핍하고 초라한 고아원에 옛 팔라딘이 살고 있을 거라고 생각하는 사람이 없었던 것이 다행이었다.

로티아를 키워 주었던 수녀님은 이제 없었지만, 로티아와 곧잘 편지를 주고받곤 했던 수녀님은 아무런 말 없이 로티아가 견습 수녀처럼 꾸미고 살아갈 수 있도록 도와주었다.

로티아는 수녀 복장을 하고서 고아들을 돌보았다. 나쁜 짓을 하면 혼내고, 착한 일을 하면 칭찬해 주고, 그런 당연한 것을 가르치며 한 명, 한 명에게 모두 이름을 붙여 주었다. 그렇게 세월을 보내며 늙어 갔다.

"다시 네가 돌아왔을 때 실망시키고 싶지 않았으니까."

그렇게 결국에는 비비안을 위해서 다시 살았다. 꺾이려는 무릎을 일으켜 걸었다.

"이 세상이 네가, 우리가 원하던 것에 조금이라도 가까워지도록…… 내가 네 몫까지 노력하며 살았어, 비비안."

비비안은 언제나 최선을 다했다. 그녀와 함께하는 동안 로티아는 단 한 번도 실망한 적이 없었다. 그래서 로티아도 최선을 다해 살았다.

"그러니까 이제는…… 그냥 네 맘대로 살아."

내가 그랬던 것처럼.

온몸에서 기력이 꺼져가는 것이 느껴졌다. 천천히 시야가 흐려졌다. 로티아는 웃으며 눈을 감았다. 후회는 단 한 점도 없었다.

정말로, 멋진 이야기였어.

너와 함께해서.

외전 2
계속될 이야기

 첫 출근 날 지각이라도 하면 어쩌지. 존은 그런 걱정을 하면서 일찍 잠자리에 들었지만, 결과적으로는 쓸데없는 걱정이 되어 버렸다. 왜냐하면 밤을 꼬박 새우고 말았으니까.
 존은 졸린 눈을 비비며 침대에서 일어나 부엌으로 향했다. 어차피 이제 잘 수도 없으니 찬물이라도 마시고 정신을 차려야겠다는 생각에서였다.
 "아, 깼니?"
 그런데 부엌에는 이미 일어난 어머니가 화덕 앞에 서 있었다. 어머니는 커다란 냄비를 부지런히 휘젓고 있었다.
 "아, 안녕히 주무셨어요."
 존은 어색하게 어머니 옆으로 다가가 국자를 젓는 것을 바꾸었다. 냄비에서 고소한 우유 향이 올라왔다. 몇 년간 기숙 학교 생활을 하면서 식사 시간을 기다려 본 적은 없었는데 집에 오니 확실히 다르다. 아니, 챙겨 주는 가족이 있으니 다르다고 해야 하는 걸까. 내일은 내가 더 일찍 일어나서 아침 식사를 준비해야지. 존은 그렇게 결심했다.

"그런데 왜 이렇게 일찍 일어났니? 조금 더 자도 되는데."

"괜찮아요, 푹 잤거든요."

"그래, 그럼 됐다. 그럼 아침 먹고 같이 나가자."

"네."

대화는 어색하고 자신의 발음은 어눌하게, 말을 처음 하는 애처럼 들리기는 했지만, 어머니는 여전히 상냥하게 웃고 있었다. 닭고기를 찢어 넣은 수프는 고소하고 맛있었다. 허했던 속이 따뜻해져서 긴장한 몸이 조금 풀리는 것 같다.

"윽."

물론 집 현관에서 한 발 떼는 순간부터 속이 울렁거렸지만, 존은 집에서 저 멀리 보이는 거대한 성을 올려다보았다.

앤더슨 대공의 성은 이 황량한 북부 영지 속에서 살아가는 모든 영지민들에게 마음의 토대 같은 것이었다. 거센 바람이나 고약한 추위 속에서 언제나 굳건하게 서 있는 회색빛의 성벽.

제국의 땅이니 당연히 이 땅은 황제의 것이겠으나 실질적으로는 몇 백 년간 이 토지를 지키고 있는 앤더슨 변경백이야말로 이 토지의 주인이다.

이 지방에서 오래 살아온 사람들은 앤더슨 가문에 대해 깊은 애정을 가지고 있다. 그럴 만도 했다. 앤더슨 가문은 통치하는 백성들을 돌보는 데 힘쓰고 있었으니까. 존은 어린 시절 수도에서 살았던 만큼 그 격차를 더 잘 실감할 수 있었다. 수도의 빈민가에서 굶어 죽을 판이었던 어머니와 존이 이 영지에 오게 된 건 행운이라고밖에 할 수 없었다.

'그래, 행운이지.'

존은 주먹을 꽉 쥐었다. 그리고 그 앤더슨 가문에서 일하게 된 것 또한 행운 중 하나였다. 몇 년간 불량 청소년 구제 기숙 학교에서 지내며 장부 보는 법이니 뭐니 공부한 보람이 있었다.

앤더슨 가문은 고용인에게 보수도 후한 편이었다. 어머니가 일하지 않더라도 자신이 이 가정을 먹여 살리기엔 문제가 없을 거다. 진짜 오늘부터 열심히 해야지. 존은 그렇게 단단히 결심했다.

"일단 이 서류들, 연도별로 정리해 놔."

그러나 출근한 지 채 십 분도 되지 않아 존은 눈앞이 깜깜해지는 것을 느꼈다. 상사가 악마처럼 보였다.

"이, 이걸 다요?"

눈앞에 쌓인 서류들은 하나같이 존의 키만큼 높았다. 존의 키는 평균 남성의 신장이었다. 그런 키의 서류가 언뜻 봐도 열 뭉치는 넘었다. 장밋빛 미래만을 꿈꾼 건 아니었지만 그렇다고 첫날부터 이런 막노동을 예상한 건 아니었다. 입을 벌리고 어버버, 거리고 있는 존을 향해 상사가 픽, 웃었다.

"오늘 다 하라는 건 아니야."

"아, 예! 그럼 언제까지 하면 될까요?"

"네가 할 수 있을 만큼. 최대한 빨리하면 돼."

최대한 빨리하라는 말은 신입에게는 거의 사형선고처럼 들리기 마련이다. 존은 마음속으로 단단히 각오를 다졌다. 그, 그래. 열심히 해야지.

"예! 최대한 빨리 해 보겠습니다."

"음, 농담인데. 설마 내가 이걸 혼자 다 하라고 하겠어?"

"……예?"

존은 눈을 껌벅였다. 상사는 얼빵한 신입의 어깨를 웃으면서 두드려 주었다.

"오늘 첫 출근인데 미안하게도 자네 사수가 될 만한 비서들이 모두 출장 중이라서 말이야. 내일이면 몇 명 돌아올 테니 본격적인 업무는 내일부터 하고, 할 게 없으니까 일단 이거나 정리하고 있으란 이야기야."

"아, 예…… 알겠습니다."

"그래, 점심 먹을 때까지 힘내. 아, 누가 찾아오면 나한테 말하고 들여보내고."

상사는 그 말을 끝으로 자신의 방으로 쑥 들어가 버렸다. 존은 그제야 긴장이 풀려서 크게 한숨을 내쉬었다. 저 상사야말로 그 깐깐하기로 소문난 로렐 브라운, 앤더슨 대공의 수석 비서였다.

얼굴을 직접 본 건 처음이었지만 이름은 이 토지에서는 워낙 유명했기에 이미 알고 있었다. 까마득한 상사라고만 생각했기에 첫 출근하자마자 로렐에게 직접 업무 지시를 받을 거라곤 생각하지 못해서 더 긴장한 것도 있었다. 존은 바지에 땀이 밴 손을 슥슥 닦았다.

그 압도적인 양 때문에 긴장하기는 했지만, 막상 서류를 보니 양식에 맞춰서 기재되어 있어서 날짜를 보고 맞추는 것은 그다지 어렵지 않았다. 물론 날짜 아래 기재되어 있는 각 물품명과 가격은 보기 좀 힘들었지만.

얼마나 정신없이 일을 하고 있었을까, 방 안에서 인기척이 났다. 문이 열렸다. 로렐이 존에게 손짓을 했다.

"배고프지? 가자."

"아, 네, 네!"

"오, 꽤 많이 했네. 좀 읽어 봤어?"

"아, 아니오, 정리만 하느라……."

그렇게 대답한 후 존은 약간 후회했다. 읽어 봤다고 해야 하나? 로렐이 대답을 듣고 피식 웃었다.

"괜찮아, 솔직한 게 낫지. 첫날인데 서류 파악까지 하라는 건 아니고, 그래도 대충 흐름은 봐야 돼."

"저, 그…… 무슨 흐름을 파악해야……?"

"일단 어느 때 뭘 구입했는데 그게 얼마였다, 하는 것 정도만. 이상하게 값이 싸거나 비싼 경우는 왜 그런지도 머리에 넣어 둬. 한 한 달 정도는 그것만 봐도 정신없을걸."

계속될 이야기

로렐은 그렇게 말하며 복도를 빠른 걸음으로 걸었다. 존은 바쁘게 걸음을 놀리며 그녀를 따라갔다.

"또 궁금한 건 없어?"

"저, 혹시 다른 분들은 왜 자리를 비우신 건지……."

"연례행사 때문에. 대공 전하께서 수도에 가서서 따라간 거야."

"아, 그거요. 정말 연례행사죠."

존은 드디어 아는 척을 할 수 있게 되어 다행으로 생각했다. 현 다니엘 앤더슨 대공이 연에 한 번씩 수도로 올라가 한 계절쯤 지내는 것은 이미 성 안에 널리 알려진 사실이었다. 로렐이 투덜거렸다.

"전하를 수행하러 수도로 올라가는 것도 큰일이야. 한 번 다녀오면 진짜 앓아눕는다니까."

"아, 그렇군요……."

"그래도 몇 년 전보단 나아졌지. 그땐 1년에 한 번이 아니라 시도 때도 없이 불려 갔거든. 다행인 줄 알아."

"아, 그럼 정말 힘드셨겠어요……."

"뭐, 다 예전 이야기지."

나 때는 정말 힘들었지만 요샌 일이 많이 편해졌다는 식의 전형적인 상사의 이야기였다. 존도 그냥 그렇군요, 하고 영혼 없는 맞장구를 쳤다.

로렐을 따라 정신없이 복도를 걷다 보니 어느새 식당에 도착했다. 이미 꽤 많은 숫자의 고용인들이 모여 앉아 식사를 하고 있었다. 개중 누군가가 로렐을 보고 아는 척을 했다.

"여어, 로렐 식당엘 다 오고 웬일이야?"

"오늘은 신입이 있어서 길 안내를 해 주려고요."

"오, 비서실에 드디어 신입이 왔구만."

"아, 안녕하세요."

존은 황급히 인사를 했다. 로렐이 몇몇 고용인의 이름을 알려 주었다.

저 아저씨한테 잘 보이면 빵을 더 줄 거라느니, 집사에겐 잘 보여 놓아야 좋은 잉크를 사 준다느니. 존은 눈이 팽팽 돌았다. 흰 빵과 토마토 수프를 받아 자리에 앉았을 즈음에는 이미 머릿속이 꽉 차 있었다.

"잘 먹겠습니다."

"자, 잘 먹겠습니다."

그래도 배는 고프기 마련이다. 식사는 훌륭한 편이었다. 기숙학교에서라면 꿈도 꾸지 못할 만찬이다. 고용인에게 후한 가문이라는 소문은 들었지만, 식사의 질은 정말 좋았다. 빵은 방금 화덕에서 꺼낸 흰 빵이어서 따뜻하고 보드라웠고, 토마토 수프에는 갈아 넣은 고기가 들어 있었다.

맛있다. 존은 정신없이 먹어 치웠다. 그 와중에 식당에 옹기종기 모여 앉아 있던 고용인들이 가끔 존을 쳐다보았지만, 존은 빵에 정신이 팔려 보지 못했다. 대신 로렐이 피식 웃었다.

"애 체하겠네."

"예?"

"모르면 됐어."

상사의 말을 잘 알아듣지 못하는 신입은 으레 불길함에 휩싸이기 마련이다. 존이 빵을 먹던 것도 멈추고 눈만 불안하게 데굴데굴 굴리고 있는데 로렐이 갑자기 물었다.

"그러고 보니까 너, 개명했더라."

"어, 어떻게 아셨습니까?"

"아까 네 이력서 정리하다가 봤어. 서류 하나가 다른 이름으로 되어 있더라구."

"아, 맞아요. 죄송합니다. 바꾼 지 얼마 안 되어서…… 다시 제출하겠습니다."

"뭐, 됐어. 중요한 서류도 아니고…… 발음만 좀 바뀐 수준이잖아."

"저, 철자도 바꾸었습니다만."

"그래? 뭐, 잘 바꿨네. '잔'은 좀 구식 발음이긴 하지."

로렐은 존이 다 먹기를 기다렸다가 자리에서 일어났다.

"밥 다 먹었으면 소화시키게 산책 좀 하고 가자."

"그럼 저는 먼저 돌아가서……"

"무슨 소리야. 당연히 자네도 같이 가는 거야. 저택 안 길을 안내해 주는 거라구."

"아, 예. 감사합니다."

식후의 산책은 건강에도 좋으며 건강을 유지하는 것은 비서로서 당연히 업무의 연장선, 그러므로 이것은 땡땡이가 아니다. 그렇게 존이 상사의 말에 맞장구를 치며 산책을 함께 한다는, 직장인으로서의 중차대한 업무를 수행하고 있을 때였다. 한참 저택 안의 역사를 설명하며 걷던 로렐이 갑자기 걸음을 멈추었다.

"어, 비비안 님."

로렐이 어딘가를 보고 환하게 웃었다. 존은 따라서 고개를 돌렸다.

"어, 로렐 오랜만이야."

그 시선 끝에 서 있었던 것은 한 여자였다. 젊어 보이기는 했지만 어쩐지 연령대를 가늠하기는 어려웠다. 존보다 대여섯살 많으려나. 검은색의 머리는 높게 틀어 올리고, 무척 강렬하게 느껴지는 황금빛의 눈동자. 키도 크지 않고 별 장식도 없는 단순한 옷을 걸쳤는데도 눈이 마주치자 어쩐지 묘한 위압감이 느껴졌다.

뭐지? 어디서 본 것 같은데…… 존이 좀 더 여자의 얼굴을 살펴보려는 순간 로렐이 팔꿈치로 그의 옆구리를 쳤다. 존은 황급히 허리를 숙이며 고함을 치듯 인사했다.

"아, 안녕하십니까아아!"

등허리에 식은땀이 흘러내렸다. 그러고 보니 신분이 높은 사람의 얼굴을 빤히 보는 것, 그것도 여성의 얼굴을 살피듯 보는 것은 무척 실례였다. 게다가 로렐이 저렇게 존칭을 쓰는 것을 보면 분명 신분이 높은 상대다. 실수했다는 생각에 존은 어쩔 줄을 몰랐다.

"어, 네. 안녕하세요."

무슨 불호령이 떨어질까 싶어 긴장하고 있었는데, 상대의 입에서 나온 것은 의외로 맥 빠질 정도로 간단한 인사였다. 외려 약간 떨떠름한 기색인 것 같기도 했다.

"뭘 그렇게 긴장하고 있어? 왜 그래, 신입?"

로렐이 그렇게 말하며 팔꿈치로 허리를 쿡쿡 찔렀다. 어라, 내가 너무 과하게 생각한 건가. 존은 다시 허리를 폈다. 등줄기에는 여전히 땀이 흐르고 있었다. 존과 로렐을 번갈아서 의아하게 쳐다보다가 비비안이라고 불린 여자가 웃었다.

"신입이라고? 그래서 긴장했구나. 로렐이 괴롭힌 거지?"

"무슨 말씀을 하시는 거예요, 비비안 님. 제가 신입을 괴롭히다뇨."

"네가 팔꿈치로 치는 거 다 봤어."

"그거야 인사하란 의미로…… 괴롭힐 거면 더 세게 때렸겠죠."

"이거 들었죠? 조심해요, 로렐은 내가 본 비서 중에 제일 무서운 사람이니까……."

"신입에게 무슨 소릴 하시는 거예요. 아, 그나저나 비비안 님이 여기 계신다는 건 혹시……?"

"아, 그 사람은 아직 수도에. 나 혼자 바람 쐬러 잠깐 온 거야."

"아니, 혼자 오셨어요?"

"그거야 혼자 왔지. 왜, 나 혼자 위험할까 봐 걱정돼?"

그렇게 말하면서 비비안이라는 여자가 소리 내어 웃었다. 존이 듣기에는 무엇 하나 재미있을 구석이 없는 대화였는데 둘 사이에서는 그게 재미있는 농담이었는지 로렐도 어깨를 들썩이며 웃고 있었다. 존도 따라서 어색하게 웃었다.

계속될 이야기 485

"설마 제가 그런 걱정을 하겠습니까? 혼자 오셨으니 심심하실 것 같아 한 말입니다."

"내가 왜 심심해. 자네도 있고, 이제 이 영지에 내가 아는 사람이 여럿 있는데."

로렐이 그 말에 생긋하고 귀엽게 웃었다. 옆에서 그걸 본 존은 어쩐지 소름이 돋았다.

"저 바쁜데요?"

"이런, 오늘 밤에 술이나 한잔하자고 하려고 했는데."

"물론, 바빠도 술 마실 시간은 있죠. 제가 좋은 거 하나 들고 방으로 찾아뵙겠습니다."

로렐의 말에 비비안은 보는 쪽이 놀랄 정도로 환하게 웃었다.

"그거 오늘 들은 말 중에서 제일 설레는 말이다. 아, 그러고 보니까 물어볼 거 있는데."

비비안이 그렇게 운을 떼자 로렐이 존을 향해 눈짓을 했다.

"먼저 돌아가 있어, 아까 하던 업무 그대로 하고 있으면 되고."

"네, 알겠습니다."

아는 것이 하나도 없는 존은 그냥 꾸벅 인사만 하고 오던 길을 되돌아갔다. 귀는 뒤를 향해 쫑긋 세워져 있기는 했다.

"물어보실 게 뭡니까?"

"아니, 그 사람 생일 말이야. 내가 돌아오기 전에 이미 지났다면서."

"아, 예, 그렇죠. 그런데 왜요?"

"좀 섭섭해하는 거 같더라고. 그래서 말인데."

"섭섭? 대공 전하가 섭섭해한다고요? 진짜로요?"

무언가 재미있는 이야기가 들린 것 같았지만, 원래 신입은 뭘 들어도 무엇을 들은 것인지 모르는 법이다. 존은 자신이 올 한해 앤더슨 영지를 몽땅 뒤흔들 만한 스캔들을 들었다는 것도 모르고 부지런하게 방으로 돌아가 또 열심히 일을 하기 시작했다.
　한참 서류를 정리하고 있자니 어느새 로렐이 방으로 돌아왔다. 아까 전에 헤어졌을 때보다 훨씬 기분 좋아 보이는 얼굴이었다. 그녀는 빙글빙글 웃으며 존에게 말했다.
　"너무 열심히 하는 거 아니야? 알아서 눈치껏 숨 돌리면서 해. 지금은 사람이 없어서 나는 하나하나 못 챙겨 주니까."
　"네…… 저, 그런데…… 아까 그분이요."
　존의 말에 다시 자신의 방 안으로 쏙 들어가려던 로렐이 발을 멈추고 뒤를 돌아보았다. 로렐이 뭐냐는 듯 한쪽 눈썹을 휙 들어 올렸다. 혹시 질문이 마땅치 않았던 것인가. 존은 본의 아니게 기가 죽었다.
　"저는 그냥…… 제가 알아야 하는 분인가 해서요."
　"아, 맞아. 너도 얼굴이랑 이름 익혀 둬. 성함은 비비안. 호칭은 비비안 님."
　그리고 로렐은 애매한 침묵 후에 다시 말했다.
　"다니엘 대공 전하와 아주 친밀한 사이시지."
　그 말을 듣자 존도 깨달은 것이 있었다. 그건 이 영지에 이미 파다한 소문이었다. 다니엘 앤더슨 대공에게 연인이 있다.
　수없이 들어온 혼담을 모두 거절하며 혼기를 다 놓치도록 대공이 결혼하지 않는 이유에 대해 말들이 많았다. 대공과 이어지기 어려운 신분의 여자가 연인이라는 소문이 있었는데 그게 사실이었던 건가. 이름과 호칭만을 알려 주고 신분을 알려 주지 않는 것은 그런 이유이리라. 존은 속으로 납득했다.
　"그렇군요, 알겠습니다."
　"그래, 그럼 계속해서 수고하고."
　그렇게 말하고 로렐은 방 안으로 쏙 들어갔다. 존은 다시 서류를 열심히 정리하기 시작했다.
　그날 저녁은 그렇게 저물었다. 일단 퇴근 시간은 한참 지난 것 같은데 어떻게 해야 하지, 존이 서류 더미를 두고 씨름하고 있을 때 로렐이 방 안에서 허겁지겁 뛰어나왔다.

"아, 미안! 네가 있는 걸 까먹었어. 빨리 퇴근해!"

"아, 로렐 님은요?"

"난 신경 쓰지 말고, 아, 가시는 길에 어머니 모시고 가면 되겠네."

"아…… 네, 감사합니다."

존은 로렐에게 인사를 한 후 후닥닥 집무실을 빠져나왔다. 가슴은 약간 두근두근했고 왠지 피부에는 열감이 느껴졌다. 첫 출근날이 끝났다는 생각에 긴장이 풀린 것 같았다. 존은 스스로의 볼을 탁탁 두드렸다. 이러면 안 되지, 정신 차려야 해.

저택 문을 나서니 커다란 나무둥치 밑에서 어머니가 앉아서 기다리고 있다가 손을 흔들었다. 주위에는 같이 일하는 동료인 듯한 몇 명이 함께 있다가 존을 보고 아는 척을 했다.

"제인, 네 아들 온다."

"아유, 잘생겼네. 제인, 당신 닮았나 봐."

"잘생기기는 뭘…… 하루 종일 힘들었지?"

제인이 아닌 척하면서도 쑥스러워하는 얼굴로 존을 맞아 주었다. 존은 어머니의 동료들에게 허리를 굽혀 인사를 했다.

"앞으로 잘 부탁드립니다."

"예의도 바르네. 제인이 든든하겠어."

"애가 철이 들어서 말이야."

어머니의 동료들은 덕담을 몇 마디 더 해 주고서는 한참 함께 걷다가 골목이 갈리는 곳에서 헤어졌다. 존은 어머니와 함께 어두워지기 시작한 저녁 거리를 걸었다. 아이들이 뛰어다니는 소리, 늘어선 집들 사이를 훈훈한 공기가 맴돌고 있었다. 어색한 모자는 그 거리를 걸어 함께 집으로 돌아갔다.

집으로 돌아가는 길은 짧았다. 문에 걸린 명패에는 제인, 존, 두 사람의 이름이 새겨져 있었다. 제인이 호들갑을 떨며 문을 열었다.

"배고프지? 얼른 밥 먹자."

"어머니, 저……."

존은 말을 꺼내려다가 목이 막혔다. 사실, 오늘 내내 긴장한 것은 첫 출근 때문만은 아니었다.

"저기, 엄마……."

오늘이야말로 제대로 사과해야지.

쭉 그렇게 생각해 왔다. 성인이 되어서 처음으로 제 몫을 하게 되면 어머니에게 사과해야겠다고. 내가 잘못했다고, 내 생각이 너무 짧았다고, 미안하다고, 앞으로 잘하겠다고.

해야 할 말들은 무수히 많았고 존은 무슨 말을 해야 좋을지 오래도록 생각했다. 하지만, 그 모든 말들은 막상 입 밖으로 내려니 아무런 가치 없는 싸구려 말처럼 들릴 것 같았다.

"괜찮아."

하지만, 존이 할 말을 꺼내기도 전에 어머니가 먼저 존의 어깨를 두드려 주었다.

"오늘 많이 피곤했나 보네. 잔, 다 괜찮을 거야."

"……이제 '존'이라니까."

존은 고개를 숙이고 조용히 댔다. 새 출발을 하고 싶은 마음에 이름을 바꾸었지만, 어머니는 자꾸 존을 예전 이름으로 부르곤 했다. 제인은 아들의 투정에 또 한 번 웃었다. 그녀는 이 모든 일이 그저 꿈만 같았다.

"그래, 우리 아들."

제인이 존의 어깨를 꼭 안았다가 놔주었다. 얼굴에는 감격스러움과 자랑스러움이 흘러넘치고 있었다. 그 애정을 이제 존도 확실히 받아들일 수 있었다. 어머니가 웃으며 말했다.

"우리 아들이 이렇게 잘 컸네. 비비안에게 자랑해야겠다."

계속될 이야기 489

"……비비안이요? 비비안 님?"

"비비안 님이라니?"

존은 갑자기 튀어나온 그 이름에 눈을 껌벅였다. 아니, 엄마 입에서 왜 그 이름이 튀어나오는 거지?

모자는 한동안 멍하니 서로를 마주 보았다.

* * *

"비비안, 안녕하세요!"

문에 달린 종소리가 울리기 전부터 이미 마리아가 오고 있다는 걸 알고 있었던 나는 웃으며 마리아를 반겨 주었다.

"안녕, 마리아. 꼬마 아가씨가 나들이를 다니기엔 너무 늦은 시간 아니니?"

"로렐에게 비비안이 돌아왔다는 말을 들었을 때는 이미 저녁을 먹은 후여서 어쩔 수 없었어요. 그리고 앤더슨 영지의 치안은 훌륭하니까 괜찮아요."

꼬마 아가씨는 그렇게 당당하게 말했다. 나는 쓴웃음을 지을 수밖에 없었다. 꼬마의 이름은 마리아 앤더슨. 보기에도 똘망해 보이는 아가씨가 바로 다니엘 대공의 조카다. 즉 앤더슨 백작의 손녀였다. 생김새는 다니엘도, 앤더슨 백작과도 그리 닮지 않았다.

어쨌거나 그런 신분인 이상 호위도 없이 홀로 외출하는 것은 아무리 이 영지가 다니엘 대공의 영향력 내에 있더라도 추천할 만한 일은 아니다.

하지만 뭐, 로렐도 내가 있는 이상 이 아이가 불우한 사고에 처할 일이란 없다는 것을 알고 있기 때문에 마리아에게 내가 이 도시에 돌아왔다는 걸 말했을 것이다. 은근히 사람을 알뜰하게 부려 먹는다니까.

그래서 나는 굳이 이 똑똑한 꼬마 아가씨에게 잔소리를 하는 대신 찻잔이나 하나 더 꺼내기로 했다. 오렌지빛의 찻물을 찻잔에 붓자 마리아가 자그마한 목소리로 감사합니다, 라고 말했다.

나는 그걸 보며 약간 미소 지었다. 사실 이 아이는 나를 별로 좋아하지 않는다. 좋아하지 않는다고 해야 하나, 혹은 경계하고 있다고 해야 하나.

나는 여전히 대외적으로는 나 자신을 마법을 조금 할 줄 아는 마법사로 밝히고 행세하고 있었다. 비비안이라는 이름은 쓰고 있지만, 이 시대에는 꽤 흔한 이름이 되어서 놀랄 것도 없고, 특징적인 붉은 머리카락은 평소 색깔을 바꾸어 생활하고 있다. 그래서 다니엘, 앤더슨 백작, 그리고 로렐 같은 이를 빼면 내 정체를 알고 있는 사람은 거의 없었다.

그러니 마리아의 입장에서 볼 땐 나는 신분도 불분명하면서 로렐과 날이면 날마다 술을 까고, 묘하게 다니엘과 친하게 지내는 여자인 것이다. 나를 경계할 법도 했다.

"그런데 정말로 무슨 일이야? 네가 여기까지 오다니. 급한 일이라도 있니?"

그런데도 여기까지 찾아온 건 꽤 절실한 이유가 있어서겠지. 내 말을 들은 마리아가 자그마한 주먹을 꽉 쥐었다.

"저기……."

입술은 몇 번 더 달싹이다가 다물어졌다. 나는 꼬마 아가씨의 망설임을 조금 기다려 주기로 했다.

"저…… 저번에 주셨던 사과잼 말인데요. 잘 먹었습니다. 오후에 티타임 때마다 먹었어요."

저런, 바로 본론에 들어가지는 못했군. 총명한 꼬맹이가 약간 분하다는 눈빛으로 제 손가락 끝을 쏘아보고 있었다.

"그거 잘됐네. 아직도 많이 남았는데 또 가져갈래?"

나는 마음씨 좋은 마녀라도 된 기분으로 찬장에서 사과잼을 담아 놓은 유리병을 꺼냈다. 얼마 전에 사과를 얻어 와서 잔뜩 만들어 두었던 터라 사실 처리하는 게 골치였다. 알렉세이 경은 단 걸 딱히 좋아하지 않아서 먹을 사람이 없다. 물론 내게 잼을 받아 가는 게 목적이 아닌 마리아는 그 제안에 급하게 손사래를 쳤다.

"아, 아니에요. 이미 한 병 받았는걸요."

"너무 많아서 가져가 주는 게 오히려 고마운걸? 마침 다니엘도 한 병 가져갔어."

"삼촌이요?"

마리아가 눈을 동그랗게 떴다. 나는 그 모습을 보고 조금 웃었다. 다니엘이 단 걸 좋아하는 게 의외인가?

"단 걸 좋아한다던데. 몰랐어?"

"어, 네. 처음 듣는걸요."

"흐음, 그렇구나. 본인 입으로 이야기했는…… 데."

말하다 보니 깨달았다. 다니엘 대공이 내게 한 말이 거짓말일 확률이 더 높겠구나. 하긴 내가 직접 담근 사과잼을 준다고 하는데 다니엘 대공이 정색을 하고 저는 단 걸 싫어해서 괜찮습니다, 라고 말할 것 같진 않다. 오히려 싫어하는 데도 좋아한다고 거짓말을 하며 받아 가는 게 다니엘다운 일이다. 어라, 실제로 그렇게 한 거구나. 괜히 미안해지네.

"뭐, 그건 그렇다치고. 다니엘 대공 때문에 온 거지?"

"……예."

다니엘 대공도 충분히 놀려 먹고 있는데 이 꼬마 아가씨에게까지 심술을 부릴 필요는 없지. 내가 먼저 화두를 꺼내자 마리아가 빠르게 고개를 끄덕였다.

"삼촌이 언제 수도에서 돌아올지 궁금해서요. 함께 떠난 비비안이 돌아왔으니…… 곧 돌아오는 걸까, 해서."

아까 전엔 물어보려다가 실패한 질문을 이번에는 성공했다. 어련히 그걸 물어볼 거라고 생각은 했다만. 문제는 마리아가 듣고 싶어 하는 답을 내가 해 줄 수 없다는 것이다. 나는 어깨를 으쓱였다.

"음, 내가 돌아온다고 대공이 돌아오는 건 아닌데. 나는 그냥 호위 중 하나일 뿐이거든."

"……설마 그럴 리가."

"거짓말이 아니라 정말이야."

마리아의 말대로 다니엘 대공과 함께 수도로 갔던 건 사실이었다. 내가 대공의 호위를 자청했기 때문이다. 이 나라에 돌아온 이후에도 쭉 다니엘에게 신세를 지고 있기도 하고, 사실 이 집도 다니엘이 수배해 준 것이었다. 그런 다니엘에게 신세도 갚는 겸 호위를 하러 간 것이다.

그렇지만 그렇다고 수도에서 내가 다니엘과 항상 행동을 함께하는 건 아니었다. 나는 대외적으로는 마법을 조금 쓸 줄 아는 마법사에 불과했기 때문에 다니엘이 가는 자리에 항상 동행하기가 어렵기도 했다.

그래서 다니엘이 암살의 위협이 없다고 판단한 자리에 내가 동행하지 않을 경우 나는 가끔 틈을 봐서 혼자 이 영지에 돌아와서 조용히 쉬곤 했다. 오늘도 그런 날 중 하나였다.

"대공이 언제 돌아올지 정확히는 모르겠어. 최근 계속 바빠 보이던걸? 나도 며칠 쉬다가 다시 수도로 돌아갈 거야."

사실 당장 오늘 밤 마법으로 공간 이동을 해서 돌아갈 거지만, 마리아는 내 정체를 그저 많이 강한 마법사 정도로만 알고 있기 때문에 말을 아꼈다. 세상엔 몰라도 되는 것들이 많이 존재하는 법이다.

"그렇군요."

마리아가 의자에 등을 대고 고개를 푹 숙였다. 실망을 감추려고 애쓰고 있었지만 어딜 보나 실망한 얼굴이었다. 나는 속으로 한숨을 쉬었다.

'로렐…… 일부러 그랬구나?'

다니엘 대공의 스케줄이라면 나보다도 로렐 쪽이 훨씬 더 자세하게 꿰고 있을 텐데 여기로 보낸 걸 보면 본인은 다니엘 대공이 한동안 돌아오지 못한다고 대답해서 마리아가 실망하는 얼굴을 보기 싫었던 것이 분명하다. 진짜 사람을 알뜰하게 써먹는다니까. 나는 일단 꼬맹이 아가씨를 위로해 주기로 했다.

"다음에 만나면 일정을 물어봐 줄게. 그리고 대공은 너무 걱정하지 마. 별일은 없으니까."

"위로해 주실 필요는 없는데요, 삼촌이 황제 폐하가 계신 수도에서 안전할 리 없다는 건 저도 알고 있으니까."

으음, 정말 똑똑한 아가씨라니까. 나는 혀를 찼다. 마리아는 이제 겨우 열두 살이 된 어린아이에 불과했다. 아무것도 몰라도 이상하지 않은데 머리가 팽팽 돌아가는 게 보였다.

내가 열두 살 때는 어땠더라? 나는 알맹이가 진짜 꼬맹이가 아니었던 만큼 딱히 귀여운 꼬맹이는 아니었지 싶지만, 이건 나보단 알렉세이 경이 더 잘 기억하고 있겠지. 기억이 미화된 건지 요샌 옛날의 내가 얼마나 귀여웠는지 아냐는 둥 지껄이고 있긴 하지만.

"아니야, 진짜로 별일 없어."

어쨌거나 마리아가 아무리 똑똑해도 어린애는 어린애고, 어린애를 안심시켜 주는 것은 어른의 의무다. 그리고 다니엘 대공이 안전하다는 건 사실이기도 했다.

"그 누가 암살 시도를 해도 아무런 소용도 없을 거야. 아주 강력한 호위가 붙어 있거든."

수도를 떠나면서 내가 아무런 방비를 하지 않은 건 아니다. 다니엘 대공의 옆에, 이 세상에서 나 다음으로 강한 남자를 호위로 붙여 놓고 왔다.

물론 호위를 맡게 된 본인은 아주 싫어했지만, 이제껏 저질러 온 일이 있어서 내 명령을 거부하지는 않았다. 황제와의 불화야 다니엘 대공의 입장상 언제건 불거질 일이었으나 가속화시킨 원인에는 알렉세이 경이 몇 년 전 기차에서 저지른 만행이 분명 포함되어 있으니까.

마리아는 내 말을 듣고 무언가 할 말이 있는 것처럼 다시 입을 빼끔거리다가 다물었다. 나는 마리아 앞으로 달콤한 쿠키를 밀어 주며 물었다.

"하고 싶은 말이 있으면 해, 내 눈치 보지 말고."

"……솔직히 삼촌의 목숨을 걱정하는 건 아니에요. 제가 걱정하는 건 다른 건데요."

"음, 걱정하는 게 뭔데?"

망설이던 마리아가 결국 입을 뗐다.

"앤더슨 가문의 약점은 지리상의 위치 때문에 중앙과 멀다는 거예요. 정치적 기반은 북부를 제외하면 없어요."

"으음, 그렇지. 그 정도는 나도 알아."

"그래서 일 년 전 저 남서부에서 그런 일이 발생한 것이기도 하죠. 다른 영주의 영토 국지전 따위에 앤더슨 대공을 파견하는 건 말도 안 된다, 그렇게 중앙 의회에서 발언해 줄 사람만 있었다면 일어날 일이 아니었는데."

그것도 마찬가지로 잘 알고 있는 바였다. 다니엘이 마침 내가 있는 곳 근처에 온다는 소식에 오랜만에 얼굴이나 볼까 싶어서 걸음을 옮겼다가 뜻밖의 위기 상황에 빠진 대공을 맞닥뜨렸을 때의 기억이 선명하다.

그래, 그것이 벌써 일 년이나 지난 일이 되었다. 내가 다니엘 대공과 다시 만났을 때 황제가 다니엘 대공을 죽이기 위해 팠던 함정을 팠고, 다니엘 대공은 그 함정에 제대로 걸려들었다. 하지만 황제의 계략은 내가 일으킨 '괴물 소동'에 의해 완전히 무너졌다.

그 사건은 대외적으로는 다니엘 대공이 사적으로 고용해 데려갔던 솜씨 좋은 마법사가 다니엘을 적군의 침입으로부터 구하기 위해 발휘한 환상 마법으로 처리되었다. 뭐, 실제로 그냥 그거기는 했다.

물론 마법이 약세를 보이는 이 시대에 보기 드물게 뛰어난 마법사라고 내가 주목을 받을 뻔하긴 했지만, 다니엘이 타국과 내통했다며 모함하려던 증거도 조작임이 온 세상에 까발려지면서 상대적으로 시선을 빼앗겼다.

물론, 윌리엄 공작과 황제 폐하는 자신은 모르는 일이라며 부정했다. 증거를 조작한 것은 몇몇 아랫사람들이 꾸민 일이 되었고, 그들은 재판에 회부되었다.

다만, 그렇게 꼬리를 잘랐어도 너무도 명명백백한 사건이라 황제의 정치적 입지는 매우 좁아졌다. 비난의 여론도 쏟아졌다. 그러나 그렇게 완전히 끝장날 뻔했던 황제의 입지는 우습게도 다니엘 대공도 해당 사건에 대해 침묵으로 일관하면서 생명을 부지하게 되었다.

'저와 관련된 일 외에는 황제다운 판단을 하는 사람입니다.'

죽임을 당할 뻔했는데도 다니엘은 다니엘이었다. 그는 자신의 목숨을 위협받은 것보다도 당장 황제가 실각할 경우 권력의 흐름이 변화하면서 혼란스러워질 정세와, 그 정세에 따라 혹시 앤더슨 영지에 닥칠지도 모르는 위기를 중요하게 생각하는 사람이었다.

앤더슨 백작은 내심 복잡한 것 같았지만 그녀는 아들의 결정을 존중하는 듯, 따로 입장을 내놓지는 않았다. 다시 만난 후 나와 술을 마시면서 답답한 심정을 털어놓기는 했지만.

어쨌거나 재회한 후에도 다니엘 대공은 그렇게 변함없이, 여전한 사람이었다. 만약 내가 그 자리에 없었더라면 다니엘은 그 자리에서 죽었거나, 혹은 죽을 만큼 고생했을 텐데도.

그나마 내가 있어서 다행이었다. 아니, 아니지. 나를 만난 게 운이 나쁜 걸지도. 나를 만나지 않았더라면 알렉세이 경과도 그렇게 얽힐 일이 없었을 테니. 하여간 그런 사정 때문에 이 총명한 꼬마 아가씨가 삼촌을 걱정하는 것도 당연한 이야기였다.

"그러니까 한마디로 제 편이 하나도 없는 수도에 간 앤더슨 대공이 걱정된다는 거지? 또 저번 같은 일이 일어날까 봐."

"예, 그래요. 중앙 귀족 가문 중 삼촌을 우호적으로 바라보는 이들이 별로 없다는 것도 문제고……:"

"원래 꼬장꼬장한 노인네들이 신선한 인물을 싫어하는 법이지."

게다가 다니엘 대공은 꼬장꼬장한 노인네들 앞에 숙이는 유연함 따위는 갖추지 않은, 오히려 오랜 세월에 아집이 생겨 버린 노인네들보다 더 꽂꽂한 성격이다. 마리아가 내 말을 듣고 한숨을 쉬었다.

"하긴 앤더슨 가문 회의에서도 삼촌을 어린애 취급하긴 해요. 결혼을 하지 않으면 애라고. 좀 내버려 두지, 어련히 알아서 할까."

"저런, 우리 대공님 가엾기도 하지."

어지간한 어른보다 총명한 아이가 걱정하는 말에 나는 그냥 웃었다. 하긴, 저런 말이 나오는 것도 무리는 아니었다. 다니엘 앤더슨 대공은 이제 서른을 훌쩍 넘어섰다. 귀족 가문의 직계라면 보통 이미 한참 전에 결혼을 해서 후계를 봤을 나이기는 했다.

사실 나도 여행을 하던 중 풍문으로 다니엘이 결혼했다는 소식을 듣지 않을까, 생각하긴 했다. 그렇지만, 의외로 다니엘은 나와 다시 만날 때까지 결혼하지 않았다.

여성들이 자주 보는 가십지에는 온 국민의 첫사랑인 다니엘 앤더슨 대공이 영원히 미혼이었으면 좋겠다는 투고가 잇따르곤 했다. 나이가 들수록 시들기는커녕 처연함만이 더해지는 그 외모 때문인지 공감하는 목소리도 높았다. 뭐, 나도 공감하긴 했다. 이상하게 눈물점이 진짜 잘 어울리는 남자라니까. 우는 건 상상이 안 되지만.

"그래도 뭐, 한 5년쯤 더 버티면 평화로워질 거야."

"5년이 지나면 뭐가 달라지나요?"

그렇게 물어보는 마리아는 왠지는 몰라도 내게 매달리는 것 같은 눈동자를 하고 있었다. 나는 약간 고개를 갸우뚱했다. 무슨 대답을 바라는 건지는 모르겠는데, 내 대답은 정해져 있었다.

"나이를 먹잖아."

"삼촌이요? 그래도 잘생겼을 것 같은데. 능력도 있고. 결혼하려면 얼마든지 할 수 있을 거예요."

"아니, 다니엘이 아니라 다른 누군가가."

마리아가 눈을 동그랗게 떴다. 그녀는 고개를 기울였다. 모르는 척을 하고 있지만, 눈동자는 어딘가 불안해 보였다.

"무슨 소리를 하시는 건지 모르겠어요."

"신경 쓰지 않아도 돼. 그냥 한 말이니까."

나는 그냥 웃으면서 마리아의 찻잔에 찻물을 더 채워 주었다. 마리아 앤더슨은 앤더슨 백작의 손녀이니 다니엘 대공이 직계 후손을 보지 않는 이상 그녀에게도 후계자가 될 자격이 있다. 그러니 당연히도 다니엘 대공을 탐탁지 않게 생각하는 가문의 원로는 마리아를 후계자로 밀 가능성이 있고, 반대로 그런 마리아를 탐탁지 않게 생각하며 다니엘에게 결혼을 재촉하는 부류도 있을 거다.

마리아가 별로 좋아하지도 않는 나를 찾아와서 이렇게 한탄하는 것도 그 입장 때문이다. 가문 내에서 이런 소리를 함부로 했다간 어떻게 이용당할지 모르니까, 가문의 일과는 전혀 상관없으면서도 다니엘과 개인적으로 친한 나를 찾아온 것이다.

이 똑똑한 아가씨는 가문 내 권력을 두고 삼촌과 다투게 되는 것을 두려워하고 있었다. 아무리 조카를 아끼더라도 자식을 낳게 되면 자신보다 소중한 것이 생긴다는 것을 이해하고, 애써 납득하고, 이미 홀로 체념하고 있었다.

마리아에겐 후계자라는 지위보다는 겨우 손에 넣은 가족이 훨씬 더 소중한 거겠지. 그렇지만, 저 아가씨가 저렇게 고민하지 않더라도 다니엘과 다툴 일은 없을 텐데. 다니엘의 성격을 알고 있기에 그의 뜻을 짐작하는 것도 쉬웠다.

다니엘이 결혼을 하지 않고 마리아가 앤더슨 가문을 잇게 된다면 일어날 일. 마리아는 앤더슨 가문의 핏줄이지만 다니엘과 달리 황가의 핏줄이 아니다. 그녀가 후계자가 된다면 이제 앤더슨 가문에서 황가의 핏줄을 잇는 자는 더이상 없어지는 셈이다. 그렇게 황제가 가장 두려워하는 것이 사라진다.

'내 추측일 뿐이지만······.'

아니, 사실 다니엘의 성격이라면 그런 정치적인 이유를 생각하기 이전에, 마리아 앤더슨이 무척이나 총명한지라 가문의 후계자로 적합하다는 이유만으로 저렇게 행동하는 것일지도 모른다. 그쪽이 더 다니엘 앤더슨 대공답지. 혹은 내게 말하지 않을 뿐, 결혼하지 않는 특별한 이유가 있을지도 모르고…… 하긴 다니엘 대공은 내게 미주알고주알 다 털어놓을 사람은 아니지.

"어쨌거나 걱정하지 마, 마리아."

나는 손을 뻗어 마리아의 머리를 쓰다듬어 주었다.

"네가 걱정하는 일은 일어나지 않을 테니까."

이유가 어찌 됐건 그 남자가 어린애를 슬프게 만들 일을 할 리가 없지. 마리아가 부루퉁한 표정을 지으며 내 손을 머리에서 정중하게 내리려고 하던 때였다. 문득 현관문이 열리는 소리가 들렸다.

어라? 올 사람이 없는데 누구지. 나는 마리아의 머리를 쓰다듬던 것을 그만두고 현관문 쪽으로 고개를 돌렸다.

"뭐야?"

그곳에는 아주, 아주아주 뜻밖의 인물이 서 있었다. 나는 어이가 없어서 저도 모르게 소리를 높였다.

"아니, 당신이 왜 여기로 왔어?"

"내 얼굴을 보자마자 그런 소릴 하다니 섭섭한걸."

알렉세이가 본인과 끔찍하게도 어울리지 않는 과일과 채소 따위가 담긴 바구니를 들고 집에 들어왔다. 저걸 대체 어디서 사 온 거야? 나를 웃겨서 덜 혼나기 위해 준비한 소품이라도 되는 건가. 마리아가 의자에서 일어나 인사를 했다.

"안녕하세요, 아저씨."

아주 씩씩한 인사였다. 나는 그 인사를 듣고 배려할 마음 따위는 없이 배를 잡고 깔깔 웃었다. 알렉세이가 힐난하는 시선으로 나를 바라보았다.

"너무 좋아하는 거 아니야? 비비."

"재밌잖아. 길게 살다 보니 아저씨 소리 듣는 알렉도 보네."

알렉세이 경은 마리아와 구면이기는 했으나 그때 이름을 가르쳐 주지 않고 그저 용병이라고 소개한 덕분에 마리아가 그를 지칭할 수 있는 것은 아주 범용적으로 쓰이는 호칭밖에 없었던 것이다.

물론 내가 아저씨라고 부르라고 종용하기는 했다만. 아저씨 소리를 듣는 알렉세이 경의 표정이 아주 볼만했다. 다만 이것도 몇 번이나 써먹어서 그런가, 이제는 별다른 반응도 없이 알렉세이가 시큰둥하게 대꾸했다.

"몇십 년 더 살면 아저씨가 아니라 할아버지 소리도 듣겠지."

"그래, 그렇겠지. 나도 그렇고."

"할머니가 된 너는 상상이 안 되는데."

나와 알렉세이가 농담을 주고받는 동안 마리아는 손으로 턱을 괸 채 뜨뜻미지근한 시선으로 우리를 바라보았다.

"두 분은 항상 사이가 좋으시네요."

"그야 그렇지. 아주 오래 아는 사이거든."

"오래 안다고 다 사이가 좋은 건 아니잖아요. 그럼 이혼하는 부부는 없어야 할걸요."

그건 확실히 인정해야 할 부분이다. 하긴 나도 가끔 알렉세이와 이혼하고 싶을 때가 있어. 안타깝게도 결혼을 안 해서 이혼을 할 수가 없긴 하지만. 알렉세이가 코를 찡그리면서 곁으로 다가와 내 볼을 꼬집었다.

"시선이 불온한데."

"눈치 빠르기는."

그리고 나보다 훨씬 더 눈치가 빠른 마리아가 재빠르게 자리에서 일어나 인사를 했다.

"저는 이제 그만 가 볼게요. 차 잘 마셨어요, 비비안. 이야기도…… 들어 주셔서 감사해요."

"별말씀을. 내가 데려다주지 않아도 되겠어?"

"애도 아니고, 괜찮아요."

진짜 어린애가 꼭 저런 말을 한다. 굳이 데려다주겠다고 말해 보았자 정말로 거절할 것이 뻔히 보여서 나는 마리아에게 억지로 사과잼 한 병을 더 들려 준 뒤 그녀가 문가를 나서는 것을 배웅했다. 그걸 뒤에서 지켜보던 알렉세이가 내 어깨에 턱을 얹었다.

"추적 마법까지 사용할 일인가? 이 영지의 치안은 나쁘지 않잖아."

"혹시 모르잖아. 마리아가 잘못되기라도 하면 다니엘 대공 얼굴을 어떻게 보겠어?"

그렇게 말하며 나는 뒤를 돌아 알렉세이를 마주 보았다. 그를 올려다보자 무언가를 기대하는 눈초리로 나를 내려다보기에 나는 알렉세이 경의 긴 머리칼을 쥐고 세게 잡아당겼다. 아야. 아프지도 않을 텐데 알렉세이 경이 뻔한 엄살을 피웠다.

"그리고 그 다니엘 대공이 잘못되기라도 하면 어쩌려고 이렇게 호위도 팽개치고 이리로 온 거야?"

이래서야 마리아에게 자신만만하게 걱정하지 말라고 한 말이 아무 소용 없어지지 않는가. 알렉세이 경은 내 어깨에서 얼굴을 떼고 고개를 돌렸다. 얼굴에 불만이 가득했다.

"그 대공 본인이 호위는 필요 없다고 하길래 왔을 뿐이야."

알렉세이 경과 오래 지낸 만큼 나는 알렉세이를 잘 알았다. 다니엘도 같이 보낸 시간에 비해 잘 알고, 여기서 내가 누구 편을 들어야 할지는 명백했다. 보나마나였다. 알렉세이가 다니엘 대공의 성질을 얼마나 긁었으면 그 다니엘이 알렉세이더러 꺼지라고 할까. 나는 주먹으로 알렉세이 경의 어깨를 쿵쿵 때렸다.

"당신은 진짜 타인과 잘 지내 볼 생각이 아예 없구나?"

"너랑만 잘 지내면 되잖아."

"자꾸 그러다간 나랑도 잘 못 지내게 될걸?"

"그건 너무한데."

계속될 이야기

여전히 진지하게 받아들이지는 않는 투였다. 그래, 뭐, 나도 알렉세이 경한테 다니엘 대공과 잘 지내라는 요구를 할 생각까지는 없었다. 그건 둘 사이에 있던 일을 생각하면 무리한 요구였으니까. 하지만 내가 정말로 무리한 일을 시킨 것도 아니었다.

"겨우 하룻밤 동안 대공을 목숨의 위협으로부터 지키는 역할 정도는 별것 아니잖아."

알렉세이가 내 말을 듣고 눈살을 찌푸렸다.

"그를 너무 과보호하는군, 비비안. 그는 3살짜리 아이가 아니야."

"그야 그렇지. 다니엘 대공이 그래 보여도 정말로 유능한 남자라는 것도 알고……."

그렇지만 역시 걱정되는 건 어쩔 수 없었다. 어쩌면 첫인상부터 잘못된 걸지도 모른다. 잘생긴 남자가 칼에 맞아 얼굴도 보이지 않을 정도로 피범벅이 되어서 무력하게 뒹굴던 모습이 강렬하게 기억에 남아 있는 데다가, 심지어 오랜만에 재회했더니 죽을 위기에 처해 있지 않았던가.

"그래도 역시 걱정돼. 무슨 일이 일어날지 모르잖아?"

그러나 생명이란 끈질기게 강인한 것 같다가도 방심하면 훅 날아가 버리는 것이다. 내게 다니엘 대공은 그런 생명 그 자체였다. 제 목숨마저 태워 가며 끈질기게 타오르는 불꽃, 그러나 언제 비바람이 그 불꽃을 꺼트릴지 모른다. 그래서 그의 앞에 불어오는 바람을 막아 줘야 할 것만 같았다. 알렉세이 경이 한 번 더 투덜댔다.

"난 네가 그 남자를 신경 쓰는 것, 여전히 마음에 들지 않아."

"당신이 언제까지 다니엘을 이름이 아니라 그 남자라고 부를 셈인지 궁금하네."

"아마도 죽을 때까지."

알렉세이는 그렇게 말하며 나를 안아 올린 후 의자에 도로 앉혔다. 알렉세이 경은 내가 아주 어린 꼬맹이였던 시절부터 자주 나를 안아 들어

올리곤 했다. 어릴 땐 자존심이 상했던 것도 같은데, 이제는 그냥 잘 써 먹고 있다. 나는 알렉세이의 목을 한번 세게 껴안고 놓아 주었다.

"계속 그럴 거라면 내 입장이 곤란해. 적어도 겉으로는 사이좋게 지내 주면 좋겠는데. 레오날드 경과도 잘 지냈잖아?"

"농담이겠지. 그 녀석과 잘 지낸 적은 한 번도 없는데."

알렉세이는 있는 힘껏 눈살을 찌푸렸다. 본인은 그렇게 말하고 있고, 레오날드 경이 들었다면 그 또한 부정할 테고, 둘 다 나름대로 진심일 테지만 그건 진실과는 달랐다.

나는 이 몇 년간 알렉세이와 함께 나의 팔라딘들이 어떻게 죽었는지 그 흔적을 찾아다녔다. 알렉세이 경은 그 모든 이들이 어떻게 살았고, 무엇을 남겼는지 말해 주었다. 생전에 다른 팔라딘들과 우호적인 관계도 아니었던 주제에 그는 레오날드는 물론이고 한 명 한 명, 그들이 무엇을 했는지 모두 기억하고 있었다.

알렉세이 경의 마음에는 여전히 아주 깊은 상처가 남아 있고, 오백 년 간 흉터조차 되지 못한 상처는 너무도 생생해 내가 겨우 몇 년쯤 그와 함께 보낸다고 해서 쉬이 나을 것이 아니었다.

어쩌면 평생 낫지 않을지도 모르지. 그래도 알렉세이는 지금 내 곁에 이렇게 살아 있다.

알렉세이 경은 의자에 앉은 나를 보며 천천히 무릎을 꿇었다. 무얼 하나 지켜보고 있자니 그는 고개를 숙이고 내 허벅지에 얼굴을 묻었다. 숨결의 온기가 천 너머로 느껴지고, 그 입술 새로 괴로운 듯한 신음이 터졌다. 나는 알렉세이의 머리칼을 손으로 잔뜩 흐트러트려 주었다.

"내 기사님께서 왜 이렇게 오늘따라 엄살이 심하실까."

"마음에 안 드니까."

"그 소리, 이미 몇 천 번은 들었어."

방금 전 것은 물론이고, 몇 백 년 전에 들은 것까지 포함한 숫자였다.

물론 몇 백 년 전의 그 대상은 남자가 아니었지만. 다만 이 선택이 그저 애정이라는 감정에 기인하지 않았다는 것은 같았다.

"그래도 어쩔 수 없어. 이게 내 선택이니까."

나는 고개를 든 알렉세이의 이마에 입을 맞추었다. 온기를 가진 피부의 감촉은 부드럽지는 않아도 생생했다. 맞춰 오는 녹색 눈동자는 고통에 일그러져 있었다.

"그런 걸로 나를 달래려 드는 거로군, 너는."

"만일 당신이 받아들이지 못하겠다면 그것도 감수해야겠지."

"감수하겠다고?"

알렉세이 경이 입꼬리를 끌어 올렸다. 즐거워서 웃는 웃음은 아니었다.

"왜, 내가 이번에도 네 곁에서 떠나기라도 할까 봐?"

나는 그 상처 입은 짐승 같은 얼굴을 손가락으로 더듬었다. 강한 턱의 윤곽과 뚜렷한 입술의 모양새는 옛날과 전혀 달라지지 않았다. 그런 알렉세이를 보고 있으면, 지금 서 있는 이곳이 어디인지 착각하게 되곤 한다. 그 예전 어느 날 일상의 한 장면처럼 내가 그리워하는 누군가가 거짓말처럼 저 문을 열고 들어오지 않을까, 그렇게 기대하게 된다.

"내가 어떻게 그런 말을 하겠어."

하지만 나는 이미 몇 백 년이 흘러가 버린 세상에서 살고 있다. 압도적인 시간의 흐름 앞에 하얗게 변해 버린 알렉세이의 머리칼을 손에 쥘 때마다 그것을 실감한다.

"상처입더라도 내 곁에 있어 줬으면 좋겠어, 이번에는."

길고 긴 세월을 고통받으면서도 나를 기다린, 미워하는, 사랑하는 기사. 나는 무릎을 꿇은 나의 마지막 기사에게 입맞춤을 보냈다. 이번에야말로 그는 나와 함께 죽을 테지.

우리에겐 그걸로 충분했다.

* * *

"비비안."

호명에 뒤를 돌아보자 그곳에는 다니엘 앤더슨 대공이 서 있었다. 이미 날이 어두워 달이 높게 떠 있었다. 그렇지만 어둡지는 않았다. 다니엘 앤더슨 대공이 소유하고 있는 수도 카트리옹의 저택은 정원 곳곳에 등을 달아 놓았으니까. 나는 태평하게 손을 흔들어 주었다.

"와아, 대공."

몇십 분 전까지만 해도 앤더슨 영지에 있다 보니 수도의 공기가 훈훈하게 느껴질 지경이었다. 약간 서늘한 밤바람이 기분 좋게 느껴져 바람을 쐬고 있던 참이었다. 다니엘이 미소 지으며 다가왔다.

"오늘 외출하신다더니 수도에 계신 줄은 몰랐습니다. 알았다면 저녁이라도 함께했을 텐데요."

"아니, 실제로 외출했어. 앤더슨 영지에 잠깐 다녀왔거든."

"그러셨군요. 저녁은 드셨습니까?"

"응, 로렐이랑 먹고 왔어."

그 말에 다니엘이 고개를 가까이 댔다. 목덜미 근처로 쑥 다가오는 거리감에 흠칫 놀라 몸을 멀리하기도 전에 다니엘이 다시 허리를 폈다.

"술을 드셨군요. 많이 드신 것 같지는 않아서 다행입니다."

"⋯⋯그냥 물어보면 되지, 그걸 냄새까지 꼭 맡아야 할까?"

다니엘은 미소 지으면서 대답했다.

"술도 깰 겸 걸으시겠습니까?"

"말 돌리기는."

그러나 나도 술기운을 빌어 밤바람을 쐬고 싶었기 때문에 다니엘의 손을 잡고 그네에서 일어났다. 내가 술에 취해 있다고 생각해서 걱정하는 건지, 다니엘이 팔로 부축해 주어서 자연스럽게 팔짱을 끼게 되었다.

우리는 한동안 말없이 정원을 산책했다. 밤바람은 시원했고 달아오른 얼굴을 식히기에는 충분했다.

"그러고 보니까 몇 년 전, 당신이 이 저택을 나한테 준다고 했었는데."

다니엘도 기억이 났는지 피식 웃었다.

"예, 그랬었지요. 그리고 필요 없다고 하셨습니다."

"지금 달라고 하면 어떻게 할 거야?"

"마음이 바뀌신 겁니까?"

"그냥 물어보는 건데. 그렇게 말하는 걸 보니 아까워졌나 봐."

"설마요. 다만 제가 수도에 연고가 없어 당장 묵을 장소가 없어서요. 이 저택에 머물게 해 주시면 좋겠습니다만."

다니엘이 묵고 싶다고 한다면 문을 열어 줄 사람이 한둘일까. 몇 년간 농담이 늘었네. 물론 저택을 준다는 것은 농담이 아닐 테다. 이 남자의 성격을 이제 알 만큼 안다.

나는 어떻게 말을 꺼내야 할까 고민하다가, 뭐, 앤더슨 대공을 상대로 새삼스럽게 멋진 척을 해 봐야 소용도 없단 생각이 들어서 아무 말이나 꺼내기로 했다.

"있잖아, 다니엘 대공. 내가 이 몇 년간 세상을 여행하다 보니까 든 생각인데."

"말씀하십시오."

"마법이 사라진 덕에 세상의 기술이 더 빠른 속도로 발전하고 있는 것 같아."

오백 년 전, 내가 죽은 이후 마법이란 기적 같은 힘이 점점 사라지기 시작했다. 처음에는 어떻게든 마법을 되살려 보려 애쓴 모양이지만 오백 년쯤 되었으니 이제 기적이 이 세상에 임하지 않는다는 것을 받아들일 때도 되었다.

그래서일까, 물론 시간이 흐르면서 자연스럽게 발전한 것도 있겠지만,

그래도 마법이 거의 사라질지도 모른다는 인식이 팽배해진 최근의 발전은 눈부셨다.

기차가 달릴 수 있는 철도는 점점 더 길게 깔리게 될 테고, 마차 대신 자동차가 달릴 수 있는 도로를 위주로 발달하게 될 것이다. 그러면 마법 따위가 없어도 어디건 갈 수 있게 될 거다.

마법을 좋아하지 않는 주제에 나는 좋아하는 이상한 남자는 이렇게 답했다.

"인간은 필요한 것을 위해 노력하는 생물이니까요."

"그렇다면 마법이 없는 세상이 더 나은 걸까?"

그렇게 묻자 다니엘이 나를 빤히 바라보았다. 생김새는 닮지 않았는데 이런 면을 보면 마리아가 삼촌을 닮은 것 같다. 아니, 앤더슨 백작을 닮은 건가? 나는 그를 향해 미소 지었다.

"왜 그렇게 봐? 그냥 솔직한 감상일 뿐이야."

다니엘이 한참 침묵한 후에야 나를 향해 물었다.

"그래서, 이 세상에 본인은 필요 없다는 생각이라도 하신 겁니까?"

"설마!"

나는 밝게 웃었다. 무슨 생각을 하나 했더니 쓸데없이 우울한 사고방식으로 도출된 결론이었다. 물론 몇 년 전의 내가 할 법한 생각이긴 했다. 여전히 평소에는 둔한 주제에 쓸모없는 일에만 날카로운 남자다.

"내가 이 세상에서 할 수 있는 일은 여전히 많은걸. 대표적으로는 당신을 구해 주는 일이 있겠네."

"일 년 전 일은 충분히 감사하고 있습니다."

"그것뿐만이 아니라. 있잖아, 대공. 사람들 앞에 나를 내세울 생각은 여전히 없어?"

내 말이 어지간히 뜻밖이었는지 다니엘의 눈이 둥그렇게 커졌다.

"정체를 밝히고 싶으신 겁니까?"

"내가 아니라, 당신 말이야. 나를 내세우면 당신에게 도움이 될 텐데."

다니엘 앤더슨 대공이 민중에게 인기가 드높은 것은 그가 자신의 의무를 수행하는, 도덕적인 남자이기 때문이다. 그것이 황제가 그를 싫어하고, 또 두려워하는 가장 큰 이유기도 했다.

"나는 성황 비비안 그리니어스잖아. 그런 내가 당신을 전폭적으로 지지하고 나서면 어떨까?"

모르긴 몰라도 세상이 한 번쯤 뒤집힐 것이다. 세상을 여행 다니다가 알게 된 사실인데 아무래도 성황 비비안 그리니어스는 온갖 선한 것의 상징이 된 듯했다. 물론 그만큼 내 실체를 알게 되면 그 상징성도 흐려질 거라는 생각도 들긴 하지만.

게다가 우스운 일이지만 최근 '비비안 그리니어스'의 주가는 심지어 더욱 높아지고 있었다. 그것은 약해지기 시작했던 마법의 힘이 점점 돌아오기 시작했기 때문이었다.

내가 죽음으로 인해 마법의 힘이 천천히 약화되었으니 내가 살아 돌아온 지금 마법이 다시 강해지는 것은 아주 자연스러운 결과였다.

이제껏 다소 약세였던 마법사들은 다시 성과를 올리기 시작했고, 그 성과에 대해 인터뷰를 할 때는 짜기라도 한 것처럼 하나같이 내 이름을 거론했다. 비비안 성하께서 이 세상을 굽어살피는 것이 분명하다고. 그런 인터뷰를 보면 어쩐지 쑥스럽다. 뭐, 사실이 맞긴 한데.

하여간 그런 관계로 나는 여전히 쓸만한 이름값을 가지고 있는 셈이다. 나는 다니엘을 향해 씩 웃으며 물었다.

"내가 내 정체를 밝힌 후 당신을 전폭적으로 지지한다면 무엇을 하고 싶어?"

자, 그는 어떻게 대답할까.

기대하는 시선으로 남자를 올려다보자 파란 눈동자와 시선이 마주쳤다. 다니엘 대공의 눈가가 살짝 찌푸려져 있었다.

"당신이 정체를 밝히시길 원하는 것이라면 물론 돕겠습니다."

"내가 아니라 당신이 원하는 게 뭔지 묻는 건데?"

"무슨 대답을 원하시는지는 모르겠지만, 저는 당신의 이름을 팔아서 형님과 권력 다툼을 할 생각은 없습니다."

예상한 대로의 답변이었다. 예상했지만, 막상 들으니 어쩐지 입에서 웃음이 비죽비죽 튀어나왔다.

"하마터면 죽을 뻔했으면서도 아직 그런 소리를 하다니."

마리아가 들으면 울지도 모른다. 다니엘은 여전히 진중한 표정으로 말을 이었다.

"쓸데없는 곳에 정신을 판다고는 생각합니다만, 폐하의 입장에서 저를 견제하는 것을 이해하지 못하는 건 아닙니다."

"그럼 그대로 당해 주려고?"

"제가 폐하와 정면으로 부딪쳐 싸우게 된다면 그로 인해 발생하는 혼란은 이 제국에서 살아가는 모든 이를 휩쓸리게 하겠지요. 그건 원치 않습니다. 시간이 해결해 줄 일이기도 하고요."

다니엘은 살짝 미소 지었다.

"물론 1년 전 당신이 계시지 않았다면 그대로 죽었을지도 모르겠습니다만."

"그래도 결론적으로는 무사하다 이건가? 참 당신다운 말이네. 그렇게 말할 줄은 알았지만."

나는 손깍지를 끼고 기지개를 쭉 켰다. 다니엘이 고개를 기울였다.

"이건 무슨 시험입니까?"

"딱히 시험한 건 아니었는데. 불쾌했다면 미안."

"저라는 인간에 대해 시험하고 싶으신 거라면 그런 문답 몇 가지 정도로는 불충분할 겁니다."

"그거야 그렇겠지."

아무리 좋은 말을 늘어놓는다고 한들, 실제로 권력을 손에 쥐고, 그리고 정말로 이 현실의 무언가를 바꾸어 나가다 보면 몇 백 번, 몇 천 번, 숨을 쉬는 순간마다 무언가를 선택하고 무언가는 포기해야 한다.

그 과정에서 인간이란 사정없이 깎여 나간다. 돌처럼 강건하고 누구보다도 고집이 센 사람이라고 생각했던 이도 그랬다. 결국은 부딪혀 봐야, 실제로 살아가며 고통이라는 대가를 직접 치러야 겨우 알게 될 것이다.

"그래서 당신 곁에 있어 보려고 해, 대공."

그게 내 선택이다.

다니엘이 나를 바라보았다. 그의 눈동자 안에 내 얼굴이 비치고 있었다. 마치 깊은 호수에 잠겨 있는 것 같았다.

그는 한참이나 대답이 없었다. 설마 일생일대의 프러포즈를 거절당하고 이대로 차이는 건가, 내가 침묵을 견디지 못하고 농담을 꺼내려 할 때였다.

"예전에……"

다니엘은 조금 망설이다가 이어 말했다.

"예전에 알렉세이 경이 제게 유리 아레노를 닮았다는 말을 한 적이 있습니다."

"……그랬구나."

하기야 알렉세이 경이 눈치채지 못할 리 없다. 내가 다니엘을 볼 때의 시선도 지키려는 몸짓도, 유리를 향하던 그것과 비슷할 테니까. 그리고 그것이 정답이다.

"그렇지만 당신과 유리는 완전히 다른 사람인걸."

"네, 저도 그렇게 생각합니다. 저는 그를 이해할 수 없으니까."

다니엘의 눈동자에 비치고 있던 내가 잠시 사라졌다가 다시 나타났다. 조심스러운 손길이 내 이마에 닿아 흐트러진 머리카락을 보듬었다.

"그러나 만일에 하나, 제가 그렇게 되면……"

다니엘이 내 손을 잡았다.

"저를 죽이셔도 됩니다."

이 손의 온기가 나를 한 번은 구했다. 나는 다니엘의 손을 마주 잡았다.

그가 움찔하는 것을 보니 조금 웃기기도 하고, 쑥스럽기도 했다.
"응, 믿어."
익숙하면서도 어쩐지 심장께가 빠듯해지는 것 같은 이 느낌.
나는 이유 없이 베풀어지는 호의 따위는 여전히 믿지 않는다. 그렇지만 나는 이제 다니엘 앤더슨이라는 사람을 안다. 그가, 다니엘이라는 사람이 누구에게서 태어났는지 안다. 앤더슨 백작이 어떻게 살아왔는지도 알고 있다. 그녀가 그렇게 살 수 있었던 것의 기반이 어떻게 만들어졌는지도 기억하고 있다.
그건 아주 오래된 기억이었지만, 그 기억 속의 주인공들이 모두 죽어 사라진 이 세상에도 여전히 남아서 살아 숨 쉬고 있었다. 죽은 그들이, 내가 남겨 둔 것이 다시 누군가를 살게 한다.
그래서 결국 나는 다시 한번 살고 싶어졌다.
"그런데 그거 알아?"
다시 산다고 해도 어쩌면 달라질 것은 없을지도 모른다. 아무것도 해내지 못하고, 기껏 칭송받던 이름을 더럽히게 될지도 모르지.
"당신에게라면 한 번쯤 더 속아도 괜찮을 것 같아."
그래도 그걸로 이 세상의 모든 것이 끝장나는 것은 아니다. 몇 백 년이고 절망하며 되새김질을 할 필요도 없다.
한 번 더 실패한다고 해도 그저 무릎을 한 번 툭툭 털고 일어나서 다시 걸어가면 된다. 그리하여 나는 이번에야말로 나의 기사와 함께 후회 없는 죽음을 맞이할 것이다.
그렇게 살아도 괜찮다. 내게 그렇게 말해 준 것이 바로 이 다니엘 앤더슨이라는 남자였다.
내 말을 들은 다니엘이 환하게 웃었다. 이런 밤중인데도 눈이 부실 정도로.
"태어나서 들은 말 중 가장 영광이로군요."
이제는 멀게만 느껴지는 언젠가, 유리는 꼭 저런 얼굴로 웃으며 내게 손을 뻗었더랬다.
 비비안, 그대가 나를 도와줘. 나는 그대가 필요해. 우리가 함께하면 실패하지 않을 거야……:
 맞아, 유리.
 우리는 실패하지 않았어.
 어느새 나는 다니엘이 건네는 다정한 온기에 푹 감싸여 있었다. 나를 안아오는 남자의 등에 팔을 뻗어 나도 힘껏 마주 안았다. 그렇게 아주 잠시 껴안고 떨어져서, 귓불이 조금 붉어진 채로 나를 곧게 바라보는 파란 눈동자가 나를 웃게 했다.

 유리, 이것 봐.
 우리가 남긴 것이 이렇게 온 세상에 만발해 있어.